Adolescent Humanistic Literacy Series
青少年人文素养丛书·经典阅读系列

十字军骑士

The Knights of the cross

【波兰】显克维奇◎著　肖欣蔓◎改写

江苏文艺出版社
JIANGSU LITERATURE AND ART PUBLISHING HOUSE

图书在版编目(CIP)数据

十字军骑士 / (波) 显克维奇著 ; 肖欣蔓改写. -- 南京 :江苏文艺出版社, 2014.2
(青少年人文素养丛书)
ISBN 978-7-5399-6778-3

Ⅰ. ①十… Ⅱ. ①显…②肖… Ⅲ. ①长篇小说－波兰－近代 Ⅳ. ①I513.44

中国版本图书馆CIP数据核字(2013)第268436号

十字军骑士

作　　者	(波)显克维奇
改　　写	肖欣蔓
出 品 人	黄小初
责任编辑	陈冰青
编　　务	印艳婷
责任校对	孙　慧
出　　版	凤凰出版传媒集团 凤凰出版传媒股份有限公司 江苏文艺出版社
集团地址	南京市湖南路1号A楼,邮编:210009
集团网址	http://www.ppm.cn
出版社地址	南京市中央路165号,邮编:210009
出版社网址	http://www.jswenyi.com
印　　刷	南京海院印刷厂
开　　本	670×950毫米　1/16
印　　张	29
字　　数	410千字
版　　次	2014年2月第1版　2014年2月第1次印刷
书　　号	ISBN 978-7-5399-6778-3
定　　价	45.00元

江苏文艺出版社图书凡印装错误可向承印厂调换

目　录

下　册

前　言

《十字军骑士》是波兰作家亨利克·显克维奇五部历史小说中的最后一部，也是压轴之作。作品以五彩缤纷的历史画面、曲折的情节和鲜明生动的人物形象，描绘了波兰历史上波澜壮阔的反侵略斗争，淋漓尽致地书写了14世纪末15世纪初波兰、立陶宛人民反抗十字军条顿骑士团（十字军骑士团）的光辉历史，弘扬了波兰民族伟大的爱国主义精神。

亨利克·显克维奇于1846年5月4日出生在波兰俄占区的卢布林省伍科夫斯基县。他虽然出生在一个没落的贵族之家，但却具有很深的爱国主义思想传统。他的父亲曾参加过1830年抗俄的十一月起义，母亲也是出身名门，而且受过很好的教育，因此家中收藏了大量波兰历代经典文集和世界文学名著。显克维奇在母亲的熏陶下，自幼就酷爱文学。1858年他到华沙上中学，三年后他父亲经营的庄园破产，举家迁居华沙，靠过去的积蓄维持生计。处境的窘迫，使他不得不中途辍学去当家庭教师。1866年至1871年期间他在华沙中央大学修法律、医学，后来转到该校波兰语言文学历史系，一边学习，一边当家庭教师，过着半工半读的清贫日子。艰难的生活和艰苦的家庭环境磨砺了他的意志，同时孕育和锤炼了他的创作才华，因此造就了一位驰名文坛的大师。

他的作品有中篇小说《徒劳》、中篇小说集《沃尔希瓦皮包里的幽默故事》和《来自大自然和生活》；后来他为《波兰报》撰写了大量通讯报道，收集成《旅美书简》；他还创作了大量中短篇小说，被誉为世界文学中短篇精品的“炭笔素描”，《为了面包》《音乐迷杨科》《灯塔看守》《酋长》《奥尔索》等都是出自这个时期。总的来看，这个时期的作品涉及的题材很广。在这些作品中，有痛苦的呼号，有愤怒的控诉，也有抗争的呐喊。百折不挠，宁死不屈，是显克维奇作品内容的一大特色。

他从1883年5月开始，用五年多的时间连续发表了三部长篇历史小说。《火与剑》《洪流》和《伏沃迪约夫斯基先生》。1896年，显克维奇又完成了长篇历史小说《你往何处去》，并因这部小说在1905年获得了诺贝尔文学奖。

自1897年2月至1900年3月，作者在报刊上连载发表《十字军骑士》。为写这部小说，他几乎查阅了波兰和欧洲各国现存的有关十字军骑士团的一切资料，深入钻研了波兰古代文献，还特地去当年十字军骑士团的都城马耳博克做过一番实地考察。功夫不负有心人，他的努力使其作品内容丰富具体，感情丰富细腻。

《十字军骑士》中涉及的历史背景十分深远。波兰民族于公元10世纪中叶建国，12世纪初国家出现分裂局面，在它的东北部定居着信奉多神教的普鲁士人，而波兰早在公元996年就受到基督教的洗礼。他们之间因宗教信仰不同经常发生战争。1226年，波兰以一个小公国的土地为代价，引进十字军东征时在耶路撒冷建立的德意志条顿骑士团去征服普鲁士。骑士团征服普鲁士后，就迁来德意志的移民，1234年罗马教皇宣布普鲁士为骑士团私有财产。1237年条顿骑士团和波罗的海东岸的宝剑骑士团合并，组成了强大的十字军骑士团国家，定都马耳博克。骑士团获得了教皇的支持，逐步摆脱了马佐夫舍王公的控制，而且不断地侵占波兰的领土。1320年瓦迪斯瓦夫·沃凯泰克加冕为波兰国王，并建立了波兰王国。随后，马佐夫舍的王公们也承认了波兰的宗主权。后来，路易国王继承波兰王位，死后他的女儿雅德薇嘉王后成为波兰国王。为了抗击共同的敌人，立陶宛王公雅盖沃决定与波兰联合，于是来到波兰，并接受了基督教的洗礼，取名瓦迪斯瓦夫，和雅德薇嘉结为伉俪，形成了波兰—立陶宛联合王国，开始了波兰历史上雅盖沃王朝统治时期。1409年春，当时母德爆发了反抗十字军骑士团的起义，这成为了波兰与十字军骑士团大战的导火线，于是在国王的弟弟立陶宛王公维托尔德的带领下，两军展开了一场轰轰烈烈的正义之战。

这部小说集中描写了雅德薇嘉王后去世后到1410年格伦瓦尔德战役之间的十一年，波兰人民遭受十字军骑士团的侵略与反抗侵略的故事，直到最终胜利为止。

小说主人公兹贝什科是一位英姿焕发、无所畏惧的波兰骑士，在没有得到“腰带”和“踢马刺”的时候，他就真诚地爱上了尤兰德的女儿——美丽动人又纯洁善良的丹露霞。他为了给丹露霞的母亲报仇，也为了维护民族尊严，立誓要取得十字军骑士团的三簇孔雀毛献到丹露霞母亲的墓前。在不了解对方来历的情况下，兹贝什科鲁莽地向骑士团使者利希滕施泰因挑战，结果，险些招致杀身之祸。多亏丹露霞挺身相救，他才幸免于难。谁知，十字军的卑鄙行径仍未停止，不久后他们又用阴谋诡计劫持了尤兰德的爱女丹露霞。尤兰德父女最终没能逃脱十字军骑士团的魔掌。尤兰德为救女儿，闯入虎穴，却遭到十字军骑士团的迫害，丹露霞也被折磨得神志不清。在受尽非人折磨之后，他们父女悲惨地饮恨身亡。

在那之后，深爱着妻子丹露霞的年轻骑士兹贝什科痛苦万分，不能自已，他身负国恨家仇，毅然决然地汇集到反抗十字军的民族洪流之中。十字军骑士团的血腥压迫，终于使波兰和立陶宛联合起来了。他们同仇敌忾，一举在格伦瓦尔德大战中取得了辉煌的胜利，打败了骑士团。兹贝什科和他的叔叔马奇科勇猛无比，屡立战功，为所有受到骑士团迫害的波兰人民报仇雪恨。

小说在人物塑造方面十分成功，每个人物都各有特点。兹贝什科是一位英俊却带有几分稚气的年轻波兰骑士。可以说他是一个理想化的人物形象，他心地十分单纯，丹露霞是他生平遇到的第一个纯真无邪的漂亮姑娘，他对姑娘一见钟情，姑娘的身世触动了他的正义感，更加深了他对骑士团的仇恨。由于他年轻幼稚，血气方刚，急于为丹露霞的母亲复仇，莽撞地向骑士团使者利希滕施泰因发动了攻击，犯下了死罪，丹露霞从刑场上救下了他。后来他遇到了美丽的乡村姑娘雅金卡，两个年轻人互相倾慕，但是兹贝什科为了信守自己的誓言，毅然选择去找丹露霞。不久，他与丹露霞结了婚。在妻子被骑士团劫持后，他置个人安危于度外，为了寻找被骑士团劫持的妻子，他历尽了千辛万苦，也变得日益成熟。尤兰德父女在骑士团的折磨下饮恨身亡后，他身负国恨家仇和个人恩怨，毅然地加入到反抗十字军的洪流之中。丹露霞的父亲尤兰德是一位英勇过人的骑士，为报杀妻之仇，他砍杀十字军骑士如同割草，以致骑士团对他恨之入骨，闻风丧胆。但为了拯救爱女，他受尽了骑士团的折磨与欺辱。可是，他最后却释放了兹贝什科费了九牛二虎之力才抓到手的、曾经残害他本人的元凶齐格菲里特。最后，他在忏悔中度过余生，死后升入天堂。马奇科是兹贝什科的叔叔，他十分爱自己的侄儿，也很热爱家乡博格丹涅茨，可以说他这一生都是在为自己的家族奋斗。他见多识广，精明强干，既是位刚强勇敢的骑士，又是位很有爱心的忠厚长者。但是他有点贪财，心里的小算盘也不少，可这一切都不是为了他自己，而是为了他钟爱的侄子，为了他的家族兴旺。齐格菲里特心思恶毒，干尽坏事，对尤兰德父女百般折磨。虽然被尤兰德出于基督教的恕道而释放，但他最后上吊自杀，死后灵魂永坠地狱。然而他对罗特吉爱的爱正如尤兰德对女儿的爱一样，都十分深切，感人至深。

这部作品饱含着澎湃的爱国激情，用五彩缤纷的历史画面，一波三折的故事情节，惟妙惟肖的人物形象和跌宕绚丽的文辞组成了一曲赞美正义的颂歌。通篇洋溢着波兰人民的民族自豪感和面对顽敌的必胜信念，展示了一个具有千年文明史的伟大国家昔日的辉煌，弘扬了波兰民族的铮铮铁骨和浩然雄风，充分显示了波兰人民保卫江山的决心和对祖国的无比热爱。这部作品圆了作家创作这部小说时，身处外国侵略者奴役之下的波兰人民的一个强国梦，并鼓舞他们去为复兴祖国进行不屈不挠的斗争。作品中充分表现出波兰人民的信念：波兰虽然自 1795 年被俄国、奥地利和普鲁士第三次瓜分后就不再作为一个统一、独立的国家而存在，但是波兰人的心中仍然屹立着一个共同的祖国，波兰人民将为复兴国家而不断地努力奋斗。

上 册

第一章 驿馆漫谈

情节简介

马奇科是一位波兰骑士，自从家园被毁后，他带着侄儿兹贝什科常年外出征战。如今叔侄两人在赶往京城克拉科夫的途中投宿到一家驿馆里，恰巧碰到一些商人、地主，大家便聊了起来，马奇科讲述了两人在战争和旅途中的经历，从战场上威武善战的骑士们，到王公贵族的琐闻杂事，抑或一些神秘的故事。在大家聊得不亦乐乎的时候，一队人马正从远处浩浩荡荡地向驿馆走来……

在蒂涅茨的一家驿馆里，一位远道而来的骑士马奇科正在给一伙人讲述自己在征战和旅途中经历的种种奇遇。

这位骑士满脸胡子，年纪并不很大，肩膀宽厚，身材高大，面容却很清瘦。他身着皮质的短上衣，上面还留有铠甲挤压的痕迹，束着一条由铜扣环串成的腰带，腰带上挂了一把装在刀鞘里的大刀，腰间还插着一柄旅行用的短剑。

紧挨着他坐的是一个年轻人，也是一身旅行的打扮，看来是他的同伴或者侍从。听众中有两个克拉科夫一带的地主、三个戴红色帽子的商人。此时有位身着修士服的人一边捧着大酒坛斟酒，一边津津有味地听骑士讲故事，他是驿馆的主人，一个德意志人。

这些人坐在一起喝酒，时不时地冲着德意志人眨眨眼睛，示意他往直筒杯里倒酒。

“尊贵的骑士，您真是见过大世面啊！”一个商人说。

“如今那些从四面八方往克拉科夫去的人中,可没有多少是见过这种世面的!”骑士回答。

“也会来不少见过大世面的人。”那商人接着说,“这不,就要举行大宴会了,据说还有空前盛大的舞会、比武和竞技,都是为了庆祝王后分娩。”

“加姆罗什老兄,别打岔,听骑士讲啊!”第二个商人说。

“我不是打岔,埃额特雷泰尔老弟,我不过是想他也乐意知道这些事,他肯定也是要到克拉科夫去的。”

“别人说一句,你就要说二十句,我看你是老了!”

两人的斗嘴被骑士打断,他说:

“可不,我们是要在克拉科夫待一阵子,我听说确实有比武,也乐意在比武场上试试,这个小伙子是我侄儿,虽说年轻,力气却不小。”

大家将视线转向那个年轻人,他快乐地一笑,用双手把长发拢到耳后,继续喝酒。

“其实即使我们想回去,也无家可归了。我们家在博格丹涅茨,那时格瑞马利克和纳温奇两个家族打仗,我们的家被烧成一片焦土了,只剩下一幢老屋,里面的东西也被抢光了。我和哥哥,就是这个年轻人的父亲重建了家园,可是转年的一场洪水又把一切毁了。后来家兄去世,留下我和这孤儿。正好听说国王瓦迪斯瓦夫派奥莱希尼查的雅希科广招波兰骑士,于是,我将土地抵押给修道院院长,他是我的亲戚扬科,之后我准备了马匹和一些军装,带着当时十二岁的他投奔到雅希科旗下。”

“带着个半大小伙子?”

“他那时还不算是个半大小伙子呢,好在他自幼就非常强壮,那些维尔诺的英格兰人没有一个能像他那样把弓弦拉得那么满。”

“你们没少打仗吧!”

“是啊!都是由于维托尔德王公从前跟十字军骑士团搞在一起,他们对立陶宛的征战连年不断,一直打到维尔诺城下。和他们一起的还有德意志人、法兰西人、英格兰人、捷克人、瑞士人和勃艮第人。这些人砍伐森林,沿途建造城堡,蹂躏立陶宛,这片土地上的人民为躲避灾祸,全都跑了。”

“我们也听说过,不过当时都不相信有这等怪事。”

“我可是亲眼目睹，不是吹牛，要不是有雅希科，要不是有我们这些人，早就没有维尔诺了。我们从未放弃过那座城堡，虽然我们很善战，但是无法与骑士团打阵地战。”

“德意志骑士很厉害！”三个商人同声喊道。

“他们身披铁甲，挨个排成队，简直就是一堵墙，砍杀起来势不可挡。立陶宛人就像一盘散沙，不是四处逃命，就是躺在地上任其践踏，他们面对的不止是德意志人，世界各国的人都有，而且都很英勇。”

“基督啊！”加姆罗什大叫一声，“他们中哪些人最会打仗呢？”

“这要看使用什么武器。英格兰人最擅长用弓箭；捷克人舞起板斧，势不可挡；而德意志人双手用大刀砍杀的技巧无人能及；瑞士人喜欢用铁链枷砸破头盔；最出色的骑士是那些法兰西人，即使不骑马作战也勇猛过人，而且一边打还一边说些豪言壮语。有一次他们和我们都派出四名骑士，在罗马国王的宫中决斗了一番。”

“那我们这边派出的是什么样的骑士？快说啊！”

“我方派出的是：伏沃什卓瓦的杨、瓦什蒙图夫的尼古拉、兹达库夫的雅罗希和切胡夫的亚罗什。个个英勇顽强，虽然嘴上的功夫赶不上他们，但手脚上的功夫大大超过他们。”

另一个地主补充道，“您吹捧了德意志人和别的骑士，说他们轻而易举地征服了立陶宛，也夸夸我们的骑士吧！”

马奇科显然不善于自吹，只听他谦虚地回答说：

“那些从远方国家刚来不久的人，先是毫无顾忌地向我们进攻，可是试过一两次后，就没有原来的那么自信了。他们强加给我们的罪名就是我们帮助了立陶宛的异教徒和撒拉逊人。可是陛下和王后已经给立陶宛施过洗礼了，那里人人都信奉天主教。这是个善良的民族，不过在那里我见过许多古怪的事情，比如有人得了绞肠痧，只要找个姑娘用干树叶擦擦肚子，疼痛就会立刻消失。”

“要是找到漂亮姑娘，得一次绞肠痧也不遗憾。”埃额特雷泰尔喊道。

“关于这点你们可以问问兹贝什科。”马奇科说着看了看紧挨他坐着的年轻人。

兹贝什科哈哈大笑，凳子都摇晃起来了，“那里有的是漂亮姑娘！伦加娃就是其中一个，她是维托尔德王公的妹妹，曾经的马佐夫舍王公亨利克的王妃。”

“亨利克王公？他曾是普沃茨克的当选主教，不过已经死了。”

“就是此人。当时国王派他劝维托尔德抛弃十字军骑士团，听命于国王，并让他主持立陶宛的政务。维托尔德乐滋滋地听完使者的话，还举行了宴会和比武。在比武场上，亨利克王公从漂亮的伦加娃手上拿走了全部奖品，然后跪在她面前，他们从此相爱了。这本是件侵犯上帝的事，但为了不得罪亨利克王公，维托尔德就让他俩结婚了。兹贝什科为此十分伤心，因为他已选定伦加娃郡主作为自己的心灵主宰，并发誓对她永远忠诚。”

“噢!”兹贝什科突然打岔说，“确实如此，后来听说伦加娃郡主冷静下来后，后悔嫁给这位主教了，因为尽管结婚，他仍不放弃自己的神职。郡主觉得这种结合得不到上帝的祝福，便将他毒死了。我听到这个消息后就找了个信奉天主教的隐士，为我解除了立下的誓言。”

马奇科说：“伦加娃如今成了寡妇，也许她会找你去效劳哩。”

“即使她召唤我也是徒劳，我已经决定另选一位女士，为她效劳直到她死去。然后我就找个妻室。”

“首先，你得找到一条骑士的腰带!”

“唉！王后陛下分娩后，比武的机会还少得了吗？而在此前后，国王陛下会册封不少骑士。”

“这儿会有很多骑士比你强。”此时克拉科夫郊区的两个地主嚷道，“上帝啊！在国王面前比武的可不是你这等角色，而是世界上那些威名赫赫的骑士。无论是这里，还是捷克的王宫，或是匈牙利的宫廷，没有一个骑士是他们的对手，你多大了？”

“十八岁。”兹贝什科回答。

“他们中的任何一个都能用大拇指把你碾碎。”

“但是!”马奇科说，“我听说国王对立陶宛战场上回来的骑士都慷慨赏赐，你们这些从克拉科夫来的人说说，确有其事吗？”

“是呀，确有其事!”一个地主回答说，“国王的慷慨是举世闻名的，但此刻想接近他可不是件易事。克拉科夫如今是贵宾如云，万头攒动，庆祝王后分娩的同时，也是想借此机会向国王表示敬意，或者是纳贡。”

“我一定要觐见，向他磕头致敬，我已为国效劳了多年，一旦发生战争，我还要出征，为国效力。”

“国王很乐意见到那些曾在雅希科旗下服务、从立陶宛回来的人，都为他们举办了盛大的宴会。”一个地主说。

马奇科听后，十分高兴，其他人也纷纷点头。

突然，远处传来一阵弦乐声、人声、马匹打响鼻的声音。在场的人都感到很奇怪，因为时间已经很晚了。驿馆主人连忙跑到院子里，没一会又匆忙地跑回来，叫喊道：

“有个什么王妃驾到！”

过了一会，一个身穿蓝色短上衣、头戴红色帽子的仆从站在门口，扫了一眼在场的人，看到驿馆主人，便说：

“抹净桌子，掌灯，安娜·丹露塔王妃今晚要在此休息。”

他说过后，就转身走了。驿馆里便忙碌了起来，主人大声呼唤仆役，旅客们也惊诧地面面相觑。

安娜·丹露塔王妃，是凯伊斯图特的千金。

“加姆罗什老兄。”一个商人说，“我们到仓屋去睡干草吧，这些贵人我们高攀不上。”

“白天热，所以他们赶夜路。”马奇科说，“可是修道院就在旁边，他们为什么不去，却来驿馆呢？”

这时，他又冲兹贝什科说道：

“她是美貌的伦加娃的亲姐姐，明白吗？”

而兹贝什科却答道：

“准有不少马佐夫舍的姑娘随驾前来。”

“嗨！”

第二章 表 白

情节简介

安娜王妃一行人来到驿馆后，小屋顿时热闹了起来。在王妃的侍从中有一个大约十二三岁的女孩儿丹露霞，她美丽的容貌、动听的歌声、凄惨的身世深深地打动了年轻的兹贝什科。于是他毫不犹豫地向丹露霞表达了自己的心意，并发誓为她从十字军骑士那里夺得三簇孔雀毛。面对突如其来的表白，女孩儿会接受吗？王妃和马奇科叔叔会同意吗？下面将会给出答案。

顷刻间，王妃笑盈盈地走了进来。她是位年轻的女子，身着一件绿色的紧身袍服，外面一件红色披风，金黄色的腰带用一个大环扣系在了腰间。王妃身后跟着一群王府侍女，有年龄较大的，也有尚未成年的。她们大都手抱诗琴，头戴玫瑰或百合的花冠。

屋子里顿时就热闹起来了，大家的脸上洋溢着愉快的神情。侍从中有两个歌手，一个手抱诗琴，另一个腰间挂着六弦的小提琴。一个大约十二三岁的小女孩紧跟在王妃的身后，也抱着一把小小的诗琴。

“赞美耶稣基督！”王妃站在屋子的中央说。

“永远赞美，阿门！”在场人一齐答道，随后鞠躬致敬。

“主人在哪儿？”

“尊敬的王妃，您好，我是这里的主人。”只见那德意志人走上前，单膝下跪。

“我们要在这休息进餐，请尽快准备下吧，我们都饿了。”王妃说。

“是。”德意志人回答。

其他人都一一退了下去，马奇科和兹贝什科鞠躬后，王妃留住了他们。

“你们是贵族，不碍事！你们是从哪儿来的？”

于是他们便一一报上了自己的名字、族徽、战号以及他们借以获得姓氏的村庄。此外，三人还聊了聊关于战争的事情。

这时，修道院来了一个修士，他向王妃问过安后说：“王妃，您怎么没有派个信使通报下您的到来呢，也不到修道院去歇息。”

王妃愉快地回答说：

“我们到这里不过是歇歇脚，明天一早就要赶去克拉科夫了，我们为了图个凉快，才白天睡觉，晚上行路的。再说这会儿去会吵醒修士们。”

尽管修士一再恳求，王妃还是婉言拒绝了。

“那请恩准我们从修道院拿来些食物和酒吧。”

“那就多谢了。”王妃说。

修士出门后，她就叫道：

“丹露霞！站到凳子上去，唱你在扎托儿唱的那首歌谣，让我们开开心。”

侍从们听见这句话，便连忙把一张长凳摆在屋子中央，那个紧跟在王妃身后的抱着小诗琴的女孩向长凳边走来。她长发披肩，头戴花环，身着蓝色衣裙，脚穿一双红鞋。虽然还是个孩子，却透出了美丽动人的气质。她很大方地站到了凳子上，像只小鸟儿昂起了头，眯着眼睛，用银铃似的嗓子唱了起来：

倘若我有一双
雏鹅的小巧的翅膀，
我一定要展翅飞翔
到西里西亚把雅谢克探望……

坐在长凳两端的吟游歌手给她伴奏，一个拉着小提琴，另一个弹着诗琴。王妃愉快地向左右两边点点头。女孩的声音那么轻柔，仿佛春天林中的小鸟叫。

“请问您叫什么名字？”兹贝什科问旁边的人。

“我是塔切夫的尼占拉！”旁边的人答道。

“这姑娘是什么人？”

“她是王府上的一个女孩,在所有的吟游歌手中,王妃最宠爱她。”

“这并不奇怪,我觉得她就是个天使。对了,她叫什么名字?”

“丹露霞,您没听见吗?她父亲叫尤兰德,最著名的骑士之一,是一个骁勇善战的地区行政长官。”

“嗨,从未见过这么美的姑娘!”说着兹贝什科的目光又转移到了女孩的身上。

“她是在你们王府长大的?”

“嗯,她的母亲非常得王妃的宠爱,不仅因为她长得美丽动人,更因为她是和王妃一起从立陶宛来的。因此王妃把她嫁给了有权势的尤兰德,她的女儿也叫安娜·丹露塔,我们平时亲切地称她为丹露霞。不过不幸的是,后来十字军袭击王府时把她的母亲活活吓死了。从此这个小姑娘就由王妃抚养长大,尤兰德看到女儿很受王妃的怜爱,心里也很安慰。不过,对于妻子的离开,他一直耿耿于怀,为此他已经杀了很多德意志人了。”

兹贝什科顿时热泪盈眶,“那您当时在场吗?”

“袭击的时候我在场的,我看到一个头上插有孔雀毛的德意志人打算把丹露霞的母亲绑在马鞍上,那人的绳子还拿在手中,她就死了,可以说是被活活吓死的。”

兹贝什科又看了看丹露霞问道:“那照您说的她还没有骑士,是吗?”

这时,歌声突然停止了。一个肥胖的吟游歌手突然离开了座位,长凳向一头倾斜过去,丹露霞伸出小手,眼看她摇摇晃晃地就要掉下来了,兹贝什科立马蹿上前去接住了这位美丽的天使。

“这就是丹露霞的骑士,来吧,骑士,先把可爱的歌手还给我们。”王妃开着玩笑说。

兹贝什科把丹露霞抱在胸前,朝王妃走去。小姑娘欢乐地笑着,同时也露出一丝受惊的神情。

而这时,年轻人走到王妃跟前,将女孩放下后,跪下去说:

“仁慈的王妃,美丽的丹露霞也该有她的骑士了,而我将永远赞美她,对她坚贞不渝,无论发生什么变故。我发誓!”

王妃的脸上掠过一丝惊异的表情,她又仔细地打量了兹贝什科一番。

不是因为兹贝什科说了这番话，而是她没想到一切会这么突然。不过她还是喜眉笑眼地问那个姑娘：

“丹露霞，你愿意找个骑士吗？”

“我愿意，愿意！”女孩儿又蹦又跳。

王妃笑得眼中充满了泪水，王府所有的人都跟着她笑。

“明誓吧！骑士，你愿意为她做什么？”

在一片笑声中，兹贝什科依然庄重地跪在那里，郑重地答道：

“我向她明誓，我在克拉科夫驿馆门口，写张条子宣告：丹露塔·尤兰德小姐是国内外最美丽、最有德行的姑娘。”

“看来你很懂得骑士习俗。还有什么呢？”

“还有我从尼古拉大人那里得知，尤兰德小姐的母亲是被头盔上插有孔雀毛的德意志人害死的，我立誓从他们的脑袋上扯下三簇孔雀毛。”

听到这里，王妃的表情变得严肃起来了，她问道：

“你明誓可是闹着玩的？虽然和敌人作战是件光荣的事，可说不定什么时候就没命了。”

这时，兹贝什科的叔叔马奇科走上前来说道：

“仁慈的王妃殿下，请别担心。战争都是危险的，但只要死得其所，都是光荣的。而且战争对于这个小伙子来说并不陌生，虽然他还年轻，但也曾在战场上磨炼过。如果他立誓为自己心爱的人夺到三簇孔雀毛，也算是一种新时尚，再说毕竟他也打倒过几个德意志人，那就让他去吧。”

王妃听过后露出了满意的笑容，便对丹露霞说：

“今天你是最重要的人，坐到我的位子上来，别嬉皮笑脸了，都快有骑士了。”

丹露霞虽然尽力想装得严肃，但那双蔚蓝的双眼中却闪烁着幸福的光芒，她冲着兹贝什科笑着，小脚踢打着。

“把手套给他。”王妃说。

丹露霞脱下手套，递给兹贝什科，他认真地接过，放在嘴上吻了一下，说：

“我会把它们放到头盔里，决不允许任何人碰。”

他又吻了吻女孩的双脚和双手，这才站了起来。

就在这时，先前来过的那位修士领着两位高级修士走进了驿馆，手里拎着用柳条编织的篮子，里面装着几坛酒和一些美味。

修士们和王妃说了很多客套话，约定做过早祷和弥撒后，王妃和全体人员到修道院吃早餐、休息。修士们也热情地邀请了那些贵族地主和马奇科。

正在大家聊着天时，兹贝什科出现了。只见他全身焕然一新。做成卷的头发上罩了一个丝织的发网，前面还镶嵌着珍珠，一件白色缎子的外衣上用金线绣了很多狮子、鹰头之类的东西，一条双层的金腰带上挂了一把精致的短剑。他走向厅堂，刹那间大家的目光被这位英俊的小伙子吸引了。

丹露霞刚开始快速地向他跑去，不过突然就停止了。满脸通红，一副羞答答的表情。

“他是谁?”一个修士问。仿佛大家并没有注意到小女孩。

“他是位年轻的骑士，就是那位贵族的侄儿。”王妃说着指了指马奇科，“他刚刚向丹露霞明过誓。”

修士们并没有感到诧异，因为这种明誓并没有任何束缚力。一个男子向未婚的女子明誓，也并不代表他们就可以结婚。

大家的目光还在兹贝什科身上，马奇科也自豪地讲述这个年轻人如何夺到这套华丽衣服的。听过后，在场的人都连声赞叹。

“你们真是气度不凡的人。”

“这个年轻人一定能夺到那几簇孔雀毛。”

马奇科得意地笑着。没一会，修道院的仆役们已取出了柳条篮里的美味佳肴。大家都迫不及待地朝桌子拥去。

不过在王妃没有入席前，谁也不敢就座。她坐到了上席，并叫兹贝什科和丹露霞相挨着坐在她的对面。

接着现场安静了一会，大家狼吞虎咽地吃着东西。兹贝什科切下几片鲜美的香肠给丹露霞。女孩儿眨着一双美丽的眼睛，一会冲着他，一会冲着王妃，甜甜地笑着。

就这样，大家一边吃早饭，一边聊着天。

终于等到鸡鸣叫了，此时教堂的钟声也传到了驿馆，大家离开了座位，叫道：

“去做早祷！”

“我们徒步去赞美上帝吧！”王妃喊道。全体人员便跟着王妃出了门。

外面天刚蒙蒙亮。东边可以看到微弱的曙光，上边是绿色，下边是粉色。西边，一轮圆月仿佛被曙光逼得往后退，而那道光越来越亮。这个被露水湿润了的、欢乐的世界迎来了新的一天。

人们三三两两地走在路上，此时马奇科叔侄两人走在一起，小声地说着话。

“说实在的，你这样做确实一点儿意思都没有。我们早晚都会见到国王，至少也会得到一点赏赐的。我真的想要一座城。等着瞧，我们的故乡博格丹涅茨最终会回到我们手里的。如果维托尔德王爷在王后分娩前就远征，你到王爷那里去打鞑靼人，只要你好好表现，这位大方的王爷肯定会给你些赏赐的。只要够幸运可以得到大量的鞑靼人，这样我们就拥有了农民为我们种地。”马奇科边说边幻想着。

但是兹贝什科却摇摇头说：

“那些鞑靼人只会吃臭马肉，他们根本不会种地。再说，我已经立誓要夺得三簇德意志人的羽毛，在鞑靼人那里我根本找不到。要去你自己去，我才不去。”

“你这个臭小子，那谁去觐见国王啊？”

“叔叔啊，在草原上根本追不到活的鞑靼人，你让我骑什么去追他们？我们只能得到一些破烂的老羊皮。到那时我又能带多少财富回博格丹涅茨啊？”

马奇科无言以对，毕竟兹贝什科的话也有一些道理。“那你打算到哪里去？”

“我要去找尤兰德——丹露霞的父亲。”

“你简直是疯了！”

“叔叔，您听我说。首先尤兰德正在找德意志人报杀妻之仇，而对德意志人的战斗方式、方法我都了解；其次边境上我也容易得到那些头盔上的孔雀毛，而且我也可能得到一些战利品。最重要的是在那里得到的俘虏可不是鞑靼人，让他们去开发森林，您一定愿意的。”

“可你知道什么时候会打仗啊？”

“哎呀，我的叔叔！虽然国王和大团长都在合约上盖了章，可边境仍然是骚乱不断。那些十字军骑士专抓那些越过边境的猪牛，只要抓住，都会烧他几个村庄。这样不就有机会打仗了吗？尤兰德专等着类似的机会出现呢。”

两人默默地走了一阵后，天终于大亮了。马奇科说：

“那就祈求上帝为你祝福吧，当然，一切要靠他的恩惠。”

兹贝什科会心地笑着：

“到时候也许我真的会娶美丽的丹露霞，等您老了，就可以在家抱抱您的孙儿了。”

听后，马奇科也眉开眼笑，慈祥地说道：

“这样也好，既然她是贵族的女儿。”

第三章　华尔盖日之谜

情节简介

王妃一行人在修士们的带领下来到了蒂涅茨的修道院，这座国内罕有的修道院因雄伟壮观、奢华富贵的气度让许多没来过的侍从们大开眼界。为了解开王妃心中的疑虑，修道院院长讲述了神秘的华尔盖日的故事。这到底是一个什么样的故事？丹露塔王妃是否也有她的苦楚？修道院院长的神秘宝贝又是什么？本章将会精彩解读。

安娜王妃、马奇科和兹贝什科从前都来到过蒂涅茨，不过侍从们却是第一次踏上这片土地。他们目不转睛地看着这宏伟壮丽的修道院，情不自禁地连声赞叹。在金色阳光的抚摸下，这威严的建筑物显得格外的光彩夺目。这里的高墙、大厦、每一间房舍都有不同的用途。从高处望去，山下的菜园和田地尽收眼底。

从贫困的马佐夫舍来的人们对这里的一切都不习惯，显得惊奇不已。虽然国内也有很多修道院，但没有一个可以与蒂涅茨的奢华相比，它的财富超过了许多分封的公国，而它的收入也使当时的许多国王羡慕。

为了给身边的姑娘们增添一点乐趣，王妃请了一位修士为大家讲述那个有关华尔盖日的古老而可怕的传说。

姑娘们紧挨着王妃，挤成了一团，慢慢地向高处走去。

“那就请希杜尔夫长老讲讲吧。”

“有天晚上，华尔盖日曾向我显过灵。”

“虔诚的修士，那您见过他吗？”王妃问道。

“我见过，他听从上帝的旨意，可以离开地狱，来到人间显身。”

“是什么时候？”

这位老修士顿了顿说:“它的出现不是什么好兆头。”

因为,据说当修士们对尘世的财富和享乐存在过多的向往时,华尔盖日的灵魂便要显现了。

王妃在胸前画了个十字,“我也不愿意见到他,可是他为什么入地狱呢?”

“尽管他一生品行端正,那也要入地狱,因为他没有受过基督的洗礼,原罪就不能被洗掉。”

王妃听后,眉头紧锁,因为自己的父亲至死也没有受到洗礼,他的灵魂也要永远受到煎熬。

“那请您讲讲他的故事吧。”王妃沉重地问道。

“在多神教的时代,华尔盖日是个有权势的贵族。每到打仗的时候,他带的士兵,都是清一色的贵族。他们占领了大片的土地。在蒂涅茨,他还有一座装满了金钱的塔楼,就像如今的十字军骑士团在马耳博克所建的一样。有一次,他去了法兰西国王那里,公主海尔贡达爱上了他,而此时国王要送公主去修行,她却和华尔盖日私奔到蒂涅茨了。没有神父为他们举行结婚仪式,他们只能在罪恶中生活。后来有一个叫维斯瓦夫的人趁华尔盖日外出时,将他的领地洗劫一空。等华尔盖日回来后,他将维斯瓦夫囚禁了起来。可是不论什么女子,只要见到维斯瓦夫就会情不自禁地爱上他,甚至抛弃父母,海尔贡达也不例外。为此她还设计了一副镣铐锁住了她的丈夫。但是,维斯瓦夫的妹妹听到华尔盖日在监狱里面的歌声后,立刻爱上了他,并将他救了出来。出狱后的华尔盖日将维斯瓦夫和海尔贡达剁成了碎片,拿去喂了乌鸦。”

“他做得不对吗?”王妃问。

希杜尔夫修士说:

“如果他受过洗礼,上帝会赦免他的罪,但他并没有,所以只能进地狱了。”

“那他当时就不能受基督教的洗礼吗?”

“不能,因为当时生活在这的人都信奉多神教,他只能信奉多神教。所以才下地狱,永远受折磨。”

这时,大家已经走近了修道院的正门,修道院的院长率领众修士和贵族已在那里恭候王妃。修道院的院长身材高大，面容清瘦，头顶剃光了，但在耳朵上方有一圈灰色的头发。他的额头上有一道很深的伤痕，显然是年轻时作为骑士四处征战留下的。他的眼睛炯炯有神，透着一股敏锐的光芒。脖子上挂着一条金链子，金链子下连着一个用宝石制作的十字架——这是修道院院长的标志。

见到王妃时，他一步跨出了门槛，深深地鞠了一躬。他用右手握住的“金匣子”画了个十字向王妃表示欢迎。

“尊敬的王妃，欢迎您的驾临，使清寒的修道院倍感荣幸，愿所有的守护神为您祝福一生一世。”

修道院的院长本是一个高傲的人，而面对贵族也表现出了谦卑恭敬的样子。

随后，王妃伸出了手，他连忙风度优雅地单膝跪下吻了吻她的手，然后大家一起走进了大门。

刹那间，钟声和铃铛的声音同时响起，喇叭声、打鼓声也纷纷响起，这就是基督教中所做的弥撒。管风琴的声音回荡在了教堂里，庄严而明亮，像天使的声音，甜蜜而幸福，王妃的脸上除了虔诚和敬畏外，还露出了无限的喜悦，似乎看到了天堂。

所有的在场人员都虔诚地祈祷着，兹贝什科跪在了长凳的外边，不时地看看王妃身边的丹露霞，心想：若是能当上这么美丽的姑娘的骑士就太好了，即使他的誓言实现的难度很大。于是，他思索着如何实现自己的誓言。可是思来想去，他总觉得从德意志人那里得到三簇孔雀毛并不是容易的事情。

于是，祈祷道：“耶稣！请赐予我们一场战争吧！让我们跟十字军骑士团打一仗吧。让他们的恶行受到惩罚。禁止他们用剑去砍杀那些您的仆人。而我也祈求您能早点让三名头盔上插有孔雀毛的德意志人出现，请您开恩，允许我把他们打死。如果我从这些被打死的人身上获得战利品，我将诚心诚意地向您神圣的教堂纳税，请您祝我一臂之力吧，阿门！”

随着他越来越虔诚的祈祷，他的心也越来越软了，于是他又许了个愿望：只要他赎回了美丽的故乡博格丹涅茨，他一定将蜂房里一年产的蜂蜡全部献给教堂。他的心情逐渐愉快了起来。不过慢慢地，他又觉得自己过多的要求会使上帝失去耐心。

做过弥撒后，全体人员休息了。这时，兹贝什科听到修道院院长和王妃的对话，这令他又信心百倍了。

王妃尖刻地指责着十字军骑士团："有这样的邻居，公国的情况能好起来吗？虽然彼此交换使节和文书，但生活在边境上的人却一分钟也没有安全感。他们晚上睡觉的时候，都不知道自己第二天醒来是否会被戴上镣铐，屋顶是否会着火。即使身为王公，也有可能被劫持。王国给他们那么多的恩惠，而他们却欺辱我们的人民。如今他们装模作样地来庆贺王后分娩，其实不过是想缓和一下国王对他们的愤怒。他们在立陶宛干了那么多的坏事，也许心里还盘算着怎样消灭我们整个波兰民族。"

修道院院长仔细地听着。

"大家都说，不久会爆发一场大战，但愿这是真的。一方将是波兰王国和所有说着和波兰语相似语言的国家，另一方就是所有的德意志人和骑士团。好像有位圣女曾经预言过这场战争。"王妃说道。

"确实如此，八年前，她已经被列入了圣徒的行列，这种预言一定会实现的。"修道院院长补充道。

兹贝什科听到这番话，高兴得打着哆嗦，不禁问道：

"战争很快就会爆发吗？"

两人似乎没有听见他的话，继续谈论着。

"其实在我们那里年轻骑士对战争都欢呼雀跃，而年长的都十分谨慎。并不是害怕德意志人的枪和剑，只是害怕他们十字军骑士团的遗宝，因为据说任何力量都无法对抗遗宝的威力。"

说到这王妃忧郁地看了一眼修道院院长，小声问：

"据说他们有一块真正的圣十字架木头，怎么和他们作战啊？"

"那是法国国王送给他们的。"修道院院长回答，"我曾在那里做过俘虏，亲眼所见他们有很多遗宝，都是一些圣徒的骨头，包括那个圣十字架。否则，骑士团怎么会那么强大？"

"那怎么和他们作战啊？"王妃皱着眉头又说了一遍。

"跟他们作战是艰难的，他们的白色斗篷上有黑色的十字架，不过如果他们还是作恶不断，那些遗宝将会对他们进行惩罚，削弱他们的力量。

不过，如果大战爆发，我们的国王也会有一些遗宝助我们一臂之力的。”

听到这里，王妃殿下紧锁的眉头舒展开来。

“愿上帝惩罚他们！”兹贝什科叫喊道。

其他修士听到这番话也觉得十分受鼓舞。

“仁慈的王妃，这个匣子里装着圣普陀罗牟斯的遗骨，他是我们的守护神之一。现在请您接受。”修道院院长说道。

王妃跪了下去，伸出幸福而颤抖的手，接过匣子，并将它凑到嘴边亲吻。大家都十分喜悦，尤其是兹贝什科，因为这也许意味着一场战争的号角即将吹起。

第四章 神秘的巨人

情节简介

午后，王妃率领着随从人员一同前往首都克拉科夫，走在半路上时，突然一个神秘的巨人出现在远处的山脊上，人们都以为是传说中的华尔盖日现身了，顿时，队伍中一阵骚乱。年轻勇敢的兹贝什科却向那巨人策马奔去。那人真的是华尔盖日吗？兹贝什科要和他决斗吗？他会遇到危险吗？本章将会详细地讲述。

午后，王妃率领着她的随从们前往首都克拉科夫，考虑到要到大城市去拜访知名人士，骑士们都全副武装，穿上了最华丽的战服，以此提高自己的身价。马奇科和兹贝什科不但穿着华丽，而且两人各拿一支长矛，腰间各佩戴一把宝剑，马鞍上插上一把斧子，仿佛马上就要去战场似的。

小丹露霞兴致勃勃地看着两位骑士，而王妃却时不时地拿出那个金匣子，凑到嘴边亲吻。

“我真想看看里面的骨头是什么样子。”

“哎呀，最好别转到别人的手里，这宝贝可贵重着呢。”旁边的尼古拉说道。

“您说得有道理！”她笑着说，“好久以来，没有人能像修道院院长让我这么高兴了。他送我的珍贵宝贝，让我对十字军的遗宝消除了恐惧。可是我们把遗宝深藏在修道院里面，而他们却到处带着，用的时候就拿出来。”

“都是一样的，上帝的威力是无边的，不分远近。”尼古拉答道。

“真的吗？为什么啊？”王妃冲着聪明的尼古拉问道。

“您看罗马也是隔得很远的，可是却统治着整个世界，更何况是上帝。”

听了这番话，王妃松了口气，于是她把谈论的话题转到了蒂涅茨上。这个富饶而美丽的地方有成片的树林、湿润的牧场、肥沃的土地，充满生机的小鸟为这里歌唱，各种花朵点缀着大地。

“这是卡其米日国王的土地。”王妃说，“住在这里真是惬意，或许能长生不老。”

“伟大的耶稣看到一定会感到欣喜，它受到了上帝的祝福。人们每天在这里敲钟，每个角落都响彻着钟声，魔鬼听到都会被吓跑。”

“可是，为什么……啊，你看那是什么？”王妃尖叫道。

“什么？”

“一个巨人从山丘后面向我们走来了。”

“难道是华尔盖日化成了肉身！”

“您别瞎说！”王妃说道。

兹贝什科立马站起来，说：

“一点不假，是个巨人，华尔盖日，不是别人！”

马夫听到这句话，猛地拉住了马，不过并没有丢下手上的缰绳，他在胸前画了个十字。只见骑着马的巨人一步步向大家逼近。王妃抬起身子，又惊恐地坐了下来；丹露霞把脑袋缩到王妃的怀里；姑娘们脸色惨白；男人们虽然故作镇定，但也露出了惴惴不安的神态。唯有见识广博的尼古拉依旧沉稳，安慰王妃道：“别害怕，仁慈的王妃，太阳还没有下山，即使在夜里，有遗宝，华尔盖日也不敢怎样。”

这时，那个陌生的骑马人已经登上了山脊，勒住了马，一动不动地站住了。

“他干吗停住了？”一个吟游歌手问道。

“因为我们也停住了。”马奇科回答道。

“他在朝我们望，似乎在挑选谁。”大家听过这话后，更害怕了。唯有兹贝什科走向前说：“我到要去看看，管他什么华尔盖日！”

丹露霞几乎哭着喊道：“兹贝什科！兹贝什科！”但他已经骑着马向前奔去了，一副无所畏惧的样子。

马奇科目光敏锐，说道：

“他看起来像一个巨人，因为是立在山上的，虽说身材魁梧，却是个普通的人,并不是什么妖怪。我去看看,别让兹贝什科和他吵起来了。”

这时,兹贝什科一路策马小跑,想着如何与这个人厮杀。不过此人确实魁梧,头上戴了一顶天鹅绒的帽子,身着一件白麻布的大斗篷,下面露出了一件绿色的袍服。立在山上,仰着头做祷告。

“这哪是华尔盖日啊”,年轻人想。当他走得极近,几乎可以用矛碰到这个陌生人时,突然眼前出现了一位穿着华丽军装的武装骑士,冲着兹贝什科友好地笑了笑,说道:

“赞美耶稣基督!请问下边是马佐夫舍的王妃吗?”

“是的。”

“你们是从蒂涅茨来的?”

兹贝什科并没有回答。因为他一直注视着这位披着白色斗篷的骑士,只见斗篷上有一个黑十字架,更重要的是这人的头盔上插着一簇华丽的孔雀毛。

“十字军骑士!”兹贝什科小声说。

这不就是他日思夜想的孔雀毛吗?他一面冲向那十字军骑士,一面喊着家族的战号:“冰雹!冰雹!”

那十字军骑士大吃一惊,眼看矛尖就要刺到他了,不料一只力大无比的手伸了过来,兹贝什科的矛就在那人的手上折断了。

“你这疯子,你在干什么?”一个威严的声音说道,“你竟然敢攻击国王的使者,你疯了!”

兹贝什科抬头一看,原来这人就是刚才被当作华尔盖日的巨人,他喊道:“让我去打这个德意志人!”他边喊边抓住斧子的把手。

“放下斧子!你冒犯了国王的使者,是要被送上法庭的!”

巨人又冲跟在十字军骑士后面的骑士们喊道:“过来!过来!”

这时,马奇科赶到了现场,脸上流露着不安的神情。他明白兹贝什科简直就是疯了。不过,既然已经出手了,干脆和这些人拼个你死我活,因为他们已经有可能被送上法庭了。于是,他的脸立马紧绷起来,手握宝剑。

“您是什么人,在这里有什么权力?”马奇科想了想问道。

“我受国王诏令维持克拉科夫的秩序,人称波伐瓦。”刚才那个被当成华尔盖日的巨人说。

听了这话，马奇科看看那人后低下了头，他不是被镇住了，而是出于对这位赫赫有名的骑士的尊敬。马奇科顿时冷静了下来，用充满敬意的语调说：

“向您致敬，大人。”

“也向您致敬，阁下。”波伐瓦回答道。

“不过这个毛小子，干了好事，我是不会放过他的。”那穿着白色斗篷的人突然说道。

马奇科顿了顿又说：“他年轻气盛，不懂事，您大人有大量，别跟个小子计较。”说完就转向兹贝什科说：

“你这个闯祸的家伙，都在想些什么？快给这位骑士道歉。”

原来那人是骑士团的分团长，叫利希滕施泰因。他的脸色纹丝不动，用冷漠的眼神看着马奇科，似乎不是在看一个骑士，甚至不是在看一个人。马奇科立刻察觉出来了，虽然表现出彬彬有礼的样子，却十分愤怒，他那张晒得黝黑的脸涨得通红。

接下来，双方争执了很久。最终分团长对兹贝什科说道：“你这毛小子，最好自己去投案，否则我会对你不客气！”说完就气呼呼地走了。

虽然兹贝什科并没有真正伤害到他，但由此产生的后果将会给这个鲁莽的年轻人带来不可想象的教训，也许他自己都不清楚。

波伐瓦和马奇科他们一起向王妃那边走去。

兹贝什科回去后，走到丹露霞旁边，高兴地对她说，从这个山丘可以很清楚地看到克拉科夫，而马奇科也和一个吟游歌手聊了起来。仿佛什么都没有发生。

波伐瓦和王妃彼此本来就很熟，于是也聊起天来。谈话中得知因为这两天从四面八方去首都的人很多，害怕出现什么纷争，所以波伐瓦在此维护治安。老骑士也将刚才十字军骑士和兹贝什科的事讲给了大家听，为了不破坏大家的情绪，他并没有讲得很严重。王妃甚至笑兹贝什科，说他太急于弄到一簇孔雀毛了。其他人也纷纷赞扬波伐瓦骑士竟然用一只手就轻而易举折断了一支矛。

在大家都对波伐瓦赞声不断的时候，尼古拉开口了，他说：

“如今在这个女性化的时代，偶尔有个骑士打碎或者掰断个什么，他就会自认为是个大力士，就瞧不起别人。可从前，女人都能办到。”

“我不否认，以前的人比现在的人强壮，可当今也有强壮的人，我并没有说我是这个王国最强壮的人，阁下可见过扎维沙？他就能把我摔倒。”

“我见过。”

“陀布科呢？十字军骑士在托伦举行过一次比武，他在那场比武中放倒了十二个骑士，为他自己，也为我们的国家争了光……”

“但是我们的马祖尔人斯塔什科比扎维沙和陀布科更胜一筹了，据说他拿了一只用新鲜树木做成的木栓，手一捏，就捏出了汁水。”

“我也能！”兹贝什科当着丹露霞和王妃的面嚷道。他立刻拿了一根树枝来，用劲一捏，汁水就滴在了路上。

尼古拉和王妃笑得很开心，大家都赞扬着兹贝什科的手劲。因为在那个时代，拥有力气将比一切都重要。年轻的姑娘们都冲丹露霞叫喊：“你该高兴啊！”她确实很高兴，只是不明白一根被捏出了汁水的树枝意味着什么。

兹贝什科十分得意，早已将那个十字军骑士忘掉了。

这时波伐瓦走在王妃的右侧，将前面发生的事情又讲给了她听，并将后果说了一遍，希望得到王妃的支持。王妃听后很不安，毕竟她是很喜欢兹贝什科的。

“克拉科夫的主教是愿意见我的。”波伐瓦说，“我要去求他，也要去求王后，说情的人越多对这年轻人越有利……”

“只要王后出面保护他，他连一根头发都不会掉。”丹露塔王妃说，“国王尊敬她，因为她是一个虔诚而美丽的女人，尤其是现在，她怀有身孕。还有国王最爱的妹妹杰莫维托娃王妃也在克拉科夫，您一定要去找她。我也会竭尽所能，但她是嫡亲妹妹，而我却不是。”

“唉，不一样……”

他们就这样边走边谈，不知不觉临近了克拉科夫。

克拉科夫的街上十分热闹。有带着仆人进城的贵族地主，有的骑马，有的和家人一起坐马车，都赶往这座大都市凑热闹。商人的大车里满载着食盐、醋、鱼、兽皮，这些大车把道路挤得水泄不通。另一些准备出城的大车上装满了呢绒、布匹、一桶桶的啤酒等各种商品。皇家花园、贵族和市民的花园环绕着这座城市。

“伟大的城市！恐怕这算得上是世界上独一无二的城市了！”马奇科赞叹道。

“您很久没来了吧？”一个吟游歌手问道。

“是啊，很久了，好像第一次见到一样。我们刚从一个荒凉的地方来，自然觉得很新奇。”

但是此时波伐瓦却在想别的事情：年轻的兹贝什科仅仅因为浮躁莽撞而犯下了过错。虽然这个骑士打仗时残酷、勇猛，可是此刻心中却充满了对这个年轻人的怜悯。

“我想了想，”他又对王妃说，“我们要不要把今天的事情奏明陛下，如果那个十字军骑士不告状，也许什么事都没有。可是他要是去控告，陛下定会大怒的。”

“十字军骑士要想害我们任何人，我是绝对不会放过的。这样吧，让他先加入我们的王府侍卫队，也许陛下会因此网开一面。”

她说完就招呼兹贝什科，他欢呼雀跃地跳下马，愉快地同意做她的侍从，也许更多的是因为可爱的丹露霞。

马奇科因为波伐瓦对他们叔侄两人的关心，很受感动，竟一时有些哽咽。

大家继续前行着，街道两旁都是房屋。有出售啤酒的市政厅、华丽的教堂、呢绒仓库、理发馆、浴室以及各种小作坊。总之，这里的繁华与财富，是一个不熟悉大城市生活的人无法想象的。

波伐瓦将叔侄两人领到了自己的府上，并吩咐仆人准备一个大房间。

晚饭过后，两人睡下。而马奇科却失眠了，他对侄儿说：

“兹贝什科？”

“什么？”

“我想了想，他们还是要砍掉你的脑袋的。”

“您这么想？”兹贝什科在睡梦中轻轻地问了一句。

然后转过身，就香香地睡着了。

第五章 死 刑

情节简介

京城克拉科夫此时已经成为了人的海洋，各地的贵族、骑士、宾客都聚集在这富庶之地，来拜见伟大的国王和王后。在一场早宴上，利希滕施泰因认出了曾经企图袭击他的兹贝什科，这位残酷的十字军骑士会不计前嫌吗？国王会原谅这个莽撞的年轻人吗？他的命运到底会怎样？本章将会一一解答。

第二天清晨，马奇科和兹贝什科跟随波伐瓦一起到了大教堂，顺便见一见宫廷的人和各地的客人。波伐瓦一路见到很多熟人，大多都是赫赫有名的骑士。兹贝什科羡慕地看着他们，心中暗暗许下心愿：如果他这次能从那件事中脱身，一定要成为像他们一样的人。

来自各地的骑士们在一起议论着战争，时而激昂，时而愤怒。突然，钟声响起，大教堂塔上的乌鸦和鸽子立刻飞了起来，弥撒就要开始了。

马奇科和兹贝什科随同人潮一起走进了大教堂，没想到利希滕施泰因也赶来了，老骑士心中不免有些不安，可是年轻的兹贝什科却不慌张，依然愉快地欣赏着这富丽堂皇的教堂和这些气度不凡的骑士们。这里有罗马皇帝的使者、捷克使者、匈牙利使者、奥地利使者和他们的随从，他们个个身着华丽的服饰，优雅的气质也使人们大为惊叹。此外，还有一些王公贵族也毫不逊色。

没过多久，国王走了出来。他的头发乌黑蓬松，可是头顶上有些稀疏。脸庞黝黑、端正，嘴角上有些皱纹。一双眼睛并不大，但很有神。他用双眼向四周扫射了一遍。

片刻，雅德薇嘉王后走了出来。离长排座椅较近的骑士们一见到她便立即跪了下来，虽说弥撒还没有开始，他们却都主动向她致敬。雅德薇嘉王后严格地苦修，使人们除了对她的王后身份表示尊敬外，更多的是宗教的崇拜。在贵族和百姓中间，都传说着王后会显示奇迹。据说，她用手摸摸生病的人就能治好他们，而那些四肢瘫痪的人穿上王后的旧衣服就可以活动。外国的君主们都向她行跪礼，就连傲慢的十字军骑士也十分尊敬她。欧洲宫廷的吟游歌手们都在歌颂她，那些偏远国家的骑士们也千里迢迢来到克拉科夫，只为一睹王后的风采。而本国的人民则像爱护自己的眼睛一样爱护她。

于是大家都来向她祈求，祈求健康，祈求丰收，就连曾经那些作恶多端的十字军骑士，受过她的警告后，也收回了剑。她就如同幸福的朝霞，正义的天使。

她从小就生活在豪华的宫廷，拥有的金银珠宝、绫罗绸缎数不胜数，但是她却穿着朴素，美丽的面容愈发光彩照人。兹贝什科看到她那温柔、慈善的面庞，心便开始狂跳，心中不禁地激荡着一种博大的爱。他想做完弥撒后立刻骑上战马，去干一番事业，至于什么事业，他也不清楚，只是觉得自己必须去。

他又把自己面临的危险忘到了九霄云外，甚至暂时忘记了丹露霞，只是虔诚地祷告着。

弥撒结束后，安娜王妃把兹贝什科叫上前去说："早宴时，你就来侍候我和丹露霞吧。"

年轻人愉快地答应了。

早宴开始了，大臣和骑士们都已入座，杰莫维托娃王妃也已入座了，她作为国王的亲妹妹坐上了首席，王妃牵着丹露霞的手一起走向宫殿。不一会，大厅里面便挤满了许多外国宾客和贵族，大家都按照礼节坐在了自己的位子上。

在安娜王妃的下面，克罗皮德沃悠闲地坐在一张宽大的椅子上，他是先前格涅茨诺的大主教。他蜷曲的头发使整个脑袋就像教堂里面刷圣水的刷子，所以他有一个外号叫做"洒圣水刷子"，十字军甚至叫他"洒水刷子"。这个人因沉湎于酒色而闻名，他为了得到自己想要的一切头衔，和骑士团勾结，可是他们只是让他做了贫穷的卡明斯克的主教。这时他才明白，与其受骑士团的气，还不如与国王和解。所以这次回到国内，他也等待着仁慈的国王给他个头衔。但是，他对骑士团还是旧情未了，所以虽然在宫殿上受大臣和骑士们的白眼，他还是极力讨好利希滕施泰因，乐滋滋地坐在他身旁。

兹贝什科站在王妃的椅子后面，看着这位十字军骑士，极力地克制着心中的怒火。可是，德意志人却没有想到那个曾经袭击他的人就站在自己的身旁。

早宴开始了，仆人们送上了葡萄酒煮的肉汤，里面加了鸡蛋、桂皮等，整个大厅弥漫着芳香。此时宫廷里的小丑恰鲁舍克坐在门口的一张凳子上，开始学夜莺唱歌。接着第二个小丑跟上菜的侍从一起绕桌子行走，他在客人们身后停留片刻，模仿蜜蜂嗡嗡的叫声，那声音非常逼真，以至于有些客人放下了汤勺，伸手去赶头顶的蜜蜂，其他客人看到便大笑起来。当轮到利希滕施泰因拍自己的脑袋时，在一旁侍候王妃的兹贝什科又忘记了自己的处境，笑得前仰后合。另外一位骑士也跟着他大笑，不小心撞上了送菜的，把盘子里的菜都碰了出来。

这十字军骑士发现自己上了当，连忙把手插进口袋里，转身对“洒水刷子”说了几句德语，而后“洒水刷子”翻译成波兰语对小丑说：

“尊敬的骑士让我告诉你，赏你这些钱后，就别嗡嗡叫了，否则他不仅要轰开蜜蜂，还要杀死雄蜂……”

沉默了一会，利希滕施泰因说道：

“这个王国说是个基督教国家，可是却遵循着多神教的礼仪。”

听了这话，骑士们都站起来了，只见他们脸上红一阵白一阵。其中最著名的骑士扎维沙愤怒地对利希滕施泰因说：

“我真看不透你，你身为一名骑士，却侮辱一个光辉的国家。”

这时，克拉科夫的都督托波尔站了起来，他是位德高望重的老者。他问道：

“高贵的利希滕施泰因骑士，假如您作为一名使者受到什么侮辱，请您直言，我们一定会对他严惩不贷的。”

“在其他任何的基督教国家我都不会有这样的遭遇。昨天在去蒂涅茨的路上，贵方的一名骑士袭击了我，还企图杀害我。”

兹贝什科听后，脸色大变，再看看国王，国王的面孔冷得让人害怕。

“阁下不妨问问塔切夫的骑士波伐瓦，他亲眼所见发生的一切。”

大家都把目光转向了波伐瓦，他站了一会说：

“确有其事！”

骑士们听后纷纷叫喊：“可耻！丢脸！”大家都认为这是奇耻大辱，纷纷露出愤怒的表情。

“那你为何没有把他杀死？”国王愤怒地吼道。

“因为他的头属于法庭。”波伐瓦回答。

“您把他关起来了吗？”托波尔都督问。

“没有，因为他宣誓会主动投案。”

“他是不会主动投案的。”一个十字军骑士说道。

这时，一个年轻沉稳的声音响起：

“上帝作证，这件事是我干的，我并不是贪生怕死的人。我是兹贝什科。”

骑士们听后，都向年轻人看去。国王站起来后，眼中的愤怒像燃烧的火，怒吼道：

“砍下他的脑袋！砍下他的脑袋！雅蒙特，先把他关进塔楼！”

“我不会跑的。”兹贝什科惨白着脸说。

“仁慈的国王，我将说明这个孩子犯罪的全部过程，只是因为他的年轻气盛，换成是个成年人，都不会犯这样的错误。”波伐瓦连忙说道。

其他人也都附和道：“他还是个孩子！”

现场出现了片刻的安静，波兰的骑士们与十字军骑士愤怒地看着对方。

雅蒙特已经把兹贝什科带到了王宫的院子里，习惯于盲目服从的雅蒙特一路好心地劝说兹贝什科：

“听我的话，上吊吧！国王气成这个样子，肯定要砍你的头啊。你还不如自己上吊，这也是这里的习俗了。”

“你说什么？”

“你自己去上吊！干吗让别人审判你，让国王高兴吧！”

“我自己去上吊？做这种事情对于基督徒是一种罪恶。”

雅蒙特耸了耸肩说："反正也要砍掉你的脑袋。"

兹贝什科犹豫地垂下了头，被侍卫带走了。

宴会上，可爱的丹露霞见到发生的事情，小脸变得煞白。看到兹贝什科被带走，自己却没有办法，便大哭了起来，哭声那么响亮。所有的人都转过脸来看她。连国王也问：

"怎么回事？"

"仁慈的陛下！"安娜王妃叫道，"她是尤兰德的女儿，那不幸的小骑士向她明过誓，要为她从德意志人的头盔上拔下三簇孔雀毛。所以一看到这位分团长头盔上插有孔雀毛，以为是上帝亲自给他送来的。陛下，他这样做并不是出于恶意，而是因为他的冲动。求陛下收回成命。"

"饶恕兹贝什科吧，陛下！"小丹露霞已经泣不成声，颤抖着跪在国王面前。

国王并没有强行推开她，只是高声说：

"别来纠缠我！不管怎样，他犯了罪，就应该被砍头。"

她用小手抱住陛下的膝盖，凄凉地叫喊着：

"陛下，求您饶了他吧！"

几个骑士也走上前来说道：

"尤兰德是有名的骑士，再说那小伙子在维尔诺城也立过功。"

"若不是他犯了罪，我也会宽恕他的。若是骑士团能宽恕，我也能宽恕。"国王虽然被丹露霞的哭声所感动，但也只能这样说了。

"饶恕他吧，大团长也不会责怪你的。"波伐瓦对利希滕施泰因说。

"饶恕他吧，阁下！"两位王妃喊道。

"饶恕他！饶恕他！"骑士们异口同声地喊道。

但是，那十字军骑士说："我是使者，我代表着整个十字军骑士的尊严，他袭击了我，就是冒犯了骑士团的尊严，其实就是冒犯了基督的尊严。"

大家听后，不再说什么了，都感到无能为力。

两位王妃打算拜见王后，恳求她说服利希滕施泰因撤回诉讼，或者给大团长写信，让她说服骑士团。毕竟雅德薇嘉王后非常受世人的尊敬。如果骑士团那边拒绝的话，一定会受到基督教国家的人民和君主的谴责，他们也不愿意这样。

不幸的是，克拉科夫的主教，同时也是王后的御医韦什却说：

“她历来不喜欢听有关死刑的事情，何况是为了一个小小的骑士。”他说，“如果这件事情影响王后的心情，甚至她的身体，你们谁也担待不起。如果谁敢去打扰王后陛下，国王就会对那个人不客气。”

两位王妃被吓唬住了，谁也不再提起此事。

波伐瓦在这件事上表现得非常用心，因为他也有个和丹露霞一样大的女儿，看到丹露霞哭得那么伤心，他也很心疼。

于是，当天他就去地牢里看兹贝什科，嘱咐他千万不要失望，还讲述了两位王妃为他求情的事情。兹贝什科还听说丹露霞为他跪在国王的脚边，感动得热泪盈眶，不知如何表达自己的感激之情，他用手背擦去眼泪，说：

“愿上帝保佑她！如果有可能，我一定尽快为她做一次决战，无论骑马还是走路，我会好好报答她的……”说着抬起那双充满感激的眼睛，仰望着上天。

“你听我说，孩子。你叔叔已经去找利希滕施泰因道歉了，我也准备去。其实，这并不是一种耻辱，你就把它当成是去给使者道歉。你愿意去吗？”

“既然您都这样说了，我照办就是了。”

“先看他对马奇科怎么说吧。”波伐瓦说。

第二天，十字军骑士们和波兰骑士们到法庭上争辩了很久，不幸的兹贝什科终究还是逃不出法律的制裁，只是被延缓执行死刑。

叔侄两人在监狱里聊了起来。

“你放心，我已叫人给你做了一口上好的棺材，就算是圣玛利亚大教堂的神甫也睡不到比这更好的了。我也为你准备了最好的新衣料，非常漂亮。”

兹贝什科听后十分欣慰，把头低到叔叔的手上，反复地说：“上帝会报答您的！”

叔侄两人聊了很久，然后他们拥抱，告别。兹贝什科又是一个人，在黑暗中的他内心充满了绝望。

“我终究逃不过一死的。”他心里想着。

然而，这时却发生了另一件事：两位马佐夫舍的王妃一直惦记着兹贝什科，杰莫维托娃王妃还亲自写信给大团长，毕竟他们还是有一定的交情的。如果大团长肯帮这个忙，问题就好解决了。于是王妃叫来马奇科做信使，让他把信送到大团长手里。马奇科心里十分感动，并很快将这个消息带给了兹贝什科。

兹贝什科听到后很高兴，可转念一想又觉得希望渺茫，谁知道德意志人会不会做这种好事。不过他的心中还是充满着希望。

次日，王妃带着丹露霞来看他，丹露霞的腰上挂着她的小诗琴，兹贝什科依次在她们面前跪拜。

王妃说：“要是马奇科带不回一个满意的答复，或者干脆回不来，你这可怜的人还得到天堂去。”

想到小骑士不幸的命运，丹露霞情不自禁地热泪盈眶。兹贝什科再一次拜在她的脚下：

“可怜的孩子，我已不能，把那些孔雀毛献给你了。”他说，“宽恕我吧，上帝！请您把人世间的一切财富都赐给尤兰德小姐吧！”

“你们相识时间还不长，上帝是不会答应你的。”王妃说。

兹贝什科回忆着在蒂涅茨的驿馆里发生的一切，心潮澎湃，百感交集。最后他请小丹露霞再为他唱一次在驿馆里唱过的那支歌。

尽管此刻的丹露霞已经没有了唱歌的心情，但是她仍然昂起那漂亮的小脑袋，眯着迷人的眼睛唱道：

倘若我有一双
雏鹅的小巧的翅膀，
我一定要展翅飞翔
到西里西亚把雅谢克探望！
我一定要飞到西里西亚
坐在篱笆上轻轻地对他说：
“亲爱的雅谢克，你看看我，
听听可怜的孤儿为你歌唱。”

刹那间，晶莹的泪珠从她的眼睫毛落到脸颊上，她再也唱不下去了。兹贝什科又像在驿馆那样一把抓住了她，抱住她说道：

“只要上帝能将我救出这间牢房，只要你一长大，只要令尊同意，我一定娶你为妻，姑娘，一定！”

丹露霞搂着他的脖子，把脸靠在他的肩头，热泪横流。仿佛那一刻世间只有他们两人。

第六章　绝望与重生

情节简介

雅德薇嘉王后的小公主早产后不久便离开了人世，王后也相继逝世，整个京城的上空笼罩着悲伤的气息。王后的逝世是命运的安排还是一个巧合？这位王后到底有什魅力让她受到了全国人民甚至十字军骑士的尊重？随着临刑日期的到来，兹贝什科是否会逃出死亡的魔爪。

此时，克拉科夫发生了一件大事。六月三十一日傍晚，王后即将早产的消息传遍了整个宫廷，紧急召来的医生们和韦什主教通宵守候在她的寝宫。人们也从宫廷中打听到王后有早产的危险。克拉科夫都督托波尔连夜派出信使通知了外出的国王。

第二天清晨，消息就传遍了全城和周边地区。恰好到了礼拜日，所有的教堂都挤满了做礼拜的人。神甫们都在为王后的平安做祷告，全城的人们也为王后的健康做祷告。那些外国宾客、骑士、贵族和商人代表纷纷向王宫涌去。甚至城中都没有人了，大家听到敬爱的王后生病的消息，都向王宫涌去。侍卫们忙于在人群中维持秩序，场面曾一度出现混乱。

终于主教和都督出现在王宫大门口，他们向民众走来，宣布说：王后生下了一位公主。这个消息使众人心中充满了欢乐。王后虽然早产，但母子平安。

因为王宫附近禁止大声说话，所以大家都慢慢散开，走向了街道。不一会，街道上便热闹起来了，欢呼声和歌声响遍了城市的每一个角落，人们并没有因为降生的是位公主而担心。因为当年路易国王没有王子，但雅德薇嘉继承了波兰王位，很受人们的尊敬。由于她和雅盖沃的婚姻，王国的威力成倍增长。无论是罗马皇帝，还是任何一个别的国王，都不曾拥有疆域如此辽阔的国家，如此多的骑士。

全城一夜都充满了欢乐的景象，大家消息也十分灵通，派人到宫里打探情况，带消息回来的人立刻就被人们团团围住问个不停。

消息中最不好的一条是：彼得大主教当天夜里就给小公主施了洗礼，必定是这孩子身体柔弱。但是一些经验丰富的妇女举例子说，一些体弱的婴儿在受过洗礼后就变得十分强壮。听后人们心中才有了一丝安慰。

可是第二天，王宫里传来了产妇和婴儿的坏消息。所有的教堂里，从早到晚都挤满了人。一些农民不惜献出自家的粮食，那些商人和骑士则献出自己贵重的物品放在祭坛上，为王后和公主祈求平安。钟声、人声、祈祷声充斥在教堂里，就这样过了一天又一天。

可是七月十三日却敲响了丧钟，小公主离开了人世。整个城市充满着悲伤和不安，人们到处打听着王后的身体状况，但从王宫大门走出来的文臣武将一个个都面色阴沉，而且一天比一天阴沉。有人说，医学大师斯坦尼斯瓦夫神甫一直守在每天领圣餐的王后身边；有人说每次圣餐仪式之后，就有一道蓝光在她的寝宫里；还有些人说从她的窗口见过蓝光，据说这种蓝光意味着王后已经开始了彼岸的生活。

但是任何人都不相信会发生这样可怕的事情。然而，七月十七日，也就是星期五的早晨，一些人窃窃私语，说王后已经进入了弥留状态。于是克拉科夫再次出现了空城的局面，除了那些行动不方便的残疾人，大家都向王宫跑去，店铺关门停业，一切都停了下来。瓦维尔王宫周围却人山人海，黑压压的人群惶惶不安，现场却一片沉默，鸦雀无声。

到了午后一时，教堂的钟楼上敲起了钟声。人们起初并不明白这钟声的含义，可是都感到毛骨悚然。大家向钟楼望去，那钟敲得越来越急，顷刻之间，整个城市东南西北所有的教堂都接二连三地敲出了哀音。最后，人们终于明白了。这一刻，那些敲钟的铜锤仿佛直接撞在了所有人的心上。

忽然，大教堂的钟楼上出现了一面黑旗，黑旗中央绣了一个大骷髅，骷髅下交叉着两根白色的肋骨。一切都清楚了：王后升天了。

顷刻间，瓦维尔宫墙下十万人顿时号啕大哭，哭声与传来的钟声交织在一起，汇成一片震天动地的海洋。有人哭得在地上打滚；有人抓破了自己的脸;有人撕破自己的衣服;有人向教堂、王后伸出双手,向上帝呼唤奇迹;甚至有人大声喊道:“为什么夺走我们敬爱的王后,难道我们供奉的那些东西一文不值,拿走我们的贡品却不给一点点回报?”

整座京城,整个国家笼罩着一派悲哀的气氛。不仅是普通的老百姓,甚至在克拉科夫的那些贵族都认为国家的前景一片漆黑。如今怎么办?王后升天了,雅盖沃是否有权力统治整个王国?有人预见国王会自己要求退位的。这样一来,王国将会失去大片疆土,十字军骑士团将会更加强大,罗马帝国、匈牙利帝国也会势力大增。而昨天还是世界上最强大的波兰从此便会逐渐衰落了。

那些十字军骑士无恶不作,他们想到随着王后的升天,她那虔诚的魅力将不会再约束那些从西方国家涌向十字军骑士团的志愿军了。以至于王后升天后,利希滕施泰因甚至还没有等国王回来就赶回了马耳博克,去将这个令人震惊的消息报告给大团长和骑士会。

他走后,匈牙利、奥地利、捷克以及罗马教皇的使者们有的也立即离去。

国王回到京城后,便宣布:王后逝去,他也不愿意做国王了,要回到自己的封地立陶宛去。“没有她,我还算个什么国王!”然后他什么话都不再说。

这时候,从全国各地来了一批批的高官、贵族和一些普通的老百姓,尤其是一些贫苦的农民。因为在丧礼期间的一个月,他们会得到丰厚的施舍。

王后的遗体安葬在大教堂的一座高台上面,遗体的周围点满了蜡烛。在烛光中,在鲜花的环绕下,王后神态安详,似乎带有一丝笑容。百姓们都把她看作圣徒,甚至一个母亲带着生病的孩子来为她祈祷后,发现孩子的脸上有了血色;而一个瘫痪的病人,他麻木的肢体也突然动了一下。总之类似奇迹的消息传遍了教堂、王宫和整个京城。

在给王后办丧礼的一个月中,兹贝什科每天听到的都是教堂的钟声、人们的哭声和歌唱声。他整天皱着眉头,晚上也睡不着,大家似乎只关心王后丧礼的事情,没有一个人来看他,甚至丹露霞都没有。

在第二个月开头,他想马奇科是否会回来,可还是没有消息。他甚至不再计算时间了，只是偶尔透过窗户看看外边的风景，才知道秋天已经来临了。突然有一天，地牢的门响了，一个熟悉的声音叫道：

“兹贝什科！”

“叔叔！”兹贝什科叫喊着，跳下床就冲了过去。

马奇科把他搂在怀里，用手摸了摸他那金黄色的脑袋，接着一阵轻吻。这些天压抑在年轻人心中的悲伤、绝望、思念全部释放了出来，他像个小孩子一样把头埋在叔叔的怀里大哭。

“我以为您不回来了呢！”他哽咽着说。

“哼，差点就回不来了！”马奇科说。

兹贝什科抬起头，看看他说：

“发生了什么？”

马奇科坐在床上，沉重地喘了口气。

“我刚跨过边界，德意志人就从密林里用剑射我，我现在身上还带着伤。这帮强盗，害得我至今喘口气都困难。幸亏上帝派来援兵，否则就见不到你了。”

“救您的是什么人？”

“尤兰德。”马奇科说。

“他们袭击我之后，尤兰德袭击了他们，大部分人都没有从他手中逃走。后来他把我带回了他的城堡斯佩霍夫。在那里他找人帮我治病，虽然现在喘气都困难，但至少回来了。”

“那就是说，您没有去马耳博克？”

“他们把我抢了个精光，那封信和别的东西都被抢走了。本来还想请杰莫维托娃王妃再写一封的，但是一直没有碰见她。而且我的身体……”

说罢，他往手心吐了口唾沫，伸手让兹贝什科看那摊鲜血，一边说：

“看到了吧？”

“您一直这么吐吗？”兹贝什科一脸忧愁。

“那根长箭直接射进了我的肋骨！换作是你的话，你也要吐的。还好我在尤兰德那里已经恢复得很好了，但因为路程远，累坏了。”

“您这么急赶回来，何苦呢？”

“我想趁杰莫维托娃五妃还没走求她再写一封信。尤兰德说了只要信一到手，他就会让他地牢里关押的德意志人把信带给大团长，他们中只要有一个人以骑士的荣誉发誓，保证办好，他就会放了他。”

“我明白了，可是他不是把那些袭击你的人抓住了吗？怎么没有从他们身上搜出信来啊？”

“并没有全抓住，逃跑了五六个。”

“他们把您伤得不轻啊？”兹贝什科说，“他们怎么袭击您的，打埋伏？”

“他们在茂密的林子里打了埋伏，因为商人们说国境里很安全，所以我也没有穿盔甲，况且天气热。”

“是十字军骑士吗？”

“不是骑士，是一些德意志人，据说领头的叫赫乌明奇克，是那一片有名的强盗，尤兰德给他上了铁链子。他说他那里有两个马祖尔的贵族，他想用那两个人赎身。”

叔侄两人沉默了一会。

“我的身体挺不到冬天了，可是我们大仇未报，所以我一定要救你出去。我拜访过克拉科夫的都督，可是他说除非国王赦免你，否则无人能救你。可是国王已经去俄罗斯了。”

“都督还说：他十分可怜你，因为安娜王妃也在为你求情，但是他确实办不到。”

“你是说，安娜王妃她还没有走？”兹贝什科激动地问道。

“因为尤兰德小姐病了。”

“啊，上帝！丹露霞也病倒了？她得了什么病？”

“我哪知道！王妃说，是有人对她施了妖术。”

“肯定是利希滕施泰因！不会是别人，怪不得她一直都没有来看我。”

兹贝什科在牢房里走来走去，然后抓住叔叔的手，吻了吻说：

“您为了救我，差一点失去性命，上帝一定会报答您的！请您再为我做件事，请您去找都督，请求他先释放我十二个星期，我用自己贵族的荣誉担保，十二个星期我一定去砍了他们的头，和他们拼了。”

“可是都督能答应吗？”

“我以贵族的荣誉保证，只要十二个星期，就算爬也要爬回来。而且说不定国王哪天就回来了，那时候可以请求他宽恕我。”

“行！我今天就去！”

“您今天先休息会吧，给伤口上点药，明天再去也不晚。”

“那好，与上帝同在！”

“与上帝同在！”

叔侄俩拥抱告别，马奇科朝门口走去，这时他似乎想起什么事情来，皱着眉头说：

“你还没有受封为骑士呢，利希滕施泰因是不会和一个没有骑士腰带的人决斗的。”

兹贝什科也犯了愁，不过他说：

“难道战争中骑士只能找骑士打？”

“战争和决斗是两回事。”

“哦……有道理。对了，雅努什王爷可以封我为骑士，只要王妃和丹露霞一块去求他，保准会授我一条骑士腰带。”

马奇科投去应许的目光，而后便离开了。

兹贝什科独自待在牢房里，但是仿佛获得了新的生命。想到自己有三个月的时间，到那远方的地方去打仗、去报仇，心中又充满了希望。

第二天黄昏时分，马奇科来看侄儿。坐立不安的兹贝什科冲过去问道：

“他准了？”

马奇科坐到床边，气喘吁吁地说道：“都督是这样讲的：‘如果你们需要去分田地或者财产，我可以放他两个星期，但不能太长了。’”

兹贝什科惊得目瞪口呆。

“两个星期？两个星期我连边界都挨不到！您大概没有告诉都督我为何去马耳博克吧。”

“不光是我，王妃也为你求情了。都不行！他说他也很想救你，可是不能找到相应的律条。如果这样做，国家的法律就没有人遵守了。可怜的孩子，我看啊，现在只有上帝能救你了。”

叔侄两人久久相对无言。

“那就是说我马上就要去……”

“我已经尽力了，可是他……”

兹贝什科坐在床上，胳膊支在膝盖上，低着头，脏乱的头发盖着他的脸。老人久久地凝视着侄儿，轻声喊道：

“兹贝什科！兹贝什科！”

小伙子抬起头，脸上的神情既有痛苦，更多了几分愤怒和刚毅。

“你听仔细了，我给你想了逃生的办法。”

接着他凑到侄儿的身边，说话声小得几乎听不到。

兹贝什科闷着头听着，而马奇科却越说越起劲：

“不能让你年纪轻轻就送命，你要回到博格丹涅茨，娶妻生子，为我们家族传宗接代。穿上我的短外衣，带上我的头巾，快走吧！”

马奇科说完这话，立即起身，准备脱衣服，兹贝什科同时也站起来，阻止他说：

“我不能照你说的办，我不愿意！”

“为什么？”

“这是我的错误，就应该我自己承担。否则会让我们的家族蒙羞。”

“蒙什么羞？反正我也活不长了。”

“那就更不能这么干了，如果我把年老患病的您放在这儿不管，一走了之，上帝会惩罚我的。”

又是一片沉默。

“你听着！”马奇科终于忍不住了，沮丧地说，“维托尔德王爷曾经逃出过克列瓦，这并不是耻辱，你现在和他一样，也不是耻辱。”

“您不明白，我爱您。决不能让您的头来换我的头。”

听了这话，马奇科摇晃了下身子，伸出双手，突然用一种撕心裂肺的声音喊道：

“兹贝什科！”

第二天，法院的仆役们就开始往市场运木板，准备在市政大厅对面搭一座断头台。

安娜王妃与那些熟悉法律条例的教堂神甫们一直在商议。因他们都听都督说过，如果能向他提供“律条或者托词”，他就可以毫不犹豫地放了兹贝什科。

最终，死刑的日子到了。清晨，人们便三五成群地往市场聚集。妇女们中间早已传开了受刑者青春年少、英俊潇洒的消息。因此在通向王宫的路上，挤满了打扮得花枝招展的妇女。一些骑士为了表示对年轻人的同情，成批地站在离高台最近的地方。小商人、手艺人、小孩子们都被挤到了最后面，在人群中到处钻。透过密密的人头，断头台上站了三个人：一名刽子手，穿着红色的短外衣，他是一个膀大腰圆，看起来十分凶恶的德意志人，手里握着一把很重的剑；还有两名助手，光着胳膊，腰上挂着绳子，他们的脚边是棺材。人们都抬着头向断头台上望着，而马奇科那张苍白无助的脸也引起了周围人的注意，大家都以为他是受刑人的父亲。

然而，波伐瓦却激起了人们很大的好奇心，他站在第一排，抱着丹露霞。她穿着一身洁白的衣裳，浅色的头发上戴着绿色的花冠。人们并不明白这是什么意思，为什么这姑娘穿着白色的衣服来看行刑，一些人以为她是受刑者的妹妹，另一些人猜她是受刑者的心上人。只是人们一看到她那芙蓉花一样的面颊上泪珠滚滚，心中便充满了同情和愤怒。

人们纷纷议论起来，似乎在说，如果国王在这里，肯定会赦免这个年轻人，其实他并没有犯任何罪。

然而，当宣告国王的侍卫已押送死刑犯前来的时候，大家立即安静下来了。不久一大群人便走进了市场，前面走的是送葬的修士，他们穿着拖到地上的黑斗篷，戴着黑色面罩，只有眼睛处开着两个洞。他们身后跟着一队弓弩手，全部由立陶宛人组成。兹贝什科就走在这群人的正中间。

兹贝什科又穿上了当年在蒂涅茨的驿馆里穿过的那套华丽的战利品，在人们眼中他简直就是一位英俊的王子，他从容地走在人群中，但是脸色却很苍白。他时而望望人群，时而抬头望望教堂的钟楼，望望那些摇摇摆摆的大钟。妇女们不禁哽咽了起来，有些姑娘甚至大声哭了出来。这一行人走得很慢，因为越来越多的人挤到了他们的前面，他们被紧紧围住，前排的侍卫大喊道：

“让开！让开！全部都让开！”

虽然当时克拉科夫的市民中三分之二是德意志人，但四周却响起了诅咒十字军骑士的叫喊声：“可耻！愿那些十字军豺狼不得好死！愿他们的子子孙孙都上断头台。国王蒙羞！国王蒙羞！”

那些侍卫们十分愤怒，但是没有命令，谁也不敢向密集的人群中放箭。护卫队的队长只好把手中持戟的侍卫调到前面，以便开路。

而这时发生了一件不可思议的事情，波伐瓦抱着丹露霞走上前来，吼道：

“站住！”这威严的声音镇住了在场所有的人。

接着，其他几位赫赫有名的骑士以同样命令的语调叫喊道：

“站住！站住！”

波伐瓦走到兹贝什科面前，把洁白的丹露霞交给他。

兹贝什科想到诀别的时刻就要到来了，将女孩儿一把抱在怀里，紧贴在胸口。而小丹露霞并没有偎依着他，也没有用小手去搂他的脖子，而是匆匆从头上的花冠下摘下白头巾，用它将兹贝什科的头完全包住，与此同时，使出浑身的力气大声哭喊道：

“他是我的人！他是我的人！”

“他是她的人！”骑士们一起喊道，“去见都督！”

人们也呼应着，人群中响起了雷鸣般的吼声：“去见都督！”

这是一种古老的具有法律效力的波兰习俗。在克拉科夫地区，甚至许多其他国家都人尽皆知：如果一个童贞的少女把自己的头巾抛在被判死刑的小伙子身上，表示愿意嫁给他，他就可以免除死亡和惩罚。骑士们、百姓们都知道这个习俗。马奇科见到这番情景，激动得几乎晕过去，人们越叫越响亮：“去见都督！去见都督！”整个市场混乱了起来，断头台上的刽子手们匆忙逃窜。巨浪般的人群涌向了断头台，没过一会断头台被拆得几乎消失了。

而兹贝什科抱着丹露霞向王宫走去，这次他像一个胜利者一样凯旋而归。他的身边都是王国一流的骑士，他的前后左右簇拥着成千上万的妇女、男人和孩子。有人把手臂伸向丹露霞，有些人赞叹着他们的英勇和美貌。他神采奕奕，时而把姑娘高举过头，时而亲吻她的双膝。这场景深深打动了那些女市民的心，她们有人甚至投入自己爱人的怀抱，说她们也会这样救自己的爱人。整个城市充满了欢乐，但是一切还有赖于都督的决断，因此骑士们和百姓们都纷纷向王宫涌去。

“愿上帝保佑您！长命百岁，公正的都督！愿您永远健康！永远当我们的法官。”兹贝什科恭敬地说道。

兹贝什科将丹露霞举了起来，都督大人把一只苍老的手放在她的金发上，庄重而慈祥地点点头，大家都明白其中的意义，立刻欢呼了起来。

“祝年轻夫妇长寿！”波伐瓦看着跪着的一对喊道。

“祝他们长寿！”大家也喊着。

德高望重的都督转身对王妃说：

“仁爱的王妃，必须立即订婚，因为这是惯例，一定要这样。”

“我立即让他们订婚！”安娜王妃神采飞扬地回答，“但是在得到尤兰德小姐父亲的同意前，我是不会让他们圆房的。”

第七章 意外的收获

情节简介

马奇科的病情依旧没有好转，于是老骑士思量着回家乡料理后事。孝顺的兹贝什科决定陪伴叔叔回到博格丹涅茨，这令病重的马奇科十分感动。著名的骑士扎维沙将两个土耳其奴隶作为礼物送给了兹贝什科，其他的一些骑士也纷纷送上自己的礼物，兹贝什科倍感荣幸……

马奇科和兹贝什科在商人阿梅莱伊家里商量后事，因为老骑士预料自己将离开人世，而且医生也做了同样的诊断。因此马奇科想回到博格丹涅茨去，这样死后可以埋在祖坟里。

马奇科的家乡在另外两个家族的内战中被毁了，农民们也各奔东西，他苦苦地奋斗了几年后，把田产抵押给一个当修道院院长的亲戚，而后带着年幼的兹贝什科去了战场。他这么做是希望得到一些战利品，发一笔财，好把田产赎回来。如今侄儿获救了，他们也有能力赎回田产，于是他便在商人阿梅莱伊家里和侄儿反复地商量这件事。

“叔叔，要是上帝让您恢复健康，您忍心把那么好的盔甲卖掉？”兹贝什科问道。

“但我已经逃不出死神的魔掌了。那根箭射在了我的肋骨之间，就永远留在那里了。有时我用手指去拨，反而陷得更深，真是一点办法也没有。”

“要熬一两小锅的熊脂给您喝才行。”

“噢，齐贝克神甫也说过，熊脂倒不错，能让它像刺一样滑出来，可是在这里怎么弄到这东西啊？若是在博格丹涅茨，夜里拿一把斧子在蜂房下一蹲，就等着熊的出现了。”

“照您这样说，我们应该回博格丹涅茨去，可是您千万别在路上就……”

马奇科动情地看着侄儿。

“我知道你想上哪里去。不是去雅努什的王府，就是到尤兰德那里去袭击德意志人。”

“我承认，因为这样我和丹露霞待在一起的时间就多了。我承认离不开她，而且愿意追随她到天涯海角。不过，眼下我的首要任务是照顾您，您为我受了伤，我现在绝对不能抛弃您啊，叔叔！”

“你是个好孩子！”马奇科说。

“如果我不善待您，上帝会惩罚我的。您看，我们已经在装车了，我让他们在车上帮您铺了干草，阿梅莱伊小姐又送了一床很厚的羽绒被子，只是不知道您躺在上面会不会很热。我们可以和王妃走一段，应该不缺什么。然后他们回马佐夫舍，我们回家。上帝保佑我们平安！”

“希望我把家乡的小城寨建好之后再死。”马奇科说，“因为我知道我死后你就不会太关心博格丹涅茨了。”

“为什么不会？”

“因为你想的是打仗和丹露霞。”

“难道您想的就不是战争？其实，我是这么想的，首先我会在博格丹涅茨用结实的木头建一座小城寨，再挖一条防护沟。”

“你真的这么想？”马奇科好奇地问，“那小城寨建好以后呢？”

“小城寨建好以后，我就去华沙的王府，或者去切哈鲁夫。”

“在我死后？”

“希望上帝保佑您，让您恢复健康，这样您可以安心地留在博格丹涅茨。但如果您走得早，我肯定会厚葬您才离开的。而且王妃答应过我，到了他们那里，雅努什王爷会授给我骑士腰带，这样我就可以和利希滕施泰因决斗了。”

“然后你就到马耳博克去吗？”

“去马耳博克，不管怎样，就算走到天的尽头，我也要抓到利希滕施泰因。”

“好样的！不过你一定要警惕埋伏，他们那里总是打埋伏。”

“我会恳求雅努什王爷派人到大团长那里要一张通行证，现在是和平时期，我带着通行证到马耳博克去，况且在那里做客的骑士很多。我要先找到利希滕施泰因,然后再和那些头盔上插有孔雀毛的骑士挨个儿地挑战。希望主耶稣能帮助我获胜,这样就可以实现我的誓言了。”

兹贝什科说着,脸上露出了得意的神情,完全像个孩子在宣告着长大后要完成的丰功伟绩。

“嗨!”马奇科点了点头说,“如果你打败了三个显赫的骑士,你不止实现了自己的誓言,而且还能夺得一些军装、武器,这样多好啊! 亲爱的上帝!”

“三个算什么!”兹贝什科兴奋地叫喊起来,“我在监狱里就暗暗给自己定了新的目标,对我的丹露霞绝对不吝啬,至少要击败十个骑士。”

马奇科耸了耸肩。

“您感到惊奇? 或者说,您不相信我?”兹贝什科说,“之后我离开马耳博克,去尤兰德那里,他是丹露霞的父亲,我肯定要去拜访他的,到时候我将和他一起去袭击边境上的德意志人。您不是也说过,在整个马佐夫舍他是最伟大的抓德意志人的骑士了。”

“要是他不肯把丹露霞嫁给你呢?”

“为什么不呢?”

“如果你去找他,肯定要带一些侍从。可是这样,就没有人在博格丹涅茨种地了,只要我活着,你就别想带走他们,等我死后,你肯定会带走他们的。”

“上帝会替我考虑侍从的。图尔察的修道院院长扬科是我们的亲戚,他不会吝惜几个人的。”

这时,门开了,进来了两个皮肤黝黑的,身材不高但看起来很健壮的人,他们都穿着黄色的犹太人的那种长袍。两人立在门边,把手指依次按在额头上、嘴上和胸口,然后深深地鞠了一躬,腰几乎都弯到了地面。

“你们是什么人?”马奇科问道。

“我们是奴隶。”他们用不标准的波兰语回答道。

“那你们是从哪里来的? 谁派来的?”

“我们是扎维沙老爷派来的,是让我们给这位年轻的骑士当奴隶的。”

“上帝! 又多了两条壮汉!”马奇科高兴地叫喊了起来,“你们是哪国人?”

“我们是土耳其人。”

“土耳其人?”兹贝什科又重复了一遍,“我的侍卫中将有两个土耳其人。”说着就朝他们冲了过去,围着他们转了好几圈,像看怪物一样细细地打量着他们,从头看到脚。

“你们都是异教徒吗?”马奇科问。

“老爷命令我们受洗了。”一个奴隶回答。

“你们没有钱赎身吗?”

“我们是从很远的亚细亚海岸边来的。”

兹贝什科一向喜欢听战争故事,尤其是涉及到大名鼎鼎的扎维沙的事情,更是点点滴滴不肯放过,于是详细地询问了他们。原来这两个奴隶是三年前被俘虏的,当时扎维沙在一个峡谷中袭击他们几十个人,打死了一部分,俘虏了一部分。然后就把许多俘虏当作礼物送给别人。兹贝什科和马奇科见到这样好的礼物,不由得心花怒放,因为这两人可以说是他们现在拥有的财富了。

过了一会,扎维沙在波伐瓦等人的陪同下也走了进来。他们都曾为营救兹贝什科出过力,如今看到兹贝什科已安然无恙,非常高兴,每个人都送了一些礼物作为纪念。波伐瓦送给他一条马披,马披宽大、华丽,两边还有金线绣的花饰。帕什科送他一把昂贵的匈牙利宝剑。而随后赶来的一些著名骑士,也一一送上了自己的礼物。

兹贝什科见到他们十分激动,心潮澎湃。不仅因为这些出色的礼物,更是因为这些著名的骑士对他的情谊。他们询问了马奇科的身体状况,并向他介绍能奏效的药。虽然这些人都还年轻,但经验很丰富,在治疗创伤方面懂得不少。

马奇科拜托他们多多照看兹贝什科,因为他自己可能就要离开人世了。

“肋骨下中箭是很难活命的。”马奇科将自己的病情讲给大家听,“我现在经常呕吐,胃口不佳,而且晚上总是失眠。齐贝克神甫也给我放过几次血,都不能起到实质性的作用。”

大家听后也没有好的办法,只能纷纷叹息。

但马奇科看到自己的侄儿得到这么多的礼品,非常高兴,他们一起谈论兹贝什科的获救,谈到他和丹露塔小姐的订婚。骑士们都确信,尤兰德是不会违背王妃的旨意的。最重要的是兹贝什科今后将要和尤兰德一起去为丹露霞的母亲复仇,他肯定会欣然答应的。

"只是利希滕施泰因,他会不会接受你的挑战呢?"扎维沙说,"因为他是修士,而且是骑士团的分团长之一,哼!听他的侍从说,他以后还要当大团长呢。"

"可是如果他拒绝决斗,他将会名誉扫地。"

"不!"扎维沙回答,"因为他不是世俗骑士,修士们是不能跟人单独决斗的。"

"可是他们跟人单独决斗的次数还少吗?"

"因为骑士团的纪律败坏,他们发各种各样的誓,却经常不履行,这是很常见的,这令整个基督教世界非常不满。但是,一个十字军骑士,尤其是个分团长,是可以不去生死决斗的。"

"大家都说,仗打不起来。"兹贝什科说,"因为十字军骑士如今根本不敢和我们的国家打。"

"这种和平是不会持久的,德意志人不可能就此罢休,他们的欲望是无穷的。"衿德拉姆说。

"也许我们还会和铁木耳打仗呢。"波伐瓦说,"维托尔德王公被埃迪加战败,这可是确实有的事情。"

"立陶宛的王公们的军队血染沙场。"

"哈!说不定也轮到我们出兵去和铁木耳交战了。"

话题于是又转到了立陶宛对鞑靼的远征上。不可质疑,维托尔德王公这位残暴的统帅,在沃尔斯科拉仗打得一败涂地,大批的立陶宛贵族战死在疆场,一些前去增援的波兰骑士也大都牺牲。还有一个自愿加入的骑士,可是到那后却没有了音讯。人们赞扬他那种真正的骑士举动,但是至今还是不能确认他是被俘虏还是牺牲了。若是被俘虏了,那点赎金到是小事,因为他拥有的家产数都数不清,此外国王也会把整个波多莱作为封地赏赐给他。

然而立陶宛人的失败可能给整个国家都带来威胁,因为谁也不能确定鞑靼人会不会来侵犯属于大公国的土地和城市。一旦他们来侵略,那波兰王国就会被卷入到战争之中。因此,像扎维沙、法鲁雷伊、陀布科这样一些著名的骑士，那些平时喜欢在国外宫廷寻求冒险、喜欢决斗的骑士，如今也留在了克拉科夫，观察局势的发展。假若统治了二十七个王国的塔梅尔兰让整个蒙古世界挑起战争，那么王国将会非常危险。甚至有人预言，鞑靼人一定会入侵的。

“必要的时候，我们就要和他们决战了，要对付我们可没那么容易，再说，其他的基督教的王公也会来支援我们的。”

“王公们态度如何，我不知道，但是，十字军骑士肯定会和鞑靼人狼狈为奸，让我们两面受敌。”矜德拉姆愤怒地说。

“哈！那就有仗打了！”兹贝什科兴奋地说，“那我去打十字军骑士。”

骑士们你一言我一语地都发表了自己的观点。有的骑士觉得：十字军骑士无视上帝的惩罚，为的是追求一己之私，可是他们不至于帮助异教徒和基督教民族打仗。而且维托尔德王公也不是吃软饭的，他肯定会做好准备，加强自己的力量的。

“我们不应该和鞑靼人打仗，而是应该和十字军骑士进行一场生死决斗。”矜德拉姆说，“如果我们不消灭他们，他们会将我们消灭。”

然而，他转身对兹贝什科说：

“首先受到冲击的应该是马佐夫舍，你在那里可干的事情很多，别担心。”

“但愿叔叔快点康复，我就可以立即去。”

“上帝助你！”波伐瓦说。

“为你和丹露塔小姐的健康干杯！”

“为铲除骑士团干杯！”矜德拉姆说。

骑士们起身和他们告别。这时，王妃的一个侍从进来了，他的手臂上文了一头鹰，在向骑士们鞠躬致敬后，转身向兹贝什科微笑着。

“王妃吩咐我转告您。”他说，“她要在克拉科夫住一夜，明天一早动身。”

“好的，可是为什么呢？”

“尤兰德大人来了。”侍从回答。

听到这话，兹贝什科惊喜交集，不安、兴奋、紧张随之而来，那颗心就像当时宣判死刑一样狂乱地跳动着。

第八章 面见岳父

情节简介

尤兰德的到来使兹贝什科在兴奋中多了一丝不安，但是年轻人还是非常急切地去面见了未来的岳父，虽然老人对兹贝什科的态度十分和蔼，甚至很有好感，可是他并没有同意年轻人和女儿的婚姻。到底是什么不为人知的原因使他不能接受这个优秀的小伙子？也许这将会成为本书的一个谜。

尤兰德的到来并没有使安娜王妃感到意外，他在不停地追捕、袭击德意志骑士的战斗中，常常会突然想念丹露霞。那时，他就会出人意外地出现在华沙、切哈鲁夫，或者是雅努什王公府的任何临时驻地。见到女儿时，他总要痛哭流涕。

随着丹露霞一天天长大，她长得越来越像她的母亲，以至于尤兰德每次见到女儿，都会想到自己的亡妻，当年他在华沙安娜王妃那里第一次见到她的时候，她也是这般模样。人们常想，因为这种悲痛，他的心或许应该变得软一点，王妃也常常劝他，不要和那些残暴的德意志人交战了，多陪陪丹露霞。可是尤兰德一见到丹露霞又揭开了他心灵深处的旧伤疤。甚至一连数天，他都会不吃不喝，失眠，而且很少说话，坐立不安。显然，他的内心十分愤怒和悲伤。于是他悄悄地离开了王府，又回到斯佩霍夫去袭击德意志人，释放心中的愤怒。于是，人们就会说："十字军骑士又要倒霉了。"

一些德意志人从骑士团那边得到了一些原本属于马佐夫舍的土地，因此就算在最和平的时期，边界还是争端不断。人们过着朝不保夕的日子，身边总是放着武器。有时德意志人悄悄越过森林中的边界来攻打某座城堡、抢劫农民或者牲畜的时候，马祖尔人也会在同样的时间做同样的事。有的时候双方不期而遇,一番生死决斗就开始了,而胜利者将会把对方的侍从俘获过来。当德意志人到华沙的王府控告尤兰德时,雅努什王公往往以那些德意志人抢劫其他地方作为依据来回应。双方都需要公正,而且互不退步,这样一来,一切掠夺、焚烧、袭击依然进行着。

虽然这么多年过去了,但是尤兰德心中的复仇之火却无法扑灭。对那些生活在边界上的德意志居民来说,他们对尤兰德的恐惧远远超过了愤怒。德意志骑士们也经常串通好一起攻打斯佩霍夫,他们绞尽脑汁,想了各种办法,但每次都是以失败而告终。有一回,他们从美茵河畔招来了一个力大无比、凶狠残暴,据说在战争中从没有失败过的骑士,让他向尤兰德挑战。两人到了一个比武场后,那德意志人一看到这个可怕的马祖尔人,就垂头丧气,骑着马想逃跑,不料尤兰德的矛已经刺穿了他的屁股。

德意志人散布着各种各样的谣言,总之,在他们的心中尤兰德要比那些魔鬼的传说可怕得多。

兹贝什科听说尤兰德到了,就急着去见他,然而去见丹露霞的父亲,心中总有一些惴惴不安。虽然他将丹露霞作为自己心灵的主宰,向她明誓效忠,而且王妃后来又为他俩订了婚,但尤兰德对此会怎么说呢?他会同意吗?倘若作为父亲的他一句话:不行。那该怎么办呢?这使兹贝什科的心中忐忑不安。可是,他又想或许尤兰德会将他袭击利希滕施泰因视为他的功劳而不是过错。于是心中又充满了勇气和自信。

这时,他问那个来阿梅莱伊家找他的王府侍从:

"您要把我领到哪里去?到王宫吗?"

"是的,是去王宫。尤兰德大人和王妃府上的人在一起。"

"那请您告诉我他是怎样的一个人?这样好让我和他交谈。"

"我也说不太清楚,不过他是一个很特别的人。人们都说,在他的心没有变成铁石之前,他倒是一个挺和顺的人。"

"他聪明吗?"

"他很机敏,他扒下过别人的皮,却从未让别人扒下他的皮。他只有一只眼睛,另一只被德意志人射瞎了。可是他用一只眼睛就能看清你的心底,任何人都对他无可奈何,除了我们的王妃殿下。他爱王妃,因为他过世的夫人是王妃曾经的侍女,而他的千金如今又在王妃膝下健康成长。”

兹贝什科松了一口气。

“照您这么说,他是不会违背王妃的旨意了?”

“我知道您想打听的,王妃已经跟他讲了有关你们订婚的事情,毕竟瞒着他肯定是不行的,不过他怎么说我就不清楚了。”

这时,他们走到了王宫的大门口。通过了宫门后,他们来到王宫的大院内,然后向右拐,走进一处偏殿,这便是王妃的休息处。

这个侍从见到门童便问:

“尤兰德老爷在哪里?”

“在大厅里,和他的千金在一起。”

兹贝什科在胸前画了一个十字,掀开门上的帘子,心跳越来越快,但还是慢步走进去了。起初他并没有见到尤兰德和丹露霞,因为那个大厅不仅曲折而且还很暗。过了一会,他才看见坐在父亲身上的小丹露霞。他们没有听见他进来,他只在门帘旁边站住,清了清嗓子,终于开口:

“赞美上帝!”

“永远赞美!”尤兰德回答,同时站了起来。

这时,丹露霞向年轻的骑士奔了过去,拉着他的手,喊道:

“兹贝什科,爸爸来了!”

兹贝什科单膝跪下亲吻了她的双手,然后站起来,跟她一起走到尤兰德跟前,说:

“我来向您致敬,您知道我是谁吧?”

兹贝什科略微弯了弯腰,做了个手势,似乎要拜倒在尤兰德的脚前。但老骑士抓住了他的手,把他拉到亮处,默默无言地仔细打量他。

兹贝什科已经略微镇定下来,于是抬起一双好奇的眼睛,望着站在自己眼前的这位大汉:只见他淡黄的头发,嘴边留着八字胡须,脸上是坑坑洼洼的麻点,一只眼睛颜色铁青,可是却寒光闪闪,似乎隐藏着无限的能量。兹贝什科不禁慌了神。为了打破沉默,他问道:

“您是丹露霞的父亲,尤兰德大人?”

但对方并没有回答,只是指了指旁边的一条长凳,他自己也在椅子上坐了下来,一句话也没有说,继续打量着兹贝什科。

小伙子终于忍耐不住了。

“您知道,让我像在法庭上那样坐着可不舒服。”

这时尤兰德才说:

“你想跟利希滕施泰因决斗?”

兹贝什科回答说:“是的。”

尤兰德老爷的眼里闪烁出一道奇异的光,他那张严峻的脸上似乎变得开朗一点了。过了片刻,他看看丹露霞,又问:

“你是为了她?”

“还能为谁?我叔叔一定对您讲过,我曾为她明誓,要从德意志人的头盔上拔下三簇孔雀毛。可是如今已经不止要拔下三簇,至少也要达到十簇。此外,我也要帮您去复仇,因为这也是为了替丹露霞死去的母亲复仇。”

“他们要倒霉了!”

又是一片沉默。但兹贝什科感受到,他对德意志人的顽强态度正在打动着尤兰德的心。

“我为了自己的仇恨也饶不了他们,他们差一点砍掉了我的脑袋。”

说着,他冲丹露霞瞥了一眼,补充说:

“是她救了我。”

“我知道。”尤兰德说。

“您不会不高兴吧?”

“你既然向她明过誓,那就为她效劳吧,因为有这样的骑士习俗。”

兹贝什科犹豫了一会,才带着不安的语气说道:

“她已经用头巾蒙住了我的头……说过:‘他是我的人!’当时所有的骑士和那位站在我身边的神甫都听见了。当然,我会对她忠贞不渝的,愿上帝助我!”

他说完后,又对丹露霞行了一遍骑士的礼数,然后起身转向尤兰德问道:

“您见过第二个这样的姑娘吗?”

“我见过,但是德意志人把她杀死了。”

“请您听我说!”此时兹贝什科心潮澎湃,百感交集,“我们受过同样的欺辱，我们曾经在博格丹涅茨有一大群人，不过都被那些狗东西射死了。您再也找不到比我更理想的人去为您报仇雪恨，我会为您像宰羊一样去宰掉那些德意志人。说到这姑娘，我跪下向您明誓：为了她，哪怕是让我和地狱之王拼命也在所不辞，不管发生什么，我都不会离开她，哪怕有人给我装有玻璃窗的城堡，如果没有她住在里面，我也会毫不犹豫地抛弃那城堡，随着她到世界的尽头。"

尤兰德双手抱头坐了片刻，最后，仿佛是从梦中清醒一样，悲痛而忧伤地说：

"小伙子，你打动了我的心，可是我不能把她给你，因为她命中注定不是给你的，我可怜的孩子。"

兹贝什科听后顿时惊呆了，瞪着圆圆的眼睛望着尤兰德，嘴里却一个字也吐不出来。

丹露霞连忙从椅子上溜下来，把头埋在父亲的膝盖间喊道：

"爸爸！爸爸！我可要哭了。"因为这个可爱的女孩似乎感觉到，自己将会失去兹贝什科，所以也跑来为他求情。

只见尤兰德温柔地把一双手放在她的头上，他脸上的表情既不固执，也不愤怒，而是淡淡的忧伤。

这时，兹贝什科也镇静了一些，只听他说：

"怎么？您想违背上帝的意愿？"

而尤兰德却回答说：

"如果将来上帝愿意成全，你可以得到她，只是我不能为你去强迫上帝。唉，我也想这样做，可是我不能。"

说完这话，尤兰德把丹露霞拉起来，抱着她向门口走去，兹贝什科想上前阻止，尤兰德站了一会，说：

"我不会责怪你以骑士的身份为她效劳，但是，请别再追问我了，我什么也不能对你讲。"

说罢，他便扬长而去。

第九章 分 别

情节简介

第二天，叔侄两人随同王妃启程。一路上，兹贝什科对丹露霞的悉心照顾又一次赢得了尤兰德的肯定，可是他却绝口不提结婚的事情。并行了一段路后，王妃一行人驶向了马佐夫舍，叔侄两人也按照原先的计划踏上前往博格丹涅茨的路。不料叔叔的病越来越严重，兹贝什科带着老人向教堂冲去……

次日，尤兰德并没有躲避兹贝什科，也没有妨碍他一路为丹露霞效劳。兹贝什科虽然十分心痛，但却发现这位老骑士对他的态度十分友善，似乎是为自己不同意两人的婚姻而深感愧疚。这位年轻的骑士也不止一次地努力去接近他，找机会和他聊天。

在离开克拉科夫的路上，两人各骑一匹马伴在王妃车架的两边。尤兰德一向沉默寡言，却很愿意和这位年轻人聊天，不过每当兹贝什科试图打听他拒婚的理由时，谈话便会立即中断，而尤兰德的脸色也会阴沉下来。兹贝什科认为，王妃可能知道其中的原因。所以，一遇到适当的场合，他就想尽办法打听。但是，王妃告诉他的也不多。

“我没有丹露霞，活在世界上就没有了欢乐，没有了慰藉，只有思念和叹息。那样我还不如和维托尔德王公去打鞑靼人，说不定他们会把我打死，但是我必须先把叔叔送到博格丹涅茨，然后去向德意志人夺取那些孔雀毛，那是我明誓的时候许诺过的。就算被他们打死也好，至少我不会看着别人把丹露霞娶走。”

王妃抬起一双善良的蓝眼睛看着他，带着诧异的神色问道：

“你不肯让别人把她娶走？”

“我？只要我还有一口气，谁也别想娶丹露霞！除非我连斧子都拿不起来了。”

“瞧你呀!”

“可是我又怎能违抗她父亲的意愿娶她呢?”

王妃仿佛自言自语地说:

“没准这种事情也会发生呢。”

而后,王妃对兹贝什科说:“她父亲的意愿怎么会扭过上帝的意愿呢?只要上帝同意,你就可以得到她。”

“王妃殿下,您的这句话是我唯一的安慰。”

“我的宠爱你已经得到了,丹露霞也是一诺千金。昨天我还问过她,她说她非你不嫁。她是贵族的千金,答应的事情是言而有信的。她也像她的母亲一样,冰清玉洁,忠贞不渝。”

“但求上帝成全!”兹贝什科闭着双眼说。

“但是你也要记得说话算话。因为你有些轻薄,一会信誓旦旦地宣布爱这个,一会又向那个姑娘表示倾心!”

“假如我是那种人,愿主耶稣预先惩罚我。”兹贝什科冲动地叫喊着。

“嗯,那就记牢了,你把叔叔送回去后,立即到我的府里来。会有机会让你获得骑士封号的。然后,我们再按上帝的意志行事。在此期间,丹露霞也长大了,自然会感受到上帝的意志。因为眼下虽说她非常爱你,但我不得不说,这还不是成熟姑娘的那种爱。或许那时尤兰德心里也会接受你的,依我看来,他是愿意见到你的。也许你有机会为他效力,把他彻底争取过来。”

“对极了,王妃殿下,有了您的恩准,事情就好办了。”

这场谈话给了兹贝什科极大的鼓舞。但是,当他们在第一个驿站休息的时候,叔叔马奇科的病情恶化了。兹贝什科只好等他稍微恢复点力气再出发。善良的王妃安娜把手边所有的药膏都给了他,而后他们继续赶路。

叔侄两人和马佐夫舍王府一行人只好分道扬镳。兹贝什科先是拜倒在王妃脚下,而后又向丹露霞行跪拜礼,并再一次向她明誓会忠于骑士的诺言,并说很快会来见她。最后,他将丹露霞抱起来,激动地说:

“记住我,我最可爱的小花儿,我的小金鱼。”

丹露霞用双手搂住他，就像小妹妹拥抱哥哥一样，把自己小小的鼻子贴在他的脸上，泪珠滚落了下来。反复地喊道：

“没有兹贝什科，我不愿意到切哈鲁夫去，我不愿意！”

尤兰德看到这一切，并没有动怒，相反，他跟这位年轻人告别时态度十分亲切，当他骑上马后，又勒住了马掉头对兹贝什科说：

“愿上帝保佑你，别怨恨我！”

“你是丹露霞的父亲，我怎会怨恨您！”兹贝什科诚挚地回答。

他向尤兰德俯了下身，老人紧紧握住了他的手。

“愿上帝保佑你称心如意，明白吗？”

于是，他策马而去。兹贝什科觉得他最后一句话包含了万般的关怀，当他回到马奇科躺着的那辆马车上，就说：

“您知道吗？他是同意的，只是遇到了什么障碍，您猜猜是什么呢？”

可是，马奇科病情十分严重，他一早就发烧了，到了傍晚，全身就更热了，他的神智已经不清晰了，不但没有回答兹贝什科的问题，反而惊恐地望着他，然后问道：

“什么地方在敲钟？”

兹贝什科吓了一跳，他立即想起，病人听到钟声，就意味着死亡之神正向他走来。他突然想到，老人也许还没来得及见到神甫忏悔，就死去了，这样的话，即使不进地狱，也会在炼狱中长期地煎熬。因此，他决定继续赶路，以便赶快找到一个教堂，马奇科也许还来得及在那里接受临终的圣礼。

这样，他们就马不停蹄地连夜赶路。兹贝什科坐在病人身边的干草上，守了一夜。他时不时地给叔叔喝一口葡萄酒，那是商人阿梅莱伊送给他们的。喝了两口，马奇科恢复了神智，但是喝过第三口后，他便沉沉地睡着了。

兹贝什科惊恐地俯下身看看他是否离开了人世。他一想到老人会去世，不免悲伤万分。他在监狱里的时候，甚至没有意识到自己原来这么爱叔叔，对他来说，叔叔就如同他的亲生父亲一样。如今他不仅意识到了，而且深刻地体会到了。如果叔叔死了，他在这个世界上就再没有亲人了，除了那个修道院的院长扬科，他再也没有亲戚、没有朋友。同时，他又想到，倘若马奇科死了，他就更有理由去找德意志人报仇雪恨，正是由于他们，他自己也差点送命，现在叔叔成了这个样子，还有丹露霞的母亲，以及许许多多无辜的人，年轻人心中的仇恨之火顿时又疯狂地燃烧起来了。

这时，天亮了，清晨的阳光从远方照射到大地上，天气十分晴朗，却很凉快。马奇科显然好多了。他的呼吸也平稳了很多，轻松了很多。直到太阳升得很高后，他才醒来，睁开眼睛说：

“我舒服多了，我们这是在哪里？”

“快到奥尔库什了，您知道吗？这里就是人们挖银子，向国库缴纳开采税的地方。”

“要是能得到地底下那玩意，我们就可以重建博格丹涅茨了。”

“看来您好多了，叔叔。”兹贝什科说，“就是建一座石头城堡也绰绰有余！不过我们现在要到教堂去，神甫会招待我们，您可以做忏悔。”

“我是个罪人，乐意忏悔。”马奇科回答说，“夜里面我梦见魔鬼从我的两条腿上往下剥皮……他们互相讲着德语。不过我现在舒服多了。你睡了吗？”

“我哪能睡呀！得守着您。”

“那你现在躺会吧，到了，我叫你。”

“我哪里睡得着！”

“怎么啦？”

兹贝什科望着叔叔。

“还不是因为想丹露霞，我觉得呼吸都痛，让我骑会儿马吧，兴许能让我轻松一下。”

他下了车，骑上了那个土耳其奴隶牵过来的马，马奇科这时也许是感到腰痛，用手摸了摸，然后对兹贝什科说：

“我从来没想过你为何如此多情，因为你父亲不是这样，我也不是这样。”

兹贝什科什么也没有回答，而是在马鞍上挺直身体，两手往腰上一叉，扬起头，使出浑身的力气吼道：

我为你而哭泣，从黑夜哭到天明，

你如今在何方，姑娘啊，我的爱人！

哭也帮不了我，哪怕我哭瞎了眼睛，

姑娘啊，我再也见不到你的倩影。

这声音似乎从森林中冒出来，撞击在路边的树干上，又在远方发出回声，最后消失在森林中。

慢慢地他们走出了森林，这时已经能看见采矿工人住的窝棚，钟楼和城墙也隐隐绰绰地屹立在了远方。

第十章　森林奇遇

情节简介

马奇科举行完忏悔礼后和侄儿继续前行，这段路途异常的危险，据说一些德意志人经常在这一带抢劫，不过幸运的是一路上都还安全。直到一个清晨，当叔侄两人走在边界的森林里时，远处传来了嗒嗒的马蹄声，一群人向他们冲来，他们就是传说中的德意志强盗吗？两人会遇到危险吗？

到了教堂后，教堂的神甫听了马奇科的忏悔，他们在那里住了一夜后，第二天早上继续赶路。离开奥尔库什成后，他们拐向了西里西亚，沿着边界一直走到了大波兰。沿路都是茂密的大森林，每到黄昏，森林中就传出欧洲野牛的吼叫声，如同雷声。到了夜里，在稠密的树林中总能看到闪闪发光的狼的眼睛。然而，这条路上比野牛和狼更危险的却是德意志人，他们在边界上到处修筑小城堡，拦路抢劫维持生计，因此走过这段路时，一定要处处留神，万分小心。

不过，一路上很平静，单调的旅途使兹贝什科感到乏味，不过一天夜里，他们听到了身后一阵马蹄声。

"什么人跟在我们后面？"兹贝什科说。

马奇科没有入睡，这时他抬头望望天上的星星，很有经验地回答说：

"天快亮了，强盗们是不会在这个时候来袭击我们的，因为他们总是在天亮之前就赶回家了。"

兹贝什科还是停住了马，吩咐手下的人停下，而自己却骑马冲到后面去，等候着。

过了片刻，他在蒙眬的光线里看到了十几个骑马的人，他们在高声歌唱，显然没有抢劫的企图。

“自己人。”他想。

过了一会，他仍喊了一声：

“站住！”

“你可要坐稳啊！”一个戏谑的声音回答。

“你们是什么人？”

“你们又是什么人？”

“你为什么追踪我们？”

“你又为什么拦路？”

“回答我的问题，我们的弓箭可都准备好了。”

“我们的也准备好了……你射啊！”

“答话要像个男子汉，否则，你要吃苦头。”

对方唱起了一支欢乐的歌。

听后兹贝什科颇感惊诧，这时歌声停止，刚才的那个声音问道：

“马奇科老头怎么样？还活着吗？”

马奇科在车上抬起身子，说：

“我的上帝，他们是自己人！”

兹贝什科又向前几步：

“是谁在打听马奇科？”

“邻居，齐赫。我一路打听你们，都有一个星期了。”

“天哪！叔叔，齐赫！”兹贝什科叫喊了起来。

于是彼此高兴地问候着，齐赫确实是他们的邻居，而且是个很好的人。

“您还好吗？”他摇晃着马奇科的手问道。

“唉，已经不能和以前比了，不过见到您，我仿佛回到了博格丹涅茨。”

“您出什么事了？我仿佛听到别人说德意志人把您射伤了。”

“是那些狗东西射的。而且箭镞还留在肋骨中间呢。”

“老天爷，您就让它们那么待着，您没有试着喝过熊脂？”

“您看。”兹贝什科说，“每个人都建议您喝熊脂，但愿赶快回到博格丹涅茨去，当晚我就提着斧子到蜂房去等着。”

“兴许雅金卡有，如果没有，我就派人去找。”

“是哪个雅金卡啊？不是叫马乌戈赫娜吗？”

“哎呀！她早都离开人世间了，愿上帝的光辉照耀她的灵魂！雅金卡越来越像她，不过年轻点罢了……”

“我曾经对马乌戈赫娜讲过，‘你已经是年过半百的人了，就别去爬松树了’。可是她不听，树枝被压断了，她从上面掉了下来，不到三天就命归西天了。”

“上帝，照耀她的灵魂吧！”马奇科说，“我记得，记得……每当她发脾气的时候，只要两手往腰上一叉，那些长工立马就往干草堆里面躲。做管家，她真的是一把好手。只是……”

“她就像颗松果掉到了地上……唉，真叫人心酸，你知道吗？送葬后，我因为悲痛，喝得大醉，以至于三天都没有清醒过来，别人都以为我死去了呢。后来，我哭啊，哭啊，流的泪都能接一脸盆了。好在雅金卡管理家务也很不错，如今一切都靠她了。”

“雅金卡我记得不大清楚，记得我出门的时候，她还没有斧子那么高，这么多年过去了，她一定长成大姑娘了。”

“我也有将近一年没有见到她了，她现在都快十六岁了。”

“您去哪里了？”

“有雅金卡在家里，我就去战场了。”

马奇科虽说在病中，但一听战争，便来了精神，问道：

“你是跟着维托尔德王公去沃尔斯科拉？”

“沃尔斯科拉也去过。”齐赫愉快地回答，“不过上帝没有赐予王爷好运气，我们被埃迪加打得一塌糊涂。他们先射死了我们的马匹，他们可不像基督教的骑士那样面对面地搏斗，他们会从远处射箭。你去攻打他，他就逃跑，之后又是雨点一般地射箭。直到射得天昏地暗。这种情况，真的很难对付。我们的军队死伤过半，十个里面难得有一个生还。”

“我听说过，”马奇科说，“我们救援的骑士也死了不少。”

“噢，十字军骑士也有十个捐躯，因为他们奉命在维托尔德王公这里服务。我们的人也伤亡惨重，维托尔德王公还是最信任我们的骑士，在他身边的侍卫都是纯粹波兰籍的。他左右前后都倒下了一大片，他却一根汗毛都没有损伤。总之，最后伤亡惨重，死伤人数，数都数不过来。有些人中了那么多箭，死后就像一只刺猬，真是惨不忍睹。”

说到这里，他却笑了起来，似乎是在讲一个快活的故事，随后他突然唱了起来：

哎哟，你才知道鞑靼人惹不起，

当他剥了你一层皮！

“嗯，后来怎么样了？”兹贝什科问。

“后来大公逃掉了，不过很快就恢复了，就像以前一样。再后来，我们冲到塔瓦尼河那里去守住渡口，一些波兰来的骑士也来帮助我们。不过第二天埃迪加又率领很多鞑靼人来进攻，但这次他一无所获。在他想过浅滩的时候，我们就和他们打了起来，这次我们打死和活捉了他们好多人。我自己就抓了五个鞑靼人。天亮了，可以带你们去看看。”

“在克拉科夫有人说，战争有可能蔓延到王国。”

“埃迪加不会那么蠢！他很清楚我们有什么样的骑士，而且清楚最伟大的骑士都留在国内。况且他已经领教过维托尔德王公的兵力强大，知道自己的实力远远不如我们，早就跑回他那狗头国去了。”

“于是您就回来了。”

“不错，因为在那里确实没什么可以做的。我在克拉科夫得知，你们刚出发不久，所以就跟上来了。”

“您怎么知道是我们？”

“因为我在沿途的各个驿馆都打听来着。”

说着转向兹贝什科：

“嘿，我的上帝，上次看到你时，你还是一个毛孩子，现在尽管天色很暗，我也能看出来，你已经是一个像牛那般强壮的汉子了。我在克拉科夫听说过你的故事，那个马祖尔人不愿意把女儿嫁给你。我就不那么固执，我很喜欢你。你一见到我那雅金卡定会把那姑娘忘到脑后，那丫头才是个健壮的美人！”

“不可能！就算见到十个像您的雅金卡一样的姑娘，我也忘不了丹露霞。”

“她有美丽的庄园作陪嫁，还有磨坊。我离开家的时候，牧场还是十匹马……向我求雅金卡的人可不止一个，你走着瞧！”

兹贝什科刚想说话，齐赫又唱了起来。

我将伏在您的膝下，

而您就会给我雅金卡，

让我们成家。

“您总是那么无忧无虑，脑子里装的全是歌。”马奇科说。

“那些受到祝福的灵魂在天堂做什么呢？

“唱歌。

“而那些受到诅咒的人就在哭泣，我宁愿到那些唱歌的人那里去，我愿意到天堂。您瞧，天亮了！”

不一会，他们来到了一大片林间空地，那儿已经大亮了，一切都看得清清楚楚。空地的大部分都是湖，湖上有几个人在捕鱼，但是一见到这些全身武装的男人都撇下渔网，立刻从水里跑出来，抓上渔叉，威风凛凛地站着，好似一副打仗的样子。

“你们把我们当强盗了？”齐赫笑着说，“你们是哪家的？”

那些人仍然默不作声地站着，怀疑地打量着他们。最后，他们中有位老汉认出了骑士们，便回答：

“我们是图尔察修道院院长的人。”

“那是扬科的仆人。”马奇科说，“我的博格丹涅茨就是抵押给他的。这片森林也一定是他的，恐怕是刚买的吧。”

“哪里是买的。”齐赫回答，“他为这片林子还跟维尔克打过一仗，应该是打赢了。”

马奇科说：“他不会和我们干仗，兴许还会让出抵押品哩。”

“也许会。跟他打交道，要是合了他的心愿，他还会倒贴一点的。他是位富有骑士精神的修道院院长，戴上头盔对他而言并不是什么新鲜事。而且他还是个虔诚的神甫，唱起歌来好听极了。”

“他到博格丹涅茨来过吗？”

“怎么没来过！他常来，还安置了五个农民带着妻小，在那片地上挖树墩。他还常来我们家做客，他给雅金卡施洗礼，他很喜欢她，认她做他的小女儿。”

“上帝保佑，但愿他把那些农民留下来。”马奇科说。

“哎呀！五个农民对于这么个大富翁算啥呀！而且只要雅金卡去求他，他准给。”

这时，在幽暗的森林后面，红色的朝霞里升起了一轮光滑灿烂的太阳，把周围景物照得通明。骑士们欢呼道：“赞美上帝！”接着在胸前画了十字，并开始做早祷。

“您，马奇科！祝您早点恢复健康。再让我瞧瞧你，英俊的小伙子，看你这魁梧的身体。”

齐赫喜眉笑眼地看着兹贝什科，小伙子也很有兴趣地打量着齐赫，看到他那修长的身子、消瘦的脸上长了个大鼻子，再看看他那笑眯眯的圆眼睛，心里感到十分乐和。

“哈！”他说，“挨着这样一位邻居，我叔叔肯定过得快快乐乐，愿上帝保佑他早日恢复健康。”

“有个乐天派的邻居当然好，因为跟这样的人不会吵得面红脖子粗的。”齐赫说，“不过，现在请你们听我说，我实话讲给你们听，博格丹涅茨现在一切都很乱。我指的不是田产，修道院院长将田地经营得很好……他本人还开发了一些森林，安置了一些新的农户在那里，可是他自己只是偶尔到那里去一下。因此，粮仓是空的，储藏室一无所有。所以，我希望你们跟我一起去我家，在那里待上一两个月，我真心地欢迎你们，雅金卡会去照顾博格丹涅茨，让她去安排，不用你们劳心。兹贝什科也可以常到农场去，我负责把修道院院长也请到我们家，你们也可以和他把账目算一算。至于您……马奇科，那姑娘会好好服侍您的。希望二位听我的劝告。”

“我们心领了，您真是大好人。”马奇科感动地说，“您真是太好了，可是不管怎样，我还是想回到自己的家乡去，哪怕死在那里，对您的好意，我心领了。如果我不能报答，我一定请求上帝，让兹贝什科替我来报答您。”

虽然热情的齐赫再三请求，但还是无法改变马奇科的想法。他说：“多少年来，我做梦都在博格丹涅茨，如今都快到家门口了，无论如何都不会放弃回家的愿望的。”

说着，老人擦了擦从脸颊上滚下来的泪珠。

“过了这片森林，我们下午就可以到家了。”齐赫说。

病中的马奇科听到这话,脸上露出了欣慰的笑容。

突然,森林中有号角声响起,打断了他们的谈话,那声音就在他们前方,悠悠地传来,离他们非常远。齐赫勒住马,安静了会说:

“有人在这里打猎,噢,有可能是修道院院长。要是在这里相遇,可真有意思。”

“肃静!肃静!”

“站住!”齐赫转身对他的随从喊道。

大家都立刻站立不动。号角声越来越近,没过多久,又传来了狗叫的声音。

“别动!”齐赫又说,“朝我们这边来了。”

兹贝什科跳下马,喊道:

“把弓弩给我,也许是野兽在向我们冲来!快!快!”

他从仆人的手里抓过弓弩,把它撑在地上,用小肚子压了上去。弯下身子,然后双手抓住弓弦,随后安上了箭,几步就向森林跑去。

“他拉开了!”齐赫为这非凡的力气感到震惊。

“这是个血气方刚的小伙子。”马奇科自豪地说。

这时号角声和狗叫声更加接近了。突然,从森林右边传来沉重的马蹄声,紧接着,在森林深处闪电似的冲出了一个野兽,大大的脑袋低垂着,眼睛血红、龇牙咧嘴、气喘吁吁,很是吓人。这时,弩弓嗖的一声,呼啸而去,野兽抬起了前腿,全身直立,又打了个转,发出一声凶猛的咆哮,就像遭到雷击一样倒下了。

兹贝什科从树后探出身子,那野兽彻底倒了下来。

“你真棒!”齐赫骑马冲向兹贝什科,说道,“一箭中的!”

“它离得近,速度又快,您看,整个箭都陷进它的肩胛骨里了。”

“猎人们肯定就在附近,他们准会向你要这头野兽的。”

“我不给!”兹贝什科回答。

“那如果是修道院院长在打猎呢?”

“那就让他拿走好了。”

这时,从森林里冲出了十几条狗,它们将野兽的尸体围得紧紧的,不一会就美餐起来了。

“猎人就要到了。”齐赫说，“看，他们来了，不过没有看到我们。喂！喂！到这来！你们要的野兽在这里！”

但是他突然停住了嘴，大喊起来：

“亲爱的耶稣，那可能是雅金卡！”

于是他大声叫着女儿的昵称：

“雅格娜！雅格娜！”

接着，他就迎上去，但不等他纵马奔驰，兹贝什科已经看到了那个姑娘，她像男人一样骑着一匹高大的马，向他们疾驰而来。她手里拿着弩弓，肩上背着一支矛。她那由于奔驰而飘散的头发上缀满了果球，脸如朝霞般红艳。一来到他们跟前，她就立刻勒住了马，迟疑、惊诧、欢乐的表情顿时交替出现在她的脸上，最后，确信这就是自己的父亲，尖声叫道：

“爸爸！爸爸！我最爱的。”

刹那间，她翻身跳下马，扑进父亲的怀中，抱住他的脖子。好久，好久，兹贝什科只听见父女两人亲吻的声音和一连串欢乐的叫喊：“爸爸！”“雅格娜！”“爸爸！”“雅格娜！”

就这样持续了好久，雅格娜问道：

“爸爸，您刚从战场回来，身体还好吗？”

“我从战场回来，身体能不好吗？你呢？那些小家伙呢？他们都很健康吧！对了，你跑到这里来干吗？”

“你不是看见我在打猎吗？”

说到这，她朝仆役们喊道：

“把狗轰走，他们会咬破兽皮！”

接着又对齐赫说：

“哎哟，看到您，我真的很高兴！家里一切都好。”

“我也很高兴，来，丫头！再把脸蛋给我亲亲！”

于是两人又吻了起来，过后，雅金卡说：

“这里离家好长一段路，都是为了追这头猛兽。我们大概追了十多里路，马都跑不动了。你看我至少射了三支箭，最后一箭才射死了它。”

“是的，不过最后一箭是这位年轻骑士射的。”

雅金卡用锐利的目光看了看兹贝什科，表情似乎不怎么友善。

“你可知道,他是谁?”齐赫问。

“不知道。”

“你不认识他不奇怪,因为他长大了,这位是博格丹涅茨的马奇科叔叔,你还认得出来?”

“上帝啊,确实是马奇科叔叔啊。”雅金卡发出惊呼。

她走到马车旁,吻着马奇科的手。

“是您吗?叔叔?”

“是我。不过我只能坐在马车里,因为被德意志人射伤了。”

“什么德意志人?不是在和鞑靼人打仗吗?我知道,我曾经恳求爸爸带我去呢。”

“我和兹贝什科曾经在立陶宛打过仗。”

“兹贝什科在哪里?”

“你还没有认出兹贝什科吗?”马奇科笑着说。

“那是兹贝什科?”姑娘嚷道,她又朝年轻的骑士瞥了一眼。

“怎么不是,把脸蛋给他吻一下,这是老朋友该有的礼节。”齐赫说。

雅金卡活泼地转向兹贝什科,猛地往后退了一下,用手捂住眼睛,说:“羞死人啦!”

“我们不是很小就熟悉了吗?”

姑娘的脸上蓦然间飘起两片绯红,而她自己也不明白是怎么回事。

第十一章 热情的邻居

情节简介

正如齐赫说的，马奇科的博格丹涅茨确实穷困潦倒，往日繁华的光景如今已不复存在了。幸运的是，热情的齐赫派女儿雅金卡给博格丹涅茨送去了很多生活用品。从此，雅金卡慢慢地走进了叔侄两人的生活，她似乎开始对兹贝什科有一种说不清的情愫，爱情之花正在悄悄绽放……

马奇科和兹贝什科回到博格丹涅茨的第二天，就在他们的老屋附近四处查看，不久他们就发现齐赫说得很有道理，这个家真的是穷困潦倒。

务农还算马马虎虎，有几块田地是由过去的农民或者修道院院长安排的农民种的。以前这里的耕地比现在多得多，但自从那次战争后，这个家族的劳动力几乎都逃跑了。马奇科也没有什么办法。

庄园有个大厅，大厅里面有两个带套房的大房间和一间厨房。房子里的窗户蒙的是牛膀胱，烟从天花板上排出去。那些被烟熏得黑黑的天花板，在光景好的时候同时也是个熏炉，横梁上钉了很多个钩子，挂满野猪腿、熊腿、公鹿和母鹿的胸脯肉和一串串香肠。可是如今在博格丹涅茨所有的挂钩上都空无一物了。只有墙壁上看起来不是光秃秃的，因为兹贝什科吩咐随从们在墙上挂上了铠甲、头盔、短剑和长剑，矛、斧子等各种武器。至于贵重的衣服，细心的马奇科早都派人送到他睡觉的房子里了。

在前边的房间里，靠近窗户有几张松木凳子，两位骑士曾经总是坐在这些凳子上跟仆从们一起进餐。但是如今，这个贫穷的地方没有面包、面粉，尤其缺盘子、碟子。农民们有什么就送什么过来，马奇科也想着如果谁能帮一下他们就好了。

第二天，正当老骑士晒太阳的时候，雅金卡进了院子，她来到马奇科面前。

“赞美耶稣！我爸爸派我来问候您。”

“永远赞美！我的身体好多了，至少是躺在自己的窝里了。”

“您的身体肯定还是不舒服，需要被好好照顾。”

“我们是硬汉子。不错，不过还好没有饿着。我们宰了一头牛和两只羊，肉是绰绰有余的。农民们还送来一点面粉和鸡蛋，不过我们最缺的是器皿。”

“我已经吩咐人送来了，一辆车上装着两床铺盖和一些器皿，而另一些车上装的是各种食物。有烤饼、面粉、啤酒、蜂蜜等。凡是我们家有的，都带来了。”

马奇科听后深受感动，抚摸着雅金卡的头，说道：

“愿上帝报答你和你的父亲。等我们经营得好点后，一定奉还。”

“看您说的！难道我们是德意志人，送人家的东西还要拿回去？”

“嗯，那就求上帝报答你们了。你父亲说你非常能干，整个一年都是你照看家里的？”

“可不！如果您还需要什么，就派个人来吧。”

说到这，雅金卡向四周扫了一眼，马奇科注意到了，便笑着问道：

“你在找谁啊？”

“我谁也不找！”

“我会让兹贝什科向你和你的父亲表示谢意的。你觉得兹贝什科不错，是吗？”

“啊？我没看清楚他！”

“那你就好好看吧，他这不就来了吗？”

兹贝什科走来，看见雅金卡就加快了步子。

他穿着一件鹿皮短外衣，戴一顶圆圆的帽子，额上的头发齐眉毛修理得很平整。他大步流星地走了过来，身材伟岸，风度翩翩。

雅金卡完全转向了兹贝什科，兹贝什科高兴地欢迎了她，拉起她的手放在唇边亲吻，但姑娘一直在抗拒。

“您干吗吻我的手？”她问。

“请别抗拒，这是骑士习俗。”

“哪怕他把你的另一只手吻了，也不足以表达对你的感激。”马奇科插话说，“看她带来了那么多的好东西。”

“您带来了什么？”兹贝什科问道。

“大车还没有到，就快来了。”雅金卡回答。

当马奇科提到两床铺盖时，兹贝什科说：

“有张野牛皮我就可以睡得心满意足了，很感谢您想得这么周全。”

“不是我，是爸爸！”雅金卡说着脸上泛起了红潮，“您乐于睡在哪里都行，没人强迫您。”

“有什么我就睡什么。有时战争结束后，我在战场上头枕着被打死的十字军骑士就睡着了。”

“您什么时候打过十字军骑士啊？肯定没有。”

马奇科笑着说：“小姑娘啊！你可别小看他……”马奇科将他们的征战故事讲给了女孩儿听。

雅金卡挨着马奇科坐在树墩上，听得津津有味，只见她张着嘴巴，脑袋转来转去。一会看看兹贝什科，一会看看马奇科，怀着仰慕之情望着这位年轻骑士。马奇科讲完故事后，她却叹气说：

“唉，生来是个男孩可真棒！”

兹贝什科细细打量着雅金卡，显然他心里面想着其他的事情，只听他出人意料地说：

“您是个多美的姑娘啊！”

雅金卡半信半疑地说：

“比我美的您见得多了。”

兹贝什科并非花言巧语地回答，像这样美貌的姑娘他见得真不多。雅金卡全身上下散发的是一种健康、青春和力量的光华。她浑身上下没有一处不美丽。匀称的身材、宽肩膀、红艳的嘴唇、锐利的蓝眼睛。她穿的也比在森林里打猎的时候好了很多，只见她身着一件绿色的短皮外套，脖子上挂了一串耀眼的项链，花纹的裙子和崭新的长筒靴使她看起来光彩照人。就连马奇科也注意到了，端详了她好一会说：

“你为什么打扮得像去做礼拜那样？”

她不回答，只是喊道：

“大车来了……”

这时,两辆大车果然到了,她奔了过去,兹贝什科也紧随其后。直到太阳下山才把所有东西卸下来。马奇科非常满意,每看到一件东西,就赞美雅金卡一句。天色已经完全黑了,雅金卡才动身回家。就在她要上马的时候,兹贝什科突然抱住了她,她还没来得及说什么,他已经将她安稳地放在了马鞍上。这时,她的脸颊红得像朝霞,回头低声说:

“您是个强壮有力的小伙子。”

由于天黑,兹贝什科没有发现她脸红,只是笑着问她:

“要走夜路,您不怕野兽吗?”

“大车上有长矛,把它拿给我。”

兹贝什科走到大车旁,拿起矛,递给了雅金卡,说:

“祝您健康!”

“祝您健康!”

“愿上帝报答您,我明天就去你们家,向你和你的父亲表示感谢。”

“来吧,我们会很高兴的,欢迎你!”

她策马而去,转眼就消失在了灌木丛中。

兹贝什科回到叔叔身旁。

“您该进屋子了。”

马奇科坐在树墩上一动不动,却说:“多好的一个姑娘啊!”

“确实如此!”

院子里一时寂静无声。马奇科似乎在想什么心事,望着天上的星星,过了片刻,又自言自语地说着:

“真是百里挑一的人物啊! 漂亮又能干,而且只有十五岁。”

“可不!”兹贝什科说,“老齐赫说他们家的农场以后就是她的嫁妆,那里的牧场有一大群马。”

说到这,叔侄两人一时不知道说什么了。马奇科看看侄儿,终于问道:

“你怎么会这样的出神,在想心事?”

“因为雅金卡让我想起了丹露霞,仿佛有什么东西把我的心刺痛了。”

“我们进屋去吧,时间不早了。”马奇科说。

他艰难地站起身子，靠在兹贝什科身上，慢慢走进了屋里。

由于马奇科一再催促，第二天兹贝什科就去了雅金卡家。叔叔要求侄儿打扮得漂亮些，为了讲究排场，还带了两个仆人。

到了雅金卡的家，首先迎接他的是齐赫，他张开双臂用欢乐的歌唱迎接了他。而雅金卡刚跨进屋子的门槛就站住了，手上的一瓶葡萄酒差点没有掉下来，她猛地看到这年轻人，以为来了一位王子，立刻就失去了勇气，变得羞羞答答的。她默默地坐着，只是时不时地揉一揉眼睛，仿佛让自己从梦中醒来。雅金卡仿佛并不愿意见到兹贝什科，因此小伙子只能和齐赫交谈。

这里的房屋和博格丹涅茨简直是天壤之别，处处都显得富贵十足。房间里的窗子上蒙的是用牛角刨出的薄片，磨得十分精致，就像玻璃一样透明。地面上铺着落叶松木的地板，一尘不染，墙壁上有数不清的闪闪发光的大盘子，还有许多漂亮的炒菜勺。总之，这里的一切都显得那么精致和高贵。齐赫很乐意向客人展现自己的财富，嘴里一个劲儿地说：这都是雅金卡的家产。他又领兹贝什科到自家的储藏室去，那里的天花板上挂着一捆捆的狼皮、貂皮、海狐皮等。一块块的干奶酪、一盆盆的蜂蜜、一桶桶的面粉，一箱箱的面包干等整齐地排列在架子上。这些财富使兹贝什科看得眼花缭乱，忍不住惊叹：

“生活在这里真的是太美妙了。”

齐赫听很高兴，举起装有蜜酒的杯子跟兹贝什科的碰了一下，问：

“牧场那边跟这里的情况也差不多。对了，想喝点什么吗？”

“不！”兹贝什科说，“跟您聊天就很有趣了。”

“你们在立陶宛一定得到过什么战利品吧？”

“是的，不过我们已经把一部分战利品在克拉科夫卖掉了，因为我叔叔预料自己将不久于人世，所以也卖掉了一套军装。”

“嗯，去立陶宛是很值得的。当时我也想去，可是我又害怕。”

“怕什么？怕十字军骑士？”

“唉，谁会怕他们，只要他们打不死你，你就不用怕……”

这时雅金卡拿着一个盘子走进来，里面装着一些面疙瘩和干奶酪。之后，齐赫又对兹贝什科说，“你松松腰带，唱支歌怎么样？”

“您来唱吧！我看您早就想唱了。”他对齐赫说。

“我们大家轮流唱！”齐赫高兴地喊道，“我们家有个牧童会吹牧笛，让他来为我们伴奏吧。”

家童来了，他坐在小板凳上，把笛子凑到嘴边，把手指放好位置，望着在座的人们，等着给哪一位伴奏。

而他们互相推让，最后还是雅金卡先唱了起来。她虽然有些腼腆，但还是站在凳子上，唱道：

倘若我有一双
雏鹅的小巧的翅膀，
我一定要展翅飞翔
到西里西亚把雅谢克探望！

兹贝什科先是瞪圆了眼睛，接着跳起来，大声喊道：

“你怎么会唱这首歌？”

雅金卡莫名其妙地看着他，“大家都会唱……怎么了？”

齐赫以为兹贝什科喝醉了，转向他说：

“松松腰带，你就会马上舒服的。”

兹贝什科一动不动。脸上的表情千变万化，过了半刻，他克制住自己的激动，对雅金卡说：

“对不起，我只是想起了一件事。”

“您不是听完感觉难受吧？”

“不会的，让我听整夜，我也乐意。”

说完这话他便坐了下来，用手捂住眼睛，默默的，一句话也不说。

雅金卡又唱了一段，但当她唱完，发现兹贝什科的指缝里滚出了一大滴泪珠。

于是她轻轻地走到兹贝什科的身边，碰了他一下。

“您怎么了？”

“没事，事情都过去了。”

“您要不要喝葡萄酒？”

“好姑娘，叫什么‘您’啊，他叫兹贝什科，你们俩从小就认识。”

兹贝什科还是没有从刚才的悲伤中走出来,雅金卡为了逗他开心,将小手捏成拳头,笑吟吟地装作打他。

“去拿葡萄酒来!”齐赫说。

雅金卡乐呵呵地走到储藏室去,过了一会,她拎了一罐葡萄酒,还拿了两个刻有花饰的杯子和两块香气四溢的奶酪。

有点醉意的齐赫见到这种场面就动了情,双手抱着酒罐,紧紧地贴在胸口,显然把它当成了雅金卡,冲着它说:

“啊!我可爱的女儿,我怎么舍得你!我这可怜虫啊!如果别人把你娶走了,我一个人待在家有什么意思啊!”

“哦,很快就让她出嫁吗?”兹贝什科问。

齐赫霎时就笑了:

“嘻!嘻!这姑娘不过十五岁,就对男孩子有想法了!”

“爸爸,您再唠叨,我就走了。”

接着她又向兹贝什科眨眨眼。

“小伙子当中有两个简直是踏破了我家的门槛。一个是小维尔克,另一个是奇坦。他们两要是在这里遇上你,肯定气得咬牙切齿,就像他们彼此咬牙切齿一样。”

“噢。”兹贝什科把脸转向雅金卡,“那你喜欢哪个?”

“一个也不喜欢。”

“维尔克是一个暴躁的小伙子。”齐赫评论说。

“奇坦如何?”

雅金卡笑了起来:

“他脸上长了毛,像山羊一样,连眼睛都看不见,身上的脂肪多得像头熊。”

突然,兹贝什科好像想起什么似的,用拳头敲了一下脑门,说:

“哎呀!既然你们这么慷慨,那我就不客气地向你们讨一样东西,你们有没有熊脂?弄点给我叔叔做药用,在博格丹涅茨一点儿也找不到。”

“以前有过,现在一点都没剩下。”

“那怎么办?”

“你可以去打猎,我们可以给你提供工具。”

“我今晚就去!”

“行,那就把五个农民都带去,他们有经验的。”

“我不带人去,那样会把野兽吓跑的。”

“那你带弩弓去吗?”

“夜里面去森林带弩弓有什么用?我要带一把有刀刺的叉和一把锋利的斧子,明天自己去。”

雅金卡沉默了一会,脸上露出不安的神情。

“去年,有个猎人被熊咬死了。这是件非常危险的事情。”

“它要是一见人就跑,我也抓不到了。”兹贝什科回答说。

方才还在打瞌睡的齐赫突然醒了,他对兹贝什科说:

“你知道吧?他们是两个:维尔克和奇坦……而你……”

雅金卡担心齐赫说话口无遮拦,就急忙靠近兹贝什科问道:

“您什么时候去?明天吗?”

“明天太阳下山后。”

“到哪个蜂房?”

“到我们博格丹涅茨那个。离你们的山冈不远,靠近拉奇科夫沼泽,在那里容易猎到熊。”

第十二章 猎熊奇险

情节简介

兹贝什科为了叔叔的健康不惜冒着生命危险去森林里猎熊，然而一切并没有他想象的那样顺利，好在雅金卡悄悄地跟在他的身后，当那只大熊就要伤害到他的时候，雅金卡毫不犹豫地冲了上去。兹贝什科被雅金卡的关心感动了，他们的感情会不会就此发生变化呢？

马奇科的身体状况越来越差，到家的第三天又发烧了，而且腰上剧烈地疼痛，他不得不卧床休息了。

兹贝什科准备按原来的计划去猎熊，他白天的时候先到蜂房去查看了一次，蜂房附近的泥地上有巨大的熊掌印。于是他和华夫雷克拆掉了蜂房旁边的窝棚，牵走了里面的狗，并在树干上涂了一点蜂蜜，让香气把熊引过来，然后兹贝什科就回到家里，做好了打猎的准备工作。

太阳快下山了，许多乌鸦在树梢上跳来跳去，一边叫着，一边拍着翅膀。到处有野兔朝水边跑去，偶尔也有貂从旁边一闪而过，鸟儿在树林间叫着，但随着日落，声音也渐渐地沉下去。于是一切都慢慢地安静下来，森林进入了梦乡，黑暗从地面升起，与晚霞相接，那晚霞越来越蒙眬、发黑，最终淹没在黑暗的天边。

"现在只有狼群会发出嚎叫了。"兹贝什科想。

他后悔没有带弩弓来，否则真的可以轻而易举地放倒一只野猪和一头鹿。这时从沼泽的方向传来隐隐的声响，好像沉重的呻吟和呼啸。兹贝什科恐惧地朝沼泽的方向看去，据说从前有几个农民住在这里的一间房子里，但是有一天和他们的家人一起失踪了，后来就再也没有人愿意住在这里了。

这时，天边最后的一道光亮也消失了，四周都是沉沉的黑夜。风停了，一切都显得十分安静。偶尔一个松球掉到地上，在沉静的夜里，那响声显得又大又亮。除此之外，兹贝什科只能听见自己的呼吸声。

他就这样静静地坐了很久，心想着熊会从什么地方出现，接着又想到丹露霞，想起了他们在一起的时光。自言自语道：

“我一定要去找你，没有你我活不下去。”

我一定要走，不能留在这里，必须到马佐夫舍去。他想到了尤兰德和他那古怪的拒绝，于是他认为自己一定要去弄清楚是什么成为了他们之间的障碍。突然，他仿佛刚从梦中惊醒——意识到自己身处在黑暗的森林里，而且听到了身后传来的沙沙的声音。

沙沙声越来越近，但好像又越来越远，是什么东西？他想着。

过了一会，又传来了那种缓慢、小心翼翼的脚步声。到底是什么东西走得如此小心翼翼。

“一定是熊！它害怕狗，也有可能是一只狼嗅出了我的气味。”

脚步声又停了下来。但兹贝什科却清楚地听到，有什么东西在他身后二三十步的地方，似乎蹲下了身子。他向四周看了一两次，却没能看到那东西。没有办法，他只好等待。

他等了很久，感到越来越恐惧。

“熊是绝对不会到蜂房这边来睡觉的，如果是狼早就嗅到我了，也不会等到早上。”年轻人自言自语道。

他突然感到从脚到头麻麻的，好像爬满了蚂蚁。兹贝什科想，是不是爬出了什么妖魔鬼怪。然而，片刻之后，他的前边又传来了沙沙的声音，比前一次更加清晰了。兹贝什科舒了口气，他确定这怪物已经围着他转了一圈，现在正从前面接近他。他牢牢地抓住叉，悄悄地站着，等待着。

突然，他听见头顶上的松树哗哗作响，感觉从沼泽那边吹来了一阵强风，风中带着熊身上的气味。

现在毫无疑问，熊来了！

兹贝什科顿时壮了壮胆，侧着脑袋，集中全身的力气准备着。

“千万别来两头！”兹贝什科想。

此时，那野兽已经来到了自己面前，它的身体又黑又大。它是顺着风来的，并没有发现兹贝什科，是树枝上涂的蜂蜜香味吸引了熊的注意。

“来吧！”兹贝什科大喊一声，突然从松树下面闯了出来。

熊发出了一阵短促的咆哮，仿佛被这意外的声音吓了一跳。但是它已经走得太近了，根本跑不了。于是，刹那间，它竖起了后腿，叉开前腿，要来抱住兹贝什科。这正是猎人期待的姿势，他集中全身的力气，闪电般地冲过去，把叉刺进了熊的胸膛。

因为熊抓住了叉，兹贝什科只好使用斧子。这野兽用两只前爪使劲地摇着兹贝什科的叉。双方搏斗了很久。兹贝什科明白，他的力气最后总会耗尽的，但是他不能倒，否则就必死无疑。于是，他将全身的力量集中到双臂，叉开双腿，疯狂地与熊搏斗着，他咬牙切齿地喊道：

“不是你死，就是我亡！”

他斗志激昂，不屈不挠。此时，他宁可死，也不可能放走这野兽。最后他的一只脚被松树根绊住了，他摇晃了一下。突然一个声音在他耳边响起：

“用斧子！”

兹贝什科在搏斗中，没有考虑到是谁来救他的，立刻抓住了斧子，狠狠地砍了下去，那熊像遭了雷击一样倒在了地上，发出了呼呼的喘气声。在一阵寂静之中，只能听见兹贝什科急促的呼吸声，他靠在一棵松树上喘了好久的气。过了好一阵他才抬起头，朝旁边的身影看了一眼。

“你是谁?”他惴惴不安地问道。

“雅金卡！”一个尖细的声音回答。

兹贝什科惊讶得说不出话，同时也不相信自己的眼睛，不过他的疑惑还没持续多久，雅金卡又发话了：

“我来点个火！”

在火光下，兹贝什科看到了姑娘雪白的前额，她正吹着冒烟的火绒，这时他才想到，她到这森林里是为了助他一臂之力。如果不是她的到来，他可能就永远离开世界了。刹那间，感动之情油然而生，年轻人情不自禁地把姑娘的腰抱住，亲吻着她的脸颊。

“放开！你在干什么?”她小声说，可是并没有躲开他的亲吻，甚至将嘴凑到了兹贝什科的嘴边。

他放开了她说：

“愿上帝报答你！要是没有你，不知道我会怎样。”

这时，火绒掉到了地上，雅金卡在黑暗中寻找着火绒，同时解释说：

“我对你放心不下，万一你有什么不测，马奇科就要伤心死了。”

“那悄悄走到松树后面的人是你吗？”

“是我。”

“我还以为是妖魔呢。”

“我也是提心吊胆的。不说了，来看看熊脂吧。”说着雅金卡将火绒照向了熊。

“嘿，好厉害的一头野兽啊！”兹贝什科说。

“你都快把它劈成两半了。耶稣呀！”

接着她弯下腰将手伸进了熊毛里，想摸摸它是否有足够的脂肪。然后，她开心地站起来说：

“足够用两年了。”

两人又聊了一会，兹贝什科望着雅金卡被火光照亮的美丽面庞，不由自主地称赞说：

“像你这样勇敢的姑娘世界上恐怕很难找到第二个了，你应该去打仗。”

而她却直直地看着他的眼睛，然后安静地回答：

“我知道……但是你千万别笑我。”

回家后，雅金卡亲自动手做好了一大罐的熊脂，马奇科高兴地喝了很多。精通医道的雅金卡还在其中放了适量的药材，使熊脂的疗效更好。马奇科在精神上受到了很大的鼓舞，更加坚定了自己康复的信心。

“等我的身体里各个部分都润滑了，或许那些箭镞的残片就会滑出来。”马奇科兴奋地说。

“您会康复的，等那些东西出来后，您的伤口就会被穿破，到时候敷上海狸脂就可以了。”雅金卡说。

“您家里有吗？”

“我家里有的，不过需要新鲜的，弄一只海狸不难的，我可以和兹贝什科一起去。您也可以向某个圣徒许个愿，这样对您恢复健康更有利。”

“我也这么想过，只是不知道向哪一位许愿？圣徒耶瑞是骑士的保护神，据说他保护战士脱离险境，每到紧急的关头，他都挺身而出，人们都说他常常亲自参战，站在正义的一方，帮他们去打上帝厌恶的人。不过不同的圣徒都有不同的职责，他们从不过问属于别人的职责……科斯玛和达绵都是著名的圣徒，医生们向他们祈求疾病不能消失，否则他们就会没有饭吃。可是他们都不管治我的这种病，也许修道院院长会告诉我应该向哪位圣徒祈求。”

“那您就向主耶稣许个愿吧！”

“当然，世间的一切他都熟知，他高于一切圣徒。但是，举个例子说。如果你的父亲打了一个农民，而我到克拉科夫去找国王告状，国王肯定会对我说：‘你们那里就没有官员吗？’耶稣管的是大事，懂吗？小事情是让圣徒们管的。”

“那我就告诉您怎么办。”兹贝什科边说边走进来，“就向刚刚去世的王后许个愿吧。如果她帮您恢复了健康，您就去克拉科夫，到她的墓前朝拜一次吧。她不管治病，但是没有哪个圣徒敢不答应她的要求，因为她不是寻常的圣女，她还是波兰王后。”

“你这个主意很聪明。”马奇科回答说，“她在天堂必定占有很高的地位，那些圣徒都不敢违抗她。就这么办吧，但愿我能早点康复。”

雅金卡对兹贝什科的这个主意十分欣赏。马奇科在当天晚上郑重地许了愿，而且从此以后便怀着更大的希望喝着熊脂，天天盼望着能迅速地恢复健康。可是，不幸的是一个星期后，他的腰间靠近肋骨的地方鼓了一个大包。十天后，那个包越长越大而且发红，马奇科也越来越虚弱，发起了高烧。他只好再次叮嘱兹贝什科帮他准备后事。

一天夜里，他突然唤醒兹贝什科：

“快来点个蜡烛。”他说，“我这里有点动静了，不知道是好还是坏。”

兹贝什科急忙跳下床，点了蜡烛。

“您怎么啦？”

“那个大包好像被什么东西刺破了，肯定是箭镞，我已经摸到了，但却拔不出来。只是感觉它在滑动。”

“真的是箭镞，不可能是别的。抓牢了，使劲拽。”

马奇科痛得在床上直打滚，嗷嗷叫，但是他的手指在那个鼓包里越插越深，直到抓住一块硬东西，他使劲一拔，出来了。

“啊！耶稣！”

“拔出来了吗？”兹贝什科问。

“拔出来了。我出了一身冷汗。在这里，你看。”

接着他就让兹贝什科看一块长长的尖铁片。

“感谢上帝！感谢雅德薇嘉王后！您马上就会康复了。”

“也许是好了些，可是疼得很厉害。”马奇科边说边去挤那个鼓包，脓和血大量地往外流着。

“流出这么多的脏东西，就快痊愈了。雅金卡说过应该敷上海狸脂。”

“明天我们就去抓海狸。”

第二天，马奇科的情况大为好转。他酣睡了好久，起来就嚷着要吃东西，而如今他对熊脂一眼都不愿意看。雅金卡用平底锅给他煎了二十多个鸡蛋。他不仅把鸡蛋一扫而光，还吃了半个面包，喝了一升啤酒，然后叫人去请齐赫。

于是，兹贝什科派了一个仆从去请齐赫，到下午他就骑着马赶来了。

“兹贝什科真是个很棒的小伙子，像他这样的小伙子世界上再也找不到第二个了。”马奇科说，“在兹贝什科上断头台的时候，姑娘们都哭成了一团，那些姑娘都是骑士们的娇女、都督们的千金、打扮得花枝招展的女市民。”

“就算她们美若天仙，都比不上我的雅金卡。”齐赫说道。

“他还能独自弄死一只熊，他把熊脑劈成了两半还连带了一条腿。”

“脑袋是他劈开的，熊却不是他独自撂倒的，是雅金卡帮的他。”

“她帮了忙？……他什么也没有对我说啊！”

“因为兹贝什科答应了雅金卡为她保密，这姑娘怕有人会笑她夜里闯荡森林，她脸皮薄，不过她把一切告诉了我。”

“今天又是他们两一起去打海狸的。”

“在天黑之前，他们一定会回来的。”

“其实他们俩都是很愿意见到对方的。”

“哎！要是他没有对别的姑娘明誓就好了。”

“明誓，您知道，那是骑士习俗……年轻骑士中要是谁没有个情人，别人就会把他看作没长大的小孩儿……他明誓夺得几簇孔雀毛就一定要做到，因为他是以骑士的荣誉明誓的，至于别的誓言修道院院长可以为他解除。”

“修道院院长很快就会来的。”

“您是这么想的？”马奇科问道，他继续说道，“其实，那算不得什么誓言，因为尤兰德已经说过，他不能把女儿嫁给他！至于什么原因我不太清楚，不过他已经明确说过，不行……”

“我对您讲过没有？”齐赫问，“修道院院长钟爱雅金卡，就像对自己的亲生女儿一样。最近他还对她说，虽然他现在有一些亲戚，但他已经把她当成自己的亲生女儿了……”

听了这话，马奇科显得忐忑不安，甚至向齐赫投去了疑虑重重的表情，过了好一会，齐赫又说：

“雅金卡有莫奇多韦作陪嫁。”

“出嫁就给？”

“出嫁就给。要是别的女儿，我不会轻易放手，给她我乐意。”

“博格丹涅茨有一半是兹贝什科的，要是上帝能让我恢复健康，我一定把它经营得红红火火。您喜欢兹贝什科吗？”

齐赫眨了眨眼睛，“问题是，”他说，“雅金卡好像对兹贝什科很有兴趣，只要有人在她的面前提起他的名字，她就会立刻扭过脸冲着墙壁。”

“要是提起别人呢？”

“要是提起别人，她就会付诸一笑，还说：‘那又怎样？’”

“您看啊！上帝保佑，碰到这样一位好姑娘，兹贝什科肯定会忘记那位小姐。我是老了，否则，我也会忘记……要是他们两好了，到时候把博格丹涅茨建设得更加美好，您肯不肯把雅金卡嫁给他？”

“我当然肯，他们俩是天造地设的一对……”

“来！为兹贝什科和雅金卡的健康干杯！”

“干杯！”

第十三章 打海狸

情节简介

正如大人们期盼的，两个年轻人都喜欢和对方在一起，他们的感情也一天比一天深厚，成为了无话不谈的好朋友。为了给马奇科治病，他们曾经一起去森林里猎熊，如今又一起去打海狸，毫无疑问，雅金卡爱上了这个英俊、善良的小伙子，可是兹贝什科会背叛丹露霞而接受雅金卡吗？

马奇科没说错，兹贝什科和雅金卡不仅愿意和对方接近，甚至还经常思念彼此。雅金卡以探望马奇科为理由，三天两头往兹贝什科家里跑，有的时候和父亲一起去，有的时候独自去。兹贝什科也以谢谢齐赫一家对他们的帮助为理由总是去找雅金卡。几天过后，两人的关系越来越亲密，好像彼此之间有说不完的话，他们不仅将对方当作知己，还对彼此十分敬佩。

年轻英俊的兹贝什科在战争中早已赫赫有名，在比武中表现出来的勇猛和机智大家也都早有耳闻，更不用说他曾经出入国王的宫廷了。在姑娘们的眼中，他是真正的宫廷骑士。虽然他对丹露霞十分忠心，但还是会时不时地向雅金卡看一眼，无论在森林里还是在家里，他心里总是想："多好的姑娘啊！"

雅金卡虽然天性有些傲慢，有些胡搅蛮缠，有时像一匹控制不住的野马，但是跟他在一起的时候就会变得十分的温柔，甚至就像个丫鬟，她常常看他的脸色行事，不想让他有一点不开心。兹贝什科也看出了雅金卡的努力，所以也越来越喜欢和她接近。在马奇科开始喝熊脂的时候，两人几乎天天见面，后来两人又一起去打海狸。

他们拿上了弓箭，骑上马，向莫奇多韦疾驰而去。到森林的边缘后，他们将马交给了一个仆人，继续前进，因为这一片都是密林和沼泽，骑着马很难前进。雅金卡边走边指着大片长满芦苇的草场说：

“那片森林是奇坦家的。”

“就是那个想要娶你的人？”

她却笑了起来：

“他想娶，也得我愿意嫁啊！”

“你要拒绝他很容易啊，因为有维尔克，我听说他对维尔克恨得咬牙切齿，可是他们怎么不决斗啊？”

“因为我爸爸去打仗时曾对他们说过，如果他们两个人决斗，那么谁都不可能再踏入我们的家门。他们也没有办法，只好去酒馆喝得烂醉，直到躺到桌子上为止。”

“两个蠢汉！”

“为什么？”

“因为你爸爸不在家，他们可以去抢你啊！等他回来，发现你已经生了小孩，也没什么办法了。”

雅金卡的蓝眼睛立刻火花四溅。

“你以为我能被人抢走？难道我们家就没有别的人？难道我就不会用弓箭？让他们试试，我会把他们中的任何一个人赶回家去。正是因为我爸爸了解我，才敢放心去打仗的。”

她说着，两个漂亮的眉毛也蹙了起来，又摇了摇弓弩，兹贝什科笑着说：

“你应该是个骑士。”

“奇坦保护着我不让维尔克夺走，维尔克也警惕着奇坦，再说还有修道院院长呢，谁也不敢对修道院院长怎么样……”

“哎哟，”兹贝什科说，“这儿大家都怕修道院院长！而我，说句实话，我既不怕修道院院长，也不怕齐赫，更不怕这里的农民和你，无论如何也会把你娶回来。”

雅金卡听了这话停住了脚步，抬起一双纯净的蓝眼睛盯住了兹贝什科，用一种从来没有过的柔和的音调说：

“你会娶我吗？”

然后她微微地张着嘴，脸颊红得像朝霞，一副害羞样。

可是兹贝什科似乎只是在想如果自己处在奇坦或者维尔克的位置将会怎样做，过了一会，他摇摇头说：

“姑娘都要出嫁，何必去和小伙子们打架，何必互相残杀呢，除非出现第三个人，他们两个人中间你必须挑选一个，不是吗？”

“这用不着你说。”姑娘尴尬地回答，紧接着又叹了口气。

两人默默无言地继续前进，路越来越难走，兹贝什科走在前面，折断了一些树枝，雅金卡跟在他的身后，背着弓箭，完全是个女猎手的样子。

“就要到了，”她说，“在那密林中有一条很深的小河，但我不知道浅滩在哪里。”

“我的皮靴很长，过河肯定不会打湿脚。”

不久，他们就来到了小河边，可是下了雨后的浅滩涨了水，因此非常深。这时兹贝什科一句话都没说就将姑娘抱了起来。

“我自己能过去。”雅金卡说。

“搂住我的脖子。”兹贝什科回答说。

兹贝什科在泛滥的河水中慢慢地走着，姑娘顺从地偎依在他的怀里，当他们快走到对岸时，姑娘叫了声：

“兹贝什科！”

“嗯？”

“我既不嫁奇坦，也不嫁维尔克……”

他将她抱到了对岸，小心翼翼地将她放在一块石头上，略带点激动地说：

“愿上帝赐给你一个最好的！他绝不会吃亏！”

雅金卡走在前面，她不时地回过头来，把一只手指按在唇边，告诉兹贝什科不要出声。

“那边是一片不冻的沼泽。”雅金卡悄声说，“野鸭就在那里过冬，湖水也只有在严寒时靠近岸边的地方才结冰，瞧，那边在冒热气……”

兹贝什科透过树林看到前边的雾气，那就是奥兹泰尼湖。

雅金卡又把手指按在了唇边，不一会他们就走到了。姑娘悄悄地爬到了粗大的老柳树上，身子俯向水面。兹贝什科也像雅金卡一样，他们在树上待了很久。什么也看不见，只听见一些鸟叫声。终于起了风，柳条的黄叶发出一片沙沙声，湖面上的雾气也被吹走了，变得明朗起来。

“看见没有?”兹贝什科问。

“没看见！先别说话。”

过了一会风停了，四周一片寂静，这时水面上露出了一个黑脑袋，后来又出现了一个……终于在离他们最近的地方，一只大海狸从岸上跳进了水里，它嘴里叼着刚刚折下来的树枝，在水草上游动着。兹贝什科趴在雅金卡下边的树杈上，突然看到她的胳膊肘在悄悄地移动着：她已经瞄上了那头野兽。不过那海狸并没有发现丝毫危险，在不到一箭的地方继续游动着。

突然，“嗖”的一声，雅金卡也同时喊道：

“射中了！射中要害了，它游不了多久了。”

确实，那野兽越游越慢，力量越来越微弱，不一会工夫，它就仰面朝天了。

“我去把它弄来。”兹贝什科说。

“别去，那里有淤泥，你过去会越陷越深的。”

“那我们怎么把它弄到手?”

“傍晚它肯定在博格丹涅茨了，你就放一百二十个心吧，我们该回家了。”

“你射得可真准!”

“哼！这又不是头一回……”

“别的姑娘连弓箭看都不敢看一眼，可是你哪怕一辈子住在森林里都不用担心。”

雅金卡听到这样的赞扬欣喜地笑了。两人走在回去的路上，聊着有关海狸的事情。

突然，她拍了一下腰，说：

“哎呀！我把箭落在柳树上了，你等一等。”

一眨眼的工夫，她已经像一只小鹿一样跑不见了。兹贝什科只好在原地等，等啊，等啊，他的心里有些不安：她怎么还没回来呢。

“她大概把箭弄丢了，在到处找。”兹贝什科自言自语道，“不对！不会出什么事了吧?”

但是,他刚迈出几步,姑娘就出现在他面前,手里拿着弓箭,红扑扑的脸上欢乐地笑着,肩上扛着那只海狸。

“上帝啊!你是怎么把它弄上来的?”兹贝什科喊道。

“怎么?下水去弄的呗!不是第一次了。”姑娘得意地说着,“因为不会游泳的人会被陷进去的。”

“好一个精明的丫头!那就是说你没有把箭放在那里啦!”

“没有!我不过是想让你离湖远远的。”

“我要是和你一起去,就可以看到奇迹了!”

“哼!住嘴!”

“我正想去呢!上帝作证!”

“住嘴!”

过了一会,她显然想换个话题,于是说:

“你帮我把辫子拧干,它一直往我的背上滴水。”

兹贝什科用一只手抓住头发,另一只手开始拧,同时说:

“最好是把它散开,风一吹就干了。”

可是她不肯散开头发,兹贝什科将海狸扛在肩上,两人走在密林中。雅金卡走在前面说:

“不久后,马奇科就会康复了,治疗箭伤熊脂最管用了。”

“但愿如此吧!”兹贝什科说,“我也在等待他康复,我不能离开病人,可是待在这边又难受。”

“为什么待在这里难受?”雅金卡说。

“难道齐赫没有给你讲过丹露霞的事情吗?”

“他对我讲过一点……我知道……她曾用头巾蒙住你的头……我知道!不过爸爸告诉我这个不算什么,因为有的骑士结过婚还要向某个姑娘明誓效劳呢,而这位丹露霞,兹贝什科你给我讲讲吧。”

她靠着他走着,抬起不安的眼睛看着他的脸,可是他丝毫没有注意她惶恐的眼神,说道:

“她是我的主宰,也是我的至爱。我一定要去找她,哪怕是走遍天涯海角,哪怕去十字军那里,到鞑靼人那里去,就算赴汤蹈火我也在所不辞……愿上帝助我，让我实现对她的诺言，否则我宁可去死。”

兹贝什科给雅金卡讲述着他和丹露霞的所有故事，直到看见牵马的仆人，他才中断了自己的故事。

雅金卡立即跨上马，跟兹贝什科说：

“让这仆人背着海狸跟你一起去吧，我要回兹戈热利策了。”

“那你不到博格丹涅茨？齐赫还在那里呢。”

“不！爸爸自己会回去的，他让我今天早点回家的。”

“那好吧！愿上帝为这海狸报答你。”

“与上帝同在……”

雅金卡独自一人上路了，她骑着马，不时回头看看兹贝什科的背影，她用手捂住了眼睛，仿佛是为了遮挡阳光。

然而，没过一会，她的指缝间就流出了热泪，沿着她的脸颊往下流。豆子一般大的泪珠一滴一滴地落在了马鞍上。

第十四章　修道院院长

情节简介

修道院院长的突然到来使病中的马奇科激动万分，为了表示诚意，他带着侄儿兹贝什科赶往兹戈热利策提前拜访这位富有的老亲戚。修道院院长到底是一个什么样的人？他会喜欢兹贝什科吗？到了兹戈热利策他们会谈论什么呢？本章将会一一讲述。

自从那次，雅金卡三天都没有去博格丹涅茨找兹贝什科了。但是第四天，她却风风火火地跑去说，修道院院长已经到了兹戈热利策了。马奇科听到这个消息很激动。事实上，他并不缺少赎回家产的钱，他甚至还计算过剩下的钱足够让他买很多奴隶和牲畜。

于是，马奇科向雅金卡打听有关修道院院长的一切，包括他的身体状况、情绪等等。她说，修道院院长身体健壮，满面春风，一大队人马前呼后拥，除了一些武装的仆人外，还有几个吟游歌手，他们正和齐赫一起唱歌。修道院院长甚至还问到马奇科的身体状况，兴致勃勃地听齐赫讲兹贝什科在克拉科夫历险的故事。

“您胸有成竹，知道该怎么做。”聪明的姑娘最后说，“不过我觉得，兹贝什科应该主动先去问候他的长辈，不要等修道院院长主动到博格丹涅茨来登门拜访。”

这条建议很合马奇科的心思，他将兹贝什科叫来，对他说：

“快！换上一套漂亮的衣服，骑马去兹戈热利策去向修道院院长问安，让他对你先有些好感。”

兹贝什科接着对雅金卡说：

“你竟如此聪慧，那么你跟我讲讲，修道院院长到这里来的时候，我们用什么接待他，最能让他称心如意呢？”

“至于吃的东西，他自然会告诉你他喜欢什么，不过，你可以在食物中放些番红花，他就不怎么挑剔了。”

马奇科听后双手抱住了头。

“我哪里去弄番红花啊呀！……”

“我给您带来了。”雅金卡说。

“这样的姑娘应该多多降临在世界上！”马奇科开心地说：“又漂亮，又能干，又有见识，心肠又好！嘿！要我还年轻，立刻就会娶你！”

这时雅金卡微微瞥了一眼兹贝什科，悄悄叹了口气，接着说道：

“我还带来了骰子，一个大口的杯子和一块桌布，因为他饭后喜欢掷骰子。”

“他从前就有这个习惯，不过掷骰子的时候常常爱生气。”

“他现在有时也爱发脾气，一动怒就把大杯子摔到地上，冲出屋子跑出去了。”

两人正谈得开心，只见兹贝什科穿着华丽的的服饰走了出来，雅金卡看得头昏目眩，可是她的脸上又闪过了一丝悲伤，她明白他爱的是别的姑娘。

马奇科却十分开心，他想修道院院长肯定会很喜欢兹贝什科。于是，老骑士心花怒放，临时决定也要和他一起去。

“吩咐仆人给我备一辆马车。”他对兹贝什科说，“既然那块铁已经取出来了，我也可以和你们去。”

“只要您不会晕倒就行了。”雅金卡说。

“哎！我什么事也不会有，我觉得身上很有劲。如果修道院院长看到了，可能会更加慷慨了。”

“您的健康比他的慷慨对我更重要。”兹贝什科说。

但是马奇科执著地要去，于是就启程了。一路上他一直对兹贝什科教导着，特别告诫他在这位富有的亲戚面前要谦卑，不可出任何差错。

他们到达兹戈热利策的时候，遇见齐赫和修道院院长正坐在一起，他们一边欣赏着大自然的美景，一边喝着葡萄酒。在他们身后还有两个吟游歌手和几个看上去像僧侣的仆从，虽然穿的是世俗的服装，但都剃了头，腰间还配着短剑。

齐赫见到坐在马车里的马奇科，立刻起身迎了上去，但修道院院长显然考虑到自己的尊贵身份，仍然坐着不动，回头对几个僧侣说了些什么。兹贝什科和齐赫扶着虚弱的马奇科走了过来。

“我的身子还不大好。”老骑士低下头去吻修道院院长的手，“但我还是来了，特地来向您、我的恩人致敬，感谢你为博格丹涅茨所做的一切。”

“我听说您已经好多了。”修道院院长说，他搂住了马奇科的头，“我还听说您发过誓要朝拜王后的陵墓。”

“因为我不知道向哪位圣徒祈求保佑，于是就向王后祈求了。”

“您做得对！”修道院院长激动地说。

然后他扫了一眼在场的人，朝兹贝什科看了一眼，问道：“这位就是我的侄儿吗？”

兹贝什科弯下腰，吻他的手。

“上次见到他的时候，他还是个小不点儿，这次都快认不出来了。”修道院院长说，“来！让我瞧瞧。”

他用敏锐的目光将兹贝什科从头到脚打量了一番，说道：

“很俊秀，像个姑娘！”

马奇科接话说：

“十字军骑士经常找这个‘姑娘’跳舞，但来的人，总是被踢倒，再也爬不起来。”

“他拉弓箭更厉害！”雅金卡突然插了一句。

修道院院长向她转过脸说：

“啊？你怎么在这里？”

她的脸上顿时泛起了潮红，连脖子和耳朵都变成了玫瑰红。她羞涩地说：

“因为我曾经见过……”

“那你可要小心，别叫他一不小心射到你了。”

听了这话，吟游歌手、僧侣们都大笑起来，雅金卡更不知所措。修道院院长举起胳膊，指着硕大的袖口对她说：

“躲进来吧！丫头，要不你那漂亮的脸蛋要喷出血了。”

这时齐赫把马奇科扶到椅子上，雅金卡跑去拿葡萄酒。修道院院长看着兹贝什科说：

“玩笑开够了！我可不是真的羞辱你把你比做姑娘，你确实长得很英俊，而且身材魁梧。我听说了你在维尔诺的一些事情，还有克拉科夫的历险。齐赫把一切都告诉我了。”

他又盯着兹贝什科看了一会说：

“你既然发誓要夺得三簇孔雀毛，那就去夺！收拾我们民族的敌人是件好事。可是……如果你同时发过其他什么誓……你知道，我可以为你立刻解除，我是拥有这个权力的。”

“哈！一个人既然在灵魂里向主发过誓，人间又怎么会有力量解除呢？”

马奇科听了这话，小心地看了看修道院院长，还好老人并没有生气，他还愉快地伸出一个指头吓唬兹贝什科：

“你这个自作聪明的小子！当心点，别像德意志人贝哈德一样。”

“他怎么啦？”齐赫问。

“他被判了火刑。”

“为什么？”

“因为他常说，世俗的人能像僧侣一样理解上帝的秘密。”

“但是对他的惩罚也太严厉了。”

“但却是正当的，你想一个俗人能理解上帝的秘密吗？”

“绝不可能！”那些僧侣齐声答道。

“你们这些个‘卖唱的’，都安静地坐着，你们并不是僧侣，虽说一个个都剃光了头。”

其中一个僧侣说：“我们既不是卖唱的，也不是流浪艺人，我们是您的侍卫。”

修道院院长好奇地看着他，却对兹贝什科说：

“他们都是神学院的学生，可是都抛开了书本，抱着诗琴在世界上游荡。后来我收留了他们，供他们吃喝。其实他们都是流浪汉，但是个个都会唱歌。”

“可为什么他们都配着剑呢？”

“他们可以佩剑，因为他们并没有圣职。再说，我也配着剑，有什么大惊小怪的！一年前我曾向一个僧侣挑战，就是老维尔克，是为了你们博格丹涅茨的一片森林。”

“您怎么可以和一个僧侣决斗呢?”齐赫说。

修道院院长听后火冒三丈,他拍着桌子说:

“我一穿上军装,就是骑士!但是他并没有迎战,却带着侍从夜间偷袭我,所以我必须配一把短剑……你们别忘了有律条说‘允许用武力来击退武力而自卫’。所以我给他们每人一把剑。”

齐赫、马奇科、兹贝什科听后都无话可说,他们被修道院院长的学识深深地折服了。

“谁知道,他是否也会到这里来袭击我?”

“那就让他来呗!”僧侣们说。

“他不会袭击您的。”齐赫说,“也许会来和您和解的。森林他现在已经放弃了。可是,现在他关心的是儿子的事情……您知道的!这是痴心妄想!”

此时修道院院长已经心平气和下来,他说:

“我曾经在一个驿馆里看到过小维尔克和奇坦在一起喝酒,他们两正谈论雅金卡呢。”

他又转身对兹贝什科说:

“他们也谈论了你。我听见维尔克对奇坦说:‘我会敲碎他的骨头的。’而且他们都认为你会怕他们的。”

马奇科听了这番话后看看齐赫,齐赫也看看马奇科,两个人的表情很奇怪,因为他们谁都不确定,修道院院长的话是真的还是故意讲给兹贝什科听的,进而刺激一下他。

修道院院长又补充了一句:

“他们确实很厉害!”

兹贝什科却无动于衷,只是很平静地问齐赫:

“明天是礼拜天吗?”

“礼拜天。”

“你们去做礼拜吗?”

“去哪个教堂?”

“去最近的那个。”

“嗯,那好吧。”

第十五章 面对“情敌”

情节简介

兹贝什科为了证明自己不怕维尔克和奇坦，便和雅金卡他们一起去教堂做礼拜。一路上，修道院院长委婉地劝说他娶雅金卡，但他只是沉默不语。可是面对两个“情敌”，他的心里又是一阵愤怒。于是，在维尔克和奇坦面前他又努力地表现出对雅金卡的关心。礼拜结束后，年轻人会和情敌们算账吗？

齐赫和雅金卡陪同修道院院长以及他的那些神学院的学生一起正在去教堂做礼拜的路上，没一会，兹贝什科就快马加鞭地赶了上来，他之所以赶上来，是因为他想让修道院院长看看，他既不怕维尔克，也不怕奇坦。

他一见雅金卡，再次被她的美貌所倾倒，尽管他已经见过这位姑娘身着各种华贵得体的服装。不过去教堂的时候，她也会刻意打扮，好让别人觉得她不是一个穷人家的女儿，而是一个赫赫有名的骑士的千金。为此她还让两个家童为她牵马。兹贝什科看着雅金卡，觉得她就像画中的美人，不免为此而动容。修道院院长穿着一件红色的长袍，看去就像一位出巡的王公，而所有人中齐赫却穿着朴素的衣服。

四个人调整了速度，走成了一列，修道院院长和兹贝什科聊了起来，年轻人看着他佩戴的剑，不禁笑了笑。

“我发现。”修道院院长说，“你对我佩剑感到很诧异，其实，红衣主教会是允许僧侣佩戴剑的，甚至可以带弓箭。”

“我见过马佐夫舍的王公亨利克在比武场上跟人决斗。”兹贝什科说。

“他受到谴责，并不是因为决斗，而是因为他和一个品行不正的女人结婚，这样的婚姻自然就没什么好下场。”

说到这里，他勒住了马，说：

“谁要想结婚就一定要打听清楚，她是否虔诚，品行是否端正，是否会持家。总之一切都要打听清楚。如果你挑选一个终身伴侣，却连她的家世都不清楚，你又怎么知道将来是福还是祸……你一定要记得，不要千里迢迢去找妻子，应该就近结婚，如果你娶了一位不明事理的妻子，那就有的你哭了。”

大家都聚精会神地听着修道院院长的演讲，这话表面上是说给兹贝什科听的，更多的是说给齐赫和雅金卡的，雅金卡显然理解这话的意思，她朝小伙子看看，发现他皱着眉头，装作在深思着那些教诲。

过了片刻，大家继续赶路，却不再说话。快到教堂时，修道院院长说：

“老维尔克也会带他的一大队随从来。”

“不过听仆人说，他好像病了。”

“可是我的一个学生说，他打算从教堂出来后就在驿馆前边袭击我们。”

“这种突然袭击的事情，他应该不会干。尤其是做过神圣的礼拜后。”

“但愿上帝能让他回心转意，我也不想找任何人干仗。”

这时，他向那些“卖唱的”看了一眼，说道：“你们都老实点，别拔出剑。记住，只有他们先动手，我们才能出手。”

兹贝什科和雅金卡并排行走，他对雅金卡说：

“我们今天肯定会碰到到维尔克和奇坦，如果他们出现了，你就指给我看，别让我弄错人了。”

“好的，兹贝什科。”雅金卡回答。

“以前他们找到你后，一般会有什么动作？”

“会争着向我献殷勤。”

“今天不能让他们对你献殷勤，明白吗？”

这时，她又几乎是谦卑地回答：

“好的，兹贝什科。”

不一会他们就到了目的地，在教堂中望弥撒的人群中小维尔克和奇坦立刻出现了，但是兹贝什科赶在他们前面跳下了马，把雅金卡从马鞍上抱了下来，挽着她的手，向教堂走去。

两人于是匆匆地走向圣水盘，在里面浸了一下手，又一齐伸向了姑娘。兹贝什科也照样做了，她碰了一下他的手指，然后在胸前画了个十字，跟他一起进去了。

两个年轻人非常愤怒，野性大发，他们的头发都快竖起来了。维尔克发疯似的跑出了门廊，奇坦也跟在后面奔跑，也不知道他们为什么这么做。

他们俩一直跑到围墙的一个角落才停下来，维尔克愤怒地抓起旁边的一块大石头，用尽了吃奶的劲拼命地摇，奇坦看到后，也抓住那块石头，两人就抬着摇了片刻，又把它滚过了整个墓地，一直朝教堂的大门滚去。

人们惊诧地看着他们，还以为他们是在发什么誓。他们耗尽了力气，反而轻松了很多，也冷静下来，只是由于用力过猛脸色惨白，一边喘着粗气，一边茫然地互相对视。

奇坦说："现在怎么办？"

"怎么办？"维尔克说，"马上去袭击他！"

"他在教堂，你怎么去袭击他？"

"等做过礼拜后。"

"他跟齐赫在一起，还有修道院院长。你忘了齐赫是怎么说的，如果我们干仗，就再也不能去兹戈热利策了。要不是有这句话，我早就断了你的肋骨。"

"说不定是我断了你的肋骨！"奇坦说着握紧了拳头。

于是两人的眼中闪着愤怒的神情，不过他们马上又意识到，如今他们比任何时候都需要团结。因为他们现在有了一个共同的敌人，而且两人都觉得这个敌人非常危险。

过了一会，奇坦又问：

"怎么办？派人去博格丹涅茨给他下战书？"

聪明的维尔克一时也不知道怎么办才好，于是他说：

"怎么办？进去做完礼拜再说，以后的事情，听上帝的安排。"

奇坦听后说："说不定主耶稣会赐予我们一些灵感。"

"并且会为我们祝福！"

他俩走进教堂，虔诚地望过弥撒后，精神振奋了许多。走出教堂时，在门廊里又见到雅金卡从兹贝什科手上接受了圣水。他们虽然愤怒，但是依然没有失去理性。走到墓地的大门口，他们向齐赫和雅金卡深深地鞠躬，也向修道院院长鞠了一躬，却瞪大了眼睛看着兹贝什科。虽然他们心中的痛苦、愤怒和妒忌早已像一团火，但是看到仪态万千的雅金卡，怒气却烟消云散，直到雅金卡随着队伍离去。

“去驿馆！去驿馆！算我倒霉！”维尔克说，他把牙齿咬得咯吱咯吱响。

这时，他们才想起刚才的那块石头，于是将那块石头又推回了原地。

兹贝什科骑马走在雅金卡的旁边，当他们走了好一阵后，他突然勒住马说：

“哦，我原想为叔叔的健康捐款做一场弥撒，却忘记了，我得回去一趟。”

“别回去！”雅金卡喊道，“我从兹戈热利策派人送去。”

“我要回去，你们别等我了，与上帝同在！”

“与上帝同在！去吧！”修道院院长说。

他喜形于色，等兹贝什科走后，他轻轻地碰了下齐赫说：

“明白吗？”

“明白什么？”

“他一定会去找维尔克和奇坦干一仗！”

“他们可都是厉害的家伙！要是伤着他怎么办？”

“要是他为雅金卡干仗，以后又怎么会去想那位尤兰德小姐呢？”

“但是他的誓言呢？”

“我立刻就可以为他解除？”

“您真是个精明的人啊！”

修道院院长听到这样的夸赞更是满面春风，他又策马来到雅金卡的身边，问：

“姑娘，为何这样忧心忡忡？”

姑娘从马鞍上侧过身子，抓住修道院院长的手，放到唇边亲吻了一下说：

“您可以派几个神学院的学生去教堂那边吗？”

“派他们去干什么？他们只会去驿馆喝酒。”

“但是他们或许会阻止一场战争呢！”

修道院院长用锐利的目光看着她说：

“他即使被杀死又如何？”

“那就让他们把我也杀死！”雅金卡喊着说。

自从那次兹贝什科向她倾吐出心里话后，她心中的悲伤和酸楚此时化作一股热泪涌了出来。修道院院长见到后便急忙搂住姑娘说：

“别担心，我的小女儿。他们或许会争吵起来，但是他们两个都是贵族，不会成群结伙地袭击他的。他们只会按骑士的习俗向他挑战，这样他对付起来就容易了。至于那个尤兰德小姐，你不用担心。”

“可是他爱的是她，我也就不在乎他了。”

“那你还哭什么？”

“因为我担心他。”

“唉，这就是女人啊！”修道院院长笑着说。

“你要明白，姑娘！即使他将来娶了你，他也要去打仗的，因为贵族生来就要战斗的！”

说到这，他把身子俯得更低了，贴着她的耳朵说：

“他一定会娶你的，用不了多久，上帝会为你作证。”

“他怎么会娶我？”雅金卡说。

而此时，她已经笑了起来，仰起脸看着修道院院长，似乎想问问他是怎么知道的。

兹贝什科已经回到了刚才那个教堂，直接去找了教堂的神甫，他确实想捐一笔钱给叔叔做弥撒，办好了这件事后，他就去了驿馆，他预计在那里肯定能找到小维尔克和奇坦。

果然一到那里，他就遇上了两个人。驿馆里挤满了人，有贵族也有骑士，还有农民和一些吟游歌手。他一路推开众人，缓缓地朝他们俩走去，一走到他们面前就狠狠地拍了下桌子，响声传遍了整个驿馆。

两人立马站了起来，还没来得及抓住剑柄，兹贝什科就把一只白手套扔在了桌子上，并按照骑士挑战时的习俗，说了一番让任何人都意想不到的话：

“你们两个中如果有谁，或者这屋子里的骑士中有谁敢站出来，否认世界上容貌最美丽、品德最高尚的姑娘是丹露塔·尤兰德小姐，我就会向那个人挑战。”

维尔克和奇坦两个人都十分惊奇，如果修道院院长听到这话肯定也惊得一句话说不出来。可是如果他并不在乎雅金卡，又怎么故意跟他们过意不去呢。为什么在教堂的时候惹他们生气？为什么他走后又回来了？这一个个为什么让他们十分不解。

维尔克毕竟机灵些，他知道，有些骑士往往发誓会为一个姑娘效劳，而和另一个姑娘结婚。他想也许这就是一个例子。既然有机会让他抓住雅金卡，他就该好好利用。

于是他从桌子后边走出来，一脸蛮横地对兹贝什科说：

“什么？你这个狗东西，你的意思是雅金卡小姐不是世界上最美丽、最高尚的姑娘吗？”

奇坦也跟着他走了出来，人们把他们围住。

第十六章 赎回土地

情节简介

修道院院长正式到马奇科家和他们谈有关土地的事情。然而容易发怒的坏毛病使他什么也没有得到，反而送出了更多的东西。后来修道院院长又谈到雅金卡和兹贝什科的婚事，兹贝什科坚决没有答应，这下老人真的生气了，他摔门而去，并发誓永远不再踏进这里一步。事情发展到这里，兹贝什科似乎已经没有待在博格丹涅茨的理由，他该怎么办呢？今后的路该怎么走？

雅金卡回到家后立刻派了一个仆人去驿馆那边，让他打听那边是否发生斗殴或者什么。但是这个人因为得到了雅金卡给他的赏钱，就和一些人喝酒，把交代的事情忘在了脑后。

她又派了一个仆人到博格丹涅茨去通知马奇科，告诉他修道院院长就要去登门拜访了。这个仆人回来后说，兹贝什科正在和老骑士一起掷骰子。听到这个消息后，雅金卡心里踏实了很多。

修道院院长因为打算在博格丹涅茨过夜所以很晚才动身。一路上，他的心情很好，吩咐那些吟游歌手唱歌，弄得森林一片喧哗，博格丹涅茨的农民纷纷从茅屋里面跑出来，还以为发生火灾或者敌人前来袭击。后来他们才知道是修道院院长，于是大家都向他鞠躬致敬，有的还在胸口画十字，修道院院长看到自己受到如此尊敬，得意地继续前行。

马奇科和兹贝什科听到喊声就到大门口迎接。修道院院长的侍从们一看到这破旧的房屋，就露出失望的表情，因为这跟兹戈热利策的房屋简直是一个天上、一个地下。可是等他们走进屋子，闻到番红花和各种肉的香味，发现两张桌子上摆满了银盘子，一个个又欢呼雀跃，一双双眼睛都放出了光彩。

马奇科和兹贝什科请客人们马上入席，修道院院长在离开兹戈热利策时已经吃过一顿丰盛的饭菜，便婉言谢绝了。

“我们到里面去，商量一下抵押的事情！”他又对那些吟游歌手说，“你们都安静地待着，不许跑到门口去偷听。”

说着他就推开了通向里面的门，兹贝什科和马奇科跟在后面，等他们坐下来后，修道院院长就开口问年轻人：

“你又回教堂那边了？”

“是的。”

“嗯，怎么样？”

“我为叔叔捐了做弥撒的钱，仅此而已。”

修道院院长烦躁地挪动了下身子。

他沉默了一会，不过一想到自己的如意算盘落了空，心中就不免烦躁，脸涨得通红，喘了口粗气。

“我们来谈谈抵押的事情！”过了片刻他说，“你们准备好现金了吗？要是没有准备好，田产就是我的了。”

马奇科知道如何对付他，听了这话后，他默默地站起来，掏出了一袋早已准备好的东西，说道：

“我们是穷，但是这笔钱还是准备好了，文书上规定的该付的，我们一定付清。如果您要求加钱，您说多少，我们就给多少。我们还要向您，我们的恩人感谢呢！”

他说完这话就在修道院院长面前跪下，兹贝什科随之也跪下。修道院院长本以为可以做一番讨价还价，对他们的行为感到意外，甚至有些不高兴，因为他还想提出自己的条件，如今机会已经错过。

于是他便交出文书，同时说：

“你们跟我们谈什么加钱的事？”

“我们不想要白得的东西。”马奇科狡猾地回答。因为他知道在这种情况下他拒绝越多，得到的就越多。

转眼之间，修道院院长便怒气冲天地说：

“谁见过这种人，不肯要亲戚白送的东西。只要我乐意，就是把这一袋子钱统统给你们，都无所谓！”

“您不会那么做的!”马奇科喊道。

“我不会做？看,这是你们的抵押单,这是你们的钱,只要我乐意,全都给你们,这就是我的恩典。”

他说着就抓起钱袋,往地上狠狠地一摔。袋子开裂了,钱散了一地。

“愿上帝报答您！上帝一定会报答您！我的神甫和恩人!”马奇科喊道,他期待的就是这一刻,“别人的我不拿,但既然是亲戚和神甫的,我就笑纳了。”

修道院院长威严地望了望他,又看看兹贝什科,终于说道：

“虽然我刚才很生气,可是我知道自己做了什么,收下吧,这是你们的了。”

“能得到这些钱也是出乎我们的意外。”

“你们也该知道,我的一切遗产,将来由雅金卡一人继承。”

“包括土地?”马奇科故作天真地问。

“包括土地!”修道院院长吼道。

马奇科听后故作生气地说：

“哎呀您干吗呀！好端端地说什么死呀！愿主耶稣保佑您活一百年甚至更长的时间,您还要晋升主教呢。”

修道院院长听了这话感到很宽慰,其实他的脾气也就一会就发完了。

“你们是我的亲戚,而她不过是我的干女儿,但是多年来我就爱她,也爱齐赫。世界上没有比齐赫更好的人了,也没有比雅金卡更好的姑娘了。”

马奇科不但没有生气,反而用肯定的语气说,就是找遍整个王国也找不到比他更好的邻居了。

“说到那姑娘,”马奇科说,“正是由于她,我才恢复了健康。这一点我会永远记住的。”

“你们叔侄两人要是敢忘了她,”修道院院长继续说,“我第一个就诅咒你们！因为你们是我的亲戚,我也不想委屈你们,所以我想了一个好办法,使得我的遗产既属于雅金卡,也属于你们。”

“这样就太好了！那怎么做呢?”马奇科问道。

“我愿意作为你和雅金卡的媒人,你娶她把!”他看着兹贝什科说。

兹贝什科听后掠了一下头发，然后平静地说：

“我怎么会娶她？我在蒂涅茨的祭坛前已经向丹露塔·尤兰德小姐明过誓了。”

“如果你发誓要夺得几簇孔雀毛，你可以尽可能地去夺，但是，你要立刻娶雅金卡！”

“不！丹露霞用她的头巾包住了我的头，我明誓要娶她的。”

修道院院长勃然大怒起来，他脸红脖子粗，耳朵发青，眼球都快突出来了，他走到兹贝什科面前，气得声音都发抖了。

“明誓中有我的荣誉！我必须信守承诺！”兹贝什科说。

修道院院长一时被噎住了，竟说不出话。终于，马奇科打破沉寂：

“兹贝什科！”他喊道，“清醒点！你这是怎么回事？”

这时修道院院长抬起胳膊，用手指着年轻人吼道：

“怎么回事？我知道他这是怎么回事？他并不是真正的骑士，他害怕奇坦和维尔克。”

兹贝什科始终没有失去冷静，这时他漫不经心地耸了耸肩膀，回答说：

“我在驿馆里已经让他们的脑袋都开了花。”

“你怎么不早说？”

“因为我不好意思说出口，我以为他们会像骑士一样向我挑战，可谁知我刚到驿馆，他们两个每人拿出一块木板，就向我砸来，我没办法只好拿起一条长凳，哼！结果你们知道……”

“都活着吗？”马奇科问道。

“都活着！只是昏迷了。”

修道院院长边听边擦着额头上的汗，他突然说道：

“你既然为雅金卡打架，而且也打赢了，那你就是她的骑士，而不是别人的骑士，因此你必须娶她。”

说完这话，他像一个将军一样，手叉着腰望着年轻人，而兹贝什科只是淡淡一笑说：

“嘿！我早知道您为什么让我去揍他们，但是您的打算落空了。”

“为什么落空了！你说！”

“因为我命令他们说世界上最有德行的姑娘是丹露霞，他们就是因为这个才和我打起来的。”

修道院院长听后，立马像块石头一样。突然他转身一脚踢开了门，像只受伤的牛喊道：

“上马！你们这些狗东西！我的脚再也不会踏进你们家一步了。”吟游歌手们也灰溜溜地跟在他的后面。

马奇科站在那里目送他们离去，等他们在森林里消失后，才缓缓地走进屋子，摇摇头对兹贝什科说：

“你干的好事！”

“我要是走了，不就没有这回事了吗？我之所以没走，都是由于您。”

“怎么由于我？”

“因为我不愿意丢下病中的您不管啊！”

“现在怎么办？”

“我这就走！”

“到哪里去？”

“先到马佐夫舍，去找丹露霞，然后到德意志人那里去找孔雀毛。”

马奇科沉思了片刻后说：

“他虽然给了我们‘文书’，但地契还在法院的档案里。这一下修道院院长一分钱都不会给我们了。”

“不给就不给。您有钱，而我出门不用带钱。到处都有人接待我，马匹也不愁粮草，总之您不用担心我了。”

马奇科又陷入了深思，他把发生的事情仔细地琢磨了一遍。虽然一切都没有按照他的计划行事，但面对兹贝什科倔强的态度，他也无能为力。

“嗨！”他终于说，“既然你必须从十字军骑士的头上拔下孔雀毛，既然任何别的法子都没有，那你就走吧！我真的为齐赫感到痛心！”

说到这里，他看了看兹贝什科，蓦然问道：

“你舍得下雅金卡？”

“愿上帝保佑她健康，万事如意！”兹贝什科回答。

第十七章 劝说

情节简介

兹贝什科走后，留下来孤零零的马奇科。可是今后他还是要生活在博格丹涅茨的，不想和邻居搞得太僵，也不想和自己的亲戚反目成仇。于是他来到兹戈热利策，希望能和他们重归于好。见到雅金卡后，他是怎么劝说这个悲伤的姑娘的？她会理解兹贝什科吗？

马奇科在家等了好几天，希望从兹戈热利策传来什么消息，可是一天天过去了，却没有任何反应，心急的马奇科终于忍不住了，他决定亲自去看望齐赫。虽说发生的一切都不是由于他的过错造成的，但是他仍然想知道，齐赫对他是否心存怨恨。至于修道院院长，他知道他将会永远恨兹贝什科和自己了。

但是他还是想尽力去缓和那位亲戚的怒气。于是，他一边骑着马，一边想着一会见到老齐赫和修道院院长时说些什么，才能消除怨恨，保住邻居和亲戚的老交情。可是他想来想去还是不知道怎么说。

当他到了那里后，只见到了雅金卡，姑娘跟以前一样接待他，向他鞠躬，吻他的手，她还是那样的友好，只是眼神中带了点忧伤。

"你父亲在家吗？"他问。

"他和修道院院长去打猎了，很快就会回来。"

说着她就领他进了屋子，两人默默无言地坐了很久，后来还是雅金卡开了口：

"您一个人在博格丹涅茨有些寂寞吧？"

"很寂寞。"马奇科说，"你知道兹贝什科已经走了？"

雅金卡叹了口气说："知道，当天就知道了。我本以为他会来告别，哪怕是一句宽慰的话，可是他没来。”

“他怎么会来！”马奇科说，“修道院院长见了他恐怕就会把他撕成两半，你的父亲见了他也会不高兴的。”

她摇了摇头，说：“唉！我是不会让任何人委屈他的。”

马奇科听后大为感动，他把姑娘搂在怀里说：“愿上帝与你同在，姑娘，你伤心，我也很伤心。我天天想，是你把我的伤口治好的，我也想让兹贝什科娶你，而不是别人。”

雅金卡再也忍不住涌在她心头的悲痛和思念，她凄惨地说：“我再也见不到他了，即使将来能见到，那也是和尤兰德小姐在一起的。如果这样见面，我宁愿哭瞎自己的眼睛。”她用袖子遮住眼睛，那双眼睛已经泪如泉涌。

马奇科却说：“算了吧！他走都走了。但是，他是不会和丹露霞一起回来的。”

“为什么？”雅金卡哭着问。

“因为即使他发过誓，王妃也支持他们，但是尤兰德坚决不答应。”

雅金卡露出脸，问道：

“为什么啊？”

“我也不知道，谁劝他都没用。尤兰德是条汉子，一言既出，驷马难追。而你，姑娘，千万别失望，要打起精神来。说句实在话，这孩子不得不走，因为他在教堂里发过誓，要夺得那些孔雀毛。那姑娘也曾经用头巾蒙住他的头，表示选他当丈夫，因此他的头才没有被砍掉，所以他应该是她的人！她不能成为他的妻子，那是天意，但按照法律，他是她的未婚夫。你爸爸生他的气，修道院院长怨恨他，我也是一肚子气，可是他又能有什么办法呢？因为他是贵族，所以他说的话一定要算话。但是有一点我想对你说，只要德意志人不杀死他，他总有一天会回来的，不仅回到我的身边，回到博格丹涅茨，也会回到你的身边。因为他是乐意见到你的。”

“他哪里会乐意见我？”雅金卡说。女孩儿说着，挪了挪身子，好奇地问：“您怎么知道的？是真的吗？”

“我看他走的时候心情是那么沉重，还有在他决定走的时候，我问他：‘你舍得下雅金卡？’而他说：‘愿上帝保佑她健康，万事如意。’接着又叹了好久的气……”

“这不会是真的！您再说说……”

“我向亲爱的上帝保证，是真的！见到你以后，那位姑娘就不会那么称他的心愿了，这些我是能看出来的。别担心，说不定他对你的情谊比你对他的感情还深呢。”

“但愿如此！”雅金卡高兴地喊着。

可是姑娘好像立刻意识到自己失言了，连忙用衣袖遮住了那张红得像苹果的脸。马奇科笑着说：“我要是青春少年多好啊！不过，孩子你要振作起来。因为我已经看到结果是什么：他到马佐夫舍去，那边离边界近，他肯定会找德意志人搏斗，然后拿到他想要的孔雀毛，他肯定会带回来孔雀毛，但是尤兰德小姐他带不来。我和尤兰德谈过，了解一些情况，将来他只能回来，他还能去哪里？”

“他什么时候回来呢？”

“如果你不是一心等着他，也就不会觉得受委屈了。不过，你要把我的话讲给你爸爸和修道院院长，好让他们消消气。”

“我该怎么说呢？爸爸是伤心多于愤怒，而在修道院院长面前提起兹贝什科的名字，他就会勃然大怒。他把我爸爸都大骂了一顿，因为我派了一个仆人跟着兹贝什科。”

“什么仆人？”

“是我爸爸俘虏的一个，人很善良、忠实，是一个捷克人，大家都叫他赫拉瓦，就是大头的意思。爸爸叫他给我当差，我就给了他一套不错的军装，让他给兹贝什科当差，必要的时候可以保护他，万一他遇到不好的情况，可以送个信……我还给了他一袋子盘缠，他发誓说他将会忠心耿耿地服侍兹贝什科。”

“我的好姑娘！上帝会报答您的！你爸爸没有反对吗？”

“当然啦，他刚开始坚决反对我这么做，直到我跪在他脚下求了好久。但是，修道院院长知道后，把一屋子的人都骂了个狗血喷头，爸爸吓得躲进了粮仓。直到傍晚，修道院院长看到我哭得那么伤心，就可怜起我了，还送我了一串念珠……我受点委屈算什么，只要对兹贝什科好……”

“老天爷！真不知道我更爱你还是兹贝什科更爱你，我可爱的姑娘！”

两人的谈话被一阵狗叫声、叫喊声打断了。听到这声音，雅金卡说：

“爸爸和修道院院长打猎回来了。”

雅金卡带着马奇科来到了门廊，从那里看到雪地上的一群人，一些马、狗和一些被杀死的鹿和狼。修道院院长看到马奇科，把手上的矛向他的方向一扔，用以表示对博格丹涅茨人的愤恨。但是马奇科还是在很远处就抬了抬帽子向他表示致敬，修道院院长仿佛并没有发现他的这个举动。雅金卡也没有注意，因为她的眼球被那两个追求者吸引过去了。

“维尔克和奇坦！”雅金卡说。

而马奇科看到他们就像什么东西在他的伤口上刺了一下，他脑子里立刻闪现了一个念头：如果他们两个人中有一个娶走雅金卡，那么属于她的一切东西也将属于那人，于是悲伤和恼怒冲击着他的心。

过了一会，维尔克跳到修道院院长的马旁帮助他下马，而他也很友好地扶着这个年轻人的肩，虽说修道院院长不久前还想和他的父亲决斗。

“修道院院长要是和老维尔克和解，这土地还有森林……”马奇科想。

雅金卡的声音打断了他的思绪，只听她说：

“他们的伤口好了，即使他们天天来，也是痴心妄想！”

马奇科抬眼一望，只见姑娘脸颊通红。

于是马奇科说：

“那你会按照修道院院长的命令做吗？”

而她立即回答道：

“修道院院长会按照我的意愿做。”

“亲爱的上帝！”马奇科想，“愚蠢的兹贝什科竟会离开这样一个好姑娘！”

第十八章 新的旅程

情节简介

兹贝什科踏上了前往马佐夫舍的路，开始了一段全新的旅程。在森林里，雅金卡派的捷克人追上了兹贝什科，出售免罪符的小贩也百般讨好他，在修道院里，他遇到了和他一样憎恨骑士团的修道院院长……一路上他见到了很多人，有积极备战的老百姓们，也有热情的贵族们，有帮助他的马祖尔人，也有他痛恨的十字军骑士。这一次年轻的兹贝什科是否会再次与十字军骑士发生冲突呢？他会如愿以偿地见到丹露霞吗？本章将详细讲述主人公的奇妙之旅。

“愚蠢”的兹贝什科的确是带着一颗沉重的心离开了博格丹涅茨。首先让他觉得不适应的是身边没有了叔叔，毕竟这么多年他和叔叔形影不离，他真的不知道，如果没有了叔叔，日后会怎样。其次，他确实舍不得雅金卡，尽管他对自己说了无数次要去他心爱的丹露霞那里，但是和雅金卡在一起总是那么的快乐。他回忆着和雅金卡在一起的一切，从他们的相识，到森林里打熊、打海狸甚至他们在一起的每一个细节，这一切都历历在目，越想他就越悲伤。

突然，他又想到自己是要去丹露霞那里，可是仔细想想，他对丹露霞的爱似乎又是另一种，是一种更纯洁、更神圣的。渐渐的，他的思绪飞到了丹露霞那里，可是没一会他又忍不住怀念起雅金卡了。于是，他强迫自己一想到雅金卡就火冒三丈，也许只有这样才对得起丹露霞，才能让自己心安。

就在这时，雅金卡派遣的捷克人骑马追上来了，手里还牵着一匹驮着东西的马。“赞美耶稣！”他说。然后深深鞠躬。

“永远赞美！可是你是谁？”

“您的仆人，光荣的骑士。”

“怎么是我的仆人？他们才是我的仆人。”兹贝什科指着扎维沙送他的两个土耳其人和另外两个强壮的仆人。“你是谁派来的？”

“兹戈热利策的雅金卡小姐。”

“雅金卡小姐？”

兹贝什科刚刚对她动过怒，此时正烦躁呢，于是毫不客气地说：

“你回去，多谢小姐的恩惠，可是我不要你。”

但是捷克人却直摇头。

“我不回去，少爷。他们已经把我给了您，我也发过誓，这辈子就忠心耿耿地为您服务。”

“好，他们既然把你给了我，你就要听我的命令，现在就回去！”

“我发过誓的！”

兹贝什科动怒了：

“给我滚，你就是专门来违抗我的命令吗？走开，否则我下令放箭了。”

捷克人将雅金卡带来的东西一件件拿给了兹贝什科，兹贝什科依然不领情，双方争执了好久，但兹贝什科还是轰不走他，只好不再说什么。

捷克人跟在队伍后面慢慢地走着。冬天的暴风雪一阵阵的，两个土耳其人虽然穿了棉袄，却冻得发抖，另外两个强壮的仆人也冷得拼命地搓手，而兹贝什科因为穿得少，时不时地向捷克人带来的呢子斗篷望一望，过了一会，便叫一个土耳其人把那斗篷递给他。

他把斗篷披在身上，立刻感到全身暖和了起来。这时，他又不由自主地想到，雅金卡真是个好姑娘。于是他把捷克人叫了过来，他朝那仆人点点头说：

“老齐赫知道小姐派你来吗？”

“知道。”

“他没有反对？”

“反对过。”

“那就给我讲讲是怎么回事。”

捷克人把一切都讲给了他听。

“好心肠的姑娘!”兹贝什科想。

过了一会他又问道:“修道院院长没有发脾气吗?”

仆人一笑,他是个机灵鬼,于是答道:

“他们父女俩是背着修道院院长干的,至于后来什么情况,我也不太清楚,因为我已经走了。修道院院长是刀子嘴豆腐心,有时也冲小姐吼几声,很少真的动怒,毕竟他真的很爱小姐。”

兹贝什科听后,什么都没有说,依旧骑着马在大风雪中前行,突然他勒住了马,因为路边传来了哭泣的声音,那声音被树叶摇晃的声音掩盖了一半:

“基督的信徒们,快救救那些可怜的人吧!”

与此同时,有个人奔到大路上,他穿着一半僧侣一半世俗的衣服,向兹贝什科的马前一站,喊道:

“不管您是谁?阁下,请您救救我吧!”

“你是什么人?出什么事了?”年轻的骑士问。

“我是上帝的仆人,虽然没有神圣的职位,但是今天早上帮我驮物品的马跑了,我现在独自一人,没有兵器,眼看天就要黑了,要是您不肯救我,森林里出来一头野兽我就没命了。”

“可是你让我如何相信你说的话?”

“您可以凭这些箱子看出我不是坏人,阁下。有人为了得到箱子里的东西愿意给我满满一袋金币呢,但我可以白送您一些,只要您肯把我和我的箱子带走。”

“可是你的马不是驮着箱子走了吗?”

“因为在我找到那匹马之前它就已经被森林里的狼吃掉了。我找到马后,就把箱子拖到了路上,等待好心人来帮助我。”

为了提供证据,他指了指松树下面的两只箱子,兹贝什科很不信任地看着他,因为这个人看起来很不诚实,而且他说话口音很纯正,却说自己是从远方来的。但是,兹贝什科还是允许他带着两只箱子骑着仆人牵着的马。

“愿上帝保佑您百战百胜,勇敢的骑士!”陌生人说。

他看到了兹贝什科年轻的面孔，又柔和地加上一句说："也增加您的胡须。"

他骑着马走在捷克人身旁。

冬天的风猛烈地刮着，整个森林像一头野兽一样咆哮着，等风渐渐地弱下来。兹贝什科听见那个陌生人和捷克人在进行着这样一场谈话：

"我不否认你到过罗马，但是你看起来像个酒鬼。"捷克人说。

"说话小心些，免得遭报应，"陌生人回答，"和你谈话的是一个去年在复活节和教皇一起吃过煮鸡蛋的人。这么冷的天气，别跟我提起酒。不过，如果你身上带有一瓶葡萄酒的话，那给我喝两三口，我就赦免你一个月的炼狱之苦。"

"你刚才说你没有神职，怎么能赦免我呢？"

"我是没有，不过我是个僧侣，我这么做是允许的。再说，我随身带着免罪符和一些圣物。"

"在箱子里吗？"捷克人问。

"是的，在箱子里。如果你看到我箱子里所有的东西，你就会扑倒在地上，不但是你，所有森林里的松树和野兽都会倒下来。"

这个捷克人是一个聪明而有经验的人，他怀疑地望着这个出卖免罪符的小贩，但不肯给他什么葡萄酒，于是他们默默地骑着马继续往前走。后来，陌生人又问了起来：

"你们上哪儿去？"

"很远。先到谢拉兹。你也要跟着我们？"

"我不得不跟着你们，我今晚睡在马房里，也许明天那位善良的骑士送我一匹马，那我就要到更远的地方去了。"

"你是从哪里来的？"

"从普鲁士骑士们那儿来，就是马耳博克。"

兹贝什科听了这话，就回过身去，招手叫陌生人到他身旁来。

"你是从马耳博克来的吗？"他说。

"是的，阁下。"

"你大概不是德意志人吧？你说我们的话说得很好。你叫什么名字？"

“我是德意志人，别人都叫我山德鲁斯，我说你们的话说得好，是因为我生长在托伦，那里人人都说这种话。后来我住在马耳博克，那里也是一样。呸！连十字军骑士团的人都听得懂你们的话。”

“你离开马耳博克多久了？”

“我到了圣地，然后去了君士坦丁堡、罗马，又从罗马到法兰西，又回到了马耳博克，后来带着这些圣物到马佐夫舍去，那里的教徒为了拯救他们的灵魂，都非常爱买这些圣物。”

兹贝什科想要问问丹露霞，但是他不知道这个人是不是骗子，而且身份还这么低微。因此沉默了一下之后，问道：

“你带的是哪一种圣物？”

“我带的是免罪符和各种圣物，我这有各种各样的免罪符。有的可以赦免一切罪恶，有的免五百年，有些免三百年，有些免两百年，还有的时间更短些，价钱也便宜些，所以连穷人也来买，不论是赦免未来罪孽还是过去罪孽的免罪符，我都有。但是阁下，我只要一片黑面包和一杯水就满足了——那就是我所需要的一切。其余的钱我带到罗马去，以便积攒一些去征伐十字军。不过，是有许多骗子带着假的免罪符和假圣物、假印信和假纪念品，他们理当被缉拿，但是谢拉兹的修道院院长却不相信我，可是我的印信都是真的。阁下，瞧这封漆，您看看。”

“谢拉兹的修道院院长怎么了？”

“啊，阁下！如果像您的侍从告诉我的，你们要去谢拉兹的话，最好别让他看见我，因为我不愿意让他侮辱这些圣物。”

“明白地说，意思就是，他认为你是个骗子。”

“如果他是针对我的，那我会本着博爱的精神宽恕他。但是他侮辱了我的圣物，这是绝不能宽恕的。”

“你卖哪些圣物？”

“您戴着头巾，本来是不该谈论这些圣物的，但是这一次可以允许，因为风又刮起来了。所以您先买一张免罪符，就不算您有罪了。我这儿什么都有，我有一只驴蹄子，这是耶稣逃往埃及的时候骑过的，是在金字塔附近找到的。阿拉贡的国王曾出过五十个杜卡特来买。我有天使加百列翅膀上的一根羽毛，这是他在报喜的时候掉下来的……实在无法都讲出来,要不然到晚上都说不完。我很冷,但是您的侍从又不肯给我酒喝,我实在冻得难受。”

“如果都是真的,那都是些宝贵的圣物啊!”兹贝什科说。

“如果都是真的?您赶快从您的侍从手里拿过矛来瞄准怪兽吧,它就在您身旁,是它叫您产生这种想法的。阁下,快快挡住它,如果您不想遭受厄运,那就从我这里买一张免罪符去吧,否则您所爱的某个人就会在三个星期之内死去。”

兹贝什科被这个威胁吓住了,因为他想到了丹露霞,于是说道:

“不相信你的可不是我,而是谢拉兹的修道院院长。”

“阁下,您自己瞧瞧这印吧,都是火漆封过的,至于那修道院院长,我不知道他现在是不是还活着,但我相信上帝是公正的。”

但是当他们到达谢拉兹的时候,却发现修道院的院长还活着。兹贝什科去看了他,并且出钱举行了两次弥撒:一次是为了马奇科的健康,另一次是为了保证实现孔雀毛的誓言。修道院院长是个外国人,出生在西利亚,但是他在谢拉兹住了四十年,会说一口流利的波兰话,也十分痛恨骑士团。因此,得知了兹贝什科的计划之后,他愤怒地说:

“他们将会受到更大的惩罚,他们在谢拉兹所犯下的罪行,波兰人惩罚他们再厉害些也不算过分。”

“他们干了些什么?”兹贝什科急切地问道。

这位修道院院长交叉着双手,高声朗诵了一遍《长眠》,然后坐在一张板凳上,闭了一会儿眼睛后终于说道:

“我当时才二十岁,刚同我叔叔彼卓尔达主教从西利亚到这里。十字军骑士们夜里攻进城,还放了火。我们墙缝里看到,他们在市场上残忍地砍掉男人女人的头,把小孩扔进火里去,他们甚至杀神甫,他们在狂怒之中什么人也不放过。米柯拉伊修道院院长同他们军队的首脑海尔曼认识,几个长老陪他去见那个可怕的骑士。他们在他面前磕头下跪,用德意志话恳求他放过这些可怜的人。海尔曼却说:‘我不懂!’并且命令他的士兵们继续杀害老百姓。他们也杀了修士们,我的叔彼卓尔达也没能活下来,米柯拉伊修道院院长被绑在马尾上。最后只有我一个人活下来了,因为我躲在了钟楼的一根横梁上。”

“在普洛夫策，”兹贝什科说，“我们家族几乎所有的男子都送了命，但是让我感到安慰的是，在后来的一次战争中我们消灭了两万德意志人。”

“您将看到一场更大的战争和一次更伟大的胜利。”修道院院长说。

“阿门!”兹贝什科回答。

于是他们开始谈其他的事情。年轻的骑士问起他在路上遇到的卖圣物的那个小贩。他知道，在各条路上，这一类骗子多得是，专门欺骗那些容易上当的人。修道院院长也告诉他罗马教皇已经下发了好几次文书，命令主教们检验这类小贩，凡是拿不出真正印信的人，立即予以惩罚。修道院院长觉得这个陌生人的证明书是伪造的，但还没来得及审判，他就逃走了。他这样一逃，反而给自己招来了更大的嫌疑。

修道院院长邀请兹贝什科留下来，在修道院里过夜。但是他婉言谢绝了，因为他要在驿馆门前挂上挑战书，向所有否认丹露塔·尤兰德小姐是本王国最美丽和最有德行的姑娘的骑士挑战，于是他回到驿馆，就把山德鲁斯找来。

“修道院院长认为你是一个无赖，”兹贝什科说，“如果你的印信是真的，你为什么害怕主教的裁判呢?”

“我不是怕主教，”山德鲁斯回答:“我是怕那些对印信毫无所知的修士……”小贩狡辩了一番后，兹贝什科说：

“那你能为我写一张牌子吗?”

“我一定写，阁下，您要怎么写都成。”

那就写在一块木板上吧，兹贝什科很满意地说，“因为这就撕不掉了，而且我以后还能用。”

没一会挑战书就写好了，但是兹贝什科认不出木牌上写的是什么。于是他命令侍从们把它钉在客店门上，木牌下面挂了一面盾，那两个土耳其人轮流看守着。谁要是击了这张盾，就表示他要决斗。但是到第二天中午，都没有人来击这面盾，于是这位扫兴的骑士打算继续赶路。

可是，没等他赶路，山德鲁斯又来见兹贝什科，向他说：

“阁下，如果您把您的盾挂在普鲁士骑士们住的地方，我相信就会有人跟你决斗了。”

“你说什么？你难道不知道，十字军骑士本是修士，不许有情人，也不许恋爱吗?”

“但是他们都是有情人的。而且还有许多从远方国家来的普通骑士,他们正在找机会战斗,特别是那些法兰西骑士。”

“哦!我在维尔诺看见过他们,愿上帝能让我在马耳博克见到他们。我需要从他们头盔上拔下孔雀毛来,这是我曾经许的誓言。”

“阁下,我卖给您两三滴汗水,这是圣乔治在同火龙格斗的时候流下的。对一个骑士说来,没有比这更有用的圣物了。您可以用我骑的这匹马来换这件圣物,我也会给您一张免罪符,它可以在决斗中保护您。”

“去你的吧!别惹我发火。我不会买你的货的,除非我弄明白确实是真货。”

“阁下,您说过的,您是上马佐夫舍去的。不妨到那里问问他们向我买了多少圣物吧,王妃本人也买过,要结婚的骑士们和姑娘们都向我买过,我还参加过他们的婚礼。”

“什么婚礼?”兹贝什科问。

“这是降临节前的惯例,骑士们都尽快结婚,因为人们都预料波兰王国将要和十字军骑士团打仗了。因此,他们想早点娶个妻子,享受下幸福的滋味。”

兹贝什科非常关心战争的消息,但是更关心他所说的婚礼,因此他问道:“那里有哪些姑娘结了婚?”

“王妃的侍女们,我不知道还有没有侍女留在宫里了,因为我听说王妃正在另外找宫女。”

兹贝什科听了这话,沉默了一会儿,用另外一种声调问道:

“写在板上的丹露塔·尤兰德小姐也结婚了吗?”

山德鲁斯先犹豫了一下,因为他自己也不知道情况。他想,如果让这个骑士再急一急,这样自己就可以处于一个有利的地位,他看见兹贝什科年纪很轻,而且穿得很华贵,认为他是一个慷慨的人,如果他同这样一位骑士一起旅行,就可以更好地销售免罪符,一路上也就会平安无事,而且有丰盛的饮食,这是他最关心的事。

因此他听了兹贝什科的问话之后,就皱了一下眉头,抬起眼睛,仿佛在努力回忆,然后又问道:

"丹露塔·尤兰德小姐吗？她是什么出身？"

"斯佩霍夫的尤兰德的女儿。"

"我见过她们所有的人，但是我记不清她们的名字了。"

"她很年轻，很会唱歌。"

"啊哈……年轻，是不是脸色黑得像玛瑙似的那一个？"

兹贝什科听后放松了许多。说："不，那不是她！丹露霞皮肤雪白，脸蛋红润。"

山德鲁斯听了回答道："现在留在王妃身边的只有黑得像玛瑙似的那一位，其余的几乎全都结婚了。"

"你说'几乎全都'，那就不是个个都结婚了。好！如果你要想从我这里得到什么东西，你就好好想想吧。"

"那我这两天好好想想，不过您最好给我一匹马，载运我的圣物。"

"可以给你，只要你跟我说老实话。"

这时候一直在听着他们谈话的那个捷克人笑了一下，说道："到了马佐夫舍不就知道了。"

山德鲁斯望了他一会儿，说道："你以为我害怕马佐夫舍吗？"

"我并没有说你怕马佐夫舍，但是，不管现在也好，三天以后也好，你休想骑着马逃走。如果证实了你在撒谎，你想跑都跑不成。"

"那当然！"兹贝什科应道。

山德鲁斯想着，还是小心为妙，就说：

"如果我要说谎，我尽可以马上说她是否结了婚，但我只说：'我不记得了。'"

他们就这样斗着嘴，捷克人口尖舌快，德意志人说一句，他就答两句。

兹贝什科问明了去温奇查的路，就命令侍从继续赶路。走过谢拉兹，他们走进了浓密的森林。

兹贝什科心里焦急不安，巴不得立即赶到马佐夫舍去。他想万一尤兰德早把这姑娘嫁给某某邻人或者友人了怎么办？毕竟尤兰德原来反对他们的结合。

兹贝什科一边骑着马走去，一边忧心忡忡的。他没有想博格丹涅茨，也没有想雅金卡，只想着丹露霞，他想他是爱着丹露霞的，只是在博格丹涅茨时，几乎每天和雅金卡聊天，才不怎么思念丹露霞。现在他日日夜夜都在想念她，甚至在睡梦中也看见她站着，头上戴着花冠，向他伸出双手，可是尤兰德却把她拉开了。早晨，梦境消失了，思念之情却更深了。

有时候他想说不定她已经出嫁了，但是，他并不生她的气，因为她只是一个孩子，不能自作主张，他决意始终如一地为她效劳，即使她已做了别人的妻子，也要弄到那几簇孔雀毛献在她脚下。

有时候一想到不久就要发生大战，他就感到宽慰。他感到，在战争时期，他会忘记一切，摆脱一切的忧愁和悲伤。大战似乎还没定下来。这消息不知是从什么地方传来的，因为国王和骑士团之间依然保持着和平；可是到处都在谈论战争。老百姓都预感到战争就要爆发。

在王国各地，人们都在做着战前的准备工作，要对敌人进行可怕的惩罚了。兹贝什科在所有的贵族家里所遇到的人都深信，他们随时都会去征伐十字军。兹贝什科不论走到哪里，都看到这些匆忙的准备工作，人们只想到马匹和甲胄，把别的心事都扔在一边。不论在哪里，老百姓都在认真地检查矛、剑、斧、头盔和枪。铁匠日夜忙于打铁片和制造铠甲。这种铠甲，西方那些文雅的骑士举都举不起来，但是波兰的强壮贵族却能轻而易举地穿上身。老人们从箱子里拖出一只只装满了钱的袋子，给他们的孩子出征时用。有一次兹贝什科在一个有钱的贵族家里休息，他有二十二个强壮的儿子。他把他无数的财产押给了修道院，买了二十二套贵重的铠甲和同等数目的头盔以及武器。看到这些，兹贝什科想立刻赶到普鲁士去打仗。

在马佐夫舍，人们谈论战争却没有这么热烈。他们也相信会发生战争，只是不知道在什么时候。华沙也是一片平静。

在华沙城堡里，兹贝什科受到执政官雅斯柯的招待。雅斯柯认识兹贝什科，因为他在克拉科夫见过他，因此殷勤地招待他。在吃饭之前，兹贝什科就向雅斯柯问起丹露霞的状况。但他一点也不知道她的情况，虽听说最近举行过宴会和婚礼，但他不知道是哪些姑娘结了婚。

“不过我想，”他说，“尤兰德小姐没有结婚。尤兰德不到场，婚礼是办不成的，我也没有听说过他到这里来。因为有两个骑士团的修士在马佐夫舍，在这种情形下，尤兰德从来不会到这来的，因为他一看见那白斗篷就会暴跳如雷。如果尤兰德没有到场,就不会结婚!如果您愿意,我就派一个信使去打听一下。"

"我自己明天就上那儿去了,愿上帝报答您的善意。等到马匹一休息好,我就走,我非得弄清楚真相,要不心里是不会平静的。"

晚上,兹贝什科躺在床上的时候,他想着摆脱掉山德鲁斯,但是后来一想,又觉得这无赖也许对他有用处,因为他会说德意志话。毕竟山德鲁斯还没有向他说过假话。尽管这个无赖在客店里的吃喝等于四个人的量,成了一个耗费很大的负担,不过他会办些事,最重要的是他会写字。

因此兹贝什科让他随着他的侍从到切哈鲁夫去。山德鲁斯听了很高兴,因为他想跟有地位的人在一起就更容易取得信任和找到买主。

第二天傍晚他们就看见了切哈鲁夫城的城墙。兹贝什科在一家客店里停下,穿着他的甲胄,按着骑士的规矩准备进城。他刚走了十来步,在他后面骑着马的捷克人就赶过来说:

"阁下,我们后面有几个骑士骑着马来了,他们一定是十字军骑士。"

兹贝什科转过去一看,只见在离他不远的地方有一队显赫的侍卫,为首的是两个骑着优等普鲁士马的骑士。那两个骑士都全副武装,每人披着一件绣着黑色十字架的白斗篷,高高的头盔上插着孔雀毛。

"天哪,十字军骑士!"兹贝什科说。

他不由自主地在马鞍上向前探出身子,拿起了他的矛。

但是兹贝什科及时恢复了理性。他不会忘记在克拉科夫附近贸然攻击了利希滕施泰因的后果,于是他收回了矛,把它交给了捷克人。而后就骑马向那两个十字军骑士奔去。当他走近他们的时候,他发觉还有第三个骑士,头盔上也插有一簇孔雀毛,又有第四个骑士,好像是个马祖尔人。他看了一下,断定他们一定是去见马佐夫舍王公的使者,因此高声说道:

"赞美上帝!"

"永远赞美!"马祖尔的骑士回答道。

双方打过招呼后,又相互鞠躬。兹贝什科通报了自己的姓名,家乡、族章、战号后,长发的骑士说他叫是英德雷克,他正陪几位客人去见王公。这些客人是戈德菲列德修士、罗特吉爱修士等,还有个十字军骑士团的客人洛林的德劳许骑士,他想见见王公,特别是名声显赫的"凯伊斯图特的千金”王妃。

他们谈话的时候，另外几个骑士直挺挺地骑在马上，偶尔晃一晃戴着插有孔雀毛头盔的头。

他们以为王公派来了一个重要人物，也许是他自己的亲生儿子来迎接他们。因为，兹贝什科穿着十分华美，英德雷克继续说道：

“分团长，正在王公那里做客，这三位骑士一直想要来访问王公，但是他们不敢。王公就立即派我到边界去，带着他们安全地到宫里。”

“您不去接他们，他们就不能来吗？”

“我们的民族非常憎恨十字军骑士，因为他们非常奸诈。可是任何人都会在自己家中接待德意志人，不亏待他，但是在路上遇到就不会放过了。为了复仇，或是为了荣誉而这样做的可大有人在呢。”

“那谁最有名呢？”

“有一个人，所有的德意志人见了他就怕，他是斯佩霍夫的尤兰德。”

年轻的骑士听到这名字，心就跳了起来，他立即决定向这位英德雷克探听他想要知道的事。

“我知道！”他说，“我听说过他。他的女儿丹露塔以前是王妃的侍女，后来她结婚了。”

说完这话，他就注视着这个骑士的眼睛，而对方却大为惊奇地喊道：

“谁告诉您这话的？尤兰德小姐还没有结婚。我六天前离开切哈鲁夫的，当时我亲眼见她同王妃在一起，降临节期间怎么能结婚呢？”

兹贝什科听了这话，真想抱住这骑士的脖子喊道：“愿上帝为这消息报答您！”但是他克制了自己，说道：

“我听说尤兰德把她嫁给了什么人。”

“王妃想要把她嫁给克拉科夫的一个骑士，那骑士向这个姑娘起过誓，姑娘也爱他。可是尤兰德不同意。”

“她爱他吗？”兹贝什科喊道。

英德雷克听了这话，目光炯炯地望着他，笑了一下，说道：

“您好像对这姑娘的事很感兴趣。”

“我准备去拜访她。”

兹贝什科的脸被遮盖在头盔下面，几乎看不见，但是他的鼻子和下颌都非常红，使得这个喜欢开玩笑的马祖尔人说了：

“怕是冷风把你的脸吹红了吧！”

这一来，年轻人感到更慌乱了，回答道：

“就是，风好大啊！”

他们骑着马向前走去，沉默了一阵子后英德雷克问道：

“您叫什么名字？”

“我是博格丹涅茨的兹贝什科。”

“天哪！那个向尤兰德小姐起誓的骑士也叫这个名字。”

“您以为我会否认我就是他吗？”兹贝什科自豪地回答。

“您就是那个兹贝什科了！侍卫队从克拉科夫回来之后，宫廷里的妇人们谈的都是这件事，而且有许多人一边听一边哭。原来就是您！嗨！他们在宫廷中看见您该多么高兴啊；连王妃都非常喜欢您。”

“愿上帝保佑她，不过我听到丹露霞结婚的消息，有这回事吗？”

“她哪里会出嫁！虽然这姑娘长得像朵花，还有整个斯佩霍夫作为嫁妆，即使有人求婚，王妃也不同意。嗨！有时候他们还拿这姑娘开玩笑，跟她说：‘你的骑士不会回来了！’她就回答：‘他会回来的！他会回来的！’有时候他们说，您已同别人结婚了，她听了就会哭。”

这些话使兹贝什科感到非常难受，他也感到很愤怒，因为他的丹露霞被人家逗得伤心了，因此他说：

“我要向那些说坏话的人挑战！”

英德雷克大笑起来，说道：“是女人们取笑她的！您要向女人挑战吗？”

兹贝什科很高兴遇到了这样一位快活的旅伴，他就向英德雷克问起丹露霞的近况来。他也问到马佐夫舍朝廷的规矩，问到雅努什王公和王妃。最后他还谈到他在旅途中所听到的关于战争的事，以及老百姓们如何在做着战争的准备。

“老百姓都说战争是不可避免的，但是十字军骑士团现在倒是显得很友好，而且只要国王态度坚决，他们甚至还会将抢占的陀布琴地区归还给波兰。也许他们就是在拖延时间，做应战的准备。”

“王公前不久到马耳博克去过，”英德雷克说，“因为大团长外出，大元帅接待了他，他们非常隆重地款待了他，瞧，这不又有他们的客人过来……”

说到这里，他想了一下，然后又说：

“人们都认为十字军骑士到这里来拜访我们王公和杰莫维特王公就是想在大战爆发后，让两位王公去支援他们，或者说，至少保持中立。但是这两位王公不会那么做的。”

“当然不会！这些王公都属于波兰王国！”

兹贝什科又望了那几个外国骑士一眼，也望了望他们头上的孔雀毛，说道：

“这几个骑士是为那个目的去的吗？”

“他们都是骑士团的修士，谁知道他们怎么想的？”

“那第三个呢？”

“他是因为好奇而去的。”

“他一定是个著名的骑士。”

“还用说！三车的东西都是他的，而且他有九个侍卫。我很想同这样的一个人决斗呢！”

“您不能这样做吗？”

“当然不能！王公命令我保护他们。在他们到达切哈鲁夫之前，不能损伤他们一根头发。”

“假如我向他们挑战呢？”

“那您必须先同我战斗，因为只要我活着，就决不许您同他们决斗。”

兹贝什科友善地望着这个年轻的贵族，说道：

“您懂得骑士的荣誉。我不会和您决斗的，因为我是您的朋友。但是到了切哈鲁夫，但愿找到个理由干掉他们。”

“到了切哈鲁夫，您爱怎么干都行。”

“我有一块牌子，上面写着谁要是不承认丹露塔·尤兰德小姐是世界上最有德行和最美丽的姑娘，我就向他挑战。但是不管到哪里，人们看了都只是耸耸肩笑笑而已。”

“因为这是外国习俗，而且，说实话，很愚蠢。除非那些住在边界上的人，在国内没有人了解这个习俗。这个洛林的骑士，沿途也纠缠过好几个贵族，要他们赞美他的情人。谁也不了解他的目的。”

“什么？他要人家赞美他的情人吗？”

他仔细地望着那个外国骑士，只见那骑士年轻的脸上充满忧愁，他也惊奇地瞧见这个骑士的脖子上系着一条用发丝编成的绳子。

“山德鲁斯！”兹贝什科突然喊道。

“愿意为您效劳，阁下。”

“问问这个骑士，谁是世界上最有德行和最美丽的姑娘。”

山德鲁斯用德语把这问话重复说了一遍。

“乌尔利卡·德爱尔内！”德劳许回答。

于是他抬起他的双眼，叹息起来了。兹贝什科一听见这话就发起火来，勒住了马。但是他还来不及作答，英德雷克就把自己的马横在他和这外国人之间，并且说道：

“你们不能在这里争吵！”

但是兹贝什科又转身向山德鲁斯说道：

“告诉他，他爱的是一头猫头鹰。”

“高贵的骑士，我的主人说您是在跟一头猫头鹰相爱！”山德鲁斯像一个回声似的复述了一遍。

德劳许听了这话，便扔下缰绳，脱下了右手的铁手套，扔在兹贝什科面前的雪地里。兹贝什科向捷克人做了个手势，叫他用矛尖把它挑起来。

英德雷克带着威胁的神情转向兹贝什科说：

“你们不能决斗，我不许你们任何一个动手。”

“我并没有向他挑战，是他向我挑战。”

“但是您把他的情人叫做猫头鹰。这还不够吗！”

“但是我并不想同您决斗。”

“您非得决斗不可，因为我已发过誓，要保卫那位骑士。”

“那我怎么办呢？”兹贝什科问。

“耐心些，我们快到切哈鲁夫了。”

双方协商后，决定到目的地后再决斗。于是德劳许向兹贝什科伸出手，紧紧握了三下，这是按照骑士的规矩，表示他们一定决斗，不论在什么时候和什么地方。

而后他们向着切哈鲁夫的城堡出发了，在红色晚霞衬托下的城堡塔楼已经遥遥在望了。

他们到达切哈鲁夫的时候天还很亮，但是等他们在大门前通报姓名、放下吊桥之后，天已经黑了。

兹贝什科的老相识尼古拉热情地接待了他们。尼古拉如今指挥着一支由少数骑士和三百个著名弓箭手组成的警卫队。

但是令兹贝什科失望的是，他听说王府的人都出去了，王公为了要对几位分团长表示尊敬，为他们在森林里安排了一次盛大的围猎，王妃同她的宫女们也去了，以增加这次围猎的隆重意义。

兹贝什科在城堡中认识的唯一的妇人是奥卡夫，她如今是城堡的女管家。她看见他很是高兴，她自从克拉科夫回来以后，就把他对丹露霞的爱情，以及他在那边经历的事都讲给了别人，她很喜欢兹贝什科。现在她看到这年轻人由于丹露霞不在而闷闷不乐，便想办法来安慰他。

“您快要认不出她了，”她说，“她长大了，越长越丰满，越长越妩媚了，不再是一个小姑娘了。现在只要有人在她耳边喊‘兹贝什科’，她就浑身哆嗦……对了，您的叔叔还好吧？他为什么不同你一起来？”

“我让我的马匹先休息一会儿，就去找丹露霞。我要连夜赶去，”兹贝什科回答。

“去吧，不过在城堡里带个向导去，否则，你会在荒野中迷路的。”

吃过晚饭之后，兹贝什科就说他要赶到王公那里去，并请求派一个向导。骑士团的两个老修士因为旅途劳顿，决定第二天再去。但是德劳许表示他要同兹贝什科一起去，说不愿错过围猎的盛会。于是他走到兹贝什科身边，伸出了手，又紧握了三次他的手。

第十九章　重　逢

情节简介

兹贝什科和德劳许在马茨科骑士的带领下向猎场出发了，一路上，三个人聊得十分愉快，两个年轻人也似乎早已把挑战的怒气抛到了九霄云外。到了猎场后，兹贝什科再次见到他心爱的丹露霞，此时这个女孩已变得更加成熟美丽，两个年轻人的爱情之花又一次绽放。

这一次，他们俩并没有决斗，因为尼古拉得知了挑战的事，便要他们以骑士的尊严保证在没有得到王公和分团长许可的情况下绝不战斗。如果做不到就关起大门不让他们离开城堡。兹贝什科恨不得尽快看到丹露霞，因此愉快地答应了。德劳许虽然有的时候很愿意决斗，但他更愿意在盛大的筵席上当着高官和贵妇的面战斗，他相信在这样的场合取得胜利会给他带来更多的光荣，而且他将更容易赢得骑士的封号，因为他也是没有得到正式封号的骑士。

于是他们带着各自的侍卫队在午夜就出发了。每年到了冬季，这一带往往有狼群出没，即使好几十个全副武装的骑士，遇到它们也是危险的。他们走过了森林，越过了荒野，荒野的西面就是杳无人烟的波特拉西森林，再过去便是立陶宛了。立陶宛人就是穿过这些森林到马佐夫舍来的，1337 年他们到了切哈鲁夫，烧毁了这个地方。德劳许出神地听着老向导马茨科告诉他的这些故事。他很想同立陶宛人战斗，因为他和其他许多西方骑士一样，认为他们都是撒拉逊人。事实上，他本来是跟着十字军征伐的，想由此获得名誉。但是当他到了马佐夫舍后，几乎不敢相信自己的眼睛：他看到了市镇里的教堂、塔楼上的十字架、神甫、甲胄上绣着圣十字记号的骑士，他简直不敢相信自己的眼睛。马佐夫舍的人民确实剽悍，都是随时准备战斗的人民，而且是信奉基督教的人民，但是他们并没有德意志人那样残暴。因此当人们告诉他，这里的老百姓信奉基督教好几百年了，他不知道对十字军骑士团该怎么想才好。而当他得知立陶宛人由于已故王后的命令而受洗的时候，心中更是充满了惊奇和感叹。

他就向马茨科打听，他们骑马前去的这片森林中，有没有什么龙害得老百姓要献出年轻的姑娘来孝敬它们，如果有，他可以去同它们搏斗。但是马茨科的回答使他大失所望。

“森林里有的是野兽，狼、野牛和熊，要对付它们就够忙了，”马茨科回答，“也许在沼泽地里有一些恶魔，但是我从来没有听到过有龙，即使有，我们也不会拿年轻姑娘孝敬它们的，森林里的农户早就扒了它们的皮了。”

“他们是怎样一种人？能够和他们战斗吗？”德劳许问道。

“他们被称作寇比人，任何人都能和他们战斗。”马茨科回答，“但是，对一个骑士来说是不合适的，因为他们都是农夫。”

“瑞士人也都是农夫。他们信奉基督吗？”

“在马佐夫舍没有不信奉基督的人。他们都是我们王公的人，你没有看见城堡中的弓箭手吗？虽然他们都是森林里的农夫，但是没有比他们更好的弓箭手了。”

“英吉利人和苏格兰的弓箭手更好吧，我在勃艮第朝廷中见过他们……”

“我在马耳博克也见过他们，”马茨科打断骑士的话，“他们很强壮，但是不能和寇比人相比，在寇比人中间，孩子到了七岁就能站在松树上用箭把食物射下来。”

“你们在谈些什么？”兹贝什科已经好几次听到“寇比”这字眼，这会儿突然问道。

“在谈英吉利和寇比的弓箭手。这位骑士说英吉利人和苏格兰人的弓箭手最好。”

“我在维尔诺看见过他们的。我听见他们的箭嗖嗖飞穿过我的耳旁。那里有从各国来的骑士，他们都宣称可以把我们活活吃掉，连盐都不用加。但是他们试了一两次之后，就倒了胃口。”

马茨科大笑起来，把兹贝什科的话翻译给德劳许听。

“我也在几个宫廷里听过有这种事，”德劳许说道：“他们赞美你们骑士的勇敢，但是他们也责备你们不该帮助异教徒反对十字军骑士团。”

“我们保卫的是那些愿意受洗的人民，反对侵略和非正义的战争。德意志人却要让他们继续信奉多神教，以便借口挑动战争。”

“上帝一定会惩罚他们的。”德劳许回答。

“也许就要惩罚他们了。”马茨科回答。

从切哈鲁夫到打猎的地方并不太远，但是由于夜色漆黑，又下着大雪，他们走得非常慢，天亮才赶到那座森林附近，王公打猎时用的房屋就坐落在那里。这座木头建成的宅子很大，窗框都是用圆玻璃片做的。屋前有几个井架和两个马房，宅子四周有许多帐篷和一些临时用松树枝搭起来的棚屋。帐篷前面有几堆明亮的篝火，篝火周围站着一些猎人，他们都反穿着羊皮、狐狸皮、狼皮和熊皮做的外衣。

“你们的王公，”德劳许说，“打一次猎就像打一次仗一样。”

“确实！”马茨科回答：“我们有的是工具和人手。”

“我们怎么办呢？”兹贝什科插嘴说：“他们还在屋子里睡觉呢。”

“唔，我们只有等到他们起来，”马茨科回答，“总不能敲门吵醒王公吧。”

于是马茨科就领他们到一堆篝火那里去，在篝火旁边，寇比人扔了几张狼皮和野牛皮过来，然后递给他们一些烤肉。人们听到外国话，就围过来看德意志人，越来越多的人过来，使马茨科不得不行使他的职权来保护这个外国人，免得他被好奇的人们所围困。德劳许发现人群中有几个女人也穿着皮袄，而且非常美丽，便问她们是否也参加狩猎。

马茨科向他解释，她们并不参加围猎，只是来想看看。而且这里兼有乡村和城市的两种特色。寇比人不愿意离开他们的荒野，但是有盛大的狩猎时，他们也想来看看这宏大的场面。

德劳许听着马茨科的话，好奇地望着周围的人们。这些生活在健康的空气中的人们，像当时大多数农夫一样，肉食吃得很多，因此长得强健而魁伟。

兹贝什科不断望着一扇发着亮光的窗户。这显然是厨房，因为一些窗框中有烟冒出来。在屋旁的几扇小门中,时时有穿着宫廷服装的仆人出现,忙着到井边去打水。确实,从厨房窗口正在飘出来一股烤肉和番红花的香味,一直飘到一堆堆篝火之间。后来正门开了,走廊上出现了一个人,兹贝什科立刻就认了出来,这是他在克拉科见过的跟随王妃的一个吟游歌手。一看见他,他就冲了上去,德劳许吃惊地问道:

"这年轻的骑士怎么啦?"

"没什么,"马茨科回答:"他爱上了王妃的一位侍女,想立即看到她。"

"啊!"德劳许把一双手按住胸口。他开始长吁短叹起来。

片刻后,马茨科领着德劳许走进了前厅。大厅里挂着野牛角和鹿角,中央摆着一张桌子,上面铺着餐布,摆满了具餐。马茨科把德劳许先生介绍给了大家后,越来越多的宫廷侍从们陆陆续续走进来。他们大多长得很漂亮,留着淡黄的头发,全都是打猎的装扮。那些认识兹贝什科的宫廷侍从们,像老朋友似的同他招呼——显然他们都喜欢他。一个宫廷侍从跟他说:

"王妃在这里,尤兰德小姐也在,您马上就会看见她了。我亲爱的孩子,您还要同我们一起去参加围猎。"

这时候进来了两个十字军分团长,他们都是王公的客人。一个是雨果·德·丹菲尔德修士,另一个是齐格菲里特·德·劳夫修士。他们的家族都为骑士团立过汗马功劳。

第一个很年轻,但身材矮胖,看起来像个酒徒,一张厚嘴唇。另一个身材修长,容貌威严而高雅。没一会,雅努什王公就进来了,两个十字军骑士和宫廷侍从们都向王公敬了礼。德劳许和兹贝什科也走到王公跟前。他亲切而庄严地对他们表示欢迎。喇叭立刻吹起来了,这意味着早餐将开始了。当吹到第三遍时,靠右边的一扇大门开了,安娜王妃出来了,陪伴在她身边的是一个天仙似的金发姑娘,她身上还挂着诗琴。

兹贝什科立刻向前跨上一步,双膝跪下,流露出崇敬和爱慕的神情。

在场的人一看见这情形,都窃窃私语起来,因为兹贝什科的动作使马祖尔人感到惊异,一些年纪大的人甚至起了反感。王妃和丹露霞小姐没有一下子认出兹贝什科来,因为他是背向火炉跪着的,脸朝着暗处。王妃以为是哪一个宫廷侍从犯了什么罪,来求情的。但是丹露霞向前一步,低头一看，就突然叫了出来：

“兹贝什科！”

这时候她完全忘记了在场的人正在望着她，像一头小鹿似的向这位年轻的骑士飞奔过去，双手抱住他的脖子，吻着他的嘴和脸颊，久久地偎依着他，抚摸着他，马祖尔人都笑了起来，王妃过来把她拉了回去。

丹露霞向在场的人扫了一眼，张皇失措起来，急忙溜到王妃背后，藏进了王妃的裙子里。

接着兹贝什科拥抱了王妃的双脚，王妃拉起他后问他家里的情况，兹贝什科含含糊糊地回答着她的问题，却时不时地看看王妃身后的丹露霞。丹露霞一会儿从裙子下面偷看，一会儿又钻到里面。马祖尔人看到这景象都笑得要死，王公也大笑起来。最后仆人们拿了热菜，王妃高兴地向兹贝什科说：

“侍候我们吧，亲爱的小骑士，也许不仅现在服侍我们吃饭，而是永远呢。”

然后她回过身来对丹露霞说：

“你这淘气鬼，快爬出来，别把我的裙子弄坏了。”

丹露霞爬了出来，红着脸，有些不知所措，她用一双受惊的、害羞而好奇的眼睛望着兹贝什科。

德劳许大为惊奇，问道：

“那个姑娘是谁啊？”

丹菲尔德因为人矮，听了这声问话，就踮着脚，低声答道：

“魔鬼的女儿。”

德劳许望了他一眼，于是皱起眉头，用鼻音发言道：

“正派的骑士是不会咒骂美人的。”

这十字军骑士喊道，“我不是贬低那个姑娘的美貌。但注意，我要告诉您她的父亲是谁。”

但是他没有机会告诉他了，这时雅努什王公已经就座了，因为先前他打听过德劳许骑士的显赫家世，便招手请他坐在他旁边。王妃和丹露霞坐在对面。兹贝什科像他在克拉科夫的时候一样，站在她们椅子后面，侍候她们。兹贝什科心醉神迷地望着丹露霞小小的头，粉红色的脸颊。他感觉到爱情像一江春水似的在胸怀中泛滥。他还感觉到她在他脸上、眼睛和嘴唇上甜蜜的吻。现在，她已经成长一个少女，像一朵盛开的鲜花。她的身上有一种先前所没有的魅力，散发出一种强烈的诱惑力，如太阳里散发出来的温暖光线，或是玫瑰花散发出来的芬芳。

兹贝什科想着想着甚至忘记侍候她们两位。他没有看到德劳许脸上流露出来的非常惊异的神情，也没有看到丹菲尔德那双贪婪的眼睛。

“你同我们一起去围猎，就可以有机会向丹露霞倾诉爱情了。”王妃的一句话叫醒了兹贝什科。

说着，她就同丹露霞一起去换骑装，没一会王妃和丹露霞出来了。两个人都戴着头巾。兹贝什科在雪地上跪下，伸出一只手，王妃踏着他的手掌上了马。然后他抱起了丹露霞，把她放到了马鞍上，随后全体队伍出发了。侍从们排成了一个长长的纵队，慢慢地进入森林。

这时王妃转身向兹贝什科说道：

“你们为什么不说话呀？跟她说话吧。”

兹贝什科虽然得到这样的鼓励，还是静默了好久，然后才说：

“丹露霞！”

“什么，兹贝什科？”

“我爱你！”

说到这里，他又停住了，不知怎么说下去才好。因此他说：

“我对你的爱简直压得我气都透不过来。”

“我也爱你的，兹贝什科！”她急忙说道。

“嗨，我最亲爱的！”兹贝什科喊道。于是他又静默了，心中充满着幸福。

“告诉她吧，”王妃说，“她不在的时候你感到多么寂寞，等我们到了丛林里，你可以吻她。”

于是他就讲起他在博格丹涅茨没有她的日子，感到多么寂寞。但是这个机灵的家伙，一句也没有提到雅金卡，此刻他确实全心全意地爱着丹露霞。

到了一片密林后，离开了侍从和客人们，他才搂住她，吻她。

可是冬天的时候，树叶子都落光了，因此他吻这个姑娘的情景还是让丹菲尔德和德劳许看到了。有几个宫廷侍从也看到了,而且纷纷议论起来。

丹菲尔德把他那张山羊似的邪恶的脸转向德劳许先生问道:

“阁下,您是否愿意变成那个年轻骑士呢?”

“您呢,阁下?”德劳许问道。

这个十字军骑士显然十分妒忌,听了这活就恨恨地勒住了马,嚷道:“说良心话,我愿意!”

但在这时候,他恢复了平静,一面低下头来说道:

“不过我是一个修士,已许过愿终身不结婚。”

他迅速望了德劳许一眼,担心对方的脸上会露出笑容,因为骑士团在老百姓中间,这方面的名声很坏,而他的名声最坏。

德劳许先生询问他道:

“阁下,您把那位美丽的姑娘叫做魔鬼的女儿,您为什么那样叫她?”

丹菲尔德就讲起兹沃托利亚事件中,尤兰德小姐的母亲是如何死去的,从那时候起,尤兰德一见到十字军骑士就要报仇。丹菲尔德在讲述的时候,流露出了显著的憎恨,因为他对尤兰德也有些私仇。当然,丹菲尔德拼命地抱怨尤兰德的残酷,并没有把十字军骑士做的一些丧尽天理的事情说出来。弄得德劳许骑士不知谁对谁错,分不出东南西北。

两人谈论了好一会,最后,丹菲尔德说:“不论是谁,只要触犯了一个十字军骑士,便是恶魔的儿子。”

听到这话,德劳许沉思起来。还没来得及回答丹菲尔德,他们就到了一片盖满积雪的、宽大的空地,王公和他的侍从们都在这里下了马。

第二十章 狩 猎

情节简介

一场壮观的中世纪的狩猎画卷在此展开，猎人们、骑士们，甚至王妃宫女们都大显英雄气概。野猪、黑熊在猎人安排好的陷阱中被一次次地成功捕获，当人们为“丰收”而忙得不亦乐乎时，却忘记了这盛大的厮杀场上始终伴随着危险，到底发生了什么意外呢？意外会降临到谁的头上？

那些守林人在猎人头目的指挥下排成长长的一列，他们掩藏在暗处，面对着一大片空地。空地的两边都拉上了网，网后面守着人，而他们的任务是把野兽赶到猎人那里去，同时，要是野兽陷入网里，他们就用矛把他们刺死。

王公站在一个小山谷中间，这是猎人头目姆罗科泰专门为王公选定的位置，因为他料到最大的野兽会跑过这个山谷。

王公右手持一把弓箭，在他身旁还有一支斜靠在树上的矛，离他不远的地方站着两名魁梧的侍卫，他们背着斧头，随时准备递给王公。王妃和丹露霞并没有下马，因为王公考虑到她们的安全，不允许她们下马。如果野兽们发起疯来，骑在马上逃跑容易些。至于德劳许，他自告奋勇地要保护两个骑在马上的女士。兹贝什科把他的矛插在雪地上，背上背着弓箭，站在丹露霞的马旁，向她低声细语，有时还吻着她。直到狩猎的头目提醒他，他才不再出声。

这时在荒野深处的远方，寇比人的号角声在鸣响，然后是一片寂静。只是偶尔可以听到松鼠的吱吱声和风吹树叶的声音，每个人都在焦急地等待着哪一种动物会先出现，大家都坚信这次会有大丰收。

过了一会儿，几只狼出现在森林边缘，但它们一发现人，就窜了回去，显然是在寻找另一条出路。接着从荒野里跑来了好几头野猪，连成一条黑色的长线，在雪地上奔跑着，它们停下来静听了一下又转过身去静听一下，然后向猎网奔去，但是一闻到人气，就向着猎人们的方向奔去，紧接着，弓箭咔嚓咔嚓地射向它们，白雪上便染上了第一摊鲜红的血迹。

一阵恐怖的尖叫声后，整个兽群立刻散开了，仿佛被一声响雷击散了似的。有几头野猪盲目地一直向前冲，有的向着猎网跑去，还有的从空地向其他的兽群冲去。号角声非常清晰，混合着狗叫声和冲出森林深处的人们的奔跑声。被猎人们赶出了森林的野兽立刻布满了这片空地。在其他地方都不可能看到这样的景象，因为没有一个地方有像马佐夫舍这样的一片荒野。王妃见此情景，身上的凯伊斯图特家族的血液沸腾起来了，就一箭一箭地发射着，当一头鹿重重地在雪地上乱踢一阵倒下去的时候，王妃高兴得叫了起来。有几个宫女也射着箭，因为大家都热爱打猎。只有兹贝什科想都没想打猎的事。他把胳膊肘支在丹露霞的膝盖上，两手托着头，直直地望着她的眼睛。丹露霞脸色绯红，笑嘻嘻的，设法用手指合上兹贝什科的眼皮，仿佛她受不了这样的凝视似的。

德劳许的注意力被一头庞大的熊吸引了过去，这头熊的肩和背部都是灰色的，它出人意料地从猎人附近的丛林中跳了出来。王公射了它一箭，然后就持矛向前冲去，野兽发出恐怖的吼叫声，抬起前腿，他就当着所有宫廷侍从的面，非常敏捷地用他的矛把那头野兽刺死了。年轻的德劳许骑士纳闷，他一路访问过那么多宫廷，从没有见过任何其他君主敢于从事这种娱乐，他相信骑士团要征服这样的王公和这样的人民是困难的。

这片林中空地上终于铺满了各种各样野兽的尸体，但是围猎并没有结束。事实上，最有趣也是最危险的时刻正在来临，因为十二头野牛正向猎人们走来，长满胡须的公牛走在牛群的前面，把头低低地靠着地面，时常停下来，仿佛在考虑该从什么地方进行攻击。它们发出一种低沉的吼声，就像隆隆的雷鸣声，它们的鼻孔中喷着水汽，慢慢地走来。于是，猎人们齐声叫喊，号角声和笛声也一齐吹响，这时候寇比人的狗群狂叫着冲了进来。它们的出现激怒了牛群中同小牛在一起的母牛。原来还是慢步走的牛群，现在忽然分散开来，发疯似的在这片空地上到处乱跑。一头庞大的黄色老公牛，先是朝着站在一边的猎人们猛冲过去，后来看见丛林中的马匹，就站住了，一面发出吼声，一面用角刨土，仿佛在激励自己的斗志似的。

看到这情形，人们叫喊得更厉害了。突然，猎人们中间有人用惊惶的声音在呼喊："王妃！王妃！快去救王妃！"兹贝什科抓起插在地面上的矛枪，立即奔向森林边缘，有几个立陶宛人跟着他冲上去，都誓死要保卫这位"凯伊斯图特公主"。但是眨眼间，王妃手中的弓弦咔嚓一声，一支箭呼啸而出，从这野兽的头上射进了它的脖子。

"射中了！"王妃喊道："逃不了啦。"

但是，突然间这野牛发出一声恐怖的吼叫，使受惊的马匹竖起了前脚，随着吼叫声野牛就向王妃直冲过来，德劳许先生也同样迅速地从树下冲出来，伸出矛枪，向这野兽刺去。

转眼之间，近旁的人们就看见矛枪刺进了那野兽的脖子，但矛枪立刻弯得像弓似的，接着就断成一截一截；德劳许连马带人一下子被抛到了空中。

猎人们都从森林里冲出来救助这位外国骑士。

兹贝什科最关心的是王妃和丹露霞的安全，他第一个赶到，把矛枪对准野牛的肩胛骨刺了进去。可是由于用力过猛，使得矛枪在野牛猛一转身间，断在他的手中了，他自己也摔倒在地，脸朝着地面。"他死了！他死了！"飞跑过来救他的那些马祖尔人喊道。野牛的头压在兹贝什科身上，把他紧压在地上，幸亏雅金卡送给兹贝什科的那个捷克人赶到了他们前面，双手举起他的大斧头，一斧头就砍中了牛角右边的要害处。

这一斧斫得非常有力，野牛倒下来了，它的头几乎同脖子分开了。这个庞大的躯体倒在兹贝什科身上。两个侍卫很快把它拖开。王妃和丹露霞下了马，来到了这受伤的年轻人身旁。

兹贝什科脸色苍白，身上沾满了血，他竭力想站起身来，但是摇晃了一下又倒了下去，跪在地上，用两手撑住身子，叫了一声：

"丹露霞！"

血从他口中涌了出来。丹露霞扶住了他的双肩，但是因为扶不住他，只有哭着叫救命。

一些猎人急忙赶来，他们用雪擦了他的身子，把葡萄酒倒进他的口中。最后猎人头目姆罗科泰吩咐侍从们把他放在一件斗篷上，用树上取下来的火绒止血。

“如果他的肋骨和脊骨没有断，是可以治好的。”他对着王妃说道。

这时，有几个宫女也在其他猎人的帮助下，看护着德劳许，他只是昏迷了过去，后来发现他的右手扭伤了。他们替他卸下头盔，往他口中倒进了一些葡萄酒，他张开了眼睛，看见在旁边照顾他的美丽宫女，就用德意志语说：

“我一定是已经到了天堂，两个天使正在我身边侍候我呢。”

宫女们听不懂他在说些什么，但是她们见他睁开了眼睛，又说了话，便很高兴地笑了。

他感到右手疼痛，呻吟了一下，并且把左手支在一位“天使”的肩上。他一动不动地站了一会儿，感到软弱无力。于是他向周围看了一眼，看到了这头黄色野牛的尸体，也看见了在搓着双手的丹露霞和躺在斗篷上的兹贝什科。

“那就是冲过来救我的骑士吗?”他问，“他还活着吗?”

“他受伤很重。”一个会说德意志语的宫廷侍从回答。

“从现在起，我不是要同他决斗，而是要为他战斗了!”德劳许说。

这时本来站在兹贝什科近旁的王公走到了德劳许先生跟前，赞扬了他，因为他保护了王妃和其他的宫女，他除了会得到骑士称号的报偿之外，他还会扬名于当时，甚至世世代代。

“在目前这种缺乏英雄气概的时代里，”王公说，“很少有真正的骑士周游世界。因此务必请您留在这儿作我的客人，能留多久就多久。”

德劳许听到王公的话，满心喜悦。他知道如果一个骑士曾经在一次狩猎会上救了马佐夫舍王妃的命，就会永远闻名世界。

兹贝什科恢复了知觉，对着丹露霞一笑，接着又昏迷过去了。猎人们看到他紧握双拳，张大着口，都纷纷议论说，他活不长了。只有经验丰富的寇比人肯定地说，兹贝什科当时是跌倒在一个雪堆上的，那雪堆救了他的命，因为雪是软的，野兽用角撞在他身上时，不能压碎他的胸口，也压不断他的脊骨。

不幸的是，王公的医生维雄涅克神甫没有来参加狩猎，捷克人立刻骑马去请他来,同时寇比人把兹贝什科抬到了王公的宅子去。十字军骑士丹菲尔德把丹露霞扶上了马,自己骑马走在她身旁,紧跟着那些抬着兹贝什科走的人,用低得只有她一个人才听得到的波兰话说道:

“我有一种神奇的油膏,这是我从一个隐士那里弄来的,三天内给您送来。”

“上帝一定会报答您。”丹露霞回答。

“但是您也会报答我吗?”

“我能给您什么报答呢?”

这个十字军骑士策马走到她跟前,显然想说什么话,但是又犹豫起来。过了一会儿,他才说道:

“在骑士团里,除了修士之外,也有修女。她们中间有一位会送治伤的油膏来,到那时候我一定说出我要您拿什么来报答我。”

第二十一章 控告

情节简介

这时发生了一件意外的事情，严重影响了雅努什王公和客人们之间的关系。骑士团的人跑到王公这里控诉尤兰德的恶行，可是让他们万万没有想到的是，他们编造的理由被外国正直的骑士揭穿了，十字军骑士会就此罢休吗？狠毒狡猾的他们正酝酿着一场更大的阴谋……

维雄涅克神甫给兹贝什科包扎过伤口以后，说他只断了一根肋骨，因为他还不能断定病人的心脏有没有受伤，所以并不能保证病人是否保得住命。德劳许的病也很重，所以不得不躺在床上。王妃、丹露霞和其他几位宫女看护着这两个病人，并且按照神甫的药方，为他们调制各式各样的油膏和药水。兹贝什科伤势十分严重，但是一听见丹露霞告诉他是谁救了他的命，就叫了捷克人来，向他道谢，并且要酬谢他。

“我向我的小姐发过誓。”赫拉瓦说，“我发誓要保护您，所以我一定会这样做，决不要什么酬谢。您应该感谢的是她。”

兹贝什科没有回答，只是沉重地喘了一口气。捷克人沉默了一会儿，说：

“如果您要我马上赶到博格丹涅茨去，我一定去。也许您想见到老爷，因为上帝也不知道您的身体会怎么样。”

“神甫怎么说来着？”兹贝什科问。

“神甫说，等到新月才知道凶吉。”

“嗨！那你用不着到博格丹涅茨去了，因为等我叔叔赶来，我能好早就好了，不能好早就死了。”

“要不您送封信到博格丹涅茨去吧，山德鲁斯会写。送封信去，让他们知道您的情况，还可以给您做一次弥撒。”

“让我休息休息再说吧。如果我死了，你再回去告诉他们，他们自然就会为我做一次弥撒。”

王妃当天就求得了王公的允许，同丹露霞、宫女们，以及神甫一起留在这荒野的屋子里，他们不想把兹贝什科一个人丢在这里。

过了两天，德劳许的身体好了很多，都能够起床了。但是他听说宫女们都打算留下，因此他也留了下来，以便在旅途中陪伴她们，更重要的是保护她们。

这时候发生了一件意外的事情，严重影响了雅努什王公和客人们之间的关系。

在王府人员准备离开猎场的前一天，原来和德劳许一起来的那两位骑士团的骑士带着一个叫德福契的骑士来见王公。德福契一到切哈鲁夫就向两位十字军骑士报告了一个坏消息：和他一起的另外两名从外国来的骑士（他们的祖先曾为骑士团立过汗马功劳），他们听说了尤兰德的故事后，不但没有被吓到，反而向尤兰德下了战书，尤兰德也立刻接受。尤兰德的条件是让他们撤去士兵，并在普鲁士和斯佩霍夫的边界上决斗。但是他们并没有撤去士兵，也不肯退出斯佩霍夫。尤兰德便袭击了他们，他们中的一个被杀，一个被关进了地牢，而德福契侥幸逃了出来。后来他听说在切哈鲁夫有几名骑士团的修士，就找到他们一起向王公告状，要求释放俘虏，惩罚尤兰德。

这个消息扰乱了王公和客人们之间的友好关系，因为不仅是这三个新到的修士，而且丹菲尔德和齐格菲里特也都恳求王公对骑士团讲公道，惩罚尤兰德的罪行，杜绝后患。丹菲尔德因为跟尤兰德有私仇，因此他几乎以威胁的口气要王公为他们报仇。

“这件控诉案要提到大团长那里去，”他说：“如果我们不能从您这里得到公道，大团长会自己去取得公道的，哪怕整个马佐夫舍都帮那个强盗。”

王公虽然天性温和，也禁不住气愤地说：

“你们要求的是什么样的公道？如果尤兰德先袭击了你们，那我当然要惩罚他的。但是先挑起战端的是你们的人，如果你们撤走士兵，尤兰德还会袭击你们吗？难道要我为此而惩罚他吗？你们这叫做自作自受。”

“攻击尤兰德的可不是骑士团，而是骑士团的客人——外国骑士们。”齐格菲里特说。

“骑士团本来就要为他的客人们负责。”

这时候王公转身向齐格菲里特说：

“您说话必须小心，免得触犯上帝。”

但是这个冷酷的齐格菲里特答道：

“必须释放德·贝戈夫，因为他的家族过去是骑士团的高级修士，而且他们对基督教国家有过重要贡献。”

“而且必须为梅恩格的死复仇。”丹菲尔德又说道。

于是王公站起身来，威胁地走向这几个德意志人。但是过了一会儿，他显然记起了他们都是客人，只得克制住自己的怒气，把手放在齐格菲里特的肩上，说道：

“听着，分团长，您的斗篷上绣着一个十字架，因此要凭良心回答我，凭着那十字架！尤兰德究竟做得对不对？”

“必须把德·贝戈夫从牢里放出来。”齐格菲里特回答。

沉默了一会儿，王公喊道：“上帝，请赐我点耐心吧！”

齐格菲里特继续说下去，他的话像剑一样锋利：

“他侵犯我们的客人，这不过是替我们的控诉添了一条理由。从骑士团成立起，不论在什么地方、什么时候，都没有被斯佩霍夫这样的强盗欺侮得这般厉害。殿下！我们要求公道，并不是因为受了一次伤害，而是为了好几千次。”

听了这话，雅努什王公开始点头说道：

“嗨！以前十字军骑士在斯佩霍夫是受到欢迎的，而且尤兰德也是在你们害死了他亲爱的妻子以后，才成了你们的仇人。你们派人去暗杀他有过多少次只有你们最清楚。他袭击你们，不错，因为他心里燃烧着复仇的火焰。但是你们难道就没有袭击过马佐夫舍的人民吗？你们没有夺走他们的牲畜，烧掉他们的房屋吗？我向大团长控诉，他从马耳博克给我送来的回答是：‘这是边境上惯有的胡闹。’在和平时期，我住在我自己的土地上，没有武装，不就是你们把我俘虏去的吗？应该控诉的是谁？有权利要求公道的不是你们！”

几个十字军骑士听了这话，不耐烦地互相看着，因为王公又提起了兹沃托利亚事件，为了结束关于这件事的谈话，齐格菲里特说：

“那是一场误会，殿下，我们也已经补偿了，大团长不能为这事负责，因为在任何边境上总有一些不安分的坏蛋。”

“你们既是这样说，却还要求惩罚尤兰德，究竟居心何在呢？”

“王公殿下也必须记得，”丹菲尔德说道，“我们的那些不守规矩的人只是欺负非德意志的凡俗百姓，而你们的人却触犯了德意志骑士团，因此他们也就冒犯了我们的救世主。”

“听着！”王公说，“别拿上帝吓唬人！你们是蒙不了上帝的！”

于是他用双手使劲摇着这名十字军骑士的双肩，直摇得他害怕起来。那十字军骑士立刻软化了，温和地说：

“但尤兰德不是接受挑战了吗？”

他说完这话，就望着德福契骑士，一面向他眨眨眼睛。但是德福契说：

“他要求我们撤走士兵，并且三对三决斗。德·贝戈夫骑士和我同意了，只有梅恩格没有答应，所以我们先袭击了尤兰德。”

“确实如此吗？”

“凭我的荣誉起誓！”

王公连忙插进来说：“您比任何人都明白，尤兰德是决不会放过挑战的。”于是他转向所有在场的人说道：“这样吧，其他的我也不追究了，你们中间如果有人要向尤兰德挑战，我都准许。只要你们能俘虏他或打死他，那么我就释放德·贝戈夫骑士而不要你们付赎金。其他一切要求，免谈！”

说过这番话，又是一片寂静。这些十字军骑士虽然很勇敢，但是他们都不敢和尤兰德做一次生死的决斗。只有来自远方国家的外国人，才敢这样做。

齐格菲里特说道：“修士是不许跟人家进行个对个的决斗的，除非得到大团长和大元帅的特许。但是我的要求就是释放德·贝戈夫和处死尤兰德。”

“这个国家有这个国家的法律，由不得你们来制订！”

“我们的大团长自会惩办他的。”

“你们的大团长和马佐夫舍不相干！”

“罗马皇帝和整个德意志民族会帮助大团长……”

双方争辩了很久。

“住嘴!”王公压住怒气说:“住嘴! 我已经允许你们向尤兰德挑战。但如果你们敢带着骑士团的军队来侵犯我的国家,我绝对不会放过你们,到时候你们待在这里就不是客人,而是囚徒了。”

他显然已经忍无可忍,暴躁地把帽子扔在桌上,砰地关上门,离开了这房间。

十字军骑士的脸色都发青了,德福契斜侧着眼睛看着他们。

“现在该怎么办?”罗特吉爱修士问道。

丹菲尔德转身面向德福契,挥着拳头说:

“你为什么要告诉他,是你们先袭击尤兰德的?”

“因为这是事实!”

“你不该说实话。”

“我到这里来是为了战斗,不是为了撒谎。”

“哼,你战斗得真好!”

“你呢? 你不是也被尤兰德吓得直逃吗?”

骑士团的人你一句,我一句,争论了很久。

突然,丹菲尔德的两眼发亮了,他习惯性地用手背擦了一下他的厚嘴唇,说:

“虔诚的修士,我想到办法了。”

“什么办法? 快说!”

“听着!”他说,“尤兰德有一个女儿在这里,是他的独生女,是他的宝贝。”

“是啊,他有这么一个女儿。我们认识她。安娜王妃也喜爱她。”

“是啊。如果您抢走了这个女孩,尤兰德就会为她出一笔赎金,不但会交出贝戈夫,而且会交出所有的俘虏,交出他本人和他的斯佩霍夫!”

于是他们都沉默了,仿佛是被这桩大胆和困难的冒险事情吓住了。过了一会儿,罗特吉爱修士转身向齐格菲里特说道:

“您认为这个计划怎么样?”

“我认为这是一件值得考虑的事。”

“你想这女孩是王妃的宫女，王妃爱她胜过爱亲生女儿。想一想，虔诚的修士，这会掀起一场多大的风波呀！”

丹菲尔德大笑起来：

“您自己说过，我们不论干一件什么事，他们都会说我们的不是。但如果我们把尤兰德锁着见大团长，那大团长肯定会重重赏赐我们。”

“是的，”齐格菲里特说，“现在是袭击的好机会。王公就要离开了，而安娜王妃将要独自同她的宫廷侍从们留在此地。可是，在和平时期去侵犯王公的房屋，这总是一件严重的事情。老实说，在马佐夫舍和波兰的所有地方，都会发生极度的骚动。”

“可是到时候尤兰德的肉体早就在绞架上变成白骨了。”

“那时候我们也就不必从王公的宅子里去抢走他的女儿了。”

“但是我们不能在切哈鲁夫干这件事，因为那里除了那些贵族之外，还有三百名弓箭手。”

“是呀。但是，不妨谎称尤兰德生病，派人去把他的女儿接来。那样，王妃就不会阻止她走了，如果这姑娘是在路上失踪的，谁能够怪我们呢？”丹菲尔德露出狡猾的神情。

“呸！”齐格菲里特不耐烦地答道，“你首先得使尤兰德生病，然后让他自己派人来接他姑娘。”

丹菲尔德听了这话，得意洋洋地笑了一下，答道：“我认识一个金饰匠，他会伪造印鉴，我这边还有几个从马佐夫舍公国来的人。现在你们懂我的意思了吗？”

“我懂了。”戈德菲列德修士喊道。

罗特吉爱举起双手，说道：“愿上帝祝福你，虔诚的修士！”于是他半闭着眼睛，仿佛看见了远处有什么东西！

“我看见尤兰德。”他说，“他脖子上系着一条绳子，站在马耳博克的革旦斯克大门口，我们的士兵都在踢他。”

“这姑娘就要成为骑士团的一个仆人了。”丹菲尔德加上一句。

听了这话，齐格菲里特把一双严厉的眼睛转向丹菲尔德，但后者又用手背擦了擦嘴唇说：

“现在我们尽快到息特诺去！”

第二十二章 阴 谋

情节简介

十字军骑士踏上了回去的路，同时也走上了一条精心策划好的复仇之路，他们谋划着如何骗走美丽的丹露霞，如何对“魔鬼”尤兰德实施疯狂的报复，然而在邪恶面前，正义却往往得不到公正地对待。当正直的外国骑士德福契提出要大胆地揭露他们的恶行时，不料……

在动身到息特诺之前，这四个骑士团的修士和德福契先到王公和王妃那里去行礼。虽然说这并不是一次友好的告别，但是王公仍不让客人们空手而归，他给每个修士一套礼物：几张美丽的貂皮和一些银币，他们非常高兴地收下了礼物，同时向王公保证：他们作为骑士团的修士，都曾经许过庄严的诺言，要过刻苦的生活，绝不贪图钱财，并向穷人施舍，今后他们一定会为王公的健康、名誉而祈祷。

马祖尔人对这样一种保证都掩口而笑，因为他们都知道，骑士团是多么贪得无厌，王公听了这番道谢，只是挥挥手。

在临行前，丹菲尔德走到丹露霞跟前，把手放在她头上抚摸着，说道：“我一定派一个骑士团的修女到这里来，她将给您带来治伤的油膏。”

“那我该怎么谢您呢？”丹露霞问道。

“做骑士团和修士们的朋友吧。”

德福契被姑娘的美貌深深地吸引，因此在前往息特诺的路上，他问道：

“您向王妃辞行的时候，那位美丽的姑娘是谁呀？”

“尤兰德的女儿！”十字军骑士回答。

德福契先生吃了一惊。

“就是您打算要抢来的那个姑娘吗？”

“是的。我们把她抢到手，尤兰德就是我们的了。”

“显然，尤兰德也有好的东西。去监视这样一个女俘虏，倒真值得。”

“您还答应给她送油膏来。”

丹菲尔德显然觉得有必要在齐格菲里特面前进行辩护，因为齐格菲里特虽不比别人好，表面上却是遵守骑士团的纪律，并且常常责骂别的修士。

“我答应送给她油膏，”丹菲尔德说，“是为了她那个被野牛撞伤的未婚夫，给那个年轻的骑士治伤。要是以后那个姑娘被抢走了，他们叫嚷起来，那我们就可以告诉他们说，我们根本不想伤害她，我们曾经给她送过药。”

“很好，”齐格菲里特说，“只是我们必须派一个信得过的人。”

“我要派一个完全忠实于骑士团的女人来。我要命令她观察动静。”

“要找到这样的人很困难。”

“谁说的！在我们城里，甚至守卫队里面就有一些人是从马佐夫舍逃过来的通缉犯，因为他们犯了法。不错，他们是贼，是强盗，这样的人什么事情都干得出来的。我要向那些人说明，只要他们成功，就给他们一大笔钱，但如果失败了，就只有死路一条了。”

“呸！要是他们出卖了我们呢？”

“他们不会出卖我们的，因为在马佐夫舍，他们每个人本来都该死的。只是我们必须给他们一些像样的衣服，让他们冒充尤兰德的仆人。并且要把那件要紧的东西弄到手：一封盖了尤兰德印章的信。”

“我们必须提前估计好一切情况，”罗特吉爱修士说，“很可能尤兰德会去看王公，他就会去看他的女儿。也可能就在我们的人正打算去抢尤兰德小姐的时候，碰上了尤兰德本人。”

“我挑选的人会是很干练的。他们会知道，如果碰上了尤兰德，就死路一条了。为了保命，他们也会想方设法避开他的。”

“但是他们也许会被俘。”

“到时候我们就否认那些人和那封信和我们有关。谁能证明是我们派他们去的呢？再说，如果不出事故，就不会怎么样，要是马祖尔人杀死他们，对骑士团并没有什么损失。”

戈德菲列德修士是他们几个人中最年轻的一个，他说：

“我不理解您的计策，也不懂您为什么害怕人家知道姑娘是被我们抢走的。因为假如我们把她抢到了手，我们一定得派一个人到尤兰德那里去告诉他。除此以外，没有别的办法，那样，人家就会知道是我们下令去抢走这姑娘的。”

“这倒是个实话！”德福契说，“事情总是会败露的，隐瞒有什么用？”

丹菲尔德大笑起来，转身向戈德菲列德修士问道：

“您披上这白斗篷有多久了？”

“快满六年了。”

“等你再穿满六年，你就会更懂得骑士团的事务。尤兰德比你更了解我们，我们会告诉他：‘您的女儿被晓姆贝修士看守着，如果您走漏一点风声，就别怪我们不客气了。’”

“然后呢？”

“然后德·贝戈夫就会被放出来，骑士团也会摆脱尤兰德的祸害了。”

“好！”罗特吉爱喊道：“每个细节都计划得这么周到，上帝应该应该为我们喝彩！”

“上帝会赐福一切有利于骑士团的行为。”齐格菲里特说。

于是他们默默地骑着马，他们的侍卫走在他们前面开路。

大雪下了一个晚上，一群群乌鸦从森林里飞向四面的村子，天空中充满了凄凉的啼叫声。

德福契落在这几个十字军骑士稍后一点的地方，骑在马上深思。他做骑士团的客人已经有几年了，他到处受到款待，因为十字军骑士团都知道如何接待远方国家来的骑士。他非常喜爱他们，而且因为他并不富有，还打算参加到他们的队伍里去。但是现在德福契觉得丹菲尔德所提出的这种对付尤兰德的办法太残忍了，其余三个修士不但不向他发怒，反而都赞成了他的话。因此他心里的惊诧愈来愈大了。他深思着，仔细考虑是否应该参加这种诡计。

如果问题仅在于抢走这姑娘，然后拿她来交换贝戈夫的话，他也许会同意。但这几个十字军骑士显然还有别的打算，不管怎样，他们少不了要谋害这姑娘。德福契心中想：“既然他们佩着十字架，就应该比别人更加保护他们的荣誉。”

他越想越愤怒了，于是决定来证实一下他的怀疑。因此他骑马来到丹菲尔德跟前问道：

“如果尤兰德自己送上门来，你们会放掉这姑娘吗？”

“如果我们放走了她，全世界都会知道是我们抓了他们。”丹菲尔德回答。

“那么，你们想把她怎么办呢？”

丹菲尔德听了这话，俯身向着这名骑士，笑得从他的厚嘴唇下露出一口蛀牙来。

“您是说把她怎么办么？您问的是在尤兰德送上门来以前还是以后呢？”

德福契已经猜到了结局，因此便不做声了。德福契的内心挣扎了好久后，终于忍不住从马镫上微微抬起身，大声说：

“虔诚的修士乌尔里西·封·荣京根骑士，他是骑士界一个光辉的榜样，他曾向我说过：‘在马耳博克的老骑士中间，还能够找得到高尚的十字军骑士，但是那些边界附近的人，只能使骑士团蒙受耻辱。’”

“我们都是有罪的，但是我们为我们的主效劳。”齐格菲里特回答。

“你们的骑士荣誉在哪里？一个人不能以可耻的行为为救世主效劳。你们必须知道，那样的丑事我决不会插手，而且我一定要阻止你们。”

“你要阻止什么？”

“要阻止那个诡计，那种卑鄙无耻的做法！”

“您怎么办得到？在同尤兰德的战斗中，您丢掉了随从和马车。您不得不依靠骑士团的施舍，如果我们不给您一片面包，您就要饿死。而且，您是一个人，我们有四个人——您怎么能阻止我们？”

“我怎么能阻止你们？”德福契重复说，“我可以回猎场去告诉王公，我可以把你们的计划向全世界公布。”

这时候骑士团的四个修士互相看着对方，他们在一眨眼之间都变了脸色。特别是丹菲尔德，探询似的望着齐格菲里特的眼睛，然后转向德福契说：

“您的祖先一向为骑士团效劳，而您也想加入骑士团，但是我们不接受叛徒。”

“而我也不想和叛徒们搞在一起。”

“嗳！您要知道骑士团不仅懂得怎样惩罚修士们……”

德福契先生被这些话激怒了，拔出剑来，左手握住剑身，右手按住剑柄说：

“也凭着我的骑士荣誉，我发誓，我一定要告诉马佐夫舍王公和大团长。”

丹菲尔德望望齐格菲里特，他合着眼皮，仿佛表示同意似的。

于是丹菲尔德用一种变了腔的声调说道：

“可是请您先保住自己的脑袋……”

“您在威胁我吗?”德福契打断他说。

“不是威胁你，而是要宰了你!”丹菲尔德回答。同时，他猛地把刀刺进德福契的腰部，刀刃完全插了进去，只露出了刀柄。德福契可怕地尖叫了一声后，其余三个修士都用刀无情地刺在他脖子上、背上和胸口上，一直刺得他从马背上跌了下来。

于是一片静默。德福契的好几个伤口都在可怕地流着血，他在雪地上抽搐着。

这时，浅灰色的天空下面传来几只乌鸦的啼叫声，它们正从寂静的荒野飞向有人居住的地方。

于是这四个杀人犯之间开始了一场急促的谈话：

“没有人看见吗?”丹菲尔德喘着气说。

“没有人。侍从都在前面，连他们的影子也看不见。”齐格菲里特回答。

“听着，我们又有新的理由进行控诉了。我们要公开宣布，说马佐夫舍的骑士袭击我们，打死了我们的同伴。我们要让马耳博克的人们都知道，我们就扬言王公派人杀害他的客人。听着！我们必须说雅努什不愿倾听我们对尤兰德的控诉，反而下令谋杀我们。”

这当儿德福契在最后一阵颤抖中翻了个身，接着就一动不动了，嘴上留着一堆鲜血的泡沫，他的睁得大大的眼睛显得异常可怕。罗特吉爱修士望了他一眼，说道：

“瞧，虔诚的修士们，上帝对想企图叛变的人，是会惩罚的。”

“我们都是为了骑士团的利益才这样子的。”戈德菲列德回答。

但是他停住了，因为在他们后面那条雪封的大路拐弯的地方，突然有一个骑马的人飞奔而来。丹菲尔德嚷道：

“无论这人是谁，都要杀了他。”齐格菲里特虽然在这几个修士中年纪最大，眼力却最好，他说：

“我认识他，这是那个一斧子砍死野牛的侍从。是的，就是他！”

“把你们的刀子藏起来，这样他就不会吃惊了。”丹菲尔德说，“我先去袭击他，你们跟着我动手。”

眼看那个捷克人赶到了，他在相距大约八步或十步的地方勒住了马。他看到躺在血泊中的尸体和一匹马，脸上露出了惊讶的神情。但是一霎眼间，这惊讶就消失了。过了一会儿，他当作什么也没有看见似的，转向这些修士们说道：

“向你们致敬，勇敢的骑士！”

“我们认得您，”丹菲尔德回答，一面慢慢挨近过来。“您找我们有什么事吗？”

“我是博格丹涅茨的兹贝什科骑士的侍从，他派了我来，因为他被野牛撞伤了，不能亲自来。”

“您的主人要我们干什么呢？”

“我的主人命令我告诉你们，因为你们诬陷尤兰德，玷污了他的骑士荣誉，如果你们中间任何人不承认，我主人就向他挑战，骑马或者徒步决斗，拼个你死我活。等他的病好了后，他将随时准备决斗。”

“告诉您的主人，我们四个十字军骑士看在救世主的分上，耐着性子承受这侮辱。除非得到大团长和大元帅的特许，否则我们是不会决斗的。”

这捷克人又朝德福契的尸体望了一眼，因为他是特地被派来通知那个骑士的，兹贝什科知道修士不能跟人家个对个地决斗，但他听说有这个骑士同他们在一起，他特别要向他挑战，他认为这样就会博得尤兰德的欢心。但是那个骑士躺在地上，像一头牛似的被这四个十字军骑士宰掉了。

不错，这捷克人根本不知道出了什么事，但因为从小就习惯了各种各样的危险，他怀疑这中间有蹊跷。他看到丹菲尔德一面同他谈话，一面不断走过来，不由得感到奇怪。其余三个修士也在骑着马从两旁走到他跟前来，仿佛要包围他似的。因此他很警惕，特别是因为临走太匆促了，他没有带任何武器。

一会儿，丹菲尔德已经走到他的跟前说道：

“我答应过给您主人带些治伤的油膏来，”他继续说，“他却以恶意报答我的好心。这并不奇怪，这是波兰人常有的事。但因为他受伤很重，也许不久就要去见上帝，那就告诉他……”

说到这里，他把左手放在这捷克人的肩上。

“那就告诉他……”

说到这里，他把刀子在这侍从的喉咙处一晃。但他还来不及刺进去，这捷克人早已密切注意着他的动作了，他一把抓住丹菲尔德的右手，狠命地把它扭弯过去，丹菲尔德手上的骨头咔嚓一声给折断了。一听见这修士发出一声痛苦而可怕的吼叫，他便踢了踢马肚子，趁着其余三个修士来不及拦住他的时候，像箭似的冲出去了。

罗特吉爱和戈德菲列德两个修士紧追着他，但因为听见丹菲尔德可怕的叫声于是吓得赶回去了。

“您怎么啦?”这两个修士问。

齐格菲里特命令他们火速骑马到前面去弄一辆马车来，因为丹菲尔德在马鞍上坐不住了。过了一会儿，他的额上出了一阵冷汗，昏了过去。

他们弄来马车后，把他安置在铺着稻草的车上，就赶紧向边界奔去。

“您觉得怎样?”齐格菲里特问。

“我不觉得痛了，我的手好像没有了，”丹菲尔德回答。

“因为手已经僵了，所以您不觉得痛。到了暖和的房间里，又会痛起来的。”

罗特吉爱和戈德菲列德来到马车跟前。

“我们现在怎么办呢?”罗特吉爱说道。

“我们要宣布，”丹菲尔德用一种微弱的声调说，“那个侍从谋害了德福契。”

“这是他们最近的一次罪行，而且犯罪者是有名有姓的!”罗特吉爱加上一句。

第二十三章　受封骑士

情节简介

捷克人回到猎场后，将亲眼目睹的一切告诉了王公，王公听后非常气愤，他对骑士团的仇恨又加上了一笔。兹贝什科因为在猎场上救了王妃和丹露霞，因此得到了王公授予他的骑士腰带和踢马刺，面对突如其来的荣誉兹贝什科激动不已，他的病情是否会因此好转呢？

捷克人飞奔到王公打猎的宅子，立刻把发生的事禀告给王公。幸好有几个宫廷侍从曾亲眼看见他没有带任何武器就去了，因为他怕那几个骑士已经过了边界，便跃上马背就走，匆匆忙忙去追赶他们。这些证据使王公明白了究竟是谁谋杀了德福契。这些事使他满怀不安，大发脾气，恨不得立即去追赶那几个十字军骑士，逮住他们，给他们戴上锁链送到大团长那去。可是过了一会儿，他想已经不可能在本国境内赶上他们了，于是他说：

"好吧，我要送封信去给大团长，让他知道他们在这里干了些什么。上帝将会惩罚他们这种罪行！"

他沉思了一会儿，向宫廷侍从们说：

"我不明白他们为什么要杀死他们的客人，如果我不知道这个侍从去的时候没有带武器的话，我真会疑心是他干的。"

"嗨！"维雄涅克神甫说，"这孩子干吗要杀死他呢？他以前见都没有见过他。就算他带了武器，他又怎么能打得过他们五个人和他们的武装侍从队呢？"

"这倒是真的，"王公说，"那个客人一定是在哪一点上反对他们的做法，也许是他们要他撒谎，他不肯。我看见他们向他使过眼色，要他说是尤兰德先动武。”

这时候莫卡席夫的姆罗科泰说：

“他能扭断那个狗崽子丹菲尔德的手臂，倒真是一个好汉。”

“他说他听见那个德意志人骨头断的声音，”王公说，“想一想他上一次在森林里大显身手，倒必须承认这是真的了！主仆两个都是好汉。”

“兹贝什科确实是个出色的孩子，”维雄涅克神甫断言道，“即使现在，他连气都喘不过来了，还是站在尤兰德一边，向那几个十字军骑士挑战。尤兰德正需要这样一个女婿。”

“在克拉科夫时，尤兰德不同意他们在一起。但现在，我想他不会反对这件婚事了。”王公说。

“主耶稣会帮助的。”王妃说。她刚刚走进来，听见了他们谈话的结尾。

“现在尤兰德不会再反对这件事了，只要兹贝什科恢复健康。但我们也必须对他有所赏赐。”

“对他最好的赏赐就是丹露霞，我想他会得到她的，因为既然丹露霞下了决心，即使尤兰德本人也阻挡不了。”

“兹贝什科是一个忠诚的人，那姑娘也是这样。她现在一刻也不离开他。她疼爱他，而他呢，虽然病得很厉害，还是对她笑。一看见那情景，我自己也哭了！我说的是公道话！促成这样一对有情人是值得的。”

“如果这是上帝的意旨，”王公说，“幸福就要降临了。这是真的，为了那个姑娘，他几乎丢了脑袋，而现在那野牛又撞伤了他。”

“他们两人都应该受奖赏，到了切哈鲁夫，我一定要考虑这件事。”

“使兹贝什科高兴的莫过于接受骑士的腰带和金踢马刺了。”

王公仁慈地笑了一下，回答道：

“等他病好了，我们就立马办！”

王妃一听完那些话，就当着宫廷侍从们拥抱她的夫君，并且吻了几下他的手，他继续笑着，说：

“你出了一个好主意！现在叫这姑娘来吧。”

“丹露霞！丹露霞！”王妃呼唤道。

一会儿工夫，丹露霞从边门出现了。她因为好几夜没有睡觉，眼睛里布满了血丝，她手里拿着一锅热气腾腾的麦片粥，是准备敷在兹贝什科折断的骨头上的。

“到我这里来吧，我亲爱的姑娘！”王公说，“把那粥放在一边，进来吧。”

她带着几分羞怯走近她敬畏的“君王”跟前，他和善地拥抱了她，抚摸着她的脸蛋，说道：

“唔，你这可怜的孩子很伤心吧？”

“是的！”丹露霞回答。她不禁哭了起来。

王公又问道：

“你为什么哭呢？”

“因为兹贝什科病着。”她一边回答，一边用手擦眼泪。

“别担心，他没有危险的。维雄涅克神甫，对不对？”

“嗨！凭上帝的意旨，他快要举行婚礼而不是葬礼了。”好心肠的维雄涅克神甫回答。

王公说：

“等一等！我要给你一种药，可以为他减轻痛苦。”

“那几个十字军骑士送来油膏了吗？”丹露霞立刻问，同时把她一双小手从眼睛上拿下来。

“那些十字军骑士要送来的那种药膏，最好涂在狗身上。我要给你的是另一种药。”

于是他转向宫廷侍从们说道：

“快去拿踢马刺和腰带来。”

过了一会儿，当他们把这些东西拿来的时候，他向丹露霞说：

“把这两样东西拿给兹贝什科去，并且告诉他，从现在起，他是一个束腰带的骑士了。”

听了这话，丹露霞一下子跪在王公膝下。接着就一手拿了骑士的腰带和踢马刺，另一只手拿着一罐粥，奔向兹贝什科躺着的那个房间去了。王妃想看看他们高兴的场面，也跟着她去了。

兹贝什科病得很重，但看见了丹露霞，就把他苍白的脸转向她问道：

“那个捷克人回来了吗？”

“不关捷克人的事!”这姑娘回答,“我给你带来了比那更好的消息,王公把你封作骑士了,还叫我给你送这些东西来。”

说完话,她就把腰带和踢马刺放在他身旁。兹贝什科苍白的脸,由于高兴和惊异而发红了,他看看丹露霞,又看看踢马刺和腰带,然后闭上双眼,一遍又一遍地说:

“他怎么能授我骑士爵位呢?”

这时王妃进来了,他微微抬起身子向她道谢。但是王妃吩咐他安静,并且帮助丹露霞把他的头放在枕头上。随后王公、维雄涅克神甫、姆罗科泰和几个宫廷侍从都进来了。

王公挥挥手,要兹贝什科不要动,他在床边坐下来,说道:

“我跟你说,完成了英勇功绩的人本该得到奖赏。美德本应得到奖励,罪恶就应该得到惩罚。你不吝惜你的生命,冒着危险保卫我们,因此我们允许你佩戴骑士的腰带。从此你可以享受光荣和声名了。”

“仁慈的君王,”兹贝什科回答,“即使要豁出十条性命,我也不吝惜!”

之后他便激动得再也说不出话来了。王妃把手按在他的嘴上,因为神甫不允许他说话。王公继续说下去:

“我想,你是懂得骑士的天职的,戴上这些标志,一定要为我们的救世主服务,并同地狱的魔王战斗。你一定要忠心于你的君主,不参加不义的战争,要扶助无辜者去反对压迫者。愿上帝和基督帮助你!”

“阿门!”神甫说。

公爵站起身来,在兹贝什科身上画了个十字,又说道:

“等你痊愈以后,立即到切哈鲁夫来,我要在那里召见尤兰德。”

第二十四章 婚 礼

情节简介

骑士团的"修女"来送油膏,趁机编造一些神秘的故事讲给丹露霞听,为他们今后的恶行埋下了种子。

眼看自己心爱的女孩将永远离开自己,兹贝什科悲痛万分,情急之下他恳求王妃为两人举行婚礼。仁慈的王妃会答应吗?善良的神甫会同意吗?他们遇到了什么困难?本章将精彩解读。

三天之后,一个女人带着油膏来了。同她一起来的是息特诺的弓箭手队长。他送来一封由那几个修士签字和丹菲尔德盖章的信。在那封信中,这几个十字军骑士呼天唤地说他们在马佐夫舍受尽了侮辱,要求惩罚那谋害他们的客人。丹菲尔德在信中附上了他个人的控诉,要求赔偿他那只残废的手,并且处死那个捷克人。王公当着队长的面把信撕得粉碎,扔在脚下说:

"告诉他们说,是他们自己杀死了他们的客人,还想谋害这个捷克人。我要把这件事写信告诉大团长。"

"仁慈的君主,"队长回答,"我一定要把这样一个答复带给那些虔诚的修士吗?"

"如果这还不够的话,那么告诉他们,我认为他们都是些狗东西,而不是什么诚实的骑士。"

那个队长只好走了,王公也在当天动身到切哈鲁夫去了。那个"修女"拿着油膏留了下来,但是多疑的神甫不愿意去用它。王公动身以后,这"修女"立刻派了一个仆人,说是去取一种新药"蛇怪的蛋"。她断言这种药有起死回生的神效。至于她自己呢,就徘徊在这宅子里。她很谦卑,穿着一件世俗的衣服,腰带上系了一串念珠和一只香客用的小葫芦,但是她的一只手却不能动。她的波兰话说得很好，于是就从仆人那里打听兹贝什科和丹露霞的情况，她还给丹露霞送了一朵蔷薇花做礼物。第二天，在兹贝什科睡着的时候，丹露霞正坐在餐厅里，她走到她跟前说：

“愿上帝祝福您，小姐。昨天晚上，我祈祷之后，梦见两个骑士在大雪纷飞中走着。他们中间有一个先来了，把您裹在一件白色的斗篷里。另一个说道：‘我只看见雪，她不在这里，’于是他回去了。”

丹露霞正打盹，听了这话，立刻睁开湛蓝的眼睛问道：

“这是什么意思？”

“这意思就是说，那个最爱您的人将会得到您。”

“那就是兹贝什科！”姑娘说。

“我不知道，因为我没有看见他的脸。我只看见白斗篷，然后我就醒了。其实每晚我的两只脚很痛，我的手也不能动弹。”

“这就奇怪了，那油膏对你一点也没有用？”

“它对我无用，小姐，因为我有罪孽。如果您要知道这罪孽是什么，我就告诉您。”

丹露霞点一点她的小脑袋，表示她愿意知道。于是这个“修女”就说下去了：

“在骑士团里也有女奴仆，她们甚至可以结婚，但必须按修士们的命令为骑士团履行某些义务。受到恩惠和荣誉的女人，就会得到骑士的亲吻，这就表示从那个时候起，她要为骑士团效劳了。啊！小姐！我当时正要受到那种大恩大惠，可是我没有怀着感恩之情去接受它，反而犯了一桩大罪，并且为此受到惩罚。”

“您怎么了？”

“丹菲尔德修士来见我，给了我骑士团的亲吻。但是我以为他是完全出于放纵而来吻我的，就举起了我的手，向他打了过去。”

说到这里，她就捶着胸，一遍又一遍地说：

“上帝，对我这个罪人发发慈悲吧！”

“后来怎样了呢？”丹露霞好奇地问，“我的手立刻不能动弹了，从此我就成了残废。因为无论谁反抗骑士团或者骑士团的一个修士，一定会使上帝愤怒！”

丹露霞害怕而不安地听着这些话。这“修女”继续叹着气，诉苦道：

“我还不老，”她说，“我只有三十岁，但是除了这只手之外，上帝还剥夺了我的青春和美貌。”

接着是一片沉默，突然这“修女”仿佛记起了什么事似的说道：

“我梦见一个骑士在雪地上用一件白斗篷包住了您。也许他是一个十字军骑士！因为他们是穿白斗篷的。”

“我既不要十字军骑士，也不要他们的斗篷。”这姑娘回答。

但以后的谈话被维雄涅克神甫打断了，他走进房来，向丹露霞点点头说：

“赞美上帝，快到兹贝什科这儿来吧！他已经醒了，想吃些东西，他好多了。”

事实确实如此。兹贝什科的病好多了，他几乎完全康复了，只是这时候一件意外的事件把他的希望都打破了。尤兰德那里派来的几个信使给王公送了一封信。信中说：在斯佩霍夫，尤兰德的小城有一半被火烧毁了，他自己在救火时被一根横梁击中了。写这封信的神甫说，尤兰德会恢复健康的，但是火星把他唯一的那只眼睛烧伤得很厉害，已经基本看不见了，他大概要成为盲人了。因此尤兰德要他的女儿赶快到斯佩霍夫去，他想在完全失明之前再看看她。信中他还感谢了王妃，感谢她像母亲似的照顾这姑娘。最后，尤兰德说，虽然他眼睛瞎了，他也要再来一次，俯伏在王妃的脚下，求她继续施恩于丹露霞。

维雄涅克神甫读完了这封信，王妃好久说不出话来。她本来指望趁尤兰德最近来看望他女儿的机会，要他同意这一对年轻人的婚姻。但是这封信不但破坏了她的计划，同时还从她身边夺走了她钟爱的丹露霞。她担心尤兰德会把这姑娘嫁给他的某个邻居，以便和他在一起度过晚年，王妃知道尤兰德早已拒绝把丹露霞嫁给兹贝什科，他曾向王妃本人说过，由于某种秘密的原因，他永远不会同意他们结婚。因此，在悲伤之中，她命令信使来见她，想要问问他关于斯佩霍夫的灾祸，也想探听探听尤兰德的打算。

她感到非常惊奇的是，来见她的是一个陌生人，而不是那个一向跟随尤兰德、为尤兰德送信的托里马老头。但是这陌生人告诉她，托里马最近同德意志人战斗时受了重伤，现在在斯佩霍夫快要死了。尤兰德自己也病得很重，请求王妃立刻把他的女儿送去，因为他的视力一天比一天差，也许在几天之内就会失明。这位信使还恳求王妃在马匹歇息一会儿以后，就立刻带姑娘走。但是王妃不同意，因为已经是黄昏时分了，特别是因为她不愿意看到兹贝什科和丹露霞突然分离。

兹贝什科已经知道这件事了，他像一个受了严重打击的人那样躺在那里，王妃搓着双手，跨进门槛，说道：

“我们没有办法，他是她的父亲！”于是他就闭上眼睛，像一个等死的人一样。

他心里愈来愈悲伤，脑海里闪过种种伤心的念头，仿佛世界都没有了欢乐。兹贝什科明白，只要丹露霞到斯佩霍夫去，他就会永远失去她了。在这里，每个人都是他的朋友。在那里，尤兰德甚至会拒绝接待他，也不会听取他的要求。而且，他正病着，在床上连翻身的力气都没有，怎么能到斯佩霍夫去呢？

现在留下的只有病痛、寂寞和忧伤，幸福是一去不复返了。

泪水在兹贝什科的眼睛里闪烁，慢慢地从他的脸上流下来。他转向王妃说道：

“仁慈的王妃，我担心我再也见不到丹露霞了。”

王妃自己也很悲伤，但是为了安慰他，就说：

“如果尤兰德比你先死的话，那么王公和我就成为她的保护人了，那我们一定把这姑娘立刻嫁给你。”

“他不会死的！”兹贝什科回答。

但顷刻之间，他显然又想起了什么新的主意，直起身来，坐在床上，并且用一种变了音调的声音说道：

“仁慈的王妃。”

这时，丹露霞打断了他的话。她一路哭着走来，还没走进门就说：

“兹贝什科，你已经知道了吧！我可怜爸爸。但是我也怜惜你，亲爱的！”

等她走到跟前，兹贝什科用他那只完好的手臂搂住她，说道：

“没有你，我怎么活下去呢，亲爱的。我历尽千辛万苦，发誓为你效劳，不是为了要失去你。我也要说，得想个补救的办法！可是我遍身骨头痛得厉害，跪不下去，所以你跪下恳求王妃对我们发发慈悲吧。”

丹露霞听着这话，立即跑到王妃跟前，抱住了她的两条腿，把自己的脸埋在她那沉甸甸的裙子里。王妃一双慈祥但惊奇的眼睛转向兹贝什科，说道：

“我怎么能施慈悲给你们呢？如果我不让这孩子到她害病的父亲那儿去，一定会引来上帝对我的愤怒。”

本来坐在床上的兹贝什科，这时不知不觉倒在枕头上，好久没有应一声，因为他已精疲力竭。可是，他慢慢开始把一只手移向另一只手，两手合拢，好像在祷告。

“歇一下吧，”王妃说：“然后你可以告诉我，你有什么要求。丹露霞，你先站起来。”

“松开手，但是别站起来，和我一起恳求吧。”兹贝什科说。

然后，他用一种微弱而断断续续的声音说道：

“仁慈的王妃，尤兰德在克拉科夫拒绝了我，他到了这里，也还会一样，但是，如果维雄涅克神甫让我同丹露霞先结了婚，然后她到斯佩霍夫去，这样就再没有什么力量拆散我们了。”

这些话使王妃很意外，她从板凳上跳了起来，又重新坐下，仿佛没有完全懂得他的话，她说：

“天哪！维雄涅克神甫？”

“仁慈的王妃！仁慈的王妃！”兹贝什科恳求道。

“仁慈的王妃！”丹露霞重复道，一面又抱住王妃的双膝。

“不得到她父亲允许，这怎么能行？”

“上帝的法律更有力量！”兹贝什科回答。

“天哪！”

“除了王公，谁能算恩父？除了您仁慈的王妃，谁能算恩母？”

丹露霞也说：

“最亲爱的妈妈！”

“不错，我一直都是而且现在仍旧像她母亲一样，”王妃说，“而且尤兰德是从我手中得到他的妻子的。不错的！如果你们结婚——什么事都解决了。也许尤兰德会发怒，但是他一定会服从王公的命令。”

“没有别的办法了！”兹贝什科喊道。

但是，王妃仍然非常激动，说道：

“等一等，我必须定一定神。如果王公在这里的话，我会立刻会问他：‘我可不可以把丹露霞嫁给兹贝什科？’但是他不在，我很怕，而且没有多少时间了，因为这姑娘明天就得走！哦，亲爱的耶稣，我这脑子又乱哄哄的了——再说，不知怎么我总有点害怕。丹露霞，你呢，你不怕吗？说呀！”

“不那样我宁可死掉！”兹贝什科插嘴说。

丹露霞从王妃的膝下站起身来搂住了夫人的脖子，紧紧拥抱她。

王妃说：“没有维雄涅克神甫的同意，我什么也不能答应你们。快去找他来！”

丹露霞找维雄涅克神甫去了，兹贝什科把他苍白的脸转向王妃，说：

“愿上帝报答您，仁慈的夫人。”

“暂且不要祝福我，”王妃回答，“因为我们还不知道事情究竟怎样呢。你必须凭你的荣誉向我起誓，如果你结了婚，决不会阻止这姑娘到她父亲那里去。”

“凭我的荣誉起誓！”兹贝什科说。

“那么你得牢牢记住！让丹露霞暂时别告诉尤兰德。我们以后会派人去请他，让他同和丹露霞一起来，然后我再亲自告诉他，或者请求王公告诉他。等他看到事情已无法挽回，就会同意了。再说他是喜欢你的。”

丹露霞和维雄涅克神甫走进来，打断了他们的谈话。王妃立刻把兹贝什科的计划告诉了他。但是神甫一听完这件事，吃惊地画了个十字，说道：

“以圣父、圣子、圣灵之名……我怎么能干这件事呢？现在是降临节，一般不举办婚礼！”

“上帝哪！真是斋戒期呀！”王妃喊道。

于是大家沉默了。

过了一会儿，他说道：

“除非主教的特许证，如果寇尔特华诺夫的主教同我们在一起的话，他应该不会拒绝发一张特许证的，尽管他是一个严格的神甫。”

“寇尔特华诺夫主教同王公和我非常友好。”王妃说。

“所以我说他不会拒绝发特许证，尤其是因为有这样一些理由。但是没有特许证，我办不到。”

“我以后能够从主教那里补领，不管他多么严格，他不会拒绝帮我这个忙的。我保证他不会拒绝的。”王妃说。

维雄涅克神甫是个善良的人，他听了这话，答道：

“万一这位主教拒绝的话，谁来给我免罪符呢？”

“主教不会拒绝的！”安娜王妃嚷道。

兹贝什科也说：“那个同我一起来的叫作山德鲁斯的人，他随身带着赦免一切罪孽的免罪符。”

维雄涅克神甫可能不完全相信山德鲁斯的免罪符的效力，但是他倒乐意找到哪怕是一个借口也好，这样就能够帮助丹露霞和兹贝什科了。因为他爱这姑娘，他从她小时候就认识她。因此他转向王妃说：

“不错，我是神甫，但我也是王公的仆人。您要命令我做什么啊，仁慈的王妃？”

“我不愿命令您，而是恳求您，”王妃回答，“如果那个山德鲁斯有免罪符的话……”

“山德鲁斯有，但是问题在于主教。他对神甫非常严厉。”

“您别怕主教，我听说过，他禁止神甫带剑和弓，禁止发行各种许可证，但他并没有禁止他们做好事。”

维雄涅克神甫抬起眼睛，举起双手，说道：

“那就如您所愿吧！”

这句话使他们心里都十分快乐。兹贝什科重新坐在床上，王妃、丹露霞和神甫都围床而坐，开始计划该怎么办。

他们决定保守秘密，不让这所宅子里任何人知道这件事。他们还决定暂时不让尤兰德知道，等王妃以后在切哈鲁夫再把一切经过详细告诉他。

同时维雄涅克神甫以王妃的名义写一封信给尤兰德，请他到切哈鲁夫来，在那里他能得到更好的治疗，不会感到无聊。最后，他们决定，兹贝什科和丹露霞得去行忏悔礼，婚礼要在夜里，等人们都睡了再举行。

兹贝什科想叫捷克人来作证婚人，但是一想到那人是雅金卡送给他的，就打消了这个念头。刹那间，雅金卡出现在他记忆里，仿佛就在眼前，他好像看见她涨红着脸，含着泪，用哀求的声音跟他说："别那么做！"于是他觉得他太对不起她了，因此他心里说："姑娘，愿你一切称心如意，我虽然愿意把天上的星星摘下来给你，可是办不到。"

由于他不得不去叫那捷克人来帮助他，因此他决定在那人面前对这事一字不提。于是，兹贝什科把他叫来了，跟他说道：

"我今天要去行忏悔礼和领圣餐，你尽量把我打扮漂亮一点，去把我最好的衣服拿来，就当作我要进王宫一样。"

这捷克人有些害怕，直望着他的脸。兹贝什科发觉了，说道：

"别发慌，人们不光是在预料到要死的时候才去行忏悔礼。"

捷克人急忙打开箱子，拿出了那件绣金的白色缎子外衣，这件衣服是这位骑士每逢佳节盛典才穿的。他还拿来了一条美丽的毯子盖在床上。然后，在两个土耳其人的帮助下，他扶起了兹贝什科，给他洗身，把他的长头发梳理好，束上一条深红色的带子。最后把他安置在红色的坐垫上，很满意地说：

"假如您能跳舞的话，那您也就能举行婚礼了！"

"那婚礼就只好免去跳舞了。"兹贝什科回答，一面笑着。

这时王妃也在给丹露霞打扮，因为从女人的角度来说，这是一件极其重要的大事，无论如何她也不能同意让她心爱的养女穿着日常的衣服去结婚。仆人们只知道这姑娘必须穿着素净的衣服去行忏悔礼，他们就找来了一件白衣服，但是头上的花冠就很费事了。想到这事，王妃感到很忧愁，竟诉起苦来了：

"我可怜的孤儿，在这个荒野里，我到什么地方去给你找一个花冠呢？这里根本就没有，一朵花也没有，一片叶子也没有，只有积雪下面一些绿色的苔藓。"

丹露霞头发蓬松地站在那儿，也很悲伤，因为她想要一顶花冠。过了一会儿，她指着挂在墙上的蜡菊做的花环，说道：

"只能用这些花来编一个花冠了，即使戴上这样一个花冠，兹贝什科也会要我的。”

王妃起初不同意，因为她怕这是个不祥的预兆。但真的找不到别的了，只能用这个了。

忏悔礼开始了，维雄涅克神甫听取了兹贝什科的忏悔，然后又听了姑娘的忏悔。昏暗的夜色降临了，仆人们吃过晚饭都去睡了。尤兰德派来的几个人也睡下了，其余的在马厩里看管马匹。不久，仆人房间的蜡烛全都熄灭了。

但是王妃、维雄涅克神甫和兹贝什科的房间里都灯光闪耀，红光投射在院子里的雪地上。他们都静静地等待着，听着自己心脏的跳动声，对于即将来临的庄严时刻感到不平静和不自然。

过了午夜，王妃挽着丹露霞的手，领着她到兹贝什科的房间里去，维雄涅克神甫已在房里等她们。房间里炉火烧得正旺，兹贝什科在这明亮而摇晃不定的火光下看见了丹露霞。她因为几夜未睡，脸色有些苍白。她穿了一件白色长衣，头上戴着一顶蜡菊的花冠。她闭上了眼睛，一双小手贴着衣服垂放着，这神情很像教堂窗口上的画像。她的身上有一种圣灵的光彩，以至于兹贝什科一看见她，就很惊讶，简直认为自己不是跟凡人结婚，而是跟一位天使结婚。他怀着这样的感觉，看她交叉双手跪着领受圣餐，看她低下头去，闭上眼。他甚至觉得仿佛她死了一样，心里很是恐惧。但是这种恐惧并没有持续好久，因为他听见了神甫在反复念着：“这里是天主的羔羊”。房间里只听见维雄涅克神甫庄严的声音“天主，我辜负……”同这声音一起发出来的是火炉里木柴燃烧的声音。

兹贝什科和丹露霞继续沉默着，神甫拿了圣餐杯，把它拿到这宅子的礼拜堂去。过了一会儿，德劳许先生和神甫一起回来了，在场的人脸上都露出惊奇的神色，他把一个手指放在嘴上，仿佛是要止住惊叫的声音，然后说道：

“我全明白。在婚礼上有两个见证人比较好些。”

于是德劳许先生先向王妃下跪，然后向丹露霞下跪。接着他站起来，默默地站在那里，红色的火光在他的甲胄上闪耀着。他一动不动地站在那里，仿佛一下子心醉神迷了，因为他也觉得那个身穿白衣、头戴花冠的姑娘，就是大教堂窗户上天使的画像。

神甫把她安置在兹贝什科的床边，用法衣围在他们手上以后，就开始举行仪式了。在王妃善良的脸上，泪珠一颗一颗地掉下来，但是她内心并没有不安，因为她相信她让这两个可爱而纯洁的孩子结合在一起，是正确的。德劳许也跪了下来，这一对年轻人重复着着神甫的话，“我娶你……我嫁你……”仪式完成以后，丹露霞跪在王妃面前，她给了他们俩祝福，最后把他们托付给上天保护。她向兹贝什科说：

“高兴吧，因为她是你的，你是她的了。”

于是兹贝什科把他的一只完好的手臂伸向丹露霞，她也用她的两条小胳膊围住了兹贝什科的脖子，只听到他们两人彼此一再说着：

“丹露霞，你是我的！”

“兹贝什科，你是我的！”

兹贝什科因为太激动，马上就感到乏力了，他滑倒在枕头上，沉重地喘起气来。他笑着不停地重复着：

“丹露霞，你是我的！”她听了，每次都点一下她可爱的头。

这个景象深深感动了德劳许，他从来没有在别的国家看见过这样一对恩爱和温柔的人。因此他要庄严地宣誓，他随时准备同任何企图阻难他们幸福的骑士战斗。王妃和神甫成为他誓言的证人。

王妃拿了些葡萄酒来让大家喝，兹贝什科就把丹露霞拉到身边，说：

“既然主耶稣把你给了我，那就谁也不能从我这里夺走你了。但是我很难过，因为你要走了，我最亲爱的心肝。”

“我一定会和爸爸一起回到切哈鲁夫来的。”丹露霞回答。

因为这次婚礼是在夜里秘密举行的，婚后又必须立刻就分离，因此不但兹贝什科感到悲伤，所有的人都感到悲伤。

随着夜晚的消逝，沉默的次数愈来愈多了。最后，王妃说：

“亲爱的耶稣！那么给我们唱一支曲子吧，我的小花儿，在你离开之前，唱最后一次吧！为了我，也为了兹贝什科。”

“叫我唱什么呢？”她问。

“唱什么？”王妃说，“就唱兹贝什科在蒂涅茨第一次看见你的时候你唱的那支歌吧。”

“嗨！我记得——永远不会忘记。”兹贝什科说，“我在别的地方听见那支歌的时候——就哭了。”

“那我一定唱!”丹露霞说。

她立刻昂起她那小小的头,唱道:

如果我有一双
雏鹅的小巧的双翅,
我一定要展翅飞翔
到西里西亚把雅谢克探望!
……

但是她的歌声立即中断了,嘴唇颤抖起来,泪珠从闭住的眼睛里流到脸上来。她竭力不让泪水流出来,但是怎么也抑制不住,终于大哭起来,完全像上次在克拉科夫的牢狱中唱这支歌给兹贝什科的情形一样。

“丹露霞!怎么啦,丹露霞!”兹贝什科问道。

“你为什么哭啦?在这样的婚礼上!”王妃喊道,“怎么啦?”

“我不知道,”丹露霞回答,一面啜泣着,“我非常伤心!我舍不下兹贝什科和您。”

大家都很悲伤,他们安慰她。他们相信,不久后她就会和尤兰德回到切哈鲁夫。兹贝什科又用一只手臂抱住她,把她拉到胸前,吻她的眼睛上的泪水……晚上的时间就这样消度过去了。

院子里突然发出一阵可怕的声音,使大家都打了一阵寒战。王妃猛地从凳子上站了起来,喊道:

“上帝哪!他们在给马喝水了!”

维雄涅克神甫从那露出蒙眬微光的玻璃窗户上望出去,说道:

“黑夜过去,白天来了!”

于是他离开了房间,但过了一会儿,他又回来说道:

“天亮了,尤兰德的人正在给马喝水。可怜的姑娘,必须准备了!”

王妃和丹露霞都大哭起来,她们两人和兹贝什科一起一边痛哭一边悲叹。

兹贝什科最后一次把丹露霞拥抱在胸口,久久地抱住她,直到他自己也透不过气来,王妃这才把丹露霞拉开,带她去换衣服。

那捷克人来到兹贝什科房里，问候他的健康，探听一下他有什么吩咐。

“把床拉到窗前。”这骑士向他说。

这捷克人毫不费力地把床拖到窗前。但是当兹贝什科叫他打开窗子的时候，他吃了一惊。可是他服从了，只不过把他自己的皮外衣盖在他主人身上，因为外面很冷，天很阴暗，而且下着雪。

兹贝什科向窗外张望。在院子里，透过大片大片的雪花，几辆雪橇躺在那里，尤兰德的人正骑着马，站在火堆周围。他们都是全副武装。森林完全被雪覆盖了。

丹露霞全身紧裹着皮衣，再一次冲进了兹贝什科的房间，再一次抱住他的脖子向他告别：

“我虽然走了，可我还是你的。”

他吻了她的双手、脸和眼睛，说：

“愿上帝保护你！你是我的，到死都是我的！”

当人们把他们分开的时候，他尽可能抬起身来，把头靠在窗户上，望着外面。他看见丹露霞坐在雪橇里，王妃抱了她好久，宫女们都在吻她，维雄涅克神甫画着十字，祝她一路平安。离别之前，她再一次转过身来向着他，伸出双臂喊道：

“兹贝什科，上帝保佑你！”

“愿上帝允许我在切哈鲁夫见到你！”

但是雪越下越大了，仿佛要掩住一切声音，因此最后这两句话只是含含糊糊地传到他们耳中的。他们都觉得，彼此已经是在遥远的地方打招呼了。

第二十五章 前 行

情节简介

冬天的气息越来越浓厚，似乎整个世界都被这皑皑的白雪笼罩着，寒冷的大风吹拂着每一个角落，也吹响了节日的欢乐之歌。随着圣诞节一天天逼近，兹贝什科的身体也好了很多，这个年轻骑士再也按捺不住前往切哈鲁夫的心。他坚信岳父将带着他心爱的妻子丹露霞去王公那里一起欢度圣诞，他满怀期待地出发了……

大雪过后，天气晴朗而又干燥。白天里，森林在阳光的照射下闪耀，河流被坚冰封住，沼泽地也冻得十分坚硬。在宁静的夜里，树木被冻得发响，鸟儿也飞向了村民的房屋。饿狼成群结队，不但袭击单行的人，也袭击村庄，出门上路变得极其危险。

人们在热腾腾的小屋中享受着炉火的温暖，快乐地等待着圣诞节的到来。王公的森林宫殿显得十分冷清，王妃同宫廷侍从们和维雄涅克一起到切哈鲁夫去了。兹贝什科的病情虽然大有好转，但是身体还是很弱，仍旧留在森林的宫殿里。山德鲁斯、他的捷克侍从和一些仆人留下来陪伴他。

这位骑士非常想念他年轻的妻子。确实，他一想到丹露霞已经是他的人，人间什么力量也不能把她夺去，他就感到莫大的安慰，但与此同时思念又折磨着他。他整天盼望着能够早日离开这里，并且成天思索怎样使尤兰德回心转意。

他的身体状况一天一天好转了。在圣诞夜的前一个礼拜，他骑上了马。虽然他觉得穿着盔甲骑马还不行，但到底还是鼓足了信心。无论怎样，他希望很快健壮起来。

到圣诞节的前两天，他吩咐人去备好雪橇，给马上好了鞍子，并通知捷克人去切哈鲁夫。这个忠心的侍从倒有点儿担心，尤其外边这么冷。但是兹贝什科对他说：

“我们在这里待着也没意思，到切哈鲁夫去可以见到尤兰德，况且，我又不是骑马去，而是坐着雪橇。”

这个捷克人知道这个年轻主人的脾气，只好认认真真执行他的命令。因此他们一大早便动身了。在启程的时候，兹贝什科看见山德鲁斯带着他的箱子也上了雪橇，便对他说：“你不是对我说过你要到普鲁士去吗?”

“不错，我是这样说过，”山德鲁斯答道，“但是这样大的风雪，我一个人到得了那里吗？等不到第一颗星星出现，狼群就会把我吞掉，而且我待在这里又没有什么事。我宁愿上市镇去，把我的这些圣物赐给他们，坚定人们的信仰，把他们从魔鬼的控制下拯救出来。再说，我非常敬佩您，在我回到罗马之前，我不愿离开您，也许我可以为您效劳。”

“老爷，他总是要为您效劳！他随时准备以吃吃喝喝来为您效劳。”这个捷克人说，“他是太高兴为您这样效劳了。不过，如果在附近的森林里碰上狼群来袭击我们，那我就把他喂狼，因为他除此之外，一无用处。”

“最好小心些!”山德鲁斯回答，“说这种话是要下地狱的，要下也会把你浑身冻僵……”

他们就喜爱这样彼此嘲弄。但是兹贝什科最后同意山德鲁斯和他们同行，因为这个陌生人很讨他喜欢，而且他仿佛觉得这个人确实是钦佩他的。

他们在明朗的晨光中离开了宫殿。霜很厚，只得在马匹身上罩上马衣。积满雪的屋顶几乎难以辨认，炊烟好像是直接从一座座白色的小山上蒸发出来，直冲向天空，在晨曦中染上红色，像支画笔似的在屋顶上扩展开来，看上去仿佛头盔上的孔雀毛。

兹贝什科坐在雪橇里，他吩咐捷克人坐到自己的身边，陪他聊天。

“到切哈鲁夫去?”捷克人问。

“先到切哈鲁夫，向王公殿下夫妇问安，然后参加礼拜。”

“然后呢?”

兹贝什科微笑着答道：

“以后嘛，谁知道，也许到博格丹涅茨去。”

捷克人惊奇地望着他，心里起了一个念头：“也许他同尤兰德小姐吵过架了吧。”他觉得这是极其可能的，否则她怎么会走呢。捷克人也曾经听到过尤兰德不愿意把女儿嫁给这位年轻的骑士，因此这个忠实的侍从很高兴，因为他爱雅金卡，而且把她当作天上的星星看待。为了她的幸福，叫他流血也甘愿。他也爱兹贝什科，他衷心希望侍候他们两人一直到死。

“那么您想要在博格丹涅茨安家了?”他欣喜地说。

“怎么会呢?”兹贝什科回答，“我向那些十字军骑士挑战过，如果大团长同意了，他们一定会带着他们的侍卫来战斗的。那样，你也得去同他们交战了。”

“如果可以的话，我倒希望杀一个修士。”捷克人说。

兹贝什科满意地望着他。“唔，谁碰上你的钢刀，他一定要倒霉。上帝给了你大力气，不过要是你使用过度，那就浪费了。”

这捷克人摇摇头，说：“我绝不会浪费自己的力气，可是对付德意志人也决不会吝惜力气。”

兹贝什科笑了，倒不是因为听到了这侍从所说的话，而是笑自己的想法。

“等我们回去了，老人家一定会高兴。”过了会，捷克人又说，“兹戈热利策那边也会有一番快活气象。”

雅金卡突然又出现在兹贝什科眼前了，仿佛他们一起坐在雪橇里。他总是一想起她，就好像当真清清楚楚地看到了她。

“唔，”他心里想，“她不会高兴的，因为等我回到博格丹涅茨，我是要同丹露霞一起去看她的。让她去嫁给别人吧……”想到这儿，维尔克和奇坦的影子在他脑海中一闪而过，突然间，他心里也起了一种不快的感觉，因为那姑娘总会落在他们这些人当中的某一个人手里。

突然，他心里又充满了对叔叔的思念。叔叔虽然是个严酷的人，但却是真心爱他的，叔叔在战场上对他的照顾胜过了对他自己的照顾。要是尤兰德能这样对自己就好了。

于是他开始设想，尤兰德知道了这件婚事以后，他会怎么说，会怎么办呢。想到这里，他固然有些担心，但是并不过于担心，因为这已是既成的事实了。即使尤兰德反对，也只能求他宽容了。他听见某一个熟读《圣经》的神甫说过，女人必须离开她的父母去和她的丈夫在一起。而且他认为尤兰德不会和他发生激烈的争执，也不会大发雷霆，因为丹露霞会哀求他的，而且还有王公和王妃做后盾。

由于天气极其寒冷，狼群大批大批地出来，它们甚至袭击成群结队的赶路人。随从们劝兹贝什科在客店里过夜，他没有理会，因为他在客店里遇见了几个带着随从的马佐夫舍骑士，他们也上切哈鲁夫去。那里还有几位武装商人，同这样一大批人一起，走路应该没有危险了。因此他们在黄昏时分动身。还好，一路顺利，当切哈鲁夫出现在他们眼前的时候，夜幕已经降临了。

要不是看见正在修筑城堡的高地上燃烧的几堆篝火，他们还不知道离城边已经很近了。他们不能断定那火堆是为了圣诞夜向客人们表示敬意呢，还是按照古代的风俗才燃烧的。但是兹贝什科的旅伴中谁都没有想到这件事，因为大家都急于要在镇上尽快找到一个躲避风雪的地方。

这时候暴风雪愈来愈猛，刺骨的寒风带来了大片大片的雪花。寒风摇动着树枝，发狂似的吹开整个雪堆，把它卷入空中。

“嗨！多大的风雪啊！多大的风雪啊！”那个捷克人上气不接下气地说，“主子，幸亏我们已经快到城里了，幸亏那边的火堆正在燃烧，要不然我们就有的受了。”

“出门人碰到这种天气就只有等死了，”兹贝什科回答，“我甚至连火堆也看不见了。天这么黑，连火光也难辨别得出，也许木柴和煤炭都被风刮走了。”他忽然不安起来，说道：

“但愿尤兰德别在赶路！”

捷克人虽然全神贯注地望着火堆，但是听到了兹贝什科的话，就回过头来问道：

“尤兰德骑士要来吗？”

“是的。”

“同小姐一起来吗？”

“火堆真的熄了。”兹贝什科说。

一点不错，火堆熄灭了，突然马匹和雪橇前面出现了几个骑马人。

“你们是干什么的?”小心提防的捷克人喊道,一面拿起弓箭:“你们是谁?”

“王公的手下人,派来帮助过路人的。”

“赞美耶稣基督!”

“永远赞美!”

“请把我们领到镇上去。”兹贝什科说。

“后面没有人了吧?”

“没有人了。”

“你们是从哪里来的?”

“从森林的宫殿。”

“你们在路上没有遇到别的人吗?”

“什么人也没有遇到,他们也许是走了别的路吧。”

“我们正在各条路上寻找,跟我们一起走吧,你们迷了路啦!”

他们掉转马头。有好一会工夫,除了暴风雪的呼号,什么也分辨不出。

“宫里客人多吗?”过了一会儿,兹贝什科问道。

靠得最近的一个骑马人,没有听清问话,就低下身子凑到他跟前来。

“骑士,您说什么?”

“我问王公府里的客人多不多?”

“同往常一样,很多。”

“斯佩霍夫的尤兰德在吗?”

“他还没有到,他们在等着他。已经派人去接他了。”

“带着火把吗?”

“那得看天气。”

他们不能继续谈下去了,因为喧闹的暴风雪正在使劲地一阵比一阵刮得猛烈。

“啊!我们快到城市了。”捷克人说,“要不是这些人,我们准会迷路到深夜。”

就在这时候,他们进了城。街上更是遍地积雪,有些地方连窗户也被盖住了,过路人都看不见里面的灯光。居民们都在吃晚餐欢度圣诞。在一些屋门前，孩子们冒着暴风雪，拿着有注解的小书，牵着山羊，唱着圣诞赞歌。伴随兹贝什科和贵族们同来的商人，都留在镇上，兹贝什科他们则继续向着王公所居住的老城堡走去。尽管有暴风雪，亮光还是从城堡的玻璃窗里照在这一伙赶路人的身上。

王公手下的一个人吹起了号角，大门立即打开。两天前到来的老姆罗科泰出来迎接客人们，把他们接进屋里后，让他们在那里换好衣服，准备进餐。

兹贝什科问尤兰德有没有来，回答说，还没到，不过王公已经派了好几个骑士去接他了。因为这样大的风雪真的是百年不遇。

“那么他大概快要到了？”

“我想他就要到了。王妃还吩咐在正桌旁给他们摆好席位呢。”

兹贝什科虽然总有些怕尤兰德，但现在心里却很高兴，他暗自说：“我虽然不知道该怎么办，但是有一件事是肯定的：我的妻子，我的女人，我最心爱的丹露霞要来了。”

他一边换衣服，一边同姆罗科泰谈话，探听王公的健康情况，特别是王妃的健康情况。自从他上次在克拉科夫待了一阵，他就像爱自己的母亲一样热爱她了。他听说城堡里每个人都健康愉快，感到很高兴，只是王妃非常想念她钟爱的女歌手。现在有雅金卡为她唱歌，王公也很疼爱她，不过总比不上丹露霞。

“哪个雅金卡？”兹贝什科惊奇地问道。

“威尔戈拉苏的雅金卡，威尔戈拉苏骑士的孙女儿。她是一个美丽的姑娘。那个洛林来的骑士爱上了她。”

“那么德劳许骑士在这里吗？”

“他能上哪里去呢？他从打完猎到这里以后，一直住在这里，过得快快乐乐。”

“我很高兴看见他，他是一个无懈可击的骑士。”

“他也喜欢您。我们走吧，王公和王妃马上就要入席了。”

他们走进饭厅，里面已经挤满了宾客和宫廷侍从。王公在一位省长和几个亲信的陪同下走进来。兹贝什科向他深深地鞠了一躬，然后吻了他的双手。

王公抱了一下兹贝什科的头，然后把他带到一边说道：

“我已经全知道了，起初我一听到没有得到我的许可就这样做，感到很不高兴，但是当时时间实在来不及了，王妃像亲生母亲似的希望你们要好，我也没有什么可反对的，不如顺着她的心意，免得她烦恼流泪。”

兹贝什科又深深一鞠躬，身子直弯到王公的膝盖那儿。

“愿上帝让我报答您的厚恩。”

“老实说，她的欢乐就是我的欢乐！我也会为你在尤兰德面前说句好话的，我想，他会同意的，因为他也敬爱王妃。”

这时，王妃由威尔戈拉苏的雅金卡和其他宫女们陪着进来了，他连忙去向她鞠躬，她和蔼地欢迎了他，并且立刻告诉他尤兰德就要来了。

她说：“这就是为他准备的餐具，已经派人去接他们了。我们不等他们一块儿吃圣诞夜的晚餐了，因为王公不赞成，但是他们会在晚餐结束之前赶到这里的。”

王妃继续说道：“他会及时赶来的。我一定在今天或者明天晨祷之后全都告诉他，王公也答应为你说句话。”

然后她就开始教导兹贝什科该怎样对待他的岳父，绝不可触犯他或惹他发火。这番话初听上去，像是善意的劝告，但却透露着王妃的隐隐担心。

就在这时，走进来一个满身是雪的人，高声喊道：“仁慈的王公！”

“什么事？”王公说。

“有几个旅客在通往切哈鲁夫的路上被雪困住了，我们需要帮手去把他们挖出来。”

大家听了这话，都吓了一跳，王公也吃了一惊，于是转过身去命令沙克霍荷伐的总督：

“派骑手带铲子去！快！”

接着，他又问那个报信的人：“埋在雪地里的人多吗？”

“我们还弄不清楚，暴风雪非常猛烈，被淹没的马匹和车辆很多。”

“你知道那是些什么人吗？”

“据说是斯佩霍夫的尤兰德的人。”

第二十六章 营救

情节简介

听到这个不幸的消息，兹贝什科毫不犹豫地前去营救，一行人在狂风暴雪中艰难地前行，幸运的是他们在一只猎犬的带领下迅速找到了尤兰德和他的侍从们，然而却没有发现丹露霞的痕迹，到底他心爱的妻子到哪里去了？她是不是被留在了斯佩霍夫？也许真正的答案只能等尤兰德醒来后才能知晓……

兹贝什科听到这不幸的消息，也来不及向王公请示，就奔到马房去吩咐备马。捷克人不等兹贝什科回到房间，就迎到大厅里，给他拿来一件暖和的皮外衣，他自己也跃上了马，并从大门口的侍卫手中抓了一束火把，立即随同由老总督率领的那一批人一起出发了。

城外一片漆黑，不过暴风雪似乎和缓了些。那个报信人随身带着一条受过训练的认路的狗，大家安全而迅速地前进着。到了野外，暴风雪更大了，像刀割似的刮在他们脸上。

路过涅兹鲍士的时候，暴风雪缓些了，风也不那么猛了，也不再卷来大片的雪花，天空明朗了，马匹喷着鼻息，骑马人的呼吸也舒畅了。星星愈来愈多，不久暴风雪完全平息了。

和兹贝什科并骑而行的德劳许先生开始安慰他说，尤兰德路上如果遇到危险，一定会首先想到他女儿的安全，即使被埋在雪底下的人全都冻死了，她肯定还活着……

但是兹贝什科没有听懂他的话，事实上，他也没有时间去听他说话。过了一会儿，走在他们前面的向导带领着大家从大路上拐弯过去，这个年轻骑士就上前问道：

“我们为什么不走大路？”

“因为他们不是被埋在大路上，而是埋在那边！”

“你怎么找到他们的？”

“这条狗领我们去的。”

“这里附近有茅屋吗？”

“有的，但是都在河对岸。”

“快马加鞭！”兹贝什科命令道。

但是下令容易，执行困难。草原上的积雪还没有冻硬，马腿都深陷在雪堆中。因此他们只得慢慢走。突然，他们听见了狗叫声，发现正前方有一棵不像样的粗大的柳树桩。

“他们还在前面。”向导说，“但这里好像也有个什么东西似的。”

“柳树下有很厚的一堆雪，拿个火把来。”

几个随从跳下马来，用火把照亮了那个地方。其中一个立刻喊道：

“雪下面有一个人，头露在外面，快来人呀！”

“还有一匹马。”另外一个说。

“把他们弄出来！”

他们开始铲雪，然后把雪摔在一边。

一会儿工夫，他们就看见树下有一个人，头垂在胸前，帽子盖住了脸。一只手握着马缰绳，马匹倒在他身旁，马的鼻孔埋在雪里。很明显，这个人一定是离开了他的伙伴，忙着去找个什么人家求救，后来马匹倒下来了，他就躲到这棵柳树背后来了。

“拿火把来！”兹贝什科喊道。

一个随从拿火把照在这个冻僵的人的脸上，但是认不出他的面貌来。等第二个随从把他的头从胸前扶起来，他们才异口同声地喊道：

“是斯佩霍夫的尤兰德！”

兹贝什科命令两个人把他送到最近的茅屋去，尽力使他苏醒过来，他自己却一分钟也不耽搁，赶紧同其余的随从和向导去救剩下的人。兹贝什科在路上想，也许他的妻子丹露霞已经死了。于是他快马加鞭，可是马匹的腹部陷在雪里，痛苦地前行着。

幸亏距离不远，不过隔着两百来步路，黑暗中响起了嘈杂的叫喊声：“我们找到了埋在雪中的车和其余的人了。”

兹贝什科冲向前去，跳下马来，喊道："用铲子！"

他们还没有跑到尤兰德后面的人马那里，却先掘出了两部雪橇。马匹和雪橇里的人都冻死了，完全没有救活的希望。其他有马车的地方都可以由雪堆辨认出来，而且不是所有的雪橇都完全埋在雪里。有几张雪橇的前面还有几匹马，积雪淹没了马腹，马儿还在做着拼命奔跑的姿势。一辆马车的前面站着一个人，腰部以下都是雪，他握着一支矛，一动也不动，像一根柱子。还有些死去的随从站在马车前面，手里握着马缰绳。冻死的人有的仍然坐在雪橇里，有的在雪橇旁边。但是所有的雪橇里都没有女人。有时候，兹贝什科亲自动手用铲子掘着，直到掘得眉心上都淌出汗来。有时候，他怀着一颗怦怦跳的心，仔细望着那些尸体的眼睛，也许是为了看看这里面有没有他心爱的人的脸蛋。但是一切都是徒然，既没有看见丹露霞，也没有发现任何其他女人。

"这是怎么回事？"年轻的骑士惊奇地想。

于是他招呼那些在远处挖雪的人，问他们有没有发现女人的尸体，可是掘出来的都是男人的尸体。最后，工作结束了。仆役们把他们自己的马匹套在雪橇上，把尸体放在里面，向涅兹鲍士驶去，想在那里的暖和屋子里再救活几条性命。

兹贝什科、捷克人和两个随从仍留在那里。他忽然想起，丹露霞坐的那部雪橇也许没有同大队在一起，也许尤兰德的雪橇会由他最好的马匹拉着，一直驶在前面。也可能尤兰德把她留在半路上什么地方的一间茅屋里。兹贝什科不知道怎么办。无论如何，他要把附近的雪堆和树丛都仔细查看一下，然后回到大路上，再沿路搜寻。

但是雪堆里和树林里也没有找到。树林和道路之间的草地在明亮的月光下闪耀着，在这一片洁白的、哀伤的雪地上，他确实发现一些黑点，但那都只是些饿狼，人一走近，它们就一溜烟跑了。

"阁下！"捷克人最后说，"我们白白地搜寻了一趟，也许小姐并不在车队里。"

"到路上去找！"兹贝什科回答。

"大路上也不会找到。我在雪橇里仔细找了一下，没有发现妇女服饰箱之类的东西，小姐也许还在斯佩霍夫没有动身呢。"

兹贝什科觉得这个假定是正确的，便说道：

“但愿如你所说！”

两人推论了好一会，尽管这些推测颇有道理，他们还是回到了柳树那边去，可还是一无所获。王公的手下人已经把尤兰德运到涅兹鲍士去了，附近一带完全是一片荒凉。捷克人还说，那条狗既然发现尤兰德的尸体，也一定会发现这位小姐。兹贝什科这才松了一口气，认为丹露霞八成是留在家里了。他甚至能够解释她为什么这样做的理由。丹露霞把一切的经过都向她父亲忏悔了，她父亲却不满意这件婚事，就把她留在家里了。兹贝什科想到这里，不禁感到一阵轻松，甚至快活起来。因为他觉得尤兰德一死，一切阻碍都消失了。可是突然间，他对这种想法感到羞耻，转身向着捷克人说道：

“我当然为他难过，我要大声地说我为他难过。”

捷克人立即问道：

“那我们现在就回宫殿吗？”

“到涅兹鲍士回去。”兹贝什科回答。

他们来到了涅兹鲍士，到了一个地主的庄园，地主席列赫老头接待了他们。他们没有看到尤兰德，可是列赫告诉了他们好消息。

“他们用雪为他擦身，简直把浑身都擦透了，然后把葡萄酒灌进他嘴里，再把他放在一只热水浴缸里，于是他有了生气。”

“他活过来了吗？”兹贝什科高兴地问。

“他活了，但他是否能活下去，只有上帝知道了，因为在归天的路上走了一半路的灵魂是不大愿意回来的。”

“他们为什么又把他带走了呢？”

“因为王公派人来接他，他们把屋子里能找得到的羽绒毯子都裹在他身上，把他带走了。”

“他有没有提起他的女儿？”

“他刚有了口气，还不能说话呢。”

“其余的人呢？”

“他们已经和上帝在一起了，这些可怜的汉子再也不能出席圣诞夜的晚宴了，除非是耶稣本人在天堂里为他们设宴。”

“别人一个也没有活下来吗?”

“一个也没有。到客厅里来谈吧,如果你们想看看他们,他们就躺在仆役室的火炉旁。进来吧。”

但是他们急于赶路,不愿意进去。虽然席列赫老头一再邀请,可是从涅兹鲍士到切哈鲁夫还有很长一段路,兹贝什科心急如焚,他想尽快见到尤兰德,打听丹露霞的消息。

因此他们在满盖着雪的路上飞驰着。他们到达切哈鲁夫的时候,已经过了午夜,王妃来看兹贝什科了。她满脸惊恐地问他:

“丹露霞呢?”

“她不在这儿吗,尤兰德没有说起吗?我猜想她是活着的。”

“慈悲的耶稣!上帝罚我们受难啊!尤兰德并没有说过话,他像一根木头似的躺在那里呢。”

“别担心,仁慈的王妃。丹露霞还在斯佩霍夫呢。”

“你怎么知道?”

“因为雪橇里面根本找不到一点妇女的服饰,她决不会只穿旅行服装动身的。”

“真是这样,千真万确!”

她的眼睛立即散发出欢乐的光芒,过了一会儿,她大声说道:

“嗨!看来今天出生的基督没有生你的气,倒是赐福给我们了!”

唯一使她奇怪的是,尤兰德来了,却不带他的女儿一起来。于是她继续问他:

“他为什么要把她留在家里呢?”

兹贝什科把自己的想法解释给她听,她觉得很对,但她还是没有完全弄明白。

“现在尤兰德要向我们感谢救命之恩了,”她说,“他确实应该报答你,因为你去把他挖了出来。要是他仍旧拒绝你,那他真是铁石心肠了。一等他恢复知觉,能够说话,我就把这话告诉他。”

“首先得让他恢复知觉。因为我们还不知道他为什么不带丹露霞同来。也许她突然病了呢?”

“别东猜西猜了!她不在这里已经够叫我不安了。如果她病了,尤兰德不会离开她的。”

“不错！”兹贝什科说。

他们到尤兰德那里去了。房里很热，像在浴室里一样。病人躺在床上，盖着一张熊皮，脸色苍白，头发被汗水纠结在一起，双眼紧闭。他的嘴张着，胸口吃力地喘着气，盖在身上的熊皮也随着他的呼吸一起一伏。

“他怎么样？”王妃问道。

“我给他灌了一杯热葡萄酒，”神甫回答，“就淌汗了。”

“他是不是睡着了？”

“也许没有睡着，他不停地翻身。”

“您有没有试着同他讲讲话？”

“我试过的，但是他没有回答，我相信他在天亮以前是不可能说话的。”

“我们等到天亮再说。”王妃说。

神甫再三劝她该去休息，但是她不理会，因为她对每一件事，总想要追随已故的雅德薇嘉王后，她还想多积功德为她父亲的灵魂赎罪。这样也可以使人们忘了她是出生在一个多神教的国家。再说，她确实很着急，恨不得立刻从尤兰德嘴里打听到丹露霞的消息。因此她坐在病人的床边，开始祈祷起来，没一会，便打瞌睡了。兹贝什科也打起了瞌睡，不久他们俩都睡着了。若不是黎明的钟声响起，估计他们会睡到上午了。

钟声也唤醒了尤兰德，他睁开双眼，就突然在床上坐了起来，眨巴着眼睛向四周张望。

“赞美耶稣基督！您觉得怎样？”王妃说。

但是他显然还没有完全恢复知觉，因为他呆滞地望着她，仿佛不认识她似的，过了一会儿又嚷道：

“赶快！赶快掘开这雪堆！”

“您已经在切哈鲁夫了！”王妃回答道。

尤兰德紧锁着眉头，竭力让自己的神志清醒过来，然后回答道：

“在切哈鲁夫？孩子在等着……还有……王妃和王公……丹露霞！丹露霞！”

突然，他闭住双眼，又倒在枕头上了。兹贝什科和王妃担心他莫不是死了,可是他的胸部开始隆起来了,像一个熟睡的人一样深深呼吸着。

维雄涅克神甫把手指放在嘴上,意思是别去弄醒他,然后低声说道:

“他也许会这样睡上一整天的。”

“唔,但是他说了些什么?”王妃问。

“他说孩子在切哈鲁夫等着。”兹贝什科回答。

“也许是因为他的神志还不清楚。”神甫解释道。

第二十七章　圈　套

情节简介

从昏迷中醒来的尤兰德说出了一个让所有人都吃惊的事实：丹露霞小姐并不在斯佩霍夫。经过分析，大家将罪恶的矛头直指十字军骑士，一时间，愤怒、悲伤、仇恨充斥着所有人的心。雅努什王公再也抑制不住内心对十字军骑士的憎恨，霎时间怒气冲天；王妃也无法接受痛失爱女的残酷现实。最悲伤的人莫过于尤兰德和兹贝什科，于是两人一起踏上了寻找女儿和妻子的路……

维雄涅克神甫甚至还担心尤兰德再次醒来的时候，依然会恍恍惚惚，需要经历好长一段时间才会神志清醒。他答应王妃和兹贝什科说，老骑士一说话，就通知他们。

尤兰德在圣诞节的第二天中午一醒过来，神志就完全清楚了。当时，王妃和兹贝什科都在场。尤兰德坐在床上，望了一望，就认出她来了，说道：

“尊敬的王妃……请告诉我，我是在切哈鲁夫吗？”

“您把圣诞节都睡掉了。”王妃回答。

“雪把我淹了吗？谁救了我？”

“这位骑士兹贝什科，您记得他在克拉科夫……”

尤兰德用他的一只好眼睛向这位青年注视了一会儿，说道：

“我记得……但是丹露霞在哪里？”

“她没有同您一起来吗？”王妃着急地问道。

“她怎么能同我一起来呢！快叫她过来吧！”

兹贝什科和王妃两人疑惑地看着对方，觉得他在说昏话。于是王妃说道：“请您醒醒吧！那姑娘不是和您在一起吗？”

“姑娘？同我在一起？”尤兰德惊异地问道。

“因为和您一起来的人都死了，但是，其中却没有她的尸体。”

“您为什么把她留在斯佩霍夫？”

尤兰德又问了一遍，已经带着惊惶的语气了：

“在斯佩霍夫？怎么，她不是在这里吗？”

“可您送信到这里来接她回去的呀！”

尤兰德回答：“我根本没有送信来接她。”

王妃的脸色突然发白了。

“这是怎么回事啊？”她说，“您说这话是神志清醒的吗？”

“上帝慈悲，孩子在哪里？”尤兰德边喊边跳了起来。

王妃把事情的经过说了一遍，并把信件拿了出来，事实证明，这是一封伪造的信。

“我知道是他们带走了她！”

“他们是什么人？”

“十字军骑士！”

“天啊！一定要去告诉王公！要他派使者去见大团长！”王妃喊道，“慈悲的耶稣，救救她，救救她呀！”她一路尖叫着跑出房间。

尤兰德跳下床来，匆匆忙忙把衣服披在魁梧的身体上。兹贝什科坐在那里，仿佛失魂落魄一般，过了好一会，他紧闭的牙齿发出恐怖的咯吱声。

“您怎么知道她是十字军骑士抢去的呢？”维雄涅克神甫问。

“凭着上帝所受的苦难，我敢发誓！”尤兰德叫道。

“且慢！也许是这样。他们到曾来控诉过您。他们要向您报仇……”神甫将事情的经过讲了一遍。

“于是他们把她劫走了！”兹贝什科突然喊道。他急忙跑出房间，奔到马房，吩咐把马上鞍，套好马车，却不很清楚自己为什么要这样做。他只知道，必须去救丹露霞，立即就去普鲁士，去把她从敌人手中夺过来。

他回到房里，告诉尤兰德说，武器和马匹马上就准备好了。他相信尤兰德会陪他去的。他心如火焚，又愤怒，又痛苦，又悲伤，不过他还没有失望。他觉得就算凭他们两人的力量，足以攻打十字军骑士的整个部队。

房间里除了尤兰德、维雄涅克神甫和王妃之外，他还遇到王公、德劳许和德鲁戈拉斯的老骑士。这位老骑士是王公在听到这件事之后召来的，因为他经验丰富，对十字军骑士的情况了解得很多，他曾经那里做过多年的俘虏。

“必须谨慎从事，免得凭着一时盲目的气愤，犯了罪过，反而断送了这位姑娘。”德鲁戈拉斯的这位骑士说。

“必须立刻向大团长提出控诉，如果殿下要我送信去，我马上就骑马去。”

“我一定写信，你送去。”王公说，“我们绝不能失掉这孩子，愿上帝救助我！大团长怕和波兰王国开战，他会下令把她交还的。他虽然是个十字军骑士，但他可比别人正直些。而且他正在笼络我，不可能惹我发怒的。”

德鲁戈拉斯的那位骑士说：“这倒是实话。十字军骑士可不做傻事。我想，他们劫去了这姑娘，可能就是针对尤兰德，或者索取一笔赎金，或者要回一些俘虏。”说到这里，他转向尤兰德说：

“你现在那些战俘中，有些什么人物啊？”

“德·贝戈夫骑士。”尤兰德回答。

“他重要吗？”

“好像还挺重要的。”

德劳许听到德·贝戈夫的名字，说：“他是骑士团的大恩人杰尔特里骑士的亲戚，生下来就献身给骑士团。”

“是的。”德鲁戈拉斯的骑士说，一面把他的话翻译给在场的人听，“德·贝戈夫在骑士团里地位很高。”

“难怪丹菲尔德坚决要求释放他。如果这样他们就会放丹露霞回来？”王公说。

“不过最好要知道她在哪里。”德鲁戈拉斯的骑士回答道。

“她在哪里？”尤兰德有气无力地说，“他们一定不会把她放在边境上，因为怕我把她抢回来。他们准是把她送到一个偏远的地方，或是送到海边去了。”

兹贝什科说道：“我一定要找到她，救她出来。”

王公闷在肚里的怒火现在突然发作了："这些歹徒竟然从我的宫里把她劫去，丢尽了我的脸。只要我活着一天，就不会饶恕这件事！我已经受够了他们背信弃义的行为！受够了他们的袭击！现在大团长必须惩罚他的这些骑士们，把这姑娘送回来，派使者来向我道歉，否则，我一定要下战书了！"

说到这里，他用拳头击了一下桌子，又说：

"普洛茨克的骑士们会帮助我的，还有威托特和亚该老国王的军队！十字军骑士放肆得够了！我已经受够了！"

大家都默不作声，直到他的怒火平息下去。王妃看见王公对丹露霞的事这样认真，感到高兴。她知道他已经忍了很久，不过，他也很倔强，一旦要做什么事，就非达到目的不可，绝不会半途而废。

这时，维雄涅克神甫起身说道："骑士团曾经有一条规矩，不经神甫会和大团长许可，任何骑士对于任何事皆不得自作主张。但是他们既不懂得服从、真理、诚实，也不懂得信仰，而且互相勾结，为非作恶。如果我们去向大团长提出控诉，他们一定否认。大团长会命令他们把那姑娘归还，但是他们会说姑娘不在他们那里。虽然大团长会命令他们起誓，而他们也会照做。那时候，我们又该怎么办呢？"

"怎么办？"德鲁戈拉斯的骑士接上说，"还是让尤兰德到斯佩霍夫一趟，要是十字军骑士劫了她，确实是为了索取赎金，或者为了交换德·贝戈夫，他们自然会告诉尤兰德。"

尤兰德挪开了掩住脸的双手，问道："他们中哪些人到过猎场？"

"有丹菲尔德，还有两个修士：戈德菲列德和罗特吉爱。"神甫回答道。

"他们提出控诉，希望你释放德·贝戈夫。但是王公听见德福契说，是德意志人先攻击您，就斥责了他们，他们很不高兴地走了。"

"你到斯佩霍夫一趟吧，"王公说，"因为他们会到那里找你。他们会把你的女儿送来交换德·贝戈夫的，但我肯定是不会放过他们的，因为他们从我的宫廷中劫走了她，就是侮辱我。"

王公说到这里，禁不住又发起怒来，因为那些人已经完全使他忍无可忍。过了一会儿，他又说道：

"嗨！他们一而再，再而三地玩火，到头来一定会把自己烧死的。"

“这事情他们会否认的。”维雄涅克神甫又说了一次。

“只要他们一通知尤兰德，说那姑娘在他们那里，那么他们就赖也赖不掉。” 尤兰德以一种奇异而可怕的音调说道：“丹菲尔德、戈德菲列德和罗特吉爱。”

王妃又转向尤兰德说些安慰话。

“您身体怎样？”她问道。

他没有马上回答，好像没有听到这句问话似的，隔了一会儿才突然说道：“好像有人打了我的旧伤口。”

“但是您得相信上帝的慈悲。等您把德·贝戈夫放回去，丹露霞就会回来了。”

王妃犹豫要不要现在就提那件婚事，但考虑了一会儿之后，觉得尤兰德遭此不幸，不应当再给他增添忧烦，因此她宁愿谈些别的事情。

“别怪我们，”她说，“那天有人穿了您那里的制服，带来一封盖有您的印记的书信，说您病了，您的眼睛快要瞎了，想要看看您的女儿。我们怎能反对、怎能不听从她亲生父亲的吩咐呢？”

尤兰德抱住了她的脚。“我不怪任何人，仁慈的王妃！”

“您还得相信，上帝会把她还给您的，因为主在保佑着她。主会搭救她的，像上次打猎的时候一样搭救她。那一次，一头凶猛的野牛向我们冲过来，幸亏兹贝什科保卫了我们。他几乎送掉了自己的性命，事后还病了很久，但他救了丹露霞和我，因此王公赐给了他骑士腰带和一对踢马刺。您瞧！天主在保护她。当然，这孩子也实在是可怜！我自己也非常伤心。我本来以为她会同您一起来的，但现在……”她的声音发抖，泪珠夺眶而出。尤兰德抑制已久的悲痛也一下发作了，像一场暴风雨似的来得又突然又可怕。他一把揪住自己的长头发，把头向墙壁撞去，反复哀号着：“耶稣！耶稣！耶稣！”

兹贝什科跳到他身边，使尽全身气力，摇着他的肩膀，叫喊道：“我们非去不可！到斯佩霍夫！”

第二十八章 坦 白

情节简介

在前往斯佩霍夫的路上，兹贝什科将他与丹露霞的婚事告诉了老骑士，尤兰德沉默了许久后，终于答应了。因为他看到这个小伙子为女儿所做的一切，为他所做的一切，最重要的是他们的身体中都流淌着同样的灾难和仇恨的血液。到斯佩霍夫后，骑士团派来的信使们提出了什么要求？尤兰德会答应吗？

“这是谁的侍卫？”走过了拉强诺夫，尤兰德突然问道。

“是我的。”兹贝什科回答。

“我的手下人都死了吗？”

“我看见他们都死在涅兹鲍士了。”

“我的老战友都完了吗？”

兹贝什科没有回答，一时间竟沉默了许久。

他们要尽快赶到斯佩霍夫去，希望在那里遇见十字军骑士的信使。幸运的是，又结冰了，大路被冻得很坚实，所以他们能够走得很快。

黄昏时分，兹贝什科想起了一个人，那就是从丹菲尔德那边带来药膏的妇人。因此他就向那个捷克人和山德鲁斯问起她，但是他们都不清楚她去了哪里。不过在他们的印象中那妇人似乎同那些带走丹露霞的人一起走了，也许是在他们走了不久以后就走了。兹贝什科现在才意识到，她也许就是故意派来给那伙人通风报信的——只要她看见尤兰德来了，就会及时通知他们一声……他越想越觉得十字军骑士是多么无耻，于是心中的仇恨逐渐聚集成战斗的力量。

突然尤兰德说：

“我宁愿冻死在涅兹鲍士那边！是你把我挖出来的吗？”

“是我和别人一起把你掘出来的。”

“在那次狩猎中，也是你救了我的孩子吗？”

“我能不救吗？”

“现在，你也会帮助我吗？”

这时兹贝什科心中同时涌起了对于丹露霞的深爱和对那些无赖的痛恨，立即在马鞍上站了起来，咬牙切齿，费了好大气力才说出这几句话：

“听我说，即使让我用我的牙齿去啃普鲁士的城堡，我也一定要去啃，非把她救出来不可。”

接着，出现了片刻的寂静。

尤兰德好复仇的天性，似乎在兹贝什科这些话的影响下，全部被激发起来了，因为他在黑暗中开始咬牙切齿，过了一会儿又说起这些名字来：丹菲尔德、罗特吉爱和戈德菲列德！他心里想，如果他们要他释放德·贝戈夫，他可以释放，如果他们要索取一笔额外的款项，他也会给，即使要斯佩霍夫来作为代价，那也行。可是那些动手冒犯他女儿的家伙，他终究要叫他们付出惨重的代价！

这两个骑士整夜都没有合过眼。尤兰德终于被兹贝什科脸上那种痛苦和不共戴天的仇恨所打动了，因此他说：“她救了你，把你从死神手中抢了过来——这个我知道。但是你也爱她吗？”

兹贝什科以一种严肃的神情直望着他的眼睛，回答道：“她是我的妻子。”

尤兰德听了这话，勒住了马，望着兹贝什科，惊讶地眨巴着眼睛。

“你说什么？”他问道。

“我说她是我的妻子，我是她的丈夫。”

尤兰德用袖子擦擦眼睛，仿佛突然被雷击得一下两眼昏花了，过了好一会儿，他一句话也没有回答，默默地继续赶路。

但是骑在他后面的兹贝什科却沉不住气，他心里说：“我倒宁愿他大发雷霆，而不要他这样难受。”

因此他策马赶上了他，用自己的马镫轻轻地碰了一下尤兰德的马镫，讲道：“听一听事情的经过吧。您知道丹露霞在克拉科夫救了我，但是您不知他们要把雅金卡，兹戈热利策的齐赫的女儿许配给我。我的叔叔马奇科很赞成这件婚事，她的父亲齐赫也赞成。我们的一个亲戚，是个修道院院长，是个有钱人，他也赞成。雅金卡是个诚实的姑娘，也是一个美丽的女子，还有一笔可观的嫁妆。然而我不能娶她。我觉得对不起雅金卡，但是娶了她就更对不起丹露霞——于是就动身到马佐夫舍来找丹露霞。我坦白告诉您，没有丹露霞，我也活不下去了。您想一想您自己在恋爱的时候怎么样，想一想！那您就不会觉得奇怪了。”

兹贝什科说到这里，突然住口了，想等尤兰德说一句话，可是尤兰德依然默默无语，他就继续说道：

“在森林里打猎的时候，一头野牛猛冲过来，上帝赐给我这个机会救出了王妃和丹露霞。王妃当时就说：‘现在尤兰德不会再反对了，因为他怎么能不报答这样的一件功劳呢？’不过即使在那个时候，我也不愿意没得到您的同意就娶她。而且我那时身体很弱……后来，您知道的，那些人来接丹露霞了，说是接她到斯佩霍夫去，我当时还不能下床。我认为从此再也见不到她了。我认为您会把她带到斯佩霍夫去嫁给别人，因为您在克拉科夫拒绝了我……”

兹贝什科一时之间几乎泣不成声，但他还是控制住了自己，接着说道：

“那天晚上，那批人来接她，马上就要带她走，但是王妃命令他们等到第二天走，就在那时候，我去恳求王妃，请她做主把丹露霞许配给我。我当时认为，即使我死了，至少也得到了一份安慰。请您想一想，这姑娘马上就得走，而我却病得快要死了，哪里还来得及请求您的许可呢。当时王公已经离开猎场，最后还是王妃做了主，由维雄涅克神甫主持了婚礼。这是上帝赐予的！”

但是尤兰德阴郁地插嘴道：“也是上帝的惩罚！”

“为什么会是惩罚？”兹贝什科问道。

尤兰德又不做声了，阴郁地骑着马向前走，脸像石头似的毫无表情，这使得兹贝什科终于害怕起来了。虽然兹贝什科说出了一件在心里藏了好久的事，可现在却越来越觉得害怕，紧接着又是一阵绝望，这是他从未有过的一种绝望，但没一会就在心中又积满了愤怒。

这时候他们来到了一个十字路口，这里有一家叫做“萤火虫”的客店，尤兰德每次从王公那里回来路过这里，总会让他的人马在这里歇息一下。

两人来到一间房里。尤兰德突然在这年轻的骑士面前站定，盯着他问道："你是为了她到这里来的吗？"

对方几乎是生硬地回嘴道：

"您以为我会否认吗？"兹贝什科直瞪瞪地望着尤兰德的眼睛，但是这位老战士的脸上却没有一丝怒意，几乎只有无限的忧愁。

"你救过我的孩子吗？"过了一会，他问道，"还把我从雪堆下面挖了出来吗？"

兹贝什科惊奇而恐惧地望着他，怕他神志不清，因为这些问题尤兰德早就问过了。

"请坐下来。"他说，"我觉得您身体还很弱。"

但尤兰德却举起双手，按在兹贝什科的肩上，突然用尽全力把他拉向自己的胸口。兹贝什科刹那间紧紧地抱住他的腰，两人拥抱了好久，因为共同的仇恨和灾难使他们团结在一起了。

他们松开手之后，兹贝什科又拥抱着老骑士的双膝，热泪盈眶地亲吻他的双手。

"您不会再反对了吧？"他问。

尤兰德答道："我以前是反对的，因为我心里早就把她献给上帝了。"

"您把她献给上帝，上帝却给了我。这也是主的意志！"

"主的意志！"尤兰德重说了一遍，"但是现在我们也需要主的慈悲。"

"上帝如果不帮助一个寻找女儿的父亲，不帮助一个寻找妻子的丈夫，还帮助谁呢？他一定不会帮助强盗的。"

"但他们终究把她劫走了啊！"尤兰德回答。

"那您就把德·贝戈夫还给他们吧。"

"不论他们要什么，我全部照给。"

但是一想到十字军骑士，旧恨又涌上心头，像火焰似的燃烧着他的心，过了一会儿，他咬紧牙根又加上一句：

"我还要给他们加上一点他们不想要的东西。"

"我也发过誓要消灭他们，"兹贝什科回答，"现在我们必须尽快赶到斯佩霍夫。"

于是他去催促侍从们尽快给马匹上鞍。马吃过燕麦，下人们在屋子里暖和了一下之后，大家就动身了。兹贝什科向老骑士谈起了他的马奇科叔叔，只可惜他不在场，否则他的勇气和计谋都用得着，特别是对付这样的敌人，计谋比勇气更加重要。然后他转向尤兰德问道：

“您也有谋略吗？我在这方面不行。”

“我也不行，”尤兰德接上去说，“我从来不用诡计同他们斗，我就用这只手和剩下的这点力气同他们拼。”

“我懂的，”年轻的骑士说。“我懂的。我和您一样爱丹露霞，但他们却劫走了她。只是，万一……”

一想到这里，他就觉得自己的心已不是一颗人心，而是一颗狼心。

“要是他们有任何理由来向我报复——我没有话说！但是仁慈的上帝啊！他们可没有任何理由！我在战场上同他们打仗，是王公派遣我出使到威托特那里去的，但在这里，我却像对待邻居那样对待他们。我总是以骑士的礼节款待他们。而十字军骑士却常常越过沼泽来攻击我。那时候我并不难为他们，他们对付我的那些办法，即使今天我对付我最大的仇敌，也不会采取的……”

可怕的回忆愈来愈猛烈地撕扯着他的心，他的声音中断了，过了一会儿，才好像呻吟似的继续说道：“我只有一个最心爱的人，我把她当作我的心肝宝贝，可他们却把她像一条狗似的绑在绳子上劫走了，她就死在那里……现在又发生了这种事……我的女儿……耶稣啊！耶稣啊！”

接着又是一片沉默。兹贝什科抬起脸望着月亮，脸上带着迷惑不解的神情，然后又向尤兰德问道：

“岳父！他们为什么要对所有的民族犯下这么多罪行呢？”

尤兰德摊开双手，绝望地回答说：“我不知道……”

兹贝什科对他自己提出的问题沉思了一会，可是他的思想立即又转到尤兰德身上了。

“人们说您向他们报仇报得很凶。”他说。

尤兰德控制住极度的悲痛，镇静了一下，说道：

“我发过誓要消灭他们……我也向上帝发过誓，如果上帝助我报仇雪耻，我就把我唯一的孩子献给上帝。这就是我反对你们婚事的原因。但现在我不知道这是上帝的意志呢，还是你们结婚引起了上帝的愤怒？”

“不，”兹贝什科说，“我刚才告诉过您，即使婚礼不举行，这些恶棍也会把她劫走的。不管怎样，我要为丹露霞报仇，要是劫夺您亡妻的那伙人还有活着的，那就把他们交给我，我来对付他们！”

尤兰德摇摇头说：“不。”他悲伤地回答，“那伙人里面没有一个活着了。”

一时间，只听见马匹的鼻息声和马蹄踏在路面上发出的轻微响声。

“有一天夜里，”尤兰德继续说，“我听见一个声音，好像是从墙上发出来的，向我说：‘仇报够了！’但是，我没有听从，因为这不是我的亡妻的声音。”

“那是谁的声音呢？”兹贝什科焦急地问道。

“我不知道。在斯佩霍夫，墙壁里常常会有说话声，有时候是一阵呻吟，因为有许多十字军骑士死在那里的地牢里。那里面的俘虏中，德·贝戈夫将是第一个活着出去的人。”

谈话停止了，因为他们现在从宽阔的大道转向了一条小道，这条路十分难走，路面上积满了厚厚的白雪。

“我们快到斯佩霍夫了吗？”兹贝什科问。

“是的，”尤兰德回答，“可是还有一大片森林，然后是一片泥沼地，沼泽地的中央就是城堡，不过要进城堡一定得走堤坝。德意志人一直要俘虏我，但是他们的尸骨都腐烂在沼泽地里了。”

“这地方是很难找到的，”兹贝什科说，“如果骑士团那边派人送信来，他们怎么找得到我们呢？”

“他们已经派人来过好几次了，他们有认得路的人。”

“但愿我们能在斯佩霍夫遇见他们。”兹贝什科说。

没想到这个愿望一下子就实现了，比这年轻骑士所想的还要快，因为他们出了森林，走上开阔的田野，就看见前面有两个骑马的人和一辆低低的雪橇，雪橇里坐着三个人。

夜空明亮，因此那片白雪衬着这群人，显得格外明显。尤兰德和兹贝什科一看见这群人，心就跳得更快了，因为除了他们派来的信使，没有人会在这半夜三更骑马到斯佩霍夫来。

那两个骑马的人显然是保护雪橇的，他们转过身，一面从肩上卸下弓箭，喊道：

“那边是谁？”

尤兰德低声向兹贝什科说：“那是些德意志人！”

接着兹贝什科就高声对那批人说：

“应该由我查问你们，你们只有回答的分！你们是什么人？”

“过路人。”

“什么样的过路人？”

“朝圣的人。”

“从哪里来？”

“从息特诺来。”

“正是他们！”尤兰德又低声说。

这时斯佩霍夫的卫队也出现在他们面前，他们日夜看守着通往城堡的堤坝。他们骑的都是高头大马，还带着像狼一样凶猛的狗。

侍卫们一认出尤兰德，就发出惊奇的欢呼声，他们没想到主人回来得这么快。但是尤兰德全神贯注在那些信使身上，于是转向他们：

“你们上哪里去？”他问。

“到斯佩霍夫。”

“你们到那里去干什么？”

“我们只能告诉尤兰德骑士。”

尤兰德正想说“我就是”，但他还是忍住了，因为他觉得不能当着别人的面和外人谈话。

于是他问他们有没有带什么信件来，对方回答说，他们只是奉命来送口信的，尤兰德便下令策马前奔。兹贝什科也同样急于听到丹露霞的消息，于是紧随其后。

除掉驾车人和两个骑马的人之外，从息特诺派来的只有两个使节：一个就是曾经送治伤药膏的那个妇人，另一个是一个年轻的旁特尼克。

回到城堡后，尤兰德马上把这两人领进拐角的房间里，站在他们面前问道：

“我的女儿在哪里？”

那两个人站在那里，面对着这个满面杀气的人，被吓住了。虽然那个旁特尼克天生一副恶相，此时却像秋天的树叶一样瑟瑟发抖，那妇人的两条腿也在发抖。

"阁下，"她终于说了，"我们不知道您问的是什么事。但我们的团长是为了重要的事派我们来的。而且来之前清清楚楚地命令我们，谈话时不能有旁人在场。"

"这几个人用不着回避！"尤兰德愤怒地说。

"如果一定非这样不可，就让你们单独谈吧。"于是兹贝什科和卡列勃神甫一起出去了。

"阁下，"赫拉瓦迎着兹贝什科走了过来说，"她就是那个妇人！"

"哪个妇人？"

"就是从十字军骑士那里带油膏来的那个妇人。我一下就认出了她，山德鲁斯也认出来了。她一定知道小姐现在在哪里。"

"我们等会儿就可以知道。"兹贝什科说。

"你们也认识那个旁特尼克吗？"

"不认识，"山德鲁斯回答，"但是，阁下，可别买他的免罪符呀，因为他一定是冒牌的。"

"如果您在他身上用刑，就可以获得许多消息。"赫拉瓦提议说。

"等着吧！"兹贝什科说。

当兹贝什科和卡列勃神甫刚走出房间，骑士团的"修女"就急忙走到尤兰德跟前，低声说道：

"您的女儿被强盗抢走了。"

"是斗篷上有十字的强盗吗？"

"不是。愿上帝赐福于那些虔诚的修士们，多亏他们搭救了您的女儿，现在她正待在他们那里。"

"我问你们，她在哪里？"

"由虔诚的晓姆贝修士在照料着她，"她回答，一面在胸口叉起双手，深深一鞠躬。

但是尤兰德一听见这个名字，面色立即发白。过了一会儿，他坐在一张凳子上，闭住双眼，擦着额上大颗大颗的冷汗。

旁特尼克虽然到现在还抑制不住恐惧，可他一看见这情况，就把双手叉在腰上，懒洋洋地靠在凳子上，伸出了双腿，用一双充满骄傲和嘲讽的眼睛看着尤兰德。

这妇人又说道："放心吧，绝对不会伤害小姐的。"

"我怎样才能把她弄回来呢?"尤兰德问道。

"您要向骑士团投降!"旁特尼克傲慢地说。

尤兰德一听这话，猛地站了起来，走到这德意志人跟前，俯身向着他，用一种聚精会神而且可怕的口气说：

"住嘴!"

旁特尼克又吓得魂飞魄散了，默不作声地睁着两眼，直望着尤兰德，仿佛被吓得发呆了，一动不动地坐在那里。

尤兰德又转向骑士团的"修女"，问道：

"你带了信来吗?"

"没有，阁下。我们带口信来的。"

"那么说吧!"

于是她又把说过的话重说了一遍，仿佛希望尤兰德能把这些话深深地铭刻在他的脑子里：

"晓姆贝修士和玛克威修士在看守小姐。因此您阁下，请不要生气……她不会受害的，因为多年来您虽然迫害了骑士团，可是只要您答应他们的公平要求，他们会对您以德报怨的。"

"他们有什么要求呢?"

"他们希望您释放德·贝戈夫骑士。"

尤兰德沉重地吁了一口气。

"我一定把他还给他们。"他说。

"还得释放被您关在斯佩霍夫的其他人。"

"我这里有梅恩格和德·贝戈夫的两个侍从，此外就是他们的仆役。"

"您必须释放他们，阁下，并且赔偿囚禁期间的损失。"

"我绝不为我的孩子同你们讲价钱。"

"虔诚的修士们早就料到您会这样做，"这妇人说，"但我还没有说完要说的话。劫走您女儿的毫无疑问的是强盗，一定是为了要勒索一大笔赎金。修士们却把她夺了回来，现在他们也没有别的要求，只要求交还他们的侍从和朋友。”

“确实是匪徒们劫走了我的女儿，我不得不从匪徒手里去把她赎回来。”尤兰德说。

“您必须坚持这种说法，对任何人都不能改口，只要有一个人把一份控诉书送到大团长那里，对问题的解决都会产生很大的困难。”

尤兰德的脸上流露出非常不安的神情。不过他决定要从这骑士团的“修女”口中多探听出一些消息来。

“十字军骑士要保守秘密，”他说，“但是既然要我释放德·贝戈夫等人来交换我的孩子，秘密又怎么保守得住呢？”

“那您就说，您为了拿一大笔赎金付给强盗，就收了德·贝戈夫的赎金。”

“别人都不会相信我会收赎金，因为我从来不会这样做。”

“您可以讲，和我一起来的这位朝圣者给您带来了一大笔赎金，总之我们马上要同高贵的德·贝戈夫骑士和其余的俘虏们一起离开此地。”修女说道。

“这怎么行？”尤兰德紧锁眉头说，“你们以为我会在你们交还我的孩子之前就释放这些囚犯吗？”

“阁下，您还可以用其他方式来处理这件事。您可以亲自到息特诺去接您的女儿，修士们会把她带到那里交给您。”

“要我到息特诺去？”

“万一匪徒又在路上把她劫走，到时候你们又赖在我们身上了。因此您最好亲自去接她。”

“谁能保证我安全回来呢？”

“修士们的美德、正义和虔诚就够作保证了！”

尤兰德在房间里踱来踱去。他开始怀疑与担心十字军骑士会背信弃义。但他同时又觉得十字军骑士现在可以把任意的条件强加于他，因为他在他们面前已是无能为力了。

然而他立即想出了一个主意，便突然在旁特尼克面前站定下来，目光尖利地注视着他，又转向“修女”说道：

“好吧，我就上息特诺去一趟。你和他留在这里等我回来，然后你们再同德·贝戈夫和囚犯们一起走。”

“阁下，您既然不相信修道士，”旁特尼克说：“他们又怎么能相信您回来以后会放走我们和德·贝戈夫呢？”

尤兰德气得脸色发青，这真是千钧一发的时刻，他恨不得把他摔在地上。但他还是压住了这股怒火，深深吁了一口气，缓慢地加重语气说：

“不管你们是谁，可别逼得我忍无可忍！”

“骑士，”修女说，“我们相信凭您骑士的荣誉所说的话。但是修士们说：‘您必须让德·贝戈夫和其他俘虏们先到息特诺，并且不能向任何人泄露消息。’”

尤兰德听了这话，双肩耸了起来，手指伸得像鹰爪一样。最后，他站在那妇人面前，俯下身子，凑到她耳朵上说道：

“他们难道没有告诉你们，我会在这里把你们和德·贝戈夫放在车轮下碾死吗？”

“反正您的女儿在修士们手里，由晓姆贝和玛克威照管着。”“修女”意味深长地回答道。

“强盗，毒蛇，刽子手！”尤兰德破口大骂了。

“但是您要明白，您虽然在十字军骑士团的掌握之中，但他们并不愿意加害于您，息特诺的分团长让我们告诉您，他会让您自由自在地走出他的城堡，他们会使您和您的女儿安全地回到斯佩霍夫的。但是您必须亲自向他们道歉，因为您一直糟蹋他们。”

接着是一阵死寂。只听得屋梁上某个地方好像恐怖地回荡着：“玛克威……晓姆贝。”

旁特尼克和骑士团的修女，一会儿彼此交递眼色，一会儿又望望尤兰德。现在他脑子里只有一个想法：如果他不照着十字军骑士的要求去做，他们就会要他女儿的命；如果他照做，也许到头来既救不了丹露霞，也救不了他自己。他好像已经看见一个十字军骑士的铁手正勒住丹露霞的脖子。他非常了解这些十字军骑士，他毫不怀疑地认为，他们一定会害死她，到那时候谁能证明是他们把她劫去的？老骑士陷入了沉思。

那两个信使等了好久，也厌倦了，骑士团的“修女”站起身来说道：

“天快要亮了，阁下，请允许我们去睡吧，我们需要休息一下了。”

“长途跋涉之后还得吃些东西呢。”旁特尼克加上了一句。于是两人向尤兰德鞠了一躬，就出去了。

他依然一动不动地坐在那里，好像睡着了，又好像死了。

这时候门突然开了，兹贝什科走了进来，后面还跟着卡列勃神甫。

“那两个信使是什么人？他们有什么要求？”年轻的骑士一面问，一面走到尤兰德跟前。

尤兰德打了个寒战，没有马上回答，只是像个从酣睡中刚刚醒过来的人一样眨巴着眼睛。

“阁下，您没有什么不舒服吧？”卡列勃神甫问。他深知尤兰德的脾气，一眼就看出他有了重大的心事。

“没有什么！”尤兰德答道。

“丹露霞呢？”兹贝什科又问道：“她在哪里，他们跟您说些什么来着？”

“他们带来些什么？”

“赎金。”尤兰德慢吞吞地答道。

“德·贝戈夫的赎金吗？”

“赎德·贝戈夫的……”

“怎么赎德·贝戈夫，为什么？您怎么啦？”

“没什么。”

两个人突然害怕起来，尤其是听到尤兰德只谈到赎金，而不提起拿德·贝戈夫交换丹露霞。

“仁慈的上帝！”兹贝什科喊道，“丹露霞在哪里？”

“她并不是在十字军骑士那里，不在！”突然他从凳子上跌在地上，好像死了一般。

第二十九章 深入“狼窝”

情节简介

尤兰德骑士决定一个人承受这份压力,他没有告诉任何人便独自动身前去营救女儿,他知道也许这一去就不会回来,但是为了救出心爱的女儿,他不惜放弃自己的生命,甚至对他来说更为重要的尊严和荣誉,在骑士团的城堡下,老人站了很久,他受尽了十字军的侮辱和嘲讽……

第二天中午,两个信使见了尤兰德,不久他们就带着德·贝戈夫、两个侍从和其余一批俘虏骑马走了。尤兰德随即召来了卡列勃神甫,口授了一封给王公的信,说丹露霞不是被十字军骑士劫走的,而是被强盗劫走了,他会在几天之内就把她找回来。他把这话又向兹贝什科说了一遍,但是兹贝什科万分不安,甚至到了要发狂的地步。

这位老骑士不肯回答他提出的任何问题,只是叫他耐心等着。

“不要为了救丹露霞而采取任何行动,因为没有这个必要。”

黄昏时分,尤兰德又和卡列勃神甫一起待在密室里,让神甫给他写遗嘱。接着,他做了忏悔、受过圣礼之后,召来了兹贝什科和沉默寡言的托里马老头——在所有的远征和战斗中,托里马老头一直追随着他,和平时期他就在斯佩霍夫管理家务。

“这一位,”他提高嗓门,转向老战士说,好像跟一个耳朵不大灵敏的人说话似的,“这是我的女婿,他同我女儿在王公的宫殿中结了婚,并得到了我的同意。因此我死之后,斯佩霍夫的城堡、土地、树林、河流、百姓都归他管辖,归他所有。”

托里马听了这话非常吃惊,把他那硕大的头颅一会儿转向尤兰德,一会儿转向兹贝什科。可是他没有说什么,因为他向来就不大说话。他只是向兹贝什科行了礼，轻轻地抱了抱他的双膝。尤兰德接着说：

“这是卡列勃神甫代我写的遗嘱，下面是我的火漆印记。将来你必须证明，这些话是我亲自讲的，你要证明我曾命令你们必须服从这位年轻的骑士，像服从我一样。还有，库藏的战利品和金钱，都要拿给他。无论在平时或战时，你要为他忠诚效劳，到死为止，听见了没有？”

托里马把双手举到耳边，点了点头，于是尤兰德作了个手势，鞠了一躬，出去了。

兹贝什科追问道：

“您为什么现在就把斯佩霍夫给我呢？”

“我的女儿已给了你了，何况斯佩霍夫。”

“我们还不知道死神到来的时刻哩！”卡列勃神甫说。

“不久以前，大雪埋葬了我，虽然上帝救了我，可是我的精力已经消失无余了……”

“仁慈的上帝！”兹贝什科喊道，“打昨天起，您就谈身后的事，却不谈谈丹露霞的事。仁慈的上帝啊！”

“丹露霞一定会回来的，一定会回来的。”尤兰德回答：“她现在在上帝的保护之下。如果她回来了……记着……带她到博格丹涅茨去。把斯佩霍夫交给托里马照管。他是个忠实的人，到了那里，她就安全了。”

“嗨！”兹贝什科喊道，“您好像已经在另一个世界里说话了。这是怎么回事？”

“因为我已经快要到另一个世界去了，我现在觉得自己不行了。我放心不下我的女儿……因为我只有这一个孩子。而你也要关怀她，虽然我知道你很爱她。”

说到这里，他突然住了口，将一把短剑拔出鞘来，把剑柄递给兹贝什科。

“现在对着这小十字架向我起誓，说你永远不会伤害她，始终如一地爱她。”

兹贝什科的眼睛里突然流出了眼泪。他一下子扑倒在地上，用一个手指按在剑柄上，喊道：

“我决不伤害她，一定始终如一地爱她！”

“阿门。”卡列勃神甫说。

尤兰德伸出双臂抱住他说：

“你也是我的孩子了！”

第二天天一亮，兹贝什科就起身，他担心尤兰德真的病倒了，急于探问一下这位老骑士晚上睡得可好。他在尤兰德的房门口遇见了托里马。

“老爷怎么样？好吗？”他问道。

对方鞠了一个躬，问道：

“阁下有什么吩咐？”

“我是问老爷怎么样了？”兹贝什科提高嗓子又说了一遍。

“老爷已经走了。”

“去哪里？”

“我不知道，他是全副武装走的！”

清晨的阳光刚刚照亮了树林、灌木丛和散布在田野里的大石块，那个走在尤兰德旁边的雇来的向导，停了下来，说道：

“请让我休息一下，骑士，我已经走得上气不接下气了。”

“你领我上了大路就可以回去。”尤兰德回答。

“大路就在树林后面的右方，您上了小山就可以看见城堡了。”

“你知道那骑士在不在城堡里？”尤兰德问。

“他病了，还能到哪里去呢！”

“他生什么病？”

“听说是被一个波兰骑士打了一顿，”向导回答。他的话里显然带着得意的语气。

过了片刻，他又说道：

“嗨！我们的骑士个个身强力壮，却不是波兰骑士的对手。”

不过说完这句话，他立刻向身旁的骑士看了两眼，又说：

“您说的是我们的话，但您不是德意志人吧？”

“不是。”尤兰德回答，“领路吧。”

那个向导站起身来，重新走在马旁。一路上，他常常把手伸进一只小皮包里，摸出一把没有磨过的谷粒，放进嘴里。

“上帝保佑，”他说，“我们在德意志骑士的统治之下，日子太难过了！

他们征收各种苛捐杂税，我们穷得只能吃带壳的干粮。如果他们发现了手工磨坊，就会把这个农民处死，把他家里的什么东西都拿走。呸！他们连女人和孩子们都不放过。”

这个在十字军骑士团统治下的农民一路埋怨，像是在说给自己听，又像是说给尤兰德听。

他们走着走着，没一会就到了一座白雪皑皑的小山顶上，山顶中央有一条人们走惯了的山路。

“就是这条路，”那个农民说，“现在您自己也找得到路了。”

“行了！”尤兰德回答，“你回家吧，汉子。”一面伸手取出一枚银币交给他。那农民从来没有受过任何赏赐，因此他简直不相信自己的眼睛，钱一拿到手，便把头贴在尤兰德的马镫上，双手抱住马鞍。

他喊道，“愿上帝报答您！息特诺就在前面了。”他再一次俯倒在马镫上，然后就走了。

尤兰德独自留在山上，顺着农民所指的方向，望着那片灰色的、潮湿的雾气。雾气后面就是那座城堡，他正在被一种无可奈何的力量和灾难驱向那里去。眼看快到了，要发生的事就要发生了……

但是他这个人不但身体是铁打的，而且意志也是铁打的。他知道怎样叫别人投降，他也知道自己该怎么投降。

“我先别向前走，”他心里说，“一定得先压下这股怒气，否则不但救不出我的女儿，反而会断送她的性命。”

渐渐地，雾气开始消散，他看见了那些城墙，他还是停在原处不动，反而十分真诚地祈祷起来。后来，等他终于策马前进的时候，他感觉到有了一种信心。现在他准备去承受一切可能遭到的痛苦。他心里开始滋长了希望，他想，他们劫走了丹露霞，只不过是为了要逮住自己。如果他们逮住了他，丹露霞对他们还有什么用处呢？而且大团长也许会因为他们囚禁这姑娘而惩罚他们，何况这姑娘还是王公的养女，现在大团长还正在讨好王公呢。

他的希望不断增长，他想丹露霞会回到斯佩霍夫，兹贝什科会保护好她的。他又想凡是我该经历的事，我都经历过了。凡是我该报仇的人，我都报过仇了。现在又怎样呢？留在人世，不如去见上帝。兹贝什科和丹露霞都是善良的孩子，但愿上帝赐福于他们！

快到城堡的时候，他停了下来，吹起了号角。他吹了第二遍，第三遍，又等了一会。城墙上还是一个人影也没有，也听不见城门里面有什么声音。过了一会，城门边的窗洞内出现了一个德意志人的脑袋。

“请问你是？”一个刺耳的声音问道。

“斯佩霍夫的尤兰德！”骑士回答。

窗户立刻关了起来，接着又是一片寂静。

时光流逝，却毫无动静。尤兰德又站了很久，后来他举起号角再吹一了遍。但仍然什么声音也没有。

现在他明白了，这些德意志人是故意让他等的。他也猜到，或许就得这样等下去，等到晚上为止，甚至还要等得更久，老骑士的心中不免一阵怒气，但最终还是压了下去。

“我不是为了我亲生女儿而来牺牲自己的吗？”他心里说。

于是他继续等下去。

到了正午，少数站岗的人在城墙上吃饭，吃过以后就拿肉骨头扔向这饥饿的骑士，作为消遣。

冬天短暂的白昼逐渐接近黄昏了，可是城门一直紧闭着。

黄昏时分，刮起了一阵风，吹散了薄雾，映出了落日的余晖。雪变成了深蓝色，接着又变成紫罗兰色。没有结冰。

“他们不到晚上是不会开门了。”尤兰德想。

突然他真想回到城里去，于是自言自语道：“如果我要回去，他们一定不会让我回家，而只会包围我，把我抓走，到时候他们又会有理由了……”

外国史学家一向十分称颂波兰骑士忍耐饥饿和寒冷的伟大毅力，尤兰德比别人有更大的毅力。虽然饥饿早就在折磨着他，寒冷已经使他快僵硬了，他还是决定等下去，哪怕死在那城门口也要坚持下去。突然他听见雪地里响起了脚步声。他抬头一看，六个拿着矛的人从城里向他这边走来，其中一个还握着剑。

他就拿起那把挂在马鞍上的钢斧，向着他们策马过去。

可是这些仆人从没想过攻击他。相反，他们把武器都插在雪地里，但手却发着抖。

那个握剑的人看来是他们的上司，他迅速伸出左臂，把手向上一挥，说：

“您就是斯佩霍夫的尤兰德骑士吗？”

“正是。”

“您要听听我带来的口信吗？”

“我听着。”

“伟大而虔诚的丹菲尔德骑士让我转告您，您必须下马，才能开城门。”

尤兰德仍旧不动，过了一会儿，他才下了马，马立即被一个弓箭手牵走了。

“武器必须交给我们。”那个握剑的人又说。

尤兰德迟疑了一下，他知道这些人会怎么做。沉思了很久后，他扔下了斧头，接着是宝剑，弓箭手们把斧子拿走以后，傲慢地大声嚷道：

“为了你过去对骑士团犯下的种种过错，你必须根据分团长的命令，穿上我放在这里的这件麻衣，把你的剑鞘用一根绳子系在你的脖子上，恭恭敬敬地在这里等，等到分团长施恩于你，下令开门为止。”

于是尤兰德孤单单地一个人留在黑暗和寂静中。那麻衣和绳索放在他面前的雪地里，他却始终站在那里，觉得自己不再是斯佩霍夫的尤兰德，而是一个乞丐，一个没有名字、没有声誉、没有威望的奴隶了。

因此过了很久，他才走到那件麻衣跟前，说道：

“我怎么能不照办呢？基督啊，您知道，如果我不遵照他们的命令，他们就会杀害我那无辜的孩子。”

于是他弯下身来，穿上那件麻衣然后把剑鞘系在自己的脖子上，拖着沉重的脚步，向着城门走去。

城门还没有开，但是现在城门早开晚开，对他说来，都无所谓了。城堡沉浸在夜晚的寂静中，只有守护城门的侍卫们发出的欢呼声。城门旁的塔楼中，最高的一层上透出了光，其余都是黑暗的。

夜晚的时辰一个接着一个飞逝，天空中出现了一弯新月，月光投射在城堡的城墙上。安静中，尤兰德连自己的心跳声都听得到。但他全身僵硬，几乎完全成了一块化石，但他已经什么都不在乎了，他只有一个念头：

他已经不是一名骑士，不是斯佩霍夫的尤兰德了，至于他究竟是什么人，他自己也不知道。他突然打了个寒战。

“哦，仁慈的基督啊！那是什么呀?”他想。

从附近塔楼的高窗上，传出一阵隐约的歌声。尤兰德到息特诺来的一路上，都断定丹露霞不在城堡里的，然而深夜的歌声却顿时使他心里一震。他觉得他熟悉那声音，于是他跪倒在地上，把双手合十，祷告着，颤抖着，倾听着。

就在这时，一个稚气未脱的、愁思绵绵的声音唱起来了：

如果我有一双
雏鹅的小巧的双翅，
我一定要展翅飞翔
到西里西亚把雅谢克探望。

尤兰德想要回答，想要喊出那亲爱的名字来，但他的话却哽在喉头了，他胸中突然激起一阵悲痛、辛酸、渴望、苦难的情绪。于是他把脸扑在雪里，轻声说道：

“哦，耶稣啊！我又听到我孩子的声音了！哦，耶稣啊！”

他哭泣得使他魁梧的身体都颤动了。塔楼上，那无限忧愁的声音却继续缭绕在宁静的夜空中：

我一定要飞到西里西亚
坐在篱笆上轻轻地对他说：
“亲爱的雅谢克，你看看我，
听听可怜的孤儿为你唱歌。”

第二天早晨，一个肥胖的、满脸胡子的德意志人出来踢着这个躺在城门前的骑士的腰部。

“站起来，狗东西！城门开了，分团长命令你去见他。”

尤兰德仿佛从沉睡中醒来。他没有扼住那人的咽喉，没有用他那双钢铁似的手扼死他，他的脸容平静而谦卑。他站了起来，一句话也不说，跟着那士兵走进城门。

他刚一走进去，大门就沉重地关起来。

下 册

第一章 屠 杀

情节简介

尤兰德走进了“恶魔”的城堡，满怀希望的他为了救出女儿受尽了十字军骑士的侮辱，但他却一反常态地忍住了心中的愤怒。甚至当分团长准备将丹露霞带给他看的时候，老人还表达出由衷的感激之情。当尤兰德发现所谓的“丹露霞”并不是自己的女儿时，积在老骑士心中的痛苦、愤怒、仇恨的种子瞬间化作了战斗的力量，一场大屠杀由此展开……

尤兰德一走进城堡的院子，领他进门的那个仆人就向马房走去了。士兵们三五成群地站在栅栏旁边，带着嘲讽的神色望着他。有几个士兵用手指着他，纵声大笑，还有些人向他扔雪球。

很明显，没有人给他带路，但是他发现了一道特别大的门，门上有一尊基督石像，他便走了进去，心想如果丹菲尔德和修士们在城堡的另一头或者其他房间的话，那一定会有人领他去。

果然尤兰德一走近那道门，两扇门就突然打开了，门前站着一个青年，头发剃得像个僧侣，却穿着世俗的衣服，年轻人向他问道：

“您就是斯佩霍夫的尤兰德骑士吗?”

“我是。”

“我们分团长命令我来领您去，跟我来。”

于是年轻人领他穿过一个拱形的门厅，向楼梯走去。可是到了楼梯旁边，那人站住了，瞥了尤兰德一眼，又问道：

"您身上没带武器吧？我奉分团长的命令搜查下您。"

尤兰德举起双手，一面回答道：

"我所有的东西昨天都交了。"

他仔细地看了看这个向导，发现他的脸上流露出一种同情的神色，便说道：

"您的眼睛里有一股正直的神气，年轻人！您能诚恳地回答我几句话吗？"

"快说吧，骑士！"向导说。

"他们会把我女儿还给我吗？"

这青年诧异地扬了一下眉毛。

"您的女儿在这里吗？"

"是的，我的女儿。"

"就是城门边塔楼里那位小姐吗？"

"是的。他们答应过，如果我向他们投降，他们就放了她。"

向导摇摇手，脸上流露出惶惑的神情。

尤兰德又问道：

"听说晓姆贝和玛克威在看守着她，是吗？"

"他们都不在城堡里。骑士，您趁着丹菲尔德分团长没有恢复健康之前，赶快把她带走吧。"

听到这话，尤兰德不禁打了一阵寒战。不知不觉，他们已经来到楼上的大厅。年轻人打开了门，便退到楼梯口去了。

尤兰德走进了一间很宽敞的套房，里边很暗，不过房间的令一头，生着一只大壁炉。过了好一会，尤兰德的眼睛才算习惯了这种阴暗，看到一张桌子后面坐着几个骑士，他们身后有一大批拿着武器的侍卫。

尤兰德以前常常和丹菲尔德见面，虽然现在事隔多年，尤兰德还是一下子就认出他来了。因为他长得肥胖，而且此时他坐在正中间。他的右边坐着齐格菲里特老头，他是整个波兰民族，特别是尤兰德，不共戴天的仇人。左面是两个年纪较轻的修士，戈德菲列德和罗特吉爱。

丹菲尔德其实是故意请他们来的，让这些人看看他是如何制服这个仇人，共享他们策划的阴谋的果实。几个骑士身穿柔软的黑衣服，腰边挂着便剑，舒舒服服地坐在那里，骄傲而蔑视地瞧着尤兰德。尤兰德头耷拉到胸前，像一个忏悔者似的穿着粗麻布衣服，脖子上还系着一根绳子，绳上挂着他的剑鞘。

时间一分分地过去了，几乎半个大厅都挤满了武装人员。他们十分好奇地望着尤兰德，大声谈论着他。

但是他一看到这些人，反而信心十足，因为他心里想：

“如果丹菲尔德不打算履行他的诺言，就不会召集这么多人来。”

这时候丹菲尔德把手一扬，全场安静了下来。然后他向一个武士作了一个手势，于是武士走到尤兰德跟前，一把抓住他脖子上的绳索，将他拖到了桌子跟前。

丹菲尔德得意洋洋地望着在场的人，说道：

“你们看，宗教的威力如何击败了愤怒和骄傲。”

“上帝保佑，永远如此！”在场的人同声回答。

一阵静默后，丹菲尔德向犯人发话了：

“你过去像一条疯狗似的咬骑士团，因此上帝也使你像条疯狗似的站到我们面前来，脖子上套着一根绳子，来恳求慈悲和怜悯。”

“别把我比作狗！”尤兰德回答，“因为这样一来，那些在我手下丧生的人就被贬低了。”

大家听了这话，就窃窃私语起来。不知道是这番大胆的回答激起了他们的愤怒呢，还是他们被这正义的回答所感动。

但是，丹菲尔德听后十分不满，嚷道：

“你们看，到了现在这个地步，他还是这么傲慢，对着我们眼睛吐唾沫！”

尤兰德举起双手，好像祈求上天作证似的，一面摇头，一面回答：

“上帝看得清清楚楚，也会判断，你们这样侮辱我的骑士尊严，是否也在侮辱你们自己。凡是束着骑士腰带的人，都应该尊重一个贵族的荣誉。”

丹菲尔德皱紧了双眉，但就在这时候，一个人大声喊道：

“讲道啦！讲道啦！马佐夫舍的传教士来了！听啊！听讲道啊！”

接着，他转向丹菲尔德说道：

“阁下！罗森汉姆骑士曾经因为他的仆人很早叫醒他，请他去听讲道，他就让那仆人把钟绳一节一节地吃下去。这个传教士的脖子上也有一条绳索——要他把绳索吃掉以后再讲道吧。”

丹菲尔德听后不但向这个侍从满意地点点头，而且他自己也突然用一种闻所未闻的口气大骂起来，使得年轻的侍从们脸上都流露出惊诧的神情。

“别抱怨你受了侮辱。”他说，“要是我把你送进狗窝去，又怎么样呢，骑士团看狗的人也比你强！”

他们就这样取笑着他们恨之入骨的敌人，这群人逐渐高兴起来了，有几个离开桌子，走到这俘虏跟前，细细地端详他，一面说：

“原来这就是斯佩霍夫的那头野猪。”

丹菲尔德和其余的修士们，原想让审问成为一场严肃的法院开庭的场面，现在完全变了样，也就纷纷站了起来，跟那些走到尤兰德跟前的人混在了一起。

齐格菲里特对这番情景很不满意，但丹菲尔德却说道：

“乐吧，还会有更开心的事呢！”

同时他们也开始向尤兰德张望起来，这是个难得的机会。在以前，无论哪一个骑士，哪一个仆从，谁敢离这么近看他，有些人说：

“虽然他的麻衣下面还穿着皮衣，但还是看得出他的肩膀很宽厚，把他用豌豆秆包起来，还可以拿到乡下的集市上展览呢。”

其余的人又喊着拿麦酒来，要好好庆祝一番。

没多大工夫，一只只的酒壶叮叮当当地响个不停，阴暗的大厅里到处都是从壶盖下溢出来的泡沫。兴致勃勃的丹菲尔德说道：

“这才对头，让他别以为他的丢脸有什么了不起！”

他们又走到他跟前，用酒杯碰碰他的下巴，说道：

“你要喝吧？马祖尔的猪嘴！”有些人把酒倒在手掌心里，洒进他眼睛。尤兰德站在他们中间，目瞪口呆，任人凌辱。到最后他显然忍无可忍了，他向着丹菲尔德走过去，大吼一声，盖过了大厅里一切嘈杂的声音：

“看在救世主受难和灵魂得救的分上，把孩子还给我吧！这是你们答应过的。”

他想去抓住丹菲尔德的右手，但他立即缩回了手，说道：

“去你的，囚犯！你要干什么？”

“我释放了贝戈夫，也亲自来到这里了，快把孩子还给我。”

“谁答应过你的？”丹菲尔德问道。

“是您答应过的，分团长！您说话要讲良心！”

“那我就把你的女儿还给你！”丹菲尔德回答，一面向着在场的人，说道，“他在这里所受到的遭遇，远远惩罚不了他的罪孽，我们不过是毫无恶意地和他开开玩笑而已。我们既然答应过，只要他亲自来向我们表示屈服，就把女儿还给他。一个十字军骑士说到就做到。那个由我们从强盗手里救出来的姑娘，马上就还给他。至于他自己，等他好好地忏悔了他过去反对骑士团的一切罪行后，我们也可以放他回去。”

听了这一席话，有些人大吃一惊，因为他们知道丹菲尔德的为人，也知道他对尤兰德恨之入骨，想不到他会这样宽容。因此齐格菲里特老头、罗特吉爱和戈德菲列德修士，都一边望着他，一边惊奇地扬着眉、皱着额，他却装作没有看见一样，说道：

“我会派卫队把你女儿送回去的，不过你得留在这里，等到我们的卫队平平安安地回来，你付出了赎金以后，再让你回去。”

尤兰德本人也有点惊讶，他望着丹菲尔德，几乎是感激地答道：

“愿上帝报答您，分团长！”尤兰德说，“上帝慈悲！我好久没有看到我的孩子了，请允许我见一见我的女儿，为她祝福一下吧。”

“好，不过要当着大家的面见，好让我们的善良和慈悲得到见证。”

于是他吩咐站在身旁的侍从去把那姑娘带来，他自己则走到齐格菲里特、罗特吉爱和戈德菲列德跟前，急忙而热烈地交谈了一阵。

“我不反对您这样做，但是您原来并不是这样打算的啊！”齐格菲里特老头说。

那位以勇敢和残暴出名的罗特吉爱说道：“这是怎么回事？您不但要释放那姑娘，连那条魔鬼似的恶狗也要放走，这不是让他再咬人吗？”

“现在他就不那样咬人了！”戈德菲列德支持他道。

“嗨！他得付赎金！”丹菲尔德懒洋洋地回答。

“即使他把一切财富都交出来，不出一年，他就会从我们这里加倍抢回去的。”罗特吉爱说。

“我不反对放走那姑娘。”齐格菲里特又说了一遍，“但是这头狼是决不能放走！”

“可我们的诺言呢？”丹菲尔德反问道，一面大笑着。

“您以前不是这么说的……”

丹菲尔德耸耸肩。“你们还乐得不够吗？”他问道，“还想再乐一乐吗？”

人们又围着尤兰德，在他面前自夸自赞，颂扬丹菲尔德的正直举动，说这个举动为骑士团大大争光。

“杀人的凶手！”城堡弓箭手的队长说，“你喝过我们的血吧？”

“我们却对你以德报怨。”另一个侍从说。

他们这些话里面所包含的骄横或蔑视，尤兰德一概不理睬。他想，马上就可以看见丹露霞了，而且他确实是靠了他们的恩惠才见到她的。因此他几乎是低声下气地注视着那些说话的人，终于说道：

“不错！不错！我过去对你们很不好，不过……并没有什么阴谋。”

这时大厅的另一端，有人喊道：“他们把姑娘带来了！”大厅里立刻静寂无声。士兵们散到两旁去，他们谁都没有见过尤兰德的女儿。由于丹菲尔德行动秘密，大多数人甚至还不知道她在城堡中呢。一些知情的人相互低声谈论着她惊人的美貌，所有的眼睛都极其好奇地向那道门望去。

这时候一个侍从先出现了，后面是骑士团里大家都认得的那个“修女”，就是曾经到森林的猎场送药的那个妇人。跟着她进来的是一个穿白衣的姑娘，蓬松的头发用一根带子束住。

突然间，爆发出一阵哄堂大笑。原来尤兰德开始向女儿一头扑去，一下子又倒退了几步，脸白得像块白布，站在那里，吃惊地望着那个所谓的“丹露霞”，她的脸很长，嘴唇发青，一双眼睛木呆呆的。

“这不是我的女儿！”他用一种吓人的声音说。

“不是你的女儿吗？”丹菲尔德喊道，“凭着巴德邦的圣里鲍鲁舒的名义起誓！要么是我们从强盗那里救出的不是你的女儿，要么是什么巫师把她变了形，因为在这里没有别的姑娘了。”

齐格菲里特老头、罗特吉爱和戈德菲列德连忙交换着眼色，但是他们还没有来得及说话，尤兰德已经用一种恐怖的声音叫喊道：

“她在的，她在息特诺！我听见过她唱歌，我听见过我的女儿丹露霞的声音！”

丹菲尔德听了这话，转身向着在场的人，沉着而直截了当地说：

“我把你们所有在场的人都当作见证，特别是您，齐格菲里特，还有你们，罗特吉爱和戈德菲列德两位修士，我按照我的诺言和誓约，把这个姑娘归还给尤兰德。而且强盗们说，她就是他的女儿。如果这不是她——那就不是我们的错了。”

齐格菲里特和两个年轻的修士点点头，又连忙交换了一个眼色，因为这实在大出他们所料。俘虏了尤兰德，不放还他的女儿，表面上仍然做到了信守诺言。有谁能想到这种两全其美的办法呢？

尤兰德双膝跪下，苦苦哀求丹菲尔德把女儿归还给他，他的声音里饱含着绝望和真诚。

“上帝看到您的背信弃义！”尤兰德喊道，“为了救世主的创伤，求您把我的孩子还给我！”

他立刻站了起来，躬着身子向丹菲尔德走去，他眼里闪着疯狂的光芒，一会又含着绝望，一会又含着威胁。丹菲尔德听到他当众骂他背信弃义，满脸通红，终于大发脾气了。他为了彻底踩死仇人，走到老人面前，向着这不幸的父亲俯下身子，咬紧牙关地对着他耳朵低声说道：“如果要我把她还给你，除非叫她肚皮里带着我的私生子一起走……”

就在这一刹那间，尤兰德像头野牛似的咆哮起来，双手抓住丹菲尔德，把他高举在空中。

大厅里刚刚响起一声恐怖的呼喊：“饶命啊！”丹菲尔德的身体已经被重重地扔在石头地上了，脑浆从粉碎的脑壳里迸了出来，溅在旁边的齐格菲里特和罗特吉爱身上。

尤兰德冲向那摆着武器的墙，拿起一口巨大的宝剑，像一阵狂风似的冲德意志人杀去。这些人虽然过惯了打仗、屠杀和流血的生活，但是他们都吓破了胆，缓过神后，才开始逃跑。

刹那间，大厅里充斥着恐怖的呼喊声、脚步声、打翻了的器皿声、仆役们的号叫声。终于闪闪发光的刀口都向着尤兰德刺去，但是他什么都不在乎，反而发疯似的向他们冲过去，屠杀开始了。

年轻而暴躁的戈德菲列德修士第一个来拦截尤兰德的去路，尤兰德的武器闪电似的一晃，把他的头、手和肩胛骨都劈了下来。继而弓箭手的队长和城堡的总管也被他砍死了。一些无辜的骑士并不明白其中的原委，而且怜悯尤兰德和他苦难的遭遇，只是在丹菲尔德被打死以后才拔出武器来，却也被活活砍死了。

其余的人一看到这个人，就紧挨在一起，想合力抵抗，但是这个打算反而招来更大的伤亡。尤兰德双眼通红，全身是血，喘息连连，又气又急，狠狠地挥起剑来向那群人砍呀，刺呀，劈呀，顿时他们一个个被杀倒在地上，到处溅满了血。这个恐怖的马祖尔人似乎能把他们统统杀光。

"散开！包围他！从后面打！"齐格菲里特老头尖声叫喊道。

于是他们就在大厅里散开来，但是没有人敢向前去包围他，谁要靠近他，就会像遭雷击似的送命。他的屈辱、绝望、沮丧都瞬间化作了血战的渴望，似乎体力也增加了十倍。士兵们甚至不敢走近他背后，他们知道，万一他回过身来，准就没了命。其余的人都吓破了胆，他们认为一个普通人绝不会这么厉害，一定有神力帮助他。

齐格菲里特和罗特吉爱，翻过大厅的窗户，逃到走廊里，其他的人也连忙跟上去，他们冲向一道狭窄的楼梯口，你挤我撞，都想尽快爬上去，终于最后一个人把那扇通向走廊的窗户关上了，只留下了尤兰德一个人。

他听到了一阵阵欢快而得意的声音，不一会沉重的木板凳和装着火把的铁环纷纷落到这位骑士身上。一件东西投来，击中了他的前额，打得他血流满面。疯了似的尤兰德用左手抹掉脸上的血，鼓足全力向着这一群人冲去。顿时又响起了呻吟声，铁器撞击声，咬牙切齿声以及被击中的人的尖叫声。

第二章 阴 谋

情节简介

丹菲尔德死后，老骑士组织了几个重要的人商量后事。他派贝戈夫骑士到大团长那里去讲述事情的经过，派罗特吉爱修士到雅努什王公那里控诉尤兰德的“暴行”。狡猾的十字军骑士们将整个事件商量得天衣无缝，一场比屠杀更残酷的阴谋再次展开……

丹菲尔德死后，息特诺的军政事务暂时交到了齐格菲里特手里。当天晚上，他和罗特吉爱修士、尤兰德以前的囚犯贝戈夫骑士以及两个见习修士坐在大厅里谈话。

冬季的风在窗外咆哮着，摇动着窗框。铁环里燃烧着火把，火光摇曳不定，阵阵烟雾被风从壁炉里吹进大厅。这些修士虽然聚集在一起议事，却都默不出声，都等着齐格菲里特发话。他的双肘支在桌上，双手在他灰白的低垂的头上摸来摸去，沉默地坐在那里，脸朝向照不到火光的地方沉思着。

“我们要商量些什么呢?”罗特吉爱修士终于发问了。

齐格菲里特抬起头来，望了望这个说话的人，这才从沉思中苏醒过来，说道：

“要商量商量这一次的失败，估计估计大团长和神甫将说些什么，还要商量一下，如何使我们的行动不给骑士团造成损失。”他又住口了，他四下一望，吸了吸鼻子，说：“这里还有一股血腥气。”

“并没有，分团长。”罗特吉爱回答，“我已经吩咐他们擦过地板，用硫磺熏过了，这是硫磺的气味。”

齐格菲里特用奇特的目光望了一下在场的人，说道：“愿上帝怜惜已故的丹菲尔德修士和戈德菲列德修士的灵魂!”

大家同声回答道："阿门！阿门！阿门！"

"分团长和戈德菲列德修士的遗体在哪里？"老头儿问道。

"在小教堂里，神甫们正在为他们祷告。"

"已经把他们放在棺材里了吗？"

"放进去了，只是分团长头上盖着布，因为他的脑壳和脸部都被打烂了。"

"其余的尸体在哪里，那些受伤的人在哪里？"

"其余的尸体都放在雪地里，好一边把他们冻硬，一边为他们做棺材，受伤的都送到医院里去了。"

齐格菲里特用双手掠了掠头发。

"他一个人竟会造成这种局面！上帝呀，但愿骑士团日后同这个豺狼似的民族大战的时候，能够获得您的保佑！"

听了这话，罗特吉爱修士的眼睛往上一抬，仿佛想起什么似的，说道："我在维尔诺听说，沙姆鲍兹的执政官曾对大团长说，如果不发动一场大战，把他们连根扫除，我们和我们的民族都要遭殃。"

"愿上帝赐予这样一场战争，和他们决一胜负！"一个见习修士说。

齐格菲里特问道：

"你们谁看见了尤兰德？"

"我。"贝戈夫回答。

"他还活着吗？"

"活着。他依旧躺在我们把他缠住的那张网里。他醒来的时候，仆役们要打死他，但是神甫不答应。"

"不能打死他。他在他国内的名望太大了，打死了他势必会引起大乱。"齐格菲里特说，"但不能把已经发生的事隐瞒起来，太多人看到了。"

"那么，我们该怎么说，怎么办呢？"罗特吉爱问道。

齐格菲里特沉思了一会，说道：

"您，高贵的贝戈夫骑士，到马耳博克去见大团长。您曾经在尤兰德的奴役下吃过苦头，现在又是骑士团的客人。您只要把您亲眼看到的情况说出来，就说丹菲尔德从一帮强盗那里救出了一个姑娘，以为她是尤兰德的女儿就通知了尤兰德，尤兰德来了以后，您也看到了。"

贝戈夫说:“我在斯佩霍夫做了俘虏,受过无限的痛苦,作为你们的客人,我很乐意为你们作证。但是请你告诉我:尤兰德的女儿是否在息特诺,是不是丹菲尔德的背信弃义惹得她的父亲发了疯呢?”

齐格菲里特迟疑了一会儿,没有作答。他天生对波兰民族有深仇大恨,他残暴,他贪婪,但他并不喜欢诡诈。他这一生中最最痛苦和悲哀的一件事就是:由于十字军骑士团漫无纪律,而且横行霸道,施弄阴谋诡计,使骑士团名声败坏。因此贝戈夫这一问触动了他的痛处,他沉默了很久才说道:

“丹菲尔德已经到了上帝那里,上帝自会裁判他。至于您,如果他们征求您的意见的话,您想怎么回答就怎么回答吧。如果他们问起您所看到的情形,您就说,在我们用一张网兜住这个野人之前,很多人受了伤,还死了九个人,其中有丹菲尔德、戈德菲列德修士、勃拉赫特和胡格斯以及两个贵族青年……愿上帝赐他们永恒的安息。阿门!”

“阿门! 阿门!”两个见习修士又说了一遍。

“还要说!”齐格菲里特补充道,“我们谁都没有先向尤兰德动过武。”

“我只说我亲眼目睹的事。”贝戈夫回答。

“请在午夜之前到小教堂,我们要到那里去为死者的灵魂祈祷。”齐格菲里特说。

贝戈夫走后,老骑士让两名见习修士出去了,只让罗特吉爱留下来和他谈话,因为他还是很信任这个年轻人的。

“你听我说,现在只有一个办法:绝不能让人知道尤兰德的真女儿在我们这里。”齐格菲里特说。

“这不难办到,”罗特吉爱回答,“因为除了丹菲尔德、戈德菲列德、我们两人和看守她的那些仆人之外,没有人知道她在这里。丹菲尔德早已把那些带她到这里来的人毒死的毒死,吊死的吊死。虽然卫队里有些人对这件事有些怀疑,但他们也弄不清楚。”

“这很好!”齐格菲里特说。

“我刚才又想到,既然丹菲尔德已经死了,我们是否可以索性把一切罪过都推在他身上……”

“这样一来,岂不等于向全世界承认,我们一面想和马佐夫舍王公和睦相处，一面却从他的朝廷里劫走了王妃钟爱的养女？不行，万万不行！绝不行！人们看见过我们和丹菲尔德一起到过王公的宫殿，而且医院骑士团的大团长是他的亲戚，也知道我们什么事总是一起干的……如果我们把所有罪过推到丹菲尔德身上，他肯定要为他洗刷死后的名声呢……”

“那么我们得商量一下该怎么办。”罗特吉爱说。

“必须商量出一个好办法来，否则我们必定倒霉！如果我们放回尤兰德的女儿，那么她自己就会说，劫走她的人直接把她带到息特诺来的。”

“这是一定的。”

“到时候王公会向波兰国王申诉，他们肯定派人到各地朝廷去诉说我们的暴行。如果大团长本人知道真相的话，也会叫我们把这姑娘藏起来的。”

“但如果那姑娘失踪了，他们就不会指控我们了吗？”罗特吉爱问道。

“你忘了吗？丹菲尔德早就逼尤兰德告诉大家，并写信告诉王公他这次是向强盗赎取他的女儿了，而且他之前一直以为他的女儿并不在我们这里。”

“对！不过话虽如此，可是息特诺发生的事，我们又该怎样辩解呢？”

“我们可以说，我们知道了尤兰德正在找他的女儿，恰巧我们从强盗手里夺到了一个姑娘，当时不知道她是谁，便通知了尤兰德，以为这姑娘很可能就是他的女儿。谁知他来到这里，一看见她，就发起疯来，杀死那么多人。”

“确实，”罗特吉爱回答，“您想得真周到！”沉默了一阵子，他又问道：

“那尤兰德的女儿怎么办？”

“我们来商量商量。”

“把她交给我吧。”

齐格菲里特望了他一眼，答道：

“不！听着，年轻的修士！丹菲尔德之所以受到了上帝的惩罚，是因为他不但想要为骑士团报仇，还想趁机满足自己的私欲。”

“您错看我了！”罗特吉爱辩白说。

“别太自信了。”齐格菲里特打断了他的话，“你的肉体和灵魂会在那女人面前软化的。”过了一会，他又说道，“我心里为骑士团流了太多的流血、太多的痛苦、太多的眼泪……所以有的时候我也会为了骑士团做一些连我自己都觉得恶心的事情，但是等到将来在上帝面前受审判的时候，我会告诉他：‘我那样做是为了骑士团，至于我自己呢——随便怎样都可以。’”

说完这话，他就双手伸到胸口，解开黑布长袍，露出了一件麻衣。接着，他又按住太阳穴，仰起头，抬起眼睛，大声喊道：

“别再放荡了，别再纵情声色了，我看见天空里那雄鹰的白色羽毛，看到它的爪子上染着骑士团的鲜血！”

不料一阵猛烈的敲门声打断了他的话，哗啦一声震开了一扇窗子，整个大厅里充满了风暴的呼啸声。

“这是个多么不祥的夜晚啊！”老头说。

“一个魔鬼之夜。”罗特吉爱回答。

“有神甫给丹菲尔德守灵吗？”

“有……他没有忏悔就去世了……愿上帝可怜他！”

于是两人都不说话了。然后罗特吉爱叫了几个侍从，吩咐他们关好窗户，点上火把。等他们走后，他又问道：

“您打算拿尤兰德的女儿怎么办？”

“我要把她带回扬斯鲍克去，根据骑士团的利害关系来处置她。”

“那我做些什么呢？”

“你有勇气吗？”

“我做过什么事使您怀疑我的勇气呢？”

“我不怀疑，因为我了解你，我之所以爱你就像爱自己的亲生儿子一样，就是因为你的勇气。那么，你就到马佐夫舍王公那里去一趟，把这里发生的事按照我们商量的结果说给他们听。”

“让我去送死吗？”

“你应该去，如果你的死会给圣十字架和骑士团带来光荣。不！那边等待你的不是死亡，他们绝不会加害一个客人。除非有人向你挑战，除非是那个年轻的骑士，或是另外什么人，但是这并不可怕……”

“上帝保佑！但是他们可能会把我关到地牢里去。”

“他们不会那么做。记住，到那后，你一五一十把这里发生的一切讲给他们，然后就像我们商量的那么说，他们一定会相信你……必须大胆地面对他们，这样才会让他们觉得我们没错。”

“好！我等丹菲尔德下葬后就动身。”

“愿上帝赐福给你，我亲爱的孩子！如果一切处理好，他们不但不会拘留你，反而会不再管尤兰德。”

“我们还必须向所有的朝廷申诉。”

“医院骑士团的大团长为了骑士团的利益会这样做的，何况他又是丹菲尔德的亲戚。”

“但是，如果那个斯佩霍夫的魔鬼活了下来，又获得了自由呢？”

齐格菲里特眼睛里露出了狠毒的神色，缓慢而着重地答道：

“即使他获得了自由，也绝不会让他说话的……”

他于是又开始指点罗特吉爱，该在玛佐夫舍的朝廷上说些什么，提出些什么要求。

第三章 谎 言

情节简介

罗特吉爱修士来到了马佐夫舍，他按照老骑士的交代将他们编造的故事出色地讲给了王公听，王公虽然不相信，但面对尤兰德的信件也毫无反驳的证据。这个年轻人猖狂地提出了更多的要求，引来马祖尔骑士们的强烈不满，这时，一个骑士英勇地站出来向这个十字军骑士挑战，他会是谁呢？

在罗特吉爱修士来之前，事情就已经传到华沙了，在那里引起了一片惊恐和不安。无论王公、朝廷官员都不明白这是怎么回事。尼古拉刚要拿着王公的信动身去马耳博克，尤兰德的信就送来了。王公本来在信上狠狠地指责了丹菲尔德抢走丹露霞的事情，甚至用了一种近似威胁的口吻要求立即归还丹露霞，谁料尤兰德的信上却说抢走他女儿的不是十字军骑士，而是边界上的普通强盗，只要付出赎身金，她立即就会被释放。可是谁都想不到这封信是十字军骑士以丹露霞的生命威胁尤兰德写的。

令人难以理解的是，强盗怎么会在冬天劫走姑娘，因为积雪会泄露他们的足迹，所以他们从来不会这样做。况且她是王妃的养女，她的父亲又是一个力大无比、人人害怕的“魔鬼”，所有的人都不相信。可是尤兰德的信却说得明明白白，而且信是由一个大家都认识的斯佩霍夫的人送来的。

王公发了一通大脾气，命令在整个边界上搜捕强盗，同时要求普洛茨克的王公也进行搜捕，绝不让那些胆大妄为之徒逍遥法外。

正在这时传来了息特诺出事的消息。

这消息一传十，十传百，传到这里，就被扩大化了。有的说，尤兰德先单枪匹马去城堡，夺门而入，一路砍杀进去。守军惊惶失措，只得向旁边的城堡求援，请来杰出的骑士和步兵，他们经过了两天围攻之后才进入城堡,杀了尤兰德和他的同伙。还有的说十字军骑士已经在边界准备宣战了。王公听了这些传说,并没有相信,因为他知道,如果十字军骑士和波兰发生战争,大团长比谁都清楚马佐夫舍保守中立对于他是多么的重要,万一十字军骑士敢向他或者向普洛茨克公国宣战,那谁也阻挡不了他们援助国王,这样骑士团势单力薄,后果不堪设想。

王公并不怕战争,不过他想了解一下究竟发生了什么事。令他没想到的是,很快骑士团就有一个骑士来求向他求见。

"我是罗特吉爱修士,"这个十字军骑士回答,"不久以前,我曾荣幸地拜访过殿下。"

"既然是骑士团的修士,为什么不佩戴骑士团的标志呢?"

这骑士向王公解释说,他之所以不穿白斗篷,是因为穿了就一定会被马佐夫舍的骑士俘虏走或者打死。并说在全世界,在所有的王国和公国里,斗篷上的十字标记本来都会受到保护,获得人们的善待和礼遇,只有在马佐夫舍公国,佩戴十字标志的人就是自己找死。

王公怒冲冲地打断了他的话:

"这不是因为十字标志的关系,"他说,"我们也吻十字架的,而是因为你们的恶行。至于说你们在别的地方受到好的招待,只是因为他们不够了解你们。"

王公一看这骑士有些不好意思,就问道:"您既然是从息特诺来,可知道那里到底发生了什么事?"

"我从息特诺来,知道那里发生的事,"罗特吉爱回答,"不过,我这回不是作为任何人的信使来的,我只想把我在那里看到的一切讲给王公您,请您还我们个公道。"于是这个十字军骑士就开始叙述息特诺所发生的一切,突然这个使者大喊道:"尤兰德! 冒犯十字架的罪犯! 杀害无辜者的罪犯! 尤兰德!"

这整个叙述,特别是最后那几句话,给大家留下了深刻的印象。他们简直被吓坏了,于是大家都不再说话。

但是王妃向罗特吉爱提出了一个意外的问题:"骑士,您刚才说,你们救出了那个姑娘以后,以为她是尤兰德的女儿,因而就召他到息特诺去,是吗?"

“是的，敬爱的王妃。”罗特吉爱回答。

“你们曾经在森林的宫殿里看见过尤兰德的女儿和我在一起的，那你们怎么会救走一个不认识的人呢？”

年轻人被问住了，他从未料到会有这样一个问题。王公站起身来，严厉地望着他，一些波兰骑士也走到这个人面前，用威胁的语调问道：

“快回答啊？”

他定了一下神说道：“我们修士向来是不正眼看女人的。那时有很多宫女和王妃在一起，我们并不知道哪一位是尤兰德的女儿。”

“丹菲尔德知道的。”尼古拉说，“他在打猎的时候还和她说过话呢。”

“丹菲尔德现在去见上帝了！”罗特吉爱回答，“关于他，我只能这样说，第二天早晨，人们在他棺材上看到了一束盛开的玫瑰花，这样寒冷的天，不是人力所能办得到的。”

接着就是一片沉静。

“你们是怎么知道尤兰德的女儿被劫的呢？”王公问道。

“因为这件天理难容的事情传到我们耳里来了，所以我们一听到这消息，就想着把她救出来。”

“但我还是弄不懂，你们怎么会把一个乡下姑娘错当作尤兰德的女儿呢？”

“丹菲尔德曾经说过：恶魔经常出卖自己的仆人，因此说不定他也能使尤兰德小姐变了形。”

“强盗们不过是一帮粗人，他们伪造不了神甫的笔迹和尤兰德的印记，有谁能这么干呢？”

“魔鬼！”

又是一片沉静。

罗特吉爱突然锐利地望着王公的眼睛，说道：“的确，这些问题就像一把把剑直指我的胸膛，我除了怀疑还是怀疑，但是请允许我提一些问题：难道尤兰德本人也曾怀疑那是我们干的吗？如果他怀疑过，那么在我们召他到息特诺去之前，他为什么在整个边界上搜索强盗，想从他们那里赎回他的女儿呢？”

“这话不错！”王公说。“即使有些人想瞒过世人的耳目，可隐瞒不了上帝。他开始也怀疑过你们，但后来……后来，他又有另一种想法了。”

“真理总会战胜黑暗的！”罗特吉爱说。

他得意洋洋地向着大厅扫视了一下，他想十字军的头脑远远比波兰人的头脑更聪明，更有见识，波兰人只能永远做骑士团的牺牲品和猎物。

因此他走到王公跟前，大声而强硬地说道：

“殿下，请赔偿我们的损失，补偿我们所受的苦、我们所流的眼泪和鲜血！那个恶魔一样的尤兰德是您的臣民，因此凭着上帝赐予君主的权力，凭着正义和十字架的名义，补偿我们所受的苦，所流的鲜血吧！”

王公惊奇地望了他一眼。

“天呀！”他说，“你要求什么？如果尤兰德果真发了疯，让你们流了血，难道也要我来负责吗？”

“他是您的臣民，殿下。”十字军骑士说，“他的领地、村落和城堡，都在您的公国里。至少得把他那些领地、产业和那座邪恶的城堡作为补偿给我们吧。老实说，这也补偿不了我们已经流出的高贵的鲜血！也不会使死者复生，但也许会平息上帝一些愤怒，否则上帝会帮助我们报复，您至少得给我们一点！”

王公听了这话，更加惊奇，沉默了半晌，他才答道：

“上帝啊！如果你们骑士团不是因为我祖先的仁慈，怎么会拥有这一大片土地呢？以前属于我们的，现在落到你们手里的土地、庄园、城堡，你们还不满足吗？尤兰德的女儿还活着呢，你们还没有听到过她的死讯，就想要夺取这孤儿的嫁妆吗？”

“殿下，您既然承认我们受了委屈，”罗特吉爱说，“那王公您就更应该补偿我们了。”

他心里又乐开了，他想：现在，他们不但不会向我们提出控告，甚至还要考虑如何逃脱干系。谁也不会责备我们了，我们的声名依旧像骑士团的白斗篷一样洁白无瑕。

就在这时，尼古拉老头说话了：“你们如此贪心，上帝是公正的，因为在这件事上，你们所关心的是自己的利益，而不是骑士团的荣誉。”

“对啊！”马佐夫舍的骑士们都异口同声地喊道。于是十字军骑士向前走了几步，傲慢地昂起了头，骄横地打量他们，说道：

“我只是以这件事的见证人身份和骑士团的骑士身份来的，我随时准备甚至用自己的鲜血来保卫骑士团的荣誉，直到我咽气为止！谁敢否认尤兰德自己的话、怀疑骑士团劫去了他的女儿——就让他捡起这骑士的手套，听从上帝的裁判吧！”

说完这话，他就把他的骑士手套抛在他们面前，手套落在地上。但人们都默默无声地站着，因为虽然大家都很愤怒，可都害怕上帝的裁判。而且每个人都知道，尤兰德明明白白地说过，骑士团的骑士没有劫去他的女儿。罗特吉爱现在是有理由的。

他显得更加傲慢了，双手叉着腰，问道：

“谁敢来拾起这手套？”

就在这时，一个骑士突然走到大厅中央。他进来的时候，谁都没有看到，可是他早已在门口听着这场谈话，他拾起铁手套，说道：

“我来！”说着他就怒视着罗特吉爱的脸，然后以一种雷鸣似的吼声打破了大厅里的寂静，嚷道：

“当着上帝的面、当着伟大的王公和全场骑士的面，我告诉你，你像一条狗似的对着正义和真理狂喊——我要向你挑战，到比武场上去决斗，徒步也好，骑马也好，使矛使斧、使短剑、使长剑，随便你挑选！战斗到最后一口气，到死为止！”

所有的目光都转向罗特吉爱和这个向他应战的骑士。谁都认不出这个骑士是谁，因为他头戴铁盔，虽然没有钢罩，圆形的头盔却一直罩到耳后，把面孔的上半部完全遮住了，下半部也被遮得暗沉沉的。那十字军骑士也和其余的人一样吃惊。惶恐、苍白和愤怒轮流出现在他脸上。

他接住那位骑士扔过来的铁手套，说道：

“你是谁，敢向上帝的正义挑战？”

对方于是解开颈甲，卸下头盔，突然露出了一张年轻英俊的脸，说道：

“我是博格丹涅茨的兹贝什科，尤兰德的女婿。”

大家十分惊奇，因为除了王妃、维雄涅克神甫和德劳许，谁都不知道丹露霞的婚事。那十字军骑士以为尤兰德的女儿，除了她父亲以外，就没有别的直系亲属来保卫她了。这时候德劳许站了出来，说道：

“凭我骑士的荣誉，我担保他说的全是真话。谁敢怀疑，这里是我的手套。”

王公本人站起身来，皱紧双眉，说道：

“这位骑士说的是真话。”

十字军骑士听到这话，连忙鞠了个躬，又向兹贝什科说道：

“如果你同意，我们就到比武场上徒步比砍斧吧。”

“好！说话算话！”兹贝什科回答道。

“愿上帝让正义获胜！”马佐夫舍的骑士都喊道。

第四章 决 斗

情节简介

决斗就要开始了，整个马佐夫舍的宫廷都陷入了紧张的氛围，人们非常担心年轻的兹贝什科能否战胜这个又有力气、又有经验的十字军骑士，因为大家都明白这是一场生与死的较量。然而在年轻人的真情叙述后，王公、王妃被深深地感动了，也只好尊重他的选择。到底结果如何？本章将会把我们带到中世纪骑士决斗的现场为大家解读。

整个朝廷，包括骑士和宫女，都很为兹贝什科担心，因为大家都喜爱他。而且罗特吉爱是骑士团最著名的骑士之一。于是有人说："要是尤兰德在这里多好啊，他对付两个也不在话下，至今还没有一个德意志人逃过他的手呢，但是这个年轻人可不行啊！因为这个德意志人不论力气、年纪和经验，都胜过他。"

不过，也有些人对兹贝什科抱了很大的希望，他们说："可不能小看了他！听说他在一次战争中敲碎了好几个德意志人的头。"

在决斗的前一晚，王公召见了兹贝什科，只有王妃在场。他问道：

"你拿得准上帝会保佑你吗？你怎么知道是他们把丹露霞抢去的？是不是尤兰德对你说过什么？你看，这是尤兰德的信，也是卡列勃神甫的笔迹，还有他自己的印记，尤兰德明明说，那件事不是十字军骑士干的。他究竟跟你说什么来着？"

"他说那不是十字军骑士干的。"

"那你怎能冒生命危险去恳求上帝裁判呢？"

兹贝什科不再说话，但他的嘴巴在抽搐着，眼里含着泪水。

"我什么也不知道，仁慈的殿下。"他说，"我们和尤兰德一起离开这里，在路上我向他承认我们结婚了。刚开始他很犹豫，但我告诉他这是上帝的旨意时，他就放下了心，还原谅了我。一路上他只是说，除了十字军骑士，没有谁会抢走丹露霞，至于后来发生了什么事，连我自己也不知道！对了，后来那个曾经到宫殿给我送药的德意志女人和另一个信使到了斯佩霍夫后，他们就关起门来和尤兰德谈判。我也不知道他们说了些什么，不过他们谈过之后，尤兰德的脸色简直像死人一样。他告诉我们：'丹露霞不是被他们劫去的。'他还把贝戈夫和地牢里所有的囚犯都释放了，天晓得是为了什么！然后他独自骑马走了，一个战士或者仆从都没有带……他说他是骑马去找强盗赎取丹露霞的，让我等着他。我就一直等着，最后就听到息特诺传来了消息。仁慈的殿下！我在斯佩霍夫真像热锅上的蚂蚁，快要发疯了。我想去为尤兰德复仇，但卡列勃神甫说：'您拿不下那个城堡，别去挑起战争。还是上王公那里去，也许他们知道一点丹露霞的情况。'于是我就和赫拉瓦赶来了，刚一来就听到那条狗在叫着说什么十字军骑士的委屈、尤兰德的发狂……我的殿下，虽然我什么也不知道，但我知道他们都是不知羞耻、不顾荣誉、毫无信用的人！您只要想一想，他们曾经刺死了德福契，还想把罪名加在我的侍从身上！上帝在上！他们像杀一头牛那样把他刺死了，却跑来跟您说什么要报仇、要赔偿！谁敢保证，他们不是先骗了尤兰德，现在又来欺骗殿下您呢？我不知道，我不知道丹露霞在哪里，但是我向他挑战了，即使我送了命，我也认了，没有丹露霞我也活不下去！"

他一口气说完这些话，猛地拉下头上的发带，头发顿时披了下来，落在肩上，他紧紧抓住头发，伤心地哭了起来。安娜王妃看到他这样痛苦，便把双手放在他头上，说道：

"愿上帝帮助你，安慰你，祝福你！"

王公也同意了，因为他也没有权力反对。他只是劝罗特吉爱写封信给大团长和齐格菲里特，说是他自己先扔下铁手套要和尤兰德的女婿决斗的。

这个十字军骑士还向大团长解释道，虽然他没有得到许可就跟人家决斗，但他这样做也是为了骑士团的荣誉，他将随时准备用自己的鲜血来洗刷这种耻辱。信写好之后，他立即派了一个马夫送到边界，再由那里的驿站送到马耳博克。

这时候人们把庭院里的雪铲平踏结实了，还撒上了灰，以免决斗者被绊倒，或是在光滑的地面上滑倒。整个城堡都陷入了紧张中。

骑士们和宫女们都非常激动，决斗前夕没有人睡过觉，因为最后总是要死人的。大家都关心着兹贝什科，许多宫女都在教堂里过夜，兹贝什科也在那里向维雄涅克神甫作了忏悔。她们一看到他那张还带着孩子气的脸，就彼此说道："哎呀，他还是个孩子呢！他怎么能拿脑袋去挨德意志人的斧头？"于是她们更加热切地祈求上帝帮助他。可是尽管从脸上看兹贝什科确实像个小孩，但是他的身躯却非常魁伟健壮，一看就是力大无比的人。

决斗是在城堡里的一个院子里举行。天大亮的时候，王公和王妃带着子女一起过来，坐在廊柱之间的正中央座位上，他们旁边是一些主要的宫廷侍从、贵夫人和骑士。各个角落里都挤满了人，仆役们都聚在积雪砌成的那堵墙后边，有的抱着柱子，有的甚至爬到屋顶上去。

宣告决斗者入场的号角一响，大家的心都怦怦直跳。

两对决斗者分别从比武场的侧门入场，在栅栏旁边停下。观众们都屏住呼吸，妇女们的嘴唇和脸颊都一阵白一阵青，男人们双眼凝视着这两对敌手，预测着哪一方会战胜。

那个十字军骑士穿戴着天蓝色的胸甲，大腿上的铠甲和头盔，也都是类似的颜色。头盔上有一大簇华丽的孔雀毛。兹贝什科的胸、腰和背脊都挂着米兰制的铠甲，他也戴了一顶头盔，只是没有插羽毛，脚上穿着野牛皮制的高筒靴他们身后各自跟着自己的侍从。

第二遍号角吹响了，等到第三遍号声一响，双方就要交手了。现在把他们隔开的只有一小块撒了灰的地方，就在那儿的上空，死神像一头不祥的鸟儿似的盘旋着。第三遍号角还没响，罗特吉爱就走到王公一家人跟前，昂起头，扯高了嗓门大嚷道："我请上帝，您、尊贵的殿下，和这里所有的骑士见证，对于即将流出的鲜血，我是无罪的。"

人们听了他这番话，心里又紧张起来了，因为这个十字军骑士是那样自信。但是心地单纯的兹贝什科却转向他的捷克侍从，说道：

"这个人在自吹自捧，真叫人恶心，这种话最好还是等我死了再说，我现在还活着呢。正好那个吹牛皮的人头盔上插着一簇孔雀毛，等着瞧吧！”

“少爷……”捷克人一边说，一边弯下身子，双手从雪地上捧起一撮灰，免得那斧柄在手中打滑：“也许基督会让我一下子就打发掉那个下流的普鲁士人，那时我即使不能打败这条德意志的狗，至少也可以把这个斧柄插在他双膝中间，叫他来个倒栽葱。”

“别那么干！”兹贝什科连忙嚷道，“那只会使我和你自己丢脸。”

就在这时候，吹起了第三遍号角。两个侍从一听见这声号角，便又快又猛地互过扑去，倒是两个骑士慢慢吞吞，从容不迫地准备第一个回合。

人们不大注意这两个侍从，不过那些有经验的人一看就知道赫拉瓦这一边占有多大优势。那个德意志人的侍从拿的是较重的斧头，那只盾也很笨重。露在盾下的那两条腿倒是很长，只是远不如这个捷克人那双结实灵活的腿。

赫拉瓦来势汹汹地向敌人走去，而那人开始步步后退。大家马上看出了这个形势。眼看一方很快就要像风暴一样猛袭对方，对方自知死在临头，只能继续后退，尽可能延迟那个可怕时刻的到来。

看着捷克人像牛一样强壮的身体，他完全丧失勇气了。斧子像闪电一样从他头上闪过，每一次他都觉得会命丧黄泉。他简直没有主动出击过，而且根本不敢指望能够击到对手，只是把盾牌举得高高的，遮着头。

终于他没力气了，可是那个捷克人却愈来愈有力。在一阵猛击后，那个普鲁士人的甲胄在这个捷克人的斧子下一片片散开。盾的上半截边缘也被砸碎了，右肩上的铠甲连同鲜血淋漓的皮带一起落到地上。那人的头发都倒竖了起来，他用尽全力在捷克人的盾上又击了一两次。最后，他突然用尽全身的力量一股脑儿向赫拉瓦的两条腿扑过去。双方都摔倒在地上，在雪地上打滚挣扎。但是不一会儿，捷克人就把那人压在下面了。他花了不大一会工夫，就制服这个普鲁士人，然后从腰带后面拔出一把短短的刀。

“饶命！”敌人无力地喘着气说，一面抬起眼睛望着捷克人的眼睛。

捷克人却不说话，把整个身子压在他身上，一刀捅下去，刺穿了头盔的皮带，在喉咙上连刺两刀，最后将刀直插进了他的胸口正中央。

普鲁士人的眼珠顿时在眼窝里陷下去,两手两脚在雪地上乱扑,没一会儿就僵硬地躺在那儿一动不动了,只有那吐着泡沫的嘴唇还在喘息,全身都浸在血泊里。

捷克人站了起来,把刀在普鲁士人的衣服上抹了一下,然后靠在墙上,专心望着他的主人那边的决斗。

罗特吉爱的动作和使用盾牌的本领上可以看出他是一个经验丰富的对手,显然不是第一次进行这种决战的。兹贝什科每次用斧砸过来,他就用盾牌来挡,而当兹贝什科的斧头猛力击在盾牌上的时候,他又轻轻把盾牌往后一缩,这样一来,用多大的力气都没用。罗特吉爱时而后退,时而进攻,动作安详却又快得叫人无法看清。

王公很替兹贝什科担心,观众也揪着一颗心。有一次,兹贝什科一斧头劈过去,他甚至根本不用盾牌来挡,而是闪过一旁,叫他劈个空。这样兹贝什科很容易失去平衡,跌倒下来。旁边的那个捷克人,一见这情形,不由得为他的主人担起心来,他心里说:“我的上帝!如果我的主人倒了下去,我一定要用我斧头的弯钩插在这个德意志人的骨头里,叫他送命。”

可是,兹贝什科没有倒下来,因为他那两条腿强健有力,又跨得很开,所以即使当他整个身子转动的时候,也撑得住全身的重量。

罗特吉爱马上看出了这点,他知道这个青年不好对付,如果不能用妙计把他打倒,这场决斗势必拖得很长,那就十分危险了。他一心期待兹贝什科劈个空,跌在雪地上,可偏偏没有,他立刻心神不定起来。他看到对手紧紧屏住气的鼻孔和嘴巴,还有那闪闪发光的眼睛,于是他想这个小伙子怒火冲天地砍杀,一定疏于不自卫。可惜他又错了。兹贝什科并没有忘记盾牌,他的思想十分集中,谨慎小心。他的每次击打,都是经过考虑的。

罗特吉爱久经沙场,又经历过多次决斗,很快就发现他比不上兹贝什科的耐力。如果不来一下决定性的战斗,他将精疲力竭了。左思右想后,他决定尽量少使力气,用盾牌保护好自己,集中全身力量,准备一次有决定意义的袭击。

这场可怕的战斗持续了很久,只听得斧头或者斧背击打在盾牌上发出的丁冬声。大家都明白,在这场决斗里包含着一种超乎寻常的愤恨、绝望、仇恨。

寒冬的暗淡晨光渐渐明亮起来，灰蒙蒙的迷雾消退了，阳光照射在十字军骑士的天蓝色胸甲上，也照射在兹贝什科米兰制的甲胄上。小教堂的钟声响起，一群群寒鸦一听到钟声便从城堡的屋顶上飞起来，刺耳地叫个不停，似乎想来啄雪地上的血迹和僵硬的死尸。

罗特吉爱和兹贝什科依然在对峙着。终于十字军骑士乏力了，他一下接着一下，连劈了两次，又短促又可怕，直对着兹贝什科的右臂砍，可是都被盾牌猛力地挡了回去，罗特吉爱手里的斧头猛然一震，突然往后一退，从此以后，他就步步后退。最后，他不仅是力气耗尽了，连那点冷静和耐性也都耗尽了。观众看到他不住后退，不禁发出一阵得意洋洋的叫喊声。双方的眉梢都汗珠滚滚，嘴里喘着粗气。观众再也不能安静了，大声喊道："劈呀！砍他呀！……上帝做主！上帝惩罚！上帝助你！"

王公摇了好几次手，叫大家安静下来，但都无济于事。喧闹声愈来愈响亮，最后一个年轻女人流着眼泪叫喊道：

"为丹露霞报仇，兹贝什科！为丹露霞报仇！"

这声突然的叫喊使兹贝什科猛然想起了丹露霞的失踪和她所受的苦难。刹那间，爱情、悲痛和复仇的血液沸腾起来，他像疯了似的向十字军骑士砍去。罗特吉爱再也逃不过那一下又一下可怕的劈砍了。兹贝什科使出超人的力量把自己的盾牌朝着他的盾牌猛推过去，德意志人的肩膀突然发僵，无力地垂了下去……罗特吉爱惊恐地往后退，可是就在这一瞬之间，他眼前又闪过那斧头的光芒，斧口像霹雳似的砍在了他的右肩上。

观战者们只听到一声凄厉的哀号："耶稣！"接着，罗特吉爱又往后退了一步，咕咚一声仰面倒在地上。

回廊里立刻掀起一阵喧闹声和嗡嗡声，骑士们一大群一大群地奔下阶梯，仆役们跳过墙，争先恐后地去看那具尸体。到处都响起了叫喊声："这是上帝的裁判……尤兰德后继有人了！这才是使斧的英雄！"

另一些人又喊道："瞧，真了不起！尤兰德本人也不能砍得比这更出色。"一群好奇的人站在罗特吉爱尸体周围，他仰卧在那里，脸色像雪一样白，张大着嘴，一只血淋淋的手臂被沉重的斧子一直劈到胳肢窝，藕断丝连似的挂在那儿。

这时捷克人赫拉瓦和兹贝什科的两个仆役走过来，剥了死者的甲胄。好奇的人们都围着兹贝什科，对他赞不绝口，简直快把他捧到天上了。这时候有人接过了他的盾和斧，姆罗科泰为这年轻的骑士解开头盔，在他那湿漉漉的头上戴上一顶深红色的布帽。

兹贝什科站在那里，好像木雕似的，吃力地喘着气，眼睛里的怒火还没有完全熄灭，脸上透露出精疲力竭的苍白，全身由于激动和疲乏而微微颤抖。

有人领着他去见王公和王妃，他们正在一间暖和的房间里等着他。兹贝什科在他们面前跪了下来，等神甫给他祝了福、为两个死者的灵魂祈祷了永恒的安息之后，王公就拥抱着年轻的骑士，说道：

“上帝在你们两人中间作了裁决，并帮助了你，为此必须赞美上帝。阿门！”

于是他转身向德劳许骑士和其余的人说：

“我请您，外国的骑士，还有在场的人，你们都是亲眼目睹这件事的见证人，他们是按照法律和惯例决斗的，而且这一次决斗也是合乎骑士的方式，并以虔诚的态度进行的。”

在场所有的人都异口同声表示赞同。

但是，兹贝什科答道：

“我怎么高兴得起来呢，仁慈的王妃？丹露霞失踪了，到现在也不知道她在哪里。”

王妃说，“据说齐格菲里特虽然也很残忍，但比他们公正很多。德劳许骑士说过，如果这个十字军骑士死了，他会把他的尸体运走，然后立刻去向大团长本人要丹露霞。他们应该不敢违抗大团长的命令吧。”

“愿上帝赐德劳许骑士健康，”兹贝什科说，“我要和他一起去马耳博克。”

这句话把王妃吓了一跳，她说道：“干吗去呢？去找死吗？你到了那里，不管是德劳许，还是罗特吉爱在决斗之前所写的那些信，都帮不了你的忙。你救不了别人，反而毁了你自己。”

但是兹贝什科站了起来，双手在胸前交叉成十字，说道：“我愿向上帝发誓，我一定要到马耳博克去，一定要找到她。”

他说这话的时候全身哆嗦，那么激动，那么痛苦。王妃也知道，谁也劝不住他了。

但是兹贝什科并不能立即动身。因为当时有一条骑士习俗：战胜的一方必须在决斗场上一直待到第二天午夜，一来是要表示他始终是这个决斗场的主人，二来战败者的亲友如果要向他挑战，他也随时准备接受挑战。所以他吃了些东西之后，便又穿上甲胄，在城堡的广场上一直等到深夜。

到了午夜，当传令官最后用喇叭声宣布他绝对胜利的时候，尼古拉就请他去吃晚餐，同时去跟王公商议。

第五章　老骑士的遗嘱

情节简介

决斗并没有使兹贝什科安心，他决定和德劳许骑士一起去马耳博克向大团长说明事实，救出心爱的妻子。为了保护捷克人，年轻的主人坚决不同意带他去骑士团。捷克人心中有些闷闷不乐，但也为主人的关爱深深感动。他们到了斯佩霍夫后，神甫将尤兰德的遗嘱念给了年轻人，但他并没有因此而欢喜，因为寻找丹露霞的路还很长……

商谈的时候，王公首先发言，他说：

"倒霉的是我们没有任何书面证据或是人证能证明是他们抢走了尤兰德的女儿，尽管我们都知道元凶是他们，但是有什么用呢？万一大团长要起证据来，我们拿什么给他？而且尤兰德的信上也说得清清楚楚。"

说到这里，他又对兹贝什科说：

"有可能是他们威胁尤兰德写这封信的，不过，既然他们逼他写一封信，那么他们也会再逼他。也许他们手里还有尤兰德出示的证据，说他们根本没有抢去这姑娘，那时候又怎么办呢？"

"仁慈的殿下，他们自己也承认是他们把丹露霞从强盗手里抢过去的，也承认她现在在他们那儿。"

"这个我知道。不过现在他们说他们弄错了，而且尤兰德也说那不是他的女儿。"

"所以他发怒了。"

"大团长要比他们好一些，他的兄弟也还好，至少会顾全骑士团的荣誉。"

"不错，"尼古拉说，"大团长比较厚道。可他也约束不了神甫会和那些分团长，虽然他反对骑士团干那种损人利己的事情，但也没有办法呢。德劳许骑士，您去的时候把这里发生的事都告诉他。万一大团长向您要证据，您就说：'只有上帝认识真理，世人应该寻找真理，如果您要证据，那就只能去找了。'"

"愚蠢的谎言！"德劳许又说了一遍。

"因为盗匪绝不敢劫走尤兰德的女儿，王妃的养女。即使他们抢走了她，也是为了赎金，他们自然会来通知我们的。"

"我一定把这些话都说出来，"德劳许说，"还要去找到贝戈夫。我们都是一国人，虽然我不认识他，但他当时在息特诺，可以让他把当时看到的一切讲给大团长。"

尼古拉翻译给兹贝什科听后，他紧紧地拥抱着德劳许，直到抱得这位骑士叫起疼来。

王公又问兹贝什科：

"你一定要去吗？"

"非去不可，仁慈的殿下。我已经没有别的办法了。我发过誓要拿下息特诺来，即使用牙齿去啃也要把它的城墙啃下来。而且我向上帝和圣十字架发誓，我拼死也不会丢下尤兰德不管！"

"是啊！说得好！"王公说，"我们从罗特吉爱口中听说，这几个人之中只有齐格菲里特还活着，他比那几个无赖稍微好一些，但也许是个更残忍的暴徒。问题是，尤兰德和丹露霞都落在他手中，必须很快把他们救出来。为了使你不发生意外，我给你一封信带给大团长。记住你不是作为一个使者去的，而是代表我去的。我给大团长的信是这样写的：他们曾经企图加害于我本人，如今劫走尤兰德女儿的也一定是他们，因为他们恨尤兰德。因此我请求大团长下令严加搜查，找到这姑娘，如果他还想和我们保持良好的关系，应该立即把女孩还回来。"

兹贝什科听了这话，就跪倒在王公脚跟前，抱住王公的双脚，说道：

"但是尤兰德呢，仁慈的殿下，尤兰德呢？请您也为他求求情吧！如果他受了致命的伤，那至少也要让他死在他自己家里，和他的孩子在一起。"

"我在信里也提到了尤兰德，"王公和善地说，"按照规矩，由他指定两个法官，我也指定两个，来调查事情发生的具体细节，放心吧，会还给他公正的。”

商议就此结束，兹贝什科向王公告别后马上就动身了。在他离开之前，富有经验而且很了解十字军骑士团的尼古拉把兹贝什科叫到一旁，问道：

“你要带那个捷克人吗？”

“当然，他离不开我。怎么了？”

“我很怜惜这个小伙子。他是个有用的汉子，如果在决斗中没有遇到比你强的人，你一定会平安无恙地回来，可是他很难活着回来。”

“为什么？”

“因为那些狗修士指责他刺死了德福契，他们肯定会告诉大团长的。再说，他甚至把丹菲尔德的手臂都给扭断了，丹菲尔德可是医院骑士团大团长的亲戚。我很为他担心，如果他跟你去，必死无疑。”

“他绝不能去送死，那让他留在斯佩霍夫。”

兹贝什科和德劳许以及他的侍卫们在第二天早晨动身了。可是赫拉瓦直到现在还一点也不知道这次打算到德意志去的事。

“我去马耳博克了，”兹贝什科说，“但是不知道什么时候能回来……也许很快，就在春季，也许在一年之后，也许根本就不会回来了，你懂吗？”

“我懂的。您一定是去向那里的骑士们挑战的吧？感谢上帝，还好每一个骑士都有一个侍从！”

“不，”兹贝什科回答，“我不是去向他们挑战的，除非迫不得已。但是你不能和我一起去，你要留在斯佩霍夫。”

捷克人听了这话，焦躁不安，悲伤地嘟哝起来，恳求他的主人别把他撇下来。

“我凭十字架、我的荣誉发过誓，决不离开您。如果您发生意外的话，我怎么面对小姐呢！我向她发过誓，请可怜可怜我吧，我不想在她面前丢脸。”

“你难道没有向她发过誓要听从我的命令吗？”兹贝什科问。

“当然！发过誓的。什么事都要听从，就是不离开您。如果您把我赶走，我就离得远一点跟在后面，随时听候差遣。”

“我不赶走你，我也不愿意赶走你，”兹贝什科答道，“你要知道如果我带了你，我的处境就会更加危险。”

“为什么会这样呢，阁下？”

于是兹贝什科把尼古拉的话告诉了他，说那些“恶魔”们肯定会一口咬定是他杀死了德福契。

“如果他们抓住了你的话，”他说，“我肯定不会撇下你不管的，即使我也掉进虎口。”

捷克人听到这些话，闷闷不乐，因为他觉得主人这些话很有理，可是他说：

“但是，那些看见过我的人都已经死了。有谁能作证呢？”

“当时那些跟在你后面不远的马夫都看见过你，那老头也还活着，现在也一定在马耳博克，即使他目前不在那里，大团长也一定会召他去的。”

捷克人无话可说了，于是他们骑着马，默默无声地向斯佩霍夫去了。到那里后，发现已经完全做好了战争准备，因为托里马预计十字军骑士有可能来攻城，兹贝什科一回来可能就率领他们去援救老爷。所以无论是在各条通道上或是在城堡内部，到处都布满着守卫。农夫们都武装起来，热切地等着德意志人来，借此得到出色的战利品。

卡列勃神甫在城堡里迎接了兹贝什科和德劳许。晚饭过后，他就拿出盖有尤兰德印章的羊皮纸文件给他们看，这是神甫亲笔写下、尤兰德口授的那份遗嘱。

“这是他向我口授的遗嘱，”他说，“就在他到息特诺去的晚上，而且——他当时就做好了不回来的准备。”

“但是您为什么一点也没有向我提起呢？”

“我不能说，因为他是在受忏悔礼的时候向我说明他的意愿的。愿上帝赐他永远安宁，愿天国的光辉照耀在他身上……”

“您别为他祷告，他还活着呢。是十字军骑士罗特吉爱说的，我和他在王公那里做了一次决斗，我把他打死了。”

“尤兰德准是不会回来了……除非上帝援助！”

“我马上和这位骑士去救他。”

“看来您还没领教过十字军骑士的毒手吧，我可领教过，在老爷把我带到这儿之前，我在那里做了十五年神甫。只有上帝才能救得了老爷。”

“上帝也能帮助我们。”

“阿门！”

于是神甫打开了遗嘱。尤兰德把所有的产业和领地都传给丹露霞和他的子孙，但如果她死后没有子嗣，就传给她的丈夫博格丹涅茨的兹贝什科。他最后提出要把他的遗嘱托付给王公监督执行。要是有什么不合法的地方，就让王公把它合法化。因为尤兰德本人一直专心于征战，只知道骑士的规矩。神甫把遗嘱读给兹贝什科听了之后，又读给斯佩霍夫守军的官长们听，他们立刻就承认这年轻的骑士是他们的主人，并且保证效忠于他。

军官们认为兹贝什科不久就会带他们去救老爷，可是他们一听到要他们留在家里，而且小主人只是带少数随从去马耳博克控诉，大家都感到很不痛快。

捷克人也跟他们一样不痛快，虽然主人增加了一大笔财富，他很高兴。

兹贝什科突然想念起他的叔叔来了，这是常常会有的事，特别是当他碰到难题的时候。于是他转向捷克人，毫不犹豫地说：

“你干吗要闲在这里呢！去博格丹涅茨吧，帮我送一封信去。”

“如果您不带我一起走，我愿意去那里！”捷克人高兴地答道。

“请卡列勃神甫来把这里发生的一切事情写下来，这封信可以请克尔席斯尼阿的神甫读给我叔叔听，或者由修道院院长读，如果他还在兹戈热利策的话。”

但他说过之后，用手捋捋髭须，好像自言自语地加上一句：

“唔！修道院院长……”

雅金卡顿时出现在他眼前了，蓝眼睛、黑头发、修长的身材、美丽的脸庞，眼睫毛上挂着的泪珠！他觉得有点困惑，用手擦了擦前额，心里说道：

“你会感到难过，姑娘，不过总不会比我更难过吧。”

这时候卡列勃神甫来了，兹贝什科把他到达森林猎场后发生的一切事情详细讲给他。他想叔叔会很高兴，斯佩霍夫相可比博格丹涅茨富有多了。

等卡列勃神甫写好信，盖上印章之后，兹贝什科又把捷克人叫来，把信交给他说：

“也许你可以和我叔叔一起回来，那就太好了。”

但是捷克人却显得面有难色，他犹豫了一下，两只脚换来换去，却又不走，后来还是兹贝什科先开了口：

“你还有什么话要，尽管说吧。”

“我想，您……”捷克人回答，“我想再问您一声，我该怎么向人家说呢？”

“向哪些人说？”

“不是博格丹涅茨的那些人，而是邻近一带……因为他们也很想知道详情！”

兹贝什科决定什么事也不隐瞒他，听了这话就迅速望了他一眼，说道：

“你关心的不是什么别人，而是雅金卡小姐。”

捷克人的脸一红，然后又有些发白，答道：

“我说的是她！”

“你又怎么知道她还没嫁给奇坦，或者维尔克呢？”

“小姐绝不会出嫁。”这个侍从坚决回答道。

“修道院院长也许早就命令她出嫁了。”

“是修道院院长听从小姐的命令，不是小姐听从他的命令。”

“那你想怎么办？也只能把真相说给她听了。”

捷克人鞠了一躬，有点恼怒地走了。

这个捷克人很敬佩兹贝什科，也很同情丹露霞，不过在这世界上他爱雅金卡超过爱一切人，因此从他在切哈鲁夫的那次决斗之前，听到了兹贝什科已成婚的时候起，就一直感到痛苦和伤心。

兹贝什科急着动身，因为他一直思念着丹露霞和尤兰德。可是为了让德劳许休息一下，他准备在斯佩霍夫过一夜，而且由于决斗，缺少睡眠，忧心忡忡，身体也很疲惫。因此晚饭后，他便朝尤兰德的床上一倒，准备睡一会儿。可是还没睡着，山德鲁斯就敲敲房门进来了，一面鞠躬，一面说：

“王爷，您救了我一命，我和您在一起，过着从未有过的舒服生活。现在上帝赐了您一笔大产业，您比以前更富了，王爷，给我个钱包吧，我要到普鲁士去，一个一个城堡去，虽然我在那里也许不安全，但我可以为您办事。”

兹贝什科刚听到这话真想把他从房里扔出去，可是仔细想了一下，就从他床边的旅行袋里拿了一大袋钱扔给了他，说道：

“拿着，去吧！如果你是个无赖汉，那就是诈骗；如果是个诚实人——就为我办事吧。”

“我会像一个无赖那样诈骗别人，”山德鲁斯答道，“但我一定诚实地为您效劳。”

第六章 迫 害

情节简介

老齐格菲里特接到了罗特吉爱写给他的信，得知年轻人要决斗后，便焦急地在家等待着。然而他的“小儿子”并没有如期回来，一天夜晚，罗特吉爱死去的噩耗传来，老人悲痛万分，于是他去监狱里残忍地迫害尤兰德，紧接着，他又走向塔楼杀害丹露霞，不料被意外打昏。这个十字军骑士到底是慈爱的父亲，还是残暴的刽子手？本章将会精彩讲述。

齐格菲里特正要动身去马耳博克的时候，他收到了罗特吉爱写给他的信。首先从信中可以看到他在雅努什王公面前将尤兰德的事情讲得天衣无缝，再念下去却看到了一些意外的、不大有利的消息。罗特吉爱说，为了更好地表明骑士团在抢劫尤兰德女儿的事件中是清白无辜的，他向马佐夫舍的骑士们扔下了铁手套，向那些心存怀疑的人挑战，自己也是为了骑士团的光荣才这样做，并相信骑士团的大团长及所有人都不会责怪他……

当齐格菲里特听到尤兰德的女儿已经结婚了，非常惊奇。因为可能又有了一个虎视眈眈、报仇心切的新敌人坐镇斯佩霍夫。可是他不能放了那姑娘，要不然一切都会败露。突然齐格菲里特想到：大团长一直在极力拉拢雅努什王公，所以会尽量避免和他发生冲突，有可能会把事情查得清清楚楚。想到这里，齐格菲里特也不得不慎重地盘算起来：放掉尤兰德父女会不会好一些？把这些罪行一股脑儿推到丹菲尔德身上去，反正他已经死了。即使大团长因为罗特吉爱和我是丹菲尔德的同谋犯，要严惩我们，但是这样做对骑士团很好。但是一想到尤兰德，他的复仇和残忍的心又狠毒起来了。

于是他心乱如麻，在大厅里走来走去，然后在耶稣受难像面前跪了下来，说道："启示我吧，主啊，教诲我，因为我不知道如何是好！如果我释放尤兰德父女，我们所有的行动都将彻底败露，全世界不会说这是丹菲尔德或者齐格菲里特干的，而是要责骂十字军骑士团，整个骑士团将因此蒙受耻辱。可是如果到大团长面前去撒谎，唉……怎么办才好呢，主啊，教诲我，启示我吧。无论您下什么命令，我一定照做，即使处死我，给我加上脚镣手铐，我也甘愿。"

他祈祷了很久。最后他左思右想，决定等罗特吉爱回来再说吧。他一定会打死那个年轻人。那时候再决定到底是把尤兰德父女藏起来，还是释放他们。

如果把他们藏起来，王公就会派人来找他们，也会写信给大团长，请求他一起找，这样很快就会找到。如果放了他们，那么他看到尤兰德女儿回来了，欢乐之情一定会超过复仇的愿望。我们也可以一口咬定说，我们是在尤兰德的暴行之后才找到她的。

最后，这个想法使齐格菲里特完全安心了。至于尤兰德本人，那倒没什么可怕的。因为他和罗特吉爱早就想出办法，如果非释放尤兰德不可，自有办法叫他既不能为自己报仇，也不危害他们。想到这里，齐格菲里特高兴起来了。至于罗特吉爱，他是一个有名的骑士，怎么会对付不过一个毛头小子。

想来想去，他决定还是先命令城堡内做好一切防御准备，同时也做好上路的准备，等罗特吉爱交战的结果下来再说。

罗特吉爱说过三天之内要回来，可是转眼已经过去了两天，接着又过了第三天第四天，还没有等到他。一直到第五天，天快黑的时候，城堡大门的前面才响起了一阵号角声。刚做过晚祷的齐格菲里特，立即派个侍从去看看是谁来了。

一会儿侍从神色不安地回来了。

"他们回来了没有？"老十字军骑士问。

"回来了！"侍从回答。

但是侍从的声调却使老十字军骑士吃了一惊，于是他问道：

"罗特吉爱修士也回来了吗？"

“他们把罗特吉爱修士抬回来了。”

齐格菲里特连忙站了起来，扶着椅子的扶手，撑了好久，然后才闷声闷气地说道：

“给我拿外套来。”

侍从把外套披在他的肩上后就立即出去了。

不一会，他来到了城堡的庭院里，天已经完全黑了。他缓慢地走在融化的雪地上，向侍卫队走去。那里已经围上了一群人，几个卫兵拿着火把，把那地方照得亮晃晃的。仆从们一见老骑士来了，就让出一条路来。只听得后面黑暗地方人们在低声说：

“罗特吉爱修士……”

“罗特吉爱修士被打死了……”

齐格菲里特走到雪车跟前，尸体就放在雪车上，下面垫着草，上面盖着一件外套，他揭起了外套的一角。

“拿个火来。”他说。

一个仆人拿来一个火把照着尸体，老十字军骑士在火光下细看了一下罗特吉爱，他脸色发白，像冻结了似的，整个脸都收缩了起来，完全变了形，简直让人认不出是他。双眼紧闭，眼窝四周和太阳穴附近都是青一块紫一块。老骑士在一片死寂中注视了好久。人们都望着他，因为大家知道他像父亲一样爱罗特吉爱。但是这老头一滴眼泪也没有流，只是脸色比平常更严厉，流露出一种麻木的冷静。

“他们就这样把他送回来了！”他终于说了。

他立刻转向城堡的侍卫说：

“午夜前准备好一口棺材，把尸体停放在礼拜堂。再给他盖上一件外套，”齐格菲里特说，“不要用这种外套，要用骑士团的外套。”

过了一会，他又加上一句说：

“棺材盖别钉上。”

说完他就走了，走得很慢，进了房间，他的脸仿佛化石似的，毫无表情，在那里坐了很久。时间一小时一小时地过去。城堡内惯常的忙碌停止后，礼拜堂那里不住地传来隐约的捶打声，然后除了值夜士兵的叫唤声之外，就没有声音来打破这里的寂静了。

到午夜时分，老骑士醒来，就叫来仆从。

“罗特吉爱修士在哪里?”他问。

这个仆从显然不明白这老头儿的意思，只是惊慌地望着他，声音发抖地答道：

“我不知道，老爷……”

老头儿突然可怕地哈哈大笑，温和地说道：

“孩子，我是问你有没有把他送进了礼拜堂。”

“送进去了，老爷。”

“很好，告诉第得里赫带钥匙和灯笼到这里来，我没回来不准走，另外叫他拿一小桶煤来。礼拜堂里上灯了吗?”

“棺材四周都点上了蜡烛。”

齐格菲里特披上外套出去了。

他一踏进礼拜堂，看了看四周，然后小心地关上了门，走到棺材跟前，把死者跟前的六支大蜡烛拿开了两支，然后在棺材前面跪了下去。

他的嘴唇一动不动，只是望着罗特吉爱那张冻僵了的，然而仍然漂亮的脸，仿佛要在这张脸上找出残剩的生机。

在一片死寂中，他压低了声调叫道：

“亲爱的小儿子！亲爱的小儿子！”

接着，他不再做声，仿佛在等待回答。

他伸出手来，把他那消瘦的手指伸到那件外套下面，在他的胸口上摸来摸去，一面把上下、中央、肋骨下边的两侧，以及两边肩胛骨都摸了一遍。当他摸到从右肩的顶端一直到胳肢窝的那道伤口，老头把手指插了进去，顺着伤口一直摸到底，于是他大声喊道：

“哦！多么残忍！你还说那家伙完全是个孩子哩！你整整一条手臂被斩断了！整整一条手臂！为了骑士团，你曾经多少次举起这只手臂去攻打异教徒……圣父、圣子和圣灵在上。你是为了不义而战的，却死于不义，上帝宽恕，愿你的灵魂……”

话突然在他嘴上停住了，他嘴唇发抖，礼拜堂内又是一片沉寂。

“亲爱的小儿子！亲爱的小儿子！”

齐格菲里特的声调中带有一种恳求的意味，他放低了声音，仿佛他的恳求中还含有什么重要而可怕的秘密。

“慈悲的基督啊！把手动一动，或者眨一眨眼睛……打一个手势吧，你知道我是多么爱你，说一声吧！”

他的双手撑在棺材边上，一直盯着罗特吉爱紧闭着的眼皮，等在那儿。

“唉！”他终于说道，“既然你的身子已冻僵了，发臭了，怎么能说话呢？你既然一声不响，那我就来告诉你一些事，但愿你的灵魂能听到！”

他弯下身子，对着尸体的脸庞。

“还记得当时神甫不让我们干掉尤兰德，我们曾为此起过誓吗？那好，我就信守那个誓约，但是不论你现在在什么地方，我都要让你高兴，哪怕我会因此而下地狱。”

说完，他就离开了棺材，把烛台放回原处，在尸体上面盖好了外套，然后走出礼拜堂。

第得里赫奉齐格菲里特的命令已经等在房间里。这人又矮又胖，罗圈腿，四方脸，一条长达双肩的黑头巾遮住了他的脸。他的腰上束着一条野牛皮的带子，带子上挂着一串钥匙和一把短刀，右手提着一只羊皮纸糊的灯笼，左手拿着一只小桶和一支火把。

“你准备好了吗？”齐格菲里特问道。

第得里赫默默地行了个礼。

“我吩咐过你带一桶煤来的。”

这个矮汉子还是一声不响，他只是指了指火炉里燃烧着的木材，拿起铁铲，把燃烧着的煤装在桶里，然后点亮灯笼，等在那里。

“听着，狗东西，”齐格菲里特说，“你曾经泄露过丹菲尔德骑士命令你做的事，因此才丢掉了你的舌头。但是你还能够用手指向神甫做手势告密。因此我预先警告你，只要你稍微做一做手势，把现在我叫你去做的事稍微泄露给神甫，我就下令吊死你。”

第得里赫又默默地行了个礼，但是他的脸由于恐怖的回忆绷得很紧。其实他的舌头被割掉是另有原因的，并不像齐格菲里特所说的那样。

“现在你走在前面，领我到关着尤兰德的那个地牢里去。”

第得里赫用一只大手拎起了煤桶，提起了灯笼，带头就走。下了扶梯,转了个弯,走向扶梯后面的小走廊,一直走到房屋的尽头,到了一扇隐蔽的大铁门那里。第得里赫开了铁门,他们又来到了一个露天小院子里,四面都是筑有高墙的粮仓,那里面储备着粮食。右面的一处仓库下面就是一个地牢。那里一个士兵也没有,因为即使犯人能够逃出地牢,也只能来到院子里,而这个院子的唯一出口就是那个隐蔽的大铁门。

"等一等。"齐格菲里特说。一面靠着墙休息了一下,因为他觉得有些不舒服。

白天天气很阴沉,夜空却非常爽朗,小院子被月光照耀得非常明亮,雪地里闪着微黄的光亮。齐格菲里特深深地吸了一口清新的空气。

"带路!"齐格菲里特说。

第得里赫放低了灯笼,雪地上映出一圈圈的黄光,他们又向前走了。仓库的厚壁上有一个凹坑,从那里走进去几步路,一扇大铁门。第得里赫开了门,从一条漆黑的小路中走下扶梯,一面高举着灯笼给老骑士照路。扶梯的尽头是一条走廊,里面从右到左,都是通向牢房的非常低的矮门。

"到尤兰德的牢房去!"齐格菲里特说。

不一会他们进去了,里面一片漆黑。齐格菲里特在昏暗的灯笼光下看不大清楚,于是吩咐点起火把,顿时火把的亮光让他看到躺在草堆上的尤兰德。犯人的双脚上了镣铐,手上的锁链比较长一些,这样可以把食物送到口中。他身上披的仍旧是那件粗麻布衫,只是沾染了许多殷红的血斑,因为战斗结束的那天,这个痛苦得发狂的骑士不幸被套在网里,士兵们用矛把他戳得伤痕累累。后来神甫出来干涉,尤兰德这才没有被当场打死,但已流了不少血,抬进地牢时已经半死不活了。城堡里的人时时刻刻都以为他会死去。但是他惊人的体力终于战胜了死亡,尽管没有人给他治疗,尽管四壁都盖着厚雪和冰柱。

齐格菲里特命令第得里赫把火光直照着尤兰德的脸,默默地凝视了好一会儿。接着转向第得里赫说道:

"看清楚,他只有一只眼睛——把它弄瞎。"

刽子手手里拿着的火把有点哆索。但是,刹那间大滴大滴的火烫的沥青落到了尤兰德的眼里,一直滴满眼睛、眉毛和突出的颧骨为止。

尤兰德的脸抽搐了一下,灰色的胡须抖动着,却没有一声怨言,他连哼都没哼一声。

齐格菲里特说道：

“我们答应过释放你，我们会释放你的。但是，为了不让你指控骑士团，你那条舌头也应该割掉。”

他又向刽子手作了个手势，刽子手发出一声奇怪的喉音作为回答，一边用手势向老头表示他得用一双手，让老骑士拿一拿火把。

齐格菲里特从他手里接过火把，手伸得长长的，不住地发抖。等到第得里赫双膝压在尤兰德的胸上时，这个老十字军骑士连忙掉过头去，望着盖满白霜的墙壁。

链条丁当丁当地响了一阵，接着就听到一声沉重的喘息，像是一声含糊的、深沉的呻吟，接着便一切都沉寂了。

最后，齐格菲里特说：

“尤兰德，你所受的惩罚是罪有应得的。但是我已经答应过罗特吉爱修士，他被你的女婿打死了，要把你的右手放进他的棺材。”

第得里赫一听到齐格菲里特的话，又向尤兰德身上俯了下去。

没多久，齐格菲里特和第得里赫回到那明月照耀的露天院子里。当他们再进入走廊的时候，齐格菲里特从第得里赫手里接过灯笼，又接过一件包着破布的黑黑的东西，然后自言自语地大声说道：

“先到礼拜堂去，再到塔楼去。”

第得里赫目光炯炯地望了他一眼，老骑士命令他去睡觉。

老头披好外套，把灯笼挂在礼拜堂发亮的窗口，然后走开。一路上沉思着刚才所做的事。慢慢地齐格菲里特又走进礼拜堂，把尤兰德一只血淋淋的手放在罗特吉爱脚旁，一边跪在棺材前面。

“你看，”他说，“我干的事情已经超过我们商定的范围了。尤兰德活不了多久，他会像一条狗那样死在篱笆下面了。”

他深深地吁了一口气，说道：

“啊！你是我唯一的亲人。现在我什么亲人也没有了，我向你发誓，如果我还能活下去，小儿子啊，我还要把打死你的那只手拿来放在你的墓前，否则我宁可死……”

说到这里，这个老十字军骑士咬紧牙关，全身猛地抽搐了一阵，好久

说不出话来。后来,他又断断续续地说:

“不错,打死你的凶手仍然活着,但是我一定要把他剁成肉酱……还有那些和他一起的人,我一定要使他们受到比死亡更难受的痛苦……”

他不再说下去了。马上又站起身来,轻声地说:

“现在我向你告别了……我最后一次仔细看看你的脸,也许我能从你的脸上看出你是否喜欢我的诺言……最后一次。”

他揭开了罗特吉爱的脸罩,但他突然往后一退。

“你在笑……”他说,“可你笑得多么可怕……”

其实,也许是由于燃烧着的蜡烛的热度,所以尸体腐烂得非常快,这个年轻骑士的脸容确实显得可怕。肿胀得什么似的、铅灰色的嘴巴显得奇形怪状,两片发青的、肿大而歪斜的嘴唇,看上去仿佛在龇牙咧嘴地笑。

齐格菲里特连忙盖上了那可怕的死人面孔。

他提了灯笼,离开礼拜堂。他感觉到喘不过气来,一走进房间就倒在他那硬邦邦的床上,一动不动地躺了一会儿。他本来以为会睡着的,可是突然有一种奇怪的感觉向他袭来。他觉得再也不能睡觉了,否则死神马上就会降临。

齐格菲里特已经把死看作是极大的解脱,但是,他不想在那天夜里就死。所以他坐在床上叫道:

“让我活到明天吧。”

于是,他清晰地听到一个声音向他耳中低语道:

“离开这屋子。到明天就来不及了,你就永远不能实现你的诺言了。去吧!”

老人艰难地站起身来,走出去了。礼拜堂的窗户发射出来的灯光黄闪闪地照在雪地上。院子中央靠近石墙的地方有两条黑狗拖着一块黑色的烂布戏耍。除此以外,院子里空荡荡、静悄悄的。

“今夜就得离开!”齐格菲里特说,“我必须走……大家都睡熟了。尤兰德也被折磨得差不多了,大概也睡着了。我一定要去,我一定要去,你在那里笑,但是我没有力气了。你在笑,你显然很高兴。可是,你瞧,我的手指都发麻了,双手毫无气力,我自己已经干不了这事啦……那个同她睡在一起的仆人才干得了……”

他就这样自言自语，拖着沉重的脚步向着大门旁边的塔楼走去。过了一会儿，齐格菲里特已经来到塔楼那扇狭小的门前了，老头拨开门闩，摸索着近旁的扶梯栏杆，走上楼去

走了几步，他突然停下来，因为他好像听见了那上面有呼吸声，像人，又像野兽。

“是谁?”

没有回答，呼吸声却愈来愈急促。

“是谁?”他声音嘶哑地问道。

这时候似乎有个什么东西重重地在他胸前打了一下。打得很重，使得这老头儿仰天倒在门口，还没来得及呻吟就昏了过去。

接着是一片寂静，随后一个黝黑的身影偷偷地从塔楼里出来，向着院子左方的马房急急跑去。刚才那两条狗也跟了上去，消失在墙壁的阴影里。但没多久，一只狗出来了，头凑在地面上，仿佛在嗅另外一条狗的足迹。这条狗一路嗅着，来到齐格菲里特躯体跟前，仔细地闻着，然后蹲在这个趴在地上的人的头边，叫了起来。

叫声持续了很久，使得这个阴沉的夜晚又平添了一番阴森和恐怖的气氛。最后，大门中间的一道小门打开了，一个持矛的士兵走到院子里来了。

“死狗。”他说，“我要教训教训你，让你晚上再叫!”

说着，就准备用矛戳这畜生，但他顿时就看见一个人躺在那里。

“主耶稣啊，那是什么?”

他低下头去看看那个趴在地上的人的脸，当即尖叫起来：

“救命！救命！救命!”

他向大门冲去，用尽气力去拉钟绳。

第七章　雅金卡的悲伤

情节简介

赫拉瓦踏上了前往博格丹涅茨的路，这个忠实的仆人将主人最近发生的事情细细讲给了老马奇科听，对于侄儿的婚姻、丹露霞的失踪，老人十分惊奇。但面对事实，也无力挽回。善良的雅金卡知道后痛彻心扉，因为她在不久之前刚刚失去了慈爱的爸爸，如今似乎又失去了心爱的兹贝什科。

虽然赫拉瓦急着赶到兹戈热利策，但因为路非常难走，所以不能像他期望的那样策马飞奔。

二月里，先是密密层层、没完没了的迷雾，接着是倾盆大雨，时不时地还要刮起像三月里经常碰到的大风，乌云突然间被风儿撕得粉碎。大雨将树林变成了一片汪洋，江河也泛滥起来，这种大水只有渔夫感到高兴，其余的人都待在家里。在许多地方，村与村之间只能通过船只来往。

捷克人感到最难通过的地方就是湖泊区，这里每到春天，解冻的面积比其余任何地方都要大，所以骑马前进特别困难。因此他不得不等了一个礼拜又一个礼拜，有时候等在小镇上，有时候等在村子里和农庄里。这样一直等到三月多，他才到了兹戈热利策和博格丹涅茨邻近的地方。

他巴不得尽快看到他的女主人。虽然他知道，对他说来，她像天上的星星一样高不可攀，却仍然全心全意地崇敬她，爱慕她。但是他决定先见见马奇科。因为他是兹贝什科派来见他老人家的，而且他随身带来的人都要留在博格丹涅茨。兹贝什科打死了罗特吉爱之后，按照规矩，死者的十个侍从和十四马都归他所有了，其中两个人到息特诺去护送罗特吉爱的尸体了。兹贝什科知道叔叔需要人手，就把其余八个人作为礼物送给马奇科。

这个捷克人到博格丹涅茨时，马奇科没有在家。原来老人家带着狗和石弓到树林里去了。不过，马奇科当天就回来后，一听到有一个重要的侍卫队在等着他，就赶来迎接客人，殷勤款待他们。起初他没有认出赫拉瓦，等他报了姓名后，老人家开始吓得要命，把帽子和石弓扔在地上，嚷道：

“天啊！告诉我，他们打死他没有？”

“他们没有打死他。”捷克人回答，“他身体很好。”

听了这话，马奇科深深地吁了一口气。

“赞美主耶稣！”他说，“他现在在哪里？”

“他上马耳博克去了，派我到这里来报信。”

“他为什么要到马耳博克去？”

“去找他的妻子。”

“小心点，小伙子，上帝在上，他去找什么妻子？”

“找尤兰德的女儿去了。说来话长，够我们谈上一整夜的，但是，尊敬的骑士，请让我休息一会儿，我累得要命，从午夜赶路一直赶到现在。”

马奇科停了一会儿没有问话，因为他惊奇得说不出话来。等他定了一下神，就叫仆人给捷克人拿些吃的来。然后他踱来踱去，指手画脚，自言自语：

“我简直不相信我自己的耳朵……尤兰德的女儿……兹贝什科结婚了……”

“可以说结婚了，也可以说还没有结婚。”捷克人说。

他现在才慢吞吞地谈起经历的一切，马奇科热切地听着，偶尔插进来问几句。赫拉瓦将主人离开博格丹涅茨后到现在的事情都讲给了老骑士听，只要是他看到、听到的他都讲了出来。

老头儿注视着这捷克人说：

“看来你说的是实话。我原来还以为你说谎，现在我才相信你的确是轻而易举地干掉了那个侍从，是值得赞扬的事。”

接着，他突然又问道：

“战利品丰富吗？”

“我们缴获了甲胄、马匹和十个人，小骑士送了八个来给您。”

“另外两个人呢？”

“派他们送尸体去了。”

“王公为什么不派他自己的奴仆去？要知道那两个人是不会回来的了。”

捷克人发现老骑士常常流露出的贪心，不由得好笑。

“小骑士现在是不会把这些小事放在心上了。”他说，“斯佩霍夫是一笔大产业呢。”

“大产业固然是大产业，那又怎样呢，究竟还不是他的。”

“那么是谁的呢？”

马奇科甚至站起身来。

“说吧！还有尤兰德呢？”

“尤兰德已经落到十字军骑士团手中了。谁知道他会不会活下去，即使他活着回来了，那又怎样呢？卡列勃神甫已经读过尤兰德的遗嘱，向大家宣布小骑士就是他们的新主人了。”

老骑士一听到这话，激动之情立刻流露在脸上，本来他还不愿意让兹贝什科和丹露霞结婚，如今得到这么一大笔财富，简直是出乎他的意料。但是转念一想兹贝什科去了德意志人那里，谁知道会有什么结果呢，又不由得担心起来。心想要是这小伙子逃过了十字军骑士的毒手却找不到他的妻子，又会怎样呢？这个想法倒使他高兴，因为即使兹贝什科找不到她，斯佩霍夫仍然归他，但是如果丹露霞有如石沉大海，生死不明，兹贝什科又不能再娶别人，那么他们家族就不会有后代了。唉！如果他和雅金卡结婚了，事情就大不同了！这样一想，马奇科心中不免有些烦闷。他又向这个捷克人重新提起刚刚问过的那些问题：兹贝什科是在什么时候结婚的，婚礼是怎样进行的？

捷克人答道：

“我已经告诉您了，可尊敬的骑士，我不知道婚礼是在什么时候举行的，我只是推测，并不能发誓说准有这回事。”

“那你是怎么推测的？”

“有一天晚上，他吩咐我离开他，当时我看见他的房间里只有尤兰德小姐、王妃、德劳许骑士和维雄涅克神甫，这位年轻的小姐头上戴着一个花冠，觉得很奇怪，我以为神甫是来为我的主人行圣餐礼的……也许就是那一次举行婚礼的。我想起当时小骑士吩咐我把他打扮得像赴婚礼一样，但是当时我也以为他是去领圣餐的。”

“唔，那以后呢？他们两人有没有单独在一起待过？”

“他们两人没有在一起待过。因为说是尤兰德派来接她女儿回去的，所以她第二天早晨就走了。”

“问题是十字军骑士团要她干什么呢？”

“向尤兰德的后代报仇呀。他们恨透了他的所作所为……”

又沉默了一会儿。

“你是个机灵的侍从，”马奇科最后说，“你认为他们会把那女孩儿怎么样呢？”

“维托尔德王公是个威震海内的王公，据说连德意志皇帝都要向他低头。可他们怎样对付他的子女呢？他们还少城堡吗？少地牢吗？少绳子和绞索吗？”

“永生的主在上！”马奇科喊道。

“但愿上帝别让他们把小骑士也扣留起来，尽管他随身带着王公的一封信，德劳许骑士也陪着他，他可是一个著名的骑士。至于尤兰德小姐，现在找到她就如大海捞针。”

马奇科凝神思索了很久，然后他说：

“是的！那是毫无办法的。但如果我打听到她已经过世，那么斯佩霍夫反正归兹贝什科所有，他还是可以另娶一个姑娘。”

马奇科说到这里，松了口气，仿佛心里放下了一块大石头。赫拉瓦低声问道：

“您是指兹戈热利策的那位小姐吗？”

“嗯！”马奇科回答，“何况她现在又是一个孤儿，奇坦和维尔克老是纠缠不休地向她求婚。”

这个捷克人听了这话，身子一挺。

“小姐是个孤儿了吗？齐赫骑士怎么了？”

“这样说来，你还不知道哩。”

“为了上帝的慈爱！出了什么事？”

“嗯，她是个孤儿了。前一段时间，齐赫给修道院院长写信，说他打算去普鲁席姆卡王公那里做客，邀请修道院院长一起去。齐赫因为和王公关系很好，常常在一起寻欢作乐。他不听我劝，说走就走了。他们到那里就寻欢作乐，又去看了诺沙克老人。可是王公雅斯科因为憎恨普鲁席姆卡王公，集结匪帮来袭击他们。普鲁席姆卡王公被弄死了，齐赫也在战乱中死了。强盗们打昏了修道院院长，到现在还他不断摇着头也不会说话了，大概永远不会好了！雅金卡十分伤心，一直哭着。这就是寻欢作乐的结果……六个礼拜前，他们把齐赫运了回来，埋葬在这里。在他走之前，他让我照顾好兹戈热利策和雅金卡，因为了解奇坦和维尔克的真面目后，就决定再也不能让他们俩接近雅金卡了。”

捷克人悲伤地说：“啊，我非常难过！尤其为孤苦无依的小姐难受。”

“真是个可怜的好姑娘，她爱她的父亲胜过一个男人爱自己的母亲。她在兹戈热利策也不安全。葬礼之后，雪还没有盖上齐赫的坟，奇坦和维尔克就来袭击兹戈热利策了。幸好我的手下人事先得到了消息。于是我就带着仆人去援救雅金卡。我们及时赶到那里，狠狠地揍了他们一顿。打过以后，雅金卡马上跪下来求我救她。‘如果我不能嫁给兹贝什科，’她说，‘那我就不嫁男人了。把我从这两个败类手里救出来吧，我死也不嫁他们……’这以后，奇坦和维尔克又去侵犯过两次，但他们没有得逞。今后会有一段太平时期了。因为他们互相打架，都受了重伤，伤得很重，手脚都不能动弹了。”

赫拉瓦没有回答，只听到奇坦和维尔克的行为的时候，气得咬牙切齿，他那双强壮的手不住地擦着大腿，仿佛发痒似的。最后这捷克人才吃力地说出两个字来：

“无赖！”

就在这时门突然开了，雅金卡冲了进来，和她一起来的是她的大弟弟，十四岁的雅斯柯，模样儿很像她，仿佛是孪生姐弟。

她从农民那里得到消息说赫拉瓦回来了，但是兹贝什科并没有来，觉得发生了什么不幸的事。因此迫不及待地赶到博格丹涅茨来弄清真相。

“出了什么事？赶快告诉我。”她跨进门槛就嚷道。

“会出什么事呢？”马奇科答道，“兹贝什科生龙活虎的，身体很好。”

这捷克人急忙赶到他的女主人面前，屈下一膝，吻着她的衣角，但她一点也没有注意。她听到了老骑士的回答之后，才想起应该招呼这个捷克人似的。于是她蹲下身去对他说：

“赫拉瓦，见了你，我很高兴，但是你为什么撇下你的主人？”

“是他派我来的，仁慈的小姐。”

“他怎么吩咐的？”

“他吩咐我到博格丹涅茨来。”

“到博格丹涅茨？还有呢？”

“他还叫我捎来问候和祝福。”

“就是到博格丹涅茨吗？那他现在在哪儿？”

“他到马耳博克去了，到十字军骑士团那里去了。”

雅金卡脸上又露出了惊惶的神情。

“去干吗？他活得不耐烦了吗？”

“仁慈的小姐，他是去寻找他找不到的东西。”

“我相信他也很难找到，”马奇科插嘴说，“没有上帝的意旨，愿望怎么能实现？”

“您在说些什么呀？”雅金卡问道。但是马奇科却问了另一句话作为回答。

“你知道兹贝什科离开博格丹涅茨是为了找尤兰德小姐的吗？”

雅金卡没有立刻作答，过了一会儿，她才屏住了气，答道：

“我知道。”

“好吧，那现在我可以爽爽快快地讲了。”老人回答。

于是他把捷克人讲给他的一切都复述了一遍。但是凡是会刺激雅金卡的话，他都尽量回避，并且一再强调他自己的看法，认为兹贝什科实际上绝不是丹露霞的丈夫，而且她已经永远不属于他了。

捷克人不时地证实着老人的话，点点头表示赞成。

雅金卡闷声不响地倾听着，眼睫毛低垂得几乎触到脸颊上，静默得使马奇科担心。

“唔，你怎么看呢？”他说完后，问道。

但是，她没有回答，只见她眼眶里闪烁着的两颗泪珠滚到脸上来了。

过了一会儿，姑娘走到马奇科跟前，吻着他的手说道：

“赞美上帝。”

“永生永世!”老人回答。“你家里很忙吗?在我们这里多待一会儿吧。”

但是她谢绝了,说家里人等她回去做晚饭。其实老骑士知道兹戈热利策有个老妇人谢崔霍瓦,能够替雅金卡做这些家务。但他也不勉强留她,因为他知道悲伤会使人流泪,而人们都不喜欢别人看见自己流泪。

于是老骑士就和捷克人一起陪她到了院子里。

捷克人却从马房里牵出了马,跟着小姐一起走了。

马奇科回到屋里,摇摇头,叽里咕噜地说:

“兹贝什科你这傻瓜!真是,她到了这里,整个屋子都像充满了香味。”

老人暗自叹息道:“如果兹贝什科一回来就娶了她,那该有多么愉快和欢乐!但现在怎样呢?只要一提起他,她的眼里就立刻充满了泪水,可是这家伙却跑到外面去了。而家里却空荡荡的,庄园倒是有些收入。但如果无人继承的话,那么无论斯佩霍夫,还是博格丹涅茨,也是白忙活。”

想到这里,马奇科发火了。

“等着吧,你这流浪汉。”他喊道,“我绝不去找你,你自己爱怎么干就怎么干去吧!”

但是就在这时,他又突然非常想念兹贝什科。

“嗨!我不去吗?”老人想道,难道我就这样守在家里吗?不行,不行!我想再见一见那个淘气孩子。必须如此。他又要去和那些德意志狗决斗了——他又会取得战利品带回来。别人要到年纪大了才获得骑士腰带,他却从王公那里拿到腰带了……

他的慈爱之心打消了他的怒气。他忽然想起了雅金卡刚刚走了,于是他又坐立不安起来。

“我非去不可。”他对自己说,“可是谁来保护这姑娘抵挡奇坦和维尔克呢?但愿天雷劈死那两个家伙。”

那时雅金卡和弟弟雅斯柯正在途中,穿过那座通向兹戈热利策去的森林。捷克人在后面默默地陪伴着他们,心里充满了爱和忧伤。刚才他看见她掉眼泪,猜想她一定很悲伤、很痛苦。他也觉得,维尔克或者奇坦贪婪的双手随时都会从黑暗的丛林中突然伸出来夺走她,一想到这里,他就暴跳如雷恨不得跟他们来一次决斗。

快到兹戈热利策的时候，捷克人心里的悲伤代替了对奇坦和维尔克的愤怒：为了您，我牺牲流血都在所不惜。

他一边这样想，一边策马靠近雅金卡的马。

“仁慈的小姐……”

“你骑着马和我们一起来的吗？”雅金卡问道，她好像刚从梦中醒过来似的。

“我忘记把兹贝什科要我向您说的话告诉您。我刚要离开斯佩霍夫的时候，他把我叫去说道：‘向雅金卡小姐鞠躬致敬，告诉她，不论我运气是好是坏，我永远也不会忘记她对我叔叔和我的恩情，祝她健康。’”

“愿上帝也报答他的好意。”雅金卡答道。

然后，她又添上一句，声调十分奇妙，弄得捷克人的心完全融化了。

“还有你，赫拉瓦。”

他们的谈话停了一会儿。这个侍从既为自己高兴，也为小姐这番话高兴，他心里说：“至少她没有说他忘恩负义了。”然后他又开始绞尽脑汁，想出几句类似的话来说给她听。过了一会儿，他说道：

“小姐。”

“什么？”

“这……我想说，正如博格丹涅茨的老骑士说过的一样：‘那位小姐是永远失踪了，永远也找不到她了，哪怕大团长本人也帮不了他的忙。’”

“可她毕竟是他的妻子。”

捷克人点点头。

“不错，她毕竟是他的妻子……”

雅金卡听了这话，没有回答。到了家里，吃过晚饭，等到把雅斯柯和小兄弟们都打发去睡觉以后，雅金卡吩咐下人拿来一壶蜂蜜酒，对捷克人说：

“也许你要睡了。我倒想和你再谈谈。”

捷克人虽然十分疲乏，可是哪怕和她谈到明天早晨也愿意。于是他们就谈起来了，他重新把兹贝什科、尤兰德、丹露霞和他自己的遭遇仔细说了一遍。

第八章　马奇科的智慧

情节简介

马奇科准备去找兹贝什科，但却放心不下他的博格丹涅茨。于是他到了老维尔克家施计骗取了两人的信任，父子俩立誓要保护好他的家乡，并且愉快地答应保护好齐赫的子女，老骑士心中的石头总算落下。与此同时他决定带上雅金卡，女孩儿心中的希望之花又一次绽放……

马奇科准备上路了。但是雅金卡已经两天没有到博格丹涅茨过了，因为她一直在和捷克人商量。

直到第三天，老骑士才在他到教堂去的路上遇见了她。

"我本来打算做完礼拜之后就到博格丹涅茨来看您，"她一面向马奇科问好，一面说道，"因为我要同您商量一件急事，正好我们这会可以谈谈。"

马奇科一走到她身边，她就问道：

"您一定走吗?"

"如果上帝允许，最迟明天就走。"

"您准备去马耳博克吗?"

"有可能到马耳博克去，或者到别的地方去，要看情况决定。"

"那么请听我说。您很清楚，如果爸爸活着，修道院院长有势力，事情就完全不同了。奇坦和维尔克始终认为我应该在他们两个当中挑一个，所以他们都忍住了气。可是现在我只有我一个人，连个保护人也没有。这样一来，要么我像一个囚犯似的住在兹戈热利策的城堡里不出来，要么就任由他们纠缠和欺辱。您说是不是?"

"不错，"马奇科说，"我自己也这样想过。"

“那么您有什么主意吗?”

“我没有想出什么主意来,不过我必须告诉你一点:我们都在波兰境内,法律会严惩那些不法之徒的。”

“话是不错,可是要知道,越境也是很容易的。老实说,我知道西里西亚也在波兰境内,可是王公们却在那儿互相争吵袭击。我避开奇坦和维尔克倒很容易,问题还有我弟弟。如果我不在,一切就太平了,如果我留在兹戈热利策,不知道会招来什么灾难。准会发生种种暴行和战斗。雅斯柯已经十四岁了,连我自己在内,谁也拦不住他。上次您来援助我们的时候,他就冲了出去,奇坦用棍子向人群挥舞,几乎击中了他的头。我留在这里,就不会有一天太平,连我弟弟也会遭受灾难。”

“千真万确。奇坦和维尔克都是狗东西。”马奇科说,“虽则他们不敢动手打孩子。嗨!只有十字军骑士才会这么干。”

“他们固然不会动手打孩子,但是万一碰上一场骚乱,或者,上帝保佑,碰上一场火灾,什么乱子不会出呢。谢崔霍瓦老婆婆爱我弟弟像爱自己的亲生子女一样,无微不至,可是我不在……我不在,他们也许会安全些。”

“也许会。”马奇科回答。

他狡猾地望了这姑娘一眼。

“那么,你要怎么办呢?”

她低声答道:

“带我一起走。”

这时候马奇科虽然猜得到这场谈话的用意,却也非常吃惊。他勒住了马,喊道:

“别作孽了,雅金卡。”

她垂下了头,羞怯而忧郁地答道:

“您可以这样想,可是对我说来,我宁可向您说出来也不愿闷在心里。赫拉瓦和您自己都说兹贝什科永远也找不到丹露霞了,而捷克人认为简直不可能找到她。上帝证明,我绝不希望见到她。而且兹贝什科爱她胜于爱我。唔,这有什么办法呢!这是我命该如此。可是您瞧,只要兹贝什科找不到她,或者像您所说的,永远找不到她,那么,那么……”

“那么怎样呢?”马奇科问,同时看到这姑娘愈来愈发窘,愈来愈结结巴巴了。

“那么,无论奇坦,还是维尔克,无论是谁,我都不愿嫁。”

马奇科畅快地呼吸了一下。

“我还以为你已经把他忘了呢。”

但是她声调愈加忧愁地答道:“啊!”

“那你打算怎样呢?我们总不能把你带到十字军骑士团那里去吧?”

“不一定要到十字军骑士团那里去,我可以去谢拉兹,修道院院长正在那边的医院养病,他身边一个亲人也没有。何况他是我的教父和保护人。如果他身体好了,他还能继续保护我,因为人们都怕他。”

“这我不反对,”马奇科说,事实上他很乐意让雅金卡跟他一起去,因为他很了解十字军骑士,相信丹露霞绝不会从他们手里逃得了命。“但是我只告诉你一点,和一位姑娘出门实在不方便。”

“也许和别的姑娘出门会有不方便,跟我出门却不见得如此。到现在为止,我还没有出过事,而且我已惯于带着石弓出门,还能够经受得起狩猎的艰苦。请别担心。我可以穿上雅斯柯的衣服,戴上发网,那样根本看不出来我是个姑娘。”

“兹贝什科也认不出吗?”

“只怕我见不到他……”

马奇科想了一会儿以后,突然笑了,说道:

“但是维尔克和奇坦要暴跳如雷呢。”

“让他们去!如果他们来追我们,那就麻烦了。”

“哼!别怕。我老虽老,他们最好还是别挨上我的拳头。”

不知不觉来到了教堂。做过弥撒,马奇科就心情舒畅地立即和雅金卡回去了……他们在十字路口彼此道别分手,马奇科独自回到博格丹涅茨去,心里又想起了一些不很愉快的念头。他知道,奇坦和维尔克,他们对自己恨之入骨。他这一走,博格丹涅茨只得听天由命了!田界被侵占,畜群被赶走,农夫被诱走!如果上帝让我回来,那么我就要跟他们战斗,不是用拳头斗,而是用法律跟他们斗!他们一定会联合起来对付我,因为我破坏了他们的爱情。如果她和我一起走了,他们就更加要痛恨我了。

博格丹涅茨的庄园已经有了起色，他非常放心不下。他断言等他回来时，田园一定是荒芜不堪了。

“看来必须想个对策才好！”他想。

吃过午饭，他吩咐备好马，直接上勃尔左卓伐去了。

他到达那儿的时候，天已经黑了。老维尔克坐在前屋，被奇坦打伤了的小维尔克躺在一张铺着兽皮的长凳上。马奇科出人意外地走了进去，脸色严峻地站在门槛上。他没有穿铠甲，只是在腰上佩着一把大剑。父子俩立即认出他来。最初，他们都突然跳了起来，像闪电似的，向墙壁那边冲了过去，准备拿武器。

但是阅历丰富的老马奇科很了解这些人和他们的风俗，一点也不慌张，连自己身上的剑也没有摸一下。他只是双手叉腰，用一种微带讥讽的口吻安静地问道：

“这是干什么？难道勃尔左卓伐的贵族就是这样待客的吗？”

这两句话后他们立即放下了武器，都伸长了脖子望着马奇科，虽然脸上仍旧流露出敌意，但也流露出吃惊和不好意思的神情了。

马奇科笑笑说：

“赞美耶稣基督！”

“永生永世。”

“我是怀着好意来访问你们的。”

“我们也怀着好意问候您，上帝的客人。”

于是老维尔克父子俩一起跑到马奇科跟前，都紧握客人的手，让他坐了上座。他们又立刻向火炉里扔了一块木头，铺好桌子，放上满满一盘食物，一坛麦酒，一桶蜂蜜酒，吃喝起来。

父子两人都急于要知道马奇科来访的目的。可是他们两人都不问他原因，只等他先说。

马奇科是个懂礼貌的人，他赞美着食物、美酒和殷勤的招待。吃得心满意足了，才抬起头，神气十足地说：

“人们常常争吵，但是邻居和睦最最重要。”

“没有比睦邻和谐更好的事了。”老维尔克沉着自若地附和说。

“常常有这样的事。”马奇科说，“一个人要远行的时候，就连他的仇敌,他也要去告别一声,和他言归于好。”

“愿上帝报答您这些坦率的话。”

“不仅嘴上说说就算数,而且要有行动,因为我真来向你们告别了。”

“见了您,我们衷心高兴。欢迎您每天光临。”

“我本来打算在博格丹涅茨以骑士的方式设宴好好款待您。可是我急于要走,来不及了。”

“去参加战争,还是到什么圣地去?”

“要是去参加战争或者到圣地去倒好啦,我打算去的地方很糟——要到十字军骑士团那里去。”

“到十字军骑士团那里去?”父子两人异口同声地喊道。

“是啊!”马奇科回答,“去那种地方,这次要带足人马,要不然不仅会丧失生命,也丧失灵魂得救的机会。”

老维尔克说:“我从来没有见过一个人没有受到过他们的残害和压迫。”

“整个王国都是这样,”马奇科补充说,“只有这些十字军魔鬼才是波兰王国的沉重负担。”

“很对,这您也知道,我们忍受啊,忍受啊,可现在忍无可忍了,是收拾他们的时候了。”

老人在手掌中吐了一口唾沫,小维尔克接下去说:

“只有这样。”

“是不是给兹贝什科送赎身金去?”

老维尔克一提到兹贝什科的名字,儿子的脸就顿时气得发白。

可是马奇科安静地答道:

“也许要带赎金去,不过并不是去赎兹贝什科。”

这句话使父子两人感到奇怪,老维尔克再也忍不住了,就说:

“您究竟能不能告诉我们,到那里去干什么?”

“我一定告诉您!一定告诉!”他说,一面点头表示同意。“但是首先让我告诉您另一件事:请听着!我离开以后,博格丹涅茨将听天由命了……从前我和兹贝什科在维托尔德王公旗下作战的时候,修道院院长、齐赫，多少照顾过我们那份小产业。现在连那种照顾也没有了。一想到我的辛勤和血汗将付诸东流，就非常难受……您可以想象得到……只有一个补救的办法，只有一个可靠的帮助……那就是好邻居。因此我来请求您看在邻居分上，替我保护保护博格丹涅茨，不让它受到损害。"

老维尔克听了马奇科的这个请求，连忙和他的儿子交换了一下眼色。他们静默了一会儿，谁都鼓不起勇气来回答。但是马奇科又把另一杯蜂蜜酒举到嘴边，喝干了，然后继续说下去，说得那么镇静和推心置腹，简直把这两个人当作他多年来最亲密的朋友。

"我已经坦白告诉过你们，谁最可能来侵犯。除了奇坦，还会有谁呢。虽然我们一直彼此不和，但我对你们丝毫没有顾虑，因为你们是高尚的人，光明正大，决不会用卑鄙行为来报复你们的敌人。骑士总归是骑士，契当却是一个下等人。这种人，您知道，什么事都做得出。他非常痛恨我，因为我破坏了他对雅金卡的追求。"

"您是要把她留给您侄儿的。"小维尔克脱口而出地说了一句。

马奇科望了望他，冷冷地瞪了他好一阵子，然后转向老人，安静地说：

"您知道，我的侄子同一个富有的马祖尔小姐结了婚，得到了很可观的嫁妆。"

接着而来的是一阵更深沉的寂静。父子两人都张大着嘴，对马奇科看了好一会儿。

老人终于说道：

"哦！这是怎么回事？您说吧……"

马奇科故意不理睬这个问题，继续说下去：

"我正是为了这个原因，才非去一趟不可。也正是为了这个原因，才来请求您这位高贵而正直的邻居，等我走后替我照顾照顾博格丹涅茨，别让人家来破坏了我的产业。一切要防备奇坦。"

这时候机灵的小维尔克，一看既然兹贝什科已经结了婚，那最好还是和马奇科攀攀交情，因为雅金卡相信他，没有一件事不去讨教他。

"我们不光不反对马奇科，还要努力和他和解才是。"他心里说。

因此虽然他已有些微醉，却立刻从桌下伸出手去抓抓他父亲的膝盖，用力压了一下，表示要他父亲说话小心，同时他自己说：

“啊！您别怕奇坦！叫他来试试看。别怕！请放心。博格丹涅茨连一只乌鸦都不会走失！”

“我知道你们是正直人。你们答应我吗？”

“我们答应！”两个人都喊道。

“凭您骑士的荣誉起誓吗？”

“凭骑士的荣誉起誓。”

“也凭您那刻着纹章的盾吗？”

“凭着我刻着纹章的盾，还凭着十字架。千真万确！”

马奇科满意地一笑，说道：

“好吧，这件事现在拜托你们了。我相信你们会管得很好。还有一件事：你们知道，齐赫托我做他子女的监护人。因此我不让小伙子们，无论是奇坦还是你到兹戈热利策去。但现在我既然要到马耳博克去，心里很放心不下那两个孤儿，也很难过，确实很难过。所以我请求您答应，不但您自己不去伤害齐赫的孤儿，也要留神不让别人去伤害他们。”

“我们答应！我们答应！”

“凭您的骑士荣誉和您盾牌上的纹章吗？”

“凭骑士荣誉和盾牌上的纹章。”

“也凭十字架吗？”

“也凭十字架。”

“上帝作证。阿门！”马奇科深深吁了一口气。他相信他们绝不会破坏这样一个誓言的。

于是他告别了，但他们坚持要挽留他多待一会儿。他不得不痛饮一番，和老维尔克交好。小维尔克也非常恳切地在马奇科身旁兜来兜去，仿佛他明天就可以从马奇科手里得到雅金卡似的。午夜时分，老维尔克和他儿子都睡着了。所以等马奇科离开他们的时候，他们都像死尸一样躺在桌子底下。然而马奇科没有喝得很醉，却感很快乐。回到家里，回想着他所完成的事，实在高兴。

“唔！”他心里说，“这下子博格丹涅茨安全了，兹戈热利策也安全了。等他们听到雅金卡离开的时候，一定会大怒。但是她的人，和我的产业却都安全了。我回来之后，这老头一定会向我挑战，不过这种事是不值得去烦的……但愿我也能用这种办法使十字军骑士中计……不过跟他们打交道可不容易。在这儿，即使同一个‘狗东西’打交道，只要他凭他骑士的荣誉和盾牌上的纹章发誓，他就会信守到底。但是在他们那儿，誓言一文不值。”

令他更高兴的是，他坚信丹露霞绝不会从十字军骑士团的魔掌中生还。他也始终想着让兹贝什科娶雅金卡。

“啊！伟大的上帝！”他心里想，“这样一来，他就会成为斯佩霍夫的所有人，然后又会从雅金卡那里得到所有属于她的遗产。那时候我就决不会吝惜供奉上帝的蜡烛油了。”

回到家后，他看见窗户里透着光亮，仆人们都还没有睡，马奇科刚一踏进院子，马夫就向他奔了过来。

“来了什么客人吗？”马奇科一面下马，一面问道。

“兹戈热利策的少爷带着捷克人来了。”马夫回答。

马奇科听了这消息，感到很奇怪，因为雅金卡原来答应明天一早赶来，跟他一起动身。那么雅斯柯为什么这么晚跑来？老骑士忽然担心起来，莫不是兹戈热利策出了什么事吧？

他焦急地走进了屋子。到了里面，他借着火把的亮光看到了雅斯柯，捷克人赫拉瓦，和另一个脸孔红得像苹果似的年轻侍从。

“你好吗，雅斯柯？雅金卡怎么啦？”老贵族问。

“雅金卡吩咐我来告诉您，”小伙子说，一面吻着马奇科的手，“她把这事情重新考虑了一下，觉得还是留在家里比较好。”

“天呀！你说什么？怎么啦？她出了什么事？”

但是这孩子用他那双美丽的蓝眼睛望着他，笑了起来。

“您急些什么呀？”

就在这时候，捷克人和另一个侍从也都笑了起来。

“您瞧！”这个女扮男装的孩子喊道，“谁认得出我来？连您都认不出我！”

于是马奇科仔细打量着这个可爱的人，这才喊道：

“你真是像在狂欢节上化了装！原来叽里呱啦的是你呀，你来干吗？”

“可不是！干什么？赶路的人都是迫不及待的。”

“本来不是约定明天天亮动身吗？”

“怎么不是呢！可明天一早动身，大家都会看见我了！我今天赶来，那么兹戈热利策的人明天准会以为我在您这里做客，到后天才会发觉呢。只有谢崔霍瓦和弟弟知道这件事。您怎么认不出我了呢？”

现在轮到马奇科大笑了。

“让我来好好地看看你，你是一个非常漂亮的男孩子！独一无二。这样一个孩子准会养出优秀的后代来……”

他非常高兴地望着她。她满面笑容，跟朝霞一样鲜艳。她的脸那么秀丽，叫他目不转睛地望着她。

“这一个又是谁？莫不是又是一个女扮男装的假小子？”

“这是谢崔霍瓦的女儿。”雅金卡回答，“我单独跟你们在一起不大合适。因此我随身带了安奴尔卡，这样我们两个能互相照应，互相帮助。”

“一个已经够糟的了，现在却来了两个。”

“别开玩笑。”

“我不是开玩笑，大白天谁都会认出你和她来。”

“为什么？”

“为了拜倒在你们两个脚跟前。”

“让我们太平些吧！”

“我倒是可以太平的，但是奇坦和维尔克会让你太平吗？我到勃尔左卓伐去过了。”

“您到那说了什么？”

“维尔克父子发誓会保护博格丹涅茨和兹戈热利策，不让奇坦来侵犯。”于是马奇科详细讲了他同维尔克父子打交道的经过，他们是如何和解的，他如何使他们落入圈套，雅金卡听得非常惊奇，听他讲完了，她说：

“主耶稣给了您无限智慧，您做的事总是成功的。”

但是马奇科摇摇头，仿佛觉得很难过。

“啊，女儿！要是如此，你早就是博格丹涅茨的女主人了！”

听了这话，雅金卡用她一双可爱的蓝眼睛望了老人一会儿，然后走到他跟前，吻着他的手。

“你为什么要吻我？”老骑士问道。

“没什么……我只是想同您道晚安，因为已经很晚了，明天我们还得起早赶路呢。”

她挽着安奴尔卡一起走了。马奇科领了捷克人到他房中，两个人睡在野牛皮上，一下子就睡熟了。

第九章　奇幻旅程

情节简介

雅金卡第一次离开家乡，对外面的一切都感到新奇。他们一起去了谢拉兹城，但是修道院院长已经去了普洛茨克，于是一行人又继续前行。由于河水泛滥，大家停驻在一家所谓的“魔鬼式”的客栈，在这个具有神秘色彩的客栈里到底会发生什么呢？他们会顺利离开所谓的“魔鬼谷”吗？

雅金卡一向生活在兹戈热利策和克尔席斯尼阿两个地方，如今一看见谢拉兹的房屋、塔楼、市政厅，特别是教堂，不禁大加赞赏，惊奇不已。一开始，她甚至不敢大声说话，只是低声向马奇科询问那些使她眼花缭乱的奇妙事物。但是当老骑士断然告诉她说，谢拉兹远不能和克拉科夫比的时候，她简直不相信自己的耳朵，因为她觉得世界上不可能找出一个可以和谢拉兹相比的城市了。

在修道院里接待他们的是修道院方丈，他说十四天前修道院院长去拜访他的朋友普洛茨克的主教去了。这个老人一直在生病，白天比较清醒，一到晚上就神志昏乱，从床上跌下来，要披上锁子甲，向拉契鲍的约翰骑士挑战。教堂里的人不得不强制他躺在床上。现在修道院院长已经完全失去理性，尽管病情严重，他还是吩咐人们立刻送他到普洛茨克去。

“我们费尽力气劝他别出门，但他完全不听，最后只得叫随从们备了一辆马车把他送走。愿上帝保佑太平无事。”

“如果老人在谢拉兹附近的什么地方死了，你们早就该听到信息了。”马奇科说。

“那当然早就听到信息了。”方丈老头回答，“所以我们认为他没有死，无论如何他到仑契查的时候还没有升天。过了那地方以后，我们就很难断定是个什么情形了。如果你们继续赶路,准会在路上得到消息的。”

马奇科听到这些消息,心里很不安,他去和雅金卡商议。

“怎么办呢?”老人问她:“你自己怎样打算呢?”

“您上普洛茨克去,我索性跟您一起去。”

“到普洛茨克!”安奴尔卡细声细气地又说了一句。

“说说倒容易!你们以为去普洛茨克就跟使镰刀一样容易吗?”

“难道叫我和安奴尔卡两个人往回走不成?如果我不能和您一起继续走,那当初还不如留在家里。那样我就更不安全了。”

“维尔克父子会帮着你抵挡奇坦的。”

“我对维尔克父子的保护和奇坦的袭击都同样害怕。”

老人笑了一笑,说道:

“但是到普洛茨克去并不顺路呀。”

“捷克人说顺路的,从那里到马耳博克很近。”

“你已经同捷克人商量过了?”

“当然!他还说如果兹贝什科在马耳博克有了麻烦,我们还可以从亚历山德拉王妃那里得到许多帮助,因为她是国王的亲妹妹。此外,她和十字军骑士团很有交情,在他们那边很有威信。”

“这倒是千真万确!”马奇科喊道,“如果她肯为我们写一封信给大团长,我们就可以在十字军骑士团的境内平平安安,通行无阻了。这个捷克小伙子不是个傻瓜,他的话很对。”

“他多么好啊!”安奴尔卡扬起一双天蓝色的小眼睛,热烈地喊道。

马奇科突然转身问她:

“你在这里干什么?”

这姑娘给问得非常狼狈,连忙垂下眼睛,脸蛋儿红得像朵玫瑰。

马奇科很明白,除了带着这两个姑娘继续赶路,实在没有别的办法。

第二天早晨,他们告别了方丈,便继续赶路。由于积雪融化,大水泛滥,行路更加困难了。一路上他们打听修道院院长的行踪,其实他的行踪是很容易探听出来的,因为他慷慨施舍,替人出钱做弥撒,捐助钟给教堂。人们总是这样说:“他像个天使似的一路走去。”由于他身体虚弱,因此马奇科预计很快就能赶上这个老人。

然而马奇科的算盘打错了。由于尼尔河和布祖刺河的泛滥，他们无法到达仑契查镇，不得不在一家荒凉无人的客店里住了四天。这个客店的名声很不好，因为在夜里经常可以听见客店的屋顶上有混战声，还常常有沉重的敲门声。雅金卡和安奴尔卡睡在大房间旁边的套房里，夜里也听见天花板上有细碎的脚步声，她们并没有怕它，因为她们已经在兹戈热利策听惯了各种古怪的鸟兽声。不过有一夜，邻近的丛林里传来了一阵低沉而吓人的咆哮声，第二天早晨，他们就在泥地上发现了巨大的脚印。那一定是野牛之类的猛兽，但是侍从维特却认为那是包鲁特的足迹，据说他外表跟人一样，甚至像个贵族，但他长的却不是人脚。马奇科还听说可以用酒来同他结缘，他考虑了一整天，他甚至还和雅金卡商量起这件事来。

"我很想拿一只牛膀胱挂在这篱笆上，里边装满葡萄酒或者蜂蜜酒，"他说，"如果酒在夜里被喝光了，那就证明魔鬼已经来过。"

"可是，这样会得罪天神的。"雅金卡回答，"我们正需要求天神帮助我们去救出兹贝什科呢。"

"我害怕的也是这点，不过我想，给它一点儿蜂蜜酒并不等于出卖灵魂。"

当天晚上，马奇科亲手挂了一只装酒用的牛膀胱，到第二天早晨，发现里边全空了。

可是当他把这件事告诉那个捷克人时，他倒是哈哈大笑。马奇科却满心喜悦，因为他想日后他经过沼地的时候，绝不会因此而有灾祸。最后还是决定由赫拉瓦去探下路，因为他是个勇敢的男人。于是他在腰上插了一把板斧，手里拿了一把大镰刀，就走了。

赫拉瓦一大早就动身，可是到中午都没有回来。大家都害怕起来，雅金卡转过身去对着森林那边画了个十字。安奴尔卡的泪珠马上大颗大颗地滴落下来。

可是黄昏时分，太阳快要沉落的时候，捷克人出现了，而且不止他一个人，还有一个人和他在一起，他用绳子牵着，把那人赶在前面。大家都欢乐地叫喊着，向他奔跑过去。但是一看见那人，他们都不吱声了。原来是一个矮子，模样儿像猴子，浑身长着毛，肤色墨黑，披着狼皮。

“圣父和圣子在上，请你告诉我你拖来的这个是什么怪东西。”马奇科喊道。

“我怎么知道？”捷克人回答，“他说他是个烧沥青的人，但是我不知道他告诉我的是不是真话。”

“哦，他不是人，不是人。”维特喊道。

但是马奇科仔细打量了一下那个人，突然说道：

“唔，你画个十字！”

“赞美耶稣基督！”这个俘虏喊道，同时尽快地在身上画了个十字。他深深吸了一口气，非常信赖地望着这群人，说道：

“赞美耶稣基督。”

“别怕，我们都是望过圣弥撒的。你到底是什么人？”

“我是个烧沥青的，骑士，住在草棚里。我们有七个人都和家眷一起住在草棚里。”

“离这里有多远？”

“不到十个富尔浪。”

“你们到镇上去走哪条路？”

“我们有一条沿着‘魔鬼谷’走的秘密路。”

“沿着什么？叫魔鬼？……你在身上再画一次十字。”

“圣父、圣子和圣灵在上。阿门！”

“很好！那条路可以让车马走过吗？”

“现在到处都是泥泞，不过峡谷附近比大路上好一些。因为峡谷中常常刮风，土干得快。”

“给你一两个弗洛林，你愿意给我们领路吗？”

烧沥青的人欣然接受，不过要讨半只面包，据他说，森林里面包很缺乏，他已经有好久没见过面包了。

安奴尔卡听了马奇科的话，禁不住笑起来了！

“你刚刚还在为赫拉瓦哭，眼泪还没有干，现在倒笑了？”

捷克人望了望这姑娘，看到她的眼睫毛还是潮润的，便问道：

“您为我哭了吗？”

“当然不是为你，”姑娘回答，“我只是害怕。”

“光天化日之下，又有这么多人，怕什么？”

“我没有关系，而是为您担心。”

“可是您刚才还在说不是为我哭呀。”

“我偏要说，不是为你。”

“那您为什么哭呢？”

“因为害怕。”

“现在不害怕了吧？”

“不害怕了。”

“为什么？”

“因为你回来了。”

捷克人感激地望着她，笑着说：

“嗨！我们如果这样谈下去，也许一直会谈到天亮。您太狡猾了。”

“别尽戏弄我了。”安奴尔卡轻声地回答。

一路上赫拉瓦与安奴尔卡愈来愈亲密。赶路的时候，老马奇科和雅金卡总是并排骑在前面，赫拉瓦和安奴尔卡则一起跟在后面。

他像野牛一样强壮，而且血气旺盛。每当他直瞪瞪地望着她那可爱的、明亮的眼睛，淡黄的鬈发，苗条而美观的身体，他浑身都在打颤。何况她温柔体贴，又活泼得像只屋顶上的麻雀。这捷克人竟起了许多奇怪的念头：比如有一次，他和安奴尔卡一起落在后面马驮子附近的时候，他突然转过头来，对她说道：

“你知不知道，我会在这里一口把你吞下，像狼吞羊一样？”

她哈哈大笑起来，露出一口又白又美的细牙齿。

“您要吃掉我？”她问。

“是的！连那些小骨头一起吃掉。”

继而他们默默无言，只有两颗心在怦怦地跳个不停。他的心满怀欲望，她的心里则充溢着喜悦的陶醉，略微带点惊恐。

直到晚上，他看到她的眼睛和脸颊都泪痕斑斑，这才心软下来。他觉得她这么好，跟他那么亲近，仿佛她已经是自己的了。虽然晚上有时候还是跟这个羞怯的姑娘打趣，却是另一种性质的打趣了。他按一个骑士侍从对待一个贵族女子的应有规矩对待她。

睡觉的时间到了，赫拉瓦吻过雅金卡的手，又举起安奴尔卡的手送到嘴边，说道：

“你不但用不着为我担心，只要跟我在一起，你就什么也不用担心，因为我决不会让你受任何人欺侮的。”

男人们都到前边的屋子里去睡，雅金卡和安奴尔卡睡在套房里，两个人一起睡在一张很舒适的大床上。安奴尔卡心绪缭乱，辗转反侧。最后雅金卡把头凑着安奴尔卡，低声说道：

“安奴尔卡！”

“什么事？”

“我觉得你给那个捷克人弄得神魂颠倒了。是吗？”

她这句问话没有得到回答。

雅金卡又低声说了：

“我全明白……告诉我吧。”

安奴尔卡还是不回答，却把嘴唇紧紧地压在她女主人的脸颊上，接连吻个不停。

可怜的雅金卡让安奴尔卡吻得胸口一起一伏。

“哦，我明白了，我明白了！”她低声说，声音低得安奴尔卡简直听不清。

第十章 “陌生人”

情节简介

一行人继续前进，当他们到普洛茨克后，修道院院长已经离开了人世。恰巧十字军骑士利希滕施泰因也在普洛茨克，聪明的马奇科通过亚历山德拉王妃从他深恶痛绝的“敌人”手中得到了通往骑士团的介绍信函。通过一系列周折和商量，他们最终决定去“魔鬼城”息特诺，然而在半路上却遇到了一个残疾的老骑士，他会是谁呢？他们会再次改变路线吗？

温暖而多雾的夜晚过去了，接下来的一天刮着大风。天空一会儿明朗，一会儿又乌云密布。马奇科吩咐他的人马天亮就动身。

那个雇来的向导说，马匹很好过去，只是马车、粮草和行李在有些地方必须分散搬运。但是这些过惯了劳苦生活的人，都宁愿花些力气，也不愿意在荒凉的客店里赋闲。因此大家都高高兴兴地走了。连那个胆怯的维特看到有赫拉瓦在场，也不再害怕了。

他们离了客店，立刻就来到一座长满了参天大树的森林中。他们牵着马走过去，根本没有拆卸马车。但常常会起一阵风暴，有时非常猛烈，树枝被吹得扭来折去，摇晃个不停。森林被风暴压得抬不起头来。云层完全遮暗了天光。倾盆大雨夹着冰雹，一阵阵泼下来，整个天地昏暗一片，仿佛置身在黑夜之中。

维特吓得气都透不过来，高声叫喊：“魔鬼专干坏事，现在就在干。”但是没有人理会他，连胆怯的安奴尔卡也不把他的话放在心上，因为捷克人就在她身边。

过了高高的松树林，就是一片难以通行的矮丛林。他们不得不把马车拆了，强壮的仆人们都把车轮、车轴、车前身、行李和食物背在了肩上。

这段艰苦的路程大概有三个富尔浪。可是到达布达时，已经将近黄昏了。这些居住在原始森林的居民们慷慨地款待了他们。女人和孩子们，浑身都被烟熏得墨黑。有一个农民，已经有一百多岁，他还记得1331年仑契查的大屠杀，以及这个镇被十字军骑士团彻底毁灭的情景。

虽然马奇科、捷克人和两个姑娘都已经听到谢拉兹的方丈讲过这情景，他们还是非常有兴趣地倾听这个老人的叙述。那老汉坐在火堆旁边，谈着以前十字军入侵的情景。

"哈！我全都记得。"这老汉说，"那时候他们侵入这个国家，烧毁了多少城市和城堡。唔，他们甚至屠杀摇篮里的婴儿，可后来他们受到了报复，那才是一场漂亮的战斗呢。我现在一闭上眼睛，那场战斗就出现在我眼前……"

他当真闭上了眼睛，一声不响。后来雅金卡等得不耐烦了，问道：

"后来怎么样?"

"怎么样?"老人重说了一遍。"我还记得那战场。现在还仿佛就在我眼前：遍地丛林，右面是一大片麦田。可是战斗过后，什么也看不见了，看到的只是剑呀，斧呀，矛呀，甲胄呀，一件叠着一件，似乎整片麦田都堆满了这些东西……我从来没有看见过那种积尸成山、血流如河的景象……"

这些事件的回忆使马奇科重新鼓起了勇气，于是他说道：

"不错。仁慈的主耶稣！那时候他们像一场大火似的把我们的王国紧紧围住。破坏了许多城市，现在怎样？我们的人民难道不是强大而不可摧毁的吗？十字军骑士团的那些狗东西虽说已经受到了严惩，但是如果不彻底打垮他们，他们还会来攻击我们，敲掉我们的牙齿……"

老农民听了这些话说：

"也许他们的尸体并没在那里腐烂。仗打过以后，我们辛辛苦苦把他们的尸体埋好，盖得严严的，免得发生瘟疫。可是后来，这些死尸又不见了。"

"怎么？为什么后来那些死尸又不见了?"

"这我不很清楚，只是事后听说，仗打过之后，有过一阵猛烈的暴风雨，持续了十二个礼拜左右，夜里还会刮起狂风，几乎会刮掉人的头发。魔鬼像乌云似的大批降临，每个魔鬼们都拿了一把叉，它们一降落到地面上，就把叉戳进地里，把十字军骑士带进地狱了。”

沉默了一会儿，老人又说：

“尊敬的骑士，但是我活不长了，看不到他们再受到惩罚了。”

于是他转过头来，一会儿望望雅金卡，一会儿望望安奴尔卡，看到她们那么美妙的脸蛋，不住地摇头赞叹。

“简直是两朵花，”他说，“我从来没有见过这样美丽的脸蛋。”

他们就这样谈了好一阵，然后到草棚里去睡觉。都躺在鸭绒一样柔软的苔藓上，身上盖着暖和的毛皮，一觉醒来后，大家便起身继续赶路。

黄昏时分，他们就远远地望见了仑契查的城堡，城市是从废墟中重新建造起来的，但是教堂甚至比谢拉兹的还要大。他们打听到了修道院院长的行踪。据说修道院院长曾经到过仑契查，前几天从这里动身的。马奇科现在不打算在路上赶上修道院院长了，所以就替两位姑娘准备了上普洛茨克去的车马，到了那里，修道院院长就会收留她们。

马奇科急于赶到兹贝什科那里去，但听说现在河水涨了，他们不能继续赶路了。教堂的修士看到这骑士带着这样一队侍从，而且要去拜见齐叶莫维特王公，就热情地招待他们。

很快他们就向着普洛茨克进发了，一路上下着小雨，田野上的沟壑里闪耀着水光。强烈的风吹来了耕地里潮润芬芳的气息，沼地里开满了金凤花，树林里开遍了紫罗兰，小鸟在枝丫间快活地跳着。旅客们心里也充满了新的希望，特别是因为现在路程非常顺利。走了十六天，一行人终于来到普洛茨克的城门口。

他们是晚上到的，城门已经关了，不得不在城外一个织工家里过夜。

姑娘们睡得很迟，但是经过了长途跋涉，都睡得很熟。马奇科却不感到疲劳，第二天一大早就起来独自进城去了。他一下子就找到了大教堂和主教的住处。他在那里得到的第一个消息是，修道院院长已经在一个礼拜以前去世了，今天就要出殡了。

马奇科赶忙回到那织工家里。在回去的路上，这个老人心里说：

“啊！他死了。祝他永恒地安息。可是，这两个姑娘怎么办呢？”

他想了一下：是把她们留给亚历山德拉王妃好呢，还是留给安娜王妃，还是带她们到斯佩霍夫去。他一路上在想，如果丹露霞死了，那最好把雅金卡送到斯佩霍夫去，让她和兹贝什科接近。他知道兹贝什科十分伤心，但他也相信，雅金卡到了兹贝什科身边，会发生他预计的效果的，因为兹贝什科还是喜欢雅金卡的。

他想不应该把雅金卡送到别的地方去，而且修道院院长在临死之前肯定会给雅金卡留下一些东西。所以马奇科准备在普洛茨克等一阵，打听一下遗嘱的内容。可是他又想着兹贝什科。

他想把雅金卡留给王妃和主教照管，请求他们来维护她的利益。但是马奇科不喜欢这个打算，这姑娘已经有了相当可观的财富了，如果再多起来，就会有更多的人想娶她。老骑士真担心，丹露霞和雅金卡两个人，兹贝什科都到不了手。那当然是不堪设想的。

“他总要在两个姑娘中间娶一个，无论上帝决定给他哪一个。”最后老人打定主意先去救援兹贝什科。至于雅金卡呢，决不让她留在普洛茨克，因为那里是个繁华世界，又有许多漂亮骑士。

马奇科想好后，快步向着织工的住处走去，这时两个姑娘都打扮好了，美丽得像两只小鸟儿。他坐了下来，露出一副悲哀的神态，说道：

“你可听见了城里的钟声吗？”

“当然！这还用问吗？”雅金卡回答。

“唔，你再也看不到他了。”

“他离开这座城市了吗？”

“当然离开了！难道你没有听见钟声吗？”

“他死了吗？”雅金卡喊道。

“是啊！”

雅金卡和安奴尔卡双双跪下，银铃似的念道：“愿上帝使他的灵魂安息。”泪水不断地从雅金卡脸上流下来，因为她很喜欢修道院院长，虽然他脾气暴躁，却特别爱雅金卡，像爱自己的女儿一样。马奇科想到修道院院长是他和兹贝什科的亲戚，也伤心得掉下眼泪来。

而后他带了两个姑娘和捷克人一起去参加葬礼。葬礼由主教雅可伯亲自主持。普洛茨克教区的教士和修道士都来了，所有的钟都响起后，念起了拉丁文的祈祷文，然后大家到主教公馆去参加宴会。

马奇科和两个姑娘也去参加宴会。他是死者的亲戚，又认识主教，因此完全有资格参加，结束后，主教向马奇科说：

“这里有些森林是主教留给您博格丹涅茨的‘格拉其’家族的。其余的他没有赠给修道院和教堂，而是给了他的教女雅金卡。”

本来没有怀多大指望的马奇科，听到有一片林地给他，感到很高兴。骑士的两个小侍从当中，有一个一听见雅金卡的名字，就抬起含泪的眼睛，说道：

“愿上帝报答他，但我希望他活着。”

马奇科转过身去，怒冲冲地说：

“住嘴！”

老骑士突然住口了，原来这时在对面不远的地方，就在亚历山德拉王妃旁边，他看到了一个身穿朝服的骑士，正是那个在克拉科夫让兹贝什科几乎送掉命的那个人。

雅金卡从来没有见过马奇科这副神情。他的脸绷得像是一头恶狗，牙齿在胡子下面闪光，刹那间，他束紧了皮带，向着那个可恨的十字军骑士走了过去。

但他走到半路便停了下来，突然想到，利希滕施泰因可能是在这里做客，或者是一位使者，如果去打他，那就旧事重演了。

他毕竟比兹贝什科有理性，克制住了自己，又把皮带放松了，脸上的肌肉也松弛下来，等在那儿。王妃和利希滕施泰因寒暄过以后，便和主教谈话，马奇科走到她跟前去深深一鞠躬。他向王妃提及了他自己的身份，称她为女恩人，说他曾为女恩人效劳送过信。

王妃起初认不出他来，但是一提到送信，她就想起来了。她也知道马佐夫舍发生的事情。她听到过尤兰德，听到过他女儿被绑架、兹贝什科的婚姻，以及兹贝什科和罗特吉爱的决死战。她对这些事深感兴趣，但是她并不敌视十字军骑士，因为十字军骑士很想把她拉到他们那一边去。他们一个胜过一个地用丰厚的礼物来巴结她。

马奇科早已决定要想尽一切办法来博取这位有势力的王妃的保护和帮助，于是就把兹贝什科和丹露霞的不幸全都详细告诉了她，说得她热泪盈眶。

“我从来没有听见过比这更悲惨的故事，”最后王妃终于说，“我觉得最大的悲哀是，他跟她结了婚，她已经是他的了，可他却没有尝到幸福。不过，你能肯定他没有和她同过床吗?”

“嗨！全能的上帝!”马奇科喊道，“如果他和她同床，那就好了。他同她结婚的那天晚上，他还生病不能起床，第二天早晨她就被绑走了。”

“而您以为这是十字军骑士干的吗？据他们说，是强盗干的，是十字军骑士把她从强盗手里抢了过来，可是结果发觉是另一个姑娘。而且尤兰德写的一封信……”

“但是那个罗特吉爱击败过最强壮的骑士，却死在一个小伙子手下，这才是上帝的意志。”

“唔，他真是一个好孩子，”王妃带笑说，“您这么说也对，但那四个十字军骑士之中已经死了三个，只留下来一个老头。”

“那么丹露霞呢？尤兰德呢?”马奇科回答，“他们在哪里？也不知道兹贝什科到马耳博克去是否遇到了什么灾祸。”

“我知道，但是十字军骑士也不像您想的那样都是些彻头彻尾的狗东西。在马耳博克，您侄子不会遇到什么灾祸的，大团长和他的兄弟们都是讲道理的人，何况他还带了王公的信。”

“至于说到挑战，那倒有一个人，兹贝什科准会向这个人挑战，我自己也起过誓要向他挑战，而且这个人现在正在这里。”

说过这话，他向着利希滕施泰因那个方向望过去，他正在和普洛茨克的主教谈话。

王妃眉头一皱，用严峻而冷淡的声调说道：

“不管您有没有起过誓，您必须记住，他是我们的客人，必须遵守礼节。”

“我知道，最仁慈的王妃，”马奇科回答，“我懂得遵从礼节。”

“他也会遵守礼节的。他在十字军骑士里面也是个重要人物，连大团长也要听取他的建议，对他言听计从。愿上帝别让您的侄子在马耳博克遇见他，因为利希滕施泰因是个果断而报仇心又很重的人。”

“他不大认得我，因为他不常见到我，现在我不但要尽力忘掉这次挑战，而且还要尽力去同他交好。”

“为什么?”

马奇科的脸上露出老狐狸似的狡猾神态。

“我要叫他立即给我出一封信，让我安然无事地走遍十字军骑士团的领土，也可以使我在必要的时候给兹贝什科帮帮忙。”

“这种行径和骑士的荣誉相称吗？”王妃带笑问道。

“相称相称，”马奇科回答，“在和平时期，如果有哪个骑士用计使仇敌落入圈套，他是绝不会因此受到谴责的。”

“那我一定给您介绍，”王妃回答，她向利希滕施泰因招招手，把马奇科介绍给他。她认为，即使利希滕施泰因认出了马奇科，也不会造成什么严重后果。

但是利希滕施泰因并不认得他，因为他在蒂涅茨看见马奇科的时候，马奇科戴着头盔，此后他和马奇科只谈过一次话，而且又是在晚上，当时马奇科是去请他宽恕兹贝什科的。

这个十字军骑士相当骄傲地躬了躬身子。

王妃指着马奇科说：“这位骑士正要去马耳博克。我已为他出了一封信给大团长，但是他听到您在骑士团里威信很高，希望您也为他出一封信。”

利希滕施泰因冷酷地看着马奇科，问道：

“阁下，您是为了什么事要去访问我们那个虔诚而简朴的首都呢？”

“完全出自一片正直和虔诚的心意，”马奇科回答，“我还想见见你们的大团长，他关怀人间和平，是个最有名声的骑士。”

“凡是你们仁慈而宽厚的王妃所推荐的人，我们都会热情款待。可是您想去见大团长，这却不是一件容易事。大约在一个月前，他到革旦斯克去了，他还要到哥尼斯堡去，再到边境去，虽然他是一个爱好和平的人，可他不得不在那里保卫骑士团的领地，抵御背信弃义的维托尔德的入侵。”

听了这话，马奇科显然十分忧愁，利希滕施泰因觉察到了这情形，就说道：

“我看您很想去见见大团长，也很想实现您的宗教的誓愿。”

“不错！我很想，我很想。”马奇科急忙回答，“和维托尔德作战的事肯定了吗？”

“是他自己发动战争的。他违反诺言，去帮助叛逆的人。”

沉默了一会儿。

马奇科心里愁苦地想道:"现在我到哪里去找兹贝什科呢？到哪里我才找得到他呢?"

无论如何,必须先打听确实他在什么地方。老马奇科为此十分焦急。不过他是一个随机应变的人,决定立刻行动。第二天早晨继续前进。

在亚历山德拉王妃的帮助之下,他得到了利希滕施泰因的两封信,他为此送了一只大银杯给利希滕施泰因。马奇科这一慷慨的举动有些使捷克人惊奇,他知道这位老骑士是不肯轻易送礼给人家的,何况是送给德意志人。

"可又何必送这么名贵的一只杯子！真是可惜!"捷克人生气地说。

"别担心。我是不会白送给他的。"马奇科说:"因为,如果有一天我打倒他的话,我不但可以取回那只杯子,还可以捞回许许多多好东西呢。"

于是他们,包括雅金卡在内商议起下一步的行动。开始马奇科打算把雅金卡留在这里,但是等到雅金卡满含眼泪地和他说话的时候,他就心软了。雅金卡说:

"您知道！上帝明白我的心,它最知道我的心意了。而您和赫拉瓦都说她已经死了,说她绝不会逃过十字军骑士的毒手。因此,如果真是这样的话,那我……"

说到这里,她犹豫了一下,泪珠像涌泉似的流到她脸上,她不做声了。

"那我就要在兹贝什科身边……"

马奇科的心被泪水和话语打动了,但他还是这么说:

"如果那姑娘死了,兹贝什科一定会非常悲伤,连你也不在乎了。"

"我并不希望他非得在乎我不可,我只要待在他身边就行了。"

"你很清楚,我希望你待在他身边,不过一开始他恐怕不大会理睬你。"

"让他不理睬好啦。可他不会这样。"她微笑地答道,"因为他不会认出我来的。"

"他会认出你来。"

"他不会认得我。您开始也没有认出我来哩。您可以告诉他说,那不是我,是雅斯柯,雅斯柯就跟我一模一样。您可以告诉他说,这小伙子已经长大了——这就得啦。”

因此马奇科就不再多说了。

他们就在第二天启程。春意已浓，洪水把道路都阻塞了，他们花了十天工夫才从普洛茨克走到勃洛特涅茨。这个小城很整洁。但是一看就知道遭受过德意志人的野蛮行径。当地的牧师读了利希滕施泰因写给分团长的信之后，热情地款待了马奇科。他很熟悉波兰话，因而就同他畅谈起来。在他们的谈话过程中，马奇科得知分团长已经去了马耳博克去了，因为他是一个有经验的骑士，特地召他去商议战争大计。马奇科向他问起兹贝什科时，老十字军骑士说他听到过这么一个人，那青年一开始就得到了赞美，因为虽然他外表年轻，却已经是一个束腰带的骑士了。后来他在一次比武中获得成功。大团长非常喜欢这位年轻的骑士，给予他特别的庇护，发给他“保护证书”，此后这年轻骑士就动身向东方去了。马奇科听到这个消息，喜出望外。现在用不着到马耳博克去了，而且不难推想，他这时候一定在息特诺附近一带。要不就是他在那里找不着丹露霞，所以到其他地方去找她了。

为了抓紧时间，他们也立即向息特诺前进。一路畅行无阻，城市和乡村都有公路相通。天气非常好，夜空清澈，白天晴朗。麦田里一片翠绿，草原上百花盛开，松林散发出一股松香气息

他们就在这样一个愉快的早晨，奔向息特诺。这儿离马佐夫舍边境不远了。要到斯佩霍夫也很容易。马奇科一时间真想先到那边去。可是全盘考虑过以后，却更想赶紧奔向十字军骑士的可怕巢穴，他非常担心兹贝什科会在那巢穴里遭难。于是他雇了一个向导把他们直接领到息特诺去。

向导走在前头，相隔几十步路。马奇科和雅金卡骑马跟在后面，再后面便是捷克人和安奴尔卡，最后面是武装仆从簇拥着的马车

“到息特诺去你不怕吗?”马奇科问。

“我不怕。”雅金卡回答，“上帝保佑我，因为我是一个孤儿。”

“那边根本没有什么信义，这些人根本不懂什么仁慈。我想，如果丹露霞死了，准是那老家伙亲手干掉的。好在我们有利希滕施泰因写的一封信。看来他们这些狗东西怕那老家伙比怕大团长本人还厉害……他们

说他有很大的威权，为人特别严峻，报复心也很重，丝毫都冒犯他不得……没有这张通行证，我们就不能这么太太平平到息特诺去……”

“他叫什么名字？”

“齐格菲里特。”

“愿上帝保佑我们对付得了他。”

这时，向导突然勒住了他的马，转过身来，向着马奇科驰骋过来，并且用一种奇怪的、害怕的声音喊道：

“哦，天呀！您瞧，骑士！从山冈上向我们走过来的那个人是谁啊？”

“谁？在什么地方？”马奇科喊道。

“您瞧！仿佛是个巨人似的……”

马奇科和雅金卡勒住了马，向着向导所指的方向望去，他们确实看见了，半山腰里有一个比常人高大的形体。

“说真的，真像个巨人。”马奇科喃喃地说。

他眉头一皱，吐了一口唾沫，说道：

“肯定有魔鬼在那条狗身上。”

“您为什么诅咒他？”雅金卡问。

“因为我记得，有一次也是在这样美好的早晨，我和兹贝什科从蒂涅茨到克拉科夫去，路上也看见了这样一个巨人。当时他们说这是华尔盖日。嗨！后来才弄清楚，原来是塔切夫的波伐瓦骑士。然后，我们就遇见了利希滕施泰因。”

“这个人可不是一个骑士，因为他并没有骑着马。”雅金卡说，一面张大眼睛望着，“我甚至还看出他没有带武器，只是左手拿着一根棒……”

“他还在边摸边走呢，仿佛在黑夜里行走一样。”

“而且简直看不出有什么移动，他一定是个瞎子！”

“千真万确，他是个瞎子——瞎子！”

他们策马前进，不一会就来到了这个老人面前，他正在用棍子探着路，慢慢走下山。确实是个巨人，他们看得清清楚楚，他完全瞎了。他没有眼睛，只有两个血红的眼窝。他的右手没有了。只缚着一捆破布。他的头发雪白，披散在肩上，胡子一直垂到腰带上。

“他没有吃的，也没有同伴，连一条狗都没有，自己摸着走。”雅金卡喊道，“天呀！我们不能不帮助他一下。我不知道他是否懂得我的话，让我试着用波兰话同他说说看。”

于是她跳下了马，走到乞丐跟前。

乞丐一听到嘈杂的人声和马蹄声，就像所有瞎子那样把棒向前一伸，抬起头来。

“赞美耶稣基督！”姑娘说，“老公公，您懂不懂上帝教的规矩？”

可是老人一听到她那好听的、年轻的声音，就浑身发抖。脸上浮起一阵奇怪的红晕，仿佛是出于柔情似的。他的眉毛盖住了空空的眼窝，突然扔掉了棒，跪在雅金卡面前，伸开了两臂。

“起来！我一定帮助您。您怎么啦？”雅金卡惊异地问。

但是老人没有回答，只是两滴眼泪从脸上滚下来，呻吟道：

“啊——啊——啊！”

“为了上帝的爱——您不会说说话吗？”

“啊——啊——啊！”

他举起左手，先画了个十字，然后用左手指着他的嘴。

雅金卡不懂这意思，她望着马奇科，马奇科说：

“他好像是表示他的舌头给人家割掉了。”

“他们把您的舌头割掉了吗？”姑娘问道。

“啊！啊！啊！啊！”老人喊了好几声，不住点着头。

接着他用手指着两只眼睛，又用左手向残废的右臂一划，表示右手让人家砍掉了。

现在雅金卡和马奇科两个人都明白他的意思了。

“谁把您弄成这样的？”雅金卡问道。

老人又在空中一再画着十字。

“十字军骑士团。”马奇科喊道。

老人好像表示肯定似的，又把头耷拉在胸口上。

沉默了一会儿。马奇科和雅金卡彼此吃惊地相互望了一下，因为现在摆在他们面前的就是活的证据，表明了十字军骑士的残酷，可是谁也没有办法去惩罚那些自称为“十字军骑士”的骑士。

“正义在哪里！”马奇科最后说，“他们竟这样狠心地对他。我要是知道他是哪里人，我一定领他回去。”

“您懂得我们说的话吗?”雅金卡问。

老人肯定地点了点头。

“您是这一带的人吗?”

不！老人摇摇头。

“那么，也许您是从马佐夫舍来的吧?”

他点点头。

“是雅努什王公的属下吗?”

他又点点头。

“可是您到十字军骑士那里干什么呢?”

老人不能回答了，但是脸上露出一种非常痛苦的神态。马奇科说道：

“我相信准是那些狗崽子害苦了他。”

雅金卡摸了些零钱放在这老人手中。

“听着，”她说，“我们不会抛弃您的。和我们一起到马佐夫舍去吧，我们要在每个村子里打听您是不是那个村子的人，把您送回家。”

可是老人却没站起来，他甚至把头俯得更低，拼命地抱住她的一双脚，好像要求她保护和向她表示感激似的。然而，他脸上还是闪过了失望的神情。

雅金卡说道：

“准是这样，我们的马车立刻就来，您就可以休息休息，吃些东西。不过现在我们不能马上带您到马佐夫舍去，我们得先到息特诺去。”

老人一听到这话，顿时一跃而起，满脸显出惊恐。他张开双臂，仿佛要拦住他们的去路。喉咙里发出奇怪的、绝望的咕咕声，叫人听来既恐怖又难受。

“您怎么啦?”雅金卡非常吃惊地喊道。

这时候捷克人已经和安奴尔卡赶到了，他向这老人目不转睛地注视了一阵之后，脸色一变，转向马奇科，声音奇特地说：

“看在上帝分上，请允许我，同他说几句话，因为您不知道他是谁。”

说完以后，他就向这老人冲了过去，把手搭在他的肩上，问他道：

“您是从息特诺来的吗?”

这老人好像被他的说话声音吓了一跳，强自镇定下来，肯定地点了点头。

“您不是到那里去找您的女儿吗？……”

唯一的回答是一声沉重的呻吟。

赫拉瓦的脸苍白了，他紧瞪着这老人的脸庞望了一会儿，然后他缓慢地说道：

“那么您就是斯佩霍夫的尤兰德。”

“尤兰德！”马奇科叫道。

尤兰德这时激动得昏过去了。漫长的苦刑，挨饥受饿，路途困顿，完全把他搞垮了。他离开地牢已经有十天了，一路全靠一根棒摸索着走过来，摸错了再摸，饥饿、疲乏，不知道自己往哪里走，却又无法问路。夜里就在路边的小沟里过夜。有时他经过一个村庄，或者小村落，却难得遇到什么人肯同情他，帮助他，两天来，他就靠树皮和树叶度日。他简直已经放弃了到马佐夫舍的一切希望，不料突然间遇到这些人。他太激动了，要不是捷克人用强壮的双臂扶住了他，他一定会扑倒在路上的尘埃里。

马奇科连忙下了马，和捷克人一起扶住了他，把他抬上马车，放在柔软的干草堆上。雅金卡和安奴尔卡看护着他。喝过酒后，尤兰德立刻就睡着了，睡到第三天才醒过来。

这时候他们坐下来商议了。

雅金卡说：“我们现在不要到息特诺去，还是先到斯佩霍夫去，先把尤兰德安全地送到他自己人身边。”

马奇科回答：“不错，我们必须把他送到斯佩霍夫去，可是不必所有人都陪他去，一辆马车尽够送到那里了。”

“我想，到了那里，我们也许可以向他探听出许多关于兹贝什科和丹露霞的消息来。”

“可你怎么能从一个没有舌头的人那里探听到消息呢？”

“尽管他没有舌头，消息还是可以从他身上得到的。您没有看到即使他不说话，我们也已经从他那里得到了必要的消息吗？等我们习惯了他的手势以后，那我们就容易得多了！比如说，不妨问他兹贝什科是否已经从马耳博克回到了息特诺。那么您就可以看到他或者是点头肯定，或者是摇头。”

“这倒是真的。”捷克人喊道。

马奇科吩咐这一行人回到马佐夫舍边界去。一路上，雅金卡时不时到尤兰德睡着的那辆马车上去看看，唯恐他会死去。

“愿上帝许可，让兹贝什科替他报仇。看看吧，这些十字军骑士和我们是多么不同。不错，那四个狗东西已经死了三个，但他们是在战斗中死的，没有一个是在俘虏后被割掉舌头或是挖掉眼睛的。”

“上帝将惩罚他们！”雅金卡说。

马奇科转向捷克人说：

“你怎么认出他来的？”

“上次见到他的时候他还是一个非常身强力壮的骑士。但后来小姐说起我们要到息特诺去，他听了就哼叫起来，我这才明白了。”

马奇科思量着，忽然说道：

“到了斯佩霍夫，就必须把他送到王公那里去。王公知道了十字军骑士残害这样的大人物，不会白白饶过他们的。”

“他们会为自己辩护。他们会说他是在战斗中失去舌头、眼睛和手的。”

“你说得对。”马奇科说，“他们从前还劫走过王公。王公会为他报仇的。”

“但是他们在和维托尔德王公打仗啊。”

“感谢上帝，维托尔德王公的机智没有人比得上，那些狗东西曾经把他逼到了绝境，剑架在他头上，眼看就要完蛋，但是他像一条蛇似的，从他们手中溜掉了，并且咬了他们……当他打你的时候，你得当心，尤其他和你友善的时候，你就更要特别小心。”

“他对待每个人都这样吗？”雅金卡插话问道。

“他只是对待十字军骑士才这样，对别人却和善又慷慨。”捷克人回答。

马奇科听了这话就沉思着说道：

“说不定我们两人都会投到他旗下。那时候也许我们就能够痛痛快快地向这些狗东西报仇啦。”

然后他们又讲到尤兰德的故事。在到斯佩霍夫去的路上，他们就这样谈着和想着来消磨时间。到边界的时候，天还很黑。第二天早晨，雇来的向导才引导他们进入了斯佩霍夫境内。

托里马显然把那里的一切都管理得井井有条，因为他们一进入斯佩霍夫的森林，就有两个武装人员迎着他们走过来了。他们看到来人并不是士兵，只是一队普通人，没有查问就放他们过去了，而且走在前面给他们引路。

他们来到了城堡，托里马和卡列勃神甫便出来接待客人。老爷已经到了，而且是由虔诚的人送回来的，这一个消息像闪电似的马上在守军之间传开了。但他们一看见老人受到十字军骑士这么残忍的毒手，不禁大为愤怒，暴跳如雷。

侍从们恨不得立即上马到边界去俘虏几个德意志人来，砍下他们的脑袋，扔在主人脚下。尤兰德早已被放在一张熊皮上，抬到他自己的房间里，安置在床上了。卡列勃神甫是尤兰德的知心朋友，他们彼此像亲兄弟一样相爱。他待在尤兰德身边，祈求救世主让不幸的尤兰德恢复眼睛、舌头和手。

疲乏的旅人们也都上床去了。马奇科在中午时分醒来，就吩咐人去把托里马找来。

他从捷克人那里知道，尤兰德在动身以前吩咐过他所有的仆人要服从他们的小主人兹贝什科，并且嘱咐过神甫把斯佩霍夫遗赠给他。因此马奇科就用一种命令的口吻对这老头儿说：

“我是你们小主人的叔叔，在他没有回来的时候，这里就由我管。”

托里马低下了他白发苍苍的头，施了一礼。问道：

“阁下，您就是博格丹涅茨的那位高贵骑士吗？”

“是的！”马奇科回答，“你怎么知道？”

“因为少爷在这里盼您来，他还问起过您。”

马奇科听了这话，就跳起身来，忘了自己的尊严，喊道：

“什么，兹贝什科在斯佩霍夫吗？”

“是的，他前两天才走的。”

“为了上帝的爱！他从哪里来，到哪里去？”

“他从马耳博克来，路过息特诺。他没有说他到哪里去。”

“嗨！伟大的上帝，我们在路上错过了。”他一面说，一面双手拍着大腿。

但托里马问道：

“您说什么，骑士？”

“卡列勃神甫在哪里？”

“他在老爷床边。”

“请神甫到这里来，且慢……还是我自己去看他吧。”

“我去请他，”托里马说着就走。但他还没有把神甫带来，雅金卡进来了。

“来来来！”马奇科说，“兹贝什科两天前还在这里呢。”

刹那间她变了脸色，几乎站不住脚了。

“他来过，走了吗？”她问道，心跳得很快，“到哪里去了？”

“才走两天，但是我不知道他到哪里去了。也许神甫知道。”

“我们必须去追他。”她毅然地说。

一会儿卡列勃神甫进来了。他以为马奇科要打听尤兰德的情况，所以不等问就说：

“他还睡着呢。”

“我听说兹贝什科到过这里？”马奇科高声说道。

“他来过，但他在两天前走了。”

“到哪里去？”

“他自己也不知道……去寻找……他到时母德边界上去了，那里现在有战争。”

“为了上帝的爱，神甫，把您所知道的有关他的情况，告诉我们吧！”

“我只知道他亲自告诉我的一些事。他到过马耳博克，在那里取得了大团长的兄弟的保护。大团长的兄弟是十字军骑士中首屈一指的骑士。按照他的命令，兹贝什科可以到所有的城堡里寻找。”

“去找尤兰德和丹露霞吗？”

“是的。但他不是去找尤兰德，因为别人告诉他说，尤兰德已经死了。”

“请您给我们从头说一说吧。”

“马上就说，但让我先喘口气，定定心，因为我是从另一个世界来的。”

“这怎么说？”

“是从那个骑马也不能到达，只有通过祷告才能到达的世界来的……我刚刚跪在主耶稣的脚下，祈求他怜悯尤兰德。”

“您有这种力量么？”马奇科非常好奇地问。

“我什么力量也没有，但救世主有这种力量，只要他愿意他就能使尤兰德恢复眼睛、舌头和手……”

“只要他愿意这么做，当然就能办到。”马奇科回答，“但是您恳求的是件办不到的事。”

卡列勃神甫没有回答，可能因为他没有听见。他的眼睛依旧闭着，仿佛失了神似的，其实是在默念祷告文。

然后他用双手遮住眼睛，沉默了一会儿。最后抖了一下身子，擦擦眼睛，说道：“现在，请您问吧。”

“把您所知道的都讲给我听吧。”

“他在比武场上取得了乌尔里西的好感。那时候马耳博克有许多骑士来做客，大团长下令举行公开比武。乌尔里西喜欢到比武场上战斗，他也同兹贝什科交了手。乌尔里西的马鞍带断了，兹贝什科本来可以很容易地趁机把他从马上打下来，可是兹贝什科却放下矛来，还扶了他一下。”

“嗨！你看看！他真是好样的！”马奇科喊道，一面转向雅金卡，“所以乌尔里西才这样喜欢他吗？”

“所以他才这样喜欢兹贝什科。兹贝什科把他的苦楚讲给他听，乌尔里西听了大为震怒。他领兹贝什科去见他的哥哥大团长，并提出控诉。十字军骑士里面主持正义的人实在不多。兹贝什科也告诉我说，由于德劳许的地位和财富在那边很受尊敬，也给他帮了许多忙，并且在所有的事情上都为兹贝什科作了证。”

“作证的结果如何？”

“结果是大团长下了一道极严厉的命令给息特诺的分团长，要他立刻把囚禁在息特诺的所有俘虏和犯人，包括尤兰德在内，都送到马耳博克来。但是分团长回信说，老爷已经死了，埋在教堂的院子里。他把其余的犯人都送了来，连一个挤牛奶的姑娘也送了去，可是我们的丹露霞却不在里头。他还说这姑娘是他们从强盗手里救出来的，还发誓说她是尤兰德的女儿，是魔鬼把她变了形。”

“大团长相信这话吗？”

“他不知道该不该相信，但是乌尔里西很冒火，竭力请求他哥哥派一个骑士团的高级官员和兹贝什科一起到息特诺去看看，这事情照办了。他们到了息特诺，没有找到分团长，因为他已经去抵抗维托尔德了。只找到他的一个手下，命令他打开所有的监狱和地牢。他们找了又找，什么也没有找到。他们甚至拘押了几个人进行讯问。其中有一个人告诉兹贝什科说，从神甫那里能得到很多消息，因为神甫懂得那个哑巴刽子手的手势。但分团长早已把那个刽子手带走了，神甫又去参加一个宗教集会去了……神甫们常常聚会，向教皇控诉十字军骑士团，因为神甫们也受到他们的压迫……”

“我奇怪的是，他们竟然没有找到尤兰德。”马奇科说。

“显然是那个分团长先把他放走了。但他们这样更加残忍……他也许会坐在教堂附近什么地方，或者坐在路旁，兹贝什科经过的时候却认不出他来。也许他甚至听见了兹贝什科的声音，只是无法招呼他……嗨！我真禁不住要哭了！……总算上帝创造出了一个奇迹，使您遇着了他。”

“兹贝什科还说了些什么？他打算到哪里去？”马奇科问。

“他说：‘我知道丹露霞原来在息特诺，但他们也许后来把她带走了或者把她饿死了。’”

“那他一定是到东方去了，但现在那里有战争。”

“他知道有战争，所以他到维托尔德王公那里去了。他也说过，他在维托尔德王公那里会更快地打死十字军骑士。”

“啊，他这就去投奔维托尔德王公了！”马奇科喊道，“赞美上帝，我们至少知道可以上什么地方去找兹贝什科了。”

“我们必须立刻赶去，”雅金卡说。

“住口！”马奇科说，“做侍从的是不应该随便出主意的。”

他瞪着她，仿佛提醒她说，她是个侍从，她想起了自己的身份，就不做声了。

沉默了一会，雅金卡问道：

“然后我们去找兹贝什科吗？”

“去找兹贝什科。”马奇科回答，“但你必须在这里等我回来。”他又转向神甫，“因此我要请您，卡列勃神甫，给我一封给息特诺神甫的信。如果我拿出您的信来，他将毫不犹豫地相信我，因为修士和修士总是非常信任的。”

“人们都说那个神甫很好，”卡列勃神甫说，“如果有人知道这件事的真相的话，那就是他了。”

第十一章　家的温暖

情节简介

尤兰德老人醒来后，发现自己已经回到了家。曾经的一切就像一场噩梦一样折磨着这位慈爱的父亲，卡列勃神甫细心地照料着老人，善良的雅金卡也时常陪伴着老骑士。当她知道丹露霞并没有死去，而且有可能夺走他心爱的兹贝什科时，她却为丹露霞的幸福真诚地祈祷着……

尤兰德一觉醒过来后摸摸自己的床和床旁边的墙。卡列勃神甫抱着他痛哭起来，一面怜爱地吻着他，喊道：

“是我！你在斯佩霍夫了！尤兰德兄弟！上帝考验了你……你现在来到自己人中间了……好人把你送到了这里。兄弟，亲爱的兄弟，尤兰德。”

于是他一再抱住他，吻他的前额和空空的眼窝。

“你听见我的话，懂得我的话吗？”卡列勃神甫问。

尤兰德点点头。于是他伸手去拿墙上那个银质的耶稣受难像，这是他从一个强大的德意志骑士的脖子上夺取过来的，他把它紧紧地压在嘴上和心口，然后把它给了卡列勃神甫。

“我懂你的意思，兄弟！”神甫说，“上帝与你同在。他能够把你失掉的一切都交还给你，正如你被俘虏以后，他把你救出来一样。”

尤兰德那双空空的眼窝里充满了泪水，一种难以描述的痛苦呈现在他受尽苦楚的脸上。卡列勃神甫从他那痛苦的脸容上认为丹露霞已经死了，因此他跪在床边，说道：

“哦，主啊！赐她永恒的安息吧，赐她永久幸福！阿门。”

但是尤兰德听了这话却坐直了身子，摇着头，挥着手。神甫却不懂他的意思。这时候老托里马进来了,跟在他后面的是城堡的守军,斯佩霍夫的一些老农、守林人、渔夫等等。他们拥抱他的脚,吻他的手,大家都伤心地痛哭起来,因为他看上去已经完全是另外一个人。其中有些人,特别是经常和他出征的人,愤慨万分,他们脸色青白,面容坚定。过了一会儿,他们挤在一起,悄悄低语,你拖我拉,让来让去。最后有一个叫苏哈兹的,他是一名守军兼乡村铁匠,走到尤兰德跟前,紧紧抱住了他的脚,说:

"老爷,我们打算立刻到息特诺去,可是那个送您来的骑士不让我们去。现在您允许我们吧,我们现在就去惩罚他们,像从前那样惩罚他们。不能让他们侮辱了我们而平安无事。我们一定要攻下息特诺,叫那些狗崽子流血。我们向上帝发誓!"

"我们向上帝发誓!"好几个嗓子一再地说。

"到息特诺去!"

"我们一定要讨还血债!"

立刻,一股熊熊的怒火在这些愤慨的马祖尔人心中燃烧起来,他们皱紧眉头,眼睛闪出怒火,到处都听到咬牙切齿的声音。刹那间所有的目光都转向尤兰德。尤兰德双颊发红,显出他惯常的好战神态来。他站起身,又去摸摸墙上的耶稣受难像。抬起他那双空洼的眼窝对着天空,并且把耶稣受难像在面前挥来挥去。

屋子里寂然无声。天逐渐黑下来,落日的最后红光射进房间里来,照在那个高高举起的十字架上和尤兰德的白发上。

铁匠苏哈兹望着尤兰德,向同伙们看了一眼,又望着尤兰德。最后他向他们告别,踮着脚走出房间。其余的人也都跟了出去。到了院子里,他们停下脚步,又低声谈起话来:

"现在怎么办?"

"我们不能去。那怎么办呢?"

"他不允许。"

"让上帝去报仇吧。"

"确实是这样……"

这时,雅金卡走到了尤兰德跟前。

"上帝帮助您,尤兰德骑士。"她说,"我们就是把您从普鲁士送回来的人。”

他一听到她那年轻的声音，脸上顿时一亮。这声音显然使他想起了从息特诺到这里一路上所发生的事情。他低下头，好几次把手放在胸口，表示谢意。雅金卡将见到他后发生的事都讲给了老人。

但聪明的姑娘发现他还想获悉许多其他的事情。但因为无法说话，心里很痛苦。姑娘说道：

“我们和您可以常常谈谈各方面的事情。您就会都知道了。”

尤兰德笑了一下，伸出手来，在她头上搁了一会儿，他被这年轻的鸟鸣似的声音打动了。

从那以后，她常常来陪伴老人。

马奇科原定三天之内就回来，现在第四天，第五天都已经过去了，而且已经是第六天的晚上了，他还没有回来。惊惶不安的姑娘正打算请托里马派一队人去寻找，突然间橡树哨上的守卫人员吹起了号声，说明有骑马的人走近了。雅金卡跑到院子里，看到捷克人，说：

“马奇科在哪里？”她问道，同时心里怦怦狂跳着。

“他到维托尔德王公那里去了，他嘱咐您留在这里。”捷克人继续说道。雅金卡张大着两只眼睛，瞪着捷克人，捷克人说：

“我们在息特诺听到很多重要的消息。”

“是从兹贝什科那里来的消息吗？”

“不，是从息特诺来的消息。”

“让仆人们去卸马鞍吧，你跟我来。”

他们便到她房间里去了。

“马奇科为什么把我们留在这儿？我们为什么必须留在斯佩霍夫，你为什么回到此地来？”她向捷克人一口气问道。

“我回来，”赫拉瓦回答，“是因为马奇科骑士要我回来。我本来要去打仗，但命令就是命令。他让我来这里照顾你，或者保护你回兹戈热利策。”

“莫非他们找到了尤兰德的女儿了吗？马奇科到那里去找兹贝什科吗？你看见她了吗？你为什么不带她一起来？她现在在哪里？”

听了这样一连串的问题，捷克人向着姑娘深深施了一礼，说道：

“如果我没有立刻回答所有的问题，还请小姐您别介意，我就照您所提出的次序一个一个地尽力回答。”

“好吧，他们找到了她吗？”

“没有，但据可靠的消息说，她原来在息特诺，可能被移到东方一个偏僻的城堡去了。”

“我们为什么必须留在斯佩霍夫呢？”

“唉！如果找到了她呢……不错，小姐知道……就没有理由留在此地……”

雅金卡不做声了，只是双颊发红。捷克人继续说：

“我过去和现在都认为，我们不可能从这些狗东西的爪子下面把她活的救出来。但我们到了息特诺后，那个分团长的助手看了利希滕施泰因的信件，热情地接待了我们。他一点也不怀疑我们。我们访问了神甫，而且谈了两个晚上。我们打听到了一些奇怪的事情，这是神甫从刽子手那里得知的。”

“但刽子手是个哑巴。”

“他是哑巴，但神甫可以看懂他的手势。那个刽子手砍掉了尤兰德的手，割掉了他的舌头，挖掉了他的眼睛。那刽子手是这样一个人：你让他对男人施行酷刑，他什么都做得出来。但对于姑娘们，他就不肯动手杀害她们，甚至叫他帮忙对姑娘们施酷刑，他也不肯。因为他也有一个很钟爱的独生女儿，而她却被十字军骑士……”

赫拉瓦说到这里住了口，他不知道怎么讲下去。雅金卡看出了这点，就说道：

“刽子手关我什么事？”

捷克人回答道：“当我们的小主人杀死了罗特吉爱骑士的时候，分团长齐格菲里特简直发了疯。息特诺的人们说，罗特吉爱是他的儿子，他很爱他，甚至和死了的罗特吉爱说话……”

“这听起来多可怕。凭圣父、圣子和圣灵之名，阿门！”雅金卡说着就站了起来，扔了一块木柴在火上。

“是啊！”赫拉瓦继续说，“然后，那恶魔就去要尤兰德女儿的命了，但那刽子手，我已经告诉过您，什么事都干得出来，却不愿去伤害或杀死一个姑娘,因此他就躲在楼梯上……神甫说,等分团长来了,听到了刽子手的呼吸声。他看见有件亮闪闪的东西,吓得向后一缩,以为是魔鬼。刽子手用拳头打在他的脖子上,他昏迷了过去,吓得生了病。等他复原之后,他就不敢再对尤兰德的女儿下毒手了。"

"可是,他们把她带走了。"

"他们把她带走了,也把刽子手和她一起带走了。分团长认为有一种神奇的力量在保护她。"

"那神甫知道他们把她弄到什么地方去了吗?"

"确切的地方他不知道,但他听到他们谈起一个叫做拉格涅茨的地方,这个城堡大概是在离立陶宛或者时母德边界不远的地方。"

"马奇科怎么说的?"

"马奇科怕他们给兹贝什科上圈套,所以也赶去了那里。因为他们只要告诉兹贝什科,如果他亲自去,他们就把丹露霞交给他,他一定会毫不犹豫地去。那老齐格菲里特就会找他给死了的罗特吉爱报仇,让他受闻所未闻的折磨。"

"不错!不错!"雅金卡吃惊地喊道,"他做得对!"

但是过了一会儿,她说道:

"可是我们这里用不着人保护。老托里马也一样能够保护我们的。你强壮而勇猛,正好可以帮兹贝什科很多忙。"

"不过,万一您去兹戈热利策,谁来保护您呢?"

"如果是那样的话,就让他们派人送个信来,最好派你来,你就可以先来送我们回家。"

捷克人吻了吻她的手,感动地问道:

"那么您在这里的期间,谁来保护您呢?"

"上帝会照顾孤儿!我们留在此地。"

"您不会觉得厌烦吗?您在这里干些什么呢?"

"我将祈求主耶稣把幸福归还给兹贝什科,并且使你们大家身体健康。"

于是她突然放声大哭起来,这个侍从又深深地施了一礼,说道:

"您确实像个天使。"

第十二章 祈 祷

情节简介

雅金卡将兹贝什科和丹露霞的消息告诉了大家，尤兰德老人、神甫、托里马老头、善良的雅金卡以及所有的仆从们都为丹露霞真诚地祷告着。在雅金卡的劝说下，捷克人决定去战场保护他的主人。善良的雅金卡是否也有她的苦楚呢？

但是雅金卡抹掉了眼泪，带着这侍从一起去见尤兰德，把消息告诉他。

尤兰德正在和神甫、托里马和安奴尔卡一起坐着。大家手支着头，都在沉思，满面愁容地倾听一个侍从唱歌。仆人坐在火炉前面，热着香料、蜂蜜和热葡萄酒混合成的饮料。这时，雅金卡进来了，说道：

"赞美主耶稣！"

"永生永世，"卡列勃神甫回答。尤兰德坐在扶手椅中，两肘搁在扶手上，一听到她的声音，便立刻转向她，点点头，向她招呼。

"兹贝什科的侍从已经从息特诺回来了。"这姑娘说，"他从神甫那里带来了消息。马奇科不回来了。他到维托尔德王公那里去了。"

"他为什么不回来？"卡列勃神甫问道。

于是她把从捷克人那里听到的话全都讲了出来。她甚至告诉他们说，马奇科觉得很有希望找到丹露霞，在兹贝什科的帮助下一定可以救她出来，送她到斯佩霍夫来。因此他已经去找兹贝什科，并吩咐雅金卡留在这里。

可是不知道由于悲伤还是由于忧愁，她说到后面声音发抖了。她说完之后，房间里都沉默了。所有的眼睛都向着尤兰德望去，他闭着眼睑，头向后仰，好像完全没有了生气。

“你听见吗?”卡列勃神甫最后问道。

尤兰德还是仰着头,举起左手,指着天。月光直接照到他脸上、白发上、看不见的眼睛上,那张脸上显露出无法表述的痛苦。

又是一片静寂。

雅金卡突然对这个不幸的老人极度怜悯起来。她一下子冲到他身边,握住了他的手,泪下如雨地吻着它。

“我也是个孤儿啊!”她情感迸发地喊道,“我不是什么侍从,而是兹戈热利策的雅金卡。马奇科是为了保护我,免得受坏人的欺侮,才把我带在身边的。现在我要留在您这里,留到上帝把丹露霞归还给您才走。”

尤兰德一点也不觉得奇怪,他好像早已知道她是个女孩子了。他只是抱着雅金卡,把她紧紧地搂在胸前。她继续吻着他的手,抽泣地说:

“我要同您待在一起。丹露霞一定会回来……那时候我就回到兹戈热利策去。上帝保护孤儿!德意志人也害死了我的父亲。但是您心爱的女儿还活着,会回来的!”这时候卡列勃神甫突然跪下去,用一种庄严的声音祈祷起来:

“主怜悯我们!”

“主怜悯我们!”捷克人和托里马立即齐声附和。于是大家都跪下了。尤兰德也从座位上滑下来,跪下去,大家都异口同声地祈祷起来:“主怜悯我们!”

“主怜悯我们!”

“主啊,在天之父,赐慈悲于我们!”

“上帝的儿子,世界的救主,赐慈悲于我们!”

赫拉瓦本来就很想上战场去,离开尤兰德的房间后,他立刻抱住雅金卡的腿,说道:

“我真想立即向您跪下,求您为我这次出门说句吉利话。”

“怎么了?”雅金卡问。

“我明天一早就走,赶上马奇科骑士。可以让马匹在夜里休息一下,因为这里到时母德的路很远。”

“那就去吧。”雅金卡说,“万事小心!必须尽快赶路,同时也必须留神别让十字军骑士逮住。到了渺无人烟的森林里更要小心,我记得马奇科骑士和兹贝什科在兹戈热利策的时候就说到过这种事情。”

“放心吧！”

过了一会，捷克人眉头一皱，想了一想，说道：

“战争可以说爆发了，也可以说没有爆发。我们尽力打听一切消息，尤其是马奇科骑士，他为人老练，说话从来没有半点儿破绽。另外，如果小姐您肯耐心听下去，我就告诉您：几年前，维托尔德王公计划远征鞑靼人，为了和德意志人保持和平，把时母德省割让给他们。彼此极其友好，当时母德的穷人起来反抗十字军骑士团的统治，维托尔德王公还派他自己的士兵去帮助德意志人。整个立陶宛人都在嘀咕，说王公在反对自己的同胞。这一切都是息特诺的那个神甫的助手讲给我们听的。然而他们却把时母德人的孩子们搜集起来，送到普鲁士，还当着人家丈夫和兄弟的面强奸妇女。谁敢反对，谁就给吊死。小姐，因此就发生了战争。”

“那么维托尔德王公呢？”

“王公对时母德人受十字军骑士团迫害的事，一直不闻不问，他还交结十字军骑士。不久以前，他的妻子还到普鲁士去访问过马耳博克。他们给了她不可胜数的礼物，安排了无数次的比武、宴会。她到哪里，便在哪里举行各种各样的庆祝会。人们都以为十字军骑士和维托尔德王公之间会建立永久的友好关系呢。哪知，他突然变了卦……”

“王公的心思变幻无常啊！”

“他对正直的人倒不是变幻无常的，只是对十字军骑士才如此，因为十字军骑士本身没有信义，任何事情都不可靠。不过维托尔德王公现在是暗地里帮助时母德人。”

“我懂了，”雅金卡说，“不过如果他是暗地里帮助他们，那就还没有公开宣战。”

“但是德意志人同时母德人已经公开打起来了，事实上，也就是对维托尔德王公宣战。德意志人正在从全国各地涌到边界上来守卫要塞，还在筹划一次大规模入侵时母德的远征。可是他们在冬季到来之前，还不能远征，因为那是一个多沼泽地的国家，时母德战士能走过，而德意志人却会被粘住不能动。天气一冷，整个德意志部队就要出动了，不过维托尔德王公在波兰国王的许可下，会帮助时母德人的。”

“那么一来，他们会对国王开战吗？”

“这里的人以及德意志人，都说要爆发战争了。十字军骑士团现在正在向所有的王公求援。因为每一个十字军骑士都知道国王的威力是很大的，波兰骑士可能不费吹灰之力就击败他们。”

雅金卡叹道：

“男儿总比姑娘幸运。我这句话眼前就有现成的证明，兹贝什科和马奇科都走了，你也要像他们一样去打仗了，我们却要留在斯佩霍夫。”

“那有什么办法呢，小姐。不错，您留在这里，这里可是绝对安全的。我在息特诺就听见说，直到现在，尤兰德的名字对德意志人依旧是个恐怖，如果德意志人知道他现在在斯佩霍夫的话，马上就会被吓坏了。”

“我们知道他们不敢到这里来。但是待在这里，什么消息也不知道，实在难受。”

“如果有什么消息，我一定让您知道。”

“愿上帝报答你。你对我的好心好意，我一辈子都感谢你。”

这捷克人屈下膝，说道：

“我从您这里得到的都是仁慈。那时齐赫老爷俘虏了我的时候我还不过是个孩子，他不要赎身金就释放了我。可我宁愿在您这里做俘虏，而不想得到自由。愿上帝允许我可以为您，我的小姐流血。”

“愿上帝指引你，保佑你能回来！”雅金卡回答。

“我永远是您的忠实仆人。因此给我一点什么作为旅途上的纪念品吧。请别拒绝我这个请求。”

“你要什么样的纪念品呢？”

“给我系上一条布带，送我上路。如果我在战场上倒下来的话，那么，身上围着您缚的带子，我临死的痛苦也会减轻一些。”

他又深深施了一个礼，交叉双臂，恳求地注视着她的眼睛。

但是雅金卡脸上露出一种为难的神色来，过了一会儿，她仿佛不由自主地心酸起来，答道：

“哦，亲爱的！别向我要求这种东西，我系的腰带对你没有用处。幸福的人才能给你幸福。只有这样的人才能给你带来好运气。但是我呢，当然只有悲伤！唉！我不能给你幸福，也不能给别人幸福。因为我自己所没有的东西，就不能给别人。我是这样想的。赫拉瓦，现在人间没有什么值得我留恋的东西了，因此……”

她突然住口了，因为她知道，如果再说下去，自己不免要大哭一场，现在就已经泪眼迷蒙了。捷克人心里极其感动，他很懂得雅金卡的处境，说道：

“哦！我要为您牺牲生命！牺牲生命！”

“起来！”她说，“让安奴尔卡给你围一条去打仗的带子吧，或者让她给你别的纪念品。”

于是雅金卡叫了声安奴尔卡，安奴尔卡立刻从邻室走进来。其实没进来之前，就已经在门外把什么都听得清清楚楚了，只是不敢进来。这会儿进来了，又怕，又慌乱，心怦怦地跳，眼睛里闪烁着泪花，却一句话都说不出来。

赫拉瓦虽然敬慕雅金卡，却是一种最诚恳的敬爱。但他常常亲切地想到安奴尔卡，一看见她，就有一种激动的幸福之感。

赫拉瓦转身向她说道：

“我要去打仗了。我也许会死了。您会为我难过吗？”

“我一定会为您感到非常难过！”这姑娘声调柔和地回答，她哗哗流下眼泪。捷克人心里感动极了，不停地吻她的双手。

“给他个纪念品吧！”

女孩一时不知给什么，最后还是雅金卡劝她把头上的小发网送给他。

“我的上帝！”赫拉瓦快活地喊道，“把它衬在头盔里，哪个德意志人想要碰它，就该倒霉。”

安奴尔卡双手取下发网，明亮的金发随即披在双肩和手臂上。他拿起发网吻了一下，把它藏在胸口。于是他再一次拥抱了雅金卡的双足，又拥抱了安奴尔卡的双足，说了声“就这样吧”，便出去了。

在草棚上面一扇蒙着牛膀胱的窗户口，有一双蓝色的眼睛在望着院子里。捷克人一看见，正想走过去，不料卡列勃神甫和老托里马突然过来，嘱咐他一番出门应该注意的事项，打断了他的计划。

“先到雅努什王公的朝廷去。”卡列勃神甫说，“也许马奇科骑士会歇在那里。总之，你可以在那里得到正确的消息，可以遇到许多熟人。如果你确实只想见到兹贝什科骑士的话,那就不要直接到时母德去,因为那儿有普鲁士人的居留地,还要经过立陶宛。要记住,时母德人甚至在你还来不及向他们喊出你是什么人的时候,就会把你打死。但在立陶宛,在维托尔德王公那边,情形就完全不同了。最后愿上帝祝福你和那两个骑士,但愿你健健康康地回来,并且带丹露霞一起回来。我将天天在十字架前,从晚祷起到第一颗星升起的时候,一直为此祈祷。”

“我感谢您,神甫,感谢您的祝福!”赫拉瓦回答。

这时,天已经大亮,捷克人上了马,再一次地向着那扇窗户鞠了个躬,就走了。

第十三章 军 营

情节简介

赫拉瓦到了马佐夫舍后了解了时母德人、维托尔德王公以及波兰国王和十字军骑士之间错综复杂的关系，充分展现了波兰民族联合起来抵抗十字军骑士的顽强的精神。而后，捷克人进入了时母德境内，见到了马奇科老骑士和主人兹贝什科，还有指挥官斯寇伏罗，他们正商量着一场更加重要的战役……

等捷克人到马佐夫舍后，雅努什王公和王妃带了一部分宫廷侍从到崔尔斯克去进行春季捕鱼活动了，他们非常喜欢这种盛大的场面。

捷克人从尼古拉那里得到了许多重要消息：他首先知道马奇科骑士在几天前到华沙找到了王妃。至于战争，维托尔德王公拒绝帮助骑士团来镇压不幸的时母德人，虽然没有向他们宣战，却在暗地里给时母德人金钱、人力、马匹和粮食。同时他和十字军骑士团都派了使节到教皇、罗马皇帝和其他基督教国家，评判对方的错。

在维尔诺的议会上，波兰和立陶宛加强了联盟，这一举动使十字军骑士胆战心惊。显而易见，维托尔德王公在战争时期将毫不犹豫地站在国王这边。格鲁佳的分团长赛因骑士和革旦斯克的斯赫华茨贝骑士，奉大团长的命令，来见国王，问他打算怎样。虽然他们给他带来了昂贵的礼物，他却什么话也没有说。于是他们用战争来威胁他，实际上只是虚张声势，因为他们都深知，大团长和神甫都非常害怕雅盖沃的强大威力，因此急于要拖延这种凶灾大难的到来。

他们所有的条约，特别是和维托尔德王公订的条约，都像蛛网被撕碎了一样。赫拉瓦到达的那天晚上，一个被派到立陶宛去打听消息的人回来了，和他一起来的还有立陶宛的两个重要王公。他们带来了维托尔德和时母德人的信件。

据他们说骑士团正在备战。到处加强堡垒，制造火药，在边境上集结士兵和骑士，骑兵和步兵已经越过了一些重要边境。森林中、田野里和乡村中都已经听到战争的号角，到了夜里，森林的上空，大火在猛烈地燃烧。

维托尔德王公终于公开保护时母德。他派去官员，用马车载着武装的人民，任命以英勇著名的斯寇伏罗担任指挥。他袭击了普鲁士，将城市和乡村变成了一片废墟。他本人也带着军队去援救时母德，还给一些堡垒加强防卫。战争会席卷立陶宛、时母德和普鲁士所有的土地，这已经不是什么秘密了。如果国王赶去援助维托尔德，那么迟早有一天，更大的战争将爆发。

不过这些全都是未来的事。目前到处都可听到时母德人的控诉，对正义的呼吁。在克拉科夫、在布拉格、在教皇的宫廷里以及在其他西方国家里，人们也知道了这些不幸的人民遭受的苦难。许多马祖尔人都不由自主地把手按在腰间的剑上，考虑是否投效到维托尔德的旗帜下去。这些波兰贵族在战斗中跟立陶宛和时母德贵族一样英勇，而且训练和装备都很好。许多人已经去参战了。

时母德人向国王、王公和整个时母德民族呼吁："我们是血统高贵的自由人民，但骑士团却要奴役我们！贪图我们的土地和财富。我们已经穷困到一无所有的地步，只有团结起来，否则只有死！他们双手很不洁净，却用基督的圣水来为我们洗礼呢！我们要受洗礼，但不是要用血和剑来受洗。只有雅盖沃和维托尔德这样一些正直的君主才能开导我们……"

这就是时母德人对十字军骑士团的控诉。听到了这种控诉，就有好几个骑士和宫廷侍从立即提出愿意去帮助他们。他们还听到了有许多时母德的贵族小姐在普鲁士那里作人质，因为受不了耻辱和残暴行为，都自尽了。

赫拉瓦听到这里，决定火速赶路。一路上，除了给马匹必要的休息之外，简直毫不停留。

除了和那个宫廷侍从一起来到的两个贵族之外，还有安娜王妃朝廷里的一些立陶宛人，他们都熟悉路，可以为他和马佐夫舍的骑士们作向导，于是他们从一个村落赶到另一个村落，从一个城市赶到另一个城市，越过了那遍布在马佐夫舍、立陶宛和时母德境内静悄悄的、一望无际的荒野。

马奇科到了维托尔德王公那里两天之后，这个忠实的侍从就赶到那里找到了他和兹贝什科。捷克人问候过兹贝什科以后，踏踏实实地睡了一整夜，第二天晚上才去向老骑士问好。马奇科显得很疲乏，脾气很不好，一看见他，就怒气冲冲地责问他为什么不遵命留在斯佩霍夫。赫拉瓦直到兹贝什科离开了帐篷，才说明是雅金卡命令他到这里来的。

赫拉瓦还说，他来这里还是因为想看看有没有什么紧急的消息，让他立即送到斯佩霍夫去。他说："小姐有着天使般的心肠，她不顾自己，还为尤兰德小姐祈祷。但他必须把这里的消息带给小姐，否则丹露霞回来，小姐会觉得不体面地被人家撵走了。"

马奇科不高兴地听着捷克人的话，说道："这不干你的事。"但赫拉瓦说：

"当初让小姐留在兹戈热利策也许更好些。这趟路算是白走了。我们那时候却对这个可怜的小姐说，尤兰德小姐死了，也许会有其他的变化。"

"都是你一个人说丹露霞死了。"老骑士怒气冲冲地嚷道，"你就不该胡言乱语。我之所以带她一起走，不过是因为我怕奇坦和维尔克会找她麻烦。"

"这只是个借口。"侍从回答，"她留在兹戈热利策倒会太平无事，而您怕的是，万一尤兰德小姐死了，兹贝什科也会失去雅金卡。因此您才带她一起走。"

"你怎么敢这么说？你又不是个束腰带的骑士，不就是一个仆人吗？"

"我是一个仆人，但我只是为我的小姐操心，我不想让她难过。"

马奇科不再说话，因为捷克人这番大胆的话说得确实有道理，他之所以带雅金卡一起来，是为了给兹贝什科留下后路。

可是他还是这样欺骗捷克人说："我从来没有想到过这一点，是她自己一心想出来的。"

"她所以坚持要出来，是因为我们说过，尤兰德的女儿已经不在人世了。”

“是你劝她出来的，”马奇科喊道。

“不错，我劝过她，我承认我的过错。可是现在，必须想些办法才好，否则我们就完了。”

“有什么办法呢？”马奇科不耐烦地说，“这么一些士兵，这样的一场战争……现在的形势好比还只是在冒烟，随时都有可能烧起来……”

“但这里邻近就有十字军骑士团的城堡。只要拿下两个来，我们就可以在那里找到尤兰德小姐，或者可以打听到她的死讯。”

“或者一无所获。”

“但齐格菲里特已经把她带到这里来了。”

“但是你看见这些士兵了吗？他们有些人只是拿了一根木棍，还有一些人却拿的是古旧的铜剑。”

“但是我听说，时母德人都是些好战士。”

“可他们不能什么都不带就去攻城，特别是十字军骑士团的那些城堡。”

这时候兹贝什科和时母德人的统帅斯寇伏罗进来了，打断了他们的谈话。斯寇伏罗个子小，像个孩子，但是肩膀宽阔，身体十分结实，两手很长，几乎垂到膝盖。据说他的一生都在俄罗斯和鞑靼人战斗，也和那些他恨之入骨的德意志人战斗。在那些战争中，他学会了俄罗斯话，以后在维托尔德的朝廷中，他又学会了一点波兰话。他也懂得德意志话，至少他总是一再说这样三个字：火、血、死。他那只大脑袋里始终装满了用兵作战的谋略和计策，是十字军骑士团无法预料的，因此边界那一边城堡的守军都怕他。

“我们正在谈远征。”兹贝什科特别兴奋地向马奇科说，“我们是特地到这里来听听您的意见的。”

马奇科请斯寇伏罗坐在一棵铺着熊皮的松树桩上，然后吩咐仆人拿几小桶蜂蜜酒来，这几个骑士就拿起锡杯盛了酒喝起来。吃了些点心之后，马奇科问道：

“您要去远征吗？”

“去烧德意志人的城堡。”

“哪一个城堡?”

“拉格纳蒂,或者新科夫诺。”

“攻拉格纳蒂吧!”兹贝什科说,“四天前在新科夫诺附近,德意志人打败了我们。”

“且慢,”马奇科说,“我刚刚到这里,不知道新科夫诺和拉格纳蒂在哪里。”

“从这地方到老科夫诺不到一英里。”兹贝什科回答,“从老科夫诺到新科夫诺,路程也是一样。城堡坐落在一个岛上。”

“那么拉格纳蒂呢?”

斯寇伏罗伸出一只长臂,指向北方,说道:

“很远!很远……”

“正是因为它很远。”兹贝什科回答,“那里四周很平静,那边所有的士兵都集中到这里来了。那里没有防备,因此我们可以去袭击那些自以为万无一失的人。”

“他说得有理。”斯寇伏罗说。

于是马奇科问道:

“那这个城堡也能够强攻吗?”

斯寇伏罗摇摇头,兹贝什科答道:

“城堡很牢固,只有强攻才能拿下来。但是我们将要摧毁那地方,最重要的是去俘虏他们的人,我们当然可以俘虏到他们的一些大人物,十字军骑士团少不得急于付出赎金来赎,或者提出交换条件……”

于是他转向斯寇伏罗说道:

“骑士,现在请再考虑一下:新科夫诺是在一个岛上,我们在那里既不能煽动起村民,又不能把畜群赶过来,也捉不到俘虏,再加上他们不久前在那里打败了我们。唉!我们还是到他们那些没有提防我们的地方去吧。”

“最没有防备的是打胜仗的地方。”斯寇伏罗喃喃地说。

这时候马奇科插嘴了,他支持兹贝什科的计划,因为他知道,这年轻人觉得远的地方更容易得到他妻子的消息,而且更有机会俘获重要人质,作为交换俘虏之用。他也认为,无论如何深入腹地去攻打没有防备的地方总比攻打一个岛好，因为岛屿本身就是一个天然要塞，何况还有一个坚固的城堡和护卫队。

他讲得头头是道，列举了许多令人信服的、动听的理由，他们都听得全神贯注。斯寇伏罗不时扬一扬眉头表示赞同，偶尔还要喃喃地说："讲得对。"他的大脑袋在宽阔的双肩中间摇来摇去，突然他站起身来，什么话也不说。

"那该怎么样呢，骑士？"马奇科问，"我们向哪里进军好呢？"

斯寇伏罗简单地答道：

"到新科夫诺去。"

于是他走出了帐篷。

马奇科和捷克人吃惊地望着兹贝什科。接着，老骑士双手拍了一下大腿，嚷道：

"呸！多么倔强的家伙！……他只听人家说，自己却从来不开口。"

"我以前听说过，他就是这样一个人。"兹贝什科回答。"说真的，这里所有的人都是很顽固的，他们好像在仔细听你说话，到后来……你的话就像耳边风似的。"

"那他为什么要同我们商量呢？"

"因为我们都是束腰带的骑士，而且他也要听听正反两方面的意见。他可不是个笨蛋。"

"也许在新科夫诺附近袭击他们，也是出其不意，攻其不备。"捷克人讲道，"因为他们刚刚打败过我们，这一点他说得对。"

"走吧，去看看我指挥的人吧！"兹贝什科说，"帐篷里的空气太闷了。"

他们走了出去。这是一个多云而黑暗的夜晚，只有在时母德人围坐着的火堆的照耀下，才看得见周围的景色。

第十四章 战 前

情节简介

在时母德的军营里，老马奇科和侄儿兹贝什科聊着天，兹贝什科说了在马耳博克的所见所闻和亲身经历的事情，马奇科深深体会到侄儿内心的痛苦和煎熬。这时，首领斯寇伏罗的一声命令使聊天休息的人们立刻集结到了一起，一场轰轰烈烈的战役将要展开……

军营扎在一片四周尽是森林和沼泽的平地上，地势稳固。小兵们便蹲在露天的篝火旁边取暖，因为刚打了败仗，堡垒也在白天就筑好了，所以无事可做。一簇簇篝火之间，堆放着一堆堆的武器。其中有矛枪、有锤子、有短柄的斧子，还有古代的铜斧，有的剑完全是用青铜做的，不过大多是用钢做的。捷克人把这些武器拿起来，凑着火光仔细看着。

火堆旁边只有几匹马，大批的马群已经被马夫赶到附近森林里和牧场上去吃草了，但大贵族们却爱把战马放在身边。赫拉瓦看到那些特别小的毛茸茸的战马，十分惊奇，这些小马的脖子很健壮，看起来就像一头头野兽。

“大战马在这里没有什么用处。”有经验的马奇科说，“因为大马一下子就陷在沼泽里了，而本地的小马却能像人一样到处通行无阻。”

“但在战场上，”捷克人答道，“本地的小马就招架不住德意志人的马匹了。”

“不错，它也许招架不住，但是时母德的马跑得很快，比鞑靼人的马还要快，在战场上德意志人招架不住……”

两人谈了很久战场上的事情。

捷克人从小就听惯了士兵们欢乐的叫嚷，是在歌声和音乐中长大的，如今来到了立陶宛的军营，还是生平第一次看到这样死一般的寂静和阴沉。士兵们都耷拉着头，凝望着熊熊的篝火。夜色越来越浓，篝火由微弱而熄灭，使得原来万籁俱寂的周遭更为静寂，悲伤的气氛更为深沉，简直令人心碎。

兹贝什科向他的手下人发出命令，他们一下子就懂了他的意思，因为其中也有一些波兰人。然后他转向他的侍从说道：

“你已经看够了，现在该回到营帐里去了。”

“我看是看过了，”赫拉瓦回答，“但是看到的，都不称我的心，因为一看，就知道他们是一群吃了败仗的人。”

“吃过两次败仗了——四天前在城堡前面，三天前在渡河的时候。现在斯寇伏罗又要到那里去吃第三次败仗。”

“这是怎么回事，难道他看不出这样的兵不能和德意志人战斗吗？他们都不会打仗。”

“这你就错了，他们是世界上少见的勇敢民族，可是他们打起仗来乱不成军，德意志人打起仗来却阵势严整，有如铜墙铁壁。”

“那我们要占领城堡简直想都甭想啦。”赫拉瓦说。

“我们没有什么好的兵器，”兹贝什科答道，“维托尔德王公有许多兵器，在他没有来到之前，我们不可能占领城堡，除非是碰运气或者用计谋。”

这时候他们走到了营帐，营帐前面有一个大火堆。进了营帐，看到几盘热气腾腾的肉，这是仆人为他们准备的。营帐里又冷又潮，因此两位骑士和赫拉瓦都躺在火堆前面的兽皮上。

他们吃饱喝够之后，就想睡觉，可是睡不着。马奇科辗转反侧，后来看到兹贝什科坐在火堆旁边，膝盖上放着一些树枝，就问道：

“听着！你为什么想赶到那么远去攻打拉格纳蒂，而不就近攻打高茨韦堆呢？”

“因为我心里好像有个声音在向我说，丹露霞就在拉格纳蒂，而且他们那里的防卫比这里薄弱。”

“你当真准备一辈子去找寻这姑娘吗？”

“喂，她不是什么姑娘，而是我的妻子。”兹贝什科回答。

大家都静默了。如果丹露霞到现在仍旧没有出嫁的话,马奇科一定会劝他侄子把丢下她。但是行了圣礼,他去找她就成了他的责任了。

“好吧,”过了一会,马奇科说,“可是我前两天问你的一些问题,你总是说,什么也不知道。”

“因为我确实什么也不知道,我只知道也许是上帝要惩罚我。”

赫拉瓦在熊皮上迅速抬起头来,坐直了身子,好奇而注意地听着。

马奇科说:

“你既然睡不着觉,就把你在马耳博克的见闻都说给我听听吧。”

兹贝什科掠一掠额上一簇好久没有修剪过的长发,沉默了一会儿,然后说道:

“你问我在那里看见了什么吗?我看到了十字军骑士团的巨大力量,它得到各国君王的支持。我看到了他们的城堡,这种城堡连罗马的恺撒皇帝都不曾受用过。我看到了无穷的宝库,看到了盔甲,还看到了一大群一大群的武装修士、骑士和普通士兵以及像罗马教皇那里一样多的圣物,我告诉你,我一想到可能要和他们打仗,我的灵魂就发抖。谁能战胜他们,反对他们,粉碎他们的力量?”

“我们一定要消灭他们!”捷克人喊道,他再也忍不住了。

兹贝什科的话让马奇科感觉很刺耳,说道:

“你忘了维尔诺吗?我们同他们拼过多少次,盾对盾,人对人!他们常说必须砍掉我们波兰人的头。当然,也有一些客人向我们挑战,但结果都是蒙辱而去。你现在怎么变得那么萎靡不振?”

“我没有改变,我在马耳博克也战斗过,他们也是用锐利的武器的,但是您不了解他们的实力。”

老骑士发怒了,说道:

“可你了解波兰的实力吗?你可见过所有的波兰部队吗?唔,你没有见过。可是他们的实力是通过虐待我们的人民和背信弃义来维持的,他们自己连一英寸土地都没有。是我们的王公接待了他们,而如今他们就像可恶的疯狗一样,去咬喂养它的恩人。他们夺去了我们的土地,占领了我们的城市,这就是他们的实力!”

“您刚才要我把我看到的都告诉您,可现在您却生气了。我不愿意再说下去了。”兹贝什科说。

马奇科怒冲冲地喘了一会气，然后安静下来，说道：

“那你都说给我听听。”

“是的。十字军骑士起初对我的态度确实很不好，他们已经知道我和罗特吉爱决斗的事。但是我带有王公的信，而且受到他们尊敬的德劳许的保护，才使我免受他们的陷害。接着是宴会呀、比武呀，主耶稣处处都帮助了我。你已经听到过大团长的兄弟乌尔里西如何喜爱我，他从大团长本人那里取得一项命令，要把丹露霞交给我。”

“我们听说过了，”马奇科说，“在他的鞍带断了的时候，你没有攻击他。”

“我用我的矛扶了他一下，使他没有跌倒，从那时起，他就喜欢我了。嗨！慈悲的上帝！他们给了我信件，使我能够一个城堡一个城堡地搜寻过去。那时候我觉得痛苦就要结束了，哪里知道现在却坐在这里，在这样一个蛮荒的国家里，毫无办法，而且一天比一天不好受。”

他静默了一会儿，他说：

“如果那可怜的人儿在受苦，而我却不关心她，那就让我不得好死！”

他显然满怀痛苦和烦躁，他向着火堆扔碎木片，

“克制一下吧，”马奇科嚷道，“你那些证书没有起作用吗？难道那些分团长对于大团长的命令熟视无睹吗？”

“克制一下吧，”赫拉瓦说，“上帝会使您获得安慰的，也许很快就会获得。”

兹贝什科的眼睛里闪着泪花，但他控制了自己，说：

“他们把各个城堡和牢狱都打开了。我各处都去过，一直搜寻到这次战争爆发，后来分团长们都不看信了，他们说战争时这些信没有作用。”

“别的地方怎么样？”马奇科问道。

“到处都是一样。”

“现在我明白了，”老骑士说，“因为你一无所获，所以你才赶到这里来。”

“正是这样，”兹贝什科回答。“我还想过，我们要捉些俘虏，占领几所城堡。可惜时母德人攻不下城堡。”

“嗨！维托尔德王公本人一来，形势就两样了。”

“愿上帝许可！”

“他会来的，我在马佐夫舍宫廷上听说他会来的，而且也许国王和波兰的全部军队都会和他一起来。”

这时斯寇伏罗来了，他们就没有再谈下去，他出人意料地从暗中出现，说道：

“我们要行军了。”

听了这话，两个骑士敏捷地站起身来，斯寇伏罗把他的大脑袋凑到他们面前，低声说：

“有消息：一支援军正在向新科夫诺移动。有两个十字军骑士带领着士兵、畜群和粮草。我们去吃掉他们。”

“我们要渡过尼罗河吗？”兹贝什科问道。

“要的！我知道一个渡口。”

“城堡里知道这支援军吗？”

“他们知道，准备接应，您就来一个奇袭，把他们也解决掉。”

于是斯寇伏罗告诉他们，该在什么地方埋伏，以便出其不意地袭击那些从城堡里赶来的人……最后他嘴上衔着一根笛子，吹出尖锐的响声。

一听见笛声，士兵们就集合在已熄灭的篝火四周。兵器堆的周围现出了战士们粗犷的形体。森林悸动了，活跃起来了。刹那间森林深处传来了马夫的呼喝声，马群也向营地赶来……

第十五章 偷 袭

情节简介

清晨,军队就挺进了森林,虽然时母德人的装备不够精良,也没有德意志人的阵势那样严整,但他们的动作十分敏捷,很有战斗力。兹贝什科和斯寇伏罗兵分两路。在兹贝什科的指挥下,战士们埋伏在隐秘的丛林中,功夫不负有心人,果然德意志的援兵走进了伏击圈,于是一场刀光剑影的战役开始了。最后,骑士团溃不成军。当兹贝什科揭开指挥官的头盔时,一张熟悉的面庞映入眼帘。

他们一清早就到了涅威齐,这些机灵的战士有的骑着马,有的坐在一捆捆的柳枝上渡过河去。动作如此迅捷,使得马奇科、兹贝什科、赫拉瓦和马佐夫舍的志愿军对于这些战士的敏捷十分惊奇。他们这才明白,为什么树林、沼泽、河流都阻挡不了立陶宛人的远征。

春天来临,大河水涨,渡河可不是一件容易事。兹贝什科旁边两个人被水冲走了,赫拉瓦想去救他们,但因为天黑,水势又急,那两个人一下子就看不见了。其他在水里的人却不敢高声呼救,因为指挥官早就下了命令:渡河时要尽量做到安静。还好其余的人都安全到了对岸,他们在那里没有生火,一直待到天明。

天刚破晓,整个军队分为两支。斯寇伏罗领了一支去迎击率领援军到高茨韦堆去的那两个骑士。第二支由兹贝什科率领,向后移动,向那个岛前进,以便迎击从城堡出来迎接援军的人马。

这天早晨树林里、沼地里和树丛中,都弥漫着一片浓密的白雾,把远处完全遮住了。这正是兹贝什科他们所求之不得的,因为这样一来,从城堡里出来的德意志人无法及时看到他们。这个年轻骑士非常高兴,向马奇科说道:

“我们还是占好阵地,先不考虑迷雾。愿上帝许可,迷雾别在中午前消散。”

于是他急忙赶到前面,又立即回来,说道:

“我们很快就会在通向内地的大路上和他们相遇了。首先要躲到那边的丛林里去等候他们。”

“你怎么知道那条路?”马奇科问。

“我们是从本地农民那里得到情报的。”

“你打算离城堡多远进行攻击呢?”

“在离它一英里左右的地方。”

“很好,因为再近了,城堡里的士兵就可以冲出来援救,可现在他们不但不会及时赶来,听也听不见。”

“我想到了这点。”

“最好派两三个靠得住的农民去盯着,如果德意志人一来,就给我们信号。”

“嗨! 这也已经办了。”

“还有布置一两百人,等一开战,不要投入战斗,而是赶快冲到他们后方去切断通向城堡去的后路。”

“这是最重要的事,”兹贝什科回答,“但这个命令也已经下啦。德意志人就要落入陷阱,逃不了哩。”

听了这话,马奇科赞许地望望他的侄子,很是高兴,觉得虽然他很年轻,却懂得许多兵法,因此笑了笑,低声说:

“不愧为我们家的后代。”

但赫拉瓦却比马奇科更高兴,因为他最爱战争。

他说:“他们行军安静,动作敏捷,士气很高涨。如果一切按计划执行的话,那一个德意志人都活不了。”

“上帝保佑,没有几个人逃得掉。”兹贝什科回答,“但我已经下令,尽量捉俘虏。如果发觉其中有骑士或者修士的话,绝不要杀掉。”

“为什么不能杀?”捷克人问道。

“你得留神,”兹贝什科答道,“因为如果有骑士的话,他就必定掌握了很多情报,他们去的地方多,知道的也多,也许我会打听到关于丹露霞的消息，并且拿俘虏把她交换回来，这是我唯一的办法了。”

于是他策马前进，又奔到前面去发最后的命令。

“少爷为什么以为他的妻子还活着，而且以为她是在这邻近什么地方呢？”捷克人问道。

“因为，如果齐格菲里特当初没有在息特诺杀了她，那么她很有可能会活着。”马奇科回答，“如果她被害死了的话，息特诺的神甫也不会当着兹贝什科的面告诉我们他所干的事了。他们对这一个无辜的姑娘下什么毒手呢。”

“是下不了毒手，但对于十字军骑士团又当别论。维托尔德王公的孩子们又是怎样的遭遇呢？”

“这倒是真的，十字军骑士都是狼心狗肺。可是齐格菲里特也确实没有在息特诺害死她，齐格菲里特也动身到这一带来了。因此他可能把她藏在某个城堡里。”

“嗨！果真如此，我就非得拿下这个岛和城堡不可。我有一个想法，要去报告少爷。”

“即使你有十个想法，我也不在乎。你总不能用梭镖去把城墙推倒。”

马奇科指着大多数战士手里拿的梭镖，问道：

“你见过这种士兵吗？”

事实上，捷克人确实从来没有见过这样的士兵。他们乱七八糟地行进，骑兵和步兵都混在一起，战士们的肩上披着狼皮、山猫皮和熊皮。有些士兵在头上挂着野猪牙齿，有的挂着鹿角，有的则挂着毛茸茸的兽耳，背上有熏黑了的弓和箭，从后面看去，特别是从雾中看去，他们简直就是一群从森林深处走出来的野兽。

士兵们无声无息地踏着苔藓往前走。渐渐地，他们加快了脚步，因为兹贝什科在催他们赶上去。兹贝什科时时骑着马来到部队后面，和马奇科、捷克人和马佐夫舍的两个志愿军一起。

“加劲！”兹贝什科喊道，“我们现在一定要赶到前面去——不能落在后面。”

他领着他们来到了部队前面。

“听着，”他补充说，“我们也许会出其不意地攻击德意志人，不过，如果他们已经站稳脚跟、布好阵势的话，我们就必须先下手攻击他们，因为我们的甲胄比时母德人的优良，宝剑也比时母德人的锋利。”

“就这么办！”马奇科说。

其余的人深深吸了一口气，又摸摸宝剑。

兹贝什科再一次喊道：“如果在步兵中间发现任何披着白斗篷的骑士，绝不能杀害，要捉活的。”

他们来到大路上，路的两边都是高高的树木，兹贝什科选了一个拐弯的地方，使得敌人既看不远，又无法后退，也来不及摆开阵势。他就在那里占领了小路的两边，下令等待敌人。

习惯于森林生活和战争的时母德人非常巧妙地躲藏在树墩和暴风雨刮倒的树根后面——好像大地把他们吞没了。没有一个人说话，不时吹来一阵风，使森林里响起一片庄严的呼啸声，继而又是一片寂静，只听到远处布谷鸟的歌声和近处啄木鸟的声音。

时母德人很高兴听这种声音，因为他们认为啄木鸟是专门预报吉兆的歌手。时间过得越来越令人厌烦了，听来听去就是树木的呼啸声和鸟儿的歌唱声。笼罩在平原上的雾消散了。太阳升得很高，天气逐渐热起来，可是士兵们还是在那里等着。最后耐不住寂静和久待的赫拉瓦，凑着兹贝什科的耳朵，低声说道：

“少爷，如果上帝允许，一个狗东西都不让他逃命。难道我们不能赶到城堡那里，把它拿下吗？”

“你以为那里没有人看守，也没有口令的吗？”

“他们有哨兵，”捷克人低声回答，“但抓住俘虏，只要用刀子吓他们一下，就会讲出口令来的。要是我们到了岛上，那么城堡本身也……”

他还没有说完，兹贝什科突然用手捂住了他的嘴，因为路上传来了乌鸦的哇哇声。

“嘘！”他说，“那是个信号。”

过了一阵，路上出现了一个时母德人，骑着一匹毛茸茸的小马，为了免得发出得得声，也免得在泥地上留下蹄印，马蹄裹着羊皮。他左顾右盼，突然听到从林里传来一声招呼，就立即潜入森林，刹那间他来到兹贝什科身旁了。

“他们来了！”他说。

兹贝什科连忙问道：“他们有多少骑兵和步兵，是怎么个阵势。”

这个时母德人回答：“他们一共不过一百五十个战士，其中有五十个骑兵，但率领他们的并不是十字军骑士，而是一个世俗的骑士，他们列队前进，马车上空空的，只装着一些备用的车轮。在这支部队前面有一队八人组成的弓箭手，他们离开大路，搜寻丛林。”

“对了，他们离我们不到四分之一英尺。”这人又补充道。

兹贝什科听后想了想，正准备吩咐时母德人前进。

但是最后这道命令似乎并不必要，因为敌人的侦察兵很快就赶到了。藏在路旁树丛里的时母德人对前进的队伍看得一清二楚，他们现正在转弯的地方停下来商议。领头的是一个强壮的红胡子德意志人，他向他们作了个手势，要大家别做声，就静听起来。显然他一时之间犹豫不定，不知道究竟要不要深入这座森林。最后，因为只听见啄木鸟的啄击声，他显然以为如果有人躲在树林里，这些鸟儿就不会这样自由自在劳作了。因此他挥手叫队伍前进。

兹贝什科等到他们走近第二个转弯的地方，便走到路边，率领着他的配备精良的人马，包括马奇科、捷克人、两个贵族志愿军、三个来自切哈鲁夫的青年骑士和十来个武器优良的时母德贵族。他们悄悄地站在路当中，等到德意志人一出现就扑上去，冲散他们的队伍。

静寂了片刻，只有森林中常有的声音在打破寂静，不久就听见了从东面传来的人声，而且声音也越来越清晰。

赫拉瓦全神贯注地听着，接着他向马奇科耳语道：

“他们还在唱歌呢，他们要完蛋了！”

“但出乎我意料的是，树林挡住了我们的视线，看不见他们。”马奇科回答。

这时候兹贝什科认为再没有必要不声不响地隐蔽下去了，他转身答道：

“因为这条路是从河岸那边通过来的，因此总是弯弯曲曲。”

“可他们唱得多开心啊！”捷克人又说了一遍。

“我们马上就可以看见他们了。”马奇科说。他的脸突然一沉，露出狼似的凶狠的神情。

这时候风吹来了德意志人重复唱着的歌声:“当达拉达!当达拉达!”接下去捷克人立即听出这是他熟悉的一首歌:

我的头躺在哪里?
当达拉达!
他在玫瑰花丛中认得出来。

歌声突然中断了,因为大路两旁全是一片呱呱呱的叫声,仿佛乌鸦正在这森林里举行会议。而且声音是从地里冒出来的。事实上,第一列士兵出现在拐弯处,一看见迎面有许多陌生的人,就仿佛生了根似的停在那里不动了。

就在这时兹贝什科在马鞍上坐下来,用马刺踢着马,向前冲去,一面喊道:

“冲啊!”

其余的人都跟着他一起策马奔去。树林里响彻了时母德人可怕的叫喊声。兹贝什科跟敌人相隔只有两百步,一眨眼工夫,敌人也闪电一样冲了过来,这几个波兰骑士的马匹也飞速地向德意志人的方阵冲了过去。

兹贝什科把矛刺出去后,矛被折断了,于是他也使起剑来。捷克人却最相信使斧,他把斧头向德意志人丛中扔去。有好一会儿,他赤手空拳。那两个陪他同来的贵族,有一个被打死了,另外一个一看见这情形,就发疯似的怒吼起来,像一头狼似的号叫,直接站起身来,盲目地在德意志人丛中间乱冲一阵。时母德贵族则用他们矛枪的刃部和木柄,对着十字军骑士猛刺。但是他们依旧冲不破敌人的阵势。于是有些人爬上了树,对着敌人射箭,德意志人的指挥官一看见这情形,就命令步兵们向骑兵那方面退去。德意志人也开始射起箭来,不时有时母德人倒下来,痛苦地抓着地上的苔藓,或者像一条出水的鱼那样扭动着身子。德意志人四面被团团围住,但他们懂得怎样自卫。所以如果有可能会有少数人设法退到岸边去,逃脱这场灾难。

于是他们默默地后退,大伙儿结集在一起,肩并肩,一会儿举起标枪和阔斧,一会儿又放下。在混乱的战斗中,他们一边厮杀着,一边继续慢慢地退到他们的骑兵那边去,可他们的骑兵正在同另一支敌军殊死搏斗。

这时候发生了一件决定这场血战命运的奇迹。另一位存活下来的贵族,他看到伙伴阵亡,简直发了狂,从马上弯身抱起他伙伴的尸体,想把他安置在一个安全些的场所,免得尸体被马蹄踏碎。但就在这时,他又发狂了,完全失去了理智,因而不但不离开大路,反而向德意志士兵冲了过去,把尸体向着他们的枪尖扔过去,敌人还没来得及拔出矛枪,这个怒吼的人就一举攻了进去,冲破了阵势,像一阵大风暴似的席卷而去。

敌人的阵势彻底被打乱了,紧接着兹贝什科、捷克人都冲了进去,越来越混乱得可怕。战斗顿时变成了屠杀,马匹径直冲入人群,把倒霉的德意志人践踏得溃不成军。骑兵坐在马上不停地砍杀着敌人。他们的怒号声压倒了那些垂死者乞求饶命的声音。战败者抛下了武器,有的企图逃进森林,有的装死躺在地上,有的笔直地站在那儿,脸色雪白,眼睛充血,有的则在祈求。其中有一个人显然疯了,竟然吹起笛子来,抬头向上一望,笑着,后来一个时母德人一棍子打碎了他的脑袋。

最后只有树林里不时传来小队人马战斗的声音,兹贝什科、马奇科和所有的骑兵现在都骑马向敌人的骑兵奔去。时母德步兵和骑兵像一堵墙似的愈来愈逼近,把他们密密包围起来,可是德意志人拼命死守。在一片拥挤和混战中,晃动的矛,闪耀的剑,眼花缭乱,马匹开始嘶叫。后来时母德贵族冲过来了,兹贝什科、赫拉瓦等人也一起扑上去。

一个戴蓝盔甲的骑士这才认识到战斗就要结束了,他只有两条出路——杀出一条血路向后撤退,或者留下来等死。

他选了第一条路,一刹那间,他的骑士都向他看去。时母德人马上在他们后边紧追不舍。通向城堡的道路虽然通行无阻,但逃到那边去并不安全,而且也太远了,况且时母德人的马比德意志人的马要快得多。那个戴蓝盔甲的骑士完全明白这一点。

“倒霉!”他心里说,“一个也逃不了,也许我可以用我自己的血作为代价,使他们得救。”

于是他叫手下人停住,也不顾是否有人听他的命令,就转过身去迎击敌人。

兹贝什科一马当先,向他奔了过去,他没有向他袭击,反而拦腰抓住这骑士，把他拖下马，并很快制服了他。

兹贝什科喊道："快，这里来！拿条绳子来！"

捷克人跳下了马，可他一看这德意志人一动不动，就解开了他的甲胄。

他一眼瞥见这骑士的脸，就向后一跳，站了起来，喊道：

"少爷！请来看一下！"

"德劳许！"兹贝什科叫道。

德劳许脸色苍白，一动不动，像一具尸体似的躺在那里，双目紧闭，满脸汗水。

第十六章 新的希望

情节简介

兹贝什科没有杀害德劳许，反而像朋友一样对待他，年轻骑士被这个朋友深深地感动了，决心帮他救出丹露霞。山德鲁斯的出现为寻找丹露霞起了决定性作用，原来他一直在齐格菲里特的军队里，可是老骑士带领的部队也在战争中溃不成军，山德鲁斯也成了敌人的俘虏。他将丹露霞的消息告诉了兹贝什科，年轻骑士再次踏上了寻找妻子的希望之路。

兹贝什科下令让他躺在一辆马车上，他自己骑上了另一匹马，就和马奇科一起去继续追赶逃跑的德意志人。他们很快追上了第一个德意志骑兵，并按照当时骑士习惯，立即向他挑战，不决斗就投降。但这德意志人故意装得听不到，扔掉盾牌，策马狂奔。于是老骑士用一把阔斧在他肩胛骨上砍了一下，他就跌倒在地上了。

直到德意志人被消灭为止，他们才回到了刚才的战场上。尸体都已经被剥得精光。有些复仇心重的时母德人把他们砍得支离破碎。这是一场重大的胜利，士兵们都欢天喜地。兹贝什科下令特别为仑卡维崔的两个贵族挖一个墓，因为他们的贡献非常大。兹贝什科用剑在树干上刻了一个十字，然后吩咐捷克人看着还没有恢复知觉的德劳许。又鼓动人马赶紧向斯寇伏罗的那条路进发，以便在危急关头给他以必要的帮助。

但是走了很久，他突然看到一片荒凉的战场，同刚才的战场一样，遍地都是德意志人和时母德人的尸体。兹贝什科一下子就判断出他们也打了一场胜仗。兹贝什科决定回到营地去。

到那里已经是深夜了，他发现时母德人的统帅已经先到了。他那张一向阴沉沉的脸，现在却是满面春风，欢乐中带着凶猛。他立刻询问战果。一听说打胜了，便像一只乌鸦似的叽叽呱呱说道：

“我为你的胜利感到高兴，也为我自己的胜利感到高兴。他们暂时不会派救兵来了，等到王公到来，那就更好了，到时候这所城堡将是我们的了。”

“您捉到什么俘虏没有？”兹贝什科问道。

“只有一些小鱼！”

“上帝赐给了我一个俘虏，”年轻的骑士回答。“他是一个著名的骑士，虽说是个世俗的骑士——是十字军骑士团的一个客人！”

这个时母德人把两手举到自己脖子上，右手作了一个猛然把缰绳向上一拉的手势：

“要给他这样，”他说，“对他，对其他囚犯都要……这样！”

兹贝什科的眉头皱紧了。

“听着，斯寇伏罗，”他说，“别碰他，他是我的俘虏，也是我的朋友。雅努什王公曾给我们两人一起封了骑士。连他的手指我也不许人碰他一下。”

“您不许？”

“对，我不许。”

于是他们凶狠狠地互瞪了一眼。斯寇伏罗绷紧着脸，很像一只猛禽。但是兹贝什科不愿意和这个老上司闹别扭，他很看重而且尊敬这位老上司。他突然抱住了斯寇伏罗的脖子，把他紧紧压在胸口，喊道：

“您真想把他连同我最后的希望从我手里夺走吗？”

斯寇伏罗没有拒绝这个拥抱。最后把头从兹贝什科的手臂中挣了出来，亲切地望着他，沉重地喘着气。

“好吧，”静默了一会儿以后，他说，“好吧，明天我要下令吊死我的俘虏，但如果你要其中什么人的话，我一定交给你。”

然后他们重新拥抱了一次，就友好地分手了。

于是兹贝什科叫人把德劳许带到篝火堆旁边来。捷克人很快把他带来了，帮德劳许解除了武装，去掉了头盔，只穿了一件皮上衣。他戴着一顶红帽。

“感谢上帝，”兹贝什科说，“是上帝把您交到我手里的，因为我不会加害于您。”

兹贝什科伸出一只友好的手,但是德劳许连动也没有动一下。

“杀死我吧,”他说,“我知道你们是不会饶过俘虏的。”

“你们饶过俘虏吗?”一个马祖尔人嚷道,“你们不是把上次战斗中所有的俘虏都吊死在岛边吗?正因为如此,斯寇伏罗才要吊死他所有的俘虏。”

“对!我们吊死了他们。但是他们都是异教徒。”

这时候兹贝什科克制住了自己,用一种安静而威严的态度说道:

“德劳许!你我都是从同一双手里接受我们的骑士腰带和踢马刺的,你也很清楚,对我来说,骑士的荣誉比生命和财富更珍贵。这个民族中有许多人并不是昨天才信天主教的,那些没有信教的人正在向着十字架伸出双手,祈求洗礼。但是你知道,是谁阻止他们获得拯救和受洗呢?”

这个马祖尔人把兹贝什科的话全部翻译给德劳许听,他疑惑地望着这年轻的骑士的脸。

“是德意志人!”兹贝什科说。

“不可能!”德劳许喊道。

“我凭着圣杰西的矛和踢马刺起誓,是德意志人!因为如果基督教在这里传播开来的话,他们就会失去统治和压迫这个不幸的民族的借口。你是很熟悉这些事实的,德劳许!你最明白他们的这一切恶性。”

“但我认为德意志人和异教徒的战争,正是为了让他们能够受洗。”

“用德意志人的剑和血,而不是用圣水让他们受洗礼。请你读读这封呼吁书,你马上就会相信你自己就在害人。”

接着他就把时母德人到处散发的、写给各国国王和王公的那封信交给了他。德劳许拿了信,在火光下迅速读了一遍。他大吃一惊,说道:

“这一切是真的吗?”

“我不但说的是真理,而且也在为正义效劳。”

德劳许沉默了一会儿,说道:

“我是你的俘虏。”

“把你的手伸给我。”兹贝什科说,“你是我的兄弟,不是我的俘虏。”

他们彼此握了手,一起坐下来吃了晚饭。

德劳许感到很吃惊,因为他听说兹贝什科还是没找到丹露霞,而且那些分团长居然以战争的爆发为借口,不看他的信。

“现在我懂得你为什么在这里了,”德劳许说,“我感谢上帝把我交到你手里,因为我想,十字军骑士团将会拿你想要的人来交换我。否则,西方就要到处喧嚷,因为我是一个重要的骑士,而且出身于有势力的家族。”

这时候他突然拍了一下帽子,喊道:

“率领援军到高茨韦堆去的人中有齐格菲里特,他们被俘虏了吗?”

“没有!”兹贝什科激动地说,“最重要的骑士一个也没有俘虏到!但是我可以从别的俘虏身上打听到一个消息——齐格菲里特是否随身带了什么女人?”

于是他们一起奔向扣押俘虏的那个地点。

“听着,”德劳许在路上向兹贝什科说,“如果你凭你的誓言释放我的话,我一定跑遍全普鲁士去找丹露霞,一找到她,就回到你这里来,你可以用我来交换她。”

“但愿她活着!但愿她活着!”兹贝什科回答。

转眼间他们已经来到了俘虏集中营。只见那些俘虏有的仰天躺着,有的站在树桩附近,随着兹贝什科的到来,所有的俘虏都望着他。

森林里边突然传来一声恐怖的喊声:

“哦,救救我!”

兹贝什科跑进森林,喊道:

“山德鲁斯!”

“山德鲁斯!”捷克人也惊奇地说了一遍。

但山德鲁斯的双手被绑在树上,只能伸长了脖子,再叫了一遍。

“发发慈悲吧……我知道尤兰德的女儿在哪里!救救我!”

仆从们立即给山德鲁斯松了绑,但是他的四肢已经冻僵,一松了绑,就跌倒了。兹贝什科吩咐把他抬到火堆旁边,给他吃喝,给他盖上暖和的兽皮,他昏昏沉沉地睡着,一直睡到第二天中午,捷克人才把他叫醒。

兹贝什科迫不及待地走向山德鲁斯,但山德鲁斯竟不由自主地大哭起来,好半天都说不出话。

最后他总算说出了话,他说“魔鬼的儿子”用矛枪狠狠地把他戳得全身没有一块好肉，还抢走了他的圣物。最后他们把他绑在树上，让蚂蚁叮着他的脚和身体。

兹贝什科再也忍不住勃然大怒，打断了山德鲁斯的话，说道：

“你这流氓，快回答我要问你的问题，否则要你好看。”

“我的妻子是不是在你们那一支部队里？”

山德鲁斯的脸上露出惊惶的神色，但他急忙答道：

“是的，她在那里！但齐格菲里特和安诺德冲破了敌人的队伍逃跑了。”

“你看见过她吗？”

“我没有见过她，阁下，但是我看见过一只用柳树做的、遮盖得严严的担架，那担架里发出来悲哀的歌声……”

兹贝什科激动得脸色发青，在树桩上坐了下来，好久提不出别的问题来。沉默了一会，最后，老练的马奇科怀疑地望着他，问道：

“你是什么人？你在十字军骑士团里是干什么的？”

“我是什么人，大骑士？”山德鲁斯回答道，“让这位英勇的骑士替我答复吧（说到这里，他指着兹贝什科），还有这位捷克也早就认识我了。”

他继续说道：“阁下，您救了我两次命。要不是您，狼还不吞掉我。”

“说得快点，你这个走江湖的！快把你知道的事都告诉我们，别装傻。”马奇科喊道。

他转向兹贝什科说：“我得花很长的时间才能告诉您。但是，总而言之，我找到她了。从那个时刻起，我做了齐格菲里特的仆人，始终盯着他，盯到最近这次战役发生为止，从来没有停顿过。”

兹贝什科控制住了自己的感情，说道：

“我一定会报答你的。可是现在回答我的问题。你能否以自己灵魂的得救起誓，说她还活着吗？”

“我凭着我灵魂的得救起誓，她还活着。”山德鲁斯态度认真地回答。

“齐格菲里特为什么离开息特诺？”

“我不知道，阁下。”

马奇科说：“那老狗那么恨尤兰德，他应该早就杀了丹露霞了。”

“他本来要这么做的，”山德鲁斯回答，“但是他突然病得很厉害，快要死了。有人说，有天晚上，他到塔楼里去，正打算杀害她，忽然遇见了魔鬼，后来他们发现他躺在塔楼前边的雪地上，完全没有了生气。他觉得有一种无形的力量在保护她，所以再也没有伤害她的想法。他随身带着息特诺那个哑巴刽子手，但不知他为什么要这么做。”

这些话给了大家很深刻的印象。兹贝什科、马奇科和捷克人都向山德鲁斯身旁走去，山德鲁斯在身上画了个十字，继续说下去：

“我跟他们在一起并不好过。我不止一次听到和看见许多使我毛骨悚然的事。只要他一个人的时候，他身旁就仿佛出现了一个什么喘不过气来的人似的。据说是丹菲尔德的鬼魂。紧接着两人似乎就说话了。”

“他们没有折磨她吗？”兹贝什科声音嘶哑地问。

“我没有听到鞭打或哭泣的声音，只听到那里传出的凄凉的歌声。有时候我觉得好像是那种又动听又忧郁的鸟儿的叫声……”

“我真难受。”兹贝什科咬紧了牙关说。

但是马奇科打岔了，不让他再问下去。

“这件事谈够了。”他说，“现在谈谈这次战斗吧。你可看见他们怎么逃走的，他们的结果怎样？”

“我看见的，我要老老实实地说一说，”山德鲁斯回答，“起初，他们战斗得很凶猛。后来看到四面八方都被包围住了，但是他们很快就冲了出去……”他将他看到的一切都讲了出来。

听后，兹贝什科问：“照你看来，他们藏在哪里了？”

“那一带根本没有什么城堡，都是一片荒野。我想，阁下，齐格菲里特和安诺德现在正在树林里游荡。”

“我相信确是这样。”兹贝什科说。他愁思百结，双眉紧蹙地沉思着，一会儿，抬起头来说：

“赫拉瓦，去准备人马！我们必须立刻出发。”

捷克人一言不发地站了起来，向马匹那儿跑去。可是马奇科张大着眼睛望着他的侄子，惊奇地说：

“那……兹贝什科？嗨！你要上哪里去？啊？怎么？”

但是兹贝什科却反问道：

“您以为怎么样？难道这不是我的责任吗？”

老骑士没话可说了。他脸上惊奇的神色逐渐消失了，摇了一两下头，最后深深吸了口气，好像回答自己似的说道：

“好吧！瞧你的……没有别的办法！”

他也走到马匹那边去了。兹贝什科却回到德劳许跟前，叫一个马祖尔人用德意志话向他说明道：

“你可以自由自在，爱到哪里去就到哪里去。”

“我现在不能违反我的骑士荣誉，用我的剑为你效劳。”德劳许回答，“但是我也不能接受你赏赐给我的自由。我依旧是你的假释俘虏，随便你命令我上哪儿去，我都得听命。假如你要交换俘虏的话，请记住，骑士团肯以任何俘虏来交换我的，因为我不仅是一个大骑士，而且我的祖上对十字军骑士团有过重大功勋。”

于是他们互相拥抱了一下，吻吻脸颊，然后德劳许说：

“我要到马耳博克或者马佐夫舍去，你将来如果在一个地方找不到我，就可以在另一个地方找到我。你的信使找我时只要告诉我九个字就行了：‘罗泰林格——杰尔特里亚’。”

“好吧，”兹贝什科说，“我还要到斯寇伏罗那里去给你弄一张会受到时母德人尊重的通行证来。”

他找到斯寇伏罗那里，这个老统帅利索地给了他一张通行证。他知道了整个事件的底细，并且很爱兹贝什科，因为他为这次的战役作出了巨大的贡献。

兹贝什科非常匆忙，赶到营地，看到所有的人都已准备好，武装齐全，马奇科叔叔也骑在马上，全副武装，兹贝什科走到叔叔跟前说：

“这样说来，您也要同我一起去了！”

“我还有什么办法呢？”马奇科有点暴躁地答道。

兹贝什科没有回答，吻了吻马奇科的右手就上了马，大伙儿都出发了。山德鲁斯也同他们一起出发了。

第十七章 逃出魔掌

情节简介

兹贝什科、马奇科叔叔、捷克人还有随行的侍从们踏上了营救丹露霞的路，大家商量好各自的分工后，就沿途搜寻起来。他们是怎样对付十字军骑士的？这一次他们会找到丹露霞吗？又是怎样找到的？本章将揭开一个个答案。

一路上，遍地的尸体发出阵阵恶臭，一行人急急忙忙走过了那地方。接着就开始沿路寻找足迹。有经验的马奇科发现了向相反方向而去的巨大的马蹄印。他向大家说：

“长了眼睛的人都可以来看一看，这些马蹄印有多么清楚。上帝保佑，只要这些狗东西还没有找到什么城堡可以躲避的话，我们就可以追到他们。”

兹贝什科回答：“这一带没有城堡，十字军骑士团最近才占领了这地区，还来不及修建。他们能躲在哪里呢？而且这一带的农民统统都归附了斯寇伏罗，因为他们都是时母德人……倘若我们加把劲，必定追得上他们。”

“但我们必须珍惜马力，因为即使追上了他们，我们以后的安全还是要靠我们的马匹。”马奇科说。

山德鲁斯插嘴道：“安诺德骑士在打仗的时候，肩胛骨中间挨了一下，因此他没有气力赶路赶得太快，也许一路上他还不得不休息休息呢。”

“你说没有别人和他们在一起吗？”马奇科问道。

“除了两个管担架的，就是那个分团长和安诺德。本来有许多人同他们在一起，都被时母德人打死了。”

“让我们手下人去逮住管担架的那两个家伙吧，”兹贝什科说，“您，叔叔,去抓齐格菲里特老头,我来对付安诺德。”

“好,”马奇科回答,“我对付得了齐格菲里特,因为感谢上帝,我这把骨头里还有些力气。至于你,我应该说,别太自信了,因为那个安诺德看来倒是个巨人。”

“这有什么稀罕!我们等着瞧吧,”兹贝什科回答。

“你强壮倒很强壮,这我没话说,但是还有比你更强的人哩。别太鲁莽,应当正视现实。”

“罗特吉爱也很强壮。”兹贝什科喃喃地说。

“有什么事要我做吗?”捷克人问。但是他没有得到回答,因为马奇科正在想着别的事。

“只要上帝赐福我们,我们就能回到马佐夫舍森林。到了那里,就会太平了,一切麻烦都将结束。”但是过了一会儿,他叹息了,因为他想到,即使到了那里,事情也不会完全结束,还得设法去处理那个不幸的雅金卡呢。

“嗨!”他喃喃地说,“上帝的意旨真是奇妙。我常常想到这点。为什么你不安安静静地结了婚,让我和你们在一起太太平平过活呢?那才是最幸福的生活。现在我们在异乡漂泊,在这里长途跋涉。”

兹贝什科没有回答。

他们默默地赶了一会儿路。老骑士又转向他的侄儿说道:

“你相信那个流浪汉吗?”老骑士看看山德鲁斯。

“他是个变化无常的人,也许是个流氓,但他对我很好,我不怕他要诡计。”

“如果是这样,那就让他骑着马走在前面,因为如果他追上了十字军骑士,他可以跟他们说,是从俘虏中逃出来的,他们一定会相信他。否则,如果他们远远看见了我们,就会逃避,躲藏,甚至有足够的时间准备抵抗。”

“这是个很好的主意。”

“他不会去告诉他们吗?”

“不会。应该告诉山德鲁斯,等我们袭击德意志人的时候,我们还是要绑住他,叫他装作根本不认识我们……”

“你打算饶了那些家伙的命吗?”

“还有什么别的办法呢?”兹贝什科回答,显得稍微有些着急,“我现在最关心的是丹露霞的状况。”

兹贝什科皱紧眉头,脸上流露出博格丹涅茨人特有的坚毅的神情。“我还想要做的就是,”他低声地说,“把那个狗东西齐格菲里特扔在尤兰德的脚下!愿上帝许可!”

“许可吧,上帝!许可吧!”马奇科立即一再地说。

他们一边讲话,一边走了很长一段路,直走到夜幕降落。这天晚上,满天星斗,但是没有月亮。他们让马儿停下来歇了口气,让人吃些东西,睡睡觉。兹贝什科把他们的计划告诉了山德鲁斯,他爽快地答应了。吃过东西之后,他们就在一堆小篝火旁边,躺在兽皮上睡觉了,仆人们轮流守卫着马匹。

林子里一透出银白色的天光,兹贝什科就立即起身叫醒别人,天一亮他们就前进了。山德鲁斯走在前面,不久就消失了。快到中午的时候,在约定等待的地方找到了他。他告诉他们,一个人都没有看见,

随着时间的推移,兹贝什科愈来愈感到不安了。

他说:“怎么办呢?如果再这样下去,他们早就把丹露霞藏起来了。”

他们在下一个约定的地点没有找到山德鲁斯,却发现了一个松树上刻的十字。他们相互望了一下,心跳加快了,立即下马,他们仔细察看,没有多久便看到了很清楚的足迹。

山德鲁斯显然跟着巨大的马蹄印,折进森林去了。

于是兹贝什科和马奇科又上了马,和捷克人一起,悄悄商议起来。

而后他们带着几分疑虑,在树林里向前走,后来又在一棵松树上看到印记,这才相信并没有错过山德鲁斯的踪迹。不一会,发现了一条小路,他们相信已经到了一个森林居民点附近了,一定会在那里找到他们所要搜索的目标。

太阳逐渐下沉了,在树木上洒下一片金黄色。兹贝什科、马奇科、捷克人和仆从们都一个紧跟住一个地前进,老骑士用一种并不太低的声音向他的侄子说:

“我们根据太阳来计算一下吧,”他说,“那山德鲁斯这时候应该是到

他们那里了，而且已经把他的遭遇都告诉了他们，如果他不出卖我们的话。”

“他不会出卖我们的。”兹贝什科回答。

“只要他们相信他就好了，”马奇科继续说道，“万一他们不相信，那他就糟了。”

“不会的！俘虏逃跑是常有的事情。”

“但我担心的是，如果他告诉他们说，他是逃出来的，那么他们怕我们去追赶他，就会立即继续逃跑。”

“不，他准会搪塞过去，说我们绝不会作这样的长途追赶。”

沉默了一会儿，马奇科忽然觉得好像兹贝什科在向他耳语，便转过身来问道：

“你说什么？”

但是兹贝什科并没有同马奇科说过话，只是朝天仰望着，说道：

“但愿上帝恩赐丹露霞。”

马奇科也在身上画了十字，但还没有画完第一遍，一个侦察兵冲过来，说道：

“发现了一间烧沥青的小屋！他们就在那里！”

“停住！”兹贝什科立即下了马。马奇科、捷克人和仆从们也都下了马。

马奇科对着旁边的仆从说：“那里有两个仆从和山德鲁斯，你们马上就得把他们绑起来！”

他们立即前进，兹贝什科边走边跟他的叔叔说：

“您去逮住齐格菲里特老头；我去逮住安诺德。”

“不过要小心！”马奇科回答。又向捷克人招招手，提醒他随时准备援助他的主人。

捷克人点头应诺，然后深深吸了一口气，摸了摸剑。

兹贝什科注意到了这情形，说道：

“不！我命令你立即跑到担架那边去，在战斗进行的时候，一刻也不要离开那担架。”

他们悄悄走进了树林。没有走多远，就发现远处空地上有一堆堆熄灭了的沥青火堆，旁边还有一间房子，两个骑士坐在火堆旁。另一间的屋前是山德鲁斯和一个满面胡子的红头发的家伙。这两个人正在专心地用破布擦着甲胄。此外，山德鲁斯脚跟前还有两把剑，准备擦拭。

马奇科用力握住兹贝什科的手臂。

“前进!”兹贝什科突然喊道。

他像一阵旋风似的冲进了林中空地。其余的人也都冲了过去，但只冲到了山德鲁斯跟前。可马奇科一把揪住齐格菲里特老头，把他往后一推，一刹那间，就把他压在下面了。

兹贝什科和安诺德像两只鹰似的彼此扭在一起，手臂交叉在一起，猛烈搏斗起来。和山德鲁斯在一起的那个满面胡子的人，扑了过去想拿剑，但还没来得及使，马奇科的仆人维特早用斧头背把他砸倒在地上，直挺挺地躺在那里了。一切都按他们的计划进行着。

兹贝什科也使出非凡的气力，紧紧压住对方，弄得那个人的眼睛都出血了。在搏斗中，兹贝什科在他后背捅了一刀，最终将他制服。

这时候捷克人看到他们的战斗已经完全结束了，就走到小屋前面，抓住骑士团那个女仆的脖子，把她拖了出来。兹贝什科一看见这情景，顿时忘了疲乏，全身又恢复了力量，向小屋冲了过去。

“丹露霞！丹露霞!”兹贝什科喊道，但是没有人回答。

“丹露霞！丹露霞!”兹贝什科又叫了一遍。小屋里黑黝黝的，开始他什么也看不见。但突然传来一阵阵急促而清晰的喘息声，好像是一头躲在那里的小动物的喘息声。

“丹露霞！天啊！我是兹贝什科!”

接着他在黑暗中骤然看见那一对睁大着的、惊惶失措的眼睛。

兹贝什科冲到了她跟前，紧紧抱住她，但她完全不认识他了，只顾从他怀中挣脱出来，还用一种上气不接下气的耳语声，一再说道：

“我害怕！我害怕！我害怕!”

第十八章 兹贝什科的苦楚

情节简介

丹露霞虽然逃出了“恶魔”的手掌，但却极度虚弱，神志不清。兹贝什科看到妻子这样，十分痛苦。为了不让侄儿冲动之下杀死齐格菲里特，老骑士决定让捷克人把这个俘虏带到斯佩霍夫交给尤兰德处理。然而当赫拉瓦准备上路时，却发现他要带走的那个女仆失踪了……

丹露霞一个人也不认识，神志也没有清醒。给她送食物去，她不肯当着别人的面吃。可是从她那种拒绝的目光看来，谁都能看出她十分饥饿。只要没有人在跟前，她就像一头贪婪的小野兽似的向食物扑过去。但是兹贝什科一进小屋，她就窜到角落里。

兹贝什科张开两条胳膊，伸出手，泪眼汪汪地哀求她，她还是不肯从角落里走出来，仿佛她失去了记忆。兹贝什科注视着她那张流露着恐怖神情的、又憔悴又苍白的脸，那双凹陷的眼睛，破烂的衣服。痛苦得要哭出来了。最后他怒火冲天，握了宝剑就向齐格菲里特冲去，要不是马奇科拉住了他的手臂，他准会就地杀了他。

马奇科扭着他的手腕，喊道：

“你疯了吗？”

“放手！”他咬着牙齿恳求道，“我的心快要爆炸了。”

“让它爆炸吧！我绝不放你。与其让你污辱你自己和我们的家族名声，不如让你去把头撞个粉碎。”

马奇科紧紧地握住兹贝什科的手，严词厉色地说：

“记住，你不会没有报仇的机会。但你是一个束腰带的骑士，怎么能够杀俘虏？你说，许多国王和王公都杀过俘虏，他们可以那样做。他们有王国、城市、城堡。你有什么？你只有骑士的荣誉！对于他们，谁都不会责备一句。但你这样做了，那你就不一样了，你想一想吧！”

静默了片刻。

“放开！”兹贝什科又阴郁地说了一遍，“我不杀他。”

“到火堆那边去，我们得商量商量。”

马奇科拉着他的手，走到火堆跟前。他们在那里坐了下来，马奇科想了一下，说道：

“你也必须记住，你答应过把这条老狗交给尤兰德。他自然会为自己的女儿报仇，用不着你担心！这是他的事，不是你的事。你可以把他当作一件礼物送给尤兰德。他甚至会活剥他的皮，他这样做，谁都不会骂他。你懂我的话吗？”

“我懂了。”兹贝什科回答，“您说得对。”

“我的意见是这样：应该把那个看守丹露霞的臭女人干掉。但是一个骑士杀死一个女人是不合适的，因此我们还是把她送到雅努什王公那里去吧。到那时候我们把她拴在马尾上带走。等到明天我们就往马佐夫舍的森林里赶去，也许那时候丹露霞的神志也会清醒了。”

“让马匹好好休息一下也好，那就天一亮启程吧。”

他们的谈话被安诺德打断了，他仰天躺在不远的地方，他用德意志话喊了一声。老马奇科站了起来，向他走去，但因为听不懂他喊的什么，就大声喊捷克人来。

赫拉瓦却忙着别的事，他走到骑士团的那个女仆跟前，双手握住她的脖子，像摇一棵梨树似的猛力摇她，说道：

“听着，你这条雌狗！到小屋里去给少夫人准备床铺，把你的好衣裳给她穿上，把破衣服穿在你自己的尸体上……愿你的母亲被打入地狱！”

他怒气冲天，控制不住自己，把她摇得眼睛也鼓出来了。又喊道：

“等你铺好了床，再把你吊在树枝上。”

这个女仆抱住了他的双膝，捷克人却一脚把她踢开。她冲进小屋去，扑在丹露霞的足下，大声号叫道：

“给我说说情。别让他们欺负我！”

丹露霞只是闭着眼睛，发出她惯常的耳语声：“我害怕！我害怕！我害怕!”

然后她又默不作声了,因为每当这个女仆走近前来,她就会这样。这妇人给她脱衣、洗身、穿上新衣服。这妇人铺好床铺,让丹露霞躺下——丹露霞看上去像个木头人。做好后,这个妇人就坐在火炉旁边,不敢出去。

过了一会儿,捷克人进来了,先朝着丹露霞说道:

“您现在是跟自己人在一起了,夫人,安静地睡吧!”

他对丹露霞画了个十字。为了免得惊吓她,他放低声音向这女仆说:

“你就睡在门槛上,你要是敢让夫人受一点惊吓的话,我一定掐断你的脖子。起来,走!”

他领她出了小屋,把她紧紧绑住,然后到兹贝什科那里去。

“夫人那边我已经安排好了,她现在已经睡下了。”

“我睡在她的门槛旁边,”兹贝什科说。

“那我去把门槛上那条母狗拖开。但您现在必须吃些东西,路很远,辛苦还在后头呢。”

他刚刚把食物放在兹贝什科面前,马奇科就来叫他到安诺德那里去了。

“你来仔细听听看,这家伙要什么,我听不懂他说些什么。”

赫拉瓦把那俘虏背了起来,快到火堆附近,就像扔一袋豌豆似的,扔在兹贝什科身旁。

“拿掉我身上的镣铐。”十字军骑士说。

“那可以,只要你凭骑士的荣誉起个誓,承认你是我们的俘虏。我们会拿掉的,但是脚上的绳子还得绑着。”马奇科向捷克人点点头,捷克人解开安诺德手上的绳子,扶他坐下。安诺德高傲地望望马奇科和兹贝什科问道:

“你们是什么人?”

“你怎么敢问我们这个?这不干你的事。快把你的姓名报出来。”

“不干我的事?因为只有对骑士,我才能凭骑士的荣誉起誓。”

“那就瞧吧!”

马奇科解开外衣,露出腰上的骑士腰带给他看。

这个十字军骑士看了大吃一惊，过了一会，说道：

“这是怎么回事？你们竟然偷偷来到这荒野地方来帮助异教徒反对天主教徒？”

“胡扯！”马奇科喝道。

这一场谈话就像吵架似的进行着。

“比如说，和你一起来打仗的这个齐格菲里特，”马奇科说，“他是为基督效劳的吗？你难道从来没有听说过他怎样和魔鬼沆瀣一气作恶的吗？”

“是吗？”安诺德喃喃地说。

这时候兹贝什科的心头又涌上了悲哀和愤怒，突然嚷道：

“可你还大谈什么骑士的荣誉？真丢脸，去帮助一个刽子手，一个魔鬼似的人！真丢脸，眼看一个手无寸铁的女子受苦，却不吭一声，何况她是一位骑士的女儿。你说不定也折磨过她吧。真丢脸！”

安诺德闭上眼睛，在身上画了十字，说道：

“凭着圣父、圣子和圣灵的名义……这是怎么回事？你指的是那个脑子里住着二十七个魔鬼的、上了镣铐的姑娘吗？我……”

“哦，可怕！可怕！”兹贝什科打断他的话，一面不住地呻吟。

他凶狠狠地向着齐格菲里特仰天躺着的那个阴暗角落里望去。

马奇科悄悄地把手放在兹贝什科的胳膊上，用力捏了一把，好让他恢复理性，又转过身去向着安诺德说：

“那女人就是斯佩霍夫的尤兰德的女儿，这位青年骑士的妻子。你现在明白不明白，我们为什么要追你们，我们为什么要俘虏你们？”

“天哪！”安诺德说，“你们从哪儿来？这是怎么回事？她疯了呀……”

“十字军骑士绑走了这个无辜的羔羊，又叫她受尽苦刑，弄到这种地步。”

兹贝什科一听到“无辜的羔羊”这几个字，泪水禁不住大颗大颗地掉落下来。

安诺德出神地坐在那里。捷克人向他简略地谈了一些丹菲尔德的诡计，丹露霞的被绑架、尤兰德受的苦刑以及跟罗特吉爱的决斗等等。他说完了，大家默默无言。只听到森林里树木的沙沙声和火堆中木头的噼噼啪啪声。

这样坐了一阵，安诺德最后抬起头来说：

“我向你们发誓，不但凭我骑士的荣誉，也凭耶稣受难像发誓，我没有见过那个女人，也不知道她是谁，她受的苦刑我从来没插过手，从来没有去碰过她。”

“那么你再起誓，说你心甘情愿同我们一起走，不会逃跑，那么我就吩咐人把你完全解开。”马奇科说。

“依你的话。我起誓！可你们要把我带到哪里去呢？”

“到马佐夫舍，到尤兰德那里去。”

马奇科说完话就亲自割掉了安诺德脚上的绳子，然后给他吃了肉。

过了一会儿，兹贝什科走了出去，坐在小屋的门槛上休息，他在赫拉瓦拿来的毛皮上躺了下来。他决定在那里睁着眼睛躺到天明，希望到那时候丹露霞会有好转！

捷克人回到了火堆旁，想和马奇科谈一件事情，可是看到老骑士也在沉思。

“老爷，您为什么不休息一下？”捷克人问道。

“睡神从我眼睑上逃跑了。”马奇科回答。接着他望了望星星，说道：

“我也不想睡，因为我心里老想着雅金卡。”

“啊！这倒是事实。又是件麻烦事。她就在斯佩霍夫啊。我们不知道为什么要把她从兹戈热利策带到斯佩霍夫去。”

“这是出于她自己的要求。”马奇科不耐烦地回答，因为他心里知道他做错了，而且不愿意谈起这件事。

“是的！可现在怎么办呢？”

“怎么办？唔，我要送她回家，然后听上帝安排吧！”

过了一会儿，他又说道：

“是的！听上帝安排，但至少得让丹露霞恢复健康，到那时候才知道该怎么办。像现在这样，天才晓得她会不会好起来。当然，如果丹露霞到了斯佩霍夫，雅金卡在那里待下去是不合适的。现在当然应该送她回兹戈热利策去。我可怜这个小孤儿，我实在感到难过。”

“小姐在我们出发前嘱咐我，一有消息就通知她。”

“那么你就回去吧，顺便通知老尤兰德一下，让他知道他的女儿找到了，然后你就送那另一个可怜的姑娘到兹戈热利策去！”

老骑士叹了一口气，因为他真正为雅金卡难过，也为他心里原有的一些打算难过。

过了一会儿，他又问道：

“我知道，你是个有胆量和力气的小伙子，但必须留心，一定要把她安全送回家。”

“我一定会尽我的力量，哪怕丢掉我的脑袋！我打算随身带几个能干的仆从，尤兰德是不会吝惜的。放心吧，哪怕要我把她护送到天涯海角，我也会保她平安的。”

“好吧，别太自信。还要记住，即使到了兹戈热利策，也必须防备维尔克和奇坦。”

“可是丹露霞非常衰弱，病成这个样子，如果死了怎么办呢？所以我还是要保护雅金卡小姐，不让她受那两个骑士的侵扰。”

“千真万确，你说得对，她现在这么虚弱，万一死了怎么办呢？”

“这得由上帝去决定了。”

“照说，我应该亲自送雅金卡回故乡，可是万一丹露霞在路上死了，到时候兹贝什科肯定会把着分团长剁了的，这样会给我们的家族蒙羞的。”

捷克人答道：“嗨！我倒认为有个简单的办法。把那个刽子手交给我，让我来管住他，把他送到斯佩霍夫的尤兰德那里。”

“你太聪明了！愿上帝赐你健康！”马奇科快乐地喊道。“这倒是个好办法，只要你把他送到斯佩霍夫是活的，你爱怎么打发他都可以。”

“那么那只息特诺母狗也让我带去吧，如果她在路上不给我找麻烦，我也把她带到斯佩霍夫去。要是她找麻烦，就把她吊死在树上。”

“但是你把那个女仆带走了，谁来服侍丹露霞呢？”

“您总可以在本地的农民当中找到个老太婆吧。”

“那就这么办，那你打算什么时候动身？”

“天不亮就动身，现在我要躺一会儿，还没有到午夜哩。”

“感谢上帝，我们总算解决了这件事，不然我真心烦。”

捷克人躺在逐渐熄灭的火堆旁边，身上盖着一件长皮袍，一下子就睡着了。天空还没有发白，他就醒过来了，一面去叫醒马奇科。

"我该动身了。"他说。

"到哪里去?"马奇科迷迷糊糊地问,用手擦着眼睛。

"到斯佩霍夫去。"

"我差点忘了。谁在打呼噜,响得能把死人吵醒?"

"是安诺德骑士。"

说完他就去叫人了,一会儿又匆匆走回来,老远就低声叫道:

"老爷,坏了,坏事了!"

"出了什么事?"马奇科连忙跳了起来,喊道。

"那个女仆逃跑了。他们原把她放在马群里头,她就像条蛇似的偷偷溜跑了。来啊,老爷!"

马奇科惊惶中和赫拉瓦一起急急向马群奔去,他们只在那里找到一个仆人,其余的人都分头去追捕女逃犯了。但过了过了一会儿,他们都垂头丧气地回来了。马奇科用拳头悄悄地把他们痛打一顿。后来只好无可奈何地回到火堆跟前来。

一直看守在小屋里的兹贝什科,并没有睡着,一听到有什么骚动,便过来查问究竟。马奇科把他和捷克人商量的详细经过告诉了他,又把那个女仆逃跑的事告诉了他。

老骑士说:"因为她即使不饿死,也会落到农民手里,他们不会放过她的,遗憾的是,让她逃脱了斯佩霍夫的惩罚。"

兹贝什科也觉得很遗憾,但没有十分恼怒。

"明天我们就动身,我打算和她同骑一匹马,让她坐在我前面。"兹贝什科说。

"她情况怎样?睡着了吗?"马奇科问。

"她常常哼叫,我不知道她是睡着了在哼,还是醒着在哼,我怕吓了她,不想去打扰她。"

他们的谈话被捷克人打断了,捷克人一看见兹贝什科就喊道:

"少爷,现在我该动身了!马匹都预备好了,我把那个老鬼绑在马鞍上。天马上就要亮了,再见,少爷!"

"上帝保佑你!祝你健康!"

赫拉瓦又把马奇科拉到一旁,对他说道:

“我也想真诚地请求您，万一有什么变化……您知道，您就派一个差役火速赶到斯佩霍夫来！”

“好吧，”马奇科说，“我也忘了告诉你先把雅金卡送到普洛茨克去。你懂吗？到那里去找主教，对他说明她是谁，说她是修道院院长的教女，修道院院长有一张遗嘱保存在主教那里。然后请求他保护她，这在修道院院长的遗嘱上也写明了的。”

“如果主教命令我们留在普洛茨克呢？”

“那就一切都听从他，遵照他的意见。”

“就这样吧，爵爷！再见！”

“再见！”

第十九章 意外被俘

情节简介

女仆的逃走看似是一件小事，却埋下了祸根。她在逃跑的路上碰到了安诺德骑士的兄弟华尔夫甘，讲述了他们的遭遇。华尔夫甘前去营救自己的家人，在大家毫无防备的情况下，马奇科、兹贝什科成为了他们的俘虏。通过商议，兄弟俩决定先带走老骑士，而后等着兹贝什科来为两人付赎金。

第二天，两个骑士都忙着要赶回马佐夫舍，因此女仆逃走的事情也就没有再追究。可是丹露霞却睡得非常熟，兹贝什科为了不惊动她，因此没有走成。

他两次悄悄走进小屋，借着木缝里透进来的亮光，看见她双眼紧闭，嘴唇微微张开，面孔通红，跟小孩子的睡相一模一样。看见这景象，他心酸得流泪了，对她说："愿上帝赐你健康，我最心爱的小花儿你不会再遭到磨难了，愿最仁慈的主耶稣让你的幸福像江河一样无穷无尽！"

可是过了中午，丹露霞还没醒，叔侄两人都感到不安了。兹贝什科不断从木缝里和门缝里张望，突然又走进小屋，坐在昨天女仆给丹露霞换衣服的那块木头上。

他坐在那儿注视着她，她却双眼紧闭。过了不久，她的嘴微微抽搐了一下，虽然闭着眼睛，却好像还是看到了他似的，低声说道：

"兹贝什科……"

他立即在她面前跪下去，握着她那双憔悴的手，心醉神迷地吻着。接着又断断续续向她说：

"感谢上帝！丹露霞认得我了。"

他的声音使她完全清醒了。接着她就在床上坐了起来，张着眼睛，又说了一遍：

“兹贝什科！”

然后她眨巴着眼睛，惊奇地四下望望。

兹贝什科说，“我把你从他们手里救了出来，正要送你去斯佩霍夫。”

但是她把双手从兹贝什科手中缩了回去，说道：

“所有发生的这一切，都是因为我们没有得到亲爱的爸爸的祝福。王妃在哪里？”

“醒醒吧，亲爱的小蓓蕾！王妃在老远的地方哩，我们已经把你从德意志人手中救出来了。”

她好像没有听见他的话，而是在回忆什么似的。她说：

“他们还拿走了我的诗琴，把它在墙上砸碎了。嗨！”

“哦，上帝！”兹贝什科喊道。

他这才看出她神情恍惚，两眼无神，双颊通红。

“丹露霞！”他说，“你看见我，懂我的话吗？”

但是她低声地答道：

“喝！水！”

他连忙冲了出去，在门口看到了马奇科。过了一会，他提了满满一壶水回来，递给了丹露霞，她贪婪地饮了下去。马奇科在兹贝什科之前进了小屋，看到病人这般情况，不由得有些发愁。

“她在发烧吗？”他说。

“是的！”兹贝什科哼了一声。

“她听得懂你说的话吗？”

“听不懂。”

老骑士皱紧眉头。

“怎么办？”

“我不知道。”

“只有一个办法。”马奇科说。

但是丹露霞一喝完水就打断了他的话，瞪着眼对他说道：

“我没有冒犯过你，开开恩吧！”

“孩子，我们只希望你幸福。”老骑士激动地答道。

于是他转向兹贝什科：

“听着，把她留在这里是不行的。应当让她吹吹风，晒晒太阳，可能对她有好处。要不把她放在马鞍上跟我们一起出发吧！你懂吗？”

他随即离开小屋，做好出发前的最后安排，但是他向前面一看，就突然站住了——像在地上生了根似的。

一大群步兵包围了这两间小屋，围得水泄不通。

“德意志人来啦！”马奇科想。

他吓得要命，但马上就抓住剑柄，咬紧牙关，像是一头陷入绝境的野兽似的，准备拼死自卫。

这时候巨人似的安诺德和另一个骑士从小屋里向他们走来，一走到马奇科跟前就说：

“命运之轮转得好快。昨天我是你的俘虏，今天你们却成了我的俘虏。”

他像对待一个下人似的，傲慢地望着老骑士。

“你们都是俘虏了。”他又傲慢地说了一遍。

老骑士阴郁地向四下望望，发现事态很严重，但他并没有慌。他四下一望，看见他的手下人都已经扔下了武器，又想到兹贝什科也是赤手空拳和丹露霞一起待在小屋里的。作为一个经验丰富的人，他知道抵抗是无济于事了。

他慢慢地拔出短剑，扔在安诺德身旁那个骑士的脚旁，那位骑士像安诺德一样傲慢，但还是彬彬有礼地用一口漂亮的波兰话说道：

“您叫什么名字，阁下？我不会绑你，只要您宣个誓就可以。”

“我宣誓！”马奇科回答。

通报过姓名之后，马奇科询问他是否可以到小屋里去告诉他的侄子不要有什么“疯狂”举动。他们准许他去了。

他走了进去，待了一会儿就出来了。

“我的侄子连一柄剑都没有，他请求您，在你们留在这里的时候，允许他和他妻子在一起。”

“让他在一起吧！”安诺德的兄弟说，“我会派人给他送吃的和喝的来。我们不会马上走，因为我们累极了，需要吃些东西，休息一下。阁下，我们也请您同我们一起吃。”

这两个德意志人就转身走向马奇科过夜的那个火堆，马奇科跟在后面，老骑士以尊敬的口吻问道：

“请问，阁下，我是您的客人呢，还是您的俘虏？”

安诺德的兄弟顿时有些羞愧，停住了步，说道：

“请，阁下。”

他说：“显然，阁下，您不仅谈吐有礼貌，举止也是优雅的。”

这时候只懂得几句波兰话的安诺德问道：

“华尔夫甘，你们在说什么？”

“我在照规矩办事。”华尔夫甘回答。他显然被马奇科的话捧得高兴了。

他们在火堆旁坐下，开始吃喝。马奇科给这德意志人的教训不是白费的。在进餐的时候，华尔夫甘都先让给了马奇科。

原来安诺德的弟弟华尔夫甘也率领着步兵到高茨韦堆去打时母德人。可是那些德意志人并没有及时赶来援助安诺德。后来他们来到烧沥青人的房子附近，碰上了那个逃亡的骑士团女仆，她把他兄长的不幸遭遇告诉了他，所以他就找到这来了。

但是能干的马奇科不论在什么情况下，总能想出些办法来对付，这时候他想，和这两个德意志人交交朋友会对自己有利，因此过了一会儿就说道：

“做俘虏总是很难受的。可是感谢上帝，我幸好不是落在别人手里，而是落在你们手里，因为我相信，你们都是真正的骑士，也很重视骑士的荣誉。”

华尔夫甘闭上眼睛，点点头，显然是带着一种满意的感觉。

老骑士继续说下去：

“想不到您说我们的话说得这么好！显然，上帝赐给了您很高的才能。您早晚会继而担任分团长的。一定是这样……因为您的兄长不那么会说我们的话。”

“安诺德懂一点，但是我的兄长比我有力气，虽然我也并不虚弱。但是他比较愚笨些。”

“嗨！我觉得他完全不愚钝！”马奇科说。

“华尔夫甘，他说什么？”安诺德又问道。

“他赞扬你！”华尔夫甘答道。

“真的，我赞扬他！”马奇科补充道，“因为他是一个真正的骑士，这是最重要的。我坦率地告诉您，我本来打算今天就完全让他自由，随便他到什么地方去。”

他注视着华尔夫甘的脸，对方皱着眉头说道：

“如果你们不是帮助异教徒的狗崽子来反对我们，我也会释放你们。”

“这话不对。”马奇科回答。

于是又出现了昨天马奇科和安诺德的那种激烈的争论。于是他又将他们所遭遇的一切讲给了这两个人。对于马奇科所指责的那种种罪过，华尔夫甘并没有回答。但他不得不承认这仇报得有理，波兰骑士的行动也是正当的。最后说道：

“我绝不怜悯丹菲尔德。至于齐格菲里特，我不去追赶他了。”说到这里。他伸伸懒腰，继续说：

“上帝！保佑我死后升天！”

马奇科问道：“您不打算允许我们送她回家吗？”

“我对那女人并没有什么反感，”华尔夫甘粗暴地回答，“你们两人之中可以有一个人送她回到她父亲那里去，只要他以后来投案就行了，但另一个必须留在这里。”

“嗨！可是，如果我凭骑士的荣誉和圣杰西的矛起誓，可以吗？”

华尔夫甘迟疑了一下，因为这是个大誓。

安诺德第三次问：

“他说什么？”

等他弄明白了这事情，他暴跳如雷地坚决反对。因为他这次打了败仗，交出一个活骑士比只说明俘获到了这样两个骑士更有价值……

马奇科看到他如此愤怒，决定接受先前所提出的条件。他转向华尔夫甘说道：

“我请您帮个忙——允许我去通知我的侄儿一声。然后我和您一起去。”

“好吧！”华尔夫甘回答，“但是你侄儿必须为你们带来赎金。”

“关于赎金吗？”马奇科问道。

“这个问题，不应该谈谈吗？”

“在高茨韦堆附近，我们也俘虏了你们的一个重要骑士——德劳许。我的侄子就是凭宣誓把他释放了，赎身金的数目提也没有提起。”

“你们俘虏了德劳许吗？”华尔夫甘马上问，“我知道他，但是我们为什么没有在路上遇到他呢？”

“他显然没有走这条路。”马奇科回答。

“那个骑士出身于一个有势力的著名家族，”华尔夫甘又说了一遍，“但是我总不能够白白地放走你们。”

马奇科傲慢地昂起头来，说道：

“不用说，我们也知道自己的身价。”

“那就好，因为我们都是谦卑的修士，只是用这些钱为骑士团博得上帝的赞美。”

马奇科对此不加回答，看着华尔夫甘，仿佛在说：“你在说鬼话！”

过了一会儿，他们开始讨价还价了。华尔夫甘虽然谈吐举止相当优美，却显得极度贪婪。经过长久的讨价还价，他们终于就赎金的数目和付款日期达成了协议，并且商定了兹贝什科随身带去的马匹和随从人数。马奇科把这事去告诉了侄子。

“这完全是骑士的生活。”马奇科叹息着说，“昨天你制服了他们，今天他们制服了你。唔，命运不好。你快走吧，也许还追得上赫拉瓦，你们在一起就会安全了。只要一走出这个荒野，进入了马佐夫舍的居民区，你们就会受到热情地款待，丹露霞这可怜的女孩儿说不定也会好起来。”

他同时望望丹露霞，她正在发高烧，迷迷糊糊，呼吸急促，一双蜡黄的手抖个不停。

马奇科向她画了个十字，说道：

“嗨，带她去吧！愿上帝恢复她的健康，因为我觉得她的生命之线已经拉得太紧了。”

“别那么说!”兹贝什科痛苦地喊道。

安排好一切后,兹贝什科抱着丹露霞走出小屋。那情景很动人,两个兄弟也好奇地望着那张孩子般的脸,她病得很重,头都抬不起来,只是沉甸甸地靠在年轻骑士的肩上。他们彼此惊奇地望了一眼,心中对那些造成她苦难的罪魁祸首涌起一阵反感。

“齐格菲里特的心真是一个刽子手的心,而不是一个骑士的心。”华尔夫甘向安诺德低声说,“而那条毒蛇,虽然是她让你获得自由,我也要下令用鞭子打她一顿。”

他们看见兹贝什科像母亲抱孩子那样抱着她,都深受感动。他们理解到他是多么爱她,因为他们两人的血管中都流着年轻人的血。

兹贝什科迟疑了一会儿,想一想还是让她躺在担架里。那样她也许会舒服些。于是他走到叔叔跟前,鞠下一躬,吻吻他的手,向他道别。

“愿上帝指引你!”马奇科说,“别忘了我,做俘虏总是不好受的。”

“我不会忘记的!”兹贝什科回答。

“愿至高的圣母赐你幸福!”

兹贝什科立即上了马,但是马奇科突然想起了什么事,赶紧跑到他身旁,手按在兹贝什科的膝上,说道:

“听着,记住,如果你赶上了赫拉瓦,别去捉弄齐格菲里特,把他交给尤兰德去处理,凭你的剑和荣誉向我起誓吧。”

“只要您一天不回来。”兹贝什科回答,“我就一天不让尤兰德伤害他,免得德意志人为了齐格菲里特而伤害您。”

“这样看来,你也关心我了?”

年轻的骑士忧郁地一笑,“您心里有数,我相信。”

“去吧,再见!”

马匹起步了,不一会工夫就消失在树林中了。

马奇科突然感到非常难受。

“感谢上帝,做囚犯的是我,不是他。”

于是他转向那两个德意志人说道:

“阁下,你们两位什么时候启程,打算上哪儿去呢?”

“等我们觉得合适的时候才走。”华尔夫甘回答,“我们要到马耳博克去。阁下，您必须先去见见大团长。”

“嗨！我得到那里去送掉我的头了，因为我帮助过时母德人。”马奇科心里说。

可是他一想到德劳许还在他手里，就放心了。两兄弟即使是为了赎金，也会保护他的性命的。

“其实，”他心里想，“兹贝什科既不必来投案，也用不着花费他的财富。”

这样一想，他就感到舒坦些了。

第二十章 以德报怨

情节简介

赫拉瓦马不停蹄地赶到了斯佩霍夫，当他将俘虏带到尤兰德面前时，老人竟然用刀割开了绑在老骑士身上的绳索，这种以德报怨的行为引来了众人的喋喋不休，最终大家还是被深深感动了。老骑士走后，在绝望中选择了自杀，正好被路过的雅金卡看到了，于是善良的女孩为老人挖了墓，办了后事。

兹贝什科没有赶上赫拉瓦，因为他马不停蹄地日夜赶路。

这个老十字军骑士吃尽了苦头，在潮湿的荒野中蚊子成群，他的双手被绑住，双脚被捆在马腹下面，无法赶走那些蚊子。赫拉瓦也没有怎么虐待他，只是对他毫无怜悯之心，仅仅解开了他的右手，使他在停下来吃饭的时候可以拿食物。

“吃吧，饿狼，这样我可以把你活着送到斯佩霍夫去。”他就用这些话来刺激齐格菲里特的食欲。齐格菲里特起初决定绝食饿死，但他听见赫拉瓦说，如果这样，他就要用一把小刀来撬开他的牙齿，把食物塞进他的喉咙里去，他这才不得不吃东西。

他们沿着杂草丛生的路走着。白天里，他顺着太阳的方向走，夜晚，借着月光前进。走不完的荒野，多少个白天和黑夜过去了。赫拉瓦不止一次地想到，兹贝什科绝不可能带着他的妻子越过这片可怕的荒野，她虚弱的身体是受不住的。

捷克人马不停蹄地赶着路，在圣体节之前就到达了斯佩霍夫。

他是在黄昏时分到达的，雅金卡从窗口一看见这侍从，连忙奔了出来，他就扑倒在她脚下，半晌说不出话来。雅金卡马上扶他起来，拉他上楼，因为她不愿意当众向他打听消息。

“有什么消息?”她问道,急得直发抖,几乎气都喘不过来,“她活着?好吗?”

“活着!好!”

“她找到了吗?”

“找到了。他们把她救出来了。”

“赞美耶稣基督!”

可是她说这句话的时候,脸色惨白。

但她并没有失去自制力,也没有失去知觉。过了一会儿,她完全控制住了自己,又问道:

“他们什么时候会到这里?”

“还得过几天呢!她病了,路又很难走。”

“她病了吗?”

“她受尽了折磨,已经快神经错乱了。”

“仁慈的耶稣!”

沉默了一会儿。雅金卡嘴唇发白,不住抖动,仿佛在做祷告。

“她还认得出兹贝什科吗?”她又问。

“也许认得出,我说不准。”

“快把一切经过都告诉我吧!”

捷克人简要地叙述了他们如何救出丹露霞,如何俘虏了巨人安诺德和齐格菲里特。他还告诉她,他把齐格菲里特带来了,让尤兰德亲自为女儿报仇。

“我现在必须去见尤兰德。”雅金卡说。

她走后没多久,安奴尔卡就从隔壁房间里奔了过来。他一看见她,就完全失去理智,拦腰把她抱住,让她紧紧贴在自己的胸口,吻着她的眼睛、脸颊和嘴唇,吻得那样狂热,仿佛早已向她倾吐过爱慕之情。她气都喘不过来。可是她并不反抗,先是惊奇,接着就心醉神迷了。

楼梯上突然把传来了清晰的脚步,没一会卡列勃神甫进来了。

赫拉瓦这时也略微冷静下来,不慌不忙地把如何找到丹露霞,如何救她出来的经过,重新讲了一遍。

“上帝救了她!”神甫听了捷克人的话,说道,“可还没有让她恢复神志，没有把灵魂还给她，只要让尤兰德为她作一次祈祷，就可以使她恢复理性和健康。”

“尤兰德骑士?”捷克人惊奇地问道，“他有这么大的力量吗？他活着就能成为一个圣徒吗?”

“即使在他活着的时候，他已经在上帝面前被认为是一位圣徒了。”

这时，雅金卡走进来，打断了他们的谈话。

“我已经把这个消息小心地告诉了他。”她说，“他听了，立即手里拿着十字架跪下来做起祷告来了。”

“我相信他会这样一直祷告到早晨，因为他总爱整夜整夜趴在地上祈祷。”卡列勃神甫说。

事情果然不出所料，他们去看了他好几次，每一次都发现他直挺挺地躺在地上狂热地祷告，近乎到了完全昏迷的境界。

第二天一早，赫拉瓦去见了尤兰德，人们立即去地牢里去把俘虏带到他面前来。齐格菲里特的一双手被紧紧绑在胸前。所有的人都走来看这个老骑士。

捷克人看了看尤兰德，几乎认不出他来了。他已经瘦成一架庞大的骨架了。脸色苍白得简直和他那一头白发没有多大分别，由于闭着眼睑，赫拉瓦觉得他就像一具死尸。

大家沉默了一会儿，都在等着他打手势吩咐他们谈话。可是他坐在那儿，一动不动，脸色苍白，神态安详。微微张开的嘴，跟一个长眠的死人一模一样。

雅金卡终于说道，赫拉瓦来了，并且温存地问道：

“您想听他说话吗?”

老尤兰德点点头，于是他把他们离开斯佩霍夫后经历的一切讲给了老人，但并没有提起丹露霞失去理性的事情，他不想让老人更加痛苦。

尤兰德一动不动，但是当赫拉瓦讲到丹露霞受苦的时候，两大滴眼泪从他那空凹的眼窝里流到脸上。他心里只剩下这唯一的感情，那就是对他的亲生孩子的爱。

接着他发青的嘴唇就开始喃喃地念起祷告文来。他祈祷了好久，泪水又顺着他的白胡须滴了下来。室内一片寂静，隔了好久，在场的人心里都很不安，不知道该怎么办。

最后，老托里马说道：

“那个对您和您孩子施苦刑的魔鬼，喝血的十字军骑士现在正站在您面前，老爷，请您做个手势，该对他怎么办，要怎样来惩罚他！”

一听到这些话，老人连忙点点头，要他们把俘虏带到他跟前来。一眨眼工夫，两个仆人抓住这个十字军骑士的肩，把他带到老人面前，尤兰德伸出手先去摸齐格菲里特的脸，仿佛要摸出那张脸的轮廓，要永远记住它似的。接着他又摸到齐格菲里特的胸口，摸到他那双绑着的手，绑他的那根绳索，便又闭起眼睛，垂下了头。

大家都以为他在沉思了，但不管是否在沉思，这个状态并没有维持多久。没多大一会儿工夫，他好像从沉思中醒了过来，向插在面包上的一把刀摸去。

雅金卡、捷克人，甚至老托里马，以及所有在场的人都屏住了呼吸。他们一想到这个半死半活的老人竟然在摸索着那把刀，要刺杀这个俘虏，大家的心都怦怦跳。

尤兰德握住那柄刀的中央，摸到绑在齐格菲里特手上的绳子，竟用那把刀开始割起来。

大家看到这景象，都十分诧异，不敢相信自己的眼睛。赫拉瓦第一个开始嘀咕，接着是托里马和别的仆人都哼了起来。只有卡列勃神甫以抑制不住的、泣不成声的声调问道：

“尤兰德兄弟，您打算干什么？您打算释放这俘虏吗？”

尤兰德肯定地点点头。

“不惩罚他，也不报复吗？这是您的愿望吗？”

是的！他又点点头。

人们嘀咕的嘀咕，愤怒的愤怒，神甫喊道：

“谁敢反对圣徒？还不快些跪下来！”

于是他自己先跪了下去，念着祷文。当他念到“免我们的债，如同我们免了人的债”那一句，目光不由得落到尤兰德身上，只见尤兰德的脸上流露出一股天国的光辉。

这景象、这番意味深长的祈祷，使所有在场的人都心碎了。连托里马老头，这个打惯了仗的战士，也画了圣十字，立即抱住尤兰德的双脚，说道：

“老爷，如果您想实现您的愿望，我们就把这俘虏领到边界上去。”

尤兰德又点点头。

暴风雨愈来愈近了，闪电不时地照亮着窗户。

两个骑马者冒着倾盆大雨向斯佩霍夫的边界前进。托里马虽然押送齐格菲里特，却没有上镣铐。他们默默无声地在山谷里行进。多年习惯于看守俘虏的托里马，常常瞅瞅齐格菲里特，仿佛怕他突然逃跑似的。

快到斯佩霍夫森林的边界时，雨才停住，云层染上了一种奇异的淡黄色。但是托马里心里又泛起了一个念头：“他们命令我，把这条疯狗安全地送到边界。这个任务我已经完成了。但是这个坏蛋使我主人父女俩吃尽了苦头，难道真的就这样对他不加任何报复和惩罚，放他走吗？”老人犹豫地想着。但这是他主人的意愿，于是说道：

“到我们的边界了，你们的边界离这里不远了。去吧，你现在自由了！”

托里马掉回马头，十字军骑士继续赶路，他一句话也没有回答，仿佛托里马对他说的话，他根本没有听见。现在他继续走上一条比较宽阔的路，好像一个沉睡的人。

天又发黑了，黑得像黑夜一样。云层很低，似乎罩在了森林上。在一条宽阔的大道上一个孤独的骑者前行着。齐格菲里特发着高热，迷迷糊糊地走着。自从罗特吉爱死后，绝望就一直折磨着他的心，有时候他甚至想发疯。他觉得自己置身在茫茫黑夜中，黑夜之外还是黑夜——他必须投进去的是一个充满恐怖的无底深渊。

突然有一个声音在他耳中低语：

“走！走！”四下一望，正是死神。

“是你吗？”十字军骑士问。

“对，正是。走！走！”

但就在这时，他向另外一边看了一眼，看到了另一个旅伴。它长着一个又长又尖的兽头，身体却和人一样。

“你是谁？”齐格菲里特问。

那人并不回答，只是露出牙齿，哼了一声。

齐格菲里特闭上眼睛，那个声音又在他耳中响道：

“是时候了！是时候了！快走，快走！”

“我走！”他回答。

“赶快！”死神低声说。

“赶快！”树顶上有个声音在呼啸着说。

刹那间，他好像听见一种令人窒息的、喷鼻息的和咆哮的声音，接着那个可恶的吸血鬼就向他扑过来，摇着他的身子，然后用它的牙齿撕开他的胸口，剥开他的心来。死神已经成了一片白茫茫的浮云，慢慢来到他的跟前，拥抱住他，最后用一层紧密的帷幕把他团团围住，把一切都盖住了。

第二天早晨，就在这条路上出现了一大队人，走在前面的是雅金卡、安奴尔卡和捷克人。后面是马车和侍从们。

暴风雨过后，天气好极了。每片叶子上都有大滴大滴的雨水，活像大颗大颗耀眼的金刚钻。雨水在路上汇成了许多小溪流，流向低处，又在那里汇成了一个个浅浅的小湖。在这样的早晨，人们心里也充满了喜悦。因此马夫和仆役们都哼起歌来，但前面那几个骑者都默不做声。

雅金卡心上压了一块大石头，她觉得现在应该忘记一切，重新过一种新的生活。但是一想到过去的种种希望都已一去不复返，眼泪就不禁夺眶而出。她想，本来就不该离开兹戈热利策。想到这里，心里就无限辛酸。

“我太不自重了。”她心里说，如今又加上了一种受屈辱的感觉。

但是迎面一个匆匆而来的人打断了她的思绪。那人背了一把石弓，帽子上插着一簇黑色的毛，一看就知道是个山里人。

“嗨！你是谁？站住！”捷克人喊道。

这人迅速走上前来，脸上很激动，好像要传达什么了不得的大事似的。他喊道：

“前面有个人死了！”

捷克人吃了一惊，立即问那个看林人：

“离这里有多远？”

“不远，就在这条路上。”

“没有人和他在一起吗?”

“什么人也没有,有一只狼在尸体周围嗅来嗅去,我把它赶走了。”

接着,雅金卡吩咐道:

“去看看,出了什么事?”

赫拉瓦向前跑去,立刻又匆匆地赶回来。

“齐格菲里特吊死在那里了!”他在雅金卡面前勒住马,喊道。

“难道是那个十字军骑士吗?”

“是呀,是十字军骑士。他用马缰绳把自己吊死了。”

“是他自己吊死的吗?”

“应该是这样,要是强盗,早把他的马鞍抢走了。”

“我们怎么走呢?”

“我们别走那条路! 不!”安奴尔卡害怕地喊道,“我们也许会倒霉的!”

但是雅金卡思索了一会儿以后,说道:

“见了尸体不埋可不好。这是上帝教徒应该做的事。”

最后,他们埋了这个十字军骑士。

“上帝是会公正地裁判的。”雅金卡说。

“您既然下了命令为他收尸安葬,这就表明了您心肠慈悲。愿您永远健康幸福。”捷克人答道。

雅金卡没有立刻回答他的话,过了一会儿,叹息了好几声,才自言自语地说:

“唉! 我的幸福是过去了,它并不是在前头等着我呢!”

第二十一章 痛失爱妻

情节简介

兹贝什科带着重病缠身的妻子赶往斯佩霍夫。然而还没到家,丹露霞就离开了人世。尤兰德看到死去的女儿也因为过度悲伤瘫痪了,兹贝什科日日夜夜守护在丹露霞的灵柩旁边,沉默不语。直到德劳许骑士来看他,年轻人才慢慢恢复过来。托里马老头为了赎回马奇科,也差点被十字军骑士俘虏,还好他机智聪明,逃出了敌人的“魔爪”。

在雅金卡离开后的第九天,兹贝什科才到斯佩霍夫的边界。但是丹露霞已经快要死了,要把她活着送到她父亲那里,这是完全无望了。

第二天,她已经语无伦次,答非所问,她一直发着烧。一路上还算顺利,走完了荒野,来到有人烟的地方,到了农民和贵族居住的村庄里,人们听说他带来的这个人是从十字军骑士团那里救出来的姑娘,而且是尤兰德的女儿,都争先恐后地帮助他们,年轻力壮的人都乐于抬着担架把她从这个村子送到那个村子,把她当作一个圣徒似的小心抬着。女人们都百般小心地照料着她。男人们听到她所受的苦难,都咬牙切齿,甚至穿上了铁的甲胄,拿起武器,想跟兹贝什科一起去为女孩报仇。

但是兹贝什科想的只是丹露霞。他一直忐忑不安,一看到她有暂时好转的迹象,就产生了希望;一看到她病情恶化,就绝望至极。但他自己也明白她的病情确实在恶化中。

“你就要离开我了吗?你不觉得难过吗?你宁愿一走了事而不肯和我待在一起吗?”年轻人对着昏迷的丹露霞说着。他只觉得头脑里昏昏沉沉,胸口闷得发胀,但又无法把自己的感情用眼泪发泄出来。

但是当他们快到斯佩霍夫的时候,他心里又闪现出最明亮的一线希望。丹露霞的脸上不是烧得那么发红了，呼吸也平稳了。兹贝什科一看到这情形，就立刻吩咐停下来，让她休息一下，兹贝什科待在担架旁边侍候她，他坐在梨树根上，眼睛一刻都不离开她。

在一片寂静中她安静地躺着，闭着两眼。但是兹贝什科觉得她并没有睡着，突然丹露霞微微颤动了一下，张开眼睛，但立即又闭上了。用几乎听不清的声音低语道：

"花儿好香……"

这是他们动身以来她第一句说得明白清醒的话。兹贝什科以为她神志清醒了，于是跪在担架前面，向她俯着身，低声说：

"亲爱的丹露霞！丹露霞！"

她又张开眼睛望了他一会儿，接着脸上浮起笑容，一声声喊着他的名字：

"兹贝什科……"

她想伸出手去抱他，但因为虚弱不堪，伸不出手去。

"赞美主！"他说，"你醒过来了……上帝啊……"他说不下去了，彼此默默相望了一会儿。

丹露霞继续笑着，似乎愈来愈清醒了，像个睡着的孩子梦见了天使，脸上却渐渐呈现出一种惊奇的神色。

"哦！我在哪里呀？"她问。

兹贝什科高兴极了。

"就要到斯佩霍夫了！你和我在一起，我们正要去见亲爱的爸爸了，我亲爱的丹露霞，我四处找寻你，把你救出来了。别害怕！我们马上要到斯佩霍夫了。亲爱的丹露霞！现在，一切都好了！你只会享受到幸福了。啊！我费了多少气力找寻你呵！我走得多远呵！哦！伟大的上帝！哦！"

他深深叹了一口气，哼了一声，仿佛从胸口扔掉了最后一大块压得透不过气来的石头似的。

丹露霞静静地躺着，想要回忆起一件什么事来，尽在思索。她终于问道：

"你没有忘记我吗？"

眼睛里两颗泪珠慢慢地从脸上落到枕头上。

“我怎么能忘记你?”兹贝什科喊道。

丹露霞的嘴唇又动了一下,但声音很低,兹贝什科听不清,便俯下身去问她:

“你说什么,亲爱的?”

她又说了一遍:

“好香的花。”

“因为我们就在牧场附近,”他答道,“我们马上就要走,要到亲爱的爸爸那里去了,我们也把他救出来了,你将永远是我的。你听得见我的话了吗?”

兹贝什科突然吃了一惊,因为看到她的脸色越来越苍白,脸上渗出密密麻麻的冷汗来。

“你怎么啦?”他惊惶失色地问道。

他觉得自己的头发都根根倒竖起来了,浑身掠过一阵寒战。

“你怎么啦,告诉我。”他重说了一遍。

“天黑了。”她低声说。

“天黑了吗?怎么,太阳正在照耀着,你却说‘天黑了’?”他着急地问。

她依旧嚅动着嘴唇,可一句话都说不出来。紧接着,那双憔悴的手在毯子上抽搐。这景象一会儿工夫就过去了。现在,毫无疑问,她断气了。

兹贝什科又惊恐又绝望,开始呼天抢地,仿佛这一声声哀求救得了丹露霞的命似的:

“丹露霞!哦,仁慈的耶稣!无论如何要等一等,等我们赶到斯佩霍夫啊!我求你等一等!哦,耶稣!耶稣!耶稣!”

他的哀求惊醒了睡着的两个女人,仆人们也跑过来了。他们一眼就猜到出了什么事,统统跪了下来,大声念着连祷。

微风停了。梨树上的叶子再也没有了沙沙声。深沉寂静的田野上只听到一片祷告声。

祈祷结束的时候,丹露霞又张开了一次眼睛,仿佛要最后一次望一下兹贝什科和这个阳光照耀的世界。从此她长眠了。

那两个女人合上了她的眼睑,就到草地上去采花了。兹贝什科跪在担架旁边的阴影里,头靠在丹露霞膝上,一语不发,一动不动,好像他也死了。

离斯佩霍夫不到三英里路了。他们在一阵哭泣后，就抬起担架，向着森林走去。

男人们牵着马匹走在前面。兹贝什科自己抬着死者，把担架举在头顶上，两个女人抱着花束，唱着赞美诗。沿着草地慢慢走着，很像一个送葬的行列。蓝色的晴空里没有一点儿云，整个大地都沐浴在温暖的、金色的阳光下。

出了森林，走过一大片沼泽和泥沼后，就来到斯佩霍夫城堡所在地的一个高地上。一走出森林就听到教堂的钟声，他们知道这个噩耗已经传到斯佩霍夫了。没多大工夫，远远看见一大群男男女女迎面而来。走在前面的是由托里马扶着的尤兰德，他拿着一支探路棒。卡列勃神甫走在他旁边，身穿白色法衣，手里拿着十字架。再后面就是包着头巾的已婚女人和一些姑娘们。人群后边有一辆准备装运尸体的马车。

兹贝什科一看见尤兰德，就放下了担架。他走到老骑士跟前，用一种非常激动的声音喊道：

“我到处找她，终于找到了她，救出了她，但她宁愿去见上帝，不愿回到斯佩霍夫来！”他悲痛得简直支撑不住了，一下子扑在尤兰德怀里，抱住他的脖子，哼哼唧唧地说：

“啊，耶稣，耶稣！啊，耶稣……”

这番景象使在场的人们大为感动，女人们一个接着一个用围裙擦着眼睛，齐声喊道：“倒运啊。惨啊！惨！”

有些女人仰起头，闭着眼哭道：“你是不满意我们吗，小花儿？你扔下你父亲在这里悲痛，自己却到天堂去安息了。惨啊！惨啊！”

可是尤兰德却挣脱了兹贝什科的拥抱，把拐杖伸在面前，走到丹露霞跟前去。老人跪在尸体前面，用手摸摸她的前额，又摸摸她交叉的双手。接着他用一只手抱住了她，又向上举起另一条断臂。大家都明白这是他对上帝的默默申诉。兹贝什科一时抑制不住悲伤，几乎失去了知觉，默默跪在另一边，像一尊石像。

最后，卡列勃神甫用圣水洒在丹露霞、兹贝什科和尤兰德脸上，唱起《安魂曲》来。唱完之后，他用一种似乎是预言的声调高声祈祷着……

然后大家向着斯佩霍夫走去，尸体放在了装饰着鲜花的担架上。钟声不断传来。

到斯佩霍夫的时候，已是日暮时分。小教堂里的火把和新点的蜡烛，把教堂照耀得通明。他们把尸体放在里面，七个年轻小姐跪在尸体旁边，通宵念诵祈祷。兹贝什科也彻夜守着灵。

尤兰德当时不在场，因为他一回到家里，双腿就瘫痪了，等他们把他安顿上床的时候，他一动不动，失去了知觉，只是躺在那里，眼皮扬起，容光焕发，神情快乐，嘴唇时时动着，仿佛在和谁谈话似的。神甫和托里马都明白他是在天堂和已死的女儿谈话，向她微笑。

经过商量，他们决定让托里马老头拿着赎金去赎马奇科。

“到普洛茨克去一趟！”神甫向准备动身的托里马说，“请求王公给你出一张保护证书，否则，分团长就会抢掉你的钱，甚至还要吊死你。”

“嗨！我当然了解他们，”老托里马回答，“甚至持有保护证书的行人也会遭到他们抢劫的。”

老头儿走了以后，神甫后悔没有让兹贝什科本人去。其实他当时不敢打发兹贝什科去，因为兹贝什科正在伤心，怕他一气愤，触怒了十字军骑士。神甫也知道兹贝什科为了救丹露霞，跋山涉水，如今却是这样的结果，因此痛苦无比。兹贝什科也像一个快死的人一样，感觉不到别的事物，沉默寡言，他的容貌和动作看上去都像个老年人。成天成夜不是在丹露霞的灵柩旁边度过，就是在阳台上沐浴正午的阳光打发光阴。他常常陷入深思，连旁人的问话都不搭理。卡列勃神甫看到这情形，不免吃了一惊：“必须找一些难对付的事让他去干，否则他会愁死了。”神甫想着。

几个礼拜之后，德劳许出人意外地来了。兹贝什科看到他，不禁一颤。德劳许一听到兹贝什科的不幸，便立即和兹贝什科到地下室里丹露霞的灵柩旁边去祈祷。他也不断地谈到她，而且因为自己是一个游唱诗人，还编了一支关于她的歌，一听到那调子，兹贝什科也痛哭起来，哭了一整夜，直哭到天明。

哭泣哀叹，再加上缺少休息，年轻人一下子睡得很熟。醒来时，人们看到他的脸上已没有了泪水和悲伤，比先前有生气些了。

他看到德劳许十分高兴，原来德劳许在卢波代的分团长的牢监里遇到了托里马，丹露霞的死讯就是老托里马告诉他的。他到斯佩霍夫来是以俘虏身份来听从兹贝什科发落。

兹贝什科和神甫听到托里马被囚禁的消息大为震动。他们知道一旦十字军骑士抢到钱，就不会放人了。碰到这种情况，势必就要再带一笔赎金到那里去一趟。

“真糟！”兹贝什科喊道，“可怜我那叔叔等在那里，还当我忘了他呢！我现在必须火速去看他。”

他转向德劳许，说道：

“您知道我叔叔也落在十字军骑士的手里了吗？”

“我知道，”德劳许回答，“因为我在马耳博克已经看见过他，因此才赶到这里来。”

这时候卡列勃神甫开始埋怨起来了。

“我们的事办得不好。”他说，“这一阵子大家都昏了头脑。托里马这样失策，倒是使我吃惊的。他为什么不上普洛茨克，去弄一张保护证书呢？居然自投罗网！”

德劳许什么话也没说，只是耸耸肩膀。

“保护证书在那也没有用！”

“说来说去，托里马总应该先上普洛茨克去。”

“他本来是要去的，可是在边界附近的路上就被绑走了。他要是不跟他们说明是送钱到卢波伐的分团长那里去的话，他们早就把他干掉了。幸亏钱救了他的命。”

“我叔叔马奇科怎样？他好吗？他在那里没有生命危险吗？”兹贝什科问。

“他很好，”德劳许回答“要不是因为他们贪图那笔赎金，老骑士也一定早被杀头了。那两兄弟之所以保护他，也是为了这个。”

“但只要我在您手里，他们就不会伤害您，也不会伤害马奇科。到时候，他们会为我付赎金的。等你叔叔回来了，我也不回去了，我不愿再为他们效劳了。”

“就留在我们这里吧，阁下！”卡列勃神甫说。

“如果他们不付，我就自己付。”

兹贝什科答道：

“凭我的荣誉起誓！您一直是我的兄弟和朋友，我无论怎样绝不会收您的赎金的。”

两人紧紧地拥抱在一起，一种新的友谊把他们联系在一起了。德劳许微笑了一下，说道：

“好吧，这事不能让德意志人知道，否则对马奇科是不利的。”

“那就照您说的办吧！”兹贝什科说，“您就留在这里，或是去马佐夫舍境内您喜欢的任何地方，但是我要到马耳博克去营救叔叔。”

德劳许说道：“好！就这么办！据马耳博克那边的人说，波兰国王就要到普洛茨克来了，会在一个秘密的地方会见大团长。十字军骑士团一直想弄清楚，国王是否会帮助维托尔德。”

“阁下，您刚才是说波兰国王到普洛茨克来吗？”卡列勃神甫问道。

“不错！让兹贝什科去参加国王的侍从队，这样更容易救出马奇科。”

“这倒是个妙主意。”卡列勃神甫喊道。

“是啊！”德劳许说道，“而且办法有的是。”

“听着，”兹贝什科向德劳许说，“我要赶快去赎叔叔出来。因此明天一早我就上普洛茨克去。您不是在这里做俘虏的，和我一起去吧，您也可以看到国王和他的宫殿。”

“我正想向您请求这件事呢，”德劳许回答，“我早就想看看你们的骑士了，我也曾听说，朝廷里的宫女们都像天仙一般美丽，而不是尘世的凡人。”

“您刚才提到维托尔德的宫殿时，已经说过这话了。”兹贝什科笑着说。

第二十二章 晚 宴

情节简介

兹贝什科和德劳许动身到普洛茨克去了，到那后他们见到了著名的骑士波伐瓦，愉快地和这位老人攀谈起来，老人对兹贝什科的遭遇十分同情，并答应为他在国王面前求情。晚宴开始后，王公、王妃、骑士、宫女们都穿得光鲜亮丽，兹贝什科的目光也被一位美丽的天使吸引过去了……

第二天早晨，兹贝什科和德劳许动身到普洛茨克去。在边界的路上，一些盗匪受到十字军骑士团的保护和支持，因此往往有许多旅客和边界居民落在这些杀人犯的手里。但是这两个年轻骑士却不怕盗匪的袭击，因为他们除了马夫，还带着几十个徒步的和骑马的武装仆从。他们平安地到达了普洛茨克。在大约离城一英里远的地方，他们遇见了一个意想不到的人。

他们是在驿馆里遇见这人的，不是别人，正是托里马，比他们早一天到普洛茨克。事情是这样的：托里马曾经把一部分赎金隐藏了起来，卢波伐的分团长知道后，便立即把托里马老头押回勃洛特涅茨城堡，并且强迫他指出藏钱的地方。托里马便利用这个机会逃出来了。这两位骑士听到他这么容易就逃了出来，表示诧异，老头儿就向他们解释道：

“这都是因为他们贪心不足的缘故。那个分团长不肯多派卫队监视我，因为他想瞒住那笔钱，不让大家知道。只派了两个人护送我，我趁他们不注意，就到了普洛茨克了。”托里马接着说道，“藏起来的赎金我已经取回来，交给你的侍从了，他现在就在城堡里。”

“我的侍从在普洛茨克吗？”兹贝什科很惊奇地问。

“齐格菲里特自杀之后，他曾和那位住在斯佩霍夫的小姐一起到这里来过。她现在是王妃的宫女了。”

因为一直以来都为丹露霞的事情操心，现在兹贝什科才记起，当初曾打发捷克人先带齐格菲里特走。一想到这情景，心里就充满了痛苦和愤恨。

“不错!”他说:“但是那个同他在一起的刽子手在哪里呢?”

“难道卡列勃神甫没有告诉您，齐格菲里特自己吊死了吗?”

沉默了一会儿。

“侍从告诉我，”托里马继续说，“他正要上您这儿来，可是半路上那位小姐病了，他不得不照料她。”

兹贝什科刚摆脱悲哀的回忆，像一个大梦初醒的人似的，问道:

“哪一位小姐?”

“就是那位小姐，”老头儿答道，“您的妹妹，要不就是亲戚，她扮成一个侍从，和马奇科骑士一起到斯佩霍夫来了。是她发现了我们老爷的，当时他正一路瞎走瞎摸呢。要不是她，老爷根本就回不来。我们的老爷从此以后就非常爱她，把她看成自己的女儿。除了卡列勃神甫，只有她才懂得他的心意。”这个年轻的骑士惊奇得睁大了眼睛。

“卡列勃神甫并没有告诉我什么小姐的事，我也没有什么女亲戚。那位小姐叫什么名字?”

“他们管她叫雅金卡。”

兹贝什科觉得仿佛是一场梦。她究竟为什么来呢?他知道这位小姐很喜欢他，但是他当时就告诉了她，他结过婚了。因此他觉得马奇科把她带到这来，是存心要让她嫁给他的。于是他让托里马把事情再讲一遍。

可是，托里马在这件事上实在谈不出什么名堂来。他立即到城堡去找捷克人，太阳还没有落山就同他一起回来了。捷克人快活地向他的少主人施了礼，捷克人花了好大一会儿工夫，讲完了这一段悲哀的经过。

“我是路过这里到马耳博克去的，你知道我叔叔被俘的事吧，我是去赎他的。”

“我知道。”捷克人回答，“您做得对，少爷。我本来自己想骑马赶到斯佩霍夫去劝您到普洛茨克走一趟的。国王就要和大团长谈判了，这是个好机会。”

“刚才托里马告诉我,你本来想上我这里来,只是雅金卡的病把你耽搁了。我觉得很奇怪,叔叔为了什么原因要带她一起来?”

“原因很多。您的叔叔不愿意让她无依无靠地留在兹戈热利策,怕维尔克和奇坦欺负小姐。而且修道院院长也死了,把他的财产都留给了小姐。这份产业是由这里的主教照管的。因此马奇科骑士把小姐带到普洛茨克来了。”

“可是他为什么又把她带到斯佩霍夫呢?”

“他带她到那里去,是因为当时主教和王妃都不在普洛茨克,否则她就无处可去了。若不是小姐,我们就会错过尤兰德老骑士。这完全是上帝的安排。”

于是捷克人将后来的事情都讲了出来,兹贝什科十分感动。

“愿上帝赐她健康!”他最后说,“那你为什么一点也没有向我谈起过她。”

“我觉得好像讲起过的,只怕您当时心里尽在想别的事吧。”

“你曾说起过尤兰德回来了,但是你根本没有提起过雅金卡。”

“啊,不会是您一时记不起吧? 也许马奇科骑士以为我告诉过您,我却以为他告诉过您,就这样造成阴差阳错。”这些都是以前的事情了,捷克人又说:“幸而小姐本人在这里,因为她能够帮助马奇科骑士。”

“她有什么办法可想呢?”

“这里的王妃非常喜欢她,只要王妃替她求情。十字军骑士不会不答应她的要求的。”

“雅金卡很爱马奇科叔叔,”兹贝什科说,“我相信她一定会为他求情的。”

“这是一定的! 少爷,我们还是现在就到城堡去,去和她商量商量,该说些什么吧。”

“德劳许和我都打算到城堡去一趟。”兹贝什科回答,“我就是为此而来的。我打理一下,穿戴得体面一点就去。”

两位年轻的骑士就打扮起来,准备参加城堡的夜宴。捷克人继续把国王和王公宫殿上的种种事情都告诉了他们。

“十字军骑士企图陷害维托尔德王公,”他说,“他们知道,只要他活着，十字军骑士就没好日子过。他们四处在暗中陷害他，已经煽动了这里的王公和王妃反对他。在他们的诡计之下，雅努什王公也不大赞成他了。”

“那雅努什王公和安娜王妃也都在这里吗？”

“当然！他们两位都在这里，”捷克人回答，“他们有许许多多事情要同十字军骑士团打交道哩，打算当着国王的面，向十字军骑士团的大团长指控骑士团许多暴行。”

“国王站在哪一边呢？他真的会和十字军骑士团和解吗？”

“国王不喜欢十字军骑士团。据说他早说过要和他们作战了……至于维托尔德王公。国王非常喜欢他……因此，国王周围的骑士们都说，国王绝不会反对维托尔德……”

两位骑士打扮得衣冠楚楚，到城堡去了。兹贝什科认得他们许多人。一看到波伐瓦，兹贝什科特别高兴，因为他记起了这位著名的骑士过去在克拉科夫对他多么热心。这时波伐瓦看到兹贝什科了，他走到他跟前。

“我认识您，年轻人。”他说，一面紧握着他的手，“您好吗，什么时候来的？了不得！我看出您已经束着骑士腰带和戴着踢马刺了。多少人盼着这两样东西要一直盼到老。”

“上帝赐您鸿运，高贵的骑士！”兹贝什科回答，“即使我把最有名的德意志人打下马来，也比不上看见您身体健康那么快乐。”

“我也很高兴看见您。您的父亲在哪里？”

“他不是我的父亲，是我的叔叔。十字军骑士把他俘虏去了，我正要去赎他。”

“还有那个把面纱罩在您脸上的小宫女呢？”

兹贝什科没有回答，只是抬起泪水盈盈的眼睛，朝天望着。老人看到他流泪，说道：

“悲惨的命运……真正是悲惨的命运！我们坐到板凳上去，把您悲哀的经历说给我听听吧。”

他把年轻的骑士领到庭院角落里，并排坐了下来，兹贝什科就把尤兰德的不幸，丹露霞被绑走，他自己找寻她的经过，以及如何救了她、她又如何死了的种种情形，都告诉了波伐瓦。波伐瓦听得十分出神。他一会儿惊异不止，一会儿愤怒无比，一会儿含着怜悯。最后兹贝什科讲完了，他说：

“我一定要把这一切都告诉国王，我们的君主。让国王替我讨回公道。”

他想了一下，又说：“那帮强盗真是贪得无厌，比土耳其人和鞑靼人还要坏！大团长发信向外国朝廷攻击国王，却在国王面前奉承巴结，他比别人更知道我们的力量强。”

他沉默了一会儿，然后把手按在兹贝什科的肩上。

“我一定去告诉国王，”他又说了一遍。“您放心，那些害您的人，一定会得到惩罚的。”

“可是那些人现在都死了。”兹贝什科说。

波伐瓦亲切地望着他。

“但是，我必须先赎出我的叔叔来。”

“您可不必担心。只要国王或者这里的王公说一句话，大团长就不会在赎金问题上讨价还价了。”

“况且我有一个重要的俘虏，一位骑士，叫做德劳许，他很有钱，很有声名，在他们那里也很有势力。德劳许骑士很想和您结识。”

他向德劳许招招手，德劳许急忙走上前来，脸涨得绯红，因为他非常想认识像波伐瓦这样一位著名的骑士。

当兹贝什科把他介绍给波伐瓦的时候，这位文雅的骑士非常潇洒地鞠了一躬，说道：

“和您握手是一种很大的光荣，如果还有什么更大的光荣，那无非是能在战争中和您战斗，或在比武场上向您挑战。”

老骑士笑了，他在身材矮小的德劳许面前显得像一座大山。他答道：

“我很高兴和您在愉快的比武场上会面，上帝保佑我们不在别的场合会面。”

德劳许迟疑了一会，然后带着一种羞怯的神情答道：

“高贵的骑士，如果您高兴的话，只要您声明一下，德鲁戈拉斯的阿格尼斯卡小姐不是世界上最美丽的和最有德行的夫人……那么我将非常荣幸……和您决斗，并且向您……”

他没有说下去，只是直望着波伐瓦的眼睛，以钦佩甚至赞赏的神情，同时又是敏锐而细心地估量着这个人的体力。

但是波伐瓦，突然哈哈大笑起来，说道：

“瞧！我曾经选择勃艮第的王妃作为我心目中的情人。那时候她比我大十岁。如果您，骑士，愿意声称我的王妃不比您的情人阿格尼斯卡老的话，那我们就必须跨上我们的战马了……”

德劳许听了这话，也纵情大笑起来，这当儿波伐瓦却弯下身子，一把抱住德劳许，突然把他举了起来，像摇一个婴孩那么轻易地把他摇来摇去。

“和平！和平！”他说，“……您成功了，骑士，向上帝发誓，我们不必为了任何女人而决斗啦！”

然后他把他搂在怀里，放在地上。就在这时，庭院的大门口号角响了，普洛茨克的齐叶莫维特王公和他的妻子进来了。

“我们走吧！”波伐瓦说。

他挽了兹贝什科的手，领他穿过庭院。

因为要觐见国王，全体人员都装扮得很漂亮，使得整个院落光辉灿烂，有如百花齐放。

兹贝什科和波伐瓦一起走着，兹贝什科老远就望着那些人的脸，想要寻找什么熟人，但他突然惊奇地站住了。

在安娜王妃身边，他确实看到了一个熟悉的身段和熟悉的脸庞，显得那么端庄，那么美丽，那么高贵，弄得他简直不相信自己的眼睛了。

“那是雅金卡呢，还是哪一位王公的女儿？”

一点不错，那就是雅金卡。当他们的目光聚焦在一起的时候，她对他微笑了一下，笑容里交织着友爱和怜悯，接着她低下头来站在那里，乌黑的头发上扎了一根金色的头带，亭亭玉立，看上去不仅像一位郡主，简直像一位真正的女王。

第二十三章 重 逢

情节简介

在宴会上，兹贝什科见到了安娜王妃，这次王妃同样要求年轻骑士为自己服务，只是旁边少了丹露霞。兹戈热利策的雅金卡成为了宴会上骑士们瞩目的对象，她美丽、典雅、大方的气质深深地感染了大家，似乎又一次开启了兹贝什科的心，他不由自主地向女孩儿望去……

兹贝什科向普洛茨克的王妃请过安，王妃起初并没有认出这个年轻的骑士来，当兹贝什科报了姓名之后，她才向他说：

"啊，我还当您是国王的侍从呢。原来您是博格丹涅茨的兹贝什科！可不是！您的叔叔，博格丹涅茨的那个老骑士，曾经做过我们的客人，我记得当他把你们的遭遇告诉我们的时候，我们都泪如泉涌。"

"您找到了您的夫人了吗？她现在在哪里？"

"她死了，最仁慈的王妃……"

"啊，耶稣！别告诉我这种消息，我非常伤心，要哭出来了，她一定到了天堂，而您还年轻。伟大的上帝！您叔叔和您一起来了吗？"

"没有，他现在成了十字军骑士手中的俘虏了，我正要去赎他。"

"啊，他也运气不好，您打算怎样赎他呢？"

"仁慈的王妃，我是专程来恳求您为我叔叔求情的。"

"好吧，那明天早晨在我们去打猎之前来吧。那时候我有空……"

这时候号角声和鼓声响起，雅努什王公夫妇也来了，安娜王妃立即看见了这个年轻的骑士，就走到他跟前来，也忘记了向执政官的鞠躬。

一看见安娜王妃，兹贝什科的心又碎了。他跪在她面前，默默地抱住了她的双膝。她俯身向着他，泪水不断地掉在他金色的头发上，她竟哭了很久，一声声喊着："哦，耶稣，慈悲的耶稣！"然后扶起兹贝什科，说道：

"我为她痛哭，为我自己亲爱的丹露霞痛哭，也为你痛哭。快把她和她死的情况告诉我吧。我很想听听。"

于是她把他拉到一边去。那些不认识兹贝什科、也不知道他遭遇的客人就彼此探问起他的不幸遭遇来。

这时号角声吹得更响了，国王进来了，后面跟着格涅兹诺的主教，克拉科夫的主教，普洛茨克的主教，克拉科夫的总督，另外还有许多大臣和宫廷侍从。

自从兹贝什科在克拉科夫见过国王以来，国王没有多大的改变。唯一的不同是国王更有威仪了，举止更加庄严了，两位王公和王妃都随侍在他左右。跪在前面的是邀请来的几位德意志使者，周围是大臣和宫廷贵族。

等到喧嚣声平静下来，十字军骑士团的使者封温顿才谈起骑士团的事，但国王一听出他话里的含意，就不耐烦地大声说道：

"别说啦！我们到这里是来吃喝作乐的，不是听您申诉你们的权利的。"

可是为了不想叫十字军骑士以为他在对他发怒，他又温和地笑了笑，补充说："到了拉仲扎，会有足够的时间和团长谈骑士团的事。"

然后他向齐叶莫维特王公说道：

"我们明天到森林里打猎去吗？"

在场的人都容光焕发，大家都知道，谈起打猎的事来，国王又高兴又仁慈。

兹贝什科很想走上前去向国王表示敬意，但是人那么拥挤，走不过去。就在这时，一只手碰了一下兹贝什科的手臂，一个忧郁而柔和的声音在他身旁叫道：

"兹贝什科！"

年轻的骑士转过头去，看见雅金卡在他面前。

"兹贝什科，"她又叫了一声，"愿上帝和我们至上的圣母安慰您！"

"愿上帝报答您的好心！"年轻的骑士回答，他感激地注视着她那双浸着泪水的蓝眼睛。接着两人都默默无语——对他来说，虽然雅金卡在他跟前，就像个和蔼可亲的妹妹，然而看到她那王后似的姿态和服饰，一下子竟不敢跟她说话了。

这时庭院里突然骚动起来，国王坐下就餐了。安娜王妃走到兹贝什科身旁，要他像从前在克拉科夫时一样侍奉她。

于是他就站在王妃的椅子后面，上菜换盆、拿水拿酒。他一面忙于侍候，一面还是不由自主地时时看雅金卡一眼。雅金卡作为普洛茨克王妃的宫女，坐在王妃旁边，他禁不住赞赏这姑娘的美貌。最近几年来，雅金卡长大了不少。以前就像一个森林里的野丫头，而如今一眼看上去，就像一位出身名门的小姐。兹贝什科不住地看，一会儿看看那扎在她雪白的额角和乌黑的辫子上的头带以及垂在背后的两条辫子，一会儿看看那非常合身的天蓝色衣服，那紫色的镶边衬托出了她那优美的身段。他心里说："真是一个公主。"

他也看到许多年轻和年老的骑士们都贪婪地瞟着雅金卡。有一次，他突然看到德劳许在看她，看得心醉神迷。兹贝什科看见这情形，就生起气来。

然而兹贝什科之所以被雅金卡吸引住了，是因为她像是他的亲人，因为她那样满怀着同情的心。那天晚上，两位王妃和宫女们都很早就离开了国王的筵席。只有两位王公和骑士们喝到深夜，不肯退席。雅金卡拿着王妃坐的垫子，犹豫了一会儿也走了，到了门口，她笑着向兹贝什科点点头。

直到天快要亮，这两位年轻的骑士——兹贝什科和德劳许，才各自带着侍从，回到客店。

默默无言地走了一会儿，快到客店门口时，德劳许和他的侍从说了几句话，那人会讲波兰话，立即向兹贝什科说道：

"我的骑士想要问您一些事。"

"说吧！"兹贝什科回答。

"我的骑士想问您，刚才宴会开始前和您交谈的那位小姐是个凡人，还是个天仙或是个圣徒？"

"告诉你的主人，"兹贝什科有些不耐烦地回答，"告诉你的主人，他这话早已经问过我了，叫我听得有点奇怪了。这是怎么回事呢？他在斯佩霍夫告诉过我，他更欢喜美丽的立陶宛姑娘。后来他又看上好几个姑娘，请问他的忠贞和骑士的信用在哪里呢？”

德劳许听后，深深叹了口气，向着发白的夜空看了一眼，说：

“您说得对，我是一个有罪的人，不配戴骑士的踢马刺。说到阿格尼斯卡小姐，我确实向她起过誓，愿上帝允许我继续保持这誓约。但是等我把她在崔尔斯克城堡多么残酷地对待我的经过告诉您，您也会愤慨的。”

他又叹息了一声，再一次望着天空，等到波玛查人译完了他的话，又继续说下去：

“她告诉我，她有一个敌人，住在森林深处的一个塔楼里，每年派一条龙来害她，我一听见这话，就决定同这条龙战斗。我到了约定的地点，看到一个可怕的、一动也不动的怪物在等着我。可是等我走近，用矛向那怪物刺去，您知道我看见了什么？原来是一只大草袋，我不但没有赢得声名，反而成了人们的笑柄。结果是我向两个马佐夫舍骑士挑战，要他们上比武场去比武，他们在决斗中狠狠地揍了我一顿。我吃了这个亏，只为的是我崇拜我那个唯一的心上人。而她就这样对待我。”

那侍从翻译完这骑士的故事后，兹贝什科并没有笑，他严肃地答道：

“也许那确实是个玩笑，但并非出于恶意！”

“因此我才宽恕了她。”德劳许回答。

“时间不早了，早点休息吧！明天还要去猎场呢。”兹贝什科忧伤地说。

他们第二天一早就去了，在路上雅努什王公遇见了他们，吩咐他们加入他的侍卫队，一块儿去打猎。在进入森林的路上，兹贝什科又找到了一个机会和雅努什王公谈话，王公告诉了他一些好消息。

“我趁着国王正要去就寝的时候，”他说，“向他提到了您和您在克拉科夫的遭遇。波伐瓦骑士也在场，他把您叔叔被十字军骑士俘虏的事告诉了国王，恳求国王过问过问您叔叔的事。国王本来对于他们的暴行非常愤怒，一听这话，更加暴跳如雷。今天早晨，骑士团的使者跪下来的时候，国王看都不看他们一眼。啊！现在国王不会答应他们不帮助维托尔德公爵了，这可叫他们走投无路啦。您放心好了，关于您叔叔的问题，国王不会放松对大团长本人施加压力的。”

兹贝什科听了这个消息大为高兴。后来在打猎回来的路上，雅金卡竭尽全力和兹贝什科并骑而行。雅金卡早已从捷克人那里知道了马奇科的事。她迫不及待地去恳求王妃，从她那里拿到了一封给大团长的信。另外王妃还要求托伦的分团长，在写给大团长的信中写明这件事，后来他们答应会放了马奇科。

“为了不耽搁时间，我已经办好了一切我办得到的事。”雅金卡最后说道。

“如果对方不是背信弃义的人。”兹贝什科回答，“那我只要去把他赎出来就是了。只要我活着，我终身都感激您。”

雅金卡用她那双忧愁而美丽的眼睛望着他，问道：

“你为什么不把我当作一个从小在一块儿长大的朋友看待，用‘你’字称呼我呢？”

“我不知道。”他坦白地回答，“您也不是过去那个小姑娘了，而且……好像……有些完全……”

他找不出适当的比喻，还是雅金卡插进来帮了他的忙：

“因为我大了几岁——而且德意志人还在西里西亚害死了我的父亲。”

“愿上帝赐予他光荣！”兹贝什科答道。

他们骑着马在一起走了一会儿，默默无语，后来她又问：

“你赎出了马奇科以后，还留在这里吗？”

兹贝什科惊奇地望着她，因为直到现在，因为沮丧和悲伤，还没有想到过将来的事。他抬起眼睛思索了一会儿，答道：

“慈悲的耶稣，我不知道！我去赎出我的叔叔以后，大概要到维托尔德那里去打十字军骑士，去执行我许下的诺言。也许我会就此丧命！”

这位年轻小姐泪眼汪汪，接着身子微侧，向着兹贝什科低声细语地恳求道：

“别死！不，别死！”

他们又停止说话了，一直走到城墙跟前，兹贝什科才说道：

“可您……可你——你会留在这里的宫里吗？”

“不，”她回答，“离开了我的兄弟和兹戈热利策，我感到很寂寞。奇坦和维尔克一定已经结婚了。即使他们没有结婚，我也不怕他们了。”

“马奇科叔叔会送你回家去的。他是你真正的朋友，你什么事都可以信任他。你也别忘了他……”

“我向上帝起誓，我一定像他的亲生女儿一样对待他。”说着，禁不住泪水直流，伤心极了。

波伐瓦第二天到客店来找兹贝什科，告诉他说：“国王很快要到拉仲扎去会见大团长，您已经列入国王的骑士队和我们一起动身。”

兹贝什科听到这个好消息，喜出望外，因为他觉得自己似乎被列入了有名的骑士队伍中。他甚至忘了悲哀，紧握着波伐瓦的双手，快活地喊道：

“我的一切都得感谢您，波伐瓦骑士，感谢您！是的，感谢您！”

“一部分归功于我，”波伐瓦回答，“一部分归功于这里的王妃，不过主要的还得感谢我们最仁慈的君主，您必须立即去见他，俯伏在他脚下。”

“我甘愿为他赴汤蹈火，我敢向上帝发誓！”兹贝什科喊道。

第二十四章 谈 判

情节简介

国王和十字军骑士的会谈开始了，但并没有什么实质性的结果。唯一确定的就是两方互相交换俘虏。兹贝什科作为使者很荣幸地和另外两名骑士波伐瓦、盛特拉姆一起去了十字军骑士的马耳博克的城堡，为了炫耀自己的实力，十字军骑士不停地给三位骑士讲述城堡里的房屋、堡垒、马房、仓库等。到底十字军骑士的实力有这么强吗？也许只有等到实战才能见分晓。

国王到仲扎去和大团长举行会谈，结果很不顺利，国王到了那里，提起十字军骑士团在各朝廷诽谤他，尤其恨他们的狡诈。但是大团长表示不愿意谈这方面的事情，反而对时母德问题大谈特谈。

“我们不愿意和您，也不愿意和立陶宛作战，可时母德是我们的，是维托尔德亲自给了我们的。如果国王是真正的君主，就命令维托尔德停止战争，把时母德归还给骑士团，”

这一场纠缠不清的争论从早上继续到晚上，一直没有谈出结果。

国王越来越焦躁，便对大团长说：“如果时母德人民在十字军骑士团统治下过得很幸福的话，维托尔德甚至碰都不会碰骑士团一下，因为他怎么找得到借口或理由呢。”

大团长一听国王有些生气，所以也就不再说什么。但是这些最重大的事件都谈判破裂了。

第二天，他们准备谈一些次要的事情。

国王生气地说：“你们支持匪帮，抢劫，还劫走了尤兰德父女和克列特科瓦的小雅锡克，杀害农民和渔夫。”

大团长却说：“我凭上帝的面发誓，这些事我一无所知。只是你们的骑士却帮助异教的时母德人来反对十字军骑士团。”

和前一天一样，双方就这样无休止地争吵了下去。

为了缓解气氛，国王和大团长就谈起了交换俘虏的事，经过一系列的讨论，双方决定都派出使者去接收俘虏。波兰人方面指定的是玛希科维支的盛特拉姆，他原来就很想去仔细观察一下十字军骑士团的实力，此外还有骑士波伐瓦和博格丹涅茨的兹贝什科。

兹贝什科很感谢雅蒙脱王公帮他的忙，因为雅蒙脱王公为他向国王进言，说兹贝什科到那里，可以一下子就认出他的叔父，把他带回来。国王很喜欢这位王公，因为他不仅长得英俊，人也很和善。

“谁也不会嫉妒您和国王的关系，”兹贝什科说，“因为您运用了您和国王的亲密关系，维护了大家的利益，谁都没有像您这样心地善良。”

“我做了国王的随从，固然心满意足，可是我更愿意到战场上去和十字军骑士交锋。您已经同他们交过锋了，真叫我羡慕。”

停了一会儿，他又说：

“今天晚上你们就要和大团长以及他的侍卫队上他那里去。”

“到马耳博克吗？”

“是的。”

这时雅蒙脱王公笑了起来。

“路程不远，不过对他们来说，却很不好受。德意志从国王这里什么也没有得到，从维托尔德那里也不会得到什么安慰的。也许他正在集中立陶宛的全部力量，向时母德进军呢。”

“要是国王帮助他，那就要有一场大战了。”

“我们所有的骑士都在这样祈求上帝。虽然国王不愿意让上帝教徒流血，他却会用粮食和金钱接济维托尔德。”

“不错，千真万确！”兹贝什科回答，“但骑士团那边却会因此而向国王宣战的。”

“哦，不！”王公回答，“只要他们现在的大团长活着，就不会发生战争。”

他说得对，大团长一点也不想打仗。

在去马耳博克的路上，兹贝什科和波伐瓦一起，经常在大团长身边，也越来越了解他。兹贝什科相信大团长康拉德不是个坏人，心地也不坏。虽然他也常常横行霸道，但也是不得已。他并不是个残酷的人，他害怕上帝的裁判，也经常制止骑士团那些傲慢和贪婪的高级修士，因为这些人一心想要向雅盖沃宣战。可是大团长是一个柔弱的人，一点也不想和雅盖沃打仗。

大团长的头发已经灰白，兹贝什科甚至一次也没有看见他的笑容，但他的脸色并不严峻。他胸前悬着十字架、披着一件白色大斗篷，显得威严、气派，却带着几分忧郁。

就这样，大团长带着他的侍从们和波兰骑士们经过赫尔漠，沿着坚硬的道路，向格鲁佳走去。他们在格鲁佳待了一天一夜，因为大团长在这里要处理十字军骑士、执行官和当地贵族地主之间有关捕鱼的事件。而后，他们从这里坐船向马耳博克驶去。三个波兰骑士一直都在大团长身边，大团长很想知道盛特拉姆看到十字军骑士团的实力后会有什么印象。因为他知道盛特拉姆不仅是一个强悍的骑士，也是一个战争经验异常丰富的战士，他对国王的作用很大，很多事情要取决于他。所以大团长认为，如果能把骑士团的财富和军力向他显示一番，给他来个下马威，也许战争可以拖延一个很长的时期。

任何波兰人一看见马耳博克，就会寒心。因为那个要塞，包括上中下三座城堡，可说是世界上独一无二的。

过了一会儿，船靠近了，他们看到了上城堡中的教堂那种闪闪发亮的屋顶和大城墙。这些高墙只有一部分墙上的砖头没有涂色，但大都是涂了一层淡灰色，那种宏伟的气概实在是波兰骑士见所未见的。那房屋看上去好像是一座叠一座，仿佛堆成了一座大山，它的顶峰就是老城堡，连大团长那张本来郁郁寡欢的面孔也顿时开朗起来了。

“马耳博克是泥做的！”大团长说，一面转向盛特拉姆，“可是那种泥不是人间力量所毁得了的。”

盛特拉姆没有回答，只是默默地看着所有的塔楼和宏伟的城墙，城墙都筑有巨大的城垛。

沉默了一会儿，康拉德又说：

“骑士，您对这座要塞有何观感?”

“我觉得这是一座不可攻克的要塞。”这个波兰骑士仿佛沉思似的答道，“不过……”

“不过怎么？您发现它有什么缺点吗?”

“不过，每座要塞都可以换君主的。”

大团长听了，眉头一皱。

“您为什么会这样想呢，请问?”

“上帝的裁判和决定是人眼所看不到的。”

于是他又沉思地望着城墙。这时候赫拉瓦把盛特拉姆得体的回答翻译给兹贝什科听了，兹贝什科惊奇而感激地望着他。

大团长因为不愿意波兰骑士占上风，又说：

“据说我们的马耳博克比瓦威尔大五倍。”

“那里因为是建在山上，本来地方就小。但是我们的教堂比你们的大三倍。”他指着城堡的小教堂。

话题这样转变，大团长又感到不满意了。

“您的回答虽然机敏，却很奇怪。”他说。

这时候他们到达目的地了。十字军骑士团精选的警卫已经再次恭候，大团长骑上马，由侍卫队簇拥着到了镇上，穿过鞋匠门，沿着塔楼，来到城堡前面。在大门旁，大团长受到了分团长海尔丰斯坦的欢迎，他只是暂时代理这个职位，接着医院骑士团大团长等一些骑士团的高官，另外还有一些修士以及结婚的修士等。总之迎接的队伍十分庞大。

大团长下了马，立即转向海尔丰斯坦问道：

“威纳那里有什么消息吗?”

威纳是十字军骑士的大元帅，他正在远征时母德人和维托尔德王公。

“没有什么重要的消息，”海尔丰斯坦回答，“但是有些损失。那些野蛮人放火烧掉了拉格纳蒂附近的村子和其他城堡附近的镇市。”

“只要有一次大的战役，就可以粉碎他们。”大团长回答。

于是他抬起眼睛，嘴唇嚅动，为骑士团士兵们的胜利祈祷了一会。

然后他指着三个波兰骑士说道：

“这几位是波兰国王的使者，玛希科维支的骑士、塔切夫的骑士和博格丹涅茨的骑士，他们是来和我们交换俘虏的。安排下去给他们准备房舍，按照礼节，好好接待他们。”

修士们听了这话，都好奇地望着三位使者，尤其是波伐瓦，他是一名顶顶有名的骑士，德意志骑士们一看到他那魁伟的身材和高大的战马，都吃了一惊，就像大象一样。

有些骑士也认得兹贝什科，因为他曾经在马耳博克的比武场上战斗过。这些人都很亲切地招呼了兹贝什科。他们记得他和大团长的兄弟乌尔里西之间的友谊。但他们最不注意的那个将来注定要给骑士团以最可怕打击的人，这人就是盛特拉姆，因为他下马的时候，由于他身材特殊，看来像是一个驼背。他两臂过长，两腿却是短短的，膝盖有点向内弯，引起了骑士团中一些年轻修士的讥笑。

这时候城堡的分团长已经把客人们带到了小院落，这个分团长领他们在坚固的城墙中走了一会儿，这个带路人甚至不用人家请求，就非常迫切地要把所有建筑物都指给客人们看，仿佛他急于想使他们把一切都看个真切。

“您看左面的那座大屋就是我们的马房。我们是贫穷的修士，但是老百姓告诉我们，在别的地方，连骑士都住不到这种马房的。”

“老百姓不会认为你们是贫穷的，”波伐瓦回答，“但是在这所建筑物里，除了马房之外，必定还有别的东西，因为这建筑物很高，你们总不会牵马上楼去吧。”

“下面是马房，共有四百匹马，上面是仓库，储藏了够十年用的粮食。这里是绝不会被困住的，但如果万一被围，我们绝不会挨饿。”，

说着话，他领他们向右边走去，又经过了两座塔楼之间的桥，进了另一个大院落。

这个德意志人说：“从这里向北，感谢上帝，是攻不破的。但这还不过是护城堡，跟我现在要领你们去看的中城堡简直不能相比，上城堡就更不必说了。”

这个德意志人走到哪儿就喋喋不休地介绍，似乎连上帝也无法将这个城堡摧毁。

盛特拉姆看到这一切后，脸色变得阴沉，他不禁想起了十字军骑士团曾经威胁国王卡其米日的几句傲慢的话：

“我们比你们强，但如果你不让步，我们就会拿起剑来，把你们赶到克拉科夫去。”

这时候城堡的分团长把这三位骑士领到了专门为他们准备好的房间去了。

第二十五章　骑士团的奢华

情节简介

兹贝什科到监狱去看叔叔，年轻人发现叔叔生病了，原来的一处伤口也发作了。但兹贝什科的到来似乎是一剂良药，再加上充分的休息，老人的身体状况也好了很多。这时，和兹贝什科同行的两个使者来看望老骑士后，大家便一起去了十字军骑士准备的夜宴，这些波兰骑士看到十字军骑士的极度奢华不禁大为惊叹，一场金子与铁的战争仿佛将要来临……

马奇科和兹贝什科彼此紧紧地拥抱了很久。最近的遭遇和共同的不幸使两人的感情更加深厚了。老骑士一看到他的侄儿，就猜想丹露霞已经不在人世，因此也没有再问，只是把年轻人紧压在心口。

他们流了许多伤心的眼泪，默默地待了好久。然后马奇科问道：

“是他们又把她从你手里抢走了，还是她在你怀里去世了？”

“她死在我怀里，那时候我们已经快到斯佩霍夫了。”年轻的骑士回答。

他把一切的经过情形都告诉了叔叔，他悲痛的叙述常常被自己的泪水和叹息所打断。马奇科一边仔细听，一边叹息。最后他又问：

“尤兰德还活着吗？”

“我离开的时候尤兰德还活着，但他活不长了。我相信我再也见不到他了。”

“你留在那里不是更好吗？”

“我怎么能把您丢在这里呢？”

“早一两个礼拜，迟一两个礼拜，反正都是一样。”

兹贝什科留神地望着他，说：

“您是不是生病了?”

“这地牢里又湿又冷,我的创伤复发了,就是那个伤口,你知道的。”

“我记得,”兹贝什科说,“那些狗东西就把您关在这个地牢里,可不是吗!”

马奇科点点头,回答道:

“要不是事情闹得很大的话,我早就倒了大霉了,因为他们痛恨维托尔德和时母德人,尤其因为我们曾经帮助过他们。他们没有砍我头,就是为了赎金。你知道,对他们来说,钱比报仇更称心。”

这时候马奇科有些喘不过气来,话也说不出来了,等他透过气来之后,继续说:

“我本来会死在牢狱里的,但是安诺德为我力争,当然是为了赎金,可是他在十字军骑士中间毫无威信,幸好德劳许听到了我的消息,他和他们吵得很厉害。他告诉他们,他是你的俘虏,如果杀了我,他也就没命了,到时候,后果不堪设想。德意志人害怕了,就把我送进医院,多亏了他。”

“我不会要德劳许一分赎金,我向上帝发誓!”

“我愿意拿敌人的钱,可不愿意拿朋友的钱。”马奇科说,“我听说他们已与国王约定交换俘虏,因此你就不必为我出什么钱了。”

“哪里的话!那我们骑士的荣誉到哪里去了?”兹贝什科嚷道,“协定是协定,我们不能让安诺德把丑名加在我们身上。”

马奇科听了这话,心里感到不愉快,他想了一会儿,说道:

“但是你可以同他讲讲价钱呀。”

“价钱是我们自己定的。难道现在我们跌了身价了吗?”

马奇科更加沮丧了,但是眼里却流露出一种赞美之情。

“他多么爱护自己的荣誉啊!这是他的天性!”他自己喃喃地说。

“唉!钱我们有的是,可是我们的命太苦。”兹贝什科说道。

“一切都会变化的!”老骑士激动地说,“我也不会活太久了。”

“别那么说,您会好起来的!”

“如果你快乐了,我就会笑。可是我愁的不是因为这个。”

“是什么原因?”兹贝什科问道。

“我们这些骑士的手都在发痒,想要尽快地去攻打德意志人,但是他们不知道所有民族和所有国王都会帮助十字军骑士，因为骑士团比我们有更多的钱，他们训练更好，城堡更牢固，兵器更出色。在我们国家也一样，人们都谈着大战必定会发生，看来大战的确会发生的。但是万一战争真的发生了，愿上帝可怜可怜我们的王国和我们的民族吧！”

马奇科双手支住白发苍苍的头，两肘搁在膝盖上，一言不发。

兹贝什科说：

“您瞧！在个对个的决斗中，我们有许多人比他们强。如果十字军骑士一旦力量足够的话，战争就一定会发生。”

兹贝什科为自己的不幸和人民的灾难而悲哀得垂下了头，他又想起了丹露霞。于是他低着头，咬手指，竭力要忍住失望的眼泪。

“孩子！看在上帝的分上，安静下来吧。”马奇科喊道。“你这样做有什么好处呢？克制一下吧，别哭了……”

马奇科因为身体还是很虚弱，竟摇摇晃晃跌倒在板凳上，晕了过去。兹贝什科顿时清醒过来，把叔叔安顿在床上，给他喝了点葡萄酒，看着老骑士睡熟。

第二天，马奇科醒得很迟。由于有了足够的休息，精神十分振作。

“唔，”马奇科说，“看来我的死期还没有到。”

“使者们还要待几天，”兹贝什科回答，“但是我们什么时候都可以动身。”

正在这时，赫拉瓦进来了。

“你知道另外两位使者现在在做什么？”马奇科问。

“他们正在参观上城堡和教堂。然后，他们还要到大饭厅去用餐，大团长也请您一起去。”赫拉瓦回答。

“你早上到现在干了些什么？”

“我看了看队长们操练士兵。”

“那么你觉得怎样？”

“十字军骑士团的步兵很好，训练得也很好，但是他们像牛，而我们捷克的士兵是狼。如果发生战争的话，那么您就可以看到牛不会吃狼，狼却非常喜欢牛肉。”

“不错！”马奇科说，“谁要是碰上了你们的人，就没有退路了。对了，赫拉瓦。等我吃饱了,我们今天就动身。”

“上哪儿去?”捷克人问。

“到斯佩霍夫去。”兹贝什科回答。

“我们要待在那里吗?”

马奇科以询问的目光望着兹贝什科。兹贝什科对于自己未来的住所也许已经有了主意,但是他不愿意使他叔叔伤心,所以他就转移话题,说道:

“您先得把身体养好!”

“然后呢?”

“然后您回到博格丹涅茨去。我知道您是多么喜欢那儿。”

“那么你呢?”

“我也喜欢。”

“我并不是不让你到尤兰德那里去,”马奇科慢吞吞地说,“因为万一他死了,你应该把他体体面面地安葬。但是你听我说,你还年轻,你的见识还不能和我相比。斯佩霍夫是个不祥之地。你在斯佩霍夫不会得到幸福,你在那里只有忧伤、困苦和悲痛。”

“您说得对。”兹贝什科说,“但是那里有亲爱的丹露霞的遗体。”

马奇科怕又会引起一种悲痛,便说道:

“别说了!”

可是兹贝什科脸上显露出悲哀和忧伤的神情。

“我们以后有时间商量的,”兹贝什科说,“您可以在普洛茨克休养一下。”

“对!在那里,老骑士要什么有什么。”赫拉瓦插嘴道。

“不错!”兹贝什科说,“雅金卡也在那里,她是齐叶莫维特王妃的宫女。唔,当然,您知道,是您自己把她带到那里去的。她很爱您,会照顾好您的。”

“世上没有比她更好的姑娘了。愿上帝赐福给她。”马奇科说。

盛特拉姆和波伐瓦走了进来,打断了他们的话。他们听说马奇科昨天晕过去了,过来问候。

“赞美耶稣基督!”盛特拉姆一跨过门槛就说,“您今天觉得怎么样?”

“愿上帝报答您！逐渐好起来了。”

“一定会好起来的！一切都会好转，”波伐瓦插进来说。

“他们的经济力量很雄厚，城堡很牢固！”马奇科突然转换话题说道。

“他们当然很强大。他们宫内各个大厅的柱子上都有出色的雕刻，有单幅的，也有一组一组的。您亲眼看见过那个巨大的饭厅，也到处都有密道，它的牢固程度是少见的。那些惊人的城墙也是这样，即使最大的石弹也打不破……”

盛特拉姆讲得那么兴致勃勃，马奇科吃惊地望着他问道：

“您看见过他们的财富、他们的装置配备、士兵和客人没有？”

“他亲自带我们全部看过了，其实他们是想让我们害怕。”

“好吧，您怎么看法呢？”

“唔，上帝保佑，有一天发生了战争，我们可以把他们赶回去，赶过山，赶过海，赶到他们来的地方去。”

马奇科顿时忘记了自己的疾病，吃惊地跳了起来。

“真是这样么，阁下，他们都说您有敏锐的理解力……我一看到他们的力量，简直就要晕过去。看在上帝分上，您这意见有什么根据？”

他马上转身向着他的侄子。

“兹贝什科，叫人把他们昨天送给我们的葡萄酒拿来！请坐，贵宾们，继续讲讲！”

“我都调查好久了。全普鲁士人都痛恨十字军骑士，无论是修士、贵族、市民、农夫，而且不仅是说波兰话的人恨他们，就连德意志人自己也都憎恨他们。十字军骑士是完全不得人心的。”

“嗨！但是这同十字军骑士团的威力有什么相干呢？”

盛特拉姆笑着问道：

“您曾经决斗过吗？”

“不止一次了！”马奇科回答。

“不知道您怎么看，即使是一个最有本领的骑士，如果他身下的马鞍肚带和马镫带被切断了的话，这个骑士不是第一个回合就要从马上摔下来吗？”

“我敢发誓，确是这样。”

“骑士团正是这样一个骑士。”

兹贝什科喊道,“书本里也找不到比这更高明的学问了。”

马奇科非常感动,他发抖地低声说:

“愿上帝报答您,阁下。您有这样一只大脑袋,头盔匠得要专门替您做一顶特大的头盔,现成的头盔是决计戴不上的。”

马奇科和兹贝什科原来彼此约定立即离开马耳博克。但是在听了盛特拉姆那番令人鼓舞的话之后,他们当天就没走。因为上城堡举行了一次午宴,接下来又是一次欢迎使者和客人的晚餐,兹贝什科因为是国王的骑士之一,也受到邀请,马奇科则由于兹贝什科的缘故,也被邀请去了。午宴是在华丽的大餐厅里举行的,参加的人不多。除了国王的骑士,受邀的外国客人就只有斯华皮阿的伯爵和勃艮第的伯爵,在参加午宴的大臣之中,和大团长坐在一起的是四个被称为骑士团栋梁的高级修士。

虽然十字军骑士发过誓要过贫穷生活,可是吃起饭来,用的都是金盘银盘,还喝玫瑰酒,因为大团长想在波兰使者面前炫耀一番。可是尽管有大量的菜肴和甜食,客人们对这次午宴总有点感觉枯燥,因为大家都不得遵守规矩,谈话很不热烈。

但是吃晚餐时就没有这样拘束了。紧接着就是宴会。

宴会上有一支吵吵闹闹的乐队,游唱艺人唱出了粗俗的歌曲,既有跳舞的熊,又有赤足的姑娘。有人看到了上城堡中竟有女人,都十分吃惊,但十字军骑士却向他们解释,这项禁令早就取消了,城堡里禁止妇女住宿,但是她们可以到大餐厅里来参加宴会。

他们还说,去年维托尔德王妃住在城堡的守卫所里,房间布置得非常豪华,她每天都到这里来下跳棋,棋子是用金子做的,下完以后当天晚上就送给她,天天如此。

那天晚上,他们不但下跳棋和象棋,还掷骰子。许多人都在下棋,顿时人声鼎沸。盛特拉姆就趁这个机会,问大团长说,各国的臣民是否很喜欢骑士团。

康拉德听了这个问题,答道:

“爱十字架的,一定也爱骑士团。”

这个回答使得骑士团和客人们双方都高兴了。他们为此而对他大加赞扬，他心满意足地继续说：

“谁要是和我们友好，我们就使他过得很好。但是如果他是我们的敌人，我们会用两种方法来对付他。”

“两种什么方法呢？”这位波兰骑士问道。

“阁下您也许不知道，从我的房间到这个餐厅，墙壁里面有一个直达的小扶梯，扶梯旁边有一个圆顶的房间，如果我领您到那房间去，您就会懂得第一个方法了。”

“千真万确！”骑士团的修士们都喊道。

盛特拉姆猜想大团长所说的是指十字军骑士自夸的那些装满金子的塔楼，因此停顿了一会儿才说道：

“有一回，啊！很久很久以前了，有一个德意志皇帝让我们的一个使者看了一间同样的贮藏室，并且说：‘我能用这里所有的东西来打赢你的君主！’而使者当即把自己的一只贵重的金戒指扔过去，说：‘去吧，金子，到金子那里去吧，我们波兰人却喜欢铁……’阁下知道以后发生了什么事吗？……”

“是什么啊？”十几个十字军骑士一起问道。

盛特拉姆安静地答道：“一场战争爆发了，最后都没有日耳曼人的地方了，还是狗把他们收拾光了。”

十字军骑士团的教士和骑士们听了那句答话，都面红耳赤，而且不知道该说什么，可是盛特拉姆说：“金子是打不败铁的。”

“嗨！”大团长喊道，“我们还有另一条办法——正是铁。您在护城堡里看见过武器工厂？在那里，锤子日夜在锤打，制造出世界上最好的甲胄和宝剑。”

波伐瓦不作回答，却伸手到桌子中央拿了一把用来切肉的刀，他把刀一卷，像卷一张羊皮纸似的，然后高高举起给大家看，就交给了大团长。

“如果您的剑都是用这种铁造成的，那是成不了什么事的！”

他满足地笑了，修士们和世俗的骑士们都起身一窝蜂地拥到大团长身边。他们彼此传阅着波伐瓦用刀卷成的那一卷铁，都默不作声了。他们看见这种力量，心里吓得要命。

大团长最后喊道，“阁下，您有一双铁手。”

“而且比铁更好。卷起那把餐刀来，就好像那把刀是蜡做的。”勃艮第的骑士加上一句。

“连脸也不红，筋也不暴，”一个修士喊道。

“因为，”波伐瓦回答，“我们的百姓都是淳朴的，像我在这里所看到的这种财富和豪华，他们听也没有听说过。但是他们的身体却是铁打的。”

习惯于在外国人面前夸耀自己的身材和气力的德意志人又羞又恼，弄得海尔丰斯坦骑士向在座的人们嚷道：

“这是我们的耻辱！安诺德修士，让他们看看我们的筋骨不是教堂的蜡烛做成的。给他一把餐刀。”

仆人们立即拿来一把刀，放在安诺德面前。但是这个德意志人只能把刀弯成两截，而不能把它卷拢。

许多外国客人，他们原来听得十字军骑士私下告诉他们说，冬天将和雅盖沃国王作战，这会儿心里都在寻思，都想到这个地方的冬天是很厉害的，趁现在还来得及，天气也比较温和，还是早点回到他们本乡的城堡去为妙。

第二十六章 开启复仇之路

情节简介

叔侄两人回到了斯佩霍夫，不久后尤兰德就去世了。斯佩霍夫也就成为了兹贝什科的财富。但年轻的骑士并不打算待在这里，于是大家一起商量如何安排这块土地，在雅金卡的提议下，最终决定由赫拉瓦和安奴尔卡一起管理。安排好家事后，兹贝什科踏上了为妻子复仇的路，雅金卡和老骑士也带着斯佩霍夫的大量财富回到了他们的家乡……

兹贝什科和马奇科到普洛茨克的王府里没有遇见一个熟人，因为王公和王妃带了他们八个孩子到崔尔斯克去了，是安娜王妃邀请他们去的。

兹贝什科他们从主教那里得知：雅金卡决定留在斯佩霍夫给尤兰德送终。对此，马奇科对雅金卡赞口不绝，因为尤兰德和雅金卡非亲非故，她却宁愿守着尤兰德，准备给他送终，而放弃宫廷中的享乐生活。

老骑士说，“我已经很久没有看见她了，如今这姑娘一定长大了，我相信她现在一定比从前更好看了。”

“她变了好多呢。”兹贝什科说，“她一向就很漂亮，我只记得她是乡村姑娘时的情形，现在她可很适合坐到王宫的休息室里去了。”

“难道她变化这么大吗！”

沉默了一会儿，老骑士继续说：

“我告诉过你的准不会错，她一定乐意到兹戈热利策去的。”

“她离开那儿就很让我奇怪。”

“可是，修道院院长的财产怎么办？况且她怕奇坦和维尔克，我也劝她说，她兄弟一个人在那里比和她在一起要太平些。”

“他们确实是不会欺负孤儿的！”

马奇科沉思了一会。

“他们也许会因为我把她带走了而向我报仇的，他们都是年轻力壮的小伙子，我可是个老头儿了。”

“嗨！把那些话去说给一个不认识您的人听吧。”兹贝什科答道。

“如果我在马耳博克不生病的话，”他说，“那就无所谓——这事等我们到斯佩霍夫再谈吧。”

他们在普洛茨克过了一夜，第二天早晨就去斯佩霍夫了。

离开普洛茨克后的第五天清早，他们安全到了斯佩霍夫。雅金卡这一回几乎把马奇科当作自己父亲似的来欢迎。老人看到这个可爱的姑娘这样欢迎他，不禁感动得流下泪来。

等到兹贝什科问过了尤兰德的情形，走去看他，也去看望丹露霞的灵柩的时候，老骑士深深叹了一口气说：

“唔！上帝所要的人已经让他带走了，他希望留下的也留下了。我想，现在我们在茫茫的荒野里漂泊受难的日子总算结束了！”

接着，他又说：“嗨！最近几年，我们哪里没有漂泊过！”

“上帝的手庇护了你们。”雅金卡说。

“不错，可是该是回家去的时候了。”

“只要尤兰德活一天，我们就得在这里待一天。”雅金卡说。

“他现在怎么样了？”

“他总是仰天而笑。仿佛已经看到了天堂，丹露霞正在天堂里等他似的。”

“你照顾他吗？”

“他不吃也不喝，只是一直面露笑容。”雅金卡说。

“我们去看看他吧，兹贝什科一定也在那里。”

但是兹贝什科只在尤兰德那里待了一会儿，因为尤兰德什么人也认不得了。接着就到地下室去看丹露霞的灵柩，直到托里马叫他吃饭他才离开。

他离开时，在火把的亮光下，看到灵柩上放满了许多用金盏花做成的花圈，打扫得干干净净的地面上撒着荞麦、金盏花和菩提树花，发散出一股扑鼻的香味。兹贝什科看了，心里很感动，不禁问道：

“这灵柩是谁装饰的?”

“兹戈热利策的小姐。”托里马回答。

年轻的骑士什么也没有说,过了一会儿,一看见雅金卡,就突然跪倒在她脚跟前,拥抱住她那双脚,喊道:

“愿上帝报答你的好心和你给丹露霞的那些花!”

他号啕大哭了,雅金卡紧紧抱住他的头,像一个姐姐竭力要安慰弟弟似的说道:

“哦,我的兹贝什科,我真想好好安慰安慰你!”

于是涌泉似的眼泪也流到她脸上来了。

过了几天,尤兰德死了,但尸体一个多星期还没有腐烂。大家都认为这是一个神圣的奇迹。整整一个礼拜,斯佩霍夫聚集了大批的访客。殡葬过后,这个市镇又像往常一样冷清清了。

兹贝什科常常到地下室去,有时候也到树林里去散散心。有天晚上,他从外面回来,走进房间,看到雅金卡、马奇科和赫拉瓦一起坐着,竟出人意料地向他们说:

“请听我说,你们与其待在这儿忧伤,不如回到博格丹涅茨和兹戈热利策去的好。”

顿时一片沉默,因为大家都认为,将要有一场严肃而重要的谈话了。

过了一会儿,马奇科答道:

“我们固然是回去的好,可你也一样是回去的好。”

兹贝什科摇摇头,

“不!”他说,“我会回到博格丹涅茨去的,可是现在我要走的是另一条路。”

“嗨!”马奇科喊道,“我说过,已成定局了,兹贝什科!”

“您得知道,我发过誓的。”

“就是为了这个理由吗?丹露霞已经不在人世了,誓约也就完了。死亡解除了你的誓约。”

“除非我自己死了,才能解除,她死了并不能解除我的誓约。我凭我骑士的荣誉向她起过誓。凭我骑士的荣誉!”

“我并不是叫你废除自己的誓约。”他说。

"那您是说什么呢?"

"我告诉你,你还年轻,来日方长。现在和我们一起去休息休息再说。"

"那么,我恳切地告诉您,"兹贝什科回答,"我可以到我应该去的地方去,和你们一起聊天,像所有的人一样吃喝。但是说实在话,我是绝对提不起精神来的。我心里只有悲伤,只有痛苦,我眼里只有流不完的伤心的泪水。"

"可是你生活在陌生人中间会更糟。"

"不,"兹贝什科说,"上帝知道我住在博格丹涅茨只会憔悴下去。我需要战争,在战场上容易忘却一切。等到我实行了我的誓约,我能够告诉已逝的灵魂说,'我已经实现了我应允过你的一切,现在让我走吧!'不!即使我回去了,您在博格丹涅茨也留不住我。"

大家听了这些话,都默默无言。

"如果在博格丹涅茨他只会憔悴下去的话,那不如让他走的好,"雅金卡最后说道。

马奇科双手抱着头,重重地叹了口气,说道:

"唉,伟大的上帝!"

雅金卡继续说道:

"兹贝什科,你也发个誓,如果至高无上的上帝保护了你,你就不要留在这里,回到我们那里去。"

"我为什么不回去呢?我丢不下斯佩霍夫,但是我不想待在这里。"

雅金卡又低声说下去,"如果只是为了丹露霞的遗体,那我们就把她运到克尔席斯尼阿教堂去。"

"哦,雅金卡!"深受感动的兹贝什科脱口而出地喊道。由于极度的高兴和感激,他跪倒在她的脚旁。

老骑士希望和兹贝什科一起到维托尔德王公的军队里去,但是兹贝什科坚持要独自一人到那里去,不带士兵,不带车马,只带三个骑马的仆人,一个带食物,一个带武器,再一个带睡觉用的熊皮。马奇科和雅金卡恳求他至少要带赫拉瓦去,但是他们的恳求都是白费,兹贝什科再也不肯多带一个人,说是他必须忘掉他的悲哀,而一看到这个侍从就会使他想起过去的一切。

在他动身之前，还有些重要事情要解决：那就是斯佩霍夫。马奇科建议把那庄园卖掉。这样就可以变现成一大笔财富。

“我怎么能同意出卖尤兰德的尸骨呢？”他说，“难道我这样报答他对我的恩典吗？”

“我们已经答应过，要把丹露霞的遗体运走，”马奇科说，“我们也可以把尤兰德的尸体运走。”

“嗨！他的尸体在这里同他的祖先埋在一起，如果运到克尔席斯尼阿去，他就离开了祖先。如果把丹露霞带走了，那么他就要远离他的女儿，但如果把两个人一起运走，他们的祖先在这里又会孤独。”

“你只知其一，不知其二。尤兰德已经进了天堂，天天都看得见他的自己人，卡列勃神甫就说过他已经在天堂里了。”老骑士回答道。

但卡列勃神甫站在兹贝什科一边。插嘴说：

“灵魂虽然在天堂上，遗体却埋在泥土里，要等到最后审判日才能上天。”

马奇科想了一会，继续把自己的想法说下去。

三个人你一句我一句地谈了起来。一直都在静听的雅金卡，突然说到：

“如果能找到一个诚实的人管理或承租这里的产业，那就太好了。他可以把土地租出去，你坐收现款就是了。租给托里马行吗？……不！他已经老了，如果他不行，也许租给卡列勃神甫行吧？”

“好心的小姐！”卡列勃神甫说，“托里马和我两人可以一起照管这片土地，但是我们都不配负责管理。”

于是他掉过头去对托里马说：

“我说得对吗，老头儿？”

托里马说：

“这是千真万确。我不会管理耕作！我宁可使板斧，而不愿使犁……如果我还能为骑士和他女儿报仇的话，那我就太高兴了……”

他伸出一双瘦削而强壮有力的手来，说道：

“两位老爷，带我跟你们一起去打德意志人吧，那是我的职责！”

他说得对。老头儿为尤兰德增加了不少财富，那都是打仗得来的战利品，而不是耕作出来的。

雅金卡这时已拿定主意，便说：

“最好由一个大胆的年轻人来照顾这个庄园，因为十字军骑士团的边界就在对面。我说的这个人，他不但不会躲避德意志人，而且会去找他们。因此我的意见是让赫拉瓦试一试——我想他做这事是合适的。”

“你们听她发的是什么议论啊！”马奇科嚷道。因为尽管他很爱雅金卡，但在这样重要的事务上，他是绝不会听从一个妇人。

但是捷克人站了起来，说道：

“我还是想陪我的主人兹贝什科去打仗，也许还会再有机会……不过如果要我留在这里，我就留下……我会好好经营，不会损害这里的一草一木。这一点，小姐可以为我担保。我宁可落入地狱，也不会欺瞒她。农务方面我不大懂，不过在兹戈热利策也学会了一些；但是我想，我还是想去战场。算了！由它去吧……反正我走不了……”

“你到底是什么意思？”兹贝什科问道，“你为什么不大乐意留在这里？”

赫拉瓦被问住了，结结巴巴地又说下去：

“等到小姐走了，你们都会跟着她一起走了。仗我可以打得很好——耕作也行——但只是独个儿……一个帮手也没有……小姐不在，那个……也不在，我会非常孤单，怎么说呢……小姐又不能单身出门……如果这里没有人帮助我……真的，我不知道……”

“这小伙子在说些什么呀？”马奇科问道。

“您很聪明，但是您猜不到他的心思，”雅金卡回答。

“那么究竟是什么事呢？”

雅金卡没有回答，却转身向赫拉瓦说：

“如果安奴尔卡同你一起留下，你愿意吗？”

一听这话，捷克人猛地跪倒在她足下，连地上的灰尘都飞扬起来。

“和她在一起，即使要我下地狱也受得了！”他喊道，一面抱着她的一双脚。

兹贝什科听了这声叫喊，惊奇地望着他的侍从，因为他根本不知道这件事。

马奇科也很惊奇。

雅金卡又转向赫拉瓦说：

“现在我们必须弄弄清楚安奴尔卡愿不愿意和你在一起。”

她叫了安奴尔卡来，安奴尔卡大概已经知道或者猜到是怎么回事，她进来的时候垂下了头，用手遮住眼睛，她奔到雅金卡跟前，在她面前跪了下来，把脸藏在她裙子里。

捷克人也在她身旁跪了下来，向雅金卡说：

“为我们祝福吧，小姐！”

第二天早晨，兹贝什科就要动身了。他骑着一匹高大的战马，亲友们都围着他送行。雅金卡站在马镫旁，她那双忧郁的蓝色的眼睛默默地望着这个年轻的骑士。兹贝什科不住地转着头，一会儿转到这里，一会儿又转到那里，一面和亲友们相互说着出远门之前惯常说的话：“祝您身体健康！再见！”

兹贝什科向雅金卡告了别，但是年轻人显然还想跟她再说几句话，他说：

“雅金卡，我对你像对一个妹妹一样……你知道……我不再说了。”

“我知道，上帝报答你！”

“别忘了我的叔叔。”

“你也别忘了。”

“只要我不死，一定会回来。”

“别死。”

从前兹贝什科在普洛茨克要出征时，她说的也是这句话。但这一次说得更有感情。也许是为了要掩藏自己的泪水吧，她低下了头，前额碰到了兹贝什科的膝盖。

这时候三个仆人已经牵着满载行装的马等在大门口，准备着上路，他们唱起了歌：

戒指绝不会丢失，

金戒指绝不会丢失。

乌鸦准会衔回来——

它会从战场上衔回来，

还给那姑娘。

“上路!”兹贝什科下令道。

“愿上帝指引你!”

在嗒嗒的马蹄声中，一行人出发了。

雅金卡、马奇科、神甫、托里马、捷克人和他的妻子，以及仆役们都走到桥上，望着那一批离去的行人。卡列勃神甫用十字架久久地为他们祝福，直到他们消失在高高的赤杨树后面。

马奇科和雅金卡也没有在斯佩霍夫待很久。大约不到两个礼拜，老骑士已经同捷克人把一切事情都安排好了。于是他带了一长列的马车，由武装仆从簇拥着，和雅金卡回到博格丹涅茨去了。卡列勃神甫和托里马老头的面色是大为不满的。

说真的，马奇科几乎把斯佩霍夫搬空了。但因为兹贝什科让他全权处理，谁都不敢出来干涉。如果不是雅金卡干涉了一下，他准会搬走更多东西。

他们并没有把丹露霞的灵柩搬走，因为地产权并没有出卖，他们认为还该按照兹贝什科的愿望，让她的遗体和她祖先待在一起。但他们却带走了一大笔钱，还带走了尤兰德在历次战争中打败了德意志人而赢得的许多财富。现在马奇科望着那些满载而归的货车，不由得得意地想，这一下他可以把博格丹涅茨打点得像个样子了。

“也许这是上帝的意旨，”他心里想，“让兹贝什科得到斯佩霍夫，然后获得莫奇多韦，再获得修道院院长遗留下的所有的产业。只要他能平安回来，我一定把博格丹涅茨打造成一所出色的城堡。到那时候，我们瞧着吧!”

这时候他想起了维尔克和奇坦肯定会来袭击他，但还好此时老骑士已经恢复了健康，他并没有太担心。

另外还有些事情也让他感到不安。兹贝什科只把雅金卡当作他的妹妹，如果她也把他只看做一个兄弟而不愿意等他回来，那怎么办呢?

于是他转身向她说道：

“听着，雅金卡，你现在可是一位宫女了！好几年以前，你那位去世的父亲就说你已经领会了上帝的意旨。他还说，如果女儿的头上戴着花环，那就是为了要找一个小伙子来从她头上取下花环……不用说，这小伙子既不是奇坦，也不是维尔克……可你究竟怎么想呢？”

“您在问我什么？”

“你会出嫁吗？”

“我？我要去做修女！”

“别说蠢话！万一兹贝什科回来了呢？”

她摇摇头说：“我要去做修女。”

“唔。如果他爱上了你，苦苦哀求你呢？”

姑娘听了这话，脸上刷地一红，把头转向田野那边。可是风正从田野那边吹过来，把她低声的回答传送给马奇科：

“那我就不做修女了。”

第二十七章　回　家

情节简介

马奇科和雅金卡一起回到了家乡。在维尔克一家的保护下，博格丹涅茨没有受到太大的损失，这使老骑士备感欣慰。看到破烂的房屋，他决心为侄儿及他的后代建立一座城堡，但是兹贝什科却没有一点消息，老人和雅金卡只好一天天等下去。邻居老维尔克因为一片森林和马奇科吵了起来，但是他们却由此成为很好的朋友，到底是什么原因呢？本章将会为你解答。

马奇科和雅金卡在普洛茨克停留了一会儿，把遗嘱的事情弄明白了。细心的马奇科通知了兹戈热利策他们回去的消息，雅金卡的兄弟雅斯柯得了信息，便率领了二十个武装仆人赶到半路上来迎接他们，领他们回家。

到了兹戈热利策，人们向他们欢呼问候。雅金卡的弟弟身材已比雅金卡高大许多了。这孩子精神勃勃，有说有笑，而且也像他父亲那样爱唱歌。

他告诉他们说，在接到她要回来的信息之前，正要动身去看她，要是他们在路上再稍微耽搁一会儿，那他们就不会在家里遇到他了，因为他已经到了需要见见世面的时候。他说，他需要和人们接触接触，受些骑士教育，寻找机会同游侠骑士进行决斗。

“去见见世面，了解了解骑士的风尚，这是一件好事，因为这会指点你在各种情况下懂得怎么行动，怎么说话。”马奇科说，“而且还能增长见识。至于谈到决斗，我得告诉你，你还年轻，谈不上决斗，否则外国骑士一定会嘲笑你。”

“他笑过之后，不哭才好。要是他本人不哭，那一定是他的妻子和儿女哭。”

他十分骄傲地望着前面,仿佛向全世界的游侠骑士挑战,同时还想要对他们说:“准备死吧。”但是老骑士问他:

“奇坦和维尔克没有来找你麻烦吗?”

“嗨!维尔克在西里西亚被打死了。他想攻下一座德意志城堡,差不多就要攻下了,城墙上扔下来的一根圆木打中了他,过了两天他就升天了。”

“可惜!他的父亲曾经也到过西里西亚去打那些德意志人,而且获得了好多战利品……攻打城堡是很难的,一般武器和骑士的技艺都用不上。那奇坦呢?听到他的消息吗?”

雅斯柯笑起来了。

“奇坦结婚了。他从勃尔席格那里娶了一个农夫的美丽的女儿做妻子。嗨!不但是一个美女,而且是个贤内助。奇坦是一个爱吵架的家伙,她把他毛茸茸的脸打得劈啪响,并且像牵一头挂着锁链的熊似的牵着他的鼻子。”

老骑士听到这话,十分高兴。

“感谢上帝,这两个莽汉不会找麻烦了。说实话,他们不来侵犯博格丹涅茨,我倒很奇怪。”

“奇坦本来想干的,但是维尔克不让他干。打过架后,他们又像往常一样喝得酩酊大醉。”

“愿上帝的容光照耀到维尔克的灵魂。”马奇科很高兴,深深叹了一口气。

确实,他没有发现任何损失。相反,倒是增加了些牛,都是老牛生下来的。他发现,唯一的损失是逃跑了几个奴隶,但数量不多。

但是这所旧房子更破败了。泥地裂开了,天花板和墙壁都倾斜了。许多房间已经漏水。屋顶上有了洞,盖满了一簇簇的红绿苔藓。整座房屋深深地陷在地里,从外面看很像一株向四面伸开的烂蘑菇。

“如果我没有外出的话,这房子就不至于坏了,因为它是最近才破败的。”马奇科向老管家康特拉脱说。

过了一会,他又说道:

“我就马马虎虎在这里住到老死。但是兹贝什科得要有一座城堡。”

“天哪！您是说一座城堡吗?”

“嗳！那有什么!”

给兹贝什科和他的子孙建造一座城堡,是马奇科的得意打算。他知道,一个贵族不应当住在普通庄屋里,而要住在城堡里面,那才有意思。他对自己并没有什么要求,可是为兹贝什科和他的子女着想,特别是现在财产已经增加到如此之多。

“唉,只要他能把雅金卡娶过来,”他想,“她再带上莫奇多韦和修道院院长的产业一起来,我们就成为这一片最富有的了。愿上帝使我如愿!但是这一切都得取决于兹贝什科的归来。”马奇科心里说,“我必须使上帝称心如意。这样兹贝什科才能回来。”他怀着这个目的,慷慨地给克尔席斯尼阿的教堂捐献了蜡烛油、粮食和野味。而且有天晚上,他去兹戈热利策的时候,向雅金卡说道:

“我明天要到克拉科夫去朝拜我们神圣的雅德薇嘉王后的陵墓。”

她吓得从座位上跳了起来。

“莫非有什么坏消息吗?”

“什么消息也没有,但是你记得我生病的时候,肋上有一块铁片,我当时就起过誓,如果上帝恢复我的健康,我就要去朝拜王后的陵墓。我不愿意冒犯她。”

“不错！千真万确。”雅金卡说,“可是,您刚刚经过艰辛的长途跋涉,才回来……”

“这有什么！我宁可一下子把一切事情都办完,然后安安稳稳在家休息,等兹贝什科回来。我祈求王后为他向上帝耶稣求情,让我的兹贝什科平安归来……”

“但是您的身体还很不硬朗呢。”

“没什么！我还很硬朗。我要再告诉你一件事,既然雅斯柯很想出门,让他同我一起去吧。如果发生了什么意外——因为他年纪轻,双手容易发痒——我会好好保护他的。”

“我知道,谁也不能比您保护得更好。”

过了一会儿,他又说:

“我们三四个礼拜就可以回家了。”

事情就这么定了。老骑士带上年轻人就动身了。

他们平安地到达了克拉科夫，朝拜过王后的陵墓以后，波伐瓦和小王公雅蒙脱将马奇科引到国王的宫殿上。马奇科想，他去过马耳博克，朝廷上的达官贵人少不了要向他打听十字军骑士的事。

但是交谈过后，他发觉他们对于十字军骑士的情况比他知道得多得多，不禁大为惊奇。他们连马耳博克最僻远的一些城堡中一点一滴的详情细节都知道。他们知道十字军骑士团的士兵数目；各个地方的统帅官是谁；有多少大炮；要花多少时间集中军队；万一发生战争，十字军骑士的计划怎样，等等。他们甚至了解每一个分团长的性格，都一点一滴都给仔细地记录了下来，仿佛战争就要在第二天早晨爆发似的。

老骑士听了很高兴，他知道克拉科夫的备战工作比马耳博克做得更审慎，更高明，更有力量。

马奇科于是想起了盛特拉姆在马耳博克告诉过他的话，他心里一再说：

“这才是有头脑的人！真是绝顶聪明！”

有一次，小雅斯柯向他问起十字军骑士团的情形，他甚至套用了这位杰出骑士的英明说法，这样回答道：

“那些狗东西都非常强大，可是你怎么看呢？即使最有本领的骑士，他的马鞍肚带和马镫带给人割断了，不是也要从战马上摔下来吗？”

“那是一定要摔下来的，我担保。”少年回答。

“哈！你瞧！”马奇科打雷似的喊道，“我本来就要你看出这点来。”

“那又怎么样呢？”

“因为十字军骑士团正好比是这样的骑士。”

过了一会儿，他又说：

“这种话你可不是从每个人嘴里都听得到的！”

马奇科和雅斯柯在克拉科夫没有停留多久，老骑士急于要赶回老家去，不久后，就到了家。一个到博格丹涅茨，另一个到了兹戈热利策。

从那时起，生活就过得平平稳稳了。他们都忙于农作。兹戈热利策的收成很好，雅金卡的莫奇多韦一带的收成尤其好。但是博格丹涅茨的收成就不是这样,由于干旱,庄稼不好。总的说来,博格丹涅茨的耕地很少。仅有的一点土地也都因为缺少劳动力而荒芜了。

老骑士相信一切都可以用钱来安排得井井有条,但是他并不偷懒。黎明就起来,赶牲畜,检查农业和森林方面的劳动情况。甚至选定了一块建造城堡的地基,准备了木材。但是他又会突然一阵不安:我在这里费尽力气,辛辛苦苦,我那亲爱的孩子也许已在什么地方死了。想到这里,他就非常痛苦和焦急。

他仔细观望着和倾听着,如果有马蹄声,那么雅金卡就会来了。她每天都来探望一下老骑士。他会在她面前振作起精神,跟她谈起他的种种美好希望,聊以自慰。

她来时总是打扮得漂漂亮亮,辫子也结得很漂亮,因为她想也许兹贝什科什么时候就会回来。马奇科出来迎接她,她总是劈头第一句就问道:“有什么消息?”仿佛有人给他写了信来似的。

“没有消息!”他总是这样回答她。于是他领她到屋里去,在炉边聊天,谈谈兹贝什科、立陶宛、十字军骑士团和战争,每一次谈的都是同样的话题。但他们从不厌倦,老是谈个没完。

好几个月都是这样度过的。有时候老人去兹戈热利策,不过多半是雅金卡来看他。于是一天又一天,一个礼拜又一个礼拜,一个月又一个月,就这样过去了。到了秋天,马奇科和老维尔克因为一片森林发生了冲突。

当时,修道院院长在的时候,博格丹涅茨押在他手里,可是维尔克却在那里砍伐了树木,修道院院长就向维尔克父子两人挑战。可是他们不肯和一个修士作战。上了法庭,他们也没有得到一点好处。现在老维尔克又想起了那些土地,但是马奇科对于土地向来非常贪婪,何况那块土地很适合于种大麦的。

有一次他们大吵了一通之后,老维尔克突然嚷道:“让别人来评评理吧。人间没有公道,上帝自会主持公道。你这样亏待我,会在你子孙身上报应的。”马奇科突然心软起来,他脸色转白,沉默了一会儿,说道:

“听着,引起这件事的不是我,而是修道院院长。上帝知道谁对谁错。但是我不要你咒骂兹贝什科,这块地你拿去吧。愿上帝赐兹贝什科健康和幸运，我诚心诚意地把它让给你了。”

老维尔克万万没想到这个显然是铁石心肠的人如此爱他的侄儿，于是默默无言，好久说不出一句话，后来还是克尔席斯尼阿的神甫看见事情有了转机，非常高兴，画了个十字表示为他们祝福，老维尔克才说道：

“如果这样，那就完全是另一回事了！我要的不是利益。我年纪大了，又没有谁来继承我的产业，我要的是公理。谁对我好，我心甘情愿让步。至于您的侄子，愿上帝赐福于他，使您也不必这样一大把年纪还要为他痛哭，就像我为我的独生子痛哭那样……”

于是他们彼此拥抱起来，彼此推让了好久，都不肯拿这块土地。最后还是马奇科拿了下来，因为老维尔克确实没有继承人。

马奇科衷心喜悦，就邀请老维尔克到博格丹涅茨来，用丰盛的酒菜款待了他。雅金卡对于这一次的和解也感到很满意。

她听了这一切的经过，说道：

“这下，兹贝什科一定会平安无恙地回到您身边来了。”

听了这番话，马奇科容光焕发，好像被阳光照亮了似的。

“我也这么想。”他说。

第二十八章 老骑士的计谋

情节简介

战争的消息一天天逼近，在大家都认为大战将要爆发的时候，马奇科却有着自己独特深刻的判断。果然维托尔德王公和骑士团签订了协议，不久后兹贝什科便回到了博格丹涅茨。但是年轻人似乎还是不愉快，虽然他已经渐渐想明白丹露霞的事情。聪明的叔叔看出了真正的原因，在他的计策之下，兹贝什科终于表达了自己对雅金卡的爱，两个年轻人就此走到了一起。

对于十字军骑士团和维托尔德的战争，百姓们极其关心，他们密切注视着战争的进展。全国的贵族也都纷纷说有相当多的克拉科夫贵族——国王重要的大臣是主张战争的。但是马奇科是个聪明人，阅历丰富。他不相信战争迫在眼前。他也不止一次地向邻居们表达了自己的想法。

“只要大团长活着，绝不会出什么事，他明白这不是一场普通的战争，而是一场你死我活的大屠杀。何况他也知道国王的力量，绝不会让战争发生的。”

“嗨！如果国王首先宣战呢？”邻居们问道。

马奇科摇摇头，“你瞧……我把这些事情都仔细研究过了，国王最近才信奉了基督教，可德意志人却到处在说他的灵魂依然是异教徒的灵魂。因此他不会首先宣战，让上帝教徒流血。所以尽管他很想去帮助维托尔德他们，但却没有给他什么实质性帮助。虽然他恨十字军骑士。”

听后，人人都夸赞他聪明。

礼拜天人们做过弥撒之后，就围着他，听他说话。后来就成了一种习惯，常常有邻居到博格丹涅茨来拜访这位老骑士，请他解释他们听到的消息。马奇科高高兴兴地接待他们，和他们谈话。

但是关于维托尔德王公的战争的消息却越来越多，最后消息传遍了全国，说是维托尔德的儿子，占领了高茨韦堆，并且彻底把它破坏了，没有留下完整的一木一石。马奇科一听到这消息，就骑上了马，奔向兹戈热利策把这个消息告诉雅金卡。

但是雅金卡听到的消息似乎比老骑士还要多，尤其一个消息最使她感到兴趣——因为如果维托尔德王公和骑士团签订合约，兹贝什科只要还活着，就一定可以回家了。

她问老骑士这消息是否可靠。马奇科仔细想了一会儿，答道：

“维托尔德是什么事情都做得出来的，他和别人完全不同，他在所有上帝教的君主中是最狡猾的。他一会儿从他们手中把时母德拿回来，一会儿又还给他们。不但还给他们，还帮助他们镇压时母德人。很多人批评维托尔德，说他不应该这样对待这个不幸的部族。坦白告诉你，如果是十字军骑士，我会认为这种做法很卑鄙……”

“我只关心兹贝什科回来的问题。”

“一切都是上帝的意旨。”

又是几个月过去了。消息传来，和约确实签好了，兹贝什科还是没有回来。

最后马奇科决定到斯佩霍夫打听消息，顺便看看那个捷克人把庄稼管理得好不好。

雅金卡坚持要和他一起去，但他不肯带她走。这引起了整整一个礼拜的争论。一天晚上，马奇科和雅金卡正坐在屋前争论，一个小厮骑着马，光头赤足，从博格丹涅茨像一阵风似的冲进院落里来，他跪倒在他们跟前，使劲喊道：

“少爷回来了！”

兹贝什科确实回来了，但是面容憔悴，饱经风霜，神情淡漠，而且沉默寡言。捷克人带着他的妻子陪他一起来的。

捷克人说兹贝什科在斯佩霍夫的墓上献了一大束孔雀毛，这些羽毛都是从十字军骑士的头盔上取下来的。他还带来许多缴获的马匹和甲胄。

老骑士很想听到他侄子亲口把每一件事说一说，但是兹贝什科只是挥挥手，期期艾艾地回答几句。第三天他病了，躺在床上，这时候才知道他的左腰受了伤，有两根肋骨折断了没有接好，弄得他翻身或者呼吸的时候都非常痛苦。

马奇科想可能休息几天就好了，可是不管用什么办法都无法医治。

“你怎么啦？你要什么吗？”老骑士向他探问道。

“我什么也不要，什么也不在乎。”兹贝什科回答。

一天又一天就这样过去了。雅金卡觉得他这样心烦，一定还有什么隐情。她便提议应该让马奇科打听打听。

老人毫不犹豫地同意了，可是想了一下，他说道：

“他会不会宁愿和你谈而不同我谈呢？因为——就爱情来说——他是爱上了你，我已经看出来了，你在这屋子里走动的时候，他的眼睛老盯着你。”

“您看出来了吗？”雅金卡问。

“我说‘他的眼睛老盯着你’，这话一点不假。只要你一阵子不来，他就老望着那扇门。还是你去问他吧。”

“您比我能干。”她说，“最好您去和他谈谈——我办不到。”

马奇科不管愿意不愿意，总得承担起这件事来。一天早晨，兹贝什科看来比平常好了一些，老人就这样谈起来了：

“赫拉瓦对我说，你放了很大一束孔雀毛在斯佩霍夫的墓地上。”

兹贝什科只是点点头表示肯定。

“唔，耶稣帮助你成功了。打仗的时候，碰上的都是士兵，你要杀多少就能杀多少，但要杀骑士就很不容易了。你得小心点。莫非是他们自己挨到你的剑下来送死吗？”

“我向许多骑士挑战决斗，有一次在交战的时候，他们把我包围了。”年轻的骑士懒洋洋地回答。

“你带来了很多战利品吗……”

“一部分是维托尔德王公赠送给我的。”

“他依旧那么慷慨吗？”

兹贝什科又点点头，显然不愿意再谈下去了。

但是马奇科不肯放过，他竭力要引到正题上来。

“现在坦白告诉我吧，你把那束孔雀毛放在丹露霞的墓穴之上后，心里总该感到轻松些了吧？一个人实现了自己的誓愿总是很高兴的……你高兴吗？”

兹贝什科把他那双忧愁的眼睛从天花板上转下来望着马奇科，仿佛惊奇地答道：

“不！”

“不？我本来以为你安慰了那个在天之灵以后，事情就了结了。”

兹贝什科闭了一会眼睛，仿佛在沉思似的，最后说道：

“超度了的灵魂是不喜欢人血的。”

又是一阵沉默。

“那么你为什么要去打仗呢?”马奇科问道。

“为什么?”兹贝什科有些惊奇地回答道，“我本来以为我会感到轻松些的，可是我离开放灵柩的地下室心情并没有变化。超度了的灵魂是不喜欢人血的。”

“你这种想法一定是别人灌输给你的，你自己是想不到的。”

“这是我自己的想法，因为我完成了自己的誓言以后，并没有觉得世界变得愉快了。”

“因为你有心事！”

兹贝什科耸耸肩。

“我既不愉快，也没有什么心事瞒着您。”

他说得这样坦率，使得老人不再怀疑他有什么心事了。于是马奇科用他那只大手摸摸一头灰白的头发，他在认真思考时都是这样。最后他说了：

“那么我告诉你，你是缺少了一点什么——一件事已经结束，另一件却还没有开始。你懂我的意思吗?”

“不大懂！”年轻的骑士回答。

可是马奇科深信自己猜到了兹贝什科郁郁不乐的真正原因，老骑士比以前更加相信自己的智慧，他心里说：“难怪人们要常常来向我请教！”

当天晚上谈过话以后，雅金卡来访问，老人不等她下马，马上就告诉她，他知道兹贝什科需要什么了。

姑娘下了马，就探问道：

“唔，要什么呢？要什么呀？您说！”

“他的病只有你能医。”

“我？叫我怎么医？”

马奇科抱住了她的腰，低声在她耳边说了些什么，她一下子就从他怀抱中跳出来，仿佛被烫伤了似的，把通红的脸藏在鞍囊和高高的马鞍中间，一面喊道：

“走开！真受不了您！”

“我敢向上帝发誓，我告诉你的是实话。”马奇科笑着说。

时间一天天过去了，兹贝什科的病情也有所好转，对于丹露霞的事情他也渐渐想开了，“我相信丹露霞在天堂一定过得很好。”

有时他躺在床上，辗转反侧，左思右想，就会想起叔叔，想起雅金卡，觉得只有他们才懂得自己的全部心思。尤其当雅金卡不在的时候，他总有一种说不出的焦急。

雅金卡也越来越爱兹贝什科，所以她每天都到他这里来。可是她自己不敢承认这一点，在兹贝什科面前更把这种爱情隐藏得很深，恐怕他会轻视她。所以有一次她向兹贝什科狡猾地说：

“如果我稍微照顾照顾你，那是因为我爱马奇科，你觉得怎么样？”

接着就故意掠一掠额上的头发，用手捂着脸，却又透过指缝仔细望着他；而兹贝什科呢，突然被她这样一问，顿时脸红得像个闺女，过了好一会才答道：

“我什么想法也没有。你现在完全是两个人了。”

两人又沉默了一会儿。

“两个人了？”姑娘温和地低声反问道，“唔，这有什么关系呢？就算我是另一个人吧，但是我绝不会完全不关心你的。”

“愿上帝报答你。”兹贝什科回答。

从那个时候起，他们相处得越来越好，只是彼此之间颇有些尴尬和窘迫。兹贝什科躺在卧榻上，正像马奇科所说的，“眼睛盯住她”，因为她那模样儿太使人眼花缭乱，他甚至不敢正面看她。有时候他们的眼光碰在一起，两个人都会脸红，可是兹贝什科心里却说，她不过是由于爱马奇科才对自己表示出兄妹似的情谊。

有一次，他向马奇科谈起这事。他想冷静甚至淡漠地告诉他，可没想到自己的话叫人听来却像是一种凄惨而忧伤的埋怨。马奇科耐心地听完了他的话，最后说：

“傻瓜！”

马奇科说完这话就走了，边走边捶着自己的大腿，高兴万分。

“哈！”他心里说，“现在就让你去急一急吧！我绝不告诉你什么话，也不想点破你。火焰迟早就会爆发，可是我绝不煽火。”

有一次，兹贝什科又向他提到打算到远方去参加远征，摆脱这难熬难耐的日子，马奇科向他说道：

“如果你决定要靠你自己的见解办事，并且决定要走的话——那就走吧！”

兹贝什科几乎吃惊得从床上坐了起来。

“这是怎么回事？您在这件事上都不反对我吗？”

“我为什么要反对你？我只是为我们的家族可惜，你一死，我们就断后了。但我可以另外想办法补救。”

“什么办法？”兹贝什科不安地问。

“你问什么办法么？唔，有什么话说呢。我虽然老了，浑身还有力量。当然，雅金卡可以去找个更年轻的人——但我是她过世的父亲的朋友——所以谁知道！……”

他的嘴唇颤抖起来。马奇科说道：

“嗨！既然你决意要死，我有什么办法？”

“唔，您爱怎么办就怎么办吧，我今天就可以动身。”

“傻瓜！”马奇科又说了一遍。

他这就走了，去监督修筑城堡的民工去了。兹贝什科当然没有说到做到。相反，大约一个礼拜以后，他在床上再也待不住了。他仔细沐了浴，决定立即骑马到兹戈热利策去。他吩咐下人从衣箱里找出精致的服饰，换下平时的服装。但是那两个女仆总是梳不好他的头发。后来一个女仆甚至从马房里给他弄来了打理马毛的梳子，也还是不行。最后兹贝什科焦急起来，发脾气了。就在这时，马奇科突然走进房里来，和他一起来的还有雅金卡。

“赞美耶稣基督！”姑娘招呼道。

“永生永世！”兹贝什科容光焕发地答道，“这真妙！我正要动身到兹戈热利策去，你却来了！”兹贝什科的眼睛里闪烁着快乐的光芒。因为他一看到雅金卡，好像在注视着一轮初升的太阳。

雅金卡一看到兹贝什科倾斜着身子，让两个女人拿着梳子蹲在地上，给他梳理那一头灌木丛似的长发，就不禁大笑起来。

“啊！多么大的一把拖把！”她喊道，珊瑚一样红的嘴唇中露出了一排雪白的牙齿。

兹贝什科皱起眉头，说道：“你尽可以任意取笑我，你向来都是乐意这样做的。”

“我乐意取笑你？”姑娘问道，“老天爷！我是来请你们去吃晚饭的，我也不是在取笑你，而是在笑这两个女人，因为要是我的话，早就把它梳好了。”

“哦！你也不行！”

“雅斯柯的头发是谁梳的呢？”

“雅斯柯是你的兄弟。”兹贝什科答道。

“你说得对！”

这时候，经验丰富的老马奇科决定要来帮助他们了。

“在贵族家里，年轻骑士的头发太长了总是由自己的妹妹剪的，丈夫的头发总是由妻子剪的，可是如果一个骑士既没有妹妹，又没有妻子，那么就由一位贵族小姐来梳，即使是一个陌生人也无所谓。”

“真有这种习惯吗？”雅金卡垂下了眼睛，问道。

“不但在一般朝廷里是这样，而且在城堡里，甚至在国王的朝廷上都是这样。”马奇科回答。

然后他转向两个女仆。

“让我来吧，你们回去吧。”

“那就叫她们给我端一盆热水来。”姑娘说。

马奇科和两个女仆出去了，不多一会，他送来一盆热水，一放下来就走。雅金卡用一块湿毛巾使劲擦着兹贝什科的头发;等到头发柔软,垂到肩上了,她就拿了木梳,坐在青年骑士身旁进一步梳理。

他们就这样彼此挨得很近,默默无言。雅金卡开始整理他那金色的发卷了。兹贝什科感觉到她那举起的双臂和手那样贴近着他,使他浑身都发起抖来,他拼命克制自己,才算没有把她拦腰抱到怀里来。

一片寂静里只听见他们急促的呼吸声。

"你好像身体还不太好,你怎么啦?"雅金卡问道。

"没什么!"年轻的骑士回答。

"你的呼吸那么沉重!"

"你也一样!"

他们又沉默了。雅金卡的双颊红得像玫瑰,因为她觉得兹贝什科的眼睛一直盯着她的脸。她为了要知道他究竟为什么这么慌乱,便又问道:

"你为什么要这么瞪着眼?"

"你感到难受吗?"

"没有,我只是问问。"

"雅金卡!"

"什么?"

兹贝什科深深吸了口气,又叹了一口气,挪动着嘴唇,仿佛准备作一次长篇大论的自白,但是他显然还没有勇气,所以他又叫了一声:

"雅金卡!"

"什么……"

……

"我有句话不敢对你说!"

"别怕!我不过是个普通姑娘,又不是一只恐龙!"

"不错,你不是一只恐龙!但是马奇科叔叔说他要娶你……"

"他娶是要娶的,只不过不是为他自己。"

她沉默了,仿佛被她自己的话吓到了。

"凭着上帝的爱!我的雅金卡,你怎么看这件事呢?"兹贝什科喊道。

她的眼睛突然充满了泪水,小巧的嘴开始抽搐起来,声音低得兹贝什科几乎听不清楚，她说道：

“父亲和修道院院长都这样想过……而我——嗯——你知道！”

听到这些话，一阵欢乐突然像火焰一般在他心里爆发起来，他一把抱住了她，把她举了起来，好像她的身体轻得像一根羽毛，而且用发疯似的声调叫喊起来：

“雅金卡，雅金卡！你是我心爱的太阳！嗨，嗨！”

他叫得这么大声，使得马奇科以为发生了什么意外，连忙冲进房间来。他一看见兹贝什科抱着雅金卡，吃了一惊，因为这件事的发生未免快得太出人意料了。他喊道：

“凭着圣父和圣子的名义！你在干什么，孩子？”

兹贝什科放下了雅金卡，跳到他跟前，两个年轻人都要在他面前跪下来，但是他们还没来得及跪下，老人已经用他那双骨骼粗大的胳膊抱住了他们，用尽全力把他们压在心口。

“赞美上帝！”他说，“我早知道结果会是这样，我真快活！上帝祝福你们，我现在死也可以放心了！金子做的姑娘！上帝和男人的宠儿！我说得一点不假……现在我得到这份幸福了，什么都不怕了！上帝考验了我们，可他也赐给了我们欢乐！应该到兹戈热利策去让雅斯柯知道这件事。嗨！要是老齐赫活着可多好啊！……还有修道院院长！但是我替他们两人拥抱你。老实告诉你们，我爱你们两个人。我真不好意思说我爱得多么深啊。”

虽然他平常不动感情，这会儿却感动得喉头也哽住了，他吻了兹贝什科，又吻了雅金卡的双颊。

他含着眼泪，半哽咽地说：“像蜜一样的姑娘！”

于是他到马房去了，吩咐套好马鞍。他走过屋前的向日葵那儿，注视着那层层黄色花瓣的黑色花心，就好像是个喝醉了酒的人一样。

“唔，向日葵籽一大堆。”他说。“但是博格丹涅茨的‘格拉其’将要更多！”

于是他向马房走去，嘴里嘟嘟哝哝地计算着：

“博格丹涅茨……修道院院长的产业……斯佩霍夫……莫奇多韦……上帝总是知道应该把人领到哪里去！老维尔克也快要去世了，那时候勃尔左卓伐也是值得买下来的……好田地!"

这时候雅金卡和兹贝什科也走到室外,快活得笑逐颜开。

"亲爱的叔叔!"兹贝什科老远地喊道。

马奇科向他们转过身来,张开双臂,仿佛置身在树林里似的高声大喊:

"喂!喂!快来呀!"

第二十九章 快乐的生活

情节简介

兹贝什科和雅金卡的结合成为了博格丹涅茨一带众人瞩目的焦点，随着这对英俊骑士和美丽小姐幸福生活的展开，他们的孩子们也相继出世，财富也日渐增多，城堡也渐渐成形，马奇科的梦想都实现了。但是老人生命中的最后一个愿望并没有实现，这会是什么呢？本章将会给出答案。

兹贝什科和雅金卡暂时住在莫奇多韦，老马奇科准备在博格丹涅茨替他们造一座城堡。老骑士费了很多心思，而且尽管兹戈热利策和莫奇多韦的人都身强力壮，也忙了一年才着手砌城堡的城墙。现在他更加兴致勃勃地造下去了，因为雅金卡已经生了双胞胎。

他们给双胞胎命名为马奇科和雅斯柯。老人极其钟爱他们。在兹贝什科眼里，雅金卡比全世界都宝贵，你只要在他面前称赞雅金卡，他什么东西都肯给你。雅金卡在这附近就像一朵花一样，散发着独一无二的光彩。

她给她丈夫带来了一笔巨大的嫁妆，而且比嫁妆更好的是：她深情的爱和使人眼花缭乱的美貌，她的庄严和勇气连任何骑士都要引为骄傲的。她生完孩子后只过了几天，就若无其事地起来料理家务，然后陪着她丈夫去打猎。因此她丈夫像爱自己的眼珠似的爱着她。马奇科也爱她，受到她厚待的那些仆人也爱她。礼拜天，她一走进克尔席斯尼阿教堂，就听得人们叽叽喳喳地对她赞不绝口。她从前那个追求者，丑陋的奇坦，已经和一个农夫的女儿结了婚，他望过弥撒后，和老维尔克一起在客店里喝酒，痛饮一番之后，说道："为了她，您的儿子不止一次和我斗过，我们都想娶她，都没有成功，我们简直好像伸手去摘天上的月亮。"

另外一些人说这样一位美女只能在克拉科夫的宫廷里才找得到。她的财富、美貌和仪态、勇气和体力都受到大家的称赞。而兹贝什科也是配得上这样的女子的,大家又喋喋不休地讲起这位年轻骑士的好话。

如今整个博格丹涅茨越来越富饶了。

"这真奇怪,"老乡邻们说,"一场大火过后,博格丹涅茨只留下了一间破落的屋子,屋主人由于缺少人手,不得不把它押给一位亲戚,可现在却造起了一座城堡。"

有些人甚至认为这是一种预兆,说是整个国家也正在以不可阻挡之势走向兴隆,只要上帝愿意,就准能成为事实。

马奇科过着幸福的日子,心里充溢着从来没有过的快乐。本来严峻的脸容已逐渐变成慈祥,眼睛总是和善地向人们笑着。他深信自己的烦恼从此一去不复返了,任何祸害和不幸都不能来骚扰这种幸福生活,生活正像一条发亮的溪流似的静穆地流着。

博格丹涅茨完全变了样。荒凉的庄屋成为一个体面的村落,过路人老远看到新城堡的瞭望塔和雪白的城墙,都眼花缭乱了。晨光把城堡照得光彩夺目,晚霞又把它染成一片紫色。

因此老马奇科一想到牲畜和产业的兴旺状况,就满心喜悦,听见人们说他是个有福气的人,他也并不谦让。

双胞胎出生一年以后,又有一个孩子出世了,雅金卡为了纪念她的父亲,给他取名为齐赫。孩子的出世使马奇科更加欢乐。

从兹贝什科结婚算起,大约到了第四年,城堡完工了。这一切都得力于兹戈热利策和莫奇多韦当地农民的帮助,也得益于不少邻人,特别是老维尔克的帮助。老维尔克自从儿子死后,孤苦伶仃,和马奇科非常友好。后来他也非常喜欢兹贝什科和雅金卡了。

大约到了第五年,马房、谷仓、厨房、浴室和地下室都完工了,兹贝什科一家人便搬进了城堡。但是马奇科却不顾兹贝什科和雅金卡的百般恳求,坚决不肯从老家搬进城堡。

他说:"我要死在我出生的地方。在最艰难的时候,我就一直住在那里。现在我不能丢弃老屋子,因为老屋子没有丢弃我,我也不应该丢弃它。你们可就大不相同了,你们都还很年轻。"

于是他仍旧住在那里，可是他很爱到小城堡去，去看看它的宏伟和庄丽，同时也可以看看兹贝什科、雅金卡和"孙儿女们"。他所看到的很大一部分都是他亲手建造的，因而他满怀得意和惊奇。有时候他的老朋友维尔克来访问他，和他在火炉边聊聊天，马奇科有时候也去找他聊聊天。有一次他们谈起"新局面"，马奇科说：

"您知道，兹贝什科到过克拉科夫国王的城堡，到过马佐夫舍，到过马耳博克，也到过雅努什王公那里。雅金卡也是在富裕的环境中长大的。可他们却没有自己的城堡……但是现在，他们却好像都住惯了城堡似的。我告诉您，他们不停地在屋子里走来走去，对仆人们发号施令，到了疲劳的时候，就坐下来歇歇。他们可真像是一对总督夫妇啦！他们也有和村长、管家和仆役们一起吃饭的房间。上面总是他们两人坐的，坐在下面的那些人，都在那里等到他们的老爷和夫人用过了餐才离座，这就是宫廷的礼节。可是我每次都得提醒自己，他们毕竟不是王公，而是我的侄子和侄媳，他们握我的手，让我坐首席，管我叫做他们的恩人。"

"愿上帝耶稣为此而赐给他们兴旺！"老维尔克说。

接着他忧郁地摇摇头，喝了一口蜂蜜酒，用火钳拨一拨炉火，说道：

"可我的孩子已经死了！"

"这是上帝的意旨。"

每年的圣母升天节，兹贝什科都要邀请邻人，举行盛大宴会，乡绅家的夫人小姐们都要趁此机会来见识见识这位骑士的阔绰场面，听听人家谈论，和年轻的骑士们跳跳舞，一直玩到天亮。在这种时候，老马奇科饱享眼福，欣赏着兹贝什科和雅金卡的堂皇气派。

许多贵族都在心里说："上帝慈悲！他真像城堡里的王公哩！"那些熟悉西方礼节的骑士常常跪在雅金卡面前，恳求她允许自己把她作为心上的情人。这是因为她具有容光焕发的健康、青春、力量和美貌。

到了第五年，所有的产业都已经安排得井井有条了。雅金卡正在快乐地摇着她那个名叫尤兰德的第四个儿子睡觉，老马奇科向兹贝什科说：

"一切都是兴隆气象，如果上帝能再允许我一件事，我死也安心了。"

兹贝什科以询问的神色望着他，过了一会儿，问道：

"您也许是指和十字军骑士团的战争吧？因为您并不需要别的什

么了。”

“我早就跟你说过，”马奇科回答，“只要大团长康拉德活着，就不会有战争。”

“可他不会长生不老的。”

“我也不会长生不老，因此我想的完全是另外的事。”

“那是什么事呢？”

“……最好事先不说。我这会儿要到斯佩霍夫去一趟，也许我还会到普洛茨克和崔尔斯克去拜见两位王公。”

这个回答倒没有使兹贝什科感到意外，因为最近几年来，马奇科已经到斯佩霍夫去过好几次了。因此兹贝什科只是问道：

“您要在那里耽搁很久吗？”

“要比往常久一些，因为我还要在普洛茨克待些时候。”

一个礼拜后，马奇科动身了，他带了几辆马车和几副精良的甲胄（以备万一需要在比武场上战斗）。临别时，他说他这次可能会比往常出门久一些。他确实出去得比往常久。兹贝什科有六个月没有得到他的信息，感到有些不安了，终于亲自到斯佩霍夫去看他，结果却在谢拉兹附近的路上遇见了马奇科，两人一同回家。

老骑士显得有些阴郁，他仔细询问兹贝什科，他不在家的时候情况如何。他听说一切都很好，就高兴了起来，于是就先谈起他自己的事情来了：

“告诉你，我去过马耳博克了。”他说。

“您是说马耳博克吗？”兹贝什科惊奇地望了他一会儿，突然拍拍大腿说道：

“哦，上帝！我已经完全忘掉我要和他们战斗到死的誓愿了！”

“你当然会忘掉，因为你已经实现了你的誓愿。”马奇科回答。这时马奇科的脸沉下来了，说：“我见到利希滕施泰因了。”

“唔，”兹贝什科问道，“他避开了你吗？”

“躲开倒没有躲开，但他没有露面。他们可能会选他做大团长呢。谁知道！他们说，他在指挥一切，骑士团所有的事务都压在他肩上。大团长缺了他就不行。康拉德确实衰老了。有一次我亲眼看见他晕倒了。嗨，也许我们能够看得到大战的!”

“愿上帝许可！但是他们和国王有什么新的冲突吗?”

“有老的冲突,也有新的冲突。十字军骑士的本性是不会变的。虽然他知道你比他强,打起来会吃败仗,但还是要侵犯你、暗算你,因为他没有办法——他非得这样不可。”

“十字军骑士自以为比所有的国家都强。”

“他们不是人人都这么想的,不过这样想的人很多,乌尔里西就是其中之一。不过他们也确实很强大。”

“您记得盛特拉姆曾经说的话吗?”

“怎么不记得。十字军骑士的情况一年比一年差了。一个修士对待另一个修士还不如那里的普通人待我那么好,而德意志人却看不出这点。那里的百姓已经吃够了十字军骑士的苦。”

“那么我们不会等很久了。”

“不会久了。不过也还要等些时候,”马奇科回答,迟疑了一下又说:“但目前这时候,应该尽心竭力地工作,增加财富,发生了战争就可以应付裕如。”

第三十章 备战

情节简介

随着康拉德大团长的去世，战争的脚步越来越近。波兰人民都做着大战前的准备，一些普鲁士的人们也纷纷涌向波兰，大批大批的外国骑士也奔向首都克拉科夫，战争仿佛一触即发。在博格丹涅茨，做好准备的人们焦急地等待着，直到有一天，大战的消息传来，大家在兹贝什科和马奇科的带领下向战场奔去……

过了一年，康拉德大团长逝世了。

“一个空前的时代来到了！”老马奇科庄严地宣告说。

当然，马奇科和兹贝什科都知道战争不会一下就爆发，可是早晚都会发生。因此他们认真做着出征的准备工作：挑选马匹和甲胄，对侍从们、仆役们、村长们和小地主贵族们进行军事训练。

所有的朝廷都在备战。打铁铺里的锤子叮叮当当地响个不停，弓和皮带都上了油，马车进行了修理。大量的燕麦片和熏肉都贮藏起来了。

马奇科和兹贝什科到教堂的时候，就被人们包围了，大家打听着关于战争的消息，甚至如何和德意志人作战，他们在哪些方面胜过波兰人，哪些方面不如波兰人。

事实上，马奇科和兹贝什科对这些事情都很富有经验。人们都专心地听着。最后兹贝什科说：“一切等到大战爆发了就会见分晓。”

然而一天一天过去了，战争还是没有到来。有些人甚至怀疑，究竟会不会发生战争？因为双方一直在谈判，却没有什么结果。

消息流传得很广，说是十字军骑士团的使者已经到克拉科夫来了，而波兰使者也已经去马耳博克了。据说匈牙利和捷克国王，甚至教皇，都出来调停了。但是离开克拉科夫这么远，谁也说不清楚。因此流传着各种各样的谣言,甚至还有一些离奇的谣言。但是战争的迹象却一点也没有。

最后,马奇科决定亲自到克拉科夫去一次,打听确实的消息。大约在第六个礼拜他就回来了。人们又围了上来问无数的问题:

“你们的矛枪头和斧头都磨好了没有?”

“什么?现在!天啊!有什么消息?您见到了谁?”大家争相喊着。

“我见到了盛特拉姆!估计我们就要上马启程了。”

“天啊!是怎么回事?您说说吧!”

“那你们听说过德列兹邓科吗?”

“是啊,我们听到过的,但那是一座小城堡。”

“这件小事不会成为开战的理由吧?”

“这当然是件小事,还有许多更重要的地方发生了争论呢,反正会挑起战争。”

“盛特拉姆告诉过我一个关于那里的寓言。”

“您快说吧!”

“他这样对我说:‘瞎子走路,被一块石头绊倒了。他是因为瞎了眼睛才跌倒的,可是使他跌倒的真正原因却是那块石头。’德列兹邓科就是这样一块石头。”

“那怎么会?要知道骑士团还站得很稳呢。”

“你们不懂得啊?那我再打一个比方,一只碗装水装得太满了,再加一滴就会溢出来。”

骑士们听后十分激动,恨不得立刻上马到谢拉兹去,马奇科不得不阻止他们。

“要准备!”老骑士说,“要耐心等待。他们不会忘记我们的。”

骑士们又去做他们的准备工作了,他们等了好久,还是没有消息。但是经验丰富的马奇科从各种迹象推断出战争已迫在眉睫,而且是一场大战。

首先是上面发布了命令,在境内所有的森林和荒野进行一次大狩猎。这次狩猎规模之大,成千上万的居民参加了这次围猎,打死了大群的野牛、雄鹿、野猪和各种各样小动物。树林里熏了好几个礼拜的肉,肉熏好以后就送到各大城镇去,再从那里送到普洛茨克的仓库里,为大军的征战做准备。马奇科很明白这是什么意思，因为每当维托尔德王公准备大规模远征的时候，总要下令进行大规模的狩猎。

还有种种别的迹象。例如从德意志人那里有大批农夫越过边境逃到波兰和马佐夫舍来了，他们恳求参军。因为他们受尽十字军骑士的迫害，恨透了十字军骑士，一定要报这个仇。虽然十字军骑士把那些追捕到的逃亡者绞死了，却阻止不了逃亡。整个国家都充满了从普鲁士来的“老乞丐和乐奴”。

从四面八方的人们都向克拉科夫涌去。不但有乞丐，也有教堂下级职员、风琴手和其他一些教堂人员，甚至有修士和神甫。

这些难民甚至曾经在密室里听骑士团谈话，并把他们的会议内容记下来。克拉科夫谣传着，国王和大臣们从这些难民口中知道了十字军骑士团的预谋的每一步。

可是马耳博克的情形却相反。十字军骑士团高高兴兴地自我陶醉，确信他们的力量是无穷的，并且相信遥远的一些国家也会来支援他们。

但是尽管有了这些迹象、准备和努力。战争却不像人们希望的那样来得很快。兹贝什科也渴望着战争，他早已把一切都准备妥当。

“您说过一定会有战争！”他说，“可现在呢，连个影子都没有。”

马奇科答道：“你没有看见情势的发展吗？”

“可是万一国王在最后关头却和他们达成协议呢？听说他并不希望有战争。”

“他不希望有战争，但是下面这些话不是他本人说的是谁说的呢：‘如果德列兹邓科被人家占领，我却袖手旁观，那我就不做国王了。’可是德意志人一直占据着德列兹邓科，直到如今还占据着那个地方。我告诉你，如果没有德列兹邓科，也会另有借口的。”

“据说，德列兹邓科还是被康拉德大团长占去的，可是他又害怕国王。”

“他害怕，他比别人更了解波兰人的力量。但是他无法制止骑士团的贪心。不过如果德意志人打算放弃德列兹邓科的话，那又怎样呢？”

“没有一个十字军骑士会放弃他已经吞下了肚的东西。”

“不！”兹贝什科嚷道，“康拉德也许会放弃，但是乌尔里西绝不会放弃。”

他们就这样交谈着。

消息像打雷似的突然传遍全国，据说十字军骑士已经攻击并且占领了老波兰的山托克城堡，那地方原来是抵押给约翰骑士团的。而当波兰的使者们去祝贺乌尔里西荣升大团长的时候，他故意离开了马耳博克，并且他一开始就指示朝廷中的官员们说，凡是与国王和波兰的一切交往，都必须用德意志文，不得用拉丁文。可见他是个什么样的人。

克拉科夫的贵族秘密地准备着战争。他们知道乌尔里西会公开宣战。

可是骑士团里有一些比较沉稳的高级修士们，却比乌尔里西更狡猾，而且深知维托尔德王公的为人，想用礼物和奉承来把他拉到他们那一边去。他们用尽了各种各样罗马的恺撒时代特有的办法，人们为了那些活着的恺撒造了圣堂和祭坛表示尊敬。

十字军骑士团的使者们卑躬屈节地向雅盖沃的总督说：

“骑士团有两个恩人。第一个是上帝，第二个是维托尔德王公。因此维托尔德王公的每一句话和每个愿望，对于十字军骑士说来，都是神圣不可侵犯的。”

他们请求维托尔德王公来调停德列兹邓科事件。他们认为，维托尔德王公如果劝说国王，他们的友谊就会破裂，即使不是永久破裂，至少也是长时期的破裂。但是国王的大臣们知道马耳博克所进行的勾当。因此国王也挑选维托尔德王公去作调停人。

骑士团悔不该挑选他。十字军骑士团中那些自以为了解这位大王公性格的高级修士们，事实上对他的了解并不够。维托尔德王公不但把德列兹邓科判给了波兰，而且他也了解并且猜想得到事情的发展。他又使时母德人起来反叛，他对骑士团的脸色也愈来愈难看，他还从富饶的波兰土地上运来兵马和粮食，做好充分的备战。

这种局面一出现，这个大帝国的上上下下都明白，决定性的时刻终于来到了。

有一次，老马奇科、兹贝什科和雅金卡正坐在博格丹涅茨的城堡门前，享受着新鲜空气和暖和的阳光，一个陌生人骑着一匹口吐泡沫的马突然出现了。他把一个用杨树和柳枝编成的花环扔到骑士脚旁，喊着："嫩条！嫩条！"然后继续向前飞驰而去。

两个骑士都非常激动地跳了起来。马奇科的脸上呈现出又庄严又可怕的神情。兹贝什科奔到城堡里去吩咐侍从把"嫩条"再往前传。然后他回到门口，双眼闪闪发光，喊道：

"战争！上帝终于赐给了战争！战争！"

"这样一场人心所向的战争，我们从来还没有经历过呢！"马奇科严肃地添了一句。

他把仆役们喊来，一眨眼工夫，他们就围在主人四周了：

"到瞭望塔上去向四面八方吹号角，再派些人去把村长们召集起来。到马房里去牵出马来，把马车套上马！快！！"

他话音未落，仆役们就往四处跑开，去执行他的命令了。

其实一切都已准备了好些时候了。人手、马匹、武器和粮食都已准备妥帖，只等着出发了，但兹贝什科在动身之前向马奇科问道：

"您不打算留在家里吗？"

"我？你脑袋里在想些什么？"

"按照法律，您可以留在家里。您家里已经有个人代替您了，雅金卡和孩子们也要有个人照应。"

"唔，那么听着。我等这个时刻已经等到头发白了。"

很明显，从他那冷冰冰而坚定的脸色看来，是没有办法劝止他了。再说，尽管他已经过了七十岁，他还是四肢灵活。不过事实上，他一披上全副甲胄，不踩马镫是再也不能一跃而跳上马身了，话虽如此，许多年轻人，特别是西方那批骑士也办不到。而且邻近一带谁都没有他这样丰富的作战经验。

雅金卡显然也不怕单独留在家。她听了丈夫的话，就走过来吻他的手，说道：

"别担心我，亲爱的兹贝什科，我们的城堡很舒服。你也知道我不是胆小的人，况且石弓和矛枪，我又不是没有见过。目前你应该精忠报国，不该想到我们的私事。上帝会在这里照顾我们的。"

她的眼窝里突然涌起泪水，大滴大滴地流到她美丽洁白的脸上。她一面指着孩子们，一面用激动得颤抖的声音继续说道：

“嗨！要不是为了这些可爱的小家伙，我就会伏在你的脚下，非要你答应带我一起去打仗不可。”

“雅金卡！”兹贝什科喊道，一面把她抱在怀里。

她也抱住他的头颈，紧紧地偎着他，情深意挚地说：

“我但愿你会回到我身边来，我的宝贝，我唯一的人儿，我最亲爱的！”

“你必须每天感谢上帝赐给你这样一个妻子！”马奇科用低沉的声音说了一句。

大约一个钟头以后，瞭望塔上的军旗降下来了，表示主人出门去了。兹贝什科和马奇科同意雅金卡和孩子们一直送他们到谢拉兹。于是吃了一顿丰盛的饭餐，全部人马和所有车队上路了。

这天天气晴朗而静谧，没有风。森林里的树木一动不动。山丘上的牛羊群也在享受午后的休息，懒洋洋地咀嚼着食物，仿佛也在沉思。但是因为干旱，路上到处扬起大片大片的金黄色尘埃，在这些尘埃之上，无数火星在阳光中闪烁。

接着他们在博格丹涅茨的边界上遇到了雅金卡的兄弟——年轻的雅斯柯，同两个枪骑兵一起出发，带了二十个人。再前去，在十字路口，奇坦那只蓬蓬松松的脑袋从尘雾中露了出来。虽然他和博格丹涅茨的骑士并不友善，可是现在他老远就喊道：“去吧，去打德意志狗东西！”于是他欠身致敬，祝他们好，又消失在灰蒙蒙的尘雾里了。他们也遇到了老维尔克。他由于年老而不断点头晃脑，但是他也去了，要为他那个在西里西亚被德意志人打死的儿子报仇。

他们越是走近谢拉兹，尘雾便越浓。等到远远地望见这地方的塔楼的时候，整条道路都挤满了骑士、头领和武装的士兵，大家都涌向集合的地方去。老马奇科看到那么多人，都是健壮和坚强的汉子，斗志昂扬，甘愿忍受酷热、严寒和重重困难。他受到很大的鼓舞，因为他觉得这就是必胜的预兆。

第三十一章 大战前夕

情节简介

战争即将爆发了，兹贝什科和叔叔来到了波兰的军营，他们遇到了熟悉的波伐瓦、德劳许骑士，彼此交谈得不亦乐乎。在赶往马佐夫舍的路上，大家沿途目睹了来自不同地方的军队，其中有鞑靼人、时母德人，甚至俄罗斯军队，都是为着一个目标而去。波兰民族孕育着的伟大生命力淋漓尽致地展现出来了。随着浩浩荡荡的大军向战场走去，一场前所未有的战争即将展开……

战争终于爆发了，开始没有什么激烈的战斗，而且对波兰很不利。在波兰军到达之前，十字军骑士团已经攻下了鲍勃罗夫尼克，把兹罗多尔雅夷为平地，又占领了杜勃尔润。后来经过捷克人和匈牙利人的调停，战争的风暴平息了一个时期。紧接着是暂时休战。休战期间，捷克国王又在波兰人和骑士团之间进行调停。

但是在整个冬季和春季里，双方并没有停止集结军队。后来，捷克国王得到了骑士团方面的贿赂，并提出了有利于骑士团的意见，于是双方不得不再度作战。

夏季到了，维托尔德率领的各个“氏族”军也来到了。他们在崔尔斯克附近渡过河以后和马佐夫舍王公的队伍会师了。在河对岸，十万名穿铠甲的德意志人已在斯威崔附近摆开了阵势。国王本来打算过河，抄近路向马耳博克进发。但因为无法渡河，就转过来奔向杰尔陀瓦去了，他们毁掉了十字军骑士团的城堡陀姆勃罗夫纳之后，就在那里扎下了营寨。

国王本人和波兰、立陶宛的大臣们都相信短期内一定有一场决定性的大战。由于大团长堵住了国王进军的道路，于是为了休整一下自己的军队，迎接即将来临的决战，波兰军队扎下营寨，在陀姆勃罗夫纳歇了一夜。这座城堡防御很牢靠,四面都是湖泊和厚厚的城墙,还有无数守军,但是波兰骑士一眨眼工夫就把它拿了下来,等到大军赶到时,市镇和要塞已经一无所有。晚上的天气变幻莫测,狂风暴雨。直到午夜,风雨才稍稍平息,战士们点起火来,顷刻之间,波兰-立陶宛的大军里烧起了千千万万个火堆。战士们在火堆上烘干了他们淋湿的衣服,唱着战歌。

国王也没有睡,他在军营旁的小屋里召开了一次军事会议,讨论占领城堡的事。由于谢拉兹分队也参加了攻打这城市,分队的首领雅可伯和其余几个长官也被召来,解释他们为什么没有上级命令,就攻打起这个地方来,何况国王本人已派了传令官和几个侍从命令他们不要攻打。

首领不知道他的擅自行动是否会受到谴责,甚至是惩罚。他随身带来了十几个第一流的骑士(老马奇科和兹贝什科也在其中)来作证,说国王的军队到达的时候已经太迟了,他们已经在攻打城堡的城墙了,而且正和守军处在最顽强战斗的紧要关头。至于擅自去攻打这个要塞,他也做了一番解释。国王、维托尔德王公和贵族们,一听到这些话,不但没有谴责这位首领,甚至还赞扬了他们在很短的时间里就攻下了这个要塞和击败了坚强的守军。马奇科和兹贝什科于是有了机会看到王国的那些最高首领。因为除了国王和马佐夫舍的两位王公之外,在场的还有全军的两个首领。维托尔德率领着立陶宛、时母德、罗斯、比萨拉比亚、瓦拉几亚和鞑靼人的军队。盛特拉姆是克拉科夫的掌剑官,波兰军队的主脑、最高军事权威。

此外,出席那次会议的还有最伟大的战士和战略家。克拉科夫的总督奥斯特罗夫的克利斯丁,克拉科夫的首领雅斯柯,等等。还有齐叶莫维特王公的儿子齐叶莫维特,在他们中间数他最年轻,是个了不起的统帅,连国王也很赏识他的见识。

他们都在那间宽敞的房间里等着,以便国王随时咨询,及时提出建议。

"嗨!"波伐瓦向兹贝什科说,"您有一笔很大的旧账要同十字军骑士算呢。我希望您现在就把它结清。"

"我将牺牲一切,哪怕我得流血,也在所不惜。"兹贝什科回答。

"您可知道那个利希滕施泰因现在是大分团长了吗?"

“我知道,我叔叔也知道。”

“愿上帝让我和他交战。”马奇科插嘴道,“因为我和他有一件私事。”

“嗨!我也向他挑战过。”波伐瓦说,“可是他回答说,骑士团不允许他战斗。好吧,也许这一次会批准他了吧。”

一向严肃的查维夏说了:

“上帝会指定他的。”

兹贝什科出于好奇心,把叔叔的事讲给查维夏听,又问查维夏说,马奇科既然和利希滕施泰因的亲戚决斗过,而且把他打死了,那么是否算是实现了和他决斗的誓愿?大家都一致说,这就够了。但是固执的马奇科虽然心里对这意见很高兴,却说道:

“话虽如此,但如果我和他本人决斗过了,我就更安心了。”

于是他们谈到了攻克杰尔根堡和大战,因为大团长除了设法阻止国王大军的进攻之外,没有其他的办法。

骑士们正在费尽心机猜测,究竟哪一天发生大战,一个高高瘦瘦的骑士走过来了。他穿着红色的布衣,帽子也是用红布做的,叉着双手,声音柔和得简直像女人似的说道:

“我向您致敬,博格丹涅茨的兹贝什科骑士。”

“德劳许!”兹贝什科喊道,“您也在这里!”

两人激动地拥抱在一起,就像最亲密的朋友似的彼此吻过以后,兹贝什科就很高兴地问他:

“这么说来,您站在我们这一边了吗?”

“也许有许多杰尔特里的骑士站在另一边战斗,”德劳许回答,“我是德鲁戈拉斯的地主,而我的义务就是为我的主人雅努什王公效劳。”

“那您是继承了老尼古拉的土地之后做了德鲁戈拉斯的地主吗?”

“是的!因为尼古拉死后,他的儿子在鲍勃罗夫尼克被打死了,德鲁戈拉斯就成为美丽的德鲁戈拉斯的雅金卡的产业了,她在五年前就做了我的夫人。”

“看在上帝的分上!”兹贝什科喊道,“您把整个情形都说给我听吧!”

但是德劳许向老马奇科问好后,却说道:

“您的老侍从赫拉瓦告诉我说,我可以在这里找到您。他现在在帐篷里等着我们,在准备晚餐。咱们一起去吧。”

然后他转向波伐瓦说道:

“请您,高贵的骑士,我们一起吧。我将感到极大的荣幸。”

“好!”波伐瓦回答,“我喜欢和熟人谈谈。顺便我们还可以一路看看大军。”

于是这几位骑士走出来了。正要上马,德劳许的一个仆人把一件雨衣放在他胳膊上,这个仆人也走到兹贝什科跟前,吻了他的手,说道:

“我跪下向您参拜,骑士。我曾经做过您的仆人。天黑了,您认不出我来。您记得山德鲁斯吗?”

“啊!”兹贝什科喊道。

过去忧伤的回忆顿时从他的心头涌起,正如两个礼拜以前和他的侍从赫拉瓦久别重逢时的情形一样。

因此他说道:

“山德鲁斯!唉!我完全记得你和以往的那些事。你最近干了些什么?你在哪里?你不再做圣物买卖了吗?”

“不做了,少爷!我在德鲁戈拉斯的教堂里做下级职员,一直做到去年春天。但是战争一爆发,我立即厌倦了教堂的钟声,就想着来打仗了。”

“你说什么!”兹贝什科喊道。他完全不能想象山德鲁斯会去作战。

但是山德鲁斯握住他的马镫,说:

“我今年奉普洛茨克的主教命令到普鲁士去,在那里出了相当大的力。以后再跟您讲细节。现在请您上马,我的主人等着您用晚餐呢。”

兹贝什科上了马,骑到德劳许跟前,和他并排前进。

“我很高兴,”他说,“您加入了我们。但是我很奇怪,因为您在十字军骑士团里服务过。”

“拿报酬的人才算服务。”德劳许反驳道,“我却不拿报酬。不!我到十字军骑士团去的唯一目的,是想去冒险,取得骑士腰带,可您知道,我是从波兰王公的手中得到了骑士腰带的。后来又在这片国土上待了好久,我已经认清了谁是谁非。而且在这段时间里结了婚,住下来了。我怎么能够去参加那一边来打你们呢?我已经是这个国家的一个臣民了,您看我说你们的话说得多么流利。嗨!我连自己的一些家乡话也忘记了。”

“您的产业不是在杰尔特里吗？我听说您是那边骑士的亲戚，您有许多城堡和村落。”

“我已经把我的产业让给了我的亲戚富尔康了，他出钱买了下来，因此获得了大笔财富，用这笔钱在马佐夫舍置了一些产业。”

“您怎么会同德鲁戈拉斯的雅金卡结婚呢？”

“啊！”德劳许回答，“谁看得穿女人的心呢？我们的婚事一直拖延着，拖到我以为要完蛋了，于是我向她说，我绝望了，要到亚细亚去打仗，决计不回来了。她忽然痛哭流涕地说道：‘那我就去做修女了。’我听了这话，跪在她足下，两个礼拜之后，我们结婚了。”

“你们有孩子了吗？”兹贝什科问。

“战争过后，雅金卡将到王后雅德薇嘉的墓上去，求她赐福。”德劳许叹了一口气，答道。

“唔，这倒是一个可靠的办法。他们说，在这种事情上没有比我们的神圣王后更好的守护神了。几天之内，眼看要打一场大仗，然后就有和平了。”

“是的。”

“但是十字军骑士一定会把您看作叛徒吧？”

“不！”德劳许说，“您知道我是多么顾全骑士的荣誉。我托山德鲁斯送了一封信给大团长乌尔里西。在那封信中，我提出了辞职，并且向他说明我加入你们这一边的理由。”

“哈！山德鲁斯！”兹贝什科叫道，“他对我说，他厌倦了教堂的钟声，爱上了武器，我听了很惊奇，因为他一向是像兔子一样懦弱的。”

“山德鲁斯和钢铁打交道。”德劳许回答，“只有在他给我和我的侍从们理发修脸的时候。”

“原来这样！”兹贝什科快活地说。

他们骑在马上默默地跑了一会儿，后来德劳许望着天上，说道：

“我请你们去吃晚饭，可是等我们赶到那里，估计要进早餐了。”

“月亮还亮着呢。”兹贝什科回答道，“咱们快走吧。”

他们赶上马奇科和波伐瓦了。这四个人一起骑着马在大道上前进。

“自从有波兰以来。”马奇科说，“还从来没有看见过这样一支大军，王国各地的人们都来了。”

“任何一个国王都不会有这样一支大军。”德劳许说，“因为没有人能治理这样一个强大的国家。”

老骑士转向波伐瓦说：

“阁下，您说过有多少面军旗和维托尔德王公一起来啊？”

“四十面。”波伐瓦回答，“我们波兰和马祖尔合在一起有五十面。但是我们的军团没有维托尔德的军团那么大。他一个军团往往有几千人。”

“这些走在路上的是什么人？”德劳许问。

“这是些鞑靼人，是维托尔德的大臣沙拉丁率领来的。”

“他们能打仗吗？”

“立陶宛人和他们打过仗，征服了他们很大一部分人。因此他们不得不到这里来参战。但是西方骑士不是他们的对手，因为鞑靼人在撤退的时候比在交战的时候更可怕。”

“让我们走近些，看看他们。”德劳许说。

骑士们向篝火堆走去，鞑靼人穿着毛皮露在外面的、长长的羊皮外衣。多半就睡在地上或是稻草上。但是许多人都蹲在篝火前面。有些人哼着山歌，还有些人在吃着肉，一面鼓着发青的嘴唇吹着肉片。总之，他们的容貌是野蛮的，令人毛骨悚然。让人一下子会把他们当成森林里某种可怕的怪物，而不大会把他们当作人。

单身匹马从他们中间走过去是不大安全的，因为他们是个野蛮未开化的部族。在他们后面的是比较开化的比萨拉比亚军团，他们头上带着角。至于那些长头发的瓦拉几亚人，他们没有铠甲，只在胸前和背后挂着一块板，上面绘着骷髅和古怪的野兽。再后面就是塞尔维亚人，他们现在睡着了，他们有许多长笛、三弦琴、风笛和各种各样乐器。塞尔维亚人后面就是时母德人，每当维托尔德王公一声令下，他们总是赶来参加战斗，他们在首领斯寇伏罗的率领下，意志坚决地进军到这里来。

时母德人的篝火非常靠近立陶宛人的篝火，他们彼此是同族。他们说同样的话，有相同的风俗。

但是在立陶宛人营地入口的地方，波兰骑士们看见了一幅恐怖的图画。在绞架上，吊着两具尸体，被风吹得大摇大摆，翻来覆去，发出支支吾吾的声音。一看到这种阴森森的景象，骑士们画起了十字。等他们走过去以后，波伐瓦说：

“这两个犯人被带进来的时候我也在场。我们的主教和贵族早就控诉过立陶宛人在战争中的所作所为太残酷了，连教堂都不放过，所以当他们被带进来的时候，王公勃然大怒，他命令他们自己上吊。那两个不幸的人只得自己造起绞架，自己上吊。更其令人惊奇的是，他们还彼此催促：‘快些！否则，王公会更加生气了！’所有的鞑靼人和立陶宛人都感到十分恐惧，他们害怕王公的愤怒甚于害怕死亡。”

“是啊！”兹贝什科说。

他们就这样一边谈着，一边走过了立陶宛的营地和三个俄罗斯军团，他们武器精良，马匹高大，骑士们武艺高强。西方来的军队不论是臂力和腿力都比不过他们，不论是忍饥耐寒，克服疲劳，都比不上他们。连大大小小的波兰地主也胜得过那些西方骑士。

“这次骑士团那边也调集了前所未有的军队。从现在看来，要血流成河了。”马奇科回答。

波伐瓦说：

“国王派去送信给大团长的那位骑士告诉我们，十字军骑士团说：‘骑士团能够征服所有的王国。’”

“是呀！可我们人数更多。”兹贝什科说。

“嗳，他们非常看不起维托尔德的兵力，认为他们武装不齐全。不知道这种说法对不对。”

“这话又对又不对！”马奇科答道，“兹贝什科和我都了解他们，因为我们同他们肩并肩作过战。他们的武器的确不好，马匹瘦弱不堪，但是他们意志坚决，也许比德意志人更勇敢。”

“我们马上就要见分晓了。”波伐瓦回答，“国王一想到要使很多天主教徒流血，就热泪盈眶。即使在最后一刻，他也愿意缔结和约。但是十字军骑士团很骄傲，不肯这样做。”

“千真万确！我了解十字军骑士的，我们大家都了解他们。”马奇科说。

他们已经走近马佐夫舍军营了，德劳许的帐篷就搭在中间，这时候他们看见一大群人挤在一起，抬头望着天空。

“就在那里！就在那里！”人群中有人喊道。

“谁在说话，你们在这里干什么？”波伐瓦问。

“我是克罗蒲科教区的神甫。你们是谁呀？”

“塔切夫的波伐瓦、博格丹涅茨的两位骑士和德劳许。”

“啊！原来是您，骑士。”神甫用一种神秘的声音说道，同时走到波伐瓦的跟前，“您看月亮上出现了影子。这是一个有预兆的和了不起的夜晚。”

骑士们都抬起头望着月亮，月亮已经发白，就要落下去了。

“我看不出什么。”波伐瓦说。“您看见什么？”

“一个戴头巾的修士在和一个戴王冠的国王搏斗。瞧，瞧，就在那里！凭圣父、圣子和圣灵的名义！哦，他们多么凶狠地企图压倒对方啊……愿上帝对我们这些罪人发发慈悲吧！”

四周一片沉静，大家都屏住了呼吸。

“瞧！瞧！”神甫喊道。

“对，像有那么回事儿！”马奇科说。

“对，对！”别人证实道。

“哈！国王把那个修士摔倒了，”神甫突然嚷道，“他把一只脚踏在对方身上了！赞美耶稣基督。”

“永生永世！”

这时一大块乌云遮住了月亮，夜色暗下来了，只看见发着亮的篝火。

等骑士们离开了人群，波伐瓦问道：

“你们看见什么了吗？”

“起初我什么也没有看到。”马奇科回答，“后来我清清楚楚看见国王和修士了。”

“我也是。”

“我也是。”

“这是天主显圣，”波伐瓦说，“看来尽管国王在流泪，还是不会有和平的。”

“眼看就要有一场前所未有的大战了！”马奇科补充说。

他们默默地前进，心里却异常激动。

当他们到达德劳许的帐篷附近时，旋风又猛烈地刮起来了，一刹那间，马佐夫舍军营的篝火被刮散了，空中到处是火把、火炭和火星，四周笼罩着浓密的烟雾。

“嗨！风刮得多厉害，”兹贝什科说，一面把被风刮到头上的斗篷往后一推。

仿佛风暴声中有呻吟和哭泣的声音。

早晨，风暴不但没有停止，反而更加猛烈，使得他们无法搭帐篷。

国王按照远征开始以来的惯例，每天在帐篷里望三次弥撒。最后，维托尔德王公骑马急驰而来，千求万恳地说，由于天气关系，祈祷还是到森林里可以避风雨的地方去做吧，免得延误行军。国王赞同了他的打算，因为此外别无他法。

太阳升起的时候，大军向前移动，后面是一望无际的马车队。行了一小时的军，风势减弱，旗手们可以张开军旗了。极目所至，田野里仿佛开遍了万紫千红的花朵。一连片密密麻麻的旗帜无边无际。克拉科夫的军旗是一只白头鹰的红色旗面。这是整个王国的主要旗帜。

志愿兵的人数很多，整个第四十九军团都是由他们组成的。这些人主要编在步兵队里，走在了枪骑兵后面。他们虽然很野蛮，而且不受拘束，但是打仗却很熟练，并且十分勇猛，因此其他的步兵和他们作战的时候，都像狗看见野猪似的拔腿就跑。

靠近马佐夫舍和捷克分队的是从波兰各省来的、持着各自军旗的十六个军团，其中有一个是从普尔席米斯尔来的，有一个是从尔沃夫来的，一个是从加里崔来的，还有三个是从波陀里阿来的。紧接在他们后面的就是这些省份的步兵。他们都充分配备了短枪和镰刀。两位马佐夫舍的王公，雅努什和齐叶莫维特率领着第二十一、二十二和二十三军团。主教们和贵族们的军团有二十二个，走在他们后面。他们是泰尔诺伐的雅斯柯，登青的仁德列克、斯必特科、列里代，奥斯特罗伐的克尔丛，米哈洛伐的米柯拉伊，勃尔席齐阿的兹别格涅夫，科席格罗维的克尔丛，康涅茨波尔的古巴，里根扎的雅斯柯和克密泰斯及扎克里卡斯。此外，还有格里菲特、波波夫斯基和科兹里·洛基家族以及其他种种人，他们都集合在一起来参战,他们军旗上的纹章是共同的,他们的战号也是共同的。

人马形成了一片波涛汹涌的大海,他们知道他们是在走向一场可怕的战争,但是他们也知道这是他们的天职,因此心甘情愿地走向战斗。

在右边进军的是维托尔德的军团,他们扛着五彩缤纷的军旗,军旗上却绘着同样的立陶宛的纹章。谁都无法一眼看尽所有的军团,因为他们越过田野和森林行进,队伍宽达五英里路。

大军在森林外边驻扎下来。这地方看来很适合于休息,并且可以避免一切突然的袭击。因为两边都是湖,前面是一片约五英里宽的空地。在这片空地中间,地势向西徐徐隆起,要是十字军骑士从高地向森林冲来,一下子就可以发觉。但是敌人看来要在第二天才会赶到,因此大军只是停下来休息一下。

国王、两位王公和一些主要成员都进入了帐篷。帐篷前面聚集着一些最杰出的骑士。国王走了进去,身穿灰色战袍,脸容严肃。岁月并没有使他的外形有什么改变,他脸上既没有皱纹,头发也没有发白。他现在把头发掠到耳后去,动作还是那么敏捷,就像兹贝什科第一次在克拉科夫看见他的时候一样。不过他现在走起路来有些弯腰驼背,仿佛肩上压着一副责任的重担,极其悲伤。军中都在纷纷传说,国王经常哭泣,因为看到天主教徒即将流血。不过这倒是实情。作为波兰的国王和天主教徒,他看到的是燃烧着的村庄、瓦砾堆、血和泪,他害怕触怒上帝,但也无能为力。

维托尔德确实很渴望战争,而且迫不及待地备战。但是国王一想到骑士团虽然作恶多端,却一直有神力保护,也害怕得要命。

第三十二章 正义的胜利

情节简介

一场决定性的大战就此展开，几百年来沉积在波兰民族心中的仇恨、屈辱、愤怒在这一刻淋漓尽致地释放出来。在战场上，他们叫喊着、砍击着、奔跑着，在厮杀中，最终胜利属于了这个伟大而正义的民族，十字军骑士团全军覆灭。波兰民族取得了巨大的胜利。兹贝什科和老马奇科回到了博格丹涅茨，幸福的日子再次展开……

神甫们做完弥撒。国王刚走出去，一个叫做奥斯多希克的贵族，骑着马旋风似的飞驰而来，还没有下马就嚷道：

“最仁慈的君主！德意志人来了。”

听了这话，骑士们都大吃一惊，国王的脸色也变了。他沉默了一会儿，大声说道：

“赞美耶稣基督。你是在哪里见到他们的，有多少军团？”

“我在格伦瓦尔德附近看见了一个军团。”他气喘吁吁地答道，“但是高地的后面灰尘飞舞，一定还有更多的人要来！”

“赞美耶稣基督！”国王又说了一遍。

维托尔德一听这话，热血就冲到脸上，双眼像是烧红的煤块一样熊熊发光，他转向宫廷侍从们喊道：

“取消第二次弥撒，给我牵匹马来。”

但是国王把手放在维托尔德的肩上，说道：

“兄弟，你去吧，我要在这里望第二次弥撒。”

但是正当维托尔德王公和盛特拉姆骑上马、转向营地的时候，又有一个贵族皮奥特尔急驰而来，老远就叫喊着：

“德意志人！德意志人！我看见两个军团。”

“备马!”有些宫廷侍从和骑士叫道。

皮奥特尔的话还未说完，又听见得得的马蹄声，接着就来了第三个急差，接着是第四个、第五个和第六个。他们全都看见德意志的军旗向着这边来，而且数目不断增加。

骑士们各自分散，到自己所属的军旗那里去了。帐篷礼拜堂里只剩下了几个宫廷侍从、神甫和侍从在侍候国王。这时，一只小钟响了，神甫准备开始做第二次弥撒。国王也举起双臂，双手交叉成十字，眼睛望着天空，缓步走进帐篷。

等到国王做完弥撒，重新走出帐篷时，他亲眼看到了远处的高地上，有一种黑黝黝的东西，而五颜六色的旗帜像彩虹似的飘展在森林上空的阳光中。再往远看，一幅咄咄逼人的景象。国王转向神甫，问道：

“今天的守护圣徒是谁?”

“今天是耶稣派出众圣徒的日子。”神甫回答。

国王叹了一口气。

“那圣徒的日子将成为在这块田野上彼此残杀的天主教徒的末日了。”

于是他用手指向荒凉的平原。这时，侍从们牵过马来，远处有六十个骑兵急驰而来，是盛特拉姆派给国王的卫队。

卫队由阿列克山德指挥，他是普洛茨克王公的小儿子。卫队的副指挥由立陶宛人齐格门特担任，他是国王的侄子，是个有远大前程的青年人，只是生性浮躁。卫队中著名的骑士很多，而且各自的分工都不同。

国王在马上坐着，手里握了一支矛，深色的小眼睛开始炯炯发光。脸上露出一阵红光。红光一会儿又消失了，因为这时神甫来为他画着十字祝福了，他又变得严肃起来，还谦恭地垂下了头。

这时候，德意志大军正在慢慢地从高地上赶下来，驻在田野中。驻扎在下面的波兰军队清清楚楚地看到这一大片密集的披着铁战衣的骑者。

以前曾经和十字军骑士打过仗的老马奇科和兹贝什科一眼就认出了他们军队的旗帜和纹章。不过，外国客人的各种各样的标志，马奇科和兹贝什科就不认识了。

年纪大些的骑士脸上都显得十分严肃,因为他们知道摆在他们面前的任务是多么的沉重。可是年轻人却十分兴奋。他们把矛枪握得更紧,把剑柄和斧柄握得更紧,仿佛准备立即就去冲击。可是他们中间那些有经验的战士要他们安静下来,说:“每个人都有的是砍杀的机会。愿上帝保佑,别杀得太多。”

十字军骑士从高地上俯视下面的森林地带,只看见树林边缘上的二十来面波兰军旗,他们也不能断定这是否就是全部波兰军队。因为在他们认为,也许只是一大群波兰侦察兵而已。后来通过询问俘虏,他们才证实整个波兰-立陶宛的军队都来对付十字军骑士团了。

大团长曾经说:

“我们只要稍稍花些气力来对付波兰人就够了,至于其他的人,虽然人数比我们多,可他们都是劣等人民,不用担心。”

可是如今他发现敌人已经来到他面前,看到全王国的鲜艳的军旗,他才毫不怀疑地相信对方的主力军确实已经驻扎在他眼前了。

他们无法攻击现在处在森林中的波兰人。因为十字军骑士只有在开阔的田野上才能显身手,他们不愿意也不能在丛密的森林中战斗。因此大团长召集军事长官,举行了一个简短的会议,商议用一个什么办法把敌人引出森林。

“凭着圣杰西的名字。”大团长喊道。“我们已经马不停蹄地行军十来英里路,天又热得要命,我们穿着锁子甲,身上已经汗流如注。我们不能在这里坐视敌人决策上阵。”

温达骑士,这个上了年纪、相当聪明的人说:

“上帝知道我准备在阵地上牺牲。但是,我至少要根据良心和对骑士团的热爱来说话。波兰人绝不是懦弱的。但就我所知,那个国王直到最后还在盼望和平使者。”

威纳骑士没有回答,只是轻蔑地冷笑了一下——但是大团长不爱听温达骑士的话,他说道:

“现在我们还有时间考虑和平吗?”

“要商讨上帝的事总是有时间的。”温达回答。

那个凶猛的分团长,亨利克,转过他那满是汗水的胖面孔来,向着大团长怒气冲冲地喊道：

“我宁愿死也不愿受辱。即使单枪匹马，也要用这对宝剑去攻击整个波兰军队！”

乌尔里西微微皱了一下眉头。

“你说这话，是和你的职务不相称的。”他说。

然后他又向其余的分团长说道：

“大家商议一下，最好用什么办法才能把敌人诱出森林。”

分团长都纷纷献计。最后杰司道夫提议：派两个使者到国王那里说大团长送了他们两把剑，向波兰人挑战，要决一死战。如果战场太小，不适合他们打仗的话，那大团长就把军队向后撤退一点，满足他们的需要。

国王刚刚离开湖畔，到波兰军团那边，他打算把腰带授给一批骑士，突然听说十字军骑士团派来了两个使者。他不禁满怀希望，心怦怦直跳。

“也许，他们终于来提议公道的和平了！”

“上帝保佑！”神甫说。

国王派人去请维托尔德，这时候两个使者缓缓走近营地。

在明亮的阳光下，两个人都骑着披了马衣的高大战马。士兵们给他们让出一条通路。两个使者下了马，在国王的面前站了一会儿，略微哈腰，表示敬意，便立即陈述了此次来的使命。

第一个使者说：“君主，大团长乌尔里西，向陛下您和维托尔德王公挑战。为了激发您所缺乏的丈夫气概，他给您送来这两把剑。”

说完话，就把两把剑放在国王脚边。翻译官把他的话翻译给国王听。他的话刚说完，一个使者又走上前来说：

“君主！大团长乌尔里西命令我也向您通报，如果您觉得战场太小，不适宜打仗，他和士兵们可以后退，免得您和您的士兵在丛林里游荡。”

翻译官又把第二个使者的话译了出来。

于是一片沉静。只见国王的侍卫队里的骑士们听后，都默默地咬牙切齿。

国王的最后一线希望也烟消云散了。因此他抬起双眼，回答道：

“我们有的是宝剑，不过我也把这两口收下，作为胜利的预兆，这是上帝通过你们的手转交给我的。至于战场的所在地，还是要由上帝来指定。

我向上帝呼吁正义，向他申诉我所受到的损害，控诉你们的不义和傲慢。阿门！”

两颗大泪珠从他的脸上流了下来。

这时候侍卫队里的骑士们喊了起来：

“德意志人后退了。他们让出战场来了！”

两个使者走了。过了一会儿，又看见他们骑着高大的军马在山脚下行走。波兰军队以严整的战斗行列从森林和树丛中向前挺进。走在前面的大都由最强悍的骑士组成，后面就是主力军，再后面是步兵和雇佣兵。军队排成两行前进，盛特拉姆和维托尔德骑着马在其间奔来驰去，像是给风暴卷着向前疾驰的一团火焰。

骑士们深深地吸着气，坚定地坐在马鞍上。

大战就要开始了。

这时候大团长正在观察从森林里涌现出来的国王的军队。

他望着那无尽的队伍、那飘扬在风中的五彩缤纷的军旗，他心里突然被一种不可知的、可怕的预感压得透不过气来。他还第一次感觉到，他肩负着多么沉重的责任。

他脸色苍白，嘴唇抖动，泪如雨下。那些分团长都惊讶地望着这位领袖。

“您怎么啦，阁下？”温达骑士问。

“一点不错，这是该流泪的时候。”凶猛的希鲁霍夫的分团长说。

但是，大分团长利希滕施泰因撅着嘴说：

“大团长，现在是鼓舞士气的时候，而不是削弱士气的时候。老实说，我们从来没有看见您这样激动过。”

大团长尽管竭力压制自己的感情，眼泪仍然不住地从他的黑胡子上流了下来。最后他才克制了一下，把一双严峻的眼睛转向分团长们，喊道：

“到各军团去！”

这威风凛凛的一声令下，大家都飞跑到自己的部队里去了。接着他伸出手去吩咐侍从：

“给我拿头盔来！”

双方战士的心都跳动得好像敲锤子似的，但号角却始终没有吹出战号。

当地的农夫们爬到树上，观看世界上空前未有的两支大军的战斗。不过除了这座树林之外，整个田野都是空荡荡的，上面吹拂着风。骑士们的眼睛都不由自主地望着那片寂静的平原。云块在空中飞驰，时时遮住太阳，平原就好像披上了死神的黑斗篷。

就在这时，号角、喇叭和哨子声刺耳地在空中回荡。从侧面看，整个立陶宛人像一大群鸟儿准备起飞似的出现了，他们立即就奔驰起来。马匹伸长脖子，垂下双耳，全力奔跑起来。骑手们挥舞着剑和矛，一声呐喊，向着十字军骑士的左边飞扑过去。

这时候，大团长恰巧在那儿。他的激动已经消逝。现在眼睛里不是流眼泪而是闪着火光了，所以他一看到那黑压压一片乌云似的立陶宛军队，便转向左翼军的首领弗里德列克说道：

"维托尔德先进攻了。那您也开始吧，凭上帝的名义！"

说着，他右手一挥，命令骑士团的十四个铁甲军团投入战斗。

"上帝与我们同在！"华仑罗德喊道。军团放低了矛，开始踏步前进了，从慢步变为跑步，又变为奔驰，然后以可怕的速度向前挺进，像雪崩似的无法抑制，准会摧毁挡在路上的一切。

由于大战随时会全面展开，波兰军团开始唱起圣伏衣崔赫的老战歌来了。有如天上雷鸣：

圣母玛利亚，圣母玛利亚，
感谢天主，感谢玛利亚，
崇拜圣母，只有您才能使您的圣子，
为我们获得赦罪！
……
主啊，怜悯我们！

枪矛在波兰骑士手中颤动，军旗和旗帜在摇晃，空气在震荡，森林里的树枝摇来摆去，森林深处所激起的回声，仿佛在向湖泊和溪谷，在向着四面八方一再地叫喊：

为我们获得赦罪！

主啊，怜悯我们！

波兰人在继续往下唱：

您的圣子，给钉在十字架上，这是合乎神意的时刻。

请听人们的呼声，充实人们的思想。

我们恳求您听我们祷告；

让我们把人间当作敬神的寓所，

死后，进入天国。

主啊，怜悯我们！

回声还酬和了一句：

主啊，怜悯我们！

这时候右翼正在进行着一场激战，战役越来越向中央逼近。

得得的马蹄声、马嘶声，战士们可怕的喊叫声，和战歌声混合在一起。但是常常会出现寂静无声的时刻，仿佛那边的人们透不过气来了。碰到这种时刻，就又会听到雷鸣似的战歌声：

亚当，上帝的庄稼汉，

您与上帝永远住在一起；

请把我们，您的子孙

安置在神圣的天使管辖的地方；

那里有欢乐，

那里有仁爱，

那里可以永远看见天使般的造物主。

主啊，怜悯我们！

于是回声又在树林里应和着：

主啊，怜悯我们！

右翼的喊声更响了。但是那边的情形究竟怎样，谁都无从观察、分辨。因为在山上观察战斗的大团长乌尔里西，这时又急急调了二十个军团，在利希滕施泰因指挥下来攻击波兰人了。

盛特拉姆像霹雳似的向着“先锋军团”飞奔而去，他用剑指向那云雾一般涌过来的德意志骑士，一面大声叫喊：

“前进！杀敌！”

骑士们俯在马脖子上，把矛枪伸在前面，向前冲杀。

但是立陶宛人在德意志人的可怕攻击下支持不住了。那些武器精良、由最强大的贵族们组成的先头部队，纷纷倒下去。他们后面的人猛烈地扑向十字军骑士团，但都免不了一死。因为作战的双方一边是全身穿着钢甲的骑士，另一边则是立陶宛人，虽然身材魁梧，体格强壮，但马匹很瘦小，且只有一层兽皮护身。因此尽管顽强的立陶宛人用尽了力气，也伤不了德意志人的皮肤。德意志的军马大大挫伤了维托尔德那命运不佳的大军。他们被德意志人用斧和剑剁成了肉酱。他们的骨头被剁碎，戳穿，在马蹄下被践踏。尽管维托尔德王公竭力不断增加新的军团，但都是白费。他的坚持努力都属徒然，白白地气愤了一场。拼命死战也不顶用，鲜血白白地汇成河流！鞑靼人首先逃了，接着逃跑的是比萨拉比亚人和瓦拉几亚人，立陶宛人的阵线立即被打开了缺口，所有的战士们都惊惶失措。

大多数战士被德意志主力军追歼，都逃向卢平湖去了，遭到非常可怕的蹂躏，湖畔积尸如山。

维托尔德的另一支较小的部队，正退到波兰军的侧翼这边来，他们受到六个德意志军团袭击，同时还受到那些追击立陶宛人回来的军队的袭击。但是这三个团，因为武装比较优良，还作了比较有效的抵抗。

这一场战役简直变成了大屠杀。每一步路、每一英寸土地，都付出了血流成河的代价。其中一个军团几乎被杀得片甲不剩，另外两个军团死命地抵抗着。但是现在没有力量可以抵挡得住胜利的德意志人。

十字军骑士中有些军团仿佛发了战争狂似的，一个个单枪匹马的骑士都不顾死活地向密集的敌军杀过去。他们用剑和战斧的功夫简直不是常人所能比拟。不久就把这个军团的马匹和骑士打得七零八落，溃不成军，一直打到波兰前锋军团附近。而波兰军团也已经和利希滕施泰因所率领的德意志人战斗了一个多小时。

但是利希滕施泰因对付波兰人,就不是那么轻松了,波兰人的重矛枪挡住了德意志人,甚至逼得德意志人向后退。三个精锐的军团最先向十字军骑士团猛扑过去。这三个军团是:克拉科夫军团、仁德列克麾下的轻骑兵军团和波伐瓦率领的军团。但是最残酷的血战是在骑士们手中的矛折断了之后,抓起剑和斧来进行的肉搏战。于是盾击着盾,人抱住人,马匹倒下去了,军旗倒下去了,头盔被剑和斧砍裂了,护肩都染满了血。

骑士们都从马鞍上倒下来。那些曾经在维尔诺附近和波兰人战斗过的十字军骑士,都知道那些人是多么“冷酷无情”和“急躁猛烈”,新手们还来不及思考,就被波兰人的右手一挥而送命了。剑、斧、大镰刀一刻不停地、毫不留情地大砍特砍,死亡像一阵风似的吹灭了生命,英俊的青年也被投进了永恒的黑夜。

血迹斑斑的纹章和尸体,全都混杂在一起了。从马上倒下来的被马蹄活活踩死。但是没有一个一流的波兰骑士倒下来过,他们以紧密的队形走在前面,一面呼喊着他们的守护神的名字,或者喊出他们家族的战号。里斯一把抓住了奥斯透罗特的分团长格马拉特,格马拉特的盾丢了,把白斗篷折起来,缠在臂上,抵挡打击。但是里斯的利剑劈穿了斗篷和护肩,把手臂从胳肢窝那里给砍了下来。他再来一剑,又劈开了他的胸膛,奥斯透罗特的战士们看见他们的首领一命呜呼,都吓得尖声叫嚷,里斯乘胜冲进他们,后来两名骑士又冲进来援助他,三个人更加锐不可当,把十字军骑士一排一排地砍倒。

著名的法师昆茨看见在他面前出现了一个巨人,他手中握着血淋淋的斧头,上面缠着染了血迹的头发,不由得惊惶失色,决定投降。但是由于声音嘈杂,对方还没有听清他的话,就一斧头把他连钢盔和头都劈了下来。接着他旁边的贵族也纷纷地丧命了。

力大非凡的仁德列克也在那里大显身手,他砍一个骑士的头时把剑都折断了,仁德列克把他生擒过来,摔倒在地上,从他身上拔出剑来一眨眼就杀了他。仁德列克还俘虏了年轻的骑士邓汉姆,但一看那骑士连头盔也没戴,就饶了他的命。这人确实还是一个少年,用孩子气的眼睛直望着仁德列克,这个波兰骑士便把他扔给了自己的侍从,后来这个年轻的德意志骑士竟做了他的女婿,一辈子住在波兰。这可是他当初万万没想到的。

德意志人大为震怒，向仁德列克猛扑过来，想救出年轻的邓汉姆，因为他是一个富有的骑士家族的后代。可都无济于事。

国王的近卫军团在同外国骑士们战斗着。波伐瓦也在那里杀得敌方人仰马翻，还像敲蛋壳似的击碎了许多铁头盔。战斗在这里持续很久，因为这个波兰军团独立抵挡三个德意志军团，幸亏泰尔诺伐的雅斯柯及时带着第二十七军团来援助波兰人，双方兵力才不相上下。德意志人被从最初交战的地方打了回去，一直后退了半箭路程的距离。

后来他们被克拉科夫大军团打退得更远。克拉科夫军团是由盛特拉姆亲自率领的，那走在军旗前面的是全波兰最强悍的战士。其他的军团也都想在决心、英勇和猛攻方面赶过别的军团。在谢拉兹军团里，兹贝什科像一头野猪似的冲进敌阵，他身旁的老马奇科也在沉着地战斗着，简直像一头猛扑狂咬的狼。

马奇科到处在寻找利希滕施泰因，但是什么地方也看不到他。只得暂时挑选一些衣着华丽的骑士作为目标。凡是和他交战的骑士都倒了霉。离他们不远的地方，奇坦正在向前突进。他的头盔在攻击一开始时就被打落了，因此光着头战斗，他那毛茸茸的、血迹斑斑的脸把德意志人都吓坏了。他们觉得他不是一个人，而是森林里的什么怪物。

不一会工夫，双方战死的骑士从几百个一直增加到几千个，到处都是尸体。最后在波兰人的攻打下，德意志人那边开始动摇了，接着便发生了一件似乎立即可使整个战局改观的事件。

追赶立陶宛人的德意志军团赶回来以后，得意洋洋，陶醉在胜利的欢乐中，又去攻击波兰军的侧翼了。他们一边叫喊，一边唱歌，哪知突然前面又在展开一场大战，波兰人节节胜利，把德意志军队包围起来了。

十字军骑士只得低着头，吃惊地望着，看看究竟是怎么回事，接着便踢着马腹，就地投入战斗中。

就这样一批一批冲过来，转眼之间便有好几千人扑向已经打得精疲力竭的波兰军团。德意志人一看来了援兵，高兴得大叫大喊，士气大振，又猛攻起波兰人来。于是全线展开了一场恶战。田野上血流成河。乌云遮蔽了天空，但闻雷声隆隆，仿佛天主想要亲自来干涉这两支交战的大军似的。

胜利开始逐渐握在德意志人手里了……波兰军正处在混乱关头，激动得发狂似的德意志军队便齐声唱起凯旋赞美歌来：

基督复活了！

谁料就在这时，发生了一桩更可怕的事。

一个倒在地上的十字军骑士用刀剖开了玛尔青战马的马腹，原来玛尔青正举着克拉科夫的大军旗，这面克拉科夫军旗是全军认为神圣不可侵犯的。马匹和骑者突然倒了下来，于是军旗也摇摇晃晃倒下来了……

一刹那间，几百只钢铁般强壮的手臂伸过来抢军旗了，所有的德意志人顿时欢乐得迸发出一阵号叫。他们认为那就是结局了，认为波兰人一定会惊惶失措，胜利将会赶来。

谁料等着他们的却是无比的失望。

波兰军一看见军旗倒下来了，便拼命地同声呼喊起来。那喊声中表现出来的不是畏惧，而是愤怒。仿佛是一阵烈火扑上了他们的锁子甲。两支大军中那些强悍的骑士都像疯狮一样向那个地方猛扑过去，波兰军旗周围仿佛突然起了一阵势不可挡的大风暴。人和马都像个大漩涡似的搅在一起，漩涡中心的那些人都挥动臂膀，舞着剑，斧头在呻吟，钢铁在相撞，随之而来的是一阵卡啦卡啦的砍击声、呻吟声，被砍到的人发出的毛骨悚然的尖叫声，交织成一片最可怕的轰响，仿佛地狱里所有的鬼魂突然都叫嚷了起来。空中扬起了一阵尘雾，尘雾中奔出了许多没有骑者的马匹，它们被吓得横冲直撞。

这场搏斗只持续了片刻工夫。在这阵旋风似的战斗中，生还的德意志人一个也没有。一眨眼工夫，夺回来的军旗又飘展在波兰军队的上空。风把它吹得舒展开来，是上帝对十字军骑士发怒和赐予波兰人以胜利的象征。

整个大军都向这面军旗发出一阵胜利的呼喊，疯了似的向德意志人扑过去，仿佛每个军团的力量和士兵的数目都增加了一倍。

德意志人连续不断地遭到无情的打击，连必要的喘息时间都没有。他们受到四面八方的夹击，剑呀、手斧呀、战斧呀、钉头锤呀，砍得他们粉身碎骨。十字军骑士又开始摇摇晃晃，向后撤退了。到处都是一片乞求饶命的喊声，到处都看到脸色吓得发白的外国骑士从混战中窜出来。骑士团那白色斗篷，满地都是。

十字军骑士团的首领们心里非常恐慌，只有把得救的唯一希望寄托在大团长乌尔里西身上了，因为到这时为止，大团长还率领着十六个后备军团准备随时出动。

大团长站在山冈上观察战斗，心里也知道生死存亡的时刻已经到来，于是他指挥他的铁甲军团投入战斗。

但是盛特拉姆已经骑着一匹烈马，早一步出现在迄今尚未参加过战斗的波兰后备队前面了。他仔细观察了一切情况，密切注意着战斗的过程。

“做好准备！准备！”突然盛特拉姆像闪电似的从队伍面前飞驰而过，一面叫喊着。

“准备！”小首领们都照喊了一遍。

农民们知道是轮到他们的时候了，都把武器柄搁在地上，画了一个圣十字，在又大又粗的掌心里吐了一口唾沫。整个后备队里都听得见这一声声不祥的吐口水。接着各人又抓起自己的武器，深深地吁了一口气。就在这时，国王派来使者，传达命令给盛特拉姆，凑着他耳旁低声说了些话。于是盛特拉姆转身向着步兵队挥了一下剑，喊道：

“前进！”

“前进！看齐！靠拢！”首领们都发令了。

“快！杀那些狗东西！杀他们！”

大军开动了。为了保持步伐均匀，队形整齐，一再齐声喊着：

“万岁——玛利亚——普施——恩惠——上帝——与你——同在！”

他们像洪水似的向前奔流。其中有大小波兰的农民们，也有在战前开始逃亡到波兰来的西里西亚人，从十字军骑士团逃出来的马祖尔人。整个田野上都闪烁着枪矛、链枷和大镰刀的光芒。他们终于冲到敌人跟前了。

“杀啊！”首领们喊道。

“嘿！”

每个人都抡起斧头砍出去，大砍特砍起来。他们叫呀、嚷呀，杀声直冲云霄。

国王在山冈上观看整个战斗，不断地派遣急使到各处去。真巴不得自己也冲过去参加。

宫廷侍从们都不让他去，他们小心翼翼地保护着国王。左拉伐甚至拉住了国王的马笼头，尽管国王用矛打他的手，他还是不肯放。其余的人也拦着路，求呀、劝呀，说什么，即使他去了也不能使战局改观呀。

这时，最大的危险突然悬在国王和他整个侍卫队的头上了。

事情是这样的：当时大团长受到那些击败了立陶宛而胜利归来的骑士的鼓舞，也决定去攻打波兰人的侧翼，因此不得不迂回进军，十六个精锐军团不得不通过国王所在的高地附近。国王的侍卫队马上觉察到这个危险，可是已经来不及后退。只得卷起王旗，向最近的军团去求救。

“国王被围了！快来援救！”一个侍从喊道。

可是军团的首领非常气愤地嚷道：

“瞧，你这疯子，我们在这里闲着吗？你没看见那片乌云正向我们压过来么？如果我们听了你的话，那就正好把敌人引到国王那里去。我劝你快走，要不然，我的剑可不饶你了！”

他忘了是在和谁说话，气喘吁吁，气得简直要发狂，当真拿剑对准这个急使，这个急使看清了自己是在同谁打交道，何况这个老战士说得很对，就回头赶到国王那里，把这番话复述了一遍。

国王的卫队挺身而出，密密地排成一堵墙来保卫君主。可是这回宫廷侍从们阻止不住国王了，国王坚持要骑着马站在第一线。他们刚刚摆好阵势，德意志军团已经迫近，连盾牌上的纹章都可以看得一清二楚。最有胆量的人见了这些十字军骑士，也免不了发抖，因为他们都是骑士界的精英；个个穿着辉煌的甲胄，骑在像野牛一般壮大的马上，毫无倦容，因为他们还没有参加过战斗。他们像飓风似的前进，马蹄得得，军旗飘飘，一片喧哗。大团长本人穿着一件宽大的白斗篷，被风吹得像老鹰的两只大翅膀，飞驰在他们前头。

大团长已经驰过了国王的侍卫队，正向战斗最激烈的战场奔去，完全没有把路旁这一小股骑士放在眼里，想都没有想到国王就在这批人里头，他根本没有发现国王。但是有一个军团里突然奔出一个魁梧的德意志人来，只见他低着头，伸出矛，直向国王这边冲过来。

国王把坐骑一踢，随从们还来不及阻止他，他已经向着这个骑士冲了过去。这时兹别格涅夫手里握着一支断矛，急驰到德意志人身旁，在他头上狠狠一击，打碎了他的头盔，把他打在地上。国王也趁势把剑刺进这个德意志人的脑门，亲手杀了他。

这个著名的德意志骑士第培尔就这样完了蛋。他的战马被雅蒙脱王公夺去，他自己则奄奄一息躺在地上，锁子甲外面披着一件白斗篷，还有镀金的腰带。他两目无光，双足还在地上乱踢，而后就永远安息了。

十字军骑士们都想向波兰人冲过来，为他们的战友报仇。但是大团长本人挡住了他们的路，不停地喊着："这里来！这里来！"他把他们推向了战斗最激烈的地方。

现在又发生了一件奇事。米柯拉伊站在战场的最前线，清清楚楚地看见敌人，本可立即迎击，但是别的波兰骑士由于漫天灰尘辨别不出敌人，误把敌人看做了赶回来作战的立陶宛人，却没有赶紧迎击。

杜伯科第一个向大团长冲过去，乌尔里西把剑向上一挥，挡开了杜伯科的矛尖，马匹虽略受伤，他自己却和杜伯科擦身而过，绕了一个圈子，回到自己阵地去了。

"这就是大团长本人，德意志人来了！"杜伯科喊道。

波兰军团一听到这声叫喊，都从原来的地方急驰而出，迎击敌人。第一个攻打他们的就是米柯拉伊和他的军团，于是战斗又猛烈地展开。

波兰人在节节逼近。德意志军团不停地退守。

大团长徒劳地大声鼓舞十字军骑士，徒劳地用剑催他们战斗。波兰骑士们满身是血，受了伤，拿着七凹八凸的武器，咬紧牙关，如疯似狂地向着密集的德意志人冲过去，弄得德意志人一会儿勒住马匹，一会儿望望四周。

这时，从森林那边又传来一阵阵叫喊。这是盛特拉姆所率领的农民来战斗了。一场搏斗开始了。德意志人也只好不顾死活地顽抗着。

双方就这样相持不下，不知胜利属于何方，后来一片漫天的尘埃意外地出现在战斗的右方。

“立陶宛人回来了!”波兰人欢天喜地地吼叫起来。

他们猜对了。很容易被击溃,却不容易被征服的立陶宛人现在回来了,他们骑着快马,像大风暴似的大叫大嚷,奔驰向前,投入战斗。

再说敌军那边,以威纳为首的几个分团长赶到大团长跟前去。

“救您自己吧,阁下,”尼尔布隆的分团长喊道,嘴唇都发青了。“趁我们还没有被包围,先救您自己和骑士团吧。”

骑士气概的乌尔里西却阴沉地望着他,把手举向天空,嚷道:

“我决不能离开这块已经倒下了这么多勇士的战场!决不能!”

于是,他一面高声叫十字军骑士跟着他走,一面冲进战斗的漩涡。这时立陶宛人都跑了上来,接着是一片混乱、一片沸腾。

大团长被立陶宛人一支短枪击中了嘴巴,脸上又受了两处伤。他用右手抵挡了一阵砍击,最后被一支镖枪击中了脖子,像一段木头似的倒了下去。一大群穿着兽皮的战士向他猛扑过去,像蚂蚁似的把他完全遮没了。

威纳带着几个军团从战场上逃走了。其余的军团都被波兰军队的铁圈套住了。战争变为对十字军骑士的屠杀,把他们打得溃不成军,简直是一场前所未闻的灾难,人类历史上简直没有先例。在天主教的历史上,双方军队都从没有打得这么猛烈过。现在交战的一方,绝大多数人都直僵僵地躺在地上,像一捆捆的稻草。那些最后由大团长率领去作战的军团都投降了。克尔姆的士兵们把旗帜插在地上。有些德意志骑士跳下马来,表示愿意做俘虏,并且跪在浸透了血的地上。外国客人在其中服务的整个圣杰西军团和他们的首领,也这样投降了。

但是战斗还在继续下去,因为十字军骑士团有许多军团宁愿死而不愿求生和被俘。他们排成一个大圆圈,就像一群野猪被一群狼包围时那样自卫。不久武器又砍击起来,链枷轰轰地响,大镰刀轧轧叫,剑在砍着,枪在刺着,斧头和钩刀劈个不停。德意志人像一片森林似的纷纷给砍倒。他们都默默地、阴郁地、庄严而勇猛地死了。

他们有些人揭去面甲,互相告别,在死前作了临终的吻别。有些人发疯一般胡乱冲进战斗的热潮。还有一些人做梦似的在战斗。最后,另外一些人自杀了。还有些人转身对着他们的战友恳求道:“刺死我吧!”

不久，波兰人把德意志人围成的那个大圈圈击碎成十几个小圈，于是个别的骑士要逃命倒是不困难了。但是一般说来，十字军骑士的这些小圈圈都不顾死活地顽抗着。

他们很少有人跪下来求饶，等到最后波兰人那种可怕而猛烈的攻击又把这些小圈圈打散的时候，即使单枪匹马的骑士也不愿向战胜者投降。对骑士团和西方骑士界来说，这是遭到大难的一天，但同时也是最光荣的一天。

那个了不起的巨人，被农民步兵包围住了的安诺德骑士，他砍死的波兰人的尸体可以堆成一座小山。他站在尸体堆上，好像插在一座小山上的界石柱标，谁要是走近他，只要剑够得到，就会像遭到雷击似的丧了命。

最后，查维夏走过来了。他一看是个没有坐骑的骑士，便跳下了军马，老远对这十字军骑士喊道：

"回过头来，德意志人，投降吧，否则，就来和我决斗。"

安诺德回转身来，一看是查维夏，他心里想：

"我的死神来到了，我的时辰到了。因为谁都不能从他手里生还，不过如果我战胜了他，我就可以得到不朽的光荣，说不定也会救了我的命。"

于是他向查维夏冲了过去，他们就在尸体遍布的地上攻来击去，像是两股大风暴。没一会，安诺德的头也被劈成两半，倒下去了。

希鲁霍夫的分团长亨利克是波兰人不共戴天的仇敌，现在偷偷地从战场上逃跑，像一只狐狸受到了猎人包围。然而兹贝什科突然拦住了他的路，这个分团长发现剑已经到头上了，就喊道：

"饶了我吧！"说着，吓得叉着双手。这年轻的骑士听了这话，把剑一转，用剑背朝他的肥嘴打了一下，把他交给侍从，侍从用一根绳子系在这德意志人的脖子上，像牵牛似的把他牵去和所有的十字军骑士俘虏看守在一起。

老马奇科不停地在血腥的战场上找利希滕施泰因，后来他在一小撮十字军骑士中间找到这个人的，原来他们都藏身在丛林中。他们全都立刻跪下投降。但是马奇科得知囚犯中间有骑士团的大分团长，就命令把他带到跟前来。于是马奇科除下了头盔，问道：

"你认识我吗，利希滕施泰因？"

这十字军骑士蹙紧眉尖，直瞪着马奇科的脸，过了一会儿，说道：

“我在普洛茨克的朝廷上见过你。”

“不！”马奇科口答，“你在以前就见过我了！你在克拉科夫就见过我，那时候我侄子由于一时轻率，攻击了你，被判处了死刑，我求你留他一命。我曾向上帝许过愿，并且凭我骑士的荣誉起誓说，如果我找到了你，我一定要和你决一死战。”

“我知道，”利希滕施泰因回答，一面傲慢地吁着气，不过他的脸色立即变白了，“但是现在我是你的俘虏，如果你对我举起了你的剑，那就会侮辱你自己。”

马奇科把嘴一扭，露出一种不祥的、完全像狼一样的容貌。

“利希滕施泰因，”马奇科说，“我不会举起剑来杀一个解除了武装的人，但是我要告诉你，如果你拒绝和我决斗，那我就叫他们拿根绳子把你像条狗似的吊死。”

“我没有别的办法。”他喊道。

“宁可战死，不作俘虏！”马奇科又肯定地说。

“宁可战死。”

一会儿，他们就在波兰和德意志骑士的面前交起手来了。利希滕施泰因年纪较轻，比马奇科灵活，但是马奇科的手力和脚力都远远超过他的敌手，所以一眨眼工夫，他就把他摔倒在地上，膝盖压在他的胸口上。

这个分团长的眼睛恐怖地向上望着。

“饶了我吧！”他哼着说，口中吐出口水和白沫来。

“不！”毫不容情的马奇科回答。

他把小刀在敌人的喉咙里连戳两次。对方可怕地咳嗽着。血从他嘴里涌了出来，接着他的身体就挺直了，永远安息了。

战斗结束了，追剿和屠杀开始了。拒绝投降的十字军骑士都完了蛋。在这次战争中，只有十五个十字军骑士存活了下来。四万多人都倒在那个血淋淋的战场上长眠了。

他们的军旗全都落到了波兰的手里。波兰和立陶宛骑士把它们扔在国王的足下，他朝天抬起一双虔诚的眼睛，激动地一再说道：

“这是上帝的意旨！”

二十二个国家参加了骑士团对波兰人的这场战争，俘虏都跪在国王面前，恳求怜悯和赎身回家。

十字军骑士团的整个大军已经不存在了。除了幸免死亡的十字军骑士之外，还有无数的马车，马车上装载着打算用来铐波兰人的链条，以及准备在胜利后举行庆祝宴会用的葡萄酒。

国王、维托尔德王公和盛特拉姆正要去巡视战场，人们却把战死的十字军骑士首领的尸体搬到他们面前来了。立陶宛人搬来了大团长的尸体，遍身都是灰尘和血块，他们把这具尸体放在国王跟前。国王惋惜地叹息了一下，望着这仰天躺在地上的巨大尸体，说道：

“这个人呀，今天早晨还以为他是世界各国之王呢……”

于是泪水像珍珠似的从他脸上滴下来，静默了一会，他继续说：

“不过，他死得英勇。因此我们要表彰他的英勇，为他举行一次隆重的葬礼。”

于是国王命令把这具尸体拿到湖里洗干净，给他穿上漂亮衣服，在棺材没有做好之前，给他盖上骑士团的白斗篷。

这时候仆从们陆续搬来更多的尸体，俘虏们都把他们一一辨认出来。他们搬来了利希滕施泰因的尸体，然后是骑士团的元帅华仑罗德的尸体以及六百多具著名的分团长和修士的尸体。仆从们把尸体一个挨着一个地放在一起，他们都像木头似的躺在那里，脸孔像他们的斗篷一样白，朝天躺着，圆睁着无光的眼睛，眼睛里的骄傲、愤怒、狂暴和恐怖都熄灭了。

所有俘获来的旗子，统统都插在他们的头边！

最杰出的骑士们都在山冈上聚集在国王的四周。他们由于疲劳，都沉重地喘着气，一面望着那些旗子，望着躺在他们足下的那些尸体。

现在伟大的、天堂似的、欢乐的黄昏到来了，无限的幸福照耀在胜利者的脸上，因为大家都知道，随着这个黄昏的到来，所有的苦难都将结束，不仅结束了这一大的苦难和忧患，而是结束了整整一百年来的苦难和忧患。

国王虽然完全了解德意志人这次的失败惨重，还是惊奇地望着他面前这番景象，最后他高声说道：

“莫非整个骑士团都躺在这里了吗？”

神甫米柯拉伊因为懂得圣勃里杰特的神圣的预言，于是回答道：

“现在，他们被敲掉牙齿、被砍掉右手的时间已经到来了！！！”

国王举起手来，画了个十字，祈祷着。

在那片一望无际的墓地上，仆从们在走来走去，收集武器，从死者身上剥下甲胄。在玫瑰色的天空上，一群乌鸦、老鹰已经在盘旋着。

马奇科和兹贝什科回到了博格丹涅茨。这个老骑士晚年长寿，兹贝什科也很健康、很强壮，盼到了那个幸福的时刻，因为他看见十字军骑士团后任的大团长含着眼泪从马耳博克的一道大门走出去，波兰的省长从另一道大门进来了，他以国王的名义来接管这个城市和一直延伸到波罗的海海滨的整个国土。

名师点拨

这部小说被介绍到中国的时间比较早，鲁迅先生曾有过评论，自上世纪60年代起，这部作品有了好几个中译本。有不少青年人都读过这部小说。也正是在上世纪60年代，这部小说被搬上银幕。

现在的青少年很多人没读过这部小说，但它确实值得我们一读。因为小说故事的后面，是人性与宗教的冲突，是对侵略者不屈的反抗，是民族的尊严。

本书的结尾部分反映的是14世纪末到15世纪初，波兰和立陶宛联合抗击条顿骑士团（即十字军骑士）的侵略，在格伦瓦尔德一战中取得历史性胜利的一段光辉历史。

作者写作的时候，正是波兰被瓜分，普鲁士、沙俄等占领国加紧采取共同行动，企图消灭波兰民族的19世纪下半期。在普鲁士占领区，占领者实行日耳曼化政策，把不是德国臣民的波兰人赶走，学校里取消波兰语，加紧对波兰报刊的迫害，对敢于反抗的波兰人民进行残酷地镇压，并且歪曲历史，颂扬条顿骑士团为德国的统治开辟了道路。在沙俄占领区也推行类似的非波兰化政策。波兰民族和占领者之间的民族矛盾极为尖锐，波兰人民采取各种形式和外国占领者进行了英勇激烈的斗争。在这样的历史条件下，作者要直接写作反对外国占领者的作品显然是不可能的，因而他找到了历史小说这样一种体裁，借古喻今，揭露外国占领者对波兰民族的血腥统治，鼓舞人民起来反抗外国占领者。像《十字军骑士》这样的作品在当时的历史条件下，是起了鼓舞人民斗志的积极作用的。格伦瓦尔德会战胜利这样的历史事件对波兰人民反对侵略者的斗争无疑具有极大的鼓舞作用。作者正是以波兰人民历史上的胜利这样的实例来激励他的同胞，使他们加强夺取胜利的信心。无疑，小说的发表在当时是具有重大现实意义的。

作者显克维奇怀着强烈的爱国义愤，用卓越的艺术形象揭露了条顿骑士团的丑恶嘴脸，以格伦瓦尔德战役为启示，激励波兰人民团结起来进行斗争，鼓舞波兰人民对于争取胜利和解放的信心，倡导不屈不挠和敢于斗争的精神。显克维奇说过，“为了满足自己贪婪的欲望而发动战争”的任何人，迟早要受到严厉惩罚的。应该说，格伦瓦尔德战役战役在年代上距离我们是如此遥远，而在其历史意义上对于我们却是如此密切。

读完此书，不禁想到，当年希特勒发动侵略战争，首攻波兰，并把突袭波兰、攻占波兰当成是一雪当年历史上坦能堡（即格伦瓦尔德战役）之耻，足见显克维奇小说中描述的这段历史在德国历史中的重要性和影响。当然，战争题材的小说在世界文学中举不胜举，但像这样与近代战争史相关联的波兰民族的作品似不多见，波兰民族反抗外族侵略的勇气和意志，可歌可泣，令人敬佩，很值得大家一读。